世界再好，不如一个你

上

狐小妹 著

远方出版社

图书在版编目 (CIP) 数据

世界再好，不如一个你 . 2 / 狐小妹著 . —呼和浩特 : 远方出版社 , 2018.4
（紫水晶情感小说系列）
ISBN 978-7-5555-1027-7

Ⅰ . ①世… Ⅱ . ①狐… Ⅲ . ①长篇小说–中国–当代 Ⅳ . ① I247.5

中国版本图书馆 CIP 数据核字（2018）第 064985 号

世界再好，不如一个你

SHIJIE ZAIHAO, BURU YIGE NI

作　　者　狐小妹
责任编辑　云高娃　蔺　洁
责任校对　云高娃　蔺　洁
出版发行　远方出版社
社　　址　呼和浩特市乌兰察布东路 666 号　邮编 010010
电　　话　（0471）2236470 总编室　2236460 发行部
经　　销　新华书店
印　　刷　三河市华东印刷有限公司
开　　本　170mm × 240mm　1/16
字　　数　522 千
印　　张　36.25
版　　次　2018 年 4 月第 1 版
印　　次　2018 年 5 月第 1 次印刷
标准书号　ISBN 978-7-5555-1027-7
定　　价　88.00 元（全两册）

目录

第一章　从天而降的缘分

当顾河被陌生男人狠狠抽了一耳光之后，她的左脸迅速肿胀了起来。她根本不明白到底发生了什么事，只感觉到一股巨大的力量抓住她的头发，恶狠狠地把她往门口拖。她的脑中一片空白，用尽最大的力气尖叫，这时头部又被人重击，眼前逐渐变得模糊起来，依稀看到那个男人一手抓着她的头发，嘴里骂骂咧咧道："臭婊子，谁让你到这里来的，给老子回去！"

"我不认识你！救救我，求求你们救救我！"

顾河撕心裂肺地喊着，但还是被男人往门口拽去。酒店工作人员有的漠然地看着他们，有的窃窃私语，但就是没有人前来制止。

"我不会放过他们！"这个声音，一直回荡在顾河的脑中。

她已经泪流满面。

1

好无聊。

叶蓁蓁手拿咖啡杯，第99次在心里叹气。

她的面前，坐着一个五官还算俊秀的男人，男人的衣服、裤子、手表、皮包上都印着大大的商标，每个细节都在彰显"我真的不差钱"。他正目光炯炯地看着她，让她觉得他的视线就好像X射线一样能照射到她的子宫，正在认真判断她是不是能生得出儿子。她挠挠因为两天没洗而变得油腻的头发，果然看到男人露出了轻微的厌恶神色，可是，他还是很有风度地说："叶小姐，我的基本情况不知道您是不是已经了解了？"

"楚南，1981年1月生，摩羯座，职业是放射科医生。家里有3套住房，1辆代步车，父母均退休在家。喜欢端庄稳重的女生，职业以公务员和教师为佳，最好是处女。是这样吗，楚先生？”

楚南发现，叶蓁蓁有着一副很好听的嗓音，不同于他惯常听到的温柔细腻，叶蓁蓁的嗓子清脆中带着一丝天真和娇媚，让人听了就好像大热天喝了冷饮一样舒服。他承认，叶蓁蓁并不是第一眼美女，他见到她的第一面甚至没提起什么精神，但是经过半小时的交流，他就能从她松松垮垮的白T恤衫和破洞牛仔裤下感受到她的线条。她白皙的肌肤和灵动的眼神也非常为她加分。这样看来，虽然她看起来有些大大咧咧、不拘小节，但似乎也可以容忍。可是，那一声“处女”让他有些下不来台——她不该那么直接，特别是在相亲对象面前。

“叶小姐真是幽默。”楚南轻咳一声回避话题，“我只是说，希望未来的妻子感情史简单，比较纯洁。”

叶蓁蓁没有接话，脸上带着若有似无的笑容，让他的心有点发痒。他努力想着话题，“听说叶小姐在《都市快报》做记者，真是很不错的职业。早上我刷微博的时候看到有人发帖说，她在皇朝酒店险些被陌生人拖走，不知道这件事是不是真的？”

叶蓁蓁的目光终于从咖啡杯上移到楚南的脸上，轻轻点头，“我同事已经联系过当事人，得到了她的确认。楚先生怎么看这件事？”

楚南深知这是他表现的好机会，忙沉重地说：“世风日下，我真是没想到会发生这样的事！我听说那姑娘当时穿得比较少，所以被错认为是特殊职业者。女孩出门还真是要小心，最好带个男伴，不然确实很危险。对了，我看到微博上有红灯区酒店名单，叶小姐需要的话可以加一下我的微博，我转发给你。”

“不是那女孩的问题。”叶蓁蓁突然开口。

“什么？”楚南怀疑他的耳朵出现了问题。

“楚先生，我们现在是在21世纪的中国，不是在封建社会，女孩穿得多与少都是她们的自由，就算她们穿比基尼上街也和别人没关系。所有的原因，都不是她被人当作小姐绑架的理由！我们为什么要了解哪些酒店可以去哪些不能去，要了解穿什么样的衣服才不会被骚扰？如果一个国家真的发展到这一步，不是很可悲的事情吗？”

楚南没想到他的话会引起叶蓁蓁的长篇大论，强忍住心中的不快说：“叶小姐真是很有主见，但是好姑娘就不该一个人住红灯区的宾馆。”

“直男癌也不该出来喝咖啡相亲。这是我的咖啡钱，拜拜。”叶蓁蓁把百元大钞压在咖啡杯下，站起身来。

一走出咖啡馆，叶蓁蓁就后悔了——她不该为了这个问题和楚南吵架，她至少要把相亲时长撑满1个小时，不然她妈又有充分的理由扣她的零花钱了。作为一只可怜的大四狗，她一想到报社少得可怜的实习工资和下个月的房租，就觉得刚才太过冲动，恨不得冲回去把压在咖啡杯下的一百块钱抢回来，这样她至少还能美美地吃几顿。

所以，当口袋里的一元钱硬币不小心往外滚落的时候，她急忙追了出去，在硬币掉到水沟之前往前一扑。她以跪倒的姿势捡起硬币，长舒了一口气，然后听到一个淡淡的男声：“平身。”

这一瞬间，叶蓁蓁觉得自己仿佛穿越了，又或者那个男人说话的对象不是她。她抬起头，从烟灰色的西裤往上看，看到了价格不菲的皮带、精致的衬衫，再然后是微微上扬的下巴以及戴着墨镜的男子的面容。虽然看不清楚这个男人的容貌，但是他挺拔的身材和非凡的气场，都在彰显着他的与众不同。叶蓁蓁眼神毒辣地看出他手腕上的表是限量版，全球只有一百块，忍不住好奇起这个男人的身份来。就在她发愣的时候，男人再次开口：“还不起来？”

“欧浔，你别这样说话。”他身后一个穿着白色旗袍的女人微微皱眉，“我知道你现在心情不好，你能不能不要把气撒在陌生人身上？这位小姐，真是抱歉。”

叶蓁蓁真不知道她今天的星座运势是不是“慎出门，不然会因遇到帅哥美女自卑而亡”，不然她为什么会看到这样一对颜值超高的男女？如果说男人的容貌因为戴着墨镜，看不太清楚的话，这个女人真是她见过的除了明星外最漂亮的女人，旗袍凸显了她姣好的身材，旗袍上刺绣的精致牡丹为她平添了一分贵气与优雅。她替那个叫欧浔的男人道了歉，无奈地开口：“欧浔，我们在一起也一年多了，但我想我们真的不太合适。他们给了我一个新的机会，我只是想去尝试一下，你不该祝福我吗？我想我们还是朋友吧。”

所以说，这个男人是被甩了吗？

叶蓁蓁没想到她会亲眼看见这出狗血剧，感觉浑身的血液都开始燃烧。她尽量降低存在感，竖起耳朵听他们说的每一个字，却没想到战火突然蔓延到她的身上。欧浔瞥了她一眼，声音低沉，“季琼你要走也可以，必须再弄个人过来，我这儿可不能有空缺。我这次想换个口味，就找个平淡无奇的、朴实无华的、头脑简单的女人吧——就好像她一样。”

欧浔的食指突然指向了叶蓁蓁，季琼忙不迭地想阻止，却已经来不及。叶蓁蓁没想到自己莫名其妙地成了池鱼，一下子就爆了，“你说我平淡无奇？你看看我这吹弹可破的肌肤，又大又有神的眼睛，还有樱桃小嘴和火爆的身材……怎么会有人睁着眼睛说瞎话！”

季琼急忙道歉：“小姐，抱歉，他心情不太好……”

叶蓁蓁翻了个白眼，“我看也是，他的脑子有问题吧！哪有被女朋友甩了，还让女朋友介绍备胎的人啊。你可真是丢脸！姐姐，你快远离这个精神病，白痴是会传染的！”

“精神病……”

欧浔口中重复着这三个字，周身的气息突然变冷。他的目光锐利地扫射在叶蓁蓁身上。季琼的脸色也变得很难看，她猛地去推叶蓁蓁，“美女，不好意思，你快走吧，不然……真的很抱歉！”

叶蓁蓁不明白到底发生了什么事，但由于要急着赶回报社，恶狠狠地瞪了一眼欧浔，就去追公交车。欧浔看着她远去的背影，阴沉地说：“你的胆子越来越大了，季琼。”

“请别用那种‘霸道总裁爱上我’的语气说话，谢谢！欧浔，你的性格真的该改改了，不然我们没办法继续做朋友。”季琼挑眉。

“朋友？你的定位一向是我的保姆，是什么给你这样的错觉？”欧浔诧异地问。

就在季琼再一次被刷新了下限，暗想要不要给欧浔一巴掌然后转身就走的时候，坐在公交车上的叶蓁蓁接到了她实习师傅张记者的电话，通知她现在就去皇朝宾馆，采访无辜女孩被绑架事件的酒店相关负责人。叶蓁蓁难得接到这样的热门新闻，嘴甜地说：“师傅放心，我一定会好好采访！谢谢师傅欣赏我，我不会让你失望的！”

张记者明显顿了一下，然后说：“是小夏她家里有事，我才派你去采访的。实习记者叶蓁蓁，我们组已经连续半年稿分垫底了，你采访到这个新闻我们就能一雪前耻了！你一定要战胜程诺，有没有信心？”

当听到程诺这个名字的时候，叶蓁蓁脸上的笑容凝固了。她将手掌放在了心脏的位置上，好像打了鸡血一样亢奋，“师傅放心，我一定完成任务！打败程诺，重振雄风！”

"加油，加油，加油！"

挂断电话后，叶蓁蓁看着窗外车水马龙的街道，忽然感觉呼吸开始变得困难了起来。

程诺，又要见到你了。

你到现在还没有死，真是苍天没长眼啊。叶蓁蓁想着，微笑了起来。

当叶蓁蓁赶到皇朝酒店的时候，那里已经是人山人海了，每家媒体的记者都占领了一块空地，更有人企图说服保安或者偷偷混进去，但没有一个人成功。叶蓁蓁郁闷地发现，虽然有那么多人，场面又是那么嘈杂，但是穿着白衬衫的程诺还是人群中最抢眼的那个。他站在不远处，正专注地和一个服务员说着话。为了配合她的身高，他还微微俯身，侧颜在阳光的照射下好像镀上了一层金色。叶蓁蓁看着他好看的侧颜，突然想起他最擅长的就是从小人物入手挖掘到真相，心猛地一抽。

不行，不能再让他采访到独家新闻，让他继续享受"金牌记者"的美誉了，让他做白日梦去吧！这次的独家新闻，她要定了！

叶蓁蓁想着，突然看到不远处有盛放床单被套的清洁车，顿时眼前一亮。她悄无声息地靠近清洁车，眼见四下无人，急忙轻巧地跳到了床单里，顿时被那酸爽的味道熏得屏住了呼吸。她不断给自己打气，拼命洗脑说为了打败程诺吃这点小苦不算什么，这才忍耐了下来。她的运气不坏，没过一会儿就有人来推车，在一片黑暗中，她经过了一段漫长的路，不知道过了多久才感觉到车子终于停了下来。叶蓁蓁悄悄探出头，看到附近没有工作人员，急忙跳下车，她沿着墙壁小心翼翼地往前走，看到总经理办公室的金字招牌后眯起了眼睛。

叶蓁蓁发现她的运气实在好到爆，总经理办公室居然没有上锁，她顺利地溜了进去，躲进了办公室的衣柜里。她的心跳加快，因为她知道办公室最适合的就是偷听，她甚至可以预见到，她发现猛料后其他同事羡慕妒忌恨的眼神以及程诺黯然神伤的样子。

哈哈，真是太享受啦。叶蓁蓁愉快地想着，忍不住勾了勾嘴角。

叶蓁蓁没有等待太久，房门就猛地打开了。她透过衣柜的缝隙，看到一个满脸憔悴的男人走了进来，坐在沙发上疯狂地抽烟，估计不得肺癌他绝不甘心。叶蓁蓁捂住了鼻子，抑制住咳嗽，突然看到男人把烟丢在了地上，急忙去开门，用无比虔诚的语气说："欧先生，您终于来了。"

"嗯。"那人只发出了这个简单的音节。

叶蓁蓁只能看清楚来人的背影。这个穿着蓝色衬衫的男子，肩膀宽厚、大腿修长，身体线条漂亮到极点又蕴含着坚韧的力量，让人忍不住想象他的面容会有多么英俊。叶蓁蓁的心里简直像百爪挠心，只盼着他快点转身，好看清楚他到底长什么样。这时，她听到刚才抽烟的男人沮丧地说："欧先生，我知道您是危机公关界专家中的专家，没有您解决不了的难题！我真不知道这件事怎么会扩大成这样，现在媒体都快把我逼疯了，总部也说不能解决就让我卷铺盖走人……该死的，那丫头为什么非要住到我的酒店，惹出那么多事情！欧先生，你说我现在该怎么办？"

一听到来人是危机公关的专家，叶蓁蓁条件反射地撇了撇嘴。作为一名热血而且正义感十足的记者，她实在是有够讨厌那些为了赚黑心钱，帮助别人逃脱惩罚的"危机公关专家"们。她在心里暗自把"衬衫男"的分数从90分降到了30分。突然，她听到那人淡淡地开口道："辞职。"

那个清冷的声音宛若碎玉，清澈又带着寒意，却又有种莫名其妙的熟悉感。叶蓁蓁仔细回忆，但偏偏想不起来在哪里听过。这时，她突然感觉嗓子一阵干痒，忍不住轻轻咳嗽了一声。她心知不妙，暗暗祈祷他们没有听到，但是办公室还是诡异地安静了，然后，她的面前突然一亮，刺得她下意识眯起了眼睛。

在看清楚来人的瞬间，叶蓁蓁仿佛听到了花开的声音。

那个和她距离只有五厘米的男人，是那么的清癯俊朗，他的五官精致到好像是用最神奇的画笔勾勒出，微微皱起的眉头为他增添了别样的优雅。叶蓁蓁发誓，她生命中还没有见过那么好看的男人，可是那莫名其妙的熟悉感到底是怎么回事？难道这就是命中注定的缘分吗？

"你、你是谁？你是不是记者？你是来曝光的对不对？"

就在叶蓁蓁陷入沉思的时候，"抽烟男"一脸狰狞地扑了过来。叶蓁蓁急忙从衣柜里跳了出来，下意识地躲到了欧先生的身后。眼见欧先生用一种异样的眼神看着她，她镇定地说："你好，我不是记者，我是……跟着欧先生一起来的。"

"你是他的助理？""抽烟男"疑惑地问，"那你为什么藏在衣柜里？"

助理？好理由啊！

叶蓁蓁暗暗给"抽烟男"点了个赞，继续编瞎话："就好像古代居士都会去山里隐居一样，我觉得封闭的环境会让我的思维更加活跃，不信你可以来试试。”

“欧先生，是这样吗？”“抽烟男”一脸疑惑地望着欧先生。

欧先生没有说话，只是用一种淡漠的眼神看着叶蓁蓁，却也没有揭穿她的谎言。叶蓁蓁心中暗喜，赞赏地对他抛了个媚眼，语气要多坚定有多坚定，“当然。”

“我也来试试。”

“抽烟男”说着，一脸凝重地站到了衣柜里。叶蓁蓁只能硬着头皮站在他的身边。她学习着电视里心理咨询师的样子，放缓了语气，“现在，请您冷静地和我们说一下目前的状况和您所希望达到的目的。不要急，和我一起深呼吸，深呼吸……”

在叶蓁蓁的带领下，“抽烟男”奇迹般地慢慢恢复了平静，欧先生看她的目光也多了一丝探究。“抽烟男”轻咳一声，痛苦地说：“昨天晚上8点多，有个叫顾河的客人来住店，前台不知道怎么搞的，把她安排到了12层。你们懂的，我们这是经济型酒店，鱼龙混杂，所以会有一些男人有特别的需求，我们通常选择睁一只眼闭一只眼。那个龙哥是这里的头儿，他可能把顾河当成新来的抢地盘的小姐，所以把她拖走，想教训一下她，可谁知顾河居然闹开了！她这一发微博不要紧，所有媒体都来报道，连集团总部都被惊动了！唉，我已经向她提出了赔偿，谁知道她还是不满意！她到底想怎么样？又不是我让龙哥把她绑走的！”

“你向她提出了赔偿？你怎么和她联系的？”欧先生突然问。

“抽烟男”一愣，然后说：“她在网上“@”了我们分店，我就让员工留言让她删帖，可是她回复我们说绝对不会删帖的，还让我们道歉。我们怎么可能道歉，我们毕竟是大品牌……”

“呀，她已经在网上晒出了你们的聊天记录，微博现在更热闹了。”叶蓁蓁飞快地拿出了手机，幸灾乐祸地说。

也许是她脸上的表情实在太讨厌，欧先生又看了她一眼，然后一把拿过了她的手机。他的手指修长微凉，划过叶蓁蓁掌心的时候让她的心猛地一跳。叶蓁蓁目光炯炯地看着他，暗示他快点把手机还给她，但是欧先生没有理会，声音突然低沉了，“我和你明确说过，在我来之前你们不能做任何事、有任何回应，你为什么要和她协商用金钱解决？如果你们公关部的脑子没有被僵尸吃掉，就会选择在第一时间致歉，同时寻找施暴男人的踪迹，并且把话题往犯罪与暴力这个方向引，可显然他忘记带脑子来上班！高总，你现在唯一的选择就是立刻发表道歉信并且公开宣布辞职，外面的记者都在等你。”

欧先生的话无疑是晴天霹雳，高总一下子混乱了，脸色忽红忽白，不断摇头，“这和我没关系，为什么我要辞职？你说好帮我处理危机的，让我辞职算个什么危机处理专家！”

欧浔没有理会他的愤怒，淡淡地说：“就算是危机处理专家，也无法掩盖危机的本质，只能说采用最佳手段，把损失降到最低。高总，给我费用的不是你，而是皇朝酒店，我想你的命运和我没有任何关系。我可以免费提醒你，你现在辞职的话还能在行业里落下一个勇于承担责任的印象，再过几天，等你被集团处理后才是真正永远无法翻身了。既然你坚持自己的想法，那么，合作破裂。走吧，小助理。”

“欧先生，你别走啊，费用我可以加！欧先生！”

高总急忙追了上来，但是欧浔已经带着叶蓁蓁进了电梯。电梯门关闭后，叶蓁蓁看不到高总涨得通红的脸，心里莫名其妙觉得有点解气。她看着欧浔面无表情的脸，很想开口解释她到底为什么会进到衣柜去，但是又不知道如何开口。就在她犹豫期间，停车场到了。

2

叶蓁蓁紧跟欧浔的步伐，没料到欧浔在一辆大红色的保时捷面前突然停下了脚步，叶蓁蓁控制不住脚步，一下子撞到了欧浔的后背上，痛得捂住了鼻子。欧浔轻蔑地看着她，让叶蓁蓁愣了一下。叶蓁蓁觉得自己一定是看错了。

是啊，像欧先生那么高冷、那么善解人意，还会帮她解围的男人，怎么可以露出那样的表情呢？一定是她眼睛瞎了一下……

叶蓁蓁想着，打算袒露身份，“欧先生，谢谢你刚才为我解围，其实我是……”

没等她说完，欧浔已经坐上了跑车，并顺手关上了车门，巨大的响声让叶蓁蓁下意识闭上了眼睛。欧浔摇下车窗，突然问：“大学学的是什么专业？”

“广告营销。”叶蓁蓁不知道他为什么会问这个，但还是乖乖回答了。

“有没有选修过公共关系或者心理学？”

“没有。欧先生……”

欧浔点点头，丢给她一张名片，“明天上午9点，到这个地址来，参加助理的面试。”

“啊？可我不想换工作啊。”

叶蓁蓁怀疑她刚才是不是让欧浔误会了什么，好心地开口解释，然后发现高冷的欧浔脸色一下子变了。他用一副不可置信的神情把叶蓁蓁从头看到尾，就好像她刚刚拒绝了成为联合国秘书长的提议，“你居然不愿意去面试我的助理？你的脑子一半是水，一半是面粉吗？”

“啊？”叶蓁蓁没明白他的话是什么意思。

“你的脑袋里装的是糨糊吗？”欧浔翻译说。

……

于是，高冷男神的印象一下子破裂，叶蓁蓁简直想和这个家伙好好理论一番。还没等她开口，欧浔继续说：“危机处理是最有前途的行业，我是专家中的专家，从来没有我不能解决的难题。做我的助理，你可以跳跃你如今的阶层，接触到前所未有的世界，薪水也非常丰厚——所以，明天上午记得来，我不喜欢迟到的人。”

叶蓁蓁越听越火大，猛地凑到了车窗前，伸出了手，“我真的不会去，谢谢！手机快还给我啊！”

引擎发动的轰鸣声让叶蓁蓁的话听起来有些模糊，欧浔出神地看着叶蓁蓁的手掌，他发现，她的手比常人的要小一些，晶莹剔透，就像牛奶冻一样，让人看了忍不住想咬一口。他用挑剔的目光看着她毫无装饰的白T恤衫和破洞牛仔裤，想起他前三任肤白貌美腿长胸大的助理，轻轻叹了一口气——如果不是看在她非专业出身，刚才又有效控制了高总情绪的分上，他怎么可能给她这个机会。不过，她既然那么热情，他总要拿出点风度才是。

欧浔想着，打开了他的包，掏出一支黑色的签字笔。他一把抓过叶蓁蓁的手掌，在她的掌心上龙飞凤舞地签上他的名字，一边签一边说：“真是烦死了，不就是长得帅一点嘛，出个门都有人问我要签名……好了，签好了！你放心，这笔是防水的，一星期都不会掉色。怎么样，我是不是又帅又贴心？我是女人的话都恨不得嫁给自己！好了，别太感动了，明天见！”

欧浔说着，戴上了太阳镜，开着车子绝尘而去。叶蓁蓁呆呆地站着，终于撕心裂肺地怒吼：“老子的手机在你手里啊，你这个臭不要脸的偷手机的神经病！不对，精神病……”

叶蓁蓁想起在公交站台上看到的那个精神病男人，后知后觉地发现他们就是同一个人，简直恨不得给自己一嘴巴——不就是摘了墨镜，脱了外套嘛，她居然就认不出来了！她气得捶胸顿足又没办法跑得过汽车，只好把手里的名片丢在地上猛踩。就在她累得气喘吁吁的时候，身后响起一个熟悉的声音："叶蓁蓁，你在做什么？"

叶蓁蓁回过头去，然后瞬间僵硬了。

程诺站在距离她不到5米的地方，正微微皱眉看着她。虽然离开大学校园已经两年了，但是他没有染上市侩的色彩，依旧穿着最简单的T恤衫和牛仔裤，意气风发，帅气惊人。程诺走到叶蓁蓁面前，捡起了她脚下的名片，"这是你掉的吗？"

不能哭，不能哭！叶蓁蓁，你绝对不能哭！

叶蓁蓁用力掐着掌心，眼中的酸涩终于慢慢褪去，眸色中看不出任何情绪。她接过了名片，语气要多云淡风轻就有多云淡风轻，"是我掉的，谢谢程记者。"

"叶蓁蓁，你以前都是喊我的名字的。"程诺的眉头越皱越紧。

"那你以前还喊我宝宝、亲爱的、我的老婆大人呢。"叶蓁蓁冷笑，心突然猛地一抽。

过去的一幕幕就好像放电影一样，她根本控制不了潮涌般的回忆。她看到刚上大学的她在图书馆第一次见到程诺的场景，她在宿舍大声发誓要追到程诺的场景，她鼓足勇气亲吻程诺，却被他扭转局面的场景，他们拉起手逛操场的场景，他决然出国的场景……哈，妈妈说得对，她真的是一个傻瓜，给妈妈丢尽了脸。

"叶蓁蓁，你……你已经快毕业了，该长大了。"程诺微微一叹，到底没有再指责叶蓁蓁，"这名片上面的人是欧浔，难道你认识他？"

叶蓁蓁倒是没想到欧浔会有名到连程诺都认识的地步，微微挑眉，"不可以吗？"

程诺淡淡地说："他是危机处理的专家，但是处理方式并不是那么合适。只要有钱，他什么单子都接，甚至会颠倒黑白。报社已经有几个新闻，被他引导到了其他的方向……你不要和他有过多接触。"

"是吗？"

叶蓁蓁看着手中的名片。这张名片很简单，黑色的底纹上用银色的字体印刷了“欧浔”这个名字，旁边是他的手机号码和地址。名片的后面，是一行嚣张霸气的字：危机之神。

呵呵，还危机之神呢，危机精神病差不多……这个该死的渣男气焰嚣张，逼着女友给他介绍备胎，还偷了她的手机，她怎么可能不去会会他？真是一想到他，就会很想和他进行亲切友好的身体接触——拿起拳头痛揍他的脸啊！

“叶蓁蓁，你今天采访得怎么样？”在叶蓁蓁热血澎湃的时候，程诺问。

叶蓁蓁不喜欢他来过问自己的事情，避重就轻地说：“我偷偷去了他们的办公室，查到了皇朝酒店的总经理根本不打算辞职，还有他认为这件事是那个叫顾河的姑娘惹出来的麻烦。程记者，不知道您有什么收获？”

程诺没有理会叶蓁蓁语气里的挑衅，语气平和地说：“你能采访到总经理很不错，再加上我采访到了顾河，我想我们可以合作一篇很不错的稿子。”

“你采访到了顾河？她不是不接受任何人的采访吗？”叶蓁蓁忍不住惊叫了起来。

“也许我的运气比较好。”

程诺的轻描淡写深深刺激到了叶蓁蓁，她忍不住想是不是长得帅的人就是占尽了便宜，所以他才会在报社工作两年就成了首席记者。她极力控制住情绪，不让妒忌表现得太明显，“恭喜你啊，陈记者。”

“叶蓁蓁，不要去招惹欧浔。”程诺再次劝告。

和程诺谈恋爱的时候，叶蓁蓁确实听话又乖巧，但是他显然忘记了那是出于女朋友对男朋友的爱情。现在，凡是程诺不让她做的，叶蓁蓁都会想去做，所以，她冷哼一声：“是吗？我还打算去应聘他的助理，可以挖到一手资料呢。”

“蓁蓁！”程诺皱眉。

“程记者，不要这样叫我。咱俩不熟。”叶蓁蓁转过身。

此时的跑车里，欧浔打了个喷嚏。他吸吸鼻子，惆怅地说：“又是谁在想念我吗？长得帅真是好苦恼……这丫头真是个猪脑子，手机都忘在我包里！一想到明天能收拾那个丫头就好开心，她居然敢骂我精神病，我一定要让她付出代价！”

红色的跑车穿过了一条条街道，在夏季的夜空里留下了一道道痕迹，也预示着他们的再一次相遇。当跑车经过一家破旧的小卖部时，顾河正坐在床边，呆呆地刷着微博。门外传来了父母的争吵声，她依稀能听到后妈在大叫“谁家好姑娘去住宾馆，她这样都是活该”。一滴眼泪顺着顾河的脸颊静静流淌，她终于闭上了眼睛。

3

回到家后，叶蓁蓁刷了下微博，发现皇朝酒店官方微博已经回复了这个事件。酒店正面承认了自己的错误，还表示一定会配合警方找到凶手，倒是让责骂的人少了许多。叶蓁蓁知道这一定是欧浔的手笔，撇了撇嘴，暗想那个高总到底还是服了输。她原来只是想去欧浔那里拿回手机，和程诺的对话却让她灵感大发——和程诺合写稿子算什么，能采访到欧浔暗地里对酒店怎么支着儿才是爆炸性的好新闻！又有什么能比待在他身边更好发掘真相？

她要深入虎穴，潜伏在魔鬼身边，然后让他得到教训！

叶蓁蓁想着，下定了决心，打算稍微牺牲一下，做几天那个家伙的助理。第二天，叶蓁蓁顶着熊猫眼起床，顺着地址找到了欧浔的工作室，看着面前被爬山虎缠绕的欧式别墅，忍不住怀疑她是不是找错了地方——欧浔那家伙的办公室居然不是在市区的办公楼，而是在湖边的别墅里？这里可是寸土寸金，一套别墅最便宜的都要千万起，难道这行真的那么赚钱？最关键的是，这里的交通很不方便，她为了到这里只能坐地铁转公交车然后转三轮车，身上就只有10块钱了！她到底要怎么回去啊！

叶蓁蓁正掰着手指头算还要多久才能发实习工资时，她的手机突然响了。她这个私人手机只有她的亲妈才会打，她犹豫了很久才视死如归地接通了电话。她还没说什么，电话那头就传来一个娇媚的女声，“叶蓁蓁，你越来越本事了，把小王都气走了！你让我怎么和王阿姨交代，我们友谊的小船说翻就翻了！”

叶蓁蓁真的不知道，为什么她的亲妈今年已经45岁了，声音听起来却比她还要动人。她干笑，“你放心，王阿姨那体型都是航母了，来场龙卷风都翻不了。”

“叶蓁蓁！”电话那头提高了声音，叶蓁蓁可以想象出她妈柳眉倒竖的样子来。

“好了妈，我听得到。妈你没事儿就在美国跳跳广场舞啥的，老是想让我相亲做什么啊，我刚大四，大学都没有毕业，又不是年纪大了嫁不出去！”

叶蓁蓁越说越生气，她深深觉得她家简直是“家有一老，如有一鸨”，真不明白她妈为什么会无聊到那么想把她推销出去。听到叶蓁蓁的反抗，叶妈妈的语气瞬间冰冷，“广场舞……呵，叶蓁蓁看来你是不想要下个月的生活费了。怎么着，你那100万存满了没有？到年底还存不满的话，你乖乖给我回美国！”

叶蓁蓁一想起她一气之下立的誓言顿时怂了，急忙转了话题，“妈，你最近和你的威廉怎么样啊？”

“啊呀，今天天气不错呢……我要和迈克出去看演唱会了，以后联系啊。”

叶如梅轻快地挂了电话，叶蓁蓁简直恨不得掀桌子。她真的搞不明白，为什么她和程诺分手后一直过着单身狗的日子，可老妈换男友的速度就和换袜子一样快！叶蓁蓁一边碎碎念一边愤愤地把砖头手机放进包里，发誓一会儿一定要把她可爱的苹果手机拿回来。当她走进别墅，看到眼前的景象时，她愣住了。

别墅草坪上悄无声息地排起了长龙，连空气中也弥漫着甜蜜的香水的味道。叶蓁蓁看着那些女人们白皙的肌肤，微微上扬的下巴，曼妙的身材，再看着穿着休闲装的自己，突然觉得自己非常格格不入。她忍不住问了离她最近的一个姑娘，“美女，你们这是在做什么？这别墅里有大牌包包的特卖会吗？”

姑娘白了她一眼，“什么特卖会啊，我是来面试的。”

“面试？不会是面试欧浔的助理吧？”叶蓁蓁吓了一跳。

“你也是来面试的吗？快去拿号，待会儿5个人一组进去，别插队！”

一听到叶蓁蓁也是来面试的，那帮美女们不耐烦地把她挤到了后面，她也在一旁看到了一台自动出号机！叶蓁蓁顿时觉得她被一道雷劈中了，梦游一样去取了号码，一直等到中午才终于轮到她面试。她的自信早就在遇到这帮美女的时候就消失殆尽，这会儿只觉得心跳飞快。她疯狂地在脑中组织着一会儿自我介绍该说什么，深吸一口气，率先推开了房门，顿时被面前好像阿拉伯皇宫一样的装修风格给惊呆了。

叶蓁蓁知道，国内的有钱人分为两种：世家和暴发户。作为世家，一向是偏爱中式或者欧式的装修风格，在细节中彰显身份；作为暴发户，则是喜欢把家族财富铺满房间的每一个角落，甚至会给马桶都镶嵌个八星八箭。叶蓁蓁自认为也算见多识广，但还是第一次见到这样有异国风情的别墅——他一定是第二类型的有钱人。叶蓁蓁默默想着，跟着其他人走了进去。

叶蓁蓁发现，她脚下的波斯地毯是那样柔软，耳边的阿拉伯风情音乐充满异域风情，宽大客厅中央的室内喷泉也彰显着异国情调。她情不自禁往前走，在紫色的纱幔中看到了一个身穿长袍的男人的身影。那人手握酒杯，对她微微一笑："下午好，美丽的小姐们。咦，你是……"

就算叶蓁蓁坚定地认为欧浔是个精神病，也不能阻止她被欧浔的美貌晃了眼。她原以为正装是最适合这个男人的装扮，可是这件民族风情味十足的长袍让他有了一种类似苏丹国王的优雅与贵气。他琥珀色的眼眸也是那样令人沉醉——如果可以忽略掉他好像看到了鬼一样的神情的话。眼见欧浔的目光直勾勾地在她的身上停留，叶蓁蓁强忍住怒气，"欧先生好，你的笔到底是什么材质啊，你能不能先让我把你的名字从我手上洗掉！"

叶蓁蓁说着，把手掌放到了欧浔面前，那上面龙飞凤舞地签着欧浔的名字。她不知道这支笔为什么会那么魔幻，不管拿肥皂还是洗手液都洗不掉，她都要疯了！她用目光谴责着欧浔，突然手被欧浔紧紧握住。

除了程诺之外，这是她第一次和异性这样亲密接触。她感觉到欧浔的手掌宽大又有些粗糙，灼热的温度让她非常不适应，下意识想把手抽出来。欧浔近距离看着她，都可以看到她脸颊上细细的绒毛，意外地发现她的皮肤真是很好，就好像水蜜桃，一咬一口汁。

这个女人，她……

欧浔的目光幽深到好像要把她吸进去一样，让叶蓁蓁暗暗握拳，担心他突发精神病对自己不利。她的精神高度紧张，而他好像想通了什么事情一样，长舒一口气，声音是那样优雅慵懒，"欢迎你来，小助理。"

……

小助理？这样不走流程就直接潜规则真的好吗？

当然是……太好了！

叶蓁蓁目瞪口呆地看着欧浔，突然觉得他不是那么讨厌了——他居然一眼就看出来她的优秀，至少还有一个眼光好的优点嘛。她给了欧浔一个赞赏的眼神，欧浔微怔，这时她身边的美女不高兴了，撒娇说："大神，人家是为了你才来面试的，你为什么都不问人家问题就定了这丫头？人家不管，人家要公平竞争！"

"对，凭什么一看到她就定了啊，我们要公平竞争！"

欧浔看着她们雪白的皮肤和修长的大腿，再看着身材干瘦的叶蓁蓁，表情纠结了起来。他轻咳一声："叶蓁蓁，你有意见吗？"

"没意见。"叶蓁蓁自信地说。

经过激烈讨论，她们决定进行一场才艺比赛，评委就是欧浔。这些姑娘们多才多艺，有的跳起了优美的芭蕾舞，有的深情款款地演奏小提琴，还有的现场为欧浔画了一幅肖像画。叶蓁蓁敏锐地注意到，欧浔的视线在其他女人身上停留的时间越来越长，看她的目光也越来越犹豫，心知这个臭不要脸的有些动摇，暗暗在心里骂他。这时，终于轮到她表演才艺了。

大家的目光都集中在叶蓁蓁的身上，看到她自信地走到了院子里。她歪着头，用天真无邪的语气问欧浔面前的秋千能不能给她用用，当她得到肯定的答复后大吼一声，单手劈断了秋千。

在木屑飞溅的瞬间，四周顿时安静了。所有人都用呆若木鸡的眼神看着叶蓁蓁，简直不敢相信这个看似柔弱的姑娘会有这样恐怖的武力值。欧浔的额头上也静静地流下一滴冷汗。叶蓁蓁享受着众人崇拜的眼神，嘿嘿一笑，"现在还有人有意见吗？"

众人只觉得脖子一紧，当然不会有任何人有意见。看着叶蓁蓁得意微笑的面容，欧浔意识到自己似乎做了一个错误的决定。

不过，就算她的个性再奇怪……只要她可以做到那件事，他就要不顾一切地把她留在身边。欧浔想着，食指下意识地抚摸胸口的月牙形项链。

在其他应聘者离开后，硕大的别墅顿时只剩下叶蓁蓁和欧浔两个人。欧浔看着叶蓁蓁，淡淡地开口，"从现在开始，你是我的助理，负责接洽对外的一切事物以及安排我的个人生活。简单地说，就是危机处理方面有人来咨询，你负责做初步的审核，并整理成文件给我，还要做一些信息的采集。在个人生活方面，你要负责和我的形象顾问、服装设计师以及车辆、游艇、别墅等经纪人接洽，还要注意我的隐私权保护，不能向任何人透露我的私人信息。你记一下，我最喜欢的颜色是灰色和紫色，不喜欢吃辛辣的食物，喜欢胸大皮肤好的女人……"

悦耳的男声宛若音律一样在叶蓁蓁的耳边响起，叶蓁蓁先是很认真地记录，越听到后来越崩溃，她再次确认，"欧先生……"

"欧浔。我允许你叫我的名字。"欧浔说着，摆出了一副"朕给你这么大福分，你快来跪下谢恩"的表情。

叶蓁蓁再次呆了一下，也没有客气，"欧浔，我的职位是助理，我想我的工作是和危机处理有关的事情吧，你的私人事情交给我似乎不太合适。”

欧浔没想到自己会受到质疑，把咖啡杯轻轻放在了桌子上，双腿交叠，眉毛微皱，“叶蓁蓁，你面试我助理的原因是什么？”

叶蓁蓁一愣，总觉得她的目的可能会被这个精明的男人看穿。她迅速回答：“我认为危机公关是新兴行业，很有发展的前途。哇，只要一想到可以帮助大家我就会觉得很棒，浑身充满了干劲呢。”

叶蓁蓁露出了梦幻的神情，欧浔再次用一种看白痴的眼神看着她，“叶蓁蓁，你今年多大？”

“23岁啊。”叶蓁蓁不明白他为什么会问这个。

“是吗？你看起来根本没有23岁。”

“嘿嘿，哪有啦。我知道我是长得很年轻，但你不要说出来嘛。”叶蓁蓁害羞了，猛地拍了一下欧浔。

叶蓁蓁的力气很大，欧浔不受控制地踉跄了一下。他非常怀疑自己受了严重的内伤，冷笑一声：“呵，你的智商只有3岁小孩那么高，我一点都看不出来你是个23岁的成年人。叶蓁蓁小姐，你以为我是做什么的？慈善家吗？如果我是慈善家，你觉得我的别墅，我身上的名牌，你的工资要怎么支付？听好了，我们接单子只有一个原则——寻求利益的最大化，通俗地说，就是谁有钱就接谁的单子。”

叶蓁蓁眼皮一跳，一再告诫自己她来这里工作是为了采访案件，必须要忍耐忍耐再忍耐，这样才可以忍住不和欧浔杠上。她生硬地转移了话题，“知道了，亲。那你准备怎么处理皇朝酒店的危机呢，亲？”

欧浔没有回答，而是反问她：“如果是你，你会怎么做？”

叶蓁蓁一心盼着这酒店倒霉，从来没往这方面想过，他的问题还真是把她难住了。她思索了很久，才纠结地说：“我会公开道歉，也会请求顾河的原谅。还有，要找到那个罪魁祸首，手起刀落！”

叶蓁蓁说着，比画出了一个斩杀的动作来，欧浔莫名其妙地觉得脖子一紧。他摸摸后颈，忽略掉这个奇异的感觉，冷静地说：“危机公关一大原则就是快速反应和承担责任，但因为皇朝酒店曾经企图掩盖事实，现在道歉已经丧失了部分效果，光是道歉远远不够，所以，重点还要放在别的方面。你现在就去搜集‘女性对抗暴力108招’之类的资料，通知各大微博大V们转发，把视线转移到‘女性自救法则’上面。然后你搜集其他酒店发生的类似事件，找人大量曝光，转移公众的注意力，降低大家对皇朝酒店的关注度。对了，用尽一切手段找到顾河的联系方式，告诉她……你为什么不记下来？”

欧浔不满地看着叶蓁蓁，叶蓁蓁急忙拿出笔记本记下来，心里暗暗吐槽他真是一肚子坏水，坏到令人发指。欧浔还打算再说下去，这时他的手机响了。通话结束后，他耸了耸肩，神情是那么轻松，“大家果然都很无聊啊。现在网上已经有人对顾河进行人肉，查到了她的工作单位和她家的小卖部，每天都会有人上门去找她。你去热门网站发帖告诉大家顾河面临的困境，话题尽量公正，暗示让大家不要再去打扰她的生活，降低大家对这件事的关注度。”

“有人在人肉顾河？为什么人肉她，而不是人肉那个想把他拖走的男人？”叶蓁蓁诧异地问。

“这个问题我没有必要和你解释，你服从我的命令就好。对了，忘了和你说了，你实习期的底薪是每月1万，实习期3个月，转正后业绩提成百分之一，我想，每个月10万应该不是问题。”

听到欧浔轻飘飘地说她的工资是每月10万，叶蓁蓁只觉得膝盖一软——要知道，她在报社的实习工资是每月800，可是她现在实习期底薪就是1万！转正后工资每个月10万，她就可以在一年内存满100万……

不过，就算给她再多的钱，她也不会被收买！

叶蓁蓁悄悄瞄了一眼欧浔，暗想只有先潜伏到敌人内部才能赢得最后的胜利，于是，她正气凛然地说：“谢谢老板！我现在就开始工作！”

眼见叶蓁蓁干劲十足地开始打电话、查资料，欧浔勾了勾嘴角，他发现，他找了一个和以往完全不同的助理……不过这样倒是也蛮有趣的。还有，他到底为什么会对她……

“叶蓁蓁，我们以前见过面吗？”欧浔突然开口。

叶蓁蓁正在手忙脚乱地打电话，下意识地抬起头，“上次在停车场见过，在公交站台也见过……怎么啦？”

“没什么。”欧浔拿着咖啡杯看着远方，好像在想什么，又好像什么也没想。

4

当叶蓁蓁从欧浔的别墅里出来，坐着公交车晃荡到报社的时候已经是下班时间了，可报社里还是灯火通明。路过会议室的时候，她听到里面好像有人在说话，暗想估计是排版的妹子又和男友偷偷摸摸约会，嘿嘿一笑，猛地踢开大门，“小美，你那么晚不回家是不是在做什么羞羞的事情啊……啊，主编好，程记者好……”

叶蓁蓁没想到会在会议室里见到主编和程诺，踹门的腿停在半空，半晌才尴尬地落下，主编看她的表情简直是一个大写的“杀”字。叶蓁蓁觉得她真是丢脸透了——她一天前刚那么冷艳高贵地对待程诺，现在却在他的面前犯了傻。

“不好意思，打扰了，你们忙。”

叶蓁蓁强迫自己镇定，准备华丽地离开，这时坐在沙发上的女孩突然跪了下来。她的表情是那么疯狂，带着绝望的崩溃，“求求你们，不要让大家人肉我，现在每天都有人来我家看我，我真的好想死……我没有不检点，我没有！为什么我以前堕胎的事情也要被拿出来说！我到底做错什么了！”

那个女孩说着，捂着脸失声痛哭。叶蓁蓁看着有些不忍，很想劝劝那个女孩，却见程诺走到了女孩的身边，轻轻拍打她的背部。程诺递给她一张纸巾，轻声却坚定地说：“不要哭，你没有错。顾河，我会帮你。”

这姑娘叫顾河……

叶蓁蓁突然想起她就是视频里那个险些被人拖走的姑娘，再想起欧浔轻描淡写地说过自然会有人人肉她，心中一颤。她急忙集中注意力，听到程诺说：“人肉你的人侵犯了你的隐私，我们明天就会登报呼吁大家不要被转移注意力。你是受害者，为什么要你承担这些压力？你放心，我一定会为你讨回公道。”

“谢谢。我不要钱，我只要他们道歉。”顾河哽咽地说。

看到程诺和顾河亲密的样子，叶蓁蓁觉得就好像吃了青杏一样发酸，她自我解嘲地想，她到底有什么资格吃这个不相干的飞醋，但脚就好像生了根一样简直动弹不得。主编看到她依旧没有走，突然问：“叶蓁蓁，听说你去皇朝酒店找的危机公关专家那里面试了？”

叶蓁蓁不明白主编是怎么知道这件事的，尴尬地点头，顿时发现顾河看她的眼神简直充满了仇恨。顾河恶狠狠地看着她，大声说：“狼狈为奸的贱人，为什么连你也要欺负我？这世界上只认钱不认理吗？你为了钱良心都不要了吗？为什么我是受害者，他们要人肉我？为什么？！”

叶蓁蓁无法回答她的问题，所以只能选择沉默。主编的眉头紧锁，程诺的语气也冷了下来，“叶蓁蓁，你好好的记者不做，去面试他的助理？你不知道他有多声名狼藉吗？从现在开始，你不要和他有任何联系。”

程诺只比叶蓁蓁大两届，却比她要成熟得多，所以叶蓁蓁在和他恋爱的时候早就习惯了许多事情都让他做主。可是，那都是以前的事情了，现在再次听到他的命令语气，她不会觉得他在关心她，只会觉得可笑无比。她微微一笑，“我的事情和程记者有关系吗？”

程诺没想到她没有否认，而且不知悔改，脸色越发阴沉。他暗恨叶蓁蓁居然蠢到现在还不知道向主编道歉，只能提醒她，“你道歉的话，我们可以再给你一次机会。”

“我不需要你的原谅……”

叶蓁蓁的话没有说完，因为顾河一巴掌打在了她的脸上。顾河用尽了力气，双目赤红，“是你害我变成这样的，你去死！”

叶蓁蓁没想到看似柔弱的顾河会突然发难，一下子愣住了，后知后觉地感觉到脸在发胀。顾河发疯一样地辱骂叶蓁蓁，程诺听到那些不堪入耳的话，再看着叶蓁蓁面无表情的脸，心中一疼。就在他几乎控制不住想站出来的时候，门再次被推开了，一个高大的男人踏着夜色走了进来。那男人把手机递给了叶蓁蓁，怜悯地摇头，“叶蓁蓁，你又忘记拿手机，是不是想找机会再和我见面？你明天就来上班了，不至于那么心急吧。”

欧浔用一种“别装了，我都懂”的神情看着叶蓁蓁，不住地啧啧摇头，看起来既同情她的痴心又享受她的迷恋。叶蓁蓁想起来她面试结束后确实忘记拿回手机，默默接了过来，眼泪在眼眶里倔强地不肯落下。欧浔看到了她面颊上的红肿，突然单手掐住她的下颚，强迫她靠近自己。清冽的须后水的味道就这样袭来，叶蓁蓁的脸几乎贴到了他的胸口上。所有人都瞪大了眼睛看着他们。欧浔的手指轻轻抚摸她的脸颊，低沉地问：“谁打你了？”

“没什么，走吧。”

叶蓁蓁实在没有心情再在这里待下去，只想息事宁人地离开了。欧浔的目光在他们身上一个个扫过，最后落在了顾河的脸上，电光火石间已经想明白了事情的始末。他有一种新玩具被人弄坏了的感觉，莫名不爽了起来，冷冷瞥了顾河一眼，拉起叶蓁蓁的手腕就要离开。这时，顾河突然大声说："拿了钱就出卖灵魂的人渣，你去死！我要杀了你们！"

欧浔的脚步一顿，转过身去，似笑非笑，"你是在威胁我吗？如果我和叶蓁蓁发生了什么意外，你可是第一嫌疑人。"

"你……"

顾河气急败坏又要争吵，被程诺阻止了。程诺看着他抓住叶蓁蓁的手，神色晦涩难明，"顾小姐只是随口一说，请欧先生不要放在心上。"

"不好意思，我这人就是很小气，听到她的威胁我会害怕到睡不着觉，我的精神状况和生活都受到了很大的影响，我的律师会和顾小姐谈一下赔偿的问题。"欧浔轻松地说，一点都不见胆小的样子。

眼见欧浔如此油盐不进，顾河忍不住开口，"我根本没有威胁你，你有证据吗？"

眼见主编和程诺都是一副置身事外的样子，欧浔的脸上逐渐浮现出奇异的微笑，说："当然。"

就在叶蓁蓁暗想，主编和程诺摆明了不会帮他，欧浔还能找出什么证据的时候，他从口袋里掏出了手机。他点开了录音键迅速往后滑，果然响起了顾河的威胁声。顾河的脸色一下子变得苍白，程诺皱起了眉，"想不到欧先生会随时随地录音。"

"看到的贱人多了，就会自我保护了。现在，你可以选择向我的助理道歉，或者接收律师函。"

"对……对不起。"

欧浔的强势让顾河红了眼眶，但她到底还是心不甘情不愿地道了歉。叶蓁蓁看到她的样子心里也不好受，轻声说："我想回家了。"

"好，我送你。"欧浔在她耳边温柔地说。

5

坐在欧浔的跑车里，叶蓁蓁一路上都心事重重。她想到她和程诺真的从恋人变成了陌生人就难过，想到程诺刚才冷漠的举动更觉得伤感无比。她知道，她和程诺再也回不去了，却麻烦了欧浔……

虽然叶蓁蓁并不喜欢欧浔的个性，但是非常感激他为她解围。她总觉得欧浔是因为给她送手机才会被顾河骂，看到欧浔面无表情的样子更是觉得心虚。她知道欧浔肯定生气了，他生气等于不想让她再干下去，等于做不了独家采访，等于没办法打败程诺，等于没有钱赚……不行，绝对不能让这样的事情发生！

叶蓁蓁心情复杂地看着欧浔，小心翼翼地开口，“对不起。”

“一直看着我，是在明恋我吗？”

叶蓁蓁和欧浔同时开口，叶蓁蓁觉得方才有些伤感的气氛顿时消失殆尽。她目瞪口呆地看着欧浔，呵呵一笑，“你说……什么？”

欧浔目视前方，一脸淡定，“如果没有明恋我，为什么会一直看着我，还一连看了10分钟都不眨眼睛？算了算了，我可以给你一张照片……”

叶蓁蓁为了阻止他意淫下去，忙打断他的话，“你因为我的关系被骂了，我觉得很内疚，不知道怎么向你开口才会一直看你的。我发誓，我没有明恋你。”

“哦，原来是暗恋。”

“也不是暗恋！我才23岁，怎么会喜欢30岁的大叔！”

叶蓁蓁气急败坏地叫道，一下子戳中了欧浔的死穴。他的气场一下子阴暗了下去，“我今年29岁。”

“哦。”叶蓁蓁随口应了一声，暗想那也是大叔。

欧浔从后视镜里看到她一副无动于衷的样子，觉得现在的小姑娘真是太不懂礼貌了，一点都不会照顾中年人的玻璃心。他又忍不住看着叶蓁蓁脸上的红印，越看越碍眼，冷哼一声，“我没有生气。做这一行当然会得罪人，如果我连这种小事都要计较，几年前就会被气死了。”

“你真不生气？那你为什么一直不说话？”叶蓁蓁舒了一口气。

欧浔终于找到了报复的机会，挑挑眉毛，“我的副驾驶平时总是嫩模和明星坐，我看到你就没什么说话的欲望，这样不可以吗？”

叶蓁蓁觉得她刚才的彷徨和自责简直是一场笑话，恨恨地白了他一眼，真想给他一记飞脚。这时车子突然停下来了，欧浔去了路边的超市，很快拿了一个购物袋上车，给自己打开了一瓶水，丢给叶蓁蓁一个热气腾腾的茶叶蛋。叶蓁蓁被烫了手，暗想他怎么会突然给她准备消夜，把茶叶蛋剥开正准备吃，欧浔冷冷地说：“把它放在脸上。”

“为什么啊？”

“我在电视上看到，被打了巴掌的话拿鸡蛋敷一下会比较容易消肿，茶叶蛋的效果也应该差不多吧——你身为女人连这个都不知道吗？”

叶蓁蓁倒是没想到欧浔居然还会知道这些生活常识，她也不想第二天红肿着脸见人，立刻把茶叶蛋贴在了面颊上，热度让她疼得轻轻“嘶”了一声。欧浔从后视镜里看着她的表情，语气听不出喜怒，“怎么，是不是做这一行和你想象中的很不一样？”

“是啊，我以为能拯救世界，没想到会被人讨厌。”叶蓁蓁闷闷地说。

“如果你期待我好像心灵导师那样安慰你，说其实你做的事情是非常有意义的，是那个顾河不理解你的好心，那你注定要失望了。就好像律师的职责是尽可能为当事人争取权益一样，我们的职责也是尽可能帮助委托人。顾河当然可怜，但是皇朝酒店倒闭了，那么多职工失业了，就不可怜了吗？这是工作，请不要代入太多的私人情感，不惜一切代价完成委托就可以了。记住，我们不是法官，你也不可能让每个人都对你满意。”

“不能让每个人都满意吗……”

叶蓁蓁重复着这句话，觉得眼前的迷雾好像散开了一些，欧浔的形象也突然变得高大了起来。她敬佩地看着散发着圣洁光环的欧浔，欧浔则亲手把自己打落神坛，“好了，我家到了，你可以下车了。”

叶蓁蓁一路上只顾着聊天，此时才发现面前的房子居然是欧浔的别墅，脑袋一下子就大了，愤怒道：“你说开车送我回家，你怎么到了自己家？”

“我那时只是为了给你撑点面子，再加上一个人开车有点无聊罢了。谢谢你陪我回来，你现在下车吧。”

“我不下，你送我回去。”

现在这个点已经没有公交车了，叶蓁蓁不想辛辛苦苦地走回去，干脆用力扒住了车门，不肯离开。欧浔还是第一次见到这样明目张胆胡搅蛮缠的女人，愣了一下，然后冷冷地说：“那你在这里待到半夜吧，看看我会不会送你回去。”

话音刚落，叶蓁蓁就跳起来，一把抢了他手中的车钥匙，然后继续保持着扒住车门的姿势。欧浔被她的无耻打败了，愤怒地说：“把钥匙还给我！”

叶蓁蓁毫不畏惧地威胁他：“你不送我回去的话我就自己开车。我没拿到驾照也没什么关系啦，你要相信我的聪明才智！咦，按照交通法来说，我犯事儿了你也有责任，是不是这样？”

“叶蓁蓁！”

“欧浔，你就别挣扎了，快送我回家吧。”

眼见叶蓁蓁一副油盐不进的样子，欧浔的怒气慢慢消散，脸上浮现出玩味的笑容。他走到叶蓁蓁身边，在她耳边说：“既然你那么不想一个人回家，不如住在我这儿。”

欧浔的气息是那么灼热，叶蓁蓁的身体轻轻一颤。欧浔满意地看到她的耳朵开始变红，可是她没有像他预料的那样红着脸扭头跑开，而是也对他嘿嘿一笑，“好啊。”

叶蓁蓁轻舔嘴唇，从上到下地打量欧浔，一副她睡了他就赚大发了的样子，让欧浔下意识地扣紧了衬衫的纽扣。他觉得自己被这个小姑娘调戏了，自尊心受到了严重的伤害！他懒得再和她唇枪舌剑下去，拼命去抓她的手想抢回钥匙，恼火地发现这个该死的叶蓁蓁就好像泥鳅一样怎么也抓不住！他单手抓住她的手腕，然后膝盖被狠狠踢了一脚，痛得他弯下了腰。这时，有人诧异地问：“欧浔……你在做什么？”

欧浔手中的动作顿时一停，叶蓁蓁也看着不远处的那个女子，认出她就是那天和欧浔一起在公交站台的那个前女友。季琼看着欧浔从背后抱着叶蓁蓁的样子，脸色微微一变，笑容有些勉强，“欧浔，这位小姐是……”

“是接任你位子的人，你走后第二天我就找到了。有问题吗？”

欧浔说着，一把把叶蓁蓁搂到他的怀里，恶狠狠地将她的头靠在他的肩膀上。叶蓁蓁敏锐地嗅出了他们之间奇怪的关系，再看到欧浔满脸写着“你敢拒绝我，分分钟开除你”，心里无奈一叹。她怜悯地想，以欧浔这么讨厌的个性，根本不可能有女人愿意和他在一起，所以他的前女友把他甩了，他肯定很丢脸吧。叶蓁蓁想到她分手时的痛苦，同情心泛滥，干脆缠绕上欧浔的身体，娇滴滴地问："欧浔，这是谁呀？"

欧浔的脸色有了瞬间的僵硬，他很想把叶蓁蓁的手从他的胳膊上打掉，但是他居然用尽了力气也掰不开！这家伙怎么会有那么大的力气！叶蓁蓁以为欧浔太感动了，不好意思接受她的好意，干脆演上了瘾，摸着肚子痛苦地说："亲爱的，难道你背着我爱上了别的女人？我知名大学毕业，身价上亿，长得漂亮身材好，肚子里还有你的孩子，难道你还不满意吗？嫁妆一栋楼不行的话，我给你两栋楼！亲爱的，你不要离开我，嘤嘤！"

叶蓁蓁的手臂从背后环住了欧浔的腰，欧浔的身体一下子就僵硬了。他多想把这个该死的女人推走，可是不知道为什么舍不得动手，心跳也莫名加速。季琼没有认出叶蓁蓁，惊讶地看着他们亲密的样子，终于说："不好意思，我好像打扰你们了。欧浔，等我新工作安定下来我们一起吃顿饭吧，也许以后还有合作的机会。"

"季琼，你该知道我的脾气，既然已经说了离开，以后就不要再联系了。"

欧浔说着，转身就要离开。他的背影在叶蓁蓁看来真是落寞无比，简直可以去参加"中国比惨秀"了。为了给欧浔挽回点面子，叶蓁蓁对季琼高傲地一笑，笑容充满挑衅。就在她刚想跟着欧浔走回别墅时，她听到季琼开口，"你还是不听劝告，接了皇朝酒店的单子吗？你会成为众矢之的！"

"和你有关系吗？"

欧浔冷漠地说着，头也不回地就往别墅走。叶蓁蓁昂首挺胸地跟着，把"富家女迷恋危机公关大神"的戏码演得淋漓尽致。一进别墅门，叶蓁蓁立刻把眼睛贴在猫眼上，看到季琼呆站一会儿后离开，终于松了一口气。欧浔坐在客厅沙发上喝着咖啡，叶蓁蓁自来熟地也给自己倒了一杯，嘿嘿一笑，"欧浔，我刚才演得不错吧？"

"别喝咖啡，对肚子里的孩子不好。"

欧浔一把抢过叶蓁蓁手中的咖啡杯，脸上看不出任何表情，叶蓁蓁猛地被自己的口水呛到，忍不住咳嗽了起来。孩子的话题让叶蓁蓁有点尴尬，她暗想，欧浔可能是太害羞了不知道该怎么道谢，大度地说："没关系啦，反正她也不认识我，不会对我的名誉有什么影响，你不要太自责——如果真的觉得不好意思的话，可以先发一部分工资给我，我好穷的。"

叶蓁蓁眨巴着眼睛，摆出可怜的样子看着欧浔。欧浔冷酷地揭穿她，"能单手劈开木头的壮士，请你不要用这样的眼神看着我。”

“什么啊！”

叶蓁蓁一下子被戳穿了，心虚地撇嘴，然后继续用湿漉漉的眼神盯着他看。欧浔被她看得浑身不自在，忍不住问：“你练过吗？”

“演技吗？没有练过，都是天赋异禀！有没有兴趣挖掘我做明星啊？”叶蓁蓁笑嘻嘻地说。

“我是说武术。”欧浔真不知道她脑子里都是什么。

叶蓁蓁挠挠头发，“这个啊……小时候……小时候身体不好，所以我妈逼着我练拳击、跆拳道、咏春拳、泰拳，到现在都成为身体的本能反应啦。欧总，你要不要再开个保镖的工资给我，我肯定可以胜任！”

看到叶蓁蓁一脸认真的表情，欧浔挑眉，“你很缺钱？”

“缺啊。我还没有正式毕业，我妈就不给我钱了。你更过分，不肯送我回家，人家连打车钱都出不起……你连100块都不肯给我，嘤嘤……”

叶蓁蓁越想越郁闷，可怜兮兮地对着手指。欧浔仿佛看到了刚出生的小奶狗，看着她湿漉漉的眼神居然有点不忍心。他简直要疯了，“叶蓁蓁，你有属于女人的自尊心吗？”

“不惜任何代价达成目的，这是您教我的啊。”叶蓁蓁不再装可怜，笑嘻嘻地说。

“去搜集和顾河有关的一切资料。还有，现在，给我，出去！”欧浔咬牙切齿。

叶蓁蓁被欧浔拎起衣领丢出别墅后，气急败坏地一脚踢坏了欧浔家的铁门，然后心虚地扭头就跑。她悲惨地步行回家，每走一步就骂一声欧浔，暗暗发誓等这个案子结束后一定要第一时间辞职，还要把辞职信摔在他的脸上。叶蓁蓁沉浸在意淫的快乐里，欧浔则站在二楼的阳台上看着她离去的背影，摸了摸被她抱过的腰，总觉得那上面好像还有她残留的温度一样。他的心脏再次剧烈跳动了起来，眼前似乎出现了一片迷雾，迷雾中，他的面前有许多人来来往往，但是他不认识任何人，除了她……为什么偏偏会是她？

欧浔想，他需要尽快看看他的心理医生才能找到答案。

第二章　大显神威

王皓的心理诊所开在郊区一所隐蔽的小房子里，环境非常清幽，可以有效地保护客人的隐私。作为一流学院毕业的顶级心理学专家，他的经营理念是贵精不贵多，一般只服务上流社会的客人。为了保护隐私，诊所特别注意安排客人的就诊时间，绝对不接待没有预约的客人，不服从诊所规定的客人也绝对会被列入黑名单。

当然，他的所有规定在遇到欧浔的时候通通化为乌有。

1

“欧浔，我和你说过很多次了，到我这里来要先预约，不然你和其他客人碰面大家都会很尴尬，你为什么就是听不懂？”

王皓看着悠然自得地躺在沙发上的欧浔，疲惫地揉揉太阳穴，觉得他真的应该休个假，或者看看别的心理医生才能调节压力。欧浔没有搭理他的问题，喝了一口咖啡，厌恶地皱眉，“不是黄金曼特宁咖啡豆现磨出来的？”

王皓一再告诫自己，要对客人保持理智，于是强忍住想骂人的冲动，“不是，我更喜欢蓝山咖啡。”

“奇怪的品位。”欧浔撇嘴，“你今天的领带颜色我也不喜欢。我早和你说了，你又不是像我一样容貌英俊、身材超级棒，你要靠衣服来掩饰你糟糕的气质……”

“欧浔，我每小时的费用是5000元，你不是想和我聊咖啡豆和领带吧？说吧，你遇到了什么难题？是有人拿着汽油桶要来烧你，还是你终于无法面对内心的谴责了？又或者，你的病……”

“我记起了一个人。”

欧浔的话，让王皓眸光一闪。他不敢相信，他病人的病情居然会有变化，“不用录像就能想起来的人吗？”

欧浔点头，摸着胸前伪装成项链的微型摄像机，“嗯。以往所有的记忆都只能存在24小时，但是对于她好像是例外。因为那天隐形摄像头出现了问题，我没有看到和她有关的任何东西，但是我记起来了她的脸以及和她说的每一句话。这可真是神奇的体验！”

王皓看着欧浔，心中一动。欧浔是他唯一一个患了苏萨克氏症候群的病人，他总以为欧浔这辈子只能依靠录像来记住东西，没想到他的身上似乎出现了奇迹，瞬间来了兴趣，“你的记忆停留在18岁之前，18岁以后每天的记忆都会被清空。欧浔，你在18岁以前有没有见过她？”

“没有。”欧浔非常肯定，“王皓，你觉得我为什么会记得住她？如果她身上有某些磁场或者有某些特质，我是不是能找到这些规律，从而治好我的病？”

虽然王皓也很希望欧浔可以成为奇迹，但是他依然要泼冷水，“你的病症现在还找不到确切的原因，这也许只是一个巧合。”

“也有可能是奇迹的开始。”欧浔坚持。

王皓不再和欧浔在这个问题上纠结，转移了话题，“你说你叫那个小姑娘做了你的助理？你们这行专业性很强，你不担心她不能胜任吗？”

“就算她是一张白纸，我也能把她涂满我想要看到的颜色。”欧浔自信地说着，完全没想到他会在说完这话后的两小时被啪啪啪地打脸。

当欧浔快到达别墅的时候，他才突然想起约了叶蓁蓁中午在别墅里见面，她可能已经等他两个小时了——没关系，谁让他是老板呢，再说了，适当的等待对年轻人有好处。欧浔在别墅四周寻找叶蓁蓁可怜兮兮的身影，没想到转了一圈都没有找到，等他按了密码开了门，习惯性脱下了外套想换拖鞋时，一下子愣住了——他的鞋柜里，分明有一双属于女人的运动鞋，再往屋里一看，只见叶蓁蓁正坐在沙发上吃薯条，更是自来熟地打开了电视，一边看真人秀一边笑得前仰后合。他看着叶蓁蓁恋恋不舍地舔着手指上番茄酱的样子，真是恨不得立马把她打包赶出去。他阴沉地问：“你是怎么进来的？”

“欧浔你回来啦，要不要喝茶？”

叶蓁蓁笑嘻嘻地给他倒了一杯茶，他发现她手里的茶壶正是他去年拍卖得来、价值千万的大师壶！他倒吸一口凉气，“站住，别动！”

“啊？”

叶蓁蓁愣住了，果然保持拿着茶壶的姿势纹丝不动。欧浔小心翼翼地把茶壶放到了桌子上，这才终于松了一口气，再看到茶杯居然是他收藏的汝窑瓷，心肝儿再次一颤，他咬牙切齿地质问：“告诉我，你是怎么进来的？”

“啊，你说到你工作室来啊。我在门口等了很久都等不到你，保安也不肯给我开门，我只好试一试密码咯。密码是你生日末尾加上你的臀围，嘿嘿，你这人好自恋哦。”

眼看叶蓁蓁的目光在他的臀部停留，欧浔的脸色一下子变红了。他微妙地觉得他们之间的角色互换了，明明应该他调戏她，她羞红了脸……呸，他为什么要调戏这个女人？欧浔恶狠狠地鄙视了自己一把，突然看到叶蓁蓁忽闪着大眼睛看着他，“欧浔，你……”

欧浔喜欢一切和美有关的事物，美女当然也在其中。他见过无数双美丽的眼睛，有的含情脉脉，有的媚眼如丝，也有的如雾似幻，但是没有一双眼睛像眼前这样清澈又带着一丝狡黠。他觉得心脏好像被重重敲击了一下，眼睁睁看着叶蓁蓁越来越靠近。她的呼吸也似乎近在咫尺，她的手轻触他的脸颊。他的身体轻轻颤抖了一下，一把抓住了叶蓁蓁的手。他深深地看着她，而叶蓁蓁摊开手掌，“你的头上有树叶，你都没看到吗？哈哈……”

……

欧浔面无表情地说起了公事，“让你找的顾河的资料找得怎么样了？你现在还是实习期，如果做得不好，我分分钟开除你……”

他的食指还没对准叶蓁蓁的鼻子，还没来得及冷艳高贵地威胁她，手上就多了十几个文件夹，沉得他往前踉跄一步。他打开一看，发现第一个文件夹是顾河从小到大所发生过的事情，第二个文件夹是她的性格分析，第三个文件夹开始是所有和她有关系的人……这份细致又完美的资料让挑剔的欧浔也找不出什么错处来，忍不住挑眉，“这是你一个人完成的？”

“是啊。”叶蓁蓁没有被夸奖的欣喜，看起来有些低落，“我昨天晚上去顾河家里、工作单位和学校打听了，左邻右舍都说顾河是一个很可怜的女孩。她的妈妈走得很早，后妈对她很不好，都不给她学费，她只能去酒吧打工赚钱来上学。她还交往过一个男朋友，但是那男孩是渣男，把她肚子弄大了都不肯和她结婚，后来孩子因为不健康也流掉了……她上一份工作是在美容机构做美容师，收入也不高。那天她是因为和家里人吵架才去旅馆住的。现在，她连工作都没有了。”

“她很快就要迎来好运了。”欧浔嘲讽地说。

叶蓁蓁愣住了，“有好心人要帮她吗？”

欧浔一边松领带一边说：“经过我多方努力，皇朝酒店决定拿出500万给她做精神补偿。没有这件事的话，她一辈子都赚不到这么多钱，她的运气还真不错啊。”

叶蓁蓁觉得简直无法和这个三观不正的人对话，“她受到的伤害不是钱可以弥补的！她说过，她只要道歉，不要钱！”

“她那是为了要更多的钱。”欧浔淡淡地说，“相信我，这样的事情我已经处理过很多了。你现在去找顾河，不要一开始就给她500万，可以先开100万，再逐渐往上加，尽量为客户减少成本。”

叶蓁蓁看着欧浔，轻轻咬着嘴唇，看起来一副非常不情愿的样子。欧浔心里暗叫糟糕，知道他似乎招了一个最不适合的人做助理——她那该死的正义感是最要不得的！因为她特殊的作用，欧浔决定不像平时对待助理一样简单粗暴，而是温柔体贴、不动声色地改变她的主意，有时候，提前给她一点福利也没什么关系。

欧浔想着，走到叶蓁蓁身边，伸出手，“把手机给我。”

“你要我手机做什么？”

叶蓁蓁迷茫地把手机递给了欧浔，欧浔打开了手机里的照相机，调节到自拍模式。他俯下身，把头凑近了叶蓁蓁，对着镜头露出了灿烂的微笑。眼见叶蓁蓁呆呆地看着自己，他不满地说：“快点笑，别浪费时间。”

和欧浔突如其来的亲密接触让叶蓁蓁有些愣神，她急忙露出了笑容，这时欧浔飞快地拍了照片。他的笑容在拍照结束后瞬间消失不见。他把手机还给了叶蓁蓁，用赏赐的口气说：“好了，你现在可以上传到朋友圈，告诉你的亲朋好友，你在给一个多么英俊又有钱的男人做助理。”

……

叶蓁蓁用一种看白痴的眼神看着欧浔。欧浔显然误会了她的意思，他大发善心，决定好人做到底，“好了好了，只拍一张脸的话是无法全方位展现你现在的幸福，你可以拍拍我家的游泳池和厨房，要不要给我的侧脸做个特写？记得要用滤镜啊，营造圣洁的氛围。”

欧浔说着，慵懒地坐在沙发上，左手端着咖啡杯，还特地调整了侧颜的角度，看起来优雅又漫不经心。从这个角度，叶蓁蓁发现他的轮廓比一般人要立体一些，睫毛很长，发丝在午后的阳光下更是被染成了金色，闪耀着妖艳又奇异的美。叶蓁蓁着实被他打败了，沉默地站着。欧浔挑眉，“还不快拍？摆姿势好累的。”

他是老板，不能挑衅，不能挑衅！至少不能在完成采访之前挑衅！

叶蓁蓁不断在脑海里给自己催眠，干巴巴地说：“呵呵，不用了，你真客气……”

欧浔声音低沉又魅惑：“没事，我是一个平易近人、关爱底层员工的老板，你把这里当成你的家就好。”

欧浔说着，风度翩翩地喝了一口茶，顿时喷了——这么难喝的茶怎么有脸出现在他家，这一定是叶蓁蓁干的！他不住地咳嗽，缓过来才问：“你给我喝的是什么茶？”

“菊花加上麦冬再加上红枣，特别补血养颜。”叶蓁蓁理直气壮地说。

“这是我家。”

“这也是我的办公室啊。你刚才说要把公司当成自己家，我就是这样做的呀。”

叶蓁蓁摆出一副无辜的样子，看到欧浔气急败坏的脸，终于觉得心里稍微出了一点恶气，可以报复他昨天晚上让她走回家的恶气。看着叶蓁蓁油盐不进的样子，欧浔怒极反笑，露出了一个深邃的笑容，“既然你把这里当成自己家了，不如住在这里。”

“可以啊，既然你盛情邀请，我就住下啦，省得每天赶来赶去的。”叶蓁蓁毫不示弱。

“现在是下午3点……我们可以去午休……”

欧浔靠近叶蓁蓁耳边说着，呼出的灼热气息让叶蓁蓁起了一身鸡皮疙瘩。她知道和一个成年男人一起午休意味着什么，但是她绝对不会认输！她眨眨眼睛，“行啊，我们去睡吧！”

欧浔瞥了她一眼，果然往卧室走去，叶蓁蓁也跟了过去。一走进他的房间，她就被中央的圆形大床吸引了。她一下子跳到床上，在床上翻来覆去，笑嘻嘻地说：“哇，这床是我小时候最喜欢的，特别特别有公主的气质，可是我妈觉得幼稚不让我买……哇，好软好软，欧浔你好软啊！”

欧浔真的想告诉叶蓁蓁，请不要把他的名字和“好软”联系起来，但他只是冷冷地哼了一声，冷峻地问："滚够了吗？"

"还行吧。"叶蓁蓁嘿嘿笑着。

欧浔简直懒得和她计较，一下子跳到了床上，直直躺在叶蓁蓁身边。叶蓁蓁没想到他来真格的，吓了一跳，连滚带爬地想下床。欧浔一把抓住了她的手腕，眸色深邃，"说好一起睡的，你跑什么？"

他原来只是想给叶蓁蓁一个教训，但突如其来的滑腻触感让他愣住了。他近距离地看着叶蓁蓁，感觉她长长的睫毛好像一下子戳到了他的心里，她白皙的肌肤比他珍藏的瓷器还要细腻动人……他觉得有一股火焰从心里冒了出来，然后小腿处忽然传来剧烈疼痛。

"你放不放！"叶蓁蓁冷冷地问。

欧浔疼得捧着小腿在床上打滚，他怀疑他的小腿骨都断了！这个暴力的女人！叶蓁蓁打着哈欠听着他的咒骂，不耐烦地说："好了，别闹了，我只用了十分之一的力气，根本没有断好吗！你下次再骚扰我的话，我踢你……那一条腿，和另外……那一条腿，明白了吗？"

"就算她是一张白纸，我也能把她涂满我想要看到的颜色。"欧浔莫名其妙地想起他对心理医生说的那句话，一时心塞无比。

2

就算小腿负伤，欧浔还是遵守了危机公关的守则——时机至上，他必须尽快解决公众对皇朝酒店的批判。他沉默不语地离开别墅，沉默不语地开车，暗想如果叶蓁蓁道歉他要怎么严厉地对待她，没想到叶蓁蓁反而比他更生气，一路上都没有说话。当他们到达皇朝酒店时，高总等人已经等候多时了。

"欧先生，记者招待会已经准备好了，一小时后就可以举行。"

"欧先生，高总已经背熟了发言稿。"

"欧先生，参加发布会的记者都是和我们关系良好的媒体，不会问尖锐的问题。"

一看到欧浔，大家就好像看到了主心骨一样，纷纷向他汇报进度，叶蓁蓁发现高总的精神状态似乎比上次更加糟糕。欧浔看着他皱巴巴的衬衫和西服，突然冷冷地开口："你就打算穿成这样去道歉吗？"

"有什么不对吗？"高总愣愣地问，"我这西装可是名牌……"

“皇朝酒店的形象已经受损，高管再以不修边幅的形象出现的话，只会让大家更加不信任这个品牌。如果想表达痛苦、内疚等情绪，会有更好的表达方式。现在，我们开始练习。”

“练习？”

叶蓁蓁还是第一次听说道歉还要练习，忍不住说出了心中的疑问。欧浔没有看她一眼，继续说：“你需要练习说话的语速、道歉时鞠躬的弧度，什么时候语气哽咽，什么时候低头，什么时候擦拭眼泪和故作坚强……一个小时有点紧，我们必须抓紧时间。”

欧浔安排秘书小姐火速给高总换了一身衣服后，就开始了对他的训练，叶蓁蓁只觉得大开眼界。鞠躬十五度一般表示问好，作为道歉来说会显得傲慢；鞠躬三十度会显得有诚意，但是没有鞠躬四十五度来得震撼……叶蓁蓁看着欧浔对高总进行特训，再看着高总按照计划在记者会上起立道歉，心里真不知道是什么感觉。

“原来，都是假的啊。”

叶蓁蓁想起她之前参加记者会时，也曾经因为明星的当场表白激动，因为官员的自我检讨选择了原谅，现在觉得自己简直是一个傻瓜。欧浔站在她身边默默看着高总的表演，勾了勾嘴角，“等他这场戏演完，我们一起去顾河家谈判。”

“嗯。”

眼看叶蓁蓁没有了踹他时的活力，欧浔嘲讽地问：“你在同情他？”

“什么啊……我只是在想，就算他有错误，也不至于所有责任都在他的身上。酒店的安保、管理，甚至警方的作为都是很关键的因素。”

欧浔意味深长地说：“这件事必须有个人来背锅，让他承担所有责任是让事情解决的最佳方案。如果按照你的设想，今天整个会场都塞不下那么多人，还真是有趣的场景。”

叶蓁蓁也知道她的想法很可笑，闷闷地说：“他离职后，老婆孩子会生活得很辛苦吧？”

“现在担负起责任还有一笔赔偿金，等集团将他以重大过错的名义开除的时候那才是地狱。收起你廉价的同情心，我们现在要去顾河家里和她谈赔偿。”

欧浔说着率先离开，叶蓁蓁愣了一下后急忙跟了上去。半小时后，欧浔阴沉着脸从他的红色跑车上走了下来，一脸嫌弃地站在顾河家的门口。他从西装里掏出了手绢捂住了鼻子，声音听起来有些奇怪，“这地方真是连空气里都弥漫着贫穷的味道啊……这个单子绝对要加钱，不如就加100万作为精神损失费吧。”

欧浔自顾自说着，叶蓁蓁没有说话，看着面前的小吃店，心里有些不是滋味。

顾河家住在老居民区的贫民窟，这里满是无业人员和社会底层的人，空气混浊环境恶劣，民风也比较彪悍。他们的跑车在这里引起了不少人的围观，大家纷纷在不远处对他们指指点点，欧浔一副享受其中的感觉。叶蓁蓁白了这个娇气的男人一眼，率先往里面走去，突然听到欧浔说：“一会儿的交涉交给你负责。”

“我？我还什么都不会啊。”叶蓁蓁吓了一跳，“而且是那么大的单子……你不该拿点小的先给我练手吗？”

“这就是练手的小单子。走吧。”欧浔霸气侧漏地说。

叶蓁蓁只好进了顾河家，紧张得心脏就要从胸腔里跳出来。她深吸一口气，彬彬有礼地问：“请问这是顾河小姐的家吗？”

一个满头挂着发卷的中年女人正在腌咸菜，听到叶蓁蓁说话，懒洋洋地抬起头，没有回答。这时，她旁边瘦弱的男人警惕地问：“你们要干吗？我这里只是小本经营，顾河那丫头我也不知道到哪里去了，我……”

他还要长篇大论下去，欧浔突然开口，“我是来谈赔偿款的。”

“我是她妈！”

刚才还爱答不理的女人突然热情了起来，急忙请他们入座。叶蓁蓁还客气了一下，欧浔却神情自若地坐在了首席的位子上，看到他们端上来的油腻腻的茶杯微微皱眉，露出了嫌弃的表情。叶蓁蓁喝了一口茶，见欧浔没有说话，只好语气柔和地开口，“你们好，我们是代表皇朝酒店过来和您这里协商赔偿问题的。那个，顾河现在在不在？”

“你觉得我会要你们的钱吗？滚出去，都给我滚出去！”

就在顾河妈要回答的时候，顾河突然冲了出来，一下子就掀翻了他们面前的桌子。滚烫的茶水猛地溅到了叶蓁蓁的手臂上，她痛得皱起了眉。叶蓁蓁发现，顾河比她上次见到的时候又憔悴了很多，头发枯黄打结，脸色也惨白到发青。她的歇斯底里表明她的精神状态已经出现了问题，而她还要在她的伤口上继续撒盐……

“对不起……你遇到的事情，真的很对不起！给你500万，你看可以吗？”

叶蓁蓁忘记了欧浔的交代，一下子就开出了最高价。欧浔的云淡风轻顿时不见了，用一种见到鬼的眼神看着她，眼神里简直可以射出一把又一把的小刀子。叶蓁蓁却一脸认真，“发生了那样的事情，你一定很难过，真的对不起！酒店官方已经公开道歉了，我知道钱无法弥补你的创伤，但是好歹能改变一下你的生活……这500万请你接受！”

叶蓁蓁说着，对顾河鞠了一躬，忐忑不安地等待着她的决定。一片寂静中，顾河妈突然一声尖叫，急忙说：“好，500万我们接受！快把钱给我们啊！”

看到市侩的后妈和沉默的爸爸，顾河的眼神冰冷又嘲讽，觉得鼻子发酸，可是她已经没有泪水了。自从发生了那件事后，她的工作没了，网上有人支持她，也有人谩骂她、人肉她，她的生活变得一团糟。如果说她一开始的坚持是为了让酒店道歉，现在酒店负责人引咎辞职，酒店公开赔礼道歉倒是让她突然没有了愤怒的方向。她也不知道她在坚持什么，又在渴求什么，这样无力的感觉让她压抑到几乎无法呼吸。她的生命中没有任何光明，包括他也离开了……

顾河的沉默让叶蓁蓁无所适从，她求救地看着欧浔，但是欧浔只是出神地看着小吃店里的咸菜，丝毫没有开口的意思。叶蓁蓁只能硬着头皮说：“对不起，但这真的是我们能出的最高价码了。你只要发布一条和酒店方和解的微博，就可以买一套房子，或者出国重新开始……”

就在叶蓁蓁冥思苦想说服顾河的时候，门外突然传来了敲门声。在看到程诺出现在眼前的时候，叶蓁蓁的脸色一下子就变了，她不知道为什么，突然觉得无处遁形。她猛地绷直了身体，让身边的欧浔怀疑，她会像一缕青烟一样飘走。

所有劝说的草稿，通通变成了心虚和尴尬，程诺清亮的眼神一直停留在她身上，好像可以看穿一切。

叶蓁蓁的呼吸越来越急促，指甲恶狠狠地插进掌心，想用疼痛转移自己的注意力。欧浔的目光在她的手上停留，然后看着程诺，脸色一寸寸变冷。

就在气氛诡异万分的时候，欧浔突然开口，“450万。”

没有人明白他这话是什么意思，都诧异地看着他，欧浔觉得这才是事情正确的发展方向——所有人的目光都在他的身上才对嘛。他享受着众人的注目礼，淡淡地说："刚才你烫伤了我的助理，50万作为医药费，所以你只有450万了。"

"哪有这种事！"

顾河妈好像被踩到了尾巴一样跳了起来，顾河也愣住了，这时欧浔淡淡地说："怎么样，450万可以吗？"

顾河咬牙切齿道："你去死……"

"出言侮辱世界上顶级的专家，现在只有400万。"

"人渣！"

"350万。"

"畜生！你出门就会被车撞！"

"300万。"

顾河越来越气急败坏，可是欧浔的神情依旧平静，甚至看起来很享受这砍价的过程。顾河还想开口，这时顾河妈狠狠一巴掌打在她的脸上，声嘶力竭道："你给我闭嘴！都只有300万了，你再不闭嘴就只有100万了！几分钟弄丢了200万，你可真有脸，你就是被撞死了，家里都拿不到那么多钱！"

顾河似乎已经习惯了后妈的暴虐，捂住脸，木木地没有说话。这时，顾河妈突然切换了表情，谄媚地靠近欧浔，"先生，顾河这丫头脑子有问题，您大人不记小人过，不要和她计较！这样吧，刚才她骂了你几句我就打她几下，咱还是按照以前谈好的500万好不好？"

欧浔微微一笑，"不好。一口价300万，不然我们就走了。"

他一边说着，一边冷艳高贵地朝门口走去。他一向喜欢这种华丽转身的戏码，可是叶蓁蓁居然没有配合他一起离开，而是一脸担忧地看着顾河。欧浔顿时觉得被破了功，他用眼神示意叶蓁蓁快点上道。这时，程诺走到了顾河的面前，食指轻触她红肿的面颊，冷峻地看着顾河妈，"如果她起诉你，你面临的是15天以下的拘留，你这是要我们报警吗？"

顾河妈明显吓了一跳，但还是嘴硬，"她是我女儿，我打我的女儿关警察什么事！我想打就打！"

顾河妈嚣张地伸出手想打顾河，顾河闭上了眼睛，而程诺硬生生地为她挨了这一下。看到程诺眉头紧皱的样子，叶蓁蓁觉得心里一紧，下意识地想走到程诺身边，但是欧浔牢牢抓住了她的手，叶蓁蓁拼命把手甩开。这时，顾河妈也后退了一步，色厉内荏地说：“你是什么东西，你这是擅闯民宅你知道吗？我警告你，你……”

她的话没有说完，因为程诺把记者证拿出来，端端正正地放在她面前。程诺微微挑眉，“殴打记者，你觉得这会是什么后果？你的女儿不会告你，但是我会。”

饶是顾河妈不懂法律，也知道记者是不能得罪的人，冷汗一下子就流了下来，她生硬地笑着说：“我又不是故意打你的，我要打我的死丫头，正好碰到你了……”

“我可以息事宁人，但是如果你哪个邻居说你又打顾河了，你知道我会怎么办。”

在程诺的强大气场下，顾河妈撇撇嘴不再说话，叶蓁蓁却暗暗心惊——难道程诺刚才明明可以躲过去，却为了顾河可以好过一点，故意被打吗？

他，他还真是……

看到叶蓁蓁的目光都在程诺身上，欧浔的心里很不高兴。他淡淡一笑，“看来，今天是没办法谈赔偿的问题了。”

欧浔说着就迈出了大门，就在这时，顾河妈猛地一拍桌子，“行，300万就300万！你给我们300万，我保证让这丫头不闹事！”

听到这话，欧浔嘴角微微上扬，他停下了脚步，从皮包里拿出了一份协议书，“那就把协议签了。”

“顾河，你的意见是什么？”

程诺阻止了顾河妈的签字，执着地等着顾河的答案。欧浔的脸色一下子就阴沉了，他居高临下地看着程诺，“这位朋友，我是和她们谈赔偿，不是和你谈。这么微妙又尴尬的局面，你可以回避一下吗？”

“顾河，不愿意可以不签。你告诉我们，你不要钱，你要道歉和尊严，我说过我会帮你。”

程诺的目光又清澈又温暖，让顾河感觉到温柔的保护，也让叶蓁蓁觉得无比羞愧——这样的角色本该属于她，可是她现在竟然和欧浔狼狈为奸地欺骗顾河和解！她自责到说不出一句话。就在这时，欧浔走到了顾河面前。在顾河诧异的眼神中，欧浔递给顾河一个文件夹，顾河疑惑地打开了文件夹，手突然微微颤抖了起来。

“我签。”顾河说。

虽然达到了目的，但是叶蓁蓁很不开心。她一再告诉自己，已经发生的事情不可能改变，顾河说不定能迎来更好的生活。但是在看到顾河空洞的眼神时，她还是忍不住心中一抽。

那眼神……

这样空洞又绝望的眼神，她在讨薪的民工身上见过，在垂死的老狗身上见过，但是现在她在一个20多岁的女孩身上看到了。叶蓁蓁突然觉得特别难过，因为她不知道她到底是给顾河带来了希望，还是把她推向了更深的深渊。

“顾河，你不要怕，我会帮你。我相信，这个社会上没有人能一手遮天。”

面对程诺的坚持，顾河很想笑，但是丝毫笑不出来，她轻声说：“程记者，谢谢你，最近真是麻烦你了……我已经决定签字了，对不起。”

顾河的目光落在她瘦弱的父亲身上，手指开始颤抖。她真的不想受到这样的侮辱，可是家里为了给父亲治病已经是无力支撑了，如果继母把他们赶出去，父亲就只能和她一起流落街头了……为什么这个世界是有钱人的世界？为什么倒霉的只有她一个，为什么要让她那么狼狈？为什么，明明不可能和他在一起还要给她希望……

欧浔把合约放到顾河面前，淡淡地说：“按照合约，你必须发布一条原谅酒店管理方的微博才可以拿到这笔钱，我会告诉你该如何措辞。”

顾河粗重地喘着气，猛地拿过了笔，用力签了自己的名字。因为用力过度的关系，她手上的手链掉在了桌子上，叶蓁蓁急忙把手链捡了起来，微微有些愣神。她把手链递给顾河，轻声说：“你的手链掉了。”

顾河恶狠狠地接过了手链就跑回房间。她离开后整个小吃店的气氛变得非常怪异。顾河的父亲用力咳嗽，顾河妈则笑嘻嘻地搓着手，“这位先生，这钱是不是顾河发了微博以后就给我们？是一次性打款还是分批，我觉得一次性比较好……”

欧浔的笑容依旧优雅，“你放心，肯定一切如你所愿。”

3

当叶蓁蓁坐上欧浔的跑车离开顾河家时，她的眼前一直浮现出顾河隐忍又悲伤的面容。贫民窟逐渐消失在视野，但是那种令人压抑的窒息感还是残留在她的体内，她看着自己白皙光洁的手，不知道为什么总觉得那上面好像沾满了血腥。

为什么，突然从正义的使者变成了灾难的帮凶？为什么，要逼着自己做她并不想做的事情？为什么，要做这个家伙的助理，让自己的心情那么不好？

“欧浔，你到底给顾河看了什么？她为什么突然改了主意？”叶蓁蓁终于忍不住问。

“你说那个啊……她上大学的时候，除了交往过一个前男友外，还和一个有妇之夫好过一阵，要查出这个可真是不容易啊！叶蓁蓁你记住，这样的撒手锏不要一下子就让人知道，要在最关键的时候用。”

叶蓁蓁的心里真是说不出什么滋味，“就算她真的做过第三者，这和她被皇朝酒店欺负有关系吗？你打算怎么让顾河发声明？”

“大概意思就是说她现在的生活很好，希望大家淡忘这件事，不要去打扰她，注意不要提及皇朝酒店的名字。叶蓁蓁你记住了，危机公关的精髓并不是把事态扩大，而是让大家淡忘。”欧浔目视前方，漫不经心地说。

“就算大家都忘记了，她也忘不了。毕竟，她受到伤害了啊。”叶蓁蓁轻声说。

“呵，你那么有同情心，可以去做义工，或者去做药物实验也可以，好让你在岗位上发光发热。”

“什么啊，你的嘴巴可真是够毒的。”叶蓁蓁撇嘴。

欧浔看她油盐不进的样子，冷笑一声，“叶蓁蓁，你知道你刚才犯了多大错误吗？第一句话就把底牌亮出来了，如果不是我反应快，500万根本打不住！多出来的钱怎么办？你出吗？因为你的失误，我可能会带来百万的损失，我都不能换新跑车了，也不能去南极玩了！”

欧浔喋喋不休地责骂叶蓁蓁，叶蓁蓁听得心烦气躁，干脆捂住了耳朵。欧浔看她不跪求原谅的样子更加火大，猛地去抓她的手，“你还敢不听我说话！”

欧浔的车子猛地偏向了一边，一辆货车从车边擦身而过，叶蓁蓁吓得心脏就要跳出来了！她急忙去抢方向盘，“你精神病啊，好好开车，不然我们被撞死了怎么办！”

欧浔不管不顾，继续一只手去抓她的手臂，“不许不听我说话。”

“好，我听我听！你快好好开车啊！”

叶蓁蓁真的不想让这条马路成为她人生的最后一站，急忙顺着欧浔，只见后者骄傲地冷哼一声，终于认真开车了。可是，他的右手还是紧紧握着她的手掌，并没有松开的意思。叶蓁蓁头痛地看着他的手，到底不敢再次戳中他犯精神病的点，小心翼翼地说："欧浔，我突然想起来我还有点事，前面路口就把我放下吧。"

"不用到那个路口。"欧浔看了一眼后视镜。

"啊？"

这时，一辆警车呼啸而过，挡在了他们的车前，欧浔猛地打了一把方向盘，然后靠边停车。交警和程诺一起下了车，叶蓁蓁在看清楚程诺的瞬间，呼吸变得急促了起来。她猛地挣脱了欧浔的掌心，身体僵硬地紧紧贴着后座椅。欧浔很不喜欢这样的感觉，听到交警一直在敲击车窗才摇下窗子，语气恶劣，"什么事？"

交警是一个年轻俊秀的男人，剃着简单的平头，双目温和又璀璨，可是，叶蓁蓁的目光全在程诺身上。欧浔皱眉看着叶蓁蓁，交警并不知道他们3个人之间的暗涌，严肃地说："先生，请接受酒精检测。"

欧浔用一种看白痴的眼神看着交警，不耐烦地吹了一口气，酒精检验器显示他没有饮酒。交警微微皱眉，"请出示一下您的驾驶证。"

"我犯什么事了吗？"

"你刚才开车出现了严重的偏差，我有理由怀疑你酒驾。"

"没有喝酒，只是和小助理开个玩笑。"

欧浔说着，瞥了一眼叶蓁蓁，可叶蓁蓁还是看着窗外，好像发生的事情和她毫无关系。欧浔轻咳一声，在她脑门上重重弹了一下，"警察问你话，发什么呆？"

"啊，玩笑……对啊，我们在开玩笑，哈哈哈哈！"

叶蓁蓁急忙大声笑来掩饰她的心虚，看着她强撑笑容的样子，欧浔心里越发不爽。这时，程诺走到叶蓁蓁面前，他伸出手却生生停留在半空，声音透着温柔，"疼吗？"

叶蓁蓁看着程诺，突然想起来，她在大一的时候报了女生都不愿意报的1000米长跑，却在接近终点的时候因为体力不支跌倒的那一幕。那时候，她眼睁睁看着在她后面的选手一个个超越她，气得牙齿发酸又觉得无比丢脸，真想消失在跑道上。再看到不远处的程诺更是欲哭无泪，她以为她这么丢脸的样子被程诺看到了，他一定不再会理她，可是程诺居然慢慢朝她走来，低下身问：“疼吗？”

当时她是怎么回答的？是说“不疼”，还是顺势说“你吹吹我就不疼了，求抱抱”？叶蓁蓁已经不记得了。哈，真好笑，那些以为会记一辈子的事情，就这样轻易被忘怀了，正如他们曾经坚不可摧的感情一样。

如果不是看到欧浔探究的眼神，叶蓁蓁还会继续活在回忆里，但是她现在猛然清醒——不能让欧浔知道她在报社工作，不然她所有的计划都完了！她急忙对程诺使眼色，可是他们分手两年后显然没有了当初的灵犀。程诺的眸色被寒意所笼罩，去开叶蓁蓁那一边的车门，但是欧浔眼明手快地按了锁车键。程诺没有开成门，淡漠地下了命令：“把门打开。”

“我带着我的小助理兜风，顺便回答一下警察的话，和你有什么关系。警察叔叔，没有事情的话，我们就先走了。”

交警好脾气地说：“先生，这位是报社的程诺记者，现在和我一起执行公务来完成采访。您刚才开车确实险些酿成事故，希望您以后开车小心点，毕竟要对自己的生命安全负责，也要对车上的乘客负责，是不是？”

“是吗？还真是一个阴魂不散的记者啊。那我现在可以走了吗？”欧浔看看手表，不耐烦地问。

交警想不出还有什么理由可以留住他们，只好微微点头。可是欧浔在看到程诺和叶蓁蓁之间的暗涌时又改变了注意。他总觉得这个程诺和叶蓁蓁之间很有问题，心中猜测着他们的关系，突然捂住了胸口，慢慢倒在方向盘上，“我的心好疼……”

叶蓁蓁纠结的心情被眼前突然发生的一幕给打断了，她的注意力急忙转移到欧浔身上，脑中飞快闪过这里距离哪家医院最近、心脏病急救有哪些招数、心肌梗死要如何处理等信息，连声音都颤抖起来，“欧浔，你，你，你怎么了？你是有心脏病吗？”

欧浔抬起眼睛看着她，觉得他还是喜欢这样的感觉——她的眼睛里只有他，她的情绪只因为他一个人而改变。他的睫毛微微颤抖，做出了痛苦的神色，“嗯，心脏有一点点问题，但是刚才会突然疼痛，是因为想到我开车过快险些让你受伤……一想到这个我的心就好疼。”

欧浔修长的手指缓缓抚摩叶蓁蓁的长发，笑容是那样温柔，叶蓁蓁并没有被感动，只觉得浑身的汗毛都竖了起来——这家伙又犯精神病了！可是，她看惯了他嚣张跋扈的一面，他柔弱地抓住她手的样子居然让她有点不忍心，他的眸中好像有着万千星光，璀璨到让她失神……

叶蓁蓁的注意力都被欧浔吸引，没有看到程诺默默握紧了拳头，手背上的青筋都暴了出来。看到程诺的反应，欧浔非常满意，露出了得意的笑容。在程诺开口之前，他迅速坐直身体，没有停顿地说："现在没事了，我们走吧。"

于是，欧浔瞬间踩下了油门，在笑声中疾驰而去。叶蓁蓁看着欧浔不断在车里大笑的样子觉得头越来越疼，暗想他如果犯病要对她不利她就跳车走人，这时欧浔突然开口，"你和刚才那个男人是怎么认识的？"

叶蓁蓁早就做好了欧浔看出来他们认识的准备，倒也没有慌张，她隐瞒了同事关系，避重就轻地说："他是我前男友，有问题吗？"

虽然猜测过这个可能性，但是叶蓁蓁诚实的答案还是让欧浔的心情不太好，他冷哼一声，"前男友，前男友……你们什么时候谈的？"

"大一的时候。"

"又是什么时候为什么分手？"

"这是我的私事，老板你管得太多了吧。"

叶蓁蓁白了他一眼不再说下去，欧浔的心就好像被吊在了半空，这种着不了地的感觉真是难受。他脑中飞快浮现出"这个小丫头居然谈过恋爱""好想弄死那个记者""看她那么难过，难道她脑子进水了还喜欢那臭小子"等弹幕，这时听到叶蓁蓁说："欧浔，你刚才是装的吧？！"

欧浔知道她指的是哪件事，一点都没有被戳穿的尴尬，"嗯。"

"你，你为什么要那么做？是怕交警扣驾照吗？"

欧浔并不准备告诉她，他看到那个小子就不爽——如果她真的逼问的话，他也会高冷地回答"这是我的私事，你管得太多了吧"来回击。他刚想好对策，没想到叶蓁蓁不再关心这个问题，试探地问："那个……你觉得男人在分手以后突然出现在前女友面前，还表现得对她很关心，是出于什么目的？"

欧浔的心里就好像被挤了柠檬汁一样，每一寸都是酸的，他的愤怒一下子到达了顶点，最后嘲讽地说："因为把那个傻瓜女孩当成奥利奥，想扭就扭，想泡就泡。"

叶蓁蓁愣住了，"你说什么啊！

"你要到的地方到了，下车吧。"欧浔猛地踩下了刹车。

于是，叶蓁蓁再一次被欧浔在闹市区赶下车。她不知道又怎么得罪欧浔了，不过这个精神病犯病是正常的，她根本没必要放在心上。她走到了公交站台等公交车，眼前一直浮现程诺的样子，烦躁地抱住了头。

“程诺，我讨厌你。”叶蓁蓁轻声说着。

欧浔的车子停在了不远处，他从车窗里看着双手环抱在胸前、看不清表情的叶蓁蓁，他知道，这个姿势是没有安全感的表现，这个平时嚣张跋扈的丫头居然也有这一面，还是为了那个小白脸……他莫名其妙地愤怒了起来，生出一种他喜欢的宠物被人欺负了的感觉。

不过，他到底为什么要愤怒？因为她的特殊性吗？

欧浔眯起眼睛看着叶蓁蓁，看到她失落的样子到底有些不忍，他把车子往她的方向开，准备开车送她回家。这时，公交车来了，叶蓁蓁上了公交车，他没有追上去，而是轻声说：“欧浔，我觉得你疯了。”

叶蓁蓁并不知道欧浔好像偷窥狂一样在旁边看了她很久，心事重重地回了报社，没想到主编在找她。主编坐在位子上，头痛地问：“叶蓁蓁，你有什么话要对我说吗？”

“没有啊……啊，主编我发现你最近又帅了，头发比以前多了好几根呢！”

叶蓁蓁一脸正直地恭维着主编，主编的嘴角狠狠抽搐了起来，无奈地说：“叶蓁蓁，你到报社实习也有3个月了。在这3个月里你的表现不好不坏，虽然报社没有招新名额，但我也有考虑你……可是谁给你胆子，让你去其他公司打工？你不知道报社不允许兼职吗？”

叶蓁蓁心知在欧浔那上班的事情被发现了，硬着头皮说：“主编，如果我说我是为了采访，你信吗？”

主编痛心疾首道：“上次你去面试的时候我就提点过你了，谁想得到你还是不知悔改！叶蓁蓁啊叶蓁蓁，报社有什么不好，让你一门心思往外跑？你自甘堕落我可管不了你！这样吧，从明天开始，你就不用来了，专心在你的新公司干吧。”

“主编，不要啊！”

虽然叶蓁蓁也不喜欢在报社工作，但这是她妈妈帮她找的实习机会，她被扫地出门的话妈妈绝对会发飙！她急忙凑到主编面前，猛地拍胸脯，“主编，我从明天开始就不去欧浔那里上班了，我今天晚上就写一篇绝对好的稿子给你！主编，再给我一次机会吧，求求你……”

叶蓁蓁可怜兮兮地看着主编，主编的心软了，他轻轻一叹，“不是我不帮你，我很快就退休了，新主编最近就要到岗，她的新制度谁都要遵守。”

“新主编？是谁啊。”叶蓁蓁问，心里不知道为什么有了不好的预感。

主编的神情看不出悲喜，“一个空降兵，听说是中文系高才生，在媒体做过几年，也在其他公司任职过。”

“哦。”

虽然主编对叶蓁蓁一直不算特别好，但是叶蓁蓁还挺喜欢这个慈祥的老头，知道他要离开，心里酸酸的。她的心刚因为新主编不是程诺松了一口气，就听到主编说：“好吧，再给你一个机会。你们别跟着张记者起哄，你和程诺把这个稿子合力写好，就能继续在这里实习。”

叶蓁蓁下意识地说：“能换个人合写吗？”

“不可救药！出去！”

4

“主编开门啊，主编！”

叶蓁蓁悲催地被主编扫地出门，在她疯狂敲门的时候突然听到了身后传来了脚步声，她回头一看，却是程诺和她上次在欧浔别墅里看到的那个叫季琼的女人。季琼今天穿着烟灰色的套装，短发很好地烘托了她脸型的弧度，越发显得气质不凡。她的目光停留在叶蓁蓁身上，眸中闪过无数情绪，最后微笑着说：“你好，我是季琼。”

程诺看到叶蓁蓁一副茫然的样子，就知道她最近几天没来上班，都不知道报社发生了什么样的变化。他往前走了一步，不动声色地说：“叶蓁蓁，你最近在忙采访吧？季主编下周开始正式上班，全员会议上你会再看到主编。”

欧浔的前助理，居然做了报社的主编？

叶蓁蓁觉得这个世界实在是太玄幻了，脸上的笑容几乎快维持不住。主编听到了他们的谈话声后，从房间里走了出来，恶狠狠地瞪了叶蓁蓁一眼后说：“小季啊，这就是那个叶蓁蓁。她最近确实有点忙，人事考勤上有些问题，你看是不是要再给她一次机会。小叶，还不和主编表表决心？”

“主编，叶蓁蓁还是大四学生，社会经验欠缺，她不是诚心违反规定的，希望你给她一个机会。她目前在负责皇朝酒店的新闻，我相信我们的深度报道会很有影响力。”

一片静谧中，程诺突然开口，叶蓁蓁忍不住看了他一眼。安静的夜晚里，他清澈的嗓音就好像溪流一样给人宁静的感觉。可是叶蓁蓁真是恨透了他这张总是波澜不惊的脸。

他现在是在做什么？为她说好话？是以校友的身份，还是前男友的身份？他以为她是谁？

可是，就是这样的人，坚持了理想，保护了顾河啊……

叶蓁蓁想起程诺为顾河出头时的坚韧与隐忍，到底还是说：“主编，我一定会努力的，请再给我一次机会。”

主编和季琼离开后，叶蓁蓁和程诺一起待在办公室里写稿子。叶蓁蓁一开始觉得很尴尬，但当她写起稿来就把所有事都置之度外，一心要为顾河正名。她在键盘上敲击完最后一个字后，把文档传给了程诺，无意中看到程诺居然点名皇朝酒店的不作为，忍不住问：“做负面消息还是小心点好，你为什么不写某酒店，你就不怕人家找上门来吗？”

“不怕。”程诺淡淡地说，“如果记者都会恐惧恶势力，你觉得大家还能指望谁？”

“程诺，你会成为众矢之的的。”叶蓁蓁终于说。

“乐意之极。”

离开报社后，叶蓁蓁心烦意乱，她茫然地在街上走着，一会儿觉得自己是在做一件最伟大的事情，一会儿又觉得她也是个无耻的刽子手。她无法想象，她刚写了批判皇朝酒店的稿子，又要为顾河准备发言稿……她在这件事里扮演着什么角色？她回到家面对电脑，发现一个字也写不出来，干脆去骚扰欧浔。

“欧浔，你现在说话方便吗？”

欧浔以最快的速度接听了电话，他对对面的女人微笑表示歉意，然后用最亲密的语气说：“当然。有什么事吗，蓁蓁？”

欧浔突然称呼叶蓁蓁的小名让她有些不适应，“顾河的发言稿我不太会写……”

“没关系，慢慢写，我教你。”

欧浔突如其来的温柔让叶蓁蓁的心猛地颤了一下，当她听完欧浔的意见，挂断电话的时候起了一身鸡皮疙瘩。这时，欧浔对面的女人终于娇嗔道：“欧先生，你在和谁打电话，打那么久？”

“一个小丫头。”

欧浔相信，他暧昧的语气足以让这个富家千金，体重快300斤的老主顾知难而退。但是这一次，他失算了，富家千金娇滴滴地说：“欧先生，上次你替我家公司解决了危机，我爸一直很欣赏你，总是说希望你成为自家人！你有没有这个兴趣？”

“是要认我做干儿子吗？抱歉，我想我的父母不会同意。”

富家千金脸色一变，笑容几乎撑不住，“欧先生真会开玩笑。欧先生，这瓶水我怎么都拧不开，你帮我一下，好吗？”

她说着就把水递给了欧浔，欧浔没有多想就想扭开，这时她妩媚地眨了眨眼睛，“我爸说，像我这样娇弱的女人就该找一个强壮的男朋友，不然都没有人帮我拧瓶子，欧先生你认为呢？”

欧浔手上的动作一顿，“我也认为这样——咦，为什么这瓶子我拧不开？好丢脸，就是拧不开……”

欧浔演戏的瘾上来，装作用尽浑身力气都没办法把瓶盖拧开的样子，富家千金的脸色越来越难看。此时，叶蓁蓁终于写好了发言稿，不知道为什么总是想到欧浔阴沉着脸要掐她脖子的场景，出了一身冷汗。

第二天天刚亮，她就睁开了眼睛，想起昨天晚上的稿子，第一时间到报箱里拿了报纸。她飞快地翻着，一连翻了三遍连广告都没有放过，可是就是没有找到她和程诺合写的那篇报道。她暗想，也许明天才刊登这个重磅新闻，忐忑不安地把写好的发言稿发给欧浔，没想到发过去两秒钟就等来了一个没有任何语气色彩的“好”字——这是有多敷衍，昨天晚上的温柔果然是假的！

叶蓁蓁撇了撇嘴，把这段话发给了顾河，可是顾河久久都没有反应，第六感告诉她，事情可能有变化，打顾河的电话始终是关机状态，更让她心乱如麻。

到底出什么事了？

叶蓁蓁越想越不对劲，急忙赶去了顾河家，心里不断祈祷顾河只是没接电话，没想到顾河家人仰马翻——顾河失踪已经12小时了，她的父母在激烈争吵。叶蓁蓁眼看顾河的父母从互相丢筷子变成了互相丢菜刀，猛地一拍桌子，生生拍掉了桌子的一角，“都给我闭嘴！现在最关键的是找到顾河在哪里吧！你们报警了没有？她可能出现的地方都找了吗？”

顾河爸老泪纵横，“我们都找了，可是根本找不到她……都怪这个恶毒的

女人非要钱，现在好了，把顾河逼走了，生死不明！如果她有个三长两短，我和你拼了！“

顾河妈不耐烦地说：“滚滚滚，你现在就给老娘滚！别住着老娘的房子还烦老娘，老娘明天就和你离婚！呵，还什么离家出走，我看她是住在那个小交警家里了吧！也不看看自己什么德行，想嫁入他家还不是癞蛤蟆想吃天鹅肉！”

“你闭嘴！”

顾河的父母又吵了起来，叶蓁蓁满脑子只有“交警”两个字，顾河的手链、交警的面容、他袖子里的那一抹亮统统在她眼前重放，她觉得她好像抓住了最重要的那一点。

叶蓁蓁猛地推门出去。

5

为了抓紧时间，叶蓁蓁忍着心痛打了出租，到欧浔别墅的时候捂着胸口喘着粗气。她猛按门铃，许久都没有人开门，烦躁地输入了原来的密码，却没想到门顺利地开了。

欧浔居然在她猜出了密码后，还没有更换吗？

叶蓁蓁愣了一下，然后走进了别墅，再一次惊呆了。

只是一晚上没有来罢了，别墅的装扮居然变了样，神秘瑰丽的阿拉伯皇宫突然消失不见，变成了满眼青翠的植物园，密密麻麻的植物简直让人看不清眼前的路。别墅里放着空灵的梵音，让眼前的一切显得那么不真实，叶蓁蓁不断往前走，终于在一个高台上发现了正莲花盘坐的欧浔。

欧浔身穿亚麻质地的宽松衣服，面色柔和地在音乐中打坐，双目紧闭，面色柔和，看起来居然有了一丝圣洁的味道。她从他清俊的容颜，一直看到他形状极好的锁骨以及藏在衣服里的结实有力的腹肌后，才恋恋不舍地收回了视线，大声说：“欧浔，出事啦！”

欧浔终于缓缓睁开了眼睛，他看着叶蓁蓁额前的汗珠以及她因为炎热而发红的脸颊，似乎都能感觉到她身上的汗臭味。他平和地问：“何事？”

“顾河失踪了。”

叶蓁蓁阴暗地想在欧浔脸上发现惊慌失措的表情，但是她显然失望了。欧浔轻描淡写地换了一个高难度的瑜伽姿势，“是吗？你的备选方案是什么？”

叶蓁蓁愣住了，“备选……”

“难道你不知道除了最佳方案之外，还要有个备选方案来应对突发事件吗？顾河不配合、资方资金不到位、舆论突然产生了变化……这一系列的因素，你都没有考虑，对吗？”

叶蓁蓁羞愧地说不出话来，这时欧浔又换了一个姿势，接着说：“现在，给你5分钟的时间想第二方案，我去一下洗手间。”

欧浔关闭了音乐，高傲地走到了洗手间里，打开了水龙头，在水流声中沉默地看着镜中的自己，突然用力抽出一边的纸巾，狠狠地揉成团，然后丢在地上拼命踩，一边踩一边恨恨地说：“该死的，居然失踪了，顾河我饶不了你！呵呵，不就是想给我制造点难题嘛，我绝对不可能失败——我以前没输过，以后也不会！”

欧浔发泄完后，用冷水洗了一把脸，神清气爽地走出了洗手间，还是那副冷艳高贵、圣洁无比的样子。他坐在沙发上，悠闲地跷起了二郎腿，“叶蓁蓁，还记得我和你说过，危机公关最重要的是什么吗？”

“时间。”叶蓁蓁回答，突然觉得心中一沉。

“是，最重要的就是时间。必须在事态进一步恶化之前，做出正确的反应，拖延的时间可能会让事情瞬息万变。现在告诉我，我让你写的稿子，为什么今天才给顾河？”

叶蓁蓁没有说出没有欧浔的肯定，她根本不敢独自面对顾河的事情，轻轻咬着嘴唇，低声说：“对不起。”

看着叶蓁蓁就好像蔫了的茄子一样，欧浔心里的郁结消散了很多。他很想伸出手，恶狠狠地弹一下她的脑门，但只是高冷地问：“备选方案想好了吗？”

“啊？对，备选方案……”叶蓁蓁在那么短的时间里哪里想得出什么备选方案，结结巴巴地说，“报警，要不惜一切代价找到顾河……”

“这是顾河父母应该考虑的事情，下一条。”

“公开顾河失踪的消息，让大家注意力转移到追踪顾河这件事上？”

“然后让皇朝酒店再次成为众矢之的，还加上了把顾河逼走的名声？”欧浔皱眉，“虽然我对你的智商不抱什么希望，但是请问你的脑细胞能不能稍微蠕动一下？下一个！”

叶蓁蓁暗暗翻了个白眼，“找到顾河的下落，并且让她走出心理阴影，真心实意地原谅皇朝酒店的过失。”

叶蓁蓁到现在终于说出了她最希望的解决方式，欧浔看她的眼神简直就好像看到了一头来自远古时期的怪兽。他站起身，突然伸出手，没有抚摸叶蓁蓁的头发，而是把手停在半空，表情沉醉又激动，“啊，圣洁的白光……叶蓁蓁，你的头顶怎么会有光环出现？难道是因为你的善良纯洁吗？我要找记者来采访你，你简直是世界上第八大奇迹！”

“什么啊……”

叶蓁蓁下意识想摸她的头顶，然后被欧浔恶狠狠地打掉。欧浔夸张的表情瞬间变成了嘲讽的笑容，“怎么着，还真的觉得自己头上有圣母光环了啊，真的想拯救世界？现在，去电脑里调出来顾河家的监控录像！”

叶蓁蓁觉得她被一道雷劈中了，“监控录像……你在顾河家装了摄像头？”

欧浔轻松地点头，“是啊，很有先见之明，对不对？”

叶蓁蓁崩溃了，“这是违法的，违法的！你怎么可以这样？”

叶蓁蓁脑中已经幻想出欧浔和她一起被戴上手铐，关进警察局的场景。欧浔挥手打破了她的幻想，“我上次拜访他们的时候送了一些保健品去，因为记性不好忘记了里面有我新买的针孔摄像机，而且，视频我们并不会公开，根本不会违法——你还真是哪里有水坑，就争着抢着往哪里跳啊，正义的叶小姐。”

这个卑鄙的家伙！

叶蓁蓁假装没有听懂他的调侃，自顾自地去电脑上查起了监控。但因为角度不好，看到的都是一些很零散的画面，她看到了顾河和父母的争吵，看到了人来人往，也看到了一个熟悉的身影，她觉得呼吸都急促了起来，“欧浔，是他！那个在酒店拖走顾河的男人！”

“哦？”

欧浔很感兴趣地凑近了叶蓁蓁，在电脑上看到了阿龙的身影。他的呼吸轻扫她的面颊，带来令人颤抖的弧度，“还真是他。这下，事情复杂了。”

欧浔一只手拿着鼠标，另一只手撑着电脑桌，整个人看起来就好像把叶蓁蓁环抱在怀里一样，禁锢出来的小小空间让叶蓁蓁觉得特别不适应。她轻轻扭动身体，试图距离欧浔远一点，严肃地说：“我觉得她的出走可能和他有关系，我们应该报警！”

欧浔点头，“确实有可能，但也只是可能罢了。现在失踪还没有满24小时，警察局不会接受报案，你的怀疑没有用。”

叶蓁蓁真是受够了这样无力的感觉，猛地一拍桌子，“所以说，我们去找她吧，我要帮她走出心理阴影，帮人帮到底嘛！”

欧浔用一种看白痴的眼神看着她，“就算你想要找到顾河，你知道去哪里找吗？你又知道她想要什么吗？”

“我找不到顾河，但是喜欢她的男人应该可以找到。至于心理阴影嘛，应该是顾河也喜欢他，但是他们遇到了某种困难吧。”

欧浔斜着眼睛看她，“你是怎么知道的？顾河托梦告诉你的？”

“因为，我看到了他们戴着一样的手链。”叶蓁蓁轻声说，“我曾经也买过那样的手链。”

顾河和小交警手上的手链并不是什么值钱的东西，那个品牌是在4年前进驻国内市场的，模仿了国外某大牌的特色，每人一辈子只能买一次，而且能把彼此的姓名刻到手链里，所以很受年轻人的欢迎。叶蓁蓁当时也买了两条，在圣诞节的时候送给了程诺，逼着他每天都戴在手腕上。

再然后，手链丢了。

叶蓁蓁想着，突然怅然了起来。

欧浔并不相信叶蓁蓁真的能找到顾河的下落，也并不明白她为什么会突然情绪低落，但是这一切只要略加思索就能得出答案，根本不可能难倒智商超群的欧浔。他看着叶蓁蓁身上的外套，一只手放在腹部的姿势和眉眼间的虚弱，觉得他得出了事情的真相——她来例假了。他想起前任助理们在来例假的时候武力值爆表的样子，心想可以给她找点事情做转移注意力，拿起外套起身，“走吧。”

叶蓁蓁没想到欧浔会支持她的决定，猛地抬起头，“你，你信我？”

叶蓁蓁的眼眸中有不可置信，还有说不出道不明的情绪。欧浔很喜欢她的眼中只有他一个人的感觉。他淡淡一笑，英俊潇洒地转身，留下一个华丽的背影供她膜拜。他帅气地打开车门，帅气地发动车子，然后发现车子的感觉不太对。车外，叶蓁蓁好像最勤奋的学生一样举手示意，“欧浔，你的汽车轮胎被人戳了一个洞。”

欧浔所有的耍帅在瞬间消失不见，他愤怒地关上车门，果然看到了他的右前轮瘪了下去。他气得一口气喘不上来，叶蓁蓁偏偏还火上浇油，“啊呀，刚才看的时候还是好好的，那人的手脚可真是挺快。欧浔你得罪了什么人呀，怎么对你下这么狠的手？补胎也要不少钱吧，好可怜哦。所以说，做人还是要与人为善，仇人太多真的好麻烦哦。”

她毫不掩饰眼中幸灾乐祸的情绪，欧浔忍不住开始自我怀疑。他想，他最近的气场是不是太弱了，让这个小姑娘都敢在他面前作威作福？他眼眸中闪过一道冰冷的光芒，气势逼人，“叶蓁蓁！你再说一遍！”

“就不说。走啦走啦，我们坐地铁过去吧，地铁也很方便的。”叶蓁蓁拉起了欧浔的手，“走吧，欧浔。”

当年轻女孩柔和的嗓音在耳边响起的时候，欧浔觉得自己好像中了魔咒一样，明明想霸气地甩掉那只小手，却只是说：“嗯。”

欧浔和叶蓁蓁一起进了地铁站，铁青着脸看着人群，他在想，自己刚才一定被什么脏东西附身了，不然为什么会跟着叶蓁蓁到这个贫民才来的地方！地铁里弥漫的奇怪味道让他想吐，他阴沉着脸戴上了墨镜站在了等候区，发现许多小姑娘都在悄悄看着他，时不时还窃窃私语。欧浔先是不以为然，看到她们热切的表情后却怜悯上了——看得到摸不着，不能靠近也不能交谈，只能远远地看着他，暗恋他，真是怪可怜的。他下意识摆出了好几个帅气的姿势，大发善心地推了推墨镜，“想签名的都过来吧，在上车前我都有时间。”

小姑娘们没想到欧浔突然开口，诧异地互相对视，满脸都写着“他是谁啊，他有病啊”。叶蓁蓁心中一紧，急忙把欧浔拉到一边，尴尬地笑着，“不好意思，他精神有点问题……”

欧浔觉得叶蓁蓁的胆子简直大到超乎他的想象——人家宰相肚子里能撑船，这个丫头的心脏里简直可以装下一整艘航母！精神病……呵，在她眼里，他就是那样的人吗？

欧浔觉得隐藏在心底的那根弦就这样粗暴地被叶蓁蓁撩动了，滔天的愤怒瞬间把他包围，苍凉的白色立刻占据了他的视线，他似乎看到一个少年像困兽一样挣扎。他的指甲狠狠插入掌心，冰冷地拍掉叶蓁蓁的手，“你觉得我有精神病，是吗？”

叶蓁蓁猛地回头，忽然觉得面前的欧浔是那样陌生。他没有了往日的镇定和骄傲，眸色深得就好像幽深的夜晚，空洞且麻木。叶蓁蓁不明白他为什么那么介意这3个字，只知道她如果现在回答不好的话，可能会造成无法弥补的后果。

“老板，你的身价那么高，不要随便给别的女孩签名，知道吗？万一她们拿你的签名去做别的奇怪的事情可怎么办？可是，又不能伤害她们幼小纯真的心灵，我只能这么做啊！”

叶蓁蓁双手叉腰，试图做出凶神恶煞的样子，心里却紧张到了极点。她担心欧浔会看出她拙劣的演技，但是欧浔眼中的冰冷居然慢慢褪去了，他猛地拍了一下叶蓁蓁的脑袋，“所以说，你在吃醋？”

吃、吃醋……叶蓁蓁石化了。

她表情僵硬地看着欧浔，想硬生生挤出一个笑容，但是用尽全力也只在嘴角微微抽搐了一下。她的反应被欧浔认定成心虚，他冷笑一声，“呵，你们女孩子就喜欢瞎想。什么你只许给我签名不许给她们签啊，只许和我一起吃饭不能和其他女孩一起吃啊……你说你幼稚不幼稚！把手伸出来！”

欧浔一脸嫌弃地拉过了叶蓁蓁的手，在她没有反应过来之前再次在她手心签上他的大名。签字笔在手心里留下酥酥麻麻的触感。尽管他的字体俊秀无比，但是叶蓁蓁真的暴躁了——她手心上的字迹昨天刚褪掉，今天又被欧浔写上了，这个精神病！他想堕落、想伤心，都随便他，她再也不想管这个精神病了！

“啊，是惊喜得说不出话来了吗？”

叶蓁蓁的沉默让欧浔有了一个自恋的猜测，他单薄的嘴唇抿出了好看的弧度，而叶蓁蓁一言不发地卷起袖子。在她想给欧浔的鼻子一拳时，那帮姑娘们突然行动了。她们就好像脱了缰的野马一样朝着他们的方向扑了过来，打断了叶蓁蓁的冲动。欧浔则不耐烦地张开了手臂，做出了拥抱的姿势，“女人真是麻烦……”

欧浔眼底的笑容凝固了，因为他眼睁睁看着女孩们从他的身边跑开，纷纷冲向了不远处那个戴着口罩的男孩。她们疯狂的尖叫让欧浔捂住了耳朵，叶蓁蓁看着他的反应，“他好像是EXO组合的主唱小鹿，今年18岁，是最受女生欢迎的小鲜肉。哇，想不到他也会坐地铁，是来感受一下平民的生活吗？他的人气真是好高，你看那几个女生都打起来了！我好像听谁说过他会在这里录制节目，所以她们才会守候在这里吧。呀！欧浔，你拿着笔做什么，你不会以为她们是找你签名的吧？”

叶蓁蓁的眼神是如此清澈，清澈到让欧浔不由得尴尬了起来，脸颊有些发疼。可是，他怎么可能让叶蓁蓁看出自己的狼狈，冷冷地说：“切，18岁的小男孩，长得和娘娘腔一样，这样的会有人喜欢？”

叶蓁蓁挑眉，“现在的审美早就变了，越是年轻的小鲜肉大家越喜欢，大叔型的已经不流行了！欧浔，我看你平时都穿西装，要不要穿点T恤衫牛仔裤改变一下风格？你这样打扮真的很显老。呀，地铁到站了。”

欧浔觉得他脑中的所有弦都断裂了，这时地铁在呼啸声中进站，叶蓁蓁闪上了车，他根本没有机会发作。欧浔怒气冲冲地看着自己在地铁里的倒影，冷冷一哼。

他身上意大利定制的手工西装要多笔挺就有多笔挺，里面的衬衫低调内敛，西裤的颜色也和外套相得益彰，皮鞋更是光洁照人，显现出自己无与伦比的气质和身份……再看叶蓁蓁，她居然穿着蕾丝边的衬衫，衬衫下面是洗得泛白的牛仔裤。他明明几天前看到她穿过，她不会只有这一条裤子吧？！欧浔一向喜欢穿着职业装或者小礼服，有着大长腿的漂亮妹子，此刻再也无法忍受下去了，他往旁边挪了一点，用距离来表示他和叶蓁蓁不是一类人。叶蓁蓁奇怪地问：“欧浔，你怎么了？”

“以后别穿蕾丝的衣服，拉低我的审美，下次再让我看到，扣工资。”欧浔淡漠地说。

“是吗？”

叶蓁蓁看起来没有生气——当然，如果可以忽略掉她在地铁把杆上捏出来的小坑的话。欧浔想起她单手劈开木板的“英姿”，紧张地轻轻咳嗽了一声，顺着她的蕾丝领口往下看，注意力停留在她胸前美好的弧度上，漂亮的线条让欧浔的呼吸突然急促了起来，他的脸开始泛红，根本不敢往叶蓁蓁的方向看，觉得车厢里的温度也突然高到无法忍耐的地步。就在这时，地铁到站，乌泱泱上来了一大帮人，欧浔在人群中更是被挤得心烦气躁。他看到一个学生模样的人一直在座位上玩手机，再看到他身边的大爷颤巍巍地站着，转移了心中莫名其妙的烦闷，凶神恶煞地对学生说：“起来，给大爷让座！”

学生被吓了一跳，他刚想张口骂人，但是看到欧浔戴着墨镜一副不好惹的样子，还是心虚了。他急忙站起身，点头哈腰地请欧浔坐下，“是，是，大爷您坐！”

“扑哧！”

叶蓁蓁没有忍住，笑出声来。欧浔的心情变得更加糟糕，他猛地把老大爷往座位上一按，忽然觉得有一只手抓住了他的衣角。他回过头，看到了叶蓁蓁笑盈盈的模样，“欧浔，你也是很有正义感的嘛。”

漫天的火气突然消失得无影无踪，欧浔甚至不计较她那只手刚摸过脏兮兮的把杆。他抬起了下巴，沉默半晌，终于说：“哼。”

突然好喜欢被她夸奖的感觉，怎么办？欧浔想着。

我晕，这个贱人又发精神病了。叶蓁蓁想着。

随着地铁越来越靠近市区，车厢里的人越来越多，叶蓁蓁被他们挤得东摇西晃，根本站不稳。欧浔用厌恶的眼神看着被无数人抓过的栏杆，忍不住开始想象那上面细菌滋生的可怕场景，可到底还是一手抓住了栏杆，另一手则把叶蓁蓁一把抓了过来。

扑通，扑通。

叶蓁蓁好像听到了自己心跳的声音。

拥挤的地铁里，叶蓁蓁的脸颊紧紧贴着欧浔的胸膛，她根本分不清听到的声音是自己的心跳，又或者是欧浔的。她抬起头看着欧浔，在和他视线接触的瞬间，好像被拽到了那个幽暗漆黑的世界里。她不知道为什么这个认识没几天的陌生男人，居然会给她无法言喻的安全感，她轻轻咬住了嘴唇。欧浔看着她迷茫的表情和她红润的唇，只觉得心好像被重重敲击了一下，冰封的心就这样裂开了一条缝，温暖的微风吹拂着他身体的每一个细胞，四周的喧嚣也好像在瞬间化为乌有。欧浔近距离地看着叶蓁蓁的脸，发现就算他再不想承认，但叶蓁蓁的确是他见过的最奇妙的女人。

因为已经大四但是还没有正式工作的原因，叶蓁蓁既有着学生的青春活力，也有着职场人的帅气爽朗。廉价的衣服并不能遮盖年轻女孩的青春活力，她比青涩的小姑娘多了一分妩媚，又比成熟的女人多了些天真与无邪，那些矛盾的特征反而形成了她独特的魅力。欧浔看着她锁骨下方的那抹雪白，听到自己的心脏在剧烈跳动，他看到了叶蓁蓁的红唇微启，不知道为什么，突然很想品尝这嘴唇的味道。他低下头注视着这个姑娘，然后终于听清楚了叶蓁蓁的声音，“欧浔，到了，下车啦！”

“嗯。”欧浔收回思绪，突然有了一种意犹未尽的惆怅。

第三章　虎口脱险

叶蓁蓁从小到大最怕的就是穿制服的人，警察当然被包括其中。欧浔冷眼看着她同手同脚地走到工作人员处，小心翼翼地打探小交警左柯下落时的表情，唇角不自觉地露出了一丝微笑，然后转为了深深的疑惑。

她为什么不怕我？欧浔忍不住想这个问题。

他知道自己不是一个好相处的男人，不然他前三任成熟美丽的助理不会纷纷工作了一年就离开，离开前还分别往他脸上泼了纯净水、橙汁和咖啡。他曾经很无聊地想过，当叶蓁蓁离开的时候会在他脸上泼什么，但是现在一想到“离开”这个词他就会很不舒服。

这个，不受控制地，突然出现在他记忆里的女人……神奇的女人……

“你说什么？左柯一天没来上班了？”

喧闹的大厅突然传来了一声怒吼，然后场面瞬间安静了。所有人都停止了手中的工作，看着那个突然发飙的女人，欧浔知道现在该轮到他出场了。他揉揉额头，意气风发地走到了众人面前，微微一笑，“我想我知道左柯在哪里，但我还需要一些信息。有人能帮我吗？”

1

当叶蓁蓁和欧浔出现在小李面前时，小李正在队里抽烟，袅袅的白色烟雾中，他少年老成的脸显得格外憔悴，满脸的表情更是明晃晃地写着“生人勿近”。叶蓁蓁鼓起勇气问了他很多问题，他实在避无可避才掐了烟，不耐烦地问：“你们和王局是什么关系？”

叶蓁蓁想起了王局看到欧浔时那不一般的热情和脸上隐藏得极深的尴尬，心里也暗暗猜测他们的关系。她等待着欧浔的回答，只听到欧浔淡淡地说：

“世交，所以这次的事情拜托王叔叔来帮忙。我听王叔叔说，你和左柯的关系最好，他不上班之前，你是不是听到了什么风声？”

小李警惕地说：“大家都是成年人了，左柯不上班为什么会和我说。他可能生病了，又或者突然心情不好……”

欧浔不耐烦地打断了他的辩解，“你们交警支队的考勤制度那么严格，他冒着被处理的危险旷工只可能是突然遇到了什么急事。他的父母亲戚都很健康，自己也没有欠债，更巧的是，顾河和他几乎在同一时间失踪……”

“什么，顾河也失踪了？你们怎么会知道？”

叶蓁蓁突然觉得她似乎成了电视剧里的反面角色，搞不好在下一集就要被灭，她急忙解释，“我们是皇朝酒店方的代表……”

当听到“皇朝酒店”这4个字的时候，小李忘记了自己的顶头上司和欧浔貌似关系不错，藐视地看着他们，“人渣。”

叶蓁蓁的呼吸急促了起来，她紧紧咬着嘴唇，羞愧到无处遁形，只觉得在这里的每一分每一秒都是煎熬。她从来不知道，会有一种工作那么遭人厌恶，连带她也成了最被人讨厌的一员。

既然已经没有了采访欧浔的需求，又为什么要继续下去？为什么她明明很想帮助顾河，却会出现这样的结果？

就在叶蓁蓁迷茫不知所措的时候，欧浔站到了小李的面前，他收起了玩世不恭的笑容，淡漠地说：“我们是皇朝酒店聘请的危机公关，曾经代表酒店和顾河洽谈赔偿事宜，她答应收下300万后和解，但是现在失踪了。你可以和我们纠缠下去，甚至打一场也没关系，但是我要提醒你，顾河和左柯已经失踪超过12小时了，越到后面他们越危险。现在，答不答？

叶蓁蓁看到小李的瞳孔在瞬间收紧，手掌紧紧握拳，双目发红。叶蓁蓁有些胆怯，而欧浔轻挑眉头，“不答吗？那我们去找顾河和左柯。”

“我真的不知道左柯在哪里，他昨天晚上给我打了个电话，让我借给他两万块钱，还说等他回来就还给我。”小李终于开口了。

“时间是几点？”

“晚上11点多吧。大家都是兄弟，我没有问他为什么要钱就转给了他，也没想到他今天没有来上班。”

欧浔皱眉，“他给你打电话的时候，你有没有听到什么奇怪的声音，或者你觉得他可能遇到了什么困难？”

小李认真思考了一下，说出了自己的判断，“他给我打电话的时候语气很焦急，所以说这件事肯定是突发的。如果说顾河是在此前失踪的话，我想他很有可能去找顾河了。对了，我听到了很响的音乐声音，左柯他一向不去这种地方……”

虽然得到的信息很零散，但是这样对欧浔来说已经足够了，他微微点头，“知道了。接下来的工作，就交给我们吧。”

叶蓁蓁并不明白欧浔都“知道”了什么，也装出一副“真相原来是这样”的表情，严肃地跟着他上了跑车。车子在一间破旧的小酒吧面前停下，欧浔一脚踢开了门，对睡眼惺忪的酒保说：“叫阿威出来。”

酒保打着哈欠，“老板他在睡觉……哥，哥你来了！我现在就去叫老板！”

当酒保看清楚欧浔样子时，脸上的表情不知道是用“如梦初醒”形容好，还是“晴天霹雳”更适合一些。他以一道残影的速度冲上了二楼，叶蓁蓁听到了一阵乒乒乓乓的声音，然后一个年轻男人骂骂咧咧地下了楼。他穿着破洞T恤衫和牛仔裤，左臂上有一个大大的麒麟文身，挺拔的身材和结实的肌肉带来了无法言喻的压迫感，他不耐烦地看着欧浔，“你来做什么，你不知道老子白天都在睡觉吗？”

欧浔更加不耐烦，“两万的信息费。”

一听到钱，阿威顿时变得殷勤了，“想知道什么信息？”

“昨天晚上，有什么酒吧、夜店之类的地方去了这两个人？”

欧浔说着，把顾河和左柯的照片分别给了阿威，阿威草草看了一眼就笑了，“真巧，我昨天在阿龙那里看到他们鬼鬼祟祟地把这丫头绑架过去了。我记得她是新闻上那个人，就留了个心眼，然后看到这个男的也去了，他说想花钱把她赎回家，后来好像也被关起来了。怎么，你找他们？”

“他们是重要的委托人。”欧浔收起了照片，“这件事你能帮忙吗？”

阿威摇头，“他们是B区的，我过去不太合适。我可以免费给你一个情报，阿龙是老杜的手下，我看老杜似乎对这件事被闹大很不满意。欧浔，你真的要插手？付出和回报都不成正比，这可不符合你的一贯风格啊。”

“欧浔，你一定要帮帮他们。”

不知道为什么，叶蓁蓁心里突然觉得很不妙，一下子抓住了欧浔的衣袖，眼中既有担心又有祈求，她专注地看着欧浔，甚至没有留意到阿威的眼神瞬间黏在她的手上。阿威心中暗想，欧浔这个小助理的胆子还真不是一般的大，居然敢用命令的语气和欧浔说话，甚至还敢接触他的身体……可是，他看到欧浔没有打掉她的手，而是说："嗯。"

嗯……欧浔居然说"嗯"……

阿威觉得他简直看到了晴天霹雳，又或者是死火山爆发的场景，手里的杯子都快被他捏裂了。他分明看到了欧浔的脸开始发红，还在拙劣地维持着高冷形象，"这笔单子还要出信息费，外加英勇救人，真是好亏啊！该多要点钱……喂，不要用那么无聊的眼神看着我！"

看着欧浔的装腔作势，叶蓁蓁笑了，"欧浔，你的心还是挺软的嘛。你也在担心顾河，对不对？"

"无聊。"欧浔说。

看到他们无视自己亲密聊天的场景，阿威觉得自己似乎可以去吃一包狗粮垫垫肚。为了报复，他轻轻咳嗽了一声，"黑道有黑道的规矩，我不能陪你们一起去找老杜。如果他知道你们是去找事的，恐怕你们连大门都进不去，你们想好怎么办了吗？"

欧浔用一种看白痴的眼神看着他，"当然。"

阿威耸肩，"随你。"

既然他那么自信，那么不告诉他老杜最讨厌为了道上的事去店里找他，好像也没什么大不了吧。

真是好期待啊。

阿威突然嘿嘿笑了起来，这时欧浔已经带着叶蓁蓁离开了酒吧。欧浔看看手表，发现现在已经是下午1点，突然听到了一阵奇怪的声音。叶蓁蓁瞬间捂住了肚子，尴尬地看着窗外，假装刚才肠道蠕动的那个人不是她。欧浔从后视镜里看着叶蓁蓁故作镇定的表情，心情突然一松，"我一会儿要去加油，顺便买点吃的，你要吃什么？"

"我不饿。"叶蓁蓁死撑着说。

"随你。"欧浔越发期待她一会儿会有什么样的表情。

当欧浔去加油站买了汉堡、薯条和可乐，在车子里吃起来的时候，叶蓁蓁觉得她的胃正在疯狂翻滚。她真的不知道，她刚才为什么那么硬气地说自己不饿，然后现在就被啪啪啪打脸了！她想象着吞咽汉堡，让可乐滑过食管的醉人味道，忍不住咽了下口水。她满脸写着"好想吃，好想吃"，可是欧浔选择性忽视了。他慢条斯理地咽完最后一口，突然问：“是不是觉得这一行和你想象的很不一样？”

叶蓁蓁满脑子都是食物，没想到欧浔突然会提起这个话题，一时之间不知道该怎么接口。她的表情已经充分表达了她的心思，欧浔冷哼一声，淡漠地说：“没有光环，没有掌声，没有伸张正义，面对的都是负面的情绪……这还只是开始。呵，就好像我手里的汉堡一样，干巴巴又没有水分，但是为了工作我必须吃这些垃圾。叶蓁蓁，我们做的从来不是正义的事情，怨恨、怒气、憎恶、嫌弃……这样的情绪，你可以面对吗？”

欧浔低沉的声音回荡在车子里，叶蓁蓁总觉得她好像赤身裸体地站在雪地里一样，每一寸肌肤都被欧浔看了个遍。她看着欧浔近在咫尺的脸，知道她现在应该表忠心来让欧浔高兴，但是她怎么也说不出口。她看着欧浔的表情越来越冷，突然捂住了肚子，“那个，我去一下洗手间。”

叶蓁蓁不敢等欧浔的回答，急忙开了车门后离开，她觉得自己简直是落荒而逃。她总觉得欧浔似乎在期待着什么，但是她注定没有办法背负起他的希望……这样的感觉真是难受！叶蓁蓁去洗手间洗了一把脸，冰冷的水让她慢慢冷静了下来。她看着镜子里的自己，扯了扯嘴角，“叶蓁蓁，我讨厌这样迷茫的你。”

叶蓁蓁的心情突然低落了起来，用力拧了拧自己的脸颊，逼着自己露出了一个笑容。她知道，现在不是迷茫的时机，当务之急是要把顾河救出来！她从洗手间出去后偷偷摸摸去了服务站，点了刚才欧浔买的汉堡和薯条，还喝了一大杯可乐。食物填满了她的胃，也填满了她空虚的心，她忍不住打了个饱嗝，神色如常地进了车子。欧浔正在闭目养神，听到叶蓁蓁开门的声音后问：“那么久？”

欧浔没有睁开眼睛，叶蓁蓁正好看到他长长的睫毛如同蝴蝶翅膀扇动般微颤，再听到他带着沙哑的嗓音，不知道为什么心脏跳动的速度一下子就快了起来。她敷衍地说：“啊，还好吧。”

叶蓁蓁暗想，这个欧浔心也是够大的，也不怕其他奇怪的人上了他的车。她坐在副驾驶的位子上，扣好了安全带，这时欧浔伸了个懒腰睁开眼睛来，琥珀色的眼眸在睁开的一瞬间好像自带万千星光，他看着叶蓁蓁白皙的面容，猝不及防地凑近了她，然后突然伸出了修长的手指，轻轻从她的嘴唇上划过，所到之处引起了叶蓁蓁的阵阵战栗。她没想到欧浔居然会对她做出那么亲密的动作，瞪大了眼睛看着他，暗暗提高了警惕——这家伙到底想做什么？在汽车里，他不会是想……这个无耻的贱人！

欧浔原来只是想擦去叶蓁蓁嘴唇上的番茄酱，顺便嘲笑一下她明明说不饿为什么又去偷偷吃东西，但是触手可及的滑腻触感居然让他根本不想放手。他用手指勾勒着叶蓁蓁嘴唇的弧度，清晰地在叶蓁蓁的眼眸中看到他的身影。

她的眼睛里只有他，这样的感觉……

“痛！你属狗吗？”

就在欧浔失神的时候，叶蓁蓁突然张嘴，恶狠狠地咬住了欧浔的手指，而且死死不肯松口。欧浔手忙脚乱地想把她推开，但是叶蓁蓁的头随着他的手忽上忽下，他觉得他的手指就要被咬断了！叶蓁蓁发泄完毕后才恨恨地松了嘴，冷眼看着捂着手指的欧浔，面无表情地说：“你想对我做什么，欧浔？”

想做什么？

只是，突然很想得到，很想很想……

“你以为我要做什么？你先解释一下为什么你的嘴巴上有番茄酱吧。”欧浔冷笑了一声。

叶蓁蓁舔了一下嘴唇，果然尝到了酸酸甜甜的味道，再看着黏在欧浔手指上的番茄酱，终于后知后觉地害羞了起来。她原以为欧浔想要和她在车里……天啊，到底为什么会有这样奇怪的想法？叶蓁蓁你怎么变成了这样！

叶蓁蓁狠狠鄙视了自己一把，为了不让欧浔看出自己的心虚，气势更加惊人，“我吃不吃东西和你有什么关系！下次再这样碰我，我就划你的车，听明白了吗？”

看着叶蓁蓁凶神恶煞的样子，欧浔下意识地点了点头，然后觉得他这样实在太怂了。为了找回尊严，他弹弹她的额头，“我根本没想对你怎么样，倒是你反应那么剧烈做什么？你该不会在想一些不好的事情吧？哈哈哈，是不是我太帅了你对我有什么想法？看看我英俊无双的脸，结实有力的肌肉，还有丰厚的财产！叶蓁蓁，你说出来给我听听，我能满足你也说不定。”

叶蓁蓁看着欧浔用力挤出肱二头肌的样子，默默拿出了修眉用的小刀。眼看她突然打开了车门，欧浔疑惑地问：“你去做什么？”

“划车。”叶蓁蓁面无表情地说。

“不想你的宝贝受伤的话，快闭嘴！我们去找顾河，立刻！马上！”叶蓁蓁猛地一拍欧浔。

2

当欧浔捂着疼痛的右肩出现在目的地时，他的脸色阴郁到简直可以下雨了。他真不知道，像叶蓁蓁这样看起来细胳膊细腿的女孩儿，为什么会有这么大的力气，而且最关键的是，她似乎一点都没有在他面前保持美好形象的意识。

她真的不在乎他的想法吗？她为什么没有在看到他的时候脸红心跳，羞涩捂脸？她真的是女人吗？

不不不，现在不是想这些的时候。危机公关是在和时间赛跑，每浪费一秒钟就可能发生变数。该认真点了，欧浔。

欧浔收回了思绪，活动着手腕和脖子，关节发出咔咔咔的声音。他的面色异常凝重，“下车吧。是时候见识一下，这一行的另一面了。”

“哪一面？”

看着叶蓁蓁清澈的眼眸，欧浔淡淡一笑，“黑暗。”

欧浔带着叶蓁蓁一起进了这间看起来平淡无奇的拉面店，经过了一个个孔武有力的伙计，最后站在了一个抱着波斯猫的中年男人面前。欧浔伸出修长的手，微微俯下身，“老杜你好，我是欧浔，职业是危机公关。我想，我们可以做一笔交易。”

叶蓁蓁总觉得叫老杜的黑道大哥会是一个满脸横肉的男人，没想到他的容貌很平凡，气质也非常温和。他见到欧浔后只是抬了抬眼皮就又垂下了眼眸，一副漠不关心的样子，欧浔伸出去的手就这样尴尬地停留在了半空。虽然明知道自己是欧浔这一边的，但是叶蓁蓁还是觉得老杜这一次打脸打得很爽，解气地露出了微笑。

叶蓁蓁到底还是太年轻，低估了这个危机公关大神的反应能力。欧浔的手在空中停留了几秒钟后，特别自然地抚摩上自己的脸颊，还挠了几下，就好像刚才他根本不是想要握手，只是想挠痒罢了。欧浔的动作一气呵成到让叶蓁蓁目瞪口呆，她心里对欧浔的无耻又有了一个新的认识，这时欧浔再次开口，“顾河家里已经报警了，我想你们也不想惹麻烦，对吗？我觉得，我们找到了一个离家出走的女孩把她送回了家，她突然想去国外生活从此不再回国这个故事不错，你觉得怎么样？”

听到欧浔勾勒出的蓝图，老杜的眼神终于在欧浔身上停留，他呵呵一笑，“你就是帮我表妹琪琪捉奸的那个专家吧，我听琪琪说起过你。”

“你是和我打过电话的那位先生？你好。”

欧浔也没想到会在这里遇到熟人，想起那个琪琪出轨的前夫被神秘男士打断一条腿，连带他的“凤凰家族”被搞得双双滚回老家的事情，突然觉得呼吸急促了起来。老杜抚摸着波斯猫的脖子，温和地说：“既然是熟人，那我们打开窗子说亮话。顾河的事是个误会，但是这丫头也不该把事情搞得那么大，让我们现在很难做。我曾经派阿龙找她谈过赔偿的事情，被她骂了出来，她的态度真是让我不太高兴。我原来也不想和这个丫头计较，但是她昨天来拉面店惹事，我不做点什么确实不太合适，对不对？”

虽然老杜说得轻松，但叶蓁蓁还是感觉到了这件事的凶险。她紧张地想开口，这时欧浔突然握了一下她的手掌。叶蓁蓁看着欧浔紧握住她的那只手，把满肚子的话都咽了下去，听到欧浔的声音依旧是那么轻松愉快，“确实不太合适。只是，您有没有想过，他们为什么不在最生气的时候来找事，而是等到事情过去几天以后才来？叶蓁蓁，把资料给他们。”

“是。”

叶蓁蓁急忙从包里拿出了阿龙在顾河家小卖部出没的照片来，老杜的脸色果然有了瞬间的变化。他的目光变得犀利了起来，手下的伙计们沉默到可以听到彼此的呼吸声，只有欧浔依然是云淡风轻的样子。时间不知道过了多久，老杜的神情终于逐渐舒缓了下来，淡淡地说：“这次是我御下不严，我会让阿龙放了他们，给你们一个交代。”

叶蓁蓁听了这话，刚舒了一口气，老杜继续说：“可是你们擅自闯入，你说我该怎么给手下一个交代？”

欧浔还是笔直地站着，但是紧紧握起的拳头以及上面暴起的青筋无不显示他的精神高度紧张，可是，他的声音不带一丝慌乱，“那你想要什么交代？”

叶蓁蓁闻到了空气中的火药味，看着僵持不下的欧浔和老杜，悄悄咽了咽口水。拉面店的伙计们挽起袖子围了上来，面目狰狞地看着他们，叶蓁蓁终于理解了欧浔所说的黑暗——这些私下交易和争执，可能会带来一个意想不到的结局，也可能会万劫不复。

可是，欧浔还是来了。他，真的不怕吗？

“一会儿如果打起来，你就往外面跑，别的什么都不要管。”

就在叶蓁蓁出神地看着欧浔的时候，他突然用极低的声音在叶蓁蓁耳边说。他的呼吸扫过她的耳朵，叶蓁蓁瞪大了眼睛看着欧浔，发现他的发丝在灯光的照耀下闪着奇异的光芒，说不清道不明的情绪就这样充斥心头。欧浔好像没有看出叶蓁蓁纷乱的心情，继续说：“出去后要第一时间报警让警察来救我，如果警察来晚了我做鬼也不放过你，知道吗？”

看着欧浔认真威胁的样子，所有的感动集体挥手说起了“再见”，但是叶蓁蓁还是觉得她的心突然变得很软。她知道，欧浔现在一定很危险，但是就算局面再糟糕，他还是想尽可能地保护她。

这个男人啊……

嘴角突然扬起了轻快的微笑，叶蓁蓁大声说：“杜老板，我们不是来找事儿的，我们是来吃拉面的啊！”

所有人都震惊了，目瞪口呆地看着这个信口开河的姑娘。叶蓁蓁根本不管他们的眼神有多诧异，一脸热情，“经过拉面馆的时候我就觉得很饿，所以我们进来吃面，没想到老板居然是熟人，我们好有缘分哦。杜老板，你不会把客人赶走吧？”

叶蓁蓁虽然摆出一副轻松无比的样子，但是她的心情比谁都要紧张。她可以感觉到欧浔的目光火辣辣地投到她的身上，知道欧浔一定在心里怒骂她居然擅自做主张，可她确实想用自己的方式来尝试一下——一进拉面店，她就发现这个拉面店特别干净整洁，老杜手上也有着面粉的痕迹，可以判断出他是真心喜爱美食。

所以，他一定不想在拉面店动粗，一定希望客人满意而归……

赌就赌了！

叶蓁蓁的话让老杜的目光逐渐转移到了她的身上，他发现欧浔带来的这个小姑娘的胆子还真不是一般大，微微一笑，“是吗？”

叶蓁蓁笑着说：“是呀，我现在好饿，好想品尝一下店里的招牌拉面。”

“既然这样……阿东，去给她端一大碗招牌拉面来。”

老杜在“大碗”这个词上加重了语气，阿东很快就端来了一个直径有50厘米的大碗，重重地放在了叶蓁蓁面前。这碗拉面色香味俱全，上面更是铺着满满的配菜。叶蓁蓁看到拉面的分量后只觉得后背开始发凉，她尴尬地笑着：“看起来很好吃的样子，我要带回去给我爸妈也吃一点……”

“既然你那么喜欢吃，就在这里吃完吧，客人。”老杜淡淡地说。

面前的拉面热气腾腾，散发着诱人的香味，叶蓁蓁却没有任何享用的冲动。可是，她更清楚地知道，她既然以“客人”的身份来，就一定要完成这个“客人”的考验。她紧紧咬着嘴唇，脸色越来越白，突然笑靥如花，“那么，我就不客气啦！”

叶蓁蓁拿起了筷子，呼哧呼哧开始吃面条，额上很快就渗出细细的汗珠来。她的脸颊因为热气变得通红，吃面的速度也越来越慢，但依然笑容满面。她一只手捂住了胃部，另一只手还在艰难地把面送到嘴里。欧浔看着她不达目的誓不罢休的样子，觉得眼前的一切好像都变得虚无了起来。

他不明白，为什么这个到现在还没有拿到一分钱的小助理，会为了一个她根本不想跟的案子那么拼，更不明白为什么他看到她这样强颜欢笑的样子，心里就好像被泡了柠檬汁一样又酸又烦躁。他知道，任由叶蓁蓁把这碗面吃完是最好的解决方式，可是他的身体抢在他的理智之前做出了反应，他一手夺过了叶蓁蓁手中的筷子，看着叶蓁蓁愕然的眼神，“叶蓁蓁，我们走！”

“欧浔你疯了吗？现在走我刚才可就白吃了，你别说，味道还真不错……”叶蓁蓁舔舔嘴唇，打了一个饱嗝。

“我说，现在就走！”

欧浔一把抓住叶蓁蓁的手腕，硬生生想把她拉起来，但是居然没有拉动。叶蓁蓁的屁股就好像被502胶水黏住了一样死死贴在凳子上，声音带着奇异的悲壮，“欧浔，我记得你告诉过我，我们这一行要不惜一切代价完成客户的委托。我只是想帮顾河。”

欧浔真的很想告诉她，他对每一任助理都这样说过，但是谁都知道这只是漂亮话而已——她居然真的信了。她的脑子里到底是什么？欧浔眯起了眼睛，“不要让我说第二遍。”

“你也不要让我说第二遍！”

欧浔冷漠地盯着叶蓁蓁，叶蓁蓁也气鼓鼓地不肯退让，两个人幼稚地僵持了起来，谁都不肯低头。就在气氛诡异万分的时候，店门又被人推开，一个上班族模样的人疑惑地问：“你们……你们这里营业吗？”

“营业，营业！阿东，去招呼这位先生。”

老杜缓过神来，急忙吩咐手下去招呼，阿东也一脸飘忽地去了厨房，端上面条后继续站在了欧浔身后。上班族没有感觉到店里的奇怪气氛，呼哧呼哧地吃面，突然猛地拍桌子，“老板你搞什么啊，汤里怎么会有头发！”

上班族愤怒地指着汤中黑色的头发丝，阿东此时才反应过来，他煮面的时候居然忘记戴发网，再看着老杜瞬间阴沉下来的脸色，知道大事不妙了。他心知，老杜一向对美食严苛到挑剔的地步，如果客人对他的拉面店不满意……阿东感觉双腿开始发软，这时看到一个身影迅速冲了过去。叶蓁蓁猛地把上班族碗里的头发连带面汤一起喝完，气定神闲地说：“哪有头发，你看错了。”

上班族没想到叶蓁蓁这个看起来文文弱弱的小姑娘，居然会做出如此行径，一下子呆了，他的脸涨得通红，“你，你，你……这里明明有头发！难道我还看错了？”

叶蓁蓁认真地说：“大哥你一定是这里的常客，应该了解老板对卫生有多高的要求，他怎么会犯这种错误啊。我只是帮你看了一眼，没忍住喝了一口汤罢了，如果真的有头发，我怎么敢喝啊？你确定看到的不是香菇的阴影吗？”

上班族以前在这里吃面确实都比较满意，被叶蓁蓁一说也忍不住怀疑他眼睛是不是出了问题，到后来不好意思地离开了。上班族离开后，欧浔猛地去掰开叶蓁蓁的嘴，“快吐掉，快吐掉！”

欧浔的力气很大，把叶蓁蓁的脸生生扭曲成一个奇怪的弧度。叶蓁蓁用力去推欧浔，愤怒地骂他：“咽都咽下去了，怎么吐出来，你精神病啊！”

“快吐出来啊！”

欧浔拖着她往洗手间走去，叶蓁蓁拼命挣扎，两人的争吵声让安静的小店显得生机勃勃。老杜的眼睛危险地眯起，在他们身上久久停留，后来终于轻轻一叹。他松开手把猫放在了地上，淡淡开口，“小丫头，不管怎么样，谢谢你帮了我。我会让阿龙把他们放回去的，你们跟着阿东去接人就好。”

“谢谢！”

叶蓁蓁没想到事情会有这样的转机，急忙对老杜鞠躬。老杜的唇角逐渐弯起了柔和的弧度，他呵呵一笑，“丫头，你很聪明也很有毅力，有没有兴趣来做黑社会？”

“走了！”

在叶蓁蓁没来得及回答前，欧浔急忙把叶蓁蓁带离了拉面店，他都不知道自己的反应速度居然可以那样快。一路上，他都通过后视镜看那个沉浸在喜悦里的姑娘，看着她弯起的眉眼和笑吟吟的模样，想起她那么决绝吃面的一幕，心里猛地涌上了一股奇怪的情绪。这股情绪占据着他的大脑，让他简直无法冷静思考。他心烦气躁地猛踩油门，在叶蓁蓁尖叫声中问：“就有……那么想赢吗？”

“什么啊。是你说的，你从来都没有输啊。”

叶蓁蓁原来是想表达，她绝对不会输给欧浔，没想到她的答案让欧浔的心情突然冲上了云霄。他的舌尖弥漫着比蜜糖还要甜蜜的味道，但是嘴上冷冷地说：“下次再那么冲动，我就把你一个人丢在店里。”

叶蓁蓁想起欧浔让她先走的场景，知道他这个人就是口硬心软，撇了撇嘴，根本懒得理他，而是自顾自地乐起来，“你说，顾河会不会很感谢我们呀？刚才和他们对峙的时候真是吓死我了，幸好那个黑社会大哥还是蛮讲道理的，把我们都放了。欧浔，如果真的打起来了，我跑出去报警也来不及救你的话，你可怎么办？”

叶蓁蓁一下子就戳中了欧浔的软肋，他觉得当时那个“舍己为人”的男人简直和他没有任何关系，眼前不受控制地浮现出一个女孩的容貌来，当时她也是说一定会回来，可是他最后等到的只是无边的黑暗……呵，他为什么会突然想起来这些？又为什么会突然做一个他根本不可能做的决定？

“闭嘴，不然开除你。”欧浔说。

3

欧浔和叶蓁蓁到了阿东指定的地方，没想到只看到了左柯，不见顾河的踪影。当看到欧浔和叶蓁蓁的瞬间，左柯的眼中闪过无数复杂的情绪，似乎不知道他应该鄙视这些帮站在顾河对立面的家伙们，还是应该感谢他们替他解围。时间不知道过了多久，他终于艰难地开口道：“顾河……不见了。”

“什么？”叶蓁蓁呆了。

“两个小时前她就被放走了，可是我到现在还打不通她的电话！她，她……”

左柯的情绪非常激动，在叶蓁蓁的安慰下才慢慢平静了下来，告诉了他们过去12小时发生的事情——阿龙去了顾河家找麻烦，顾河一气之下准备和阿龙鱼死网破。她在去老杜面馆里闹事前，给左柯打了个最后的告别电话，等左柯赶到的时候，阿龙等人正好把顾河抓了起来，还信口开河要50万的精神损失费。左柯只好向他的亲朋好友借钱，终于在两个小时前凑齐了，他们才放了顾河，却把他留下来继续“谈谈心”。当他终于可以和欧浔、叶蓁蓁一起离开时，他发现他根本打不通顾河的电话。

顾河会去哪里？她会不会遇到什么危险？她，到底为什么要离开？

所有人心中都有无数疑问，但眼下最重要的事情是找到顾河。欧浔开车带他们找遍了大半个城市，从白天找到了天黑，可依然没有看到顾河的踪影。他们都知道，失踪的时间越长，顾河就越危险，左柯的脸色从担心逐渐变成了绝望的麻木，他苍凉一笑，“也许，她根本不想见到我……”

叶蓁蓁看着这个悲伤的男人，没有打断他的倾诉，因为她知道左柯会告诉她一切。左柯看着窗外，好像在和她说话，又好像说给自己听。“我和小河是初中同学，我从她在文艺演出上表演水袖舞的时候就喜欢上了她，可是我从来不敢说出口。后来，我们去了不一样的大学，我听说她恋爱了，她失恋了，她……我没想到，毕业后我们再次相遇，和她每一次见面我都非常快乐。我不想再错过她，鼓足勇气向她表白后，她答应了，我以为我是世界上最幸福的男人，可是她出了那件事……她的资料一下子就传遍了全网，我的父母知道她以前和那个男人……他们不允许我和小河在一起，我妈还离家出走了，所以我没有第一时间陪伴在她的身边……她一定对我失望了，才会想要离开吧。也许，这样对她也好……”

“好个屁！”叶蓁蓁实在听不下去了，“你们明明互相喜欢，到底在这里纠结矫情个什么劲儿啊！她的手上还戴着情侣手链，怎么会不喜欢你，她只是怕你看不起她！她在哪里只有你知道，你快想一想！如果晚了，也许你们真的再也见不到了！”

叶蓁蓁恶狠狠地瞪着左柯，眼睛越来越酸涩，她也不知道自己为什么会那么难过。负面情绪就这样铺天盖地地袭来，她觉得自己好像陷入了深深的沼泽，越挣扎，陷得越深。她不明白，为什么相爱的人注定不能在一起，就好像曾经的她……

“叶蓁蓁，你在想什么？”

就在叶蓁蓁陷入回忆中的时候，欧浔猛地抓住了她的胳膊，疼痛让她恢复了理智。她无力地想甩开欧浔的手臂，欧浔直视她的双眸，“你在想谁？”

“我……”

欧浔的眼眸有着山雨欲来的阴霾，让叶蓁蓁生生把答案咽了下去。她还是第一次见到欧浔如此愤怒的样子，不知道为什么突然不敢看他，而欧浔硬生生固定住她的头，逼着她和自己对视，“和我在一起的时候，我不允许你的心里在想别人，因为……”

欧浔突然不知道他有什么资格这样要求叶蓁蓁，好口才好像在瞬间消失无踪，这样纷乱的心情让他觉得有些无所适从。他想，他也许该再次拜访心理医生了，这样他才能搞明白他到底在希冀什么，又在恐惧什么。就在他们各怀心思的时候，左柯突然说：“我想，我知道小河会在哪里。”

欧浔此时才想起来车里还有个拖油瓶，瞪了左柯许久，才终于发动了车子。车子开到了一个早就废弃的球场，叶蓁蓁对顾河在这里没抱多少希望，可是左柯好像发疯一样冲了过去。他一脚踢开面前的仓库门，果然看到了正蜷缩在墙角的那个女孩。他的呼吸急促了起来，强迫自己放慢了脚步，语气是那么轻柔，“小河。”

顾河的身体猛烈颤抖了起来，但是她没有抬头。左柯慢慢搂着她的肩膀，“小河，这里是我们第一次见面的地方。我很高兴，能在这里找到你。”

“啧啧啧，他们第一次在这么破烂的地方见面，还真是……”欧浔忍不住冷嘲热讽。

“你闭嘴！”

眼看欧浔就要不顾及场合乱说话，叶蓁蓁急忙拽着欧浔的手走出了球场，给他们单独相处的时间。欧浔一直看着她紧握自己的那只手，心突突地跳了起来，就在他心神荡漾的时候，叶蓁蓁突然又放了手。她坐在栏杆上，晃荡着两条修长的白腿，轻声说：“欧浔，你说他们会和好吗？”

欧浔觉得叶蓁蓁就好像一只最讨人厌的小猫，明明挠到了他的心里，却偏偏在他想要靠近的时候又闪到了一边。他根本不想搭理叶蓁蓁。此时他听到叶蓁蓁自言自语，“我觉得顾河真的很傻，为什么要主动放弃？她为什么就不能相信左柯，和他一起面对？”

“如果注定没有结局，根本没有必要开始。”欧浔淡漠地说，“得到了又失去，会比没有得到更加难过。”

“是啊。”叶蓁蓁一怔，抬头看着他，“欧浔，你能不能回答我一个问题？”

“你就那么想知道我的三围？”欧浔拍拍自己的屁股，打算好心地满足一下叶蓁蓁。

叶蓁蓁简直懒得搭理他，“你就说好不好。”

“好。”

“你怎么会认识那个局长呀？”

欧浔原以为叶蓁蓁会问一些有价值的问题，没想到她只是问了这个，怔了一下后漫不经心地回答：“他以前是我爸爸的下属。”

叶蓁蓁瞪大了眼睛，“原来你是官二代啊。你爸妈都是公务员吗？”

“已经是第二个问题，我拒绝回答。”欧浔粗暴地打断叶蓁蓁的提问。

叶蓁蓁撇嘴，“不说就不说，那么凶干吗。嘿嘿，他们终于可以在一起了，这真是太好了。虽然这么说挺不合适的，但我觉得这件事也是好事——患难才能见真情，顾河终于相信左柯对她的爱了吧。”

看到叶蓁蓁一脸期盼的样子，欧浔真的不想打击她。他不想告诉她，就算两个人在一起了也有可能会分手；也不想告诉她，顾河的家庭背景那么复杂，根本不可能嫁入左柯家，除非左柯能像他一样强大到不理会家族的意愿……欧浔的心越飞越远，突然看到门开了，顾河和左柯手拉手出来，她看到他们有点尴尬，但还是轻声说：“你们今天来找我，是为了皇朝酒店的事情吗？”

叶蓁蓁急忙点头，又猛地摇头。她突然凑近了顾河，在她耳边说了一句话，顾河的脸微微泛红，露出了一个笑容，“知道了，我会好好考虑的。”

女孩子之间的秘密对话让欧浔很不爽，他皱眉说：“顾小姐，我必须提醒你，你的父母已经收了300万现金。合约已经生效，你如果反悔会面临很严重的法律后果，还有……”

“还有，我们先走了，你们好好聊。”

叶蓁蓁生拉硬拽想把欧浔拉走，但是没有拽动。欧浔挣脱了她的手，用她从未听过的冷漠语气说：“叶蓁蓁，你的胆子真是越来越大了。是什么让你认为，你可以代表我做决定？叶蓁蓁，我是危机公关专家，你只是我的助理，你不要搞错身份。顾河我告诉你，如果你到明天还不发表声明，皇朝酒店的律师会把你告到倾家荡产。你是聪明人，知道该怎么做。”

欧浔丢下狠话就自顾自离开了，叶蓁蓁急忙追了上去，没想到欧浔在叶蓁蓁上车前把车门锁上了。叶蓁蓁猛地去开车门，不断敲击车窗，可是欧浔没有开门而是戴上了墨镜，“叶蓁蓁，你知道你从开始到现在，一共犯了多少错误吗？”

叶蓁蓁根本不想听下去，欧浔继续说：“第一个错误，就是提前说出我们的底线。第二个错误，是没有准备预留方案。你有没有想过，如果你找不到顾河又会是什么结果？你最大的错误，就是不该把私人感情和工作掺和到一起！你可以同情顾河，这个世界上还有成千上万的可怜人，你能一个个同情过来吗？如果不能做到把工作放到第一位，你还是不要做这一行了。”

叶蓁蓁也知道自己确实太意气用事了，但是这不代表她愿意听欧浔的责骂，她捂住耳朵不想听。欧浔看到她油盐不进的样子，冷笑一声，干脆走下车来，掰开她捂耳朵的双手，淡漠地问：“告诉我，当初为什么要面试我的助理？你又有多了解危机公关？”

“我……”

叶蓁蓁说不出话来，欧浔漠然地说：“叶蓁蓁我告诉你，危机处理的目的在于不要让事态进一步恶化，需要的是冷静理智的思考和出色的决断，可是这些优点你通通没有。我给你24小时的时间来思考你是不是适合这份工作。”

叶蓁蓁没有想到会被欧浔批评到体无完肤，心里闷闷地说不出话。欧浔发动车子离开后，她气得不停地踢路边的小石头，心想如果她明天再去上班就是猪，她正好有完美的借口可以从欧浔那里抽身，回归到她平稳的、高尚的、受人尊敬却无聊的生活中去……

她已经从欧浔这得到了很多信息，她相信那篇报道会让她顺利地成为报社的正式员工。这一切都和她的设想一样，可是到底为什么她不高兴？

到底，为什么呢？

4

叶蓁蓁心事重重地回家，第二天醒来后第一件事就是刷微博，当她看到顾河发表了“希望让一切淡忘，我原谅了酒店，也该开展新生活”的声明，而且评论下面都是祝福的时候，她知道这一切终于画上了句号。

顾河最后还是选择了息事宁人，这让她心里有些怅然，却也明白这也许是最好的结果。她连自己都不知道，她到底在期盼什么，又在愤怒什么，按照习惯去了报箱拿报纸，却依然没有看到她和程诺合写的那篇报道。叶蓁蓁知道，他们的稿子不可能连续两天都没有刊登，这其中一定出了什么问题，心情猛地沉重了起来。就在这时，顾河突然打电话来，希望和她见面。

“好的，就在左岸咖啡见吧。”叶蓁蓁说。

左岸咖啡开在市区里的小巷子里，总体非常有格调，所以很受白领、艺术家们的欢迎。叶蓁蓁按照约定到了咖啡馆，看到了坐在窗边的顾河，发现顾河的脸色依旧苍白，却涂了一些口红，整个人显得鲜活了许多。顾河看到叶蓁蓁紧张的样子，主动开口，“我一直觉得叶小姐的口才很好，为什么现在不说话了？”

“对不起……”

叶蓁蓁不知道说什么好，顾河突然笑起来，她喝了一口咖啡，平和地说：“其实，真的要谢谢你，如果昨天你没有带着左柯来的话，我也许就……谢谢。现在，我和左柯决定一起去美国留学，那笔钱足够我们的花销，到时候我多一个高学历文凭，他家也会更容易接受我吧。”

现在的顾河也许还有着对于未来的不确定，但是她整个人散发着积极努力又平静的气场。叶蓁蓁真的很喜欢顾河现在的样子，她真诚地说：“你们一定会永远在一起的，那你家里……”

“我爸和我一起去美国，他已经决定和我后妈离婚了。这件事情刚发生的时候，我就想为什么倒霉的事情都被我遇到了，也想过要自杀，但是现在想来，这个世上没有过不去的坎儿。没有这样的经历，我不会知道原来左柯那么喜欢我，也不会有机会和他在一起。生活就是这样，已经发生的无法避免，我们要想的是怎么让一切往好的方向发展，所以，谢谢你。这件事就到此结束吧，但我想我们会是朋友。”

叶蓁蓁没想到站在她对立面的那个人会成为她的朋友，心里满是感动和喜悦交杂的复杂心情。昨天欧浔对她的指责在耳边响起，她想她似乎误会了这个职业——正如同记者不一定就是正义的代言人一样，危机公关也不一定就和卑鄙小人密不可分。这时，顾河突然问：“对了叶蓁蓁，那个龙哥今天找我道歉，脸上青一块紫一块的。这到底是怎么回事，是你们做了什么吗？”

叶蓁蓁想起欧浔那个别有用意的笑容，心猛地一颤，“这个不重要，重要的是你和左柯的未来，不是吗？”

顾河点头，“时间不早了，我还有很多准备工作要做，我先走了。还有，你那个老板真的很讨厌，你以后一定要比他更强大、更厉害哦。”

“一定会的。”叶蓁蓁紧紧握拳。

看着顾河离去的背影，叶蓁蓁突然觉得自己似乎做了一件很不错的事情。她写报道引起大家的重视，她代表酒店和顾河谈了赔偿，她间接让顾河和左柯重新在一起……原来，危机公关根本不是她以为的那样仗势欺人，又或者是仅仅为了有钱有势的人说话，而是帮助大家让事情往更好的方向发展！

这么有趣的工作，放弃不是太可惜吗？可惜，她就要和欧浔说“再见”了……

叶蓁蓁的心情突然低落了，她回到报社，坐在熟悉的位子上发呆，满脑子都是这几天发生的事情。她必须承认，这些天的生活实在太惊险刺激，让她突然觉得报社的安逸是那么遥远，又是那么陌生。她正捧着咖啡杯愣神，张记者走到她身边，拍拍她的肩膀，“小叶啊，你的稿子虽然没有见报，但该给的稿分还是会给的。你不要失望，再接再厉嘛。”

“什么稿子？”叶蓁蓁觉得她的心跳加速了。

“就是皇朝酒店那个啊。酒店的负责人给我们投放了全年的广告，所以这篇负面报道就不发了。小叶你给我们新闻部带来了很大的业绩啊！你放心，提成不会只有广告部，我们也有份！到时候我给你一个大红包。”

看到张记者一副“求感谢”的样子，叶蓁蓁觉得她浑身的血液都变得冰凉。她看了张记者许久，轻声说：“师傅，我刚来报社的时候，上的第一堂培训课就是新闻是无偿的，没有任何人能干涉新闻的公正。”

张记者的笑容渐渐凝固，“小叶啊，新闻当然是无偿的，但是新闻记者要吃饭啊！你是不是读书读傻了，你连这个规矩都不懂？”

“我也觉得，我是个傻瓜。”叶蓁蓁看着张记者，突然微微一笑。

叶蓁蓁的笑容是那么讽刺，张记者有点不敢相信，这是进了报社以后一直低调做人，永远不会说“不”字的叶蓁蓁。他眉头皱起，刚想说什么，突然季琼找叶蓁蓁去办公室。叶蓁蓁进了办公室，发现程诺也在，于是当着季琼的面问程诺：“程记者，我们写的报道被撤稿了，你知道吗？”

程诺没有想到叶蓁蓁会公开问这件事，淡淡地说：“这件事以后再说。”

“那你就是知道啰。撤稿只有主编签字才可以，请问季主编你知道这件事吗？”

叶蓁蓁咄咄逼人，但是季琼的脸上看不出任何表情，她云淡风轻地笑着，“知道。这个字，是我签的。”

“你，你为什么要这样做？这篇报道我们准备了那么久！”

“叶蓁蓁，我很理解你的想法，但是人在这个社会上生存，光有原则是不行的。皇朝酒店给了我们一年几十万的宣传费，又叫上了官员作陪，这个面子我们必须给，也必须见好就收。叶蓁蓁，希望你站在报社的角度考虑一下问题。”

季琼的话是那么动人，但是叶蓁蓁一概不听。她看了季琼昂贵的洋装许久，终于开口，“我辞职。”

叶蓁蓁突然开口，然后看到程诺的瞳孔瞬间收缩。看到程诺寡淡的表情终于多了一丝鲜活，叶蓁蓁心情突然好了起来，笑嘻嘻地说：“季主编，谢谢你给我机会，但是我觉得还是危机公关的工作更适合我一些，我会递上辞职书的。再见了，主编！”

在季琼和程诺诧异的眼神中，叶蓁蓁离开了主编办公室，她觉得整个人都轻松了。在她收拾东西的时候，所有人都用异样的眼神看着她，似乎无法想象她为什么会放弃那么体面又稳定的工作，只有叶蓁蓁知道，她得到了最重要的东西——自由。

从现在开始，她不是报社的记者，她不用过着一成不变的生活，她只是叶蓁蓁。

她想要实现梦想，她想帮助别人，她想过有趣的生活……

未来也许很可怕，但正因为未知才有趣，不是吗？

“跟我来。”

在叶蓁蓁收拾东西的时候，程诺突然拉着叶蓁蓁的手往楼下走。叶蓁蓁挣扎了几下后索性随便他。当程诺停下脚步的时候，她出神地看着手腕上的指痕，暗想程诺出了一趟国力气倒大了不少。程诺没想到会让叶蓁蓁手腕瘀血，低沉地说：“对不起。”

一时之间，叶蓁蓁不知道他指的是用力把她的手腕拉伤的事情，还是他当时残忍离开的事情，她轻松地摇晃手臂，“拜托，别说那3个字——这会代表我又被坑了，心情很不好。时间不早了，我要回去了，我明天还要上班……”

“蓁蓁，你真的准备离开报社做危机公关？你到底了解欧浔多少？”程诺冷冷地开口。

叶蓁蓁知道程诺从来不是信口开河的人，心脏突然剧烈跳动了起来。程诺看着远方，声音平淡，“斯坦福大学毕业，主修心理学，但是毕业后没有做心理学专家，而是做了危机公关……你不觉得奇怪吗？”

叶蓁蓁反驳，“危机公关是新兴职业，又很赚钱，反正都是掌握人心，有什么好奇怪的。”

“如果加上他曾经肇事逃逸，把一个妙龄少女撞死，后来因为不满18岁和突发性精神病被洗白呢？”

虽然明知道程诺不会在这种事情上说谎，但叶蓁蓁还是不愿意相信欧浔居然有着这样的过去。她压抑下慌乱，淡淡地说：“法律上都没有给他定罪，说他逃逸并不合适吧，程记者。”

“虽然当时的舆论没有现在这样发达，但这件事还是被很多报纸报道，你有心应该可以查到。欧浔酒后驾车，撞死了他的同学后以精神病为由逃避了制裁，还被送入了精神病医院一段时间。虽然保住了性命，但是这件事闹得很大，他做公务员的父亲和母亲双双丢了工作，后来只能去美国定居。欧浔当时曾经扬言说要打败所有报道过此次事件的媒体，后来他成了危机公关的专家……蓁蓁，我知道你恨我，但是你在欧浔身边真的很危险。你好好考虑一下，好吗？”

不管是在过去枯燥无味的人生里，还是在和叶蓁蓁热恋的时候，程诺都是一个话很少的人，一下子说那么多实属罕见。他看着叶蓁蓁平静的面容，微微颤抖的睫毛，心里突然有了一种奇怪的想法——现在，还能和她这样心平气和地说话，真希望时间过得慢一点，再慢一点。叶蓁蓁低头思索了一会儿，突然笑了，“知道了。不过，这都和我没关系。”

程诺没想到会得到这样的答案，一下子愣住了。他看着叶蓁蓁，发现她的穿衣风格还是和以前差不多，却不知道她从什么时候开始化起了淡妆，眼神也是坚定又倔强。是啊，两年不见，大家都变了很多，她也长大了。他定定地看着她，看着她不耐烦地从他身边走过去，手中能抓住的却只有今天晚上的夜风。

叶蓁蓁，你到底还是连和我在一家报社都无法忍受吗？

如果你知道当年我经历了什么，你又会怎么样？

所以，有些秘密，就注定让它成为秘密吧……

叶蓁蓁帅气地辞职后，突然觉得连空气都充满了自由的味道。她并不知道程诺心中的百转千回，回家后第一时间查了当年的新闻，果然发现了一些蛛丝马迹，和程诺所说的没有任何出入。她望着电脑，发了一会儿呆，后知后觉地觉得后背开始发凉。

虽然在程诺面前死撑，但她毕竟只是一个年轻的女孩子，根本不敢想象自己和杀人犯在一起工作。可是，她又实在喜欢这个职业……

到底怎么办才好呢？

就在这时，叶蓁蓁的手机响了，她想起答应今天给妈妈打电话就觉得身上发毛，急忙接通了电话，嘿嘿一笑，“妈，我刚想给你打电话你就打来了，你和我可真是心有灵犀！”

电话那头传来很大的风声，叶如梅的声音也有些模糊，“蓁蓁，你猜我现在在做什么？”

“在吹风？”叶蓁蓁疑惑地问。

“在准备蹦极！一分钟后我就要跳下峡谷，哇，真是好刺激！”

光是想象，叶蓁蓁都能猜到妈妈此时兴奋的面容，再想到她还要悲催地步行回家，嘴角默默抽搐了一下。她敷衍了几句就想挂断电话，这时听到叶如梅问：“你在报社最近怎么样？什么时候可以转正？”

“快了吧，谁知道主编怎么安排。呵呵，妈，你去蹦极吧，我先挂了。”

叶蓁蓁心虚地想挂断电话，听到叶如梅追问：“叶蓁蓁，你的本事真是越来越大了。如果我不问，你打算一辈子不告诉我你被开除吧。你告诉我，你下一个工作准备做什么？刷碗还是搬砖？你赚的工资付得起物业费吗？”

叶蓁蓁在心里暗骂，她也不想住在叶如梅给她留下的房子里，光是物业费就让她生不如死。为了不被叶如梅看不起，她强撑说：“我已经找到别的工作了，不需要你担心。”

叶如梅显然愣了一下，然后嘲讽地说：“你还真准备去刷盘子啦？”

“做危机公关，我觉得很有意思。”

叶蓁蓁的话让叶如梅震惊了，她简直不敢相信自己的耳朵，“你和这行八竿子打不到一起去，你是怎么做危机公关的？你惹什么事了？”

叶蓁蓁听出了叶如梅的不可置信，挺直了胸膛，“没啥啊，就是打败了几百个竞争对手，成为第一流危机公关大神的助理罢了。底薪就是一万元，还有丰厚的提成，我完全可以在年底存满100万，所以你不要再提我去美国的事情啦。啊呀，你快要蹦极了吧，我先挂了啊。”

叶蓁蓁挂断电话后，长舒了一口气，知道她如果想留在中国，就必须有一份足够高薪能养活自己的工作，而欧浔又有那样的事情……

叶蓁蓁想着，轻轻叹了一口气。

第二天，叶蓁蓁纠结了半天后还是打算去欧浔那讨饶，因为她相信就算欧浔想对她不利，她也完全能把欧浔揍怕！她赶到了欧浔的别墅，按照习惯输入密码，可是门没有开，这让她的心突然一沉——欧浔居然换密码了，看来是真的生气了！叶蓁蓁只能硬着头皮按了门铃，然后又等了很久，就在她忍不住把耳朵凑到门上听里面动静的时候，门突然开了，她一个踉跄险些栽到欧浔的怀里。女孩芬芳柔软的身体就这样突如其来地入怀，欧浔觉得他的手指就好像被火燎了一样发烫，他阴沉着脸把她推远，“你来做什么？”

叶蓁蓁赔笑说：“欧浔，今天顾河已经发表我们的声明了，这个单子我们成功了！为了庆祝，我买了花给你！你好厉害啊，大神！”

叶蓁蓁说着，把在路边随手买的清仓大减价的玫瑰花送到了欧浔的手里，但是欧浔并没有接过花束，他斜眼看着她。

欧浔的脸上没有丝毫笑意，叶蓁蓁的气势也越来越弱，她不自然地玩着发梢，无辜地看着欧浔，“是我错了，你看我特地买了玫瑰花向你赔罪！这花又大又香，娇艳的颜色就好像你帅气的脸蛋一样，特别符合你高贵的气质。欧浔，你就收下我的歉意吧！”

她道歉的表情实在太真挚，如果那枝玫瑰花没有恰好耷拉下脑袋的话，欧浔也许真的会收下。他的手轻轻一触碰，玫瑰花瓣就飘落了下来，他看着发黄的花朵，气极反笑，“这就是你的态度？”

叶蓁蓁贪图小便宜，也没想到该死的奸商居然那么可恶，用胶水粘了快开败的玫瑰伪装成含苞待放的！她只能继续赔笑，“那个，我的工资还没有到账，身上没有钱只能买这一束，但这是我的全部！我赚了10块钱都会花9块钱给你买花，是不是很感动！”

“那你赚1000万呢？”

“那就10块钱都给你！”

欧浔真是被叶蓁蓁的无耻给打败了，他忍不住想，也许就是因为她这样豁得出去，才能剑走偏锋地完成这个单子，这还真是……他接过了玫瑰花，把花丢进了垃圾桶，“距离昨天给你考虑的时间已经超过了24个小时。你可以离开了，我会招聘别的助理。”

欧浔觉得他拒绝叶蓁蓁的每一个动作、每一句话都帅气万分，想起王皓昨天晚上对他说的话忍不住冷笑。他想，王皓的脑袋一定被门夹了，才会说出那么离谱的猜测来。

“欧浔，你的意思是你其实很不喜欢她这样类型的姑娘，但是看到别人欺负她会生气，看到她和前男友在一起会更生气？”

当欧浔告诉了王皓他最近奇怪的心情时，王皓的表情变得特别奇怪，没有给实际的意见，而是重复了他的阐述。欧浔还记得，他当时不耐烦地皱眉，王皓突然捂着嘴巴笑了起来，这个娘娘腔十足的动作，让欧浔恶寒了一下，王皓下一句话更让他瞬间被传送到了地狱，“欧浔，你都多大了，怎么还问15岁男孩会问的问题？你是喜欢上她了啊。”

喜欢，喜欢……

这两个字不断放大，最后猛地砸中了他，把他狠狠压垮。欧浔费力地推走它们，大吼一声：“你胡说什么，我怎么可能喜欢那个还没毕业的臭丫头！我从来都没有注意过她好嘛！她才164.2厘米，胸围也才C罩杯，总是穿着牛仔裤和T恤衫，笑起来的时候单边的酒窝真是难看死了。对了，她还不喜欢喝清咖啡，每次都加一勺奶半勺糖……”

欧浔的唠叨在王皓别有用意的目光中停住了，他猛地起身，“你不会真的以为我喜欢她吧？”

“而且是暗恋。”王皓轻飘飘地说。

备受侮辱的欧浔起身就走，甚至忘记了他现在离开的话就浪费了半小时的费用。他回家后一晚上都辗转反侧睡不着，不知道为什么眼前一直浮现出叶蓁蓁的样子。当看到叶蓁蓁按门铃时，他连杯子都拿不稳了，就好像见到了主人的哈士奇一样，想第一时间冲到她的面前……不不不，他当然根本没有暗恋这个臭丫头，他要像个真正男人那样，做出和她彻底拜拜的决定！

嗯，好像不彻底也没什么关系……

欧浔悄无声息地给自己打了个折，这时看到叶蓁蓁的嘴巴一扁，又露出了可怜的表情。他冷哼一声，强迫自己不去看叶蓁蓁水汪汪的眼神，低沉地问：“没听懂吗？”

5

“欧浔，欧浔。”

娇媚的尾音微微上扬，欧浔觉得他的名字就好像沾了蜜糖一样，甜腻到让他无法拒绝。叶蓁蓁看出欧浔的脸色有所松动，再接再厉地摇晃欧浔的衣袖，“欧浔，我错了，你再给我一次机会嘛。我知道老板你很不高兴，你打我吧，骂我吧，千万不要手软！打我巴掌怎么样？这样不费力气又能侮辱我，来吧来吧！”

她说着，一把抓住了欧浔的手，就要往自己脸上抽。她的力气实在太大，欧浔眼见他的手就要不受控制地落在叶蓁蓁脸上，急忙往后缩，而叶蓁蓁因为用力过度，猛地撞到了他的胸前。欧浔又听到了他心脏剧烈跳动的声音，手好像不受控制一样，轻轻抚摩上叶蓁蓁柔软的头发，细腻的触感让他想起了小时候饲养的小猫。他长舒一口气，没有把叶蓁蓁推开，“告诉我你回来的理由。”

欧浔抚摩她长发的感觉实在太怪异，但是叶蓁蓁识趣地没有反抗。她紧紧握拳，正义感十足地说：“因为我觉得危机公关是很有前途的职业，我肯定能在您的带领下走向辉煌！

欧浔轻挑眉毛，“说实话。”

叶蓁蓁一下子吃瘪了，小声说：“因为没有钱付物业费了。”

“还有？”

“还有……没有工作很丢人，为了生存就算老板很奇怪也不是什么大问题……我们能先不聊这个吗？”

“那你告诉我真正的理由，不要浪费时间。”

“你……虽然大家都说你是一个极品，我也认为是这样……但是我必须承认，你的工作能力是行业一流。我喜欢这个职业，我想飞得更高，所以我要在你身边学习东西。我无法接受你的不择手段，我会用自己的方式做好危机公关。欧浔，我会变得比你更优秀，你敢培养一个竞争对手吗？”

叶蓁蓁的表情是那么坚定，阳光把她的头发染成了奇异的金色，她整个人也好像在发光。他想，今天的阳光实在是太烈了，不然他面颊的温度为什么会那么高，又为什么会心跳得那么飞快？

“是吗？那我拭目以待。”

他的手指从叶蓁蓁的发丝滑到她的脖子上，看着叶蓁蓁乌黑的眼眸，慢慢把身体俯了下去。他们之间的距离越来越近，他都可以看到叶蓁蓁震惊的眼神和鼻尖上的汗珠，这时突然有人按响了门铃。

是谁那么不长眼！

欧浔不耐烦地往门外看去，这时叶蓁蓁已经冲过去开门了。她不知道自己怎么了，刚才居然有一种欧浔会亲吻过来的错觉。嗯，这一定是错觉，错觉……她猛地开了门，在看清楚来人的时候发出了惊天动地的尖叫声。

“啊！”

叶蓁蓁的叫声，让欧浔的心一紧，用最快的速度冲到门口。他已经做好了叶蓁蓁被黑帮分子恐吓或被外星人绑架的准备，可是他只看到了一个戴着巨大黑色墨镜的男人。叶蓁蓁继续尖叫，欧浔只觉得耳膜都要被震破了，不耐烦地一把捂住了她的嘴巴。嘴唇划过掌心的触感让欧浔的身体好像触电一样轻轻颤抖了起来，他不耐烦地说："你再继续叫，我就捏你的嘴巴，知道就点头。"

叶蓁蓁急忙点头，在欧浔放手后她恶狠狠踩了他一脚，飞奔到墨镜男面前。欧浔疼得捂住了脚，发誓一会儿绝对要给叶蓁蓁好看，只见她一脸梦幻地问："你是刘枫，对不对？"

"你好。"

刘枫摘下墨镜，露出了一张年轻英俊的脸，叶蓁蓁又尖叫了起来。欧浔看到她在原地拼命打转，拿手扇风的蠢样子就懒得搭理她，转而看着刘枫，"有事？我很忙，有事快点说，别浪费大家的时间。"

欧浔终于想起来，他曾经在电视上看到过这个刘枫的介绍。他是当下最红的小鲜肉，刚刚有部作品入围了戛纳电影节，最近就要和知名女星宋颜订婚了，更被杂志评选为"最佳情人"的第一名……他用挑剔的目光看着他过于白皙的肌肤和过于发达的肌肉，冷哼一声就想拉着叶蓁蓁走，刘枫终于开口，"欧先生，有件事情需要你的帮忙。价格是1000万。"

当听到这个价钱的时候，欧浔的身体已经先一步做出了反应，他猛地拉住了刘枫的手，把他的掌心放在了自己胸口，深情款款地注视着这个从天而降的财神爷。刘枫显然是被吓到了，急忙往后退一步，欧浔继续抓住他的手，露出了一个真挚到极点的笑容，"放心，你的需求，就是我们的使命。叶蓁蓁，快请刘先生进去，给他泡最好的咖啡。"

欧浔说着，忍不住对刘枫抛了个媚眼，刘枫的表情越发僵硬。他在石化状态中被叶蓁蓁拖进了别墅，手里被塞了一堆零食和咖啡，面无表情的样子看起来有点傻。欧浔看到叶蓁蓁蜷缩在角落里偷偷涂口红的样子，突然觉得这1000万的吸引力降低了几分，轻咳一声后，率先开口，"刘先生，您能找到这里来，想必已经对我们有了初步的了解。请说一下您遇到了什么难题，我们会为您提供最完美的帮助。"

刘枫抬起头看着他们，看起来有些纠结，又有些难以启齿。他长叹一声，第一句话就打破了叶蓁蓁的少女心，"我有一个私生子。现在，对方说要曝光，我需要你们帮我解决这个危机。"

“私生子？！”

叶蓁蓁目光炯炯地看着刘枫，听到她的玻璃心碎了一地的声音。她突然想起，刘枫在年少没有成名的时候，确实有过一个关系很好的女朋友，但是她当时因为刘枫的贫穷离开了他。分手后，刘枫受到了很大的打击，拍戏越发努力，最后从一个不入流的小角色走到了如今的地位。可是，他居然有私生子，而且可能在事业如日中天的时候被曝光……

叶蓁蓁捂住了嘴巴，过了很久终于问道：“是孩子的妈妈说要曝光吗？为什么当初不联系你，现在反而要那么决绝？”

刘枫俊朗的面容带了一丝阴霾，“可能是看到我现在混得还算不错，又或者是突发奇想……我又怎么会知道薛宁在想什么。欧先生，我知道您是精英中的精英，皇朝酒店的事情您处理得特别完美，我真的要拜托您帮我解决这个危机。我预付500万作为定金，希望您不要推辞。”

刘枫说着，从口袋里拿出了支票递给欧浔。叶蓁蓁刚想象征性地推辞一下，却见欧浔一把拿过了支票，整个人也好像打了鸡血一样亢奋了起来，“那个薛宁是通过什么方式告诉你私生子的事情？那个私生子现在在哪里？你想得到什么样的结果，是解决私生子事件，还是干脆把那个女人……”

欧浔做出了一个心狠手辣的手势，但是刘枫没有注意到，他情绪低沉地说：“她给我的私人信箱发了宝宝的照片，可是我回复以后她没有再联系我。海伦阻止我再和她接触，建议找专业人士处理。欧先生，我现在该怎么办？“

欧浔微微一笑，自信十足地说：“这件事脉络很清楚，是您的前女友后悔和您当初分手，想要得到一笔钱，又或者心更大一点想做上刘太太的位置。刘先生，恕我直言，您确定这个孩子是您的吗？毕竟你们已经分手那么久，如果为了别人的孩子那么担惊受怕实在……没有必要。”

叶蓁蓁插话，“那宝宝像你吗？”

“很像。”刘枫点头，脸上看不出任何情绪。

欧浔很不满意叶蓁蓁突然开口，却也顺着说了下去，“不管孩子的身份到底是什么，我建议您现在暂时不要有任何行动。我会私下调查您前女友如今的生活状况和需求，如果薛宁小姐联系您，您不要有任何回应，可以交给我来处理。”

刘枫点头，“当然，我既然选择了你，就一切交给你处理。时间不早了，我还有个广告要拍摄，再联系。”

刘枫说着，戴上墨镜后离开，叶蓁蓁一直痴迷地看着他离去的背影，如梦初醒一般拿起了他喝过的咖啡杯，双眼闪闪发光，“欧浔，这个杯子给我好不好？”

欧浔冷笑，从她手里抢过了杯子往厨房走去，“叶蓁蓁，不要在我面前做那么痴汉的事情。现在，给我去查那个薛宁的资料！”

眼见欧浔要把杯子丢到洗碗池，叶蓁蓁一下子着急了，她拼命去抢杯子，“这杯子上有刘枫的DNA，DNA！你可千万别洗！你给我留着，说不定哪天科技进步了，我可以复制一个刘枫出来呢。”

欧浔没有搭理她，把杯子丢到了自动洗碗机，叶蓁蓁的脸色一下子白了，简直欲哭无泪。欧浔看到她如丧考妣的样子，用力去敲叶蓁蓁的额头，“我真搞不懂你们这帮脑残，为什么会喜欢刘枫这样的小白脸？男人最重要的不是脸蛋，是内涵！懂吗？内涵！要有阳刚之气，要有结实有力的身体，还要财力丰厚，要有智慧的头脑……”

“可我就是喜欢小白脸。”

就在欧浔要把话题往自己身上引的时候，叶蓁蓁一脸认真地说出了她的喜好。一瞬间，欧浔真的很想撕掉手上的支票，告诉叶蓁蓁这单子他不接了，她再也别想看到刘枫！不不不，到底为什么要和钱过不去，为什么要那么介意叶蓁蓁的想法和喜好？难道他爱上这个暴力又没脑子的傻白甜不成？

欧浔在内心里嗤笑了一声，然后笑容逐渐凝固了，看着叶蓁蓁，觉得一种奇异的感觉侵袭着身体的每一寸肌肤，他突然一把抓住了叶蓁蓁的手臂。叶蓁蓁被他抓得生疼，感觉到欧浔的眼神里简直有着太多情绪，可是她一点都不想搞清楚。她用力把他的手指一根根掰开，找个借口走人，“没什么事的话，我就回家查资料啦！对了，我把银行卡号发到你微信上了，记得把工资给我结一下啊老板。”

叶蓁蓁说着，对着欧浔嘿嘿一笑就跑了。欧浔听着她欢快的声音，看着她就这样离开了他的怀抱，只觉得心里堵得发慌。他紧紧握拳，然后缓缓把拳头松开，看着空无的手掌，突然嘲讽地笑了起来。

在30多岁陷入爱河，你还真可以的，欧浔。

叶蓁蓁，你真幸运，居然可以进入我的心。

既然知道了心意，那么就坚定不移地去实现。你准备好迎接皇恩吧，叶小姐。

要知道，我可是世界上最优秀的公关专家，要俘获一个小丫头的心简直不在话下。第一招，就是……

欧浔想着，拿出手机给叶蓁蓁的银行卡转账。正在等公交车的叶蓁蓁看到账面上多了10万块，简直不敢相信自己的眼睛，她颤抖着手数零，觉得心脏简直比当初看到程诺的时候跳得还要快。她发誓要在这个精神病身边坚持满1年，存够了100万通通甩到叶如梅的脸上!

财神爷欧浔万岁!

叶蓁蓁忍不住亲吻了一下手机，美滋滋地等着公交车。此时的刘枫正站在落地窗前看着楼外的车水马龙，他拿出了手机，看着那上面的孩子的照片，轻声说："薛宁，你到底想要什么？你……到底在哪里？"

第四章　参加真人秀

早上7点，欧浔在闹钟声响起之前就醒来，正如他昨天、昨天的昨天以及过去12年的每一天一样。他按掉了闹钟，打开了摄像设备，在洗漱的时候听完了一大半昨天发生的事情。洗手间里，他看着镜中的自己，拍拍脸蛋，“呀，世界上怎么会有这么帅的男人！20岁的小白脸有什么好的，她根本不懂成熟男人多有魅力！这个蠢货！”

他的眼前不断回放叶蓁蓁扑到他怀里的那一幕，她的体温好像近在咫尺，她说的每一句话都那么清晰地印在他的脑中，她忽闪忽闪的睫毛好像拂动着他的心……

“叶蓁蓁，能记住你的感觉真是不错。”欧浔轻声说着，目光幽深。

1

为了查到和刘枫有关的资料，叶蓁蓁一晚上没睡几小时，觉得她如果不靠着咖啡提神的话，简直能随时随地昏厥。为了破解那个神秘邮箱的相关信息，她找遍了圈内的大神们，但大神居然都说“这个不能做”后就简单粗暴地下线了，真是让她怀疑她近期魅力值是不是降为负数了。就在她心烦意乱时，手机突然响了，她看到来电人是欧浔就有点不耐烦，当听到欧浔说要和她现在就去办公室的时候更是火冒三丈，她尽量让声音听起来平静，“老板，今天是礼拜天，我还有别的事情呢。”

叶蓁蓁简直想透过电话揪起欧浔的衣领，恶狠狠地警告他不要在非工作时间找她，可是欧浔的下一句话就让她的怒气烟消云散，“既然你不想见刘枫，那就算了。”

刘枫……见刘枫……

这几个关键词驱散了叶蓁蓁的愤怒，她整个人都好像打了鸡血一样亢奋了起来。在欧浔挂断电话前，她猛地表决心："老板你等着，我分分钟就过来！一定要等我！"

叶蓁蓁只觉得心跳加速，脑袋也开始眩晕了起来，她翻箱倒柜地寻找适合见刘枫的衣服，最后选了一身柠檬黄的连衣裙。她坐公交到了欧浔的办公室，脑子里不断盘算见到刘枫要说什么，没想到所有的话在看到欧浔的瞬间化为乌有。

都说男人穿正装的样子最迷人，此时叶蓁蓁才真切地感觉到这句话的意义。黑色修身西装彰显了欧浔的完美身材，让他成熟稳重之余多了一丝慵懒的优雅，紧紧扣着的扣子居然带了一丝禁欲的味道，让人忍不住幻想衣服后面会是什么样的风景。欧浔斜靠在沙发上，看叶蓁蓁的神情有些不耐烦，又好像有些心情不好。叶蓁蓁想到昨天晚上到账的10万块，顿时知道她该怎么做了，大步上前，用最真挚的语气说："欧浔，你今天好帅！"

"啊，嗯。"欧浔僵硬地说。

为了把最英俊潇洒的一面展现出来，他一连半小时都在练习摆这个姿势，他觉得他的关节都僵住了，皮肤也紧绷到疼痛——不过，看到她笑容的那一瞬间，好像一切付出都有了回报。他故作轻松地活动了一下僵硬的脖子，突然听到叶蓁蓁压低了声音，"那个，我什么时候能和刘枫说话？可以一起吃饭吗？或者合个影也可以啊。"

因为刘枫到来的关系，以往安静的别墅显得有些过分的生机勃勃。保安们把别墅团团包围，拿着摄像机的记者们正聚精会神地给花园里的秋千特写，刘枫和他的经纪人海伦正在花园里喝茶。叶蓁蓁很快就对欧浔没了兴趣，出神地看着刘枫俊美的容颜，这让欧浔的心里很不爽，他轻哼一声，"叶蓁蓁，你喜欢刘枫？"

"不是喜欢。"叶蓁蓁轻声说。

"哦？"

"是爱，仰慕！我的天啊，如果他能和我握手，我一个月都不会洗手！"

欧浔记忆中的叶蓁蓁，是一个虽然天真却也冷静理智的姑娘，可是她现在疯狂到和脑残们没有任何区别。这一切就是为了那个小白脸？欧浔越发不爽，淡淡地说："他的内眼角微调过，唱歌五音不全，所以被叫作'修音王子'，大学是在国内三流专科上的，但是被包装成'德艺双馨'……叶蓁蓁，你的品位就是这样？”

“你、胡、说、什、么！”

叶蓁蓁瞪了欧浔一眼，眼神是那么凶狠，因为她简直无法想象这个世界上居然还有人没有跪倒在刘枫的西装裤下！这一定就是妒忌，赤裸裸的妒忌！她的战斗力瞬间升为“S”级，却没有来得及爆发，因为海伦和刘枫一起朝他们走来。叶蓁蓁觉得她的心越跳越快，甜蜜地眩晕了起来。海伦的话好像来自遥远的地方，“刘枫正在参加的真人秀节目需要找好友录制一段视频，希望没有给你们添麻烦。”

视频？难道要他们上电视吗？

可是按照他们的工作性质，应该不太适合曝光，欧浔也肯定不喜欢这样的方式，他刚才还表现了对刘枫的极大不满……

“当然不会。”欧浔动情地一把抱住了刘枫的腰，“我们是世界上最好的兄弟。”

叶蓁蓁觉得，她的脸被打得很疼。

于是，摄像机开始启动，录音笔也放在欧浔的面前。叶蓁蓁看着换上了燕尾服的欧浔坐在钢琴前，十指如飞地演奏着钢琴曲的样子，再看着四周电视台工作人员如痴如醉的神情，微微勾了勾嘴角。

知名院校毕业、危机公关行业的精英、容貌英俊、身材很棒、擅长乐器和体育……好吧，她承认，忽略掉欧浔奇怪的个性，他确实是一个称得上完美的男人，所以这也是他可以成功欺骗外人的关键因素吧。可是，那么多人都看不出他阴暗的内心吗？他……到底是什么样的人？

当刚认识欧浔的时候，叶蓁蓁觉得他是一个不折不扣的恶魔，卑鄙无耻、不择手段、处心积虑……好像所有的贬义词都是为了形容他才存在。她抱着要打倒他的心思留在他的身边，却慢慢发现这个世界并不只有黑与白，更多的是分不清对错的灰色地带，而她要做的就是在灰色中坚持心中的那一分清明，用非正式的手段守护着她的正义。

这个男人啊，他想要的到底是什么……

叶蓁蓁的目光都在欧浔身上，有着她自己都不知道的疑惑和温柔。刘枫不忍心打断这温柔，但还是开口道：“叶小姐，方便和我出去一下吗？”

“啊，好。”叶蓁蓁忙小声说。

趁着大家的注意力都被欧浔吸引的时候，叶蓁蓁和刘枫来到了湖边。初夏的风带了一丝灼热，正如叶蓁蓁现在的心情一样，她没想到自己可以和偶像那么近距离接触，觉得脸简直烫得就要烧起来。她就好像陷入初恋的少女一样，一会儿偷偷摸摸地看刘枫一眼，一会儿又玩着她卷曲的发丝，简直恨不得时间在此刻停留。刘枫没有注意到叶蓁蓁纠结的心情，沉默许久后终于开口，“叶小姐，我的事情你已经知道了。听说你是我的粉丝，你一定很失望吧。”

叶蓁蓁顿时纠结了起来，从私心上说，粉丝们当然恨不得男神终身不娶来满足她们意淫的心，但是她要怎么开口对偶像说，“你居然有了私生子，我们要灭了那个贱人”？她实在不知道该怎么样婉转又有效地撒谎，所以只好痛苦又纠结地看着他，满脸的欲言又止让刘枫微笑了起来——比起试探来，他更喜欢这样简单直接聊天的感觉。刘枫看着波光粼粼的湖面，突然问了一个毫不相关的问题，“叶小姐，你觉得爱一个人可以有多久？”

“爱到不爱的时候吧。”叶蓁蓁疑惑地回答。

“是啊，爱到不爱的时候……如果明明憎恨她，却还是爱着她，一定是个傻瓜吧。”

刘枫的笑容是那么忧郁，又是那么动人，让叶蓁蓁简直看呆了。她没过脑子，下意识地问：“你还喜欢着那个薛宁，是吗？”

刘枫的笑容顿时凝固了，叶蓁蓁后悔得简直恨不得咬掉自己的舌头，而他沉默许久后，轻轻点头，“是啊，就算她当初抛弃了我，我还是喜欢她。叶小姐，如果可以的话，我想邀请你们作为真人秀的出席嘉宾。”

“啊？”

叶蓁蓁没想到事情会有这样的峰回路转，一下子愣住了。刘枫解释说：“我不知道薛宁下一次会在什么时候联系我，你和欧先生在我身边的话，可以第一时间来处理，这样比较方便。你们作为嘉宾参与真人秀，可以和我24小时在一起，而且欧先生也很适合参与这样的节目。”

叶蓁蓁心中不好的预感越来越强，“你说的不会是‘命中的恋人’这个节目吧……”

“就是这个，我的女友宋颜也会参加。”

“我倒是不介意，但是，欧浔他不适合录制节目啊。”

“我当然答应。”

当视频录制结束，刘枫提出需求时，欧浔在第一时间爽快地答应了。叶蓁蓁目瞪口呆地看着他，忍不住悄悄提醒，“这个节目是找明星情侣上演真人秀，欧浔你去好像不太合适啊，你又不是明星……”

欧浔的目光顿时化身为万千利箭射向了叶蓁蓁，海伦见状不妙，笑呵呵地打圆场，“欧先生容貌帅气、财力丰厚，再加上他刚才的镜头感非常好，非常符合我们的条件。”

镜头感好……何止是镜头感好，他如果在娱乐圈肯定是抢戏狂人！海伦心中暗暗吐槽。她见过一看到镜头就紧张到不敢说话的新人，也见到过看似平淡无奇在镜头面前却绽放着奇异光芒的天才，但还是第一次见到欧浔这样的……自恋狂。

当她看到他穿衣搭配不出错、总是把最美好的侧45度留给摄像机时觉得是巧合，但是在他表演钢琴曲、表演击剑、秀出他精通的4门外语后，居然开始给他们做法国大餐的时候发现了不对劲——他根本不是把这个作为录制视频，而是作为了个人才艺展示！海伦早就猜到欧浔会一口答应刘枫的邀请，现在却不敢确定这是不是一个好主意——他那过强的表演欲只是针对视频录制，在面对那么多明星的时候应该能起到很好的陪衬作用，并且能制造很多亮点，应该是这样吧……

海伦突然开始怀疑他们的决定到底是对是错，听到叶蓁蓁再次丢下了大杀器，“可是你也没有女朋友啊。”

这一次，连海伦也忍不住头痛了——她总觉得这个叶小姐是个聪明人，她到底为什么会露出那么傻白甜的表情来，还说出了这样的话！欧浔的笑容果然在瞬间消失不见，阴沉地看着她许久，突然开口，“是啊，暂时没有女朋友……不过很快就要有了。所以，这个节目你和我一起参加。”

“啊？”叶蓁蓁呆住了。

2

叶蓁蓁只要一想到要和刘枫等明星一起录制节目就觉得头皮发麻，再想到要和欧浔假装成恋人更觉得生无可恋，她安慰自己说，为了工作什么都可以做，就这样怀着悲壮的心情到了节目组，刚进门就被化妆师带去挑选一会儿要穿的服装。编导告诉她，她的定位是“知名公关专家的大学生女友”，性格要表现出逗比又可爱的一面，这样才能让观众喜欢。

为了突出叶蓁蓁的青春感，化妆师给她穿了一身白色的连衣裙，也把她的卷发拉直，她简直不敢相信镜子里那个清水芙蓉般的女孩会是自己。叶蓁蓁捏捏脸蛋，纠结地说："打扮成这样是不是有点太像……"

"这样才清纯，清纯！就这么去吧，一会儿保证让你的男朋友眼前一亮！"

她被工作人员蒙住眼睛后，心惊胆战地上了车，不停地想这辆车到底会把她带到什么地方，当看清楚面前的游乐园时才松了一口气。她想，这一次的任务大概就是在游乐园完成的，最多是坐个摩天轮或者过山车之类，应该困难不大。这时主持人情绪激昂地问她："蓁蓁，请你用一个词来形容你的男朋友。"

用一个词形容欧浔吗……当然是精神病啦！

"帅气。"叶蓁蓁对着镜头，言不由衷地说。

主持人呵呵一笑，来了兴趣，"其他女嘉宾都是说温柔、孝顺一类，蓁蓁真是一个很率真的女生！蓁蓁，你觉得你和欧浔有默契吗？"

叶蓁蓁心里暗想鬼才和他有默契，口中却笑着说："当然！"

"请你戴上这个面具，然后换上统一的服装，一会儿欧浔将会在5个女孩中找寻他的女朋友。如果找不到的话，你们在第一轮就会被淘汰哦，加油加油！"

"加油！"

叶蓁蓁笑容满面地对着镜头加油，可当她戴上假发换上连衣裙，再看着和她高矮胖瘦几乎毫无差别的5个女孩后顿时不自信了起来。手机早就被节目组没收了，根本联系不到刘枫和海伦，叶蓁蓁的心情越来越烦躁，也只能祈祷欧浔和她真的存在所谓的"默契"。

她和其他几个女孩一起站到了指定的位子上，被要求不能有任何动作或者声音，不然就会被淘汰出局，这让叶蓁蓁的心再次凉了几分。当她看到欧浔被蒙着眼睛带过来的时候，她拼命对欧浔眨眼睛，欧浔当然视而不见。这时，主持人站在众人面前，对着镜头笑容可掬地说："欧浔，你要在6个女孩中找到你的女朋友，每个女生都只能摸一个部位，当然不该摸的地方千万不要摸……哈哈，现在，开始吧！"

虽然叶蓁蓁一点也不喜欢主持人的玩笑，却也忍不住好奇欧浔会摸哪个部位来判断是不是她——应该是手吧，她的手比一般的女生要小一些，他那么细心应该可以感觉出来她和其他人的细微差别。叶蓁蓁满怀期待地看着欧浔，却看到他搂住了第一个女孩的腰，顿时觉得自己被啪啪啪打脸了。

欧浔，你这个色狼！大变态！

叶蓁蓁怒气冲冲地瞪着欧浔，发现他在第一个女孩的腰上抱了很久才恋恋不舍地离开，走到第二个女孩面前。在每个女孩面前他都停了很久，分别摸了腰、手、胳膊等不同的位置，最后终于到了叶蓁蓁的面前。叶蓁蓁暗想他到底会怎么认出自己，看到欧浔突然凑近，觉得连呼吸都停滞了。

微风吹拂中，他的气息近在咫尺，叶蓁蓁甚至可以清晰地感受到他身上那熟悉又令人信赖的味道。他捧起她的发丝，在她剧烈的心跳中摘掉了眼罩，微笑地看着她，“蓁蓁，我找到你了。”

我找到你了……

这几个字好像铁锤一样砸在叶蓁蓁的心上，她突然忘记了现在还在录真人秀，就这样抬起头看着在她面前的那个男人，欧浔的发丝在风中肆意飘扬，眼眸璀璨如星，唇角的笑容居然是那么清澈又真挚。叶蓁蓁好像听到自己心跳的声音，低声说：“嗯。”

谢谢你认出我来。

谢谢你，欧浔。

主持人也没想到他们那么轻易就过了一关，微微愣神后，笑呵呵地说：“居然第一次就找到了，真是好恩爱的情侣啊！欧浔，来透露下，你是怎么找到你的女朋友的？”

“秘密。”

欧浔和主持人你来我往地对话了几句，在其乐融融的氛围中被工作人员带着前往第二个地点。当叶蓁蓁看到面前的房子是鬼屋时只觉得膝盖一软，惶恐地看着欧浔，可欧浔还是神色如常，甚至对叶蓁蓁挑了挑眉。这时，主持人笑嘻嘻地说：“现在是第二关鬼屋，其他情侣们已经进去了哦，比赛也正式开始了！游戏规则很简单，在里面完成任务最多的就是优胜者，可以得到蜜月套房的大礼包和神秘惊喜。哇，真是好激动！准备好了吗？出发！”

主持人说着，伸出手掌来和叶蓁蓁击掌，叶蓁蓁面色难看地击掌后深吸一口气，终于往里面走去。未知的黑暗让她恐惧，就在她心情紧张到极点的时候，欧浔突然一把抓住了她的手，她看懂了他没有说出口的话，“叶蓁蓁，不要怕。”

是啊，有这样一个恶魔在身边，又有什么好怕的？叶蓁蓁，向前冲吧！

叶蓁蓁对欧浔回了一个微笑，然后跟着他走了进去。游乐园的鬼屋模仿精神病医院的样子建造，分为一个个房间，每个房间里会有不一样的任务口令，如果完成任务，房间会有红色标志。他们可以选择不进入房间，但是如果进去了就必须要完成任务。

为了让节目有可看性，制造逼真的效果，这里没有工作人员扛着摄像机跟拍，而是选取摄像头录影的方式，也更加为真人秀增添诡异的气氛。叶蓁蓁一进去就被可怕的脚步音效弄得心神不宁，下意识想推开第一扇门，欧浔一把抓住了她的手，“一般人进鬼屋的第一反应就是做任务，所以第一扇门作为第一思维而言一定会比较难。第一扇门到现在还没有人打开，我想大家的判断和我是一样的——不要打开这扇，我们选别的，或者什么都不做也行。”

“什么都不做？”叶蓁蓁诧异地问，“可是……”

她说了一半就没有说下去，欧浔面无表情地说：“与第一关不同，这个规则里只说明完成最多任务的人会有什么样的奖励，没有提及最后一名会得到什么样的惩罚，我们既然不想做第一，干脆什么都不要做好了。”

欧浔的暗示叶蓁蓁听懂了，他们只是来完成危机公关的任务的，鬼屋的任务能不能完成都无伤大雅，也不会被淘汰——既然这样，又为什么要去争第一，他们又不像明星一样在乎人气。叶蓁蓁听完欧浔的分析后顿时松了一口气，笑嘻嘻地说：“那我们现在做什么？”

“等。等待优胜者胜出和游戏结束。”

欧浔说着，率先在门口坐下，叶蓁蓁也坐在了他的旁边。为了凸显恐怖的气氛，走廊的灯光忽明忽暗，脚步声也好像就在身边，叶蓁蓁的心脏忍不住跳得飞快。他们在走廊上一言不发地等着，幕后的工作人员还是第一次遇到这样的状况，在监控器前都炸了锅。他们先把主持人痛骂了一顿，头痛地问负责人：“导演，他们这样干坐着也没什么好拍的，难道我们就这样看他们一晚上？”

导演摸摸小胡子，高深莫测地笑了，“规则是人定的，当然也可以更改嘛。现在就告诉他们，必须完成三个任务，不然就丧失了比赛资格。”

有人悄悄说：“可是，这一组是海伦那边力保要到第三关的……”

“还有人力保别让他们去呢！就照我说的做！”

导演下了决定后，广播器里响起了甜美的女声，“请6号选手注意，为了公平性和可看性，游戏规则有所调整，游戏规则有所调整！请你们必须完成3个任务，不然会被淘汰出局！你们有5秒的时间来打开房间，5，4，……”

当广播里开始倒计时的时候，叶蓁蓁不假思索地踢开了离她最近的房间，欧浔也跟着她往房间里走去。房间被布置成病房的样子，病床上有一个信封，叶蓁蓁打开信封，发现上面写着一行字：亲，请你们两个人用两条腿完成20个下蹲起立哦。

“两个人两条腿？那是什么意思？你背着我吗？”

叶蓁蓁疑惑地看着欧浔，话音刚落就被欧浔一把抱了起来，吓得她急忙勾住了欧浔的脖子。叶蓁蓁对欧浔翻了个白眼，欧浔面无表情地说：“这样就可以了，完美的双人双腿。”

欧浔一言不发地带着叶蓁蓁开始做下蹲起立，在此期间一直没有开口说话，完成最后几个的时候一直在喘粗气，让叶蓁蓁有点担心他还能不能坚持下去，不知道是不是错觉，她总觉得欧浔的表情有些不对劲。

欧浔的个性是那么嚣张又幼稚，如果是平时的话，他早就找各种各样的方式刷存在感又或者以欺负她为乐，怎么会好像现在一样沉默？是她得罪他了吗？可是在进鬼屋之前他还是好好的，他到底怎么了？

叶蓁蓁正想着，欧浔已经把她放下，走出了房间，“下一个。”

叶蓁蓁急忙跟了上去。

3

叶蓁蓁跟着欧浔又进了一个房间，完成了上面写的说10个笑话的任务，现在他们只要再完成一个任务就能过关。欧浔终于选定了房间后推门走了进去，当叶蓁蓁看到信封上写着在房间里待满1小时，在此期间可以做任何事情的时候，她不由得松了一口气——这可比下蹲起立和说笑话容易多了！她刚想夸欧浔的手气好，却发现欧浔的表情从漠然到冷峻，不由得一怔——进入鬼屋后，他好像在瞬间变成了另外一个人，陌生到让叶蓁蓁害怕。叶蓁蓁发现，他没有坐到舒服的床上而是坐到了墙角，身体也绷得笔直，如临大敌，忍不住咬住了嘴唇，微微犹豫后坐到了欧浔的旁边。虽然有点害怕现在的欧浔，她还是轻声问：“为什么不坐在床上？这样犯规吗？”

欧浔没有回答。

他们就这样沉默了下去，叶蓁蓁原以为这一小时也不算难熬，没想到房间里的灯突然灭了。叶蓁蓁吓了一大跳，幸好走廊上还有微弱的灯光，能让她勉强看清楚欧浔的侧脸。不知道是不是错觉，她觉得空气似乎越来越冷了，吹得她胳膊都冒出了鸡皮疙瘩。她一再告诫自己，这些都是节目特效，根本没有什么好怕的，可是她根本控制不住在寂静环境下的恐惧心理。她心里害怕，越发爱说话，“欧浔，你说我们结束这一关能不能见到宋颜啊，她是不是像电视上那么漂亮？她和刘枫可是被叫作‘国民情侣’，我有她那么漂亮就好啦。欧浔，欧浔……”

她忍不住又去看欧浔，发现他的确很不对劲——他的眼神空洞到就好像不属于这个世界一样。

“欧浔？”叶蓁蓁有些担心，轻轻叫欧浔的名字。

欧浔没有回答，继续注视着前方。他看到一个少年正坐在他的不远处，一言不发地看着苍白的墙壁，对周围发生的一切都漠不关心。一个和少年轮廓非常相似的中年女人流泪看着少年，突然一巴掌重重打在他的脸上，“欧浔你别装了，我知道你根本没有问题！我和你爸已经因为你没有工作了，你到底还要闹成什么样才肯放手？你到底为什么要把护士推倒？到底为什么啊？你说啊！”

中年女人用力去推少年，少年瘦削的身体在她的用力下不断摇晃，到后来，那个威严的中年男人实在看不下去了，他严肃地阻止了女人，“不要闹了，这里是医院，你给我注意点影响！你该知道你住在这里已经三个月了，我想你已经可以恢复了。然后，我会送你出国，这是你一直想要的。”

少年终于抬起头来，露出了一个讽刺的笑容，淡淡地说：“原来精神病人不用受限出国。”

“闭嘴，欧浔！”

“欧浔，欧浔，你怎么了，欧浔？”

愤怒的质问声突然被轻柔的嗓音所取代，欧浔看着紧握住他手腕的那只手，终于被叶蓁蓁拉回了现实。他嘲讽地想他真是越活越回去了，居然因为曾经在精神病医院住了一年而畏惧这个地方，还要靠这个丫头才能恢复理智。他伸出手帮叶蓁蓁理顺额前的碎发，声音是那么沙哑，“有什么事？”

“没什么，我刚才在问，你是怎么从那么多女人里找到我的……你不回答也可以啦，只要知道结果就好了嘛。”

叶蓁蓁觉得她的问题实在有点无聊，嘿嘿一笑就想放弃，可是欧浔回答了，“因为味道。叶蓁蓁身上的味道很好闻，我不会忘记。”

欧浔想，他一定是沉浸在糟糕的回忆里太久了，才会虚弱到根本不想放开叶蓁蓁。他的脸埋进了叶蓁蓁的肩膀上，感受着女孩身上的温柔气息，突然想，就这样一辈子也不错。他一下一下抚摸叶蓁蓁的长发，在她耳边轻声说：“蓁蓁……现在还在录像，我想我们需要更亲密一点。”

欧浔一把把叶蓁蓁搂了过来，越来越靠近她。虽然明知道这是在演戏，叶蓁蓁的脸还是在黑暗中一寸寸变红，脑中也一片空白。理智告诉她，和欧浔这样亲近会带来无法想象的后果，但是情感上她似乎并不厌恶欧浔的亲近……叶蓁蓁，你到底在干什么？

叶蓁蓁看着欧浔，脑中思绪万千，突然觉得有什么不对劲。她抬起头，看到一个白影正在不远处看着他们，一下子尖叫了起来，“啊啊啊！”

叶蓁蓁的叫声划破了寂静的空气，欧浔猛地抬起头来，看着远处突然出现的白影。那个白影用飘忽的姿态慢慢靠近他们，叶蓁蓁吓得四肢并用地爬到了欧浔身上，眼泪都流了出来。欧浔只觉得身体突然一软，看着叶蓁蓁惊慌失措地搂住他的腰死活不肯放手，再看到她绯红的面颊时叹了一口气。白影越来越近，垂在面前的黑发让她看不清楚面容，声音也是那么飘忽不定，“我好寂寞，来陪陪我，我好寂寞……”

“既然那么寂寞，就去死吧。”

欧浔冷笑一声，一脚踢到“女鬼”的腹部，毫不怜香惜玉地把“女鬼”踢出了5米远。“女鬼”艰难地爬了起来，一下子就哭了，“你踢我干吗，你精神病啊！”

“请6号选手不要攻击其他选手，请6号选手不要攻击其他选手！”

这时，广播里突然响起了严厉的制止声，但是欧浔该踢的已经踢了，警告对他没有任何意义。“女鬼”艰难地从地上爬起来，叶蓁蓁发现她居然是当红小花丽丽，觉得脑子一下子就大了。她急忙去扶起丽丽，干巴巴地道歉：“对不起，这个房间是密闭的，我真不知道会突然有人进来，我还以为是阿飘……真的对不起！”

丽丽原来想让摄像机拍下他们吓得屁滚尿流的那一幕，没想到自己被欧浔恶狠狠地踢了一脚，如果不是正在录制的话，她真的就要破口大骂了！她用最大的毅力控制住怒气，眼泪汪汪地捂住腹部，“我，我只是想和你们开个玩笑……”

欧浔淡漠地说：“不是玩笑，而是任务吧——我想，任务也许是吓唬我们之类的，是吗？这位小姐！”

丽丽暗暗咬牙，可怜兮兮地点头，这时一个男人从暗门里冲了出来。他看到丽丽受伤，夸张地哀号了一声，对欧浔举了拳头，“你打女人算什么男人！丽丽是我最爱的女人，我不允许有任何人欺负她！我和你拼了！”

“有说这话的时间早就可以拼了，小子。”

欧浔一拳把他打倒，看到他们尖叫的样子，听到广播里愤怒的声音，这才觉得郁闷的心情纾解了一些。他看了看手表，发现他们在房间里已经待满了一小时，拉起叶蓁蓁的手，“时间到了，我们走。”

“那他们……”叶蓁蓁犹豫地看着倒在地上的男人。

“那不是该我们操心的事情。我突然觉得这游戏还不错，有兴趣多完成几个任务吗？”

“啊？”

叶蓁蓁总觉得欧浔脸上的笑容有点意味深长，来不及思考就被他拉出了房间，去其他房间搜集任务。他们接连完成了10分钟之内找到宝藏、找出隐藏的病人、设置一个最绝妙的陷阱等任务，最后一关则是要和所有人巅峰对决。

当叶蓁蓁在欧浔的指挥下“大杀四方”，从隔壁阵营里把刘枫和宋颜“擒获”的时候，宋颜的表情看起来非常微妙，她没有电视上的可爱爽朗，恶狠狠地瞪着叶蓁蓁，可是在看摄像机的时候瞬间红了眼眶，柔弱地依偎在刘枫的怀里，“亲爱的，我们输了。不过，只要能和你在一起，就算是世界末日我也觉得好幸福！”

“阿紫，我会永远在你身边。”

宋颜的表情是那么动人，刘枫的眼神是那么宠溺，看起来就好像是一对恩爱的情侣，但叶蓁蓁想起刘枫的私生子和查到的关于宋颜的信息，突然觉得无聊了起来，闷闷地说：“我累了。”

“好，我们回去。刘枫晚上会举行生日宴，你需要好好准备一下。”欧浔在她耳边轻声说。

4

叶蓁蓁终于离开了鬼屋，到了宾馆准备的休息室里好好洗了个热水澡，才觉得紧张的神经稍微放松了一些。叶蓁蓁给自己泡了一杯咖啡，脑子里对刘枫的生日宴没什么期待，却一直在想欧浔今天为什么不对劲。她突然想起来，程诺之前说过，欧浔曾经假借精神病逃过审判，心猛地一颤。她暗骂自己居然忘了这样重要的事情，一想起欧浔在鬼屋里的表现就觉得心酸了起来。她想起欧浔虚弱地抱住她的样子，简直恨不得重新回去抱住他，告诉他一切都过去了，现在至少还有她在他的身边。

不过，这样的感情到底是什么？

叶蓁蓁茫然了，想了半天也想不明白，干脆不再想下去。她根本不知道晚上会有宴会，箱子里的衣服都是休闲风，好不容易才找到了一身黑色的连衣裙。她换上连衣裙去找欧浔，准备和他一起出发，看到欧浔西装革履的样子忍不住屏住了呼吸，她的脸有点发烫，欧浔用嫌弃的眼神上下打量着叶蓁蓁，“你打算穿成这样去派对？你这一身不会被允许上船的。”

叶蓁蓁也知道她这身打扮去派对不太适合，但是她真的没有别的衣服了啊！她有点不知所措，欧浔强势地说：“跟我走，我带你去换一身衣服。”

“不算在工资里吧？”叶蓁蓁顿时警惕地问。

欧浔诧异地看着叶蓁蓁——这时不是该羞涩地说“人家不要啦”，或是直接扑上来感谢他的大恩大德吗？她满脑子都是什么东西！

欧浔的脸色顿时冷了，“算。”

叶蓁蓁顿时说：“那我还是不要了。”

“那你也别去游艇上见刘枫了。”

欧浔戳中了叶蓁蓁最介意的那个点，她在抠门儿和见偶像之间痛苦纠结，最后还是毅然选了去见刘枫，怀着悲壮的心情点头，“好吧，那我们去买衣服。”

“叶蓁蓁，你刚有了10万块钱，怎么买身衣服都舍不得？”

“因为我要在一年内存满100万啊。走啦，老板。”

叶蓁蓁轻快地说，催着欧浔快点动身，欧浔沉默不语地发动了汽车。叶蓁蓁听了一会儿歌后，忍不住说：“欧浔，我查了薛宁、刘枫的资料，觉得刘枫的未婚妻宋颜和他的关系有点不对劲。他们当然非常般配，看起来也很恩爱，可我总觉得有点过了头，就好像是……”

“演戏？”欧浔帮她说了下去。

“对对，就是这样！”叶蓁蓁猛地一拍大腿，“我查刘枫资料的时候顺便查了下宋颜，发现她和刘枫交往之前，所有男友都是富商，真不知道她为什么突然选择了男演员。难道人的品位也会突然改变吗？”

“你今天有什么发现？”欧浔不再八卦下去，而是直接问叶蓁蓁。

叶蓁蓁顿时有了一种考试的紧张，仔细回忆后说：“今天只是真人秀的第一天，我觉得化妆师什么的对我都很照顾，应该是海伦提前打了招呼；但是导演突然改变规则还真是很奇怪，一开始的那一关也太难过了，有点像故意为难……可是不会啊，会有人这样做吗？”

欧浔早就知道叶蓁蓁聪明，却没想到她一下子就说中了事情的关键，淡淡地说：“有这样动机的人和发私生子照片威胁刘枫的，很可能是一个人。首先，他的权力很大，可以指挥导演；其次，他不喜欢我们加入，想把我们赶走；再次，他非常了解刘枫，对刘枫的所作所为可以说了如指掌。”

叶蓁蓁顿时紧张了起来，“那我们怎么办？他已经知道我们来做什么了吗？”

“也许有了猜测，但是还没有下定决心把我们赶走。今天你接触了很多人，你觉得谁比较可疑？”

叶蓁蓁努力回忆，“导演肯定有点不对劲，灯光师今天险些把灯砸在我身上，后来说他生病了就离开了片场，也不太对劲。对了，今天化妆的时候，还有人给我送盒饭，我总觉得他的表情有点奇怪……”

“有什么奇怪？”

“我不太喜欢吃油腻的东西，所以就想给化妆师姐姐吃，可是他突然发火了，骂我矫情，还狠狠拍了一下桌子走了，气得我饭都没有吃。”

“发火和拍桌子是同时进行的吗？”欧浔若有所思地问。

“不是，是先骂了我然后拍桌子，我记得很清楚。”

“他在伪装。”欧浔下了结论。

“啊？”

“谎言可以骗人，但是微表情是没有办法骗人的，就好像尴尬的时候会抬起下巴，说谎的时候会不自觉揉鼻子一样，发火和肢体语言也应该是同步进行，除非他是在演戏。你把他的样子告诉阿威，让他去调查这个人的底细，也许会有发现。你该庆幸，你没有吃那份盒饭。”

叶蓁蓁被吓到了，觉得后背有点发凉，不可置信地说：“不会吧，你又在吓我！”

“那我们做个游戏。你把你每天临睡前做的事情，告诉我一遍。”

“洗澡、敷面膜、看小说、学英语、打扫房间，然后睡觉啊。”

“很好，那你倒着说一遍。”

“睡觉，学英语，洗澡……

叶蓁蓁不再说下去，因为她知道她的谎言已经被欧浔揭穿了。好吧，她承认她才没有那么多闲情雅致，通常洗好澡后玩会儿手机就睡了，但是谎言倒过来真的没法说也太稀奇了吧！她瞪大眼睛看着欧浔，过了很久终于说：“你不许用微表情来猜我。”

“好。”

欧浔出人意料地答应，爽快程度让叶蓁蓁都不敢相信。欧浔正视她的眼眸，嘴唇勾起，“我答应你，绝对不会用对付别人的方式来对付你。”

“我……我睡一会儿。”

叶蓁蓁不知道为什么，只觉得脸颊开始发烫，急忙闭上了眼睛，都不敢和欧浔对视。欧浔看着她逃避的样子微微一笑，眼神也瞬间犀利起来，因为他在推理叶蓁蓁到底为什么会需要100万。

从她的穿着打扮来看，她的家境应该很一般。如果说还没有毕业的学生手头紧是可以理解的话，那么她收到一笔巨款后居然没有消费而是存了起来，还说要存满100万，那肯定是有原因的。这么大一笔钱很有可能是为了买房，但这样她就会直接说出买房需求，可是她只是说起了钱……对了，她似乎说过她的母亲在外国，这样家境的人出国只可能做底层的劳动者，又或者是为了躲债。

躲债……

欧浔猛地一激灵，脑中突然闪过他无聊时看过的小说：《总裁的抵债情人》《霸道总裁爱上我》《秘密恋人带走跑》……这些故事都有一个共同点——女主因为欠债被送给了男主，然后开始了虐恋情深的日子！难道叶蓁蓁也要……

欧浔突然一把牢牢抓住了叶蓁蓁的手，把叶蓁蓁吓了一跳，她刚想把手挣脱出来，就听到欧浔低沉的声音，“叶蓁蓁，我不会让你这样。”

“啊？”

“虽然公司没什么人，可我也是总裁啊，年收入也不差，你完全可以选择我。”

“你到底在说什么啊？”

欧浔沉浸在偶像剧的情节中不能自拔，直到看到叶蓁蓁惊讶的眼神才回过神来，暗想他到底怎么了，一直在想那么无聊的事情——呵，她缺钱的话，他给她就好了。她有颜，他有钱，他们真是绝配，不是吗？

她，会是他的女朋友。虽然她有很多缺点，但是他喜欢她，想让她待在他的身边。

准备好迎接命运的金蛋吧，叶蓁蓁。

“走了，叶蓁蓁。”欧浔单方面决定和叶蓁蓁交往，停下车子，意气风发。

欧浔带着叶蓁蓁到了市中心一栋写字楼前，写字楼的大厅金碧辉煌，来往的都是衣冠楚楚的白领，让叶蓁蓁有了一种回到报社的错觉。她走进电梯后才发现这电梯居然没有按钮，再看着默不作声的欧浔，暗想这么高级的地方应该不是电梯有问题，她要另辟蹊径。她想起来了声控灯，坚定不移地认为电梯也是声控的，大声说：“5楼！”

电梯依旧停在一楼，纹丝不动。叶蓁蓁再次口齿清楚地喊了一遍后，见电梯还没有上升的意思，恍然大悟。她自信满满地飚英文：“The fifth floor！”

“闭嘴！”

欧浔真不知道，看起来挺聪明的一个小姑娘，为什么会经常时不时地抽风犯傻。他走出电梯在控制面板上按了楼层号码，这时电梯开始上升。叶蓁蓁觉得脸被啪啪啪打得很疼，“欧浔，你明明知道怎么按电梯，为什么不告诉我啊？”

“为了看你犯蠢。”

欧浔的话让叶蓁蓁噎住了，她在心里疯狂地把欧浔全家“亲切友好”地问候了一遍，没有留意到欧浔嘴角若有似无的笑容。欧浔把她带到了一间工作室，一个穿着黑裙、气质出众的女人显然认识欧浔，一看到他就笑着说：“欧浔，很久不见了。这就是你的女伴？真是个漂亮的妹子。美女，你叫什么名字？”

“叶蓁……”

“不要说废话，帮她挑选裙子就可以了。出席的是游艇派对，你知道该怎么选。”

叶蓁蓁很喜欢那个美女，心里挺想和她多聊几句的，可欧浔不知道为什么硬生生阻止了她们交谈，让叶蓁蓁在心里暗骂他不懂礼貌。美女倒是一副不以为然的样子。这个美女叫沈琴，她上下打量叶蓁蓁后，为她选了一条红色礼服裙，叶蓁蓁乖乖拿到试衣间里去试穿。当叶蓁蓁出来的时候，整个工作室都安静了。

5

礼服裙贴身的设计、胸口的褶皱、鱼尾的裙摆都很好地凸显了叶蓁蓁的优点，她看起来就好像一团火焰，热情逼人，又让人忍不住想象她胸口的那片雪白会是什么样的触感。欧浔的心跳一下子就加速了，清晰听到了自己吞咽口水的声音，然后板着脸说：“这衣服不好看，换一身。”

叶蓁蓁才不管他，“我觉得很好看呀。沈琴姐姐，这身衣服多少钱？”

“后面标价的5折。”沈琴显然被这句“姐姐”取悦了，微笑着说。

叶蓁蓁急忙想去看标价，可是怎么也够不到，这时一双软若无骨的手帮她摘下了标签。叶蓁蓁对沈琴感激地笑，沈琴更是眯起了眼睛，“原价是4000元，现在只要2000元哦。”

这个价位在叶蓁蓁的承受范围里，她稍微肉痛了一下就决定买，可是欧浔放下了手中的杂志，走到了她面前，用力打掉了沈琴的手。他骨节分明的手指滑过叶蓁蓁的后背，拿出了标签，“售价明明是18000，5折就是9000，沈琴你连数字都不认识了吗？”

“欧浔！”

叶蓁蓁没想到欧浔会没礼貌到这个地步，简直恨不得跳起来捂住他的嘴巴。沈琴倒是没有生气，很没有诚意地拍拍额头，“啊呀，看错了啊。那就按照一折卖给你，给我1800就好啦美女。”

“沈琴，你不是从来不打折嘛，你的原则到哪里去了？”欧浔冷笑。

“看到美女，当然可以给予适当的优惠。”

沈琴说着，对叶蓁蓁眨了眨眼睛。叶蓁蓁简直太喜欢这个大美女了，急忙回给她一个大大的笑容。欧浔看到她们眉来眼去的样子心里超级不爽，随手拿出了一条杏黄色的长裙，“穿这个。”

“我喜欢红色的。”叶蓁蓁执着地说。

“我买单。”

……

于是，叶蓁蓁瞬间闭嘴。

在叶蓁蓁去换杏色长裙的时候，沈琴满脸的笑容顿时消失不见，她拿手肘恶狠狠地捅了一下欧浔，“你非要和我抢吗？”

欧浔冷笑一声，“她是我的助理，你别想对她有什么坏心思。”

沈琴皱眉，“你一向不喜欢这样的类型，现在换了口味了？”

“和你没关系。她的裙子记在我的账上。”

“18000。”沈琴毫不留情地说。

“说好的一折呢？”

“对你没有。”

说话期间，叶蓁蓁已经换好衣服出来了，温暖的杏色让她的皮肤就好像牛奶那样洁白细腻，虽然没有红裙那么惊艳，也非常温柔婉约，青春可爱。叶蓁蓁不太习惯长裙，走路的时候好几次险些被裙角绊倒，但是欧浔对这身能把她包裹得还算严实的裙子很满意，他站起身，“就这身吧，走了。”

“啊？不再选选了吗？欧浔你等等我啊！沈琴姐姐再见！”

“蓁蓁，再见。”

沈琴笑眯眯地和匆忙跟着欧浔离开的叶蓁蓁挥手告别，直到看不见，脸上的笑容也瞬间凝固了。她很没有形象地趴倒在沙发上，揪着垫子，“该死的欧浔，总是和我抢！我难得碰到那么合眼缘的小妹妹，哼，讨厌他，讨厌他！”

欧浔带着叶蓁蓁下了楼，总觉得她的身上还残留着沈琴的味道，怎么看她怎么不顺眼。他觉得和其他嫩模比起来，叶蓁蓁的皮肤实在算不上白皙，可是特别水嫩，就好像桃子一样想让人咬一口；眼皮也不算双，但是眼尾微微上挑，勾魂夺魄；那嘴巴也不算红，健康的粉红色让人特别想亲吻……他乱七八糟地都想什么呢！他怎么会喜欢上这样的女人！不行，一定要控制住，你可以的，欧浔！

欧浔觉得他整个人就快精神分裂了。他一会儿会理智地想，叶蓁蓁绝对配不上高高在上的他，在下一秒钟又会因为叶蓁蓁的一个微笑、一次皱眉而影响情绪。他就快崩溃了，拿出香水对准叶蓁蓁就是一阵猛喷。叶蓁蓁被香味呛得咳嗽起来，怒气冲冲地质问："欧浔，你发什么精神病啊！"

"你身上有味道。"欧浔淡淡地说。

叶蓁蓁急忙闻手臂的气味，不满地撇嘴，"有什么味道，你别胡说，我身上香喷喷的可好闻了。不信你闻啊，你闻啊！"

看到叶蓁蓁伸到他眼前的那只手臂，欧浔手中的方向盘都险些滑了一下，他知道，那双洁白如玉的手肯定有着他想象不到的触感，他的心忍不住怦怦直跳。他刚想伸出手感觉一下，叶蓁蓁却把手臂收回去了，气鼓鼓地说："是你的鼻子有问题，我的身上绝对没有味道。"

欧浔只觉得他刚想咬上白嫩嫩、水汪汪的糯米团子无故被人抢走，心里简直气到发怔，满腔怒火不知道如何发泄，干脆放了狠话，"再诋毁老板，裙子钱自己出。"

叶蓁蓁顿时怂了，嘟着嘴巴不再说话，欧浔听不到她的声音却又有些不习惯。他想起沈琴别有用意的眼神，忍不住提醒叶蓁蓁，"离沈琴远一点。"

叶蓁蓁警觉地问："为什么？沈琴姐人很好啊，还给我打折。"

欧浔嘲讽地说："她一般只给她的女朋友或是追求对象打折。"

"啊？"

她没想到一个和善可亲的大美女居然是……再次回忆沈琴姐抚摸自己后背的场景，突然觉得这里面有了一丝暧昧的味道。叶蓁蓁震惊的表情深深取悦了欧浔，他再接再厉地恐吓，"她最喜欢的就是你这样的清纯款，和她说话都会怀孕，到时候别怪我没提醒你。"

叶蓁蓁一直保持着震惊的表情，脑中一片空白，直到看到了不远处的游艇才回了神。欧浔走下车后，很绅士地帮她开了车门，朝她伸出了臂弯，示意她挽住他的胳膊。叶蓁蓁知道这是舞会的礼节，微微犹豫后，挽住了欧浔的臂弯。

少女的身体就这样突如其来地靠近，欧浔觉得他的脑中突然变得空白了，四周的喧嚣好像在瞬间消失不见，他的眼前只有叶蓁蓁。他闻着她身上熟悉的香水味，突然有了一种他们两个人融于一体的错觉，手也不自觉地抚摸上了她的发丝。

"叶蓁蓁……"

她的名字，成了世界上最短的魔咒，他想他没有必要再精神分裂下去，想要的努力得到就是了。

欧浔在瞬间下定了决心，看叶蓁蓁的眼神满是势在必得的火焰。可是，叶蓁蓁没有看着他，而是看着他背后的方向。

有缘千里来相会……啊不，生活处处是故事。叶蓁蓁好笑地想。

她没想到程诺会来，更没想到他的女伴居然会是她。程诺显然也没想到会看到叶蓁蓁，目光停留在她挽住欧浔的手臂上，脸色越来越阴沉。在诡异的气氛中，赵云佳也看到了叶蓁蓁，微微一愣，然后主动上前，微笑着说："蓁蓁姐，好久不见。"

叶蓁蓁眯起眼睛看着这个自己曾经当成妹妹来照顾的人，发现她还真是很不一样了。她枯黄的头发被染成了健康的栗色，苍白的脸色也在化妆品的点缀下显得娇嫩了不少，身上的礼服裙虽然是大路货却非常合身。她和大学时期那个怯懦胆小、只穿地摊货的那个姑娘简直是判若两人。她看着程诺阴沉的面容，冷笑了一声，根本懒得搭理赵云佳。赵云佳察觉出自己被漠视，轻轻咬着嘴唇，看起来非常可怜。程诺走到叶蓁蓁面前，终于开口道："叶蓁蓁，你为什么不来上班？"

叶蓁蓁没想到程诺居然还有立场质问她，没好气地说："我有了更好的工作，当然不来啦。我还有点事，我先走了。"

叶蓁蓁根本不想看到程诺和赵云佳在一起的场景，拉着欧浔就走。在离开他们10米远的时候，叶蓁蓁忍不住回过头，紧紧盯着他们，突然觉得眼前一黑，欧浔的大手阻挡了她的所有视线。她下意识地把欧浔的手掌打掉，却听到欧浔不带任何表情地说："叶蓁蓁，你那个前男友好像有新的女朋友了。"

"贱人。"叶蓁蓁恶狠狠地说。

"贱人？"

叶蓁蓁耸肩，"是啊，你们男人不是最喜欢这种类型了吗？他们是老乡，从小就是青梅竹马，她的爸爸、妈妈还让程诺好好照顾她，纯洁、柔弱、懂事、温柔……哈哈，简直太美好了。"

叶蓁蓁想起她和程诺在一起后，知道了赵云佳的存在，掏心掏肺对赵云佳好的场景就恨不得穿越回去抽死自己。她当时的想法特别单纯，总觉得程诺的妹妹就是自己的妹妹，却没想到赵云佳根本不甘心只做"妹妹"，一次酒醉后向程诺表白，还被有心人传遍了整个学校。当时所有人都用一种同情又嘲笑的目光看着叶蓁蓁，叶蓁蓁生气地去找赵云佳理论，可是赵云佳的眼泪反而让程诺站在了她那边。

“你很讨厌那个女人。”

就在叶蓁蓁陷入回忆的时候，欧浔用肯定的语气说出了这句话，叶蓁蓁没有否认。欧浔没兴趣知道他们之间的爱恨情仇，淡淡地说：“既然讨厌，那可以选择无视，又或者……报复。我们做的事情是帮别人解决危机，当然没有连自己都要忍气吞声的道理。”

“我才不会在无聊的人身上浪费时间。”叶蓁蓁死撑着说。

欧浔看了明显心不在焉的叶蓁蓁一眼，自顾自往游艇中央走去，叶蓁蓁急忙跟了过去。太阳才刚刚落山，宴会也刚开始，整个游艇都被音乐声和衣香鬓影所包围。叶蓁蓁发现，在俊男美女中，刘枫依旧是最瞩目的那个，他身穿白色的西服，面无表情地站在舞池中央，看起来好像对热闹的宴会毫不关心。这时，穿着金色鱼尾裙的宋颜走到了他的身边，在他耳边低声说了些什么，刘枫的脸上终于出现了一丝笑容。叶蓁蓁出神地看着这对般配的恋人，这时海伦走到了叶蓁蓁身边，微笑着说：“欧先生、叶小姐，你们好，你们现在有时间的话，可以和我去喝杯茶吗？”

“当然。”欧浔微微颔首。

6

欧浔、叶蓁蓁跟着刘枫的经纪人海伦一起去了位于游艇二楼的休息室，一进门，海伦脸上的笑容顿时消失不见。她请欧浔和叶蓁蓁坐下，语气沉重地说：“欧先生，你是顶级的危机公关专家，我们都非常信任你。长话短说，就在刚才，我们又收到了一张……那个孩子的照片，对方还要求刘枫到溪水镇见面。欧先生，你看这件事怎么处理比较好？”

海伦说着，把手机递给了他们，照片上面的孩子正抱着一个玩具汽车对着镜头笑得开心。不知道是不是错觉，叶蓁蓁总觉得那个孩子的眉眼和刘枫还是挺像的，暗想这件事被曝光的话，光是这照片刘枫就会很麻烦。海伦在房间里焦急地踱步，烦躁地说：“为什么偏偏在去戛纳前闹出这样的事情！这个女人到底想要什么！明明当初是她要离开的，为什么又要回来！真是麻烦！”

“叶蓁蓁，把你昨天查到的资料给海伦。”欧浔突然开口。

"啊，是！"

叶蓁蓁急忙从小包里拿出了打印好的资料递给了海伦，海伦看到资料上那个安静微笑的女孩就觉得头痛万分，深深吸了一口气才继续看了下去。看完资料后，她不满地说："为什么资料到1年前就没有了，她现在的状态才是需要我们关注的吧。"

叶蓁蓁皱眉，"我们发动了很多力量，但是一年前起她就没有任何存在的痕迹，没有信用卡、没有手机号码，也没有上网记录……也许她在有目的地隐藏自己。我们查出来，她的父母在3年前去世，哥哥也不知所踪，她欠下了很大一笔债务，经济状态非常不好。邮件的网络地址在溪水镇的一个网吧，我想薛宁母子在那里的可能性很大，当然也有他们委托别人来处理的可能性。所以说，薛宁母子现在在哪里还是个未知数，可能只有去了溪水镇才能知道他们到底想要做什么。"

海伦不耐烦地说："整件事情很清楚，那个薛宁欠下了债务，就从一年前开始布局想要从刘枫这里敲诈一笔，才故弄玄虚弄出这些事情！当务之急是找到薛宁，还有，刘枫……"

海伦打开了监控器，担心地看着刘枫在人群中失魂落魄的样子，神态是说不出的疲惫。她揉揉额头，放缓了语气，"在他还是一个小演员的时候，我就很看好他……刘枫走到今天非常不容易，我不能眼睁睁看着他被毁了，也绝对不能让任何人把他拉下水。欧先生，你看我们现在怎么办才好？"

"对方已经连续两次发照片给你们，我想她的意图已经非常明显，如果这一次再置之不理的话也许对方会通知媒体——毕竟他们现在没有任何忌惮。我建议，由我和叶蓁蓁去和对方见面，打听清楚他们的意图。"

"好，就这么办。"海伦点头，"可是如果他们先一步找了媒体，那我们不是很被动吗？"

"我和大部分媒体都有着良好的关系，相信你们的媒体关系也很不错，我想这个风声总是可以提前知道的。现在最关键的是要找到薛宁，才能知道她到底想做什么。"

"是啊，这件事就好像定时炸弹一样，让刘枫今天过生日都没有心情。真希望早点解决，我们也可以恢复平静。"海伦轻轻一叹。

和欧浔交谈后，海伦整个人都轻松了很多，她还要出门招待各位贵宾，欧浔也带着叶蓁蓁出了休息室。在游艇角落的小酒吧里，欧浔点了一杯柠檬水，叶蓁蓁点了一杯颜色漂亮的鸡尾酒，酸甜的口感让她享受地眯起了眼睛。欧浔倒是没想到这个小丫头居然会喜欢喝酒，看着她好像小猫伸懒腰一样的表情，脸颊上的桃粉色，下意识伸出手想擦拭她嘴角上的酒渍。在即将触碰她嘴唇的一瞬间，他突然想起刚才叶蓁蓁看到程诺时的表情，手停留在半空，面无表情地说："刘枫事业一帆风顺，也正准备订婚，这时候前女友出现……前女友可真是令人厌恶的生物啊。"

虽然欧浔时不时犯精神病，但是他并不喜欢八卦，叶蓁蓁不知道欧浔为什么突然提起薛宁的事情来。她一怔，然后说："是啊，不过薛宁一个人抚养孩子也很可怜。"

"你不觉得宋颜更可怜吗？要嫁的男人有个私生子，还有个前女友想破坏他们的家庭，还真是命运悲惨。"

叶蓁蓁觉得欧浔很奇怪——他似乎在一个和他们毫无关系的问题上太过介意，又不想和他起冲突，只好敷衍地说："啊，可能吧。"

"告诉我，你的答案，你是怎么想这件事的？"

欧浔突然一把抓住了叶蓁蓁的手，力气大到让叶蓁蓁觉得手腕发疼，她都开始怀疑欧浔是不是也在外面有个私生子！虽然不明白欧浔到底为什么会那么关心这件事，但叶蓁蓁还是说："不管他们之前经历了什么，这件事确实是薛宁不对，刘枫都要订婚了，她不该在这个时候破坏他的家庭。至于孩子，可以商量出更合适的方式来抚养，绝对不能把孩子作为牟利的工具。"

听到叶蓁蓁的回答，欧浔冷峻的表情突然变得春暖花开，他再次确认，"如果你是薛宁，你会不会回来找刘枫？"

"我又不是薛宁……不过，当然不会，以前的事情都过去了，无论他成为乞丐还是亿万富翁，都和我没有任何关系。"

叶蓁蓁的答案让欧浔满意至极，他伸出手，轻轻拍了拍叶蓁蓁的头，"说得很好，这个月给你涨工资。要记住你说过的话啊，蓁蓁。"

"啊？"

"刘枫就要开始倒香槟塔了，去看看吧。"欧浔的心情突然阳光明媚，语气也是说不出的温柔。

叶蓁蓁怀着照顾智障人士的心情和欧浔一起到了主舞台，看着刘枫和宋颜一起站在舞台中央。当看到刘枫轻轻亲吻宋颜额头的时候，全场响起了热烈的掌声，叶蓁蓁更是忍不住想要哭泣。她拿出纸巾哽咽地说："天啊，刘枫真的好帅。如果他结婚了，全世界估计有5亿女人要失恋。”

欧浔觉得叶蓁蓁的眼睛一定有问题，因为世界上最帅的男人就在她身边，可是她偏偏看不见！他单手支撑住船舱，摆出了最优雅的姿势，把叶蓁蓁禁锢在自己的臂弯，“是吗？我绝不认为他比我英俊。”

虽然欧浔的样貌简直和明星一样俊美，低沉的嗓音也带着别样的诱惑，但是叶蓁蓁脑子里只有一个想法——世界上为什么会有这样自恋的精神病！她忍不住翻了个白眼，这时船突然剧烈地抖动了一下，所有人都吓得尖叫了起来。刚才还帅气逼人的欧浔在颠簸中踉跄了一下，半个身体都要冲出游艇，在危急时刻被一只手牢牢抓住。叶蓁蓁一只脚踏在船舱上，另一只手狠狠抓住了欧浔的衣袖，身体也不受控制地慢慢朝着外面倾斜。欧浔看着她近在咫尺的容颜，心中最后一个想法居然是能在死前看到她，把她永远记在脑子里真是不错啊。很快，他就发现他的想法有多白痴，因为叶蓁蓁气运丹田，大吼一声：“走你！”

一股巨大的拉力袭来，欧浔的身体不受控制地往上甩去，在惯性的作用下一下子把叶蓁蓁压在了身下。逃离死亡的惊喜似乎敌不过和她亲密接触的喜悦，他低着头看着叶蓁蓁因为紧张而不断起伏的胸膛，很想告诉她不用担心，他那么强大根本不会出事。他把手放在她因为紧张而不断起伏的胸口上，看她的目光是那么温柔，却很遗憾地听到了一声惊天动地的尖叫声：“流氓！”

叶蓁蓁一巴掌重重打在他的右脸上，险些把他再次打到海里。欧浔呆呆地看着愤怒的叶蓁蓁，还没来得及反应，又听到一个女人的尖叫。宋颜捂着脸，表情是那么惊恐，又是那么悲伤，“刘枫……刘枫不见了！”

刘枫不见了……

这5个字一直在叶蓁蓁脑海中回放，她觉得浑身的血液在瞬间冰冷，第一反应就是看着黑漆漆的海面，可是她用尽力气也无法在波涛汹涌的大海里看出任何身影。就在她焦躁不安到了极点的时候，欧浔握住了她冰冷的手，“危机公关守则第5条，不管情况多混乱你都不可以慌，要保持冷静和理智。”

“欧浔……”

欧浔的掌心带来阵阵暖意，也带给她无法形容的安全感。叶蓁蓁强迫自己镇定，看着混乱的场面压低了声音问：“那我们现在该怎么办？”

“也许我们该庆幸刚才的巨浪让大家的注意力都在自身安危上。宋小姐，如果你不想让你未婚夫失踪成为明天头条的话，你现在最好闭嘴。”

宋颜的脸色一白，精致的脸上顿时露出后悔的表情来。这时，海伦赶到了他们身边，压低了声音，“我找遍了游艇都没有找到刘枫，一会儿还要他来切蛋糕，到时候该怎么解释？不如……”

海伦的目光在欧浔身上停留，声音越来越低，“你的身材和刘枫很像，我觉得可以找个担架把你放上去并且蒙上白布，这样可以伪装成刘枫突发疾病要送往医院……嗯，就心脏病好了，这样比较唯美。”

眼见所有女人都露出了赞同的神色，欧浔气极反笑，“海伦，我倒是很乐意帮忙，毕竟整个游艇只有我的身高和身材可以胜过刘枫。但你有没有考虑过，这件事根本瞒不住，记者们都会涌到医院，到时候你要怎么掩饰刘枫从救护车上蒸发这件事？”

海伦被难住了，烦躁地说：“那该怎么办？我根本不知道他是不是出了意外，我，我……”

叶蓁蓁发现，海伦一脸焦急和担忧，可宋颜有点不对劲。宋颜精致的小脸上虽然也写满了担心，却时不时出神地看着她有了个小缺口的嫣红指甲，似乎这件事才是眼下最重要的。当海伦决定把船靠岸好寻找刘枫下落时，宋颜断然拒绝，“不可以。这样贸然靠岸会暴露刘枫突然失踪的事实，我也会成为明天的头条新闻，那帮记者都会缠上来，绝不可以这样。”

海伦冷笑，“叶小姐，我当然记得我们的约定，但现在找到刘枫才是最重要的事情，损失一个即将成为戛纳影帝的未婚夫，对你也没有什么好处吧？！”

虽然不明白海伦和宋颜之间为什么不是传说中的闺蜜关系，反而隐约有些针锋相对的味道，叶蓁蓁还是举手发问：“那个，只要一个合适的借口靠岸就可以，对吗？我想，我可以办到。”

所有人的目光都集中在叶蓁蓁的身上，让她压力十足的同时又有了一种奇怪的满足感——她也不是毫无用处，不是吗？欧浔眯起了眼睛，还没来得及问她到底要怎么做，叶蓁蓁就飞快朝着舞台跑去。她看到面前的巨大蛋糕和香槟塔的时候闭上了眼睛，继续不受控制地向前冲去。此起彼伏的尖叫声中，蛋糕被她弄塌，香槟酒尽数洒在了她的身上，她狼狈地摔倒在地上，蛋糕和香槟的混合物沾满了她全身，整个人看起来狼狈无比，手臂也被香槟杯的碎屑划伤，鲜血淋漓。

这就是她的办法？

欧浔看着叶蓁蓁狼狈的样子，脑中那根名为“理智”的神经瞬间消失不见。他大步走到了叶蓁蓁身边，看到叶蓁蓁抬起头对他低声说：“现在有了靠岸的理由了，不是吗？”

叶蓁蓁的笑容是那么纯真和喜悦，刺痛了欧浔的眼睛。他觉得叶蓁蓁的脑子一定有问题，不然她为什么会想出这个杀敌800自损1000的招数，他真的应该让她去“感动中国”的真人秀去比惨！

虽然，这样确实是目前最好的解决办法……但是，仍然不能原谅。

7

欧浔脱下西装披在了她的身上，把她打横抱起，一把抱在了怀中。突然失重的感觉让叶蓁蓁尖叫了一声，紧紧搂住了欧浔的脖子，担心他突然松手把她摔在地上。欧浔看着怀中的女孩，在她耳边冷冷地说：“我把你抱去医疗室，或者把你打晕了拖过去，你可以自己选一个。”

叶蓁蓁真的很想告诉他，她受伤的是手臂不是腿部，她那么强壮，他也不可能把她打晕，但是她看到欧浔阴沉的脸色时还是明智地选择没有开口。欧浔把她带到了海伦的房间，打开浴室门就把叶蓁蓁丢了进去，一脸阴郁地坐在沙发上。随后赶来的海伦把医药箱放在了桌子上，一脸担心，“叶小姐她手臂受伤了，没什么事情吧？船上有医生可以包扎……”

欧浔冷笑一声，生硬地打断了海伦的话，“刘枫根本没有失踪，你到现在还不肯说实话吗？”

海伦的脸色微微一变，做出了愤怒的神情，“你的意思是我在欺骗你？我为什么要那么做，给刘枫带来那么大的麻烦？他可是我的王牌艺人！”

“刚才有巨浪，正常人的第一反应就是看刘枫是不是掉到了海里，可是你急于把船靠岸，别告诉我你不担心刘枫是不是会有意外。你所需要的，只是一个提前结束派对的借口，不是吗？”

欧浔咄咄逼人的反问让海伦愣住了，她的脸色变得很难看，点燃了一支女士烟，深深吸了一口后沉默了。过了半晌，她才声音沙哑地说：“欧先生的敏锐真是让我无言以对，我欺骗了你们……真是抱歉。刘枫说他有急事要离开，所以乘坐快艇先行靠岸了，我要收拾这个烂摊子必须得有一个合适的理由。我原来想让你假装刘枫顺便给他一点教训，后来就想用巨浪做借口，没想到叶小姐她……她受伤了我必须承担起责任，医疗费用和后续的营养费都由我来承担。真的很抱歉。”

海伦自认为她的低姿态会让欧浔见好就收，毕竟和他助理的轻伤比起来，1000万显然要重要许多。可是，欧浔咄咄逼人地冷笑，“你们的小心思要让我的助理买单……怎么，觉得自己是明星所以能高人一等吗？丢个几千块钱慰问费就可以问心无愧了吗？”

“欧先生，我们从来都没有这个意思。”

见惯了大风大浪的海伦不知道为什么，突然有了一种巨大的压迫感，以至于她都不愿意和欧浔对视。她承认她内心是为叶蓁蓁的冲动松了一口气——任何人都比不上刘枫重要，一场小插曲可以保护刘枫安全离开实在很合算，如果叶蓁蓁不这样做的话她也会这样做。不过，那个欧先生也是这样看待他的助理的吗……如果真是这样，那么他也迟早和她现在一样吧。

海伦轻轻一叹，突然怜悯起欧浔来，真心实意地说：“这件事，真的非常抱歉。欧先生，我会向叶小姐道歉的。”

“不用。”

“什么？”

“不用提醒她做了一件多么蠢的事情，就让她以为自己做了个英雄吧。”

欧浔说着，喝光了手中的威士忌，把杯子轻轻放在了桌子上，站在了窗边。他当然知道这是提醒总是会天真犯傻的叶蓁蓁认清楚这个世界的最好机会，但是比起这个来，他更不想看到那张小脸上露出震惊和悲伤的表情。

他可真是世界上最好的老板，简直自带圣父光环了——这可真够令人恶心的。

当叶蓁蓁洗好澡走出浴室的时候，正好看到欧浔站在窗边的场景，蛋糕和香槟都被清洗干净了，但是那股难闻的味道还是残留在她的身上，她简直怀疑她的气味比挪威鱼干还要恶心。她也不知道当时为什么会突然个人英雄主义上身，现在觉得右手臂简直疼到想哭，再想到欧浔难看的表情，心里越发紧张。她根本不敢看欧浔的眼睛，只听到欧浔若有似无的叹息声。

我听错了吧？叶蓁蓁自欺欺人地想着。

欧浔看着头发上还在滴水的叶蓁蓁，一言不发地按着她坐到了沙发里，把毛巾丢到她的头上，干燥的毛巾吸收了发丝里的水分，叶蓁蓁接过了欧浔手中的热茶，觉得整个人终于真正温暖了起来。一片静谧中，欧浔打开了药箱为她消毒，碘酒触碰伤口的瞬间，叶蓁蓁忍不住轻轻“嘶”了一声。欧浔的手一顿，棉签犹豫着没有继续往伤口上戳，安静的氛围让叶蓁蓁很不适应。欧浔灼热的气息喷散在她的身上，她总觉得他们两个人的距离实在太近，强颜欢笑地说：“哇，游艇上的热水好给力，在这里洗澡比在家里洗澡还舒服。这茶也很好喝，是不是斯里兰卡的红茶？我突然发现你的袖扣和衣服也好配，你怎么那么有品位啊……”

“闭嘴。”

欧浔的手指轻触叶蓁蓁的嘴唇，阻止了她的喋喋不休，她嘴唇的轻柔触感也好像羽毛一样划过了他的心脏。欧浔只觉得一股电流从他的手指一直传递到了脚心，他整个人都因为这股异样的感觉而战栗。这样的感觉是那样陌生，又是那样令人享受和渴求，他深深地看着叶蓁蓁，想把她一直埋到自己记忆里的最深处。他沉默地看着她手臂上的伤痕，拿出纱布仔细包扎，看似不经意地说：“Be together with me, ok?”

“噗！”

叶蓁蓁正在喝茶，突然听到欧浔的英文，一口茶水没忍住喷了出来，滴滴答答落在欧浔昂贵的西服上。她的脑子“嗡”地一响，暗想这西服可抵得上她一个月的工资了，急忙拿手臂擦拭，又被灼热的温度烫得缩了下手。她知道欧浔一定很疼，咬住了嘴唇简直不敢看他，可是欧浔好像感觉不到温度，继续问：“怎么样？”

“什么怎么样啊，你身上都湿了，你不难受吗？”

叶蓁蓁心想她刚才一定听错了，欧浔怎么可能向她表白？她的手头没有纸巾，只好拿手为他擦拭胸前的污渍，欧浔只觉得身上忽冷忽热，这样的感觉让他不舒服到了极点。他抓住了叶蓁蓁的手，看到她迷茫又担心的眼眸，再看着她红润的唇，眸色越来越深。

就在他越来越靠近的时候，门突然开了。

第五章 挺身而出救危局

当程诺听说有个穿香槟色礼服裙的姑娘被香槟酒杯割伤的时候，他只觉得心跳漏了一拍，他一再安慰自己，叶蓁蓁绝对不是那么不小心的人，可是该死的第六感让他根本控制不住焦躁的情绪。当他终于打听到他们的休息室时，却没想到会看到这样一幅场景。

1

奢华的房间里，那两个人的距离简直近到触目惊心。叶蓁蓁穿着睡衣，长发慵懒地披散在肩膀上，两只手都抓着欧浔的领口，大腿更是缠绕到了他的身上。欧浔虽然保持着端坐的气势，但是他的手正抓住叶蓁蓁的手腕，眼中的欲望更是毫不掩饰。程诺没想到他们居然会在这里做出这样的事情来……

“让开。”

程诺阴郁的气场全开，一把打掉欧浔的手，一把把叶蓁蓁往身后拉。叶蓁蓁没想到会在这里看到程诺，呆呆地被他拉着往门口走，等她反应过来的时候，欧浔已经站在门口挡住了他们的去路。他重重一拳打在了程诺的嘴角，冷笑一声，“程记者，你不去陪你的小女朋友，倒是来拐带我的小助理吗？我提醒你，你抓住的是她受伤的手臂，你的心可真是够狠啊。”

程诺气急之下没想到会误伤叶蓁蓁，看到她果然一脸痛楚，下意识地松了手，皱眉问：“叶蓁蓁，你是不是被这个家伙欺负了？”

程诺的问题让叶蓁蓁诧异地瞪大了眼睛，她看着程诺愤怒的面容，再看着面无表情的欧浔，勾了勾嘴角，可是丝毫笑不出来。她深吸一口气，尽量让自己的声音平静，“不是。他只是在帮我包扎。”

这个答案让程诺的心情稍微好了些，但是欧浔的心情则变得糟糕。叶蓁蓁的每一个表情，都代表着她和程诺的关系并没有断得干干净净，既然这样……不如他帮她来个彻底。欧浔脑中飞速闪过算计程诺的一个个计策，在汽笛声响起的时候，温柔地说："叶蓁蓁，船靠岸了，我陪你去医院处理一下伤口，然后送你回家。"

"我陪你。"

在叶蓁蓁答应之前，程诺突如其来地说这么一句，叶蓁蓁愣住了。她真的不明白，为什么在她决定要放弃的时候，程诺会莫名其妙地靠近。她的唇角逐渐浮现出嘲讽的弧度，这时听到欧浔故作诧异地说："谢谢程记者那么关心我的助理，不过你的女伴还在等你回去吧。"

"她不是我的女伴，只是学妹。"

"哦，原来是这样。"

欧浔满脸写着"你随便解释，反正我不信"，叶蓁蓁看到程诺郁闷的脸和欧浔嚣张跋扈的样子，不知道为什么只觉得好笑，刚才尴尬又难过的情绪也消失无踪。她揉揉额头，觉得脑袋有点疼，"我真的没事，谢谢程记者的关心。我想，今天的晚宴虽然经历了一点风浪，但是总体而言还挺让人满意的，对吗？"

程诺看着叶蓁蓁得体微笑的面容和隐藏在眼底里的紧张，悲伤地发现他们之间的距离越来越远，他再不伸出手，根本抓不住她。现在所有媒体的心思都在劫后重生上，虽然他注意到刘枫一直没有露面，但是没有实质证据，无事生非也不符合他的个性……可是她为什么会用那么敌对又警惕的目光看着他？程诺顿了顿，终于开口道："当然，这会是一场完美的宴会。"

叶蓁蓁听到程诺的回答后松了一口气，刚想安抚一下他，欧浔抓住了她的手，"走了。"

叶蓁蓁被欧浔拉着手往门口拖，看到他不耐烦的表情，知道他的忍耐已经到了极点，撇了撇嘴巴，根本不敢开口多说一句。程诺的眸色越发暗淡，跟着叶蓁蓁一起下了游艇，突然他的手臂被赵云佳抓住了。赵云佳一副惊慌失措的样子，楚楚可怜地说："程诺，你到哪里去了？刚才船突然晃了一下，我可是吓死了，你又不在我身边……你到底去哪里了啊？"

看着赵云佳眼眶发红的样子，程诺没有甩开她的手臂，却发现叶蓁蓁的表情越发冰冷，他隐约觉得自己做错了一件关键的事情，这时听到赵云佳好奇地问："蓁蓁姐，你怎么换了一身衣服？难道你……"

她说着就捂住了嘴巴，一副后悔自己失言的样子，叶蓁蓁虽然没有心情和她纠缠，但还是忍不住嘲讽地说：“看起来很像和人睡了或者被潜规则了，你那么了解可以直接说出来的，半遮半掩的有啥意思？”

“蓁蓁姐你怎么那么说话，我只是关心你，我根本没有这个意思。”赵云佳脸色一白，满脸委屈。

赵云佳没想到，叶蓁蓁和以前相比会有那么大的变化，以前的她总是一副高高在上的样子，会被自己不动声色的小心机弄得百口莫辩，可现在她却是一副泼辣到什么话都敢说，什么事情都敢做的样子，和当初那个好笑又可怜的女人简直判若两人。她不想在这里纠缠下去，叶蓁蓁偏偏继续说：“是啊，你从来都是这样的人，说话只说一半，剩下的一半让别人去猜，这样既做了你最向往的职业又能竖起牌坊。呵呵，那次你在我宿舍里哭，说你打工被色狼老板欺负了，我像傻瓜一样帮你去出头，可是当时同学们都在传我把你欺负哭的事情，你为什么从来不解释？你酒醉后向程诺表白的事情到底是谁说出去的，你心里比谁都清楚，你现在怎么还有脸在我面前装委屈？赵云佳，我建议你真的应该去参军，因为你的脸会是最强的防御工具。”

叶蓁蓁脸上的表情是那么真挚，程诺的脸色越发阴沉，欧浔则忍不住轻笑出声。他用欣赏的目光看着叶蓁蓁，暗想她的毒舌程度简直可以和自己媲美，不愧是他喜欢的女人。这时，程诺终于开口，眉头紧锁，“蓁蓁，对不起，我不知道你一直那么不高兴。不管别人怎么想你……我知道你是这个世界上最好的姑娘。”

程诺的话让赵云佳的脸色变成惨白，她觉得自己那么多年的努力就是一场笑话。叶蓁蓁诧异地看着程诺，不太清楚他到底在说什么，欧浔只觉得他们旁若无人的对视实在是太讨厌了，他看着不远处举着牌子的粉丝们，微微眯起了眼睛，走到了程诺面前。程诺警惕地看着他，只见他摘下了墨镜戴到了自己的脸上，用最真挚的语气说：“刚才我心情不好揍了你一拳，真是抱歉，这墨镜就当是赔礼吧。程记者，以后我们见面的机会还会很多，请你原谅我，好吗？”

叶蓁蓁诧异地看着欧浔，觉得他简直是被什么东西附了身，真想摸摸他的额头看看他有没有发烧！看着欧浔伸出来的手掌，程诺微微犹豫了下还是握了上去，然后觉得一股巨大的力气袭来。在叶蓁蓁和赵云佳的尖叫声中，他不受控制地朝着粉丝的方向跌倒，欧浔更是捂住了面颊，做出惊喜的样子，“刘枫在这里！他在这里，快来抓！”

其实程诺的容貌、气质和刘枫没有任何相似之处，但处于兴奋状态下的粉丝们哪里管那么多，看到一个戴着墨镜的男人朝自己扑来急忙冲了过去。她们就好像非洲草原上的斑马，一路狂奔到程诺身边，尖叫着想和他握手、要签名，程诺的否认声和赵云佳的解释声早就淹没在她们的叫声中。叶蓁蓁目瞪口呆地看着程诺被疯狂的粉丝们互抢的样子。欧浔轻飘飘地拍了拍她的肩膀，“走了。”

“欧浔！你怎么那么无聊！”

叶蓁蓁真是被气到说不出话，没想到欧浔这个“大神级”的人物居然会比幼稚园的孩子还要小心眼和幼稚可笑！欧浔一言不发地硬生生把她拖到了车里，挑了挑眉毛，“刚才为什么那么骂那个女人？”

叶蓁蓁一愣，心虚地说：“不骂我难受。”

“不给那小子点教训我难受，这答案你满意吗？”

欧浔的直截了当让叶蓁蓁觉得她似乎有了自作多情的坏习惯。她后知后觉地想起了欧浔在船上说得那句话，感觉到心脏剧烈跳动了起来，心里也有了一个模糊的想法——这家伙难道不是又犯病了，是真的……喜欢她？

可是，到底为什么？为什么会喜欢像她这样脾气坏、暴力狂、总是自私自利又会给人添麻烦的女人……

叶蓁蓁震惊的表情实在太明显，让欧浔意识到他现在继续这个话题不是一个好主意——不会有女人喜欢在她那么狼狈的时候被告白，女人是喜欢浮华和亮闪闪礼品的生物啊。他露出了了然的微笑，不再继续这个话题，而是踩下了油门，“走了。”

于是，叶蓁蓁只能眼睁睁地看着程诺陷入了女粉丝的“热情”中，心里有了一种莫名的痛快感，觉得胸口的浊气终于消失不见。当欧浔问起她家地址的时候，她正在走神，急忙说出了她家所在地，没注意到欧浔看她的眼神有些意味深长。欧浔把车开到了本市最豪华的公寓楼门前，叶蓁蓁朝他道了谢，下了车，欧浔也跟着她下车，没有要离开的意思。叶蓁蓁吓了一跳，干笑着说：“欧浔，时间不早了，你早点回去休息，明天见哈。”

叶蓁蓁眉眼间的疏离让欧浔的心情很不爽，他总觉得他们之间的距离已经足够近，可是在他决定再进一步的时候，她居然胆敢拒绝他。他没有走出电梯，而是挑了挑好看的眉毛，“不请我去你家换一身干净的衣服吗？”

叶蓁蓁看着他胸口的茶渍，果然露出了心虚的表情。欧浔见状，满意地跟着叶蓁蓁下了电梯，没有注意到叶蓁蓁小声地辩解："可是我家里没有男装啊。"

"如果有的话，你就倒霉了。"如果欧浔听到这句话，他一定会这样回答。

因为叶蓁蓁的穿着打扮总是简单到朴素的地步，欧浔把她自动脑补成一个勤工俭学的穷苦大学生，甚至怜悯地想要多给她准备点好吃的才能把她养得壮一点，当他到公寓门口的时候就觉得不太对劲，看到叶蓁蓁家超过500平方米的顶楼跃层的时候更是眯起了眼睛。

与叶蓁蓁近乎随心所欲的装扮不同，她家的装修和布置都非常有品位，地中海风格的蓝色让人爽心悦目，书架上的摆设品来自世界各个国度，最令人惊奇的要属顶楼的透明玻璃，这样可以让人一抬头就能看到天上的苍穹。欧浔知道，这样的房子可谓是价值千金，她为什么能住得起这样奢华的房子？她的身上到底有什么秘密？

"那个，你需要洗澡吗？洗手间在那里。"

叶蓁蓁对于家里突然有陌生人进来很不适应，给欧浔指了浴室的位置。欧浔接过她手里的新毛巾走了进去。当浴室里传来水声的时候，叶蓁蓁总觉得今天真是特别怪异——他们别的事情不干，就光洗澡了吗？她摇摇头，不去想一个陌生男人到底该不该出现在她的家里，急忙去楼下的超市给欧浔买了一身干净的内衣放在了浴室门口。当欧浔享受完豪华浴缸出门的时候，看到面前的衣物脸色顿时黑了。

黑色，纯棉，质地柔软，尺寸大小非常适合，包装精致，售价29.9元……一切形容词，都不能掩盖这是一身棉毛裤的事实！他在穿脏衣服和穿这身难看到令人发指的棉毛裤之间纠结，最后干脆围了浴巾就走了出去。叶蓁蓁没想到欧浔会光着上身出现在她的面前，下意识捂住了嘴巴，然后猛然想到她的反应实在太不像一个成熟的女性了。虽然不知道欧浔这样做有什么理由，她也不想在欧浔面前露出怯色来，干脆从上到下打量他。

叶蓁蓁一向喜欢像程诺那样身材清瘦的男人，所以看到欧浔壮实的身材微微有些心惊。她承认，欧浔倒三角的线条确实非常漂亮，可是他的腹部居然没有一点赘肉，这简直不科学，还有他的浴巾是不是围得有点偏下，以后这浴巾都不能拿来洗脸……叶蓁蓁也不知道自己为什么会想到废物回收再利用下，脸有点发红。这时，欧浔靠近了她，把她环抱在臂弯里，声音低沉地回荡在她的耳边，“还满意你看到的吗？”

“你是不是喜欢看总裁小说？”叶蓁蓁无语地问。

欧浔没想到叶蓁蓁居然没有折服在他傲人的身材下，而是说出了他隐藏很深的一个秘密，脸色顿时变得阴沉了起来。叶蓁蓁忽视他难看的脸色，头痛地问：“欧浔，老板，我的大哥，去换上我给你买的新衣服啊，乖乖的啊……”

她简直恨不得摸摸欧浔的头好让他听话，欧浔一听她居然有脸提起这个就生气，“那叫衣服？那是给人穿的？我的人生中从来没出现过那么廉价的破布！”

一听到欧浔这样无礼，叶蓁蓁也生气了，“大晚上的商场都关门了，我只能去便利超市买，那里除了这套没有别的，你忍一晚上都不可以吗？你又不是什么豌豆公主，穿便宜的衣服就会皮肤过敏……”

“会过敏。”

欧浔把衣服放在手臂上，然后给叶蓁蓁看他手臂上起的红色疹子，叶蓁蓁瞬间闭嘴。她面前的欧浔突然成了穿着层层叠叠蕾丝公主裙、头戴皇冠的娇羞公主，她急忙摇头不让自己想这个可怕的画面！欧浔看起来非常无奈，“看来我只能在这里过夜，明天等服装顾问把衣服送来再回去。”

“这样，不好吧……”

叶蓁蓁的抗议心虚又无力，当然被欧浔理所当然地忽视了，他自来熟地去开叶蓁蓁的房间，“晚上我睡在主卧还是客房？”

“别乱开门！”

叶蓁蓁急忙去挡欧浔的视线，但是已经来不及了。欧浔看着叶蓁蓁的房间，露出了果然如此的笑容，“很浪漫的房间，很有品位。”

“那不是我布置的！”叶蓁蓁简直欲哭无泪。

她的妈妈叶如梅是一个特立独行的画家，有着非凡的审美品位，却不知道为什么是个奇异的萝莉控，以至于她都那么大了，房间里还全是粉色和蕾丝！限量版的芭比娃娃是很昂贵没有错，可是满满一屋子娃娃真的很惊恐，她觉得它们会齐刷刷看着她！更悲剧的是，她根本不敢重新装修，更不敢卖掉那些娃娃，因为她负担不起高额的改装费……

看到欧浔满脸写着“想不到你那么有少女心”，叶蓁蓁觉得无力到了极点，她被迫接受欧浔今晚要在这里住下的噩耗，暗暗庆幸房子里还有几间客房，打起精神为他布置了一个房间。虽然对于叶蓁蓁没有邀请他进主卧的行为很不满，但欧浔也知道过犹不及的道理，决定今天晚上见好就收。他见叶蓁蓁一副忧心忡忡的样子，淡淡一笑，“还在想刘枫的事情？”

叶蓁蓁一愣，然后点头，“你说他会不会出意外？他的情绪一直不对劲，又突然失踪……应该不至于吧……”

“收起你没用的胡思乱想，他明天应该会主动和我们联系。我原以为只是一场简单的明星公关，现在看起来局势很混乱——这年头，钱真是越来越难赚了啊。”

叶蓁蓁不可置信地问：“啊？那明天万一媒体胡乱报道，让事态扩大可怎么办，你不是说过时间是危机公关的生命吗？”

“晚安，叶蓁蓁，后面的事情就由我来处理。你已经做得够好了。”

“晚安，欧浔。”

欧浔看着嘟着嘴巴的叶蓁蓁，轻轻拍了拍她的头就走到了房间里。他躺在叶蓁蓁家宽阔的大床上，想到她刚才看到自己身体时红润的脸颊，满意地笑了起来。

她一定暗恋我！啊哈哈，以后就多多在她面前展现出男子气概的一面，让她爱得更无法自拔一点吧。

欧浔愉悦地想着，然后打开了笔记本。当他打开邮箱，看到邮件的内容时，瞳孔在瞬间收紧。

“原来是这样……呵，真是有趣。”欧浔摸着下巴，阴沉地说。

2

当叶蓁蓁还在梦乡的时候，欧浔已经从黑暗中睁开了眼睛。他趁着去卫生间，把昨天发生的一切都回放了一遍，在清楚地看到叶蓁蓁是如何扑倒在蛋糕上，如何被杯子划破手臂的场景时只觉得呼吸都开始停滞，被遗忘的记忆再一次在他的面前清晰重放，他突然憎恨起他那该死的病症来。他走到了叶蓁蓁的卧室，悄悄推开了门，发现他的小助理还在睡梦中。可能是因为睡着了太热的关系，她蹬掉了大半条被子，白皙的大腿就这样猝不及防地暴露在他的眼前，他甚至可以看到她睫毛下的阴影。

警惕性那么差，真是个傻瓜。欧浔不屑地想，不知道为什么开始紧张了起来。

好吧，也许他应该承认，他还是第一次去除了他妈妈以外的女人的闺房，在经验上有些欠缺，所以才会感觉到紧张。其实欧浔并不清楚其他女人的房间都是什么样，但是从母亲喜欢在房间里摆满珠宝首饰和珍贵古籍来看，叶蓁蓁这个年纪在房间里摆满了娃娃还是挺正常的。他按照直男的审美，满意地发现叶蓁蓁果然最喜欢粉红色，虽然桌子上的化妆品少到令人触目惊心，但是以后总是可以改变。他悄无声息地打开她的衣柜，忍不住皱眉。

虽然从来没有对她的穿着品位抱有什么希望，但是数量不超过30件还包含了春夏秋冬四季的衣服是不是有点太夸张了？他看到昨天晚上被弄脏的长裙已经被洗得干干净净，熨烫整齐地放在衣柜的一角，烦躁的情绪越发浓重——他早就该命令她把这条难看的裙子丢掉的。他拿出手机，轻声给他的服装顾问打了个电话后，又突然发现在衣柜的一角有个小盒子，似乎正发出潘多拉的诱惑。他几乎不受控制地打开了盒子，在里面看到了叠放得整整齐齐的……各式内衣。

蕾丝的、纯棉的、粉色碎花的，还有胸前有着莫名其妙液体特别类似水袋的……欧浔觉得他的脑袋一下子被巨大的信息量砸中了，更是为他的不贴心懊悔——他早就该想到，她连内衣都是那么少！

欧浔知道，如果买了过大或者过小的内衣对女人而言都是一种侮辱，所以为了购买最合适的尺寸，他决定屈尊降贵地测量一下。他拿了粉色碎花的内衣，认真估算出她的下围后，把手放到罩杯里计算她的尺寸。从数据分析和内衣后面的标签来看，叶蓁蓁应该是70B，非常普通的尺码，可是根据他目测，他总觉得叶蓁蓁似乎不太适合这个尺码，他需要再确认一下。欧浔拿着内衣走到叶蓁蓁的床前，用学术研究的目光看着她胸前露出的那一抹雪白色，把内衣放在她的胸前比画了一下，怜悯地叹气——她居然连自己的尺码都搞不清楚！欧浔伸出手，抚摸着她柔顺的发丝，在她的额头上轻轻一吻。他发现，叶蓁蓁的味道比他想象的还要甜美诱人，简直让他沉醉其中。就在欧浔准备进一步探索她的时候，门外突然响起了门铃声，叶蓁蓁也在睡梦中不耐烦地翻了一个身。

该死！

欧浔一脸不耐烦地推门出去，从监控器上看到门外的人时眯起了眼睛。他猛地把围住下身的浴巾往下拉，把头发弄得越发凌乱，更是企图想在脖子上亲一个吻痕。当他把脖子扭曲成奇怪的形状时，他才终于放弃了这个无法达成的高难度动作，一手拿着叶蓁蓁的内衣一手开了门。欧浔打着哈欠，装出了睡眼惺忪的样子，“谁啊？那么早……”

当看到欧浔出现在叶蓁蓁家的瞬间，程诺觉得自己的呼吸都要停滞了，愤怒、悔恨、希望毁灭一切的情绪在他脑中交缠，他简直不知道自己下一秒会做出什么事情来。他的拳头紧握到要抽搐，目光冰冷至极，“你怎么会在叶蓁蓁的家里？”

“啊，你说我怎么在啊……真是的，那么害羞的话要我怎么说啊。”欧浔羞涩地捂住了脸，然后凑近了程诺的耳朵，“不过，都是男人，告诉你也没关系，就像你看到的那样，我在这里过夜了。”

“你对她做了什么！”

程诺一拳重重打在欧浔的脸上，但是被欧浔躲闪过去了。他轻蔑地看着一头栽了进来的程诺，嚣张地摇头，“小子，就你这点本事还想和我争？还有，你到底以什么身份来管我们的私事？”

欧浔的话让程诺无法反驳，他悲哀地发现，确实是他亲手放弃了他生命中最重要的人。欧浔一下子掐住了程诺的咽喉，程诺也没有示弱，“欧先生，我倒是不清楚有过住精神病医院经历的人也可以做危机公关，看起来你的病似乎恢复得还不错。当年你逃避了制裁，在午夜梦回的时候不会心虚吗？”

“闭嘴！”

欧浔的双眸在瞬间充满了血丝，恶狠狠地揪起了程诺的衣领。他不知道他隐藏在内心深处的秘密为什么会被这小子知道。就在他们僵持不下的时候，叶蓁蓁走了出来，惊讶地看着他们，疑惑地问：“你们……你们在做什么？”

在看到叶蓁蓁的瞬间，欧浔顿时松开了手，程诺也咳嗽着走到了一边。叶蓁蓁看着程诺狼狈的样子就知道欧浔又欺负人了，狠狠瞪了欧浔一眼，这时听到程诺问：“叶蓁蓁，可以和你单独说几句话吗？”

“好。”

叶蓁蓁不想程诺再和欧浔起冲突，带着程诺到了顶楼的露天餐厅，突然不知道他们之间到底有什么好说的。她给程诺倒了一杯茶，想了想还是开口道：“刚才欧浔对你动手了，对不起。他这人就是这样，小气、冲动又幼稚，虽然年纪大却好像比小孩子还任性，你不要放在心上。”

小气、幼稚、冲动？她还真是不留情面啊！

以奇怪姿势缩在墙角偷听他们对话的欧浔紧紧捂住了嘴巴，好不让自己破口大骂，只有这样才能听到更多有价值的东西。程诺看着近在咫尺的叶蓁蓁，心里酸涩无比——呵，他们已经亲近到她可以代表他道歉，还用那么亲密的语气谈论的地步了吗？程诺从包里拿出了一袋梅子，微笑着说："我来找你……本来是为了这个。"

叶蓁蓁看着面前熟悉的包装，只觉得心猛地一跳，她抬起头看着程诺。欧浔虽然不知道发生了什么事，但知道这是不好的变数，集中精力干涉叶蓁蓁的脑电波，"不要吃，不要吃，不要吃……"

可惜的是，他的脑电波攻击没有生效，当看到叶蓁蓁吃了一口梅子的时候，他真恨不得冲过去逼着她吐出来！叶蓁蓁神色一变，诧异地说："这梅子很像以前我们旅游时的婆婆做的味道，你从哪里弄来的？

"我回国后又去了一次，可是婆婆已经去世了……我在村子里找了很多家，让他们尝试做出那熟悉的味道，终于有一家做了出来。"

程诺说得轻描淡写，但是叶蓁蓁可以想象，他是怎么挨家挨户搜罗她喜欢的梅子，觉得眼睛开始发酸，轻声说："程诺，我们已经分手了，你别告诉我，你这么做是因为你后悔了。"

"对对，说得好！"欧浔在一旁轻声为叶蓁蓁加油。

"我真的很后悔。蓁蓁，为什么我们不可以重新开始？"

程诺轻轻搂住了叶蓁蓁的肩膀，温柔的样子简直让叶蓁蓁心碎，也让欧浔发狂。叶蓁蓁眼睛又酸又涩，冷笑着说："程诺，你现在说重新开始有什么意思，你知道我当时是怎么熬过来的吗？两年，整整两年，我找不到你的踪影！我每天晚上都在幻想你可以回来找我，甚至接个电话也可以，但是你就这样从我的生命里消失，我甚至不知道你是死是活！程诺，你凭什么！"

"蓁蓁……当时我的离开有很多原因，但不管怎么样都是我对不起你。我知道我没有资格说这些话，但是不说的话，我们之间的距离会越来越远。你可以不理会我，但是我对你的心，从来没有变。蓁蓁，我们之间只有两步的距离，我可以……再凑近一点吗？"

程诺的眼眸是那么清澈，正如当年叶蓁蓁爱上他的一样。她也忍不住想，他们可以在一起吗？她可以回头吗？对方是她曾经最爱的那个人啊！

"程诺……"

"不好意思，你们之间不是两步，是三步。以后，是无数步，小子。"

在叶蓁蓁说出答案之前，欧浔突然出现，拉着叶蓁蓁的手把她藏在自己身后。叶蓁蓁没想到欧浔好像背后灵一样出现，被吓了一跳，不悦地问：“欧浔你怎么在这里，你是不是在偷听？”

“什么偷听啊……”

叶蓁蓁一看到欧浔躲躲闪闪的样子就来气，看到了欧浔手中的内衣只觉得脑子一下子就不够用了。她一把抢过了内衣，气得话都说不清楚了，“你，你，你，你拿我的内衣做什么，色情狂！”

色情狂？欧浔一点都不喜欢这个称呼。他的眼睛眯起，危险地重复，“色情狂……哈，我只是早上没有毛巾擦手就随手拿了一块布，那么小的布料根本不够擦手。”

欧浔说着，鄙视地看着叶蓁蓁。叶蓁蓁觉得她从里到外简直被他看了个透，气极反笑，“不是色情狂那就是恋物癖咯？既然老板你那么喜欢内衣，你生日的时候我一定送你一套贵的，你可以每天穿在衣服里哦。”

“叶蓁蓁，你是不是想扣工资？”

欧浔和叶蓁蓁熟络斗嘴的样子让程诺的心微沉，他突然开口，“叶蓁蓁，我今天来还有一个目的——主编叫我来邀请你重新回报社，如果你愿意，随时可以回去。季主编带来了新的管理体系和许多新思路，我想你能学到东西。如果考虑好了，就打电话给我，你知道我的号码。还有，我永远等你。”

程诺说着，对叶蓁蓁微微一笑后转身就下了电梯，而叶蓁蓁一直看着他远去的方向，心里说不出是什么滋味。她的复杂心情很快就被打断了，因为欧浔挑眉问道：“报社？”

“那个，我想他也许是‘报复社会’的意思，简称‘报社’……”

叶蓁蓁结结巴巴地解释，看到欧浔乌黑的眼眸时突然不想撒谎了。她想，她一再在报社出现肯定已经引起了欧浔的怀疑，他只要稍微调查就能知道她的身份……他会怎么做，把她大骂一顿赶出门吗？

“叶蓁蓁，现在回房间，你会有惊喜。”

“什么啊。”

叶蓁蓁没想到欧浔不再提这个话题，而是让她回房间，诧异地看着欧浔。她被欧浔推到了房间里，在穿内衣的时候不知道为什么，总觉得身体的每一寸肌肤都红得发烫。

她不明白，她明明是背叛者，可是做事狠辣的欧浔为什么会那么轻易放过了她。所有人都说他是只看钱的混蛋，但她昨天接了电话，才知道欧浔居然把两百万的处理费转账给了顾河……

欧浔，他到底在想什么，他又想做什么？还有，他在那么多人中间，找到了她……

叶蓁蓁不敢想下去，心里一会儿担忧一会儿甜蜜，她从未有过这样复杂的心情。她正在穿牛仔裤，听到门外响起了奇怪的声音，暗想难道欧浔又整什么幺蛾子了，推门出去的时候呆住了。十几个穿着正装的男女占据了她的客厅，其中一个正在为欧浔披上西装，另外一个则对叶蓁蓁恭敬低头，“小姐，我们为您准备了四季的衣服，内衣将稍后送到。请问，能带我们去您的衣帽间吗？”

“欧浔！这是怎么回事！”

叶蓁蓁头痛地看着面前的衣架，冲到了欧浔身边，真的不知道欧浔他到底想做什么，晚礼服、香槟酒服、网球衫、运动衣、睡衣和浴袍……这几百身大牌衣服不说价值多少，就算每天换一身的话也要整整穿一年，他的精神病又犯了吗？叶蓁蓁拼命阻止他们靠近她的衣柜，欧浔一边喝咖啡一边居高临下地摇头，“叶蓁蓁，不用太惊喜，这些衣服都是公司给你的形象支出，不用你出钱，也作为……昨天晚上的一点点谢礼。”

虽然叶蓁蓁知道，欧浔指的是她救了他一命的事情，但是为什么这话从他嘴巴里说出来会那么暧昧，以至于所有人都若有所思地看着他们？叶蓁蓁额角的青筋跳得欢快，头痛地说：“真是谢谢你啊，不过我家里没地方放，都给我拿走！”

“不喜欢这些吗？那换一批。”欧浔表现出了极大的耐心。

“不是这个问题，是你根本不要……算了算了，我真是没办法和你解释。”

叶蓁蓁觉得胸闷到几乎想吐血，这时欧浔的手机突然响了，他挥手示意让所有人安静。于是，好像被按了暂停键一样，大家都保持着石化的状态，而叶蓁蓁注意到欧浔的表情有了微妙的变化——他到底为什么突然高兴了起来？难道有什么好消息吗？不对，又为什么突然变得很纠结？到底发生什么事情了？

欧浔没有让她猜测太久，他挂断电话后就对叶蓁蓁说：“挑一身最喜欢的和我出门，我们有事情要做。准备好，硬仗要开始了。”

3

叶蓁蓁没想到，她会那么快再一次去沈琴的工作室，也终于明白为什么接到电话时欧浔的脸色会变得那么纠结。在工作室的小房间里，欧浔丢给她一套制服，戴上了墨镜，“一会儿宋颜会在这里出现，你要以设计师助理的身份在她身边停留尽可能久的时间。我负责把她的情夫吸引到这里来，然后拍下照片作为她出轨的证据。”

“宋颜出轨？不是吧！”

叶蓁蓁没想到会听到这个无异于晴天霹雳的消息，目瞪口呆地看着欧浔，简直不敢相信她听到了什么。欧浔原本打算立马出门，听到叶蓁蓁的疑惑后停下了脚步，意味深长地说：“很多事情不能光靠耳朵去听，更要靠眼睛去看。叶蓁蓁，你觉得我是怎么知道她出轨这件事的？”

“黑了宋颜的手机。”叶蓁蓁顿时说。

作为顶级的公关专家，他们获取情报时有时候是通过强大的人脉，有时候做的事情则并不算光彩。欧浔家有各种最先进的监视、监听设备，还和几位顶级的黑客有着合作关系，让叶蓁蓁觉得科技进步从某种程度上而言不是什么好事——至少要黑她的砖头机要比她的智能手机困难多了。

所以，听到这件事，她第一反应就是欧浔黑了宋颜的手机，但是欧浔笑着摇头，“明星最擅长的就是保护隐私，如果每个人都能黑了他们的手机，他们的秘密恐怕每天都会占据新闻头条了。宋颜用的是很难入侵的品牌手机，我问你，如果不能查宋颜的手机，你会去查谁的？”

叶蓁蓁眸色一亮，“是啊，不能查宋颜的可以查别人的啊……当然去查她的闺蜜了！”

欧浔点头，“没错。女人是一种奇怪的生物，明明知道自己做的事情不能公开，反而会有一种奇怪的倾诉欲……她把事情告诉了几个姐妹，我从中找到了一些很有意思的信息。会用针孔照相机吗？按这里就可以拍摄，但是距离必须在5米之内。”

欧浔说着，递给叶蓁蓁一个水晶胸针，告诉她照相机的使用方法，叶蓁蓁觉得她的心越跳越快，总觉得她要做的事情和特工没什么区别，忍不住问：

“宋颜见过我……如果她发现我，我可怎么办？从窗口逃走吗？”

欧浔没想到叶蓁蓁会有这样奇葩的想法：“叶小姐，这里是12楼，你是觉得你会像蜘蛛侠一样变身，还是觉得为了避免被发现，我们每一次任务都会整一次容？记住，做一件事之前固然要想好后退的道路，但是也要相信自己一定可以顺利完成。我欧浔，绝对不会找个傻瓜来做助手。”

“什么啊……”

欧浔突如其来的别扭安慰让叶蓁蓁不自在了起来，她觉得脸蛋莫名其妙有点发红。欧浔拉着叶蓁蓁的手走了出去，对沈琴说：“麻烦你们帮她换一个装扮，要和以前截然不同。”

“这个我擅长。”沈琴对叶蓁蓁抛媚眼。

“走开，不要你来做。”

……

于是，叶蓁蓁的头发被盘成了老气的圆髻，脸色因为抹了黄色的粉底显得有些暗淡，黑框眼镜更是让她看起来和以前截然不同。她的手不自觉地摸着胸针，既期盼又恐惧宋颜的到来。沈琴看着她手足无措的样子，微微一笑，“在紧张？”

“啊，是……”

“不要紧张，每个人都有第一次。退一万步说，失败了也没关系，我会保护你的。”

看着沈琴明媚的笑容，叶蓁蓁心中一暖，暗想沈琴姐姐真是好温柔的女人。听说，她也曾经恋爱过，但是到20岁才发现自己真正的性取向，拒绝了家里为她安排的完美未婚夫，独立开创了个人品牌……叶蓁蓁出神地看着她，沈琴调侃地问：“所以，晚上一起吃饭怎么样？”

“不了，我还有点事。”

看到叶蓁蓁一脸紧张的可爱样子，沈琴越发心痒难耐，也暗恨为什么这么有趣的小姑娘居然被欧浔先下手为强。她食指轻触嘴唇，笑靥如花地说：“好了，不开玩笑了，你现在是不是心情好多了？说实在的，我也没想到欧浔那小子会把这里作为你第一次执行近身任务的地方——他对你真是细心。”

欧浔他细心吗？好像是有点……

虽然欧浔身上有那么多缺点，但是叶蓁蓁不否认他给自己的信赖感和安全感，不是毫无原则的宠溺，也不是任由她自生自灭的冷漠，她感觉到自己比她预期还要快地成长了起来。叶蓁蓁不知道为什么又想起在游艇上欧浔说的那句话来，心思飘到好远。这时沈琴软软的身体靠了过来，“蓁蓁，我在澳洲的酒庄寄了冰酒来，晚上要不要和我一起去品尝一下？”

“那个，我先去准备了。”

看到叶蓁蓁落荒而逃的样子，沈琴的心情突然变得很好，这时宋颜也终于在约定的时间里到来。如欧浔所想的那样，她第一时间就遣走了所有工作人员，只留下了沈琴和沈琴坚持要留下的叶蓁蓁。叶蓁蓁一直很担心被宋颜认出来，但是宋颜显然根本不关注这个小助理，骄矜地让沈琴把她定做的晚礼服拿出来。她试穿了礼服，腰部的拉链好费力才拉上，脸色也变得不太好看，“我报给你的尺寸没有问题，为什么现在会拉不上，你这工作室是不是不想开了？”

叶蓁蓁脸色一变，而沈琴笑容可掬地说：“宋小姐真是说笑了，我是根据您的尺寸设计的，但是人的身体早晚都会不一样，也许是因为下午的关系，您的身体有些浮肿了。您最近是不是很辛苦，要不要喝点我们的消脂茶？”

待在沈琴身后的叶蓁蓁发现宋颜的脸色有了细微的变化，语气也和缓了，“是啊，最近太累，可能是浮肿了也说不定。这裙子设计得还不错，不过我要稍微改一下。我要把这鱼尾做长一点，上面镶嵌着施华洛世奇的水晶——你别担心，钱不是问题，一定要闪、要亮、要好看。拖尾要两米长，质地最好是白色的鸽子羽毛，这样可以显现出我天使一般的气质，你懂了吗？”

叶蓁蓁看到沈琴在笔记本上认真写着“长拖尾，两米，用鸡毛”，简直要笑出声来。沈琴一脸真挚地说：“当然，还有什么别的要求吗？”

“领口和腰身最好也改一下……”

在宋颜和沈琴交流期间，欧浔找到了和宋颜距离很远的那辆车，眯起了眼睛。他用技术手段让对方接到了模拟成宋颜的电话，同时屏蔽了附近的信号，对方果然因为担心宋颜亲自到了设计工作室。宋颜正准备脱下礼服，看到周大成来后吃了一惊，下意识地问：“你怎么会来？”

“我刚才接到你的电话，可是回过去的时候你没听。”

宋颜皱眉，“我根本没有给你打电话。”

“那是怎么回事……算了，不重要了，你这条裙子很漂亮，多少钱？”

看到周大成市侩的样子，宋颜觉得她的脸就要被丢尽了，回头看看沈琴和她助理的神色，发现沈琴是一副看不出喜怒的样子，稍稍放下了心，可是那个小助理……为什么看起来有点眼熟？叶蓁蓁被她盯得冷汗直流，沈琴忙挡在她面前吸引宋颜的注意力，“宋小姐，这位是……”

“一个朋友。”

听到宋颜的回答，周大成脸色一沉，然后露出了无奈的神色，“宋颜，你都……你还不肯公开吗？”

“什么啊，我们走吧。”

宋颜露出紧张的神色，拉着周大成的手就要走，可是周大成甩掉了她的手臂，他看起来非常失望，“你们娱乐圈我确实不了解，但是就算在选婚礼的礼服……你也不想承认我们的关系吗？是不是我和刘枫比起来，让你丢脸了？”

“你别胡说，没这回事，我只是太紧张了，现在也不是好时机。大成，你不要生气。”

宋颜哄好了周大成后，为了怕他生气和他又调笑了几句，也没有拒绝周大成的亲近，叶蓁蓁更是悄悄抚摸了好几次胸针拍下照片。她刚舒了一口气，暗想这次工作可以顺利完成了，没想到宋颜在走之前注意到了她——或者说她的胸针。她指着叶蓁蓁，娇笑着说：“这胸针是你们这里的配饰吧，能不能送给我？”

照理说，她刚定做了价值千金的晚礼服，再送给她一枚胸针并不算什么，但是叶蓁蓁怎么可能把她的照相设备交给她？叶蓁蓁一下子捂住了胸口，宋颜的眼神逐渐犀利了起来，“我觉得你有点眼熟——你到底是谁？”

“她是……”

“我是您的粉丝。宋小姐，我好喜欢好喜欢您，请问您能不能给我签名？啊，我手头没有纸笔……可以在我的后背上签一个吗？这胸针可以送给您真是太好了，它可以每天陪着您，待在您的胸口上感受您的心跳……真是一想就觉得好羞涩、好幸福呢。”

叶蓁蓁说着，主动要把胸针往宋颜手里塞，宋颜后知后觉地感到了不对劲——听说这个沈琴是……她的助理该不是……她突然觉得如芒在背，慌忙说：“我还有点事……大成，我们走了。”

“宋小姐别走啊！这胸针给您，您要别的也可以！宋小姐！”

叶蓁蓁演上了瘾，急忙追了上去，宋颜离开的脚步越来越快，后来居然以风一样的速度消失在她们的视野里。宋颜离开后，欧浔到工作室来接她，叶蓁蓁一看到欧浔就激动地冲了上去，抓住了他的胳膊，“欧浔，我拍到照片了，我拍到了！”

“啊，哦。”

叶蓁蓁突如其来的亲密让欧浔好像丧失了语言功能，所有的甜言蜜语当场断电。沈琴冷眼看着他们，心里默默叹气，嘴上却笑着说：“如果嫌我碍事，我可以闪人哦。”

“胡闹。”欧浔恢复了正常，红着脸拉过叶蓁蓁的手，“走了，刘枫有事找我们，我们也正好把这个发现告诉他们。”

“是！”

4

当叶蓁蓁和欧浔到达刘枫别墅的时候，刘枫正在画室画画，他的身上还有颜料的味道，面前的画作虽然还没有完成，但是能看出成品的惊人美感。叶蓁蓁从没想到刘枫还有这样的爱好，深吸了一口气，“刘枫，你会画画？画得真不错，你学过吗？”

“爱好罢了。”刘枫淡淡地说，“想喝什么，茶还是咖啡？”

刘枫请欧浔和叶蓁蓁去了会客室，给他们倒上咖啡，然后告诉他们昨天晚上发生的事情。原来，昨天晚上他准备和宋颜一起切蛋糕的时候，接到了第3封邮件。薛宁约他在码头见面，如果20分钟内不到她就会离开。当看到这邮件的时候，刘枫的所有理智都消失殆尽，疯狂地赶到了码头，可是没有看到薛宁的踪影。他当然知道他闯了多大的祸，却没想到事情会以这样的结局收尾……

刘枫出神地看着手上的手表，淡淡地说：“到今天我还戴着她当初送我的手表，是不是很可笑？叶小姐，我想拜托你们帮我找到薛宁。我不需要你们去想这件事到底要怎么解决，我的声誉会不会受到影响，甚至不保密也可以……我只要找到她。”

刘枫的需求和一开始相比简直大不相同，叶蓁蓁愣了一下后突然觉得很难过——他，就算已经名利双收，还是无法忘记他以前的恋人吗？就在这时，海伦突然推门进来，愤怒地说：“刘枫你在做什么！你知不知道，你的新片子已经快谈好了，对方是好莱坞的知名导演，如果你现在闹出丑闻就功亏一篑了！现在的重点不是找到薛宁，是要解决这场危机！有多少人盯着你的位子，你要给新人腾位吗？”

"海伦，我曾经觉得做明星是我毕生的追求，但是我已经得到了我之前想要的了，现在，我只要薛宁。"

海伦痛心疾首地看着刘枫，眼看委托人之间的战争一触即发，欧浔从手提包里拿出了一份资料，露出了胜券在握的笑容，"刘先生，我想我找到事情的真相了——黑你的人，就在你身边。"

"什么？"

"你是什么时候找到的，到底是谁在黑刘枫？"

所有人都在瞬间发问，欧浔愉悦地勾了勾嘴角，"刘先生，你说你是在一个月前收到第一封邮件的？"

刘枫点头，急切地问："是，薛宁她到底在哪里？"

"如果说，邮件根本不是薛宁发给你的呢？"

"什么？"

没有人会往这个方向想，叶蓁蓁觉得她的脑子一下子就不够用了，她竖起耳朵，不敢漏了欧浔的任何信息。"前3次邮件的网络地址都是溪水镇的一个网吧，可是我和溪水镇当地联系，根本没有找到任何薛宁的下落。当然，这也可以表示她隐藏得足够深，根本不需要出门，但是这样就和她一个月内去了3次网吧形成了悖论。而且按照正常人的思维，换网吧发邮件会更加安全一些，不是吗？况且，溪水镇根本不只有一个网吧。"

叶蓁蓁点头，然后忍不住插嘴，"也许那里离她比较近，她不想换地方。"

海伦倒是听出了一点什么，点头说："是的，这件事我也觉得非常奇怪——如果说她想要钱的话，应该早就提出了要求，如果说她想要曝光从而得到更大利益的话，为什么要事先给刘枫警告？她真正想要的是什么，不会是刘枫的真心吧，呵。"

她说着，自己都笑了起来，但是在看清楚刘枫的表情后笑容凝固了。她后悔失言，正想说什么挽救，欧浔讽刺一笑，"这一切都是建立在发送邮件的人是薛宁小姐的基础上，但如果这个假设并不成立呢？"

假设并不成立……

一切的矛头和线索确实都指向了薛宁这个人，但是确实没有任何可靠的证据说明这件事是薛宁做的，他们都被固定思维给框死了！刘枫那么当红肯定有不少仇人，他和薛宁的事情也不是什么秘密，如果有人拿这件事情来做文章，那么他想要的必定是让刘枫身败名裂。她为什么没想到这个！

看到叶蓁蓁一脸恍然大悟的样子，欧浔勾了勾唇角——她的反应还不算慢。海伦和刘枫都是一脸震惊，海伦紧咬嘴唇，“你说得对，我们确实没有考虑过这个可能性……不过你有证据证明不是薛宁做的吗？”

“如果证明是别人做的话，就肯定与薛宁无关。叶蓁蓁，你记得去查邮件信息时，你找的人是怎么回复你的吗？”

“他好像说不能做……”

“是的，不是做不到，而是不能做。我找的顶级黑客最后只给了我一个IP地址，而不是和以前一样给出所有信息，这让我曾经以为是他们无能为力，可是后来发现是我们错了——他们已经把所有信息都告诉我们了。”

“原来是这样。”

叶蓁蓁瞬间想明白了一切，看刘枫和海伦还是一脸迷茫，急忙解释说：“就好像娱乐圈会有不能随便爆料的潜规则一样，关系好的黑客圈也有着如果有人隐藏了信息，其他人不能去黑的规则。这一切都说明，发件人那一边找了顶级黑客，我不认为薛宁一个人的力量可以做到这个，更可能是有财力的人做的，尤其是和你比较熟悉又关系不好的。请问，你可以提供一份名单给我们吗？”

“当然。”

海伦清晰又有理有据地提供给了欧浔一份很长的名单，然后自己逐一排除，最后确定了嫌疑最大的两个人。欧浔喝了一口咖啡，淡淡地说：“你似乎忘记了一个人。”

“谁？名单已经很全面了。”

“刘枫的未婚妻宋颜小姐似乎不在其中，不是吗？我没猜错的话，她和刘先生的关系，也不是电视上演的那样。你们的隐瞒让我们绕了很多弯路，如果继续隐瞒下去的话，我不能保证未来会发生什么无法掌控的意外。”

空气似乎在瞬间凝固了，叶蓁蓁想起了她刚才拍摄的照片，而刘枫和海伦一脸震惊，似乎不敢相信欧浔居然发现了他们隐藏已久的秘密。海伦的沉默好像足足有一个世纪，最后无奈一笑，“对不起，可是这件事我们签订了保密协议——实际上，刘枫和宋颜已经在一年前分手了。可是你知道的，艺人的曝光率和他们的恋情息息相关，他们在一起对双方的事业发展都好，而且还以情侣身份签约了几个代言……所以大家一致决定把分手的时间推迟到3年后，在此期间双方都不能闹出任何绯闻和不和的消息。”

叶蓁蓁忍不住说：“假恋爱？那说好戛纳回来之后就订婚也是假的吗？”

海伦疲惫地说：“只是一场订婚罢了，又不是结婚，而且很多艺人都这样做……说起来，刘枫你最近和宋颜确实不太愉快，是这样吗？”

刘枫被海伦点了名字终于收回了思绪，淡淡地说：“不光是最近不愉快，我们从来没有愉快过。”

“那宋小姐最近有什么不对劲的地方吗？”欧浔紧接着问。

刘枫嘲讽地一笑，“她的所有兴趣就是逛街、做美容、和其他女明星对战以及恋爱，5年如一日，会有什么不一样。她最近的恋爱对象好像是一个富商……我想她没有什么问题。”

“那也许你还不知道，她准备结婚了。她在我朋友的工作室除了定做晚礼服外，还定做了一身婚纱。”

欧浔说着，从包里拿出了一沓照片，上面清晰显示着宋颜正和周大成亲密在一起的样子。海伦抢过了照片，嘴里骂了一系列脏话，深深吸了一口气，“抱歉……我想这个贱人是为了提前分手又不违约，所以来算计刘枫。你是怎么发现她不对劲的？”

欧浔若有所思地一笑，“这一切都要感谢我的小助理——对于现女友而言，可以容忍男友戴着前女友送的东西，不是她有着异于常人的粗神经，就是她对于她的男友毫不在乎。参加真人秀的时候，有人算计我们想让我们离开，我想能有这样手段的人也是少数。在游艇见面后我开始调查宋小姐，果然有了惊喜的发现，那个算计叶蓁蓁的人曾经出现在溪水镇，他是宋颜公司的职员，他的手机里还有那个男孩的照片……我想，结论已经很清楚了。叶小姐以受害者的姿态分手的话，既能如愿嫁入豪门，又不会影响事业，真是非常聪明又能干。只可惜，遇到了我，哈哈哈哈。”

欧浔得意到简直恨不得精神分裂出一个人来跪舔自己，可是其他人的脸上都没有笑意。海伦头痛地问：“欧先生，您确定是宋颜做的吗？”

“当然。”

海伦神色复杂地看了一眼刘枫，“如果这件事真的是宋颜做的，那就难办了。她和刘枫毕竟认识很久，许多黑料都在她的手上，如果她先发制人，我们会很被动。刘枫，你觉得我们该怎么办？是不是现在要曝光她和富商交往的消息，让舆论先站在我们这一边？”

所有人都等着刘枫的决断，刘枫却艰涩地问："所以说，她也不知道薛宁的下落，孩子的事情……也是假的吗？"

叶蓁蓁没想到，事到如今刘枫最关心的还是这个问题，心里不知道是什么滋味。她定了定神，温柔地说："也许是宋颜随便找了个和你很像的孩子骗你。"

"也有可能她知道薛宁母子的下落。我一定要找到薛宁。"

刘枫的表情是那么坚毅，海伦轻不可闻地一叹，似乎已经对此无能为力。欧浔无视怪异的气氛，挑挑眉毛，"所以说，现在到底要不要先给他们致命一击？"

"当然。"海伦瞬间下了决定。

5

刘枫和海伦离开后，欧浔在第一时间联系了狗仔队的好友，交代他们要怎么悄无声息地爆料宋颜的恋情，自己更是在电脑前面为明天的恶战做准备。叶蓁蓁也被分配了去网站发水帖的任务，她分成几个人自问自答名为"818娱乐圈白莲花女星"的帖子，到后来头晕眼花了起来，她不满地说："到底为什么要发这种帖子，直接说宋颜多极品不就好了吗？"

"不先放一点无伤大雅的真实小料，你觉得别人为什么会信你的大料？就好像谈恋爱的时候，欲拒还迎会勾起男人的兴趣一样，一下子就把料都爆了会让大料显得不值钱。"

叶蓁蓁头痛地说："除了我们之外，别的艺人也有人专门给他们做水军吗？"

"当然，知名一些的艺人都有他们的水军力量，不然你以为粉丝们为什么会对明星保持持续的兴趣，所谓的'爆料人'又都是做好事不留名的活雷锋？有的女明星喜欢拿整容刷新闻，有的喜欢爆料说自己离婚，还有的和狗仔串通，处心积虑地抹黑竞争对手，好争取心仪的广告代言，还有的片子实在没理由炒作就开始卖情怀……为了头条，大家都是用生命在搏啊。"

叶蓁蓁突然想起昨天看到的新闻，忍不住问："欧浔，你看那个小鲜肉约炮被曝光的新闻了吗？如果是你，你会怎么办？"

"呵，当然是第一时间联系爆料的那个嫩模，用钱封住她的嘴，并且把所有有过关系的女孩的嘴巴都封上。没有后顾之忧后，就可以制造出他们其实是恋爱后分手的假象，毕竟大家对于恋爱要比约炮宽容得多。小鲜肉也应该在第一时间承认，曾经陷入一段不愿意提起的恋情，而不是像现在这样躲闪不发话，任由粉丝胡闹——如果我是他，一定会给公关总监扣工资。他那总监奇葩地打算把舆论引向'被男神睡了也是一种幸福'上，会把许多中立派转为黑粉，简直是自掘坟墓。"

"真是好复杂，我去泡咖啡，想要一杯吗？"

"谢谢。"

叶蓁蓁头昏脑涨地去厨房冲了一杯咖啡，暗想娱乐圈真是比她想象的还要黑暗很多，这笔单子如果交给她，她一定没办法处理好——她到底什么时候才能超越这个男人？她把咖啡放在欧浔桌子上，看到他认真工作的模样，觉得心被狠狠撞了一下。

欧浔平时总是来去如风、自负又毒舌的样子，但叶蓁蓁必须承认，他认真工作的样子真是好看。和程诺偏少年般的淡雅不同，欧浔的美是强势又有侵略性的，是绽放在红尘中的一枝最昂贵的蔷薇花。他好像遇到了什么难题，眉头紧紧锁着，让人简直想抹平他眉间的褶皱；在下一秒，他又好像想到了什么，唇角的微笑简直扣人心弦。

欧浔，他真是一个讨厌又好看的男人啊。在船上的时候，他到底为什么要问她前男友的事情，难道他是在……想季琼吗？

叶蓁蓁眼前突然浮现出季琼姣好的面容，心里不知道为什么有些不太舒服。她忍不住想，人到底为什么要恋爱，明明恋爱是那么麻烦又后遗症无穷的事情啊……人们为什么总是无法轻易忘记自己的初恋情人，又为什么要让自己变得可怜又可悲？

就在叶蓁蓁出神的时候，门铃突然响起，一个快递员送了几个包裹过来。叶蓁蓁想帮欧浔签收，却发现收件人居然是自己，她暗想到底会有谁送东西给她，拆了第一个包裹后，发现里面居然是一个包装精致的盒子，盒子里面整齐地放着粉色的保加利亚玫瑰。

是谁送了她最喜欢的花过来？难道是……

叶蓁蓁没有发现欧浔悄无声息地离她越来越近，拆开了第二个包裹，发现里面居然是几包清火的草药，上面还用漂亮的字迹写着使用方法。她下意识摸摸最近因为上火而疼痛的面颊，打开了第三个包裹，惊呼出声："刘枫、宋颜的所有资料？”

那些摆放整齐、用红色笔标注了每年大事和对他们性格分析的资料对叶蓁蓁来说简直是救命稻草，她起码可以省下一半搜集资料的时间。她看着程诺熟悉的字迹，再想起程诺说还喜欢她的那些话，觉得脑子一片混乱。欧浔看着她，淡淡地问：“叶蓁蓁，你会考虑那个小子的建议吗？”

欧浔突然开口，叶蓁蓁一时之间没有明白他说的是什么意思，露出了迷茫的神情，欧浔再次开口，“那小子，让你回报社不是吗？”

虽然欧浔的表情看起来是那么平静，但是叶蓁蓁注意到他眼前的网页一直是那一页，根本没有翻动——他现在一定很紧张吧！叶蓁蓁想起他偷偷摸摸拿自己内衣的事情就来气，坏心眼地说：“啊，回报社的事情啊……其实，我还是挺想回去的。”

“是吗？”

欧浔平淡地看着电脑，就好像他真的对此漠不关心一样。叶蓁蓁在心中默数，在数到5的时候，欧浔果然猛地从椅子上站了起来，一把抓住了叶蓁蓁的手臂，“虽然我对你的智商从来没有抱什么希望，但我还是低估了你的愚蠢！叶蓁蓁，你要回到那个给你1000底薪，一年只能赚12000的地方？你的脑子是不是坏掉了！”

“可是那是我的梦想啊。”叶蓁蓁无辜地说，“而且现在换了新主编，就是那个季什么……季琼。”

当听到季琼名字的时候，欧浔的神色果然微微一变，他深吸一口气，“季琼那个女人……”

“她看起来好像挺关心你的，你们关系很好哦。”叶蓁蓁笑嘻嘻地说，试探欧浔的反应。

欧浔白了叶蓁蓁一眼，“不要做那些毫无意义的试探，你想知道什么直接问我就可以。”

“你们是不是交往过呀？”

“你的脑子是打了除皱针，所以一点褶皱都没有吗？你怎么会有这样可怕的猜测！”

欧浔的剧烈反应实在出乎叶蓁蓁的预料，他看起来并不像是说谎的样子，叶蓁蓁迟疑地问：“你们不是前任男女朋友吗？那你为什么会对她说什么，要她在走之前给你找个备胎，她又说什么你总是这样之类的话题……这不是男女朋友是什么啊？！”

欧浔冷笑，“叶蓁蓁，你满脑子除了恋爱能不能有点别的！她和我以前是合伙人，我让她在走之前给我安排好助理有什么问题吗？”

“那你们每次见面气氛都很奇怪……”

“你面对你前任同事的时候是什么感觉？”

叶蓁蓁越来越心虚，嘿嘿一笑，“可是你们真的很容易让别人误会啦！我们到底为什么要在这个话题上纠缠，你们什么关系和我没有一点关系……”

欧浔弹了一下叶蓁蓁的脑袋，面无表情地说：“现在就给那小子打电话，告诉他你不会回去。不，你们不要联系了，你把他的号码给我，我来拒绝。不，你为什么要有那小子的电话号码，我们直接不要理他就是了。哼，这个垃圾还想和我抢人，下辈子也不要想。”

明明是那么低沉又有磁性的声音，却说出那么孩子气的话来，叶蓁蓁真的不知道该怎么面对她这个时不时犯病的老板。她想起欧浔一次次对她的维护，突然不想继续开玩笑，认真地看着欧浔的眼睛，“你放心，我不会走。有这么好的工作，这么好的老板，我脑子坏了才会回去。”

“哼，你知道就好。”

欧浔的脸上分明浮现出一丝红晕，但声音还是那样平稳，他丢下这句话后就飞速埋头工作，叶蓁蓁知道他是害羞了，忍不住笑了起来。她想，虽然她的老板有精神病，但是对她还不错，所以，就这样愉快地生活下去吧。

“叶蓁蓁，明天晚上和我一起吃饭，我有事情要对你说。”欧浔突然开口。

“啊？有什么话现在就说啊。”

欧浔的神色晦涩难明，“到时候你就知道了。”

6

叶蓁蓁没有把欧浔奇怪的表现放在心上，因为刘枫和宋颜的战斗，和过几天还要录制的真人秀节目才是最让她头疼的地方。她昨晚发的帖子反响很不错，水军们也在各个论坛悄悄爆出和宋颜有关的黑料，一切都为宋颜绯闻被揭穿的那一天做准备，这些“料”也将成为民众眼中的“铁证”，届时，就算宋颜想黑刘枫，也要先解决她自己的黑料，大家更会觉得“这个女人居然要拉无辜的未婚夫下水”，为刘枫赚一些同情分。

欧浔真厉害。叶蓁蓁默默想着。

欧浔的计划进展很顺利，顺利到超乎叶蓁蓁的想象，也让她对欧浔的老辣由衷地佩服了起来。她忍不住想，欧浔对人性的把握简直到了可怕的地步，照理说他应该成熟理智又出尘脱俗，可是他到底为什么还是每一天都精力充沛，感觉对什么都很有兴趣?

还有，为什么一想到要和他吃晚饭，她的心情居然会紧张了起来?

叶蓁蓁不愿意去想那个隐约浮现在心里的答案，破天荒地穿上了短裙和高跟鞋，对着镜子自恋地笑了起来。现在距离欧浔来接她还有一段时间，她干脆刷起了微博，发现微博上正铺天盖地传播着有人在横店打工时，看到L女星泼了助理一脸热粥的帖子。爆料人隐晦地说出L女星的许多特征，围观群众都火热猜测起来，几乎所有人都确定这个L女星就是宋颜。宋颜的粉丝们怎么会眼看着偶像被黑，不甘示弱地和大家对骂，宋颜一下子就上了热搜榜单，倒是把之前有人爆料刘枫在晚宴上失踪的消息完全遮盖了过去。当欧浔的车子到了楼下时，叶蓁蓁还是在专心致志地刷微博，欧浔挑眉，“什么那么好看？”

“在看爆料帖下面的评论……天啊，还有人说宋颜以前坐过台，真的假的啊？欧浔，你为什么会选泼粥这件事作为爆点？”

叶蓁蓁还记得她通宵工作，欧浔也彻夜和各大媒体联系的场景。她原以为欧浔会直接让狗仔爆料说发现了宋颜的新恋情，把她塑造成水性杨花的女人，却没想到他会选取这样的角度入手，现在的效果简直称得上惊艳。欧浔淡淡地说：“当红明星哪个没有黑点，大家都已经对耍大牌、劈腿、炫富这样的事有免疫了，最平民化、最让他们感同身受的才会引起他们的兴趣。可怜的小助理被大牌明星泼了热粥……呵，光是想象一下就觉得很疼，而且她的仇人真是比想象的还要多得多啊。叶蓁蓁，你现在停止刷微博，或者我把你的手机丢掉。”

欧浔突如其来地下了命令，把叶蓁蓁吓了一跳。她急忙抬起头，发现欧浔居然穿上了只有正式场合才会穿的得体西装，身上也喷了味道很好闻的古龙水。她看着他精心打理过的发型，总觉得他今天似乎很慎重，疑惑地问：“欧浔，你今天到底为什么找我吃饭呀？庆祝我们录制节目顺利过关吗？”

“那种事情有谁在乎……别问了，你到时候就知道了。”

叶蓁蓁看欧浔的表情有点不耐烦，又好像有点紧张，心中的疑惑越来越重，也不再开口。车子开了半小时后，在海边的一所别墅附近停下，欧浔下车后为叶蓁蓁开了车门，风度优雅到让叶蓁蓁觉得他被什么东西附了身。当她跟着欧浔一起踏上脚下的红毯往里面走时，站在两边的英国管家装扮的人突然鼓起掌来，吓得叶蓁蓁险些崴了脚，可是欧浔非常自然地拉着叶蓁蓁的手往前走。他带着她进了别墅的大门，在窗边风景最好的桌子前坐下，微微侧头，“来点红酒，好吗？”

“都行。”

其实叶蓁蓁对吃什么并没有兴趣，满脑子都在想欧浔那么慎重带她来吃饭到底是为了什么。服务生为他们打开了一瓶从外表看就价值不菲的红酒，叶蓁蓁看到瓶身的时候吐了吐舌头，“罗曼尼·康帝？”

欧浔眸色中闪烁着奇异的光芒，“你年纪不大，倒也懂这个？”

“以前托我妈的福，了解一些。”

叶蓁蓁不愿意谈起以前的事情，欧浔根据她的神色，脑补了清洁工妈妈带着稚嫩的女儿去酒会上吃别人剩下饭菜的场景，对她又多了几分怜惜。几乎是下意识的，他脱口而出，“这个，以后我每天都会给你喝。”

叶蓁蓁心想，可是我根本不喜欢喝酒啊。

两个画风不一样的人各怀心事地碰了杯，欧浔眯起眼睛，享受红酒和美人，叶蓁蓁则在暗暗思考她刚才那一口足足喝下了多少人民币。这时，两个穿着燕尾服的男人走到他们身边拉起了提琴，曲调居然是叶蓁蓁最喜欢的《卡农》。在叶蓁蓁认真听音乐的时候，另外一个服务生端上刚做好的牛排，放在了欧浔面前。叶蓁蓁看着欧浔拿银质的刀具切牛排，想象着牛排的鲜嫩多汁，忍不住咽了一下口水，突然听到欧浔开口，“张嘴。”

叶蓁蓁下意识张开了嘴巴，没想到欧浔居然把牛排喂到了自己的嘴里。美味的牛排带来了爆棚的幸福感，她愣愣地看着一脸温柔的欧浔，觉得越来越猜不透他到底想做什么了。她看着欧浔在烛光下显得格外柔和的脸，只觉得脑中有一道闪电划过——他们参加的是情侣真人秀，一定有人在暗中记录他们的一举一动，她配合欧浔演好这场戏就好啦！叶蓁蓁想着，瞬间放松了下来，对他莞尔一笑，“谢谢亲爱的。”

“不客气。”欧浔说着，眼中闪着奇异的光芒。

他们这顿饭吃得非常愉快，饭后，欧浔邀请叶蓁蓁一起去海边散步，叶蓁蓁当然接受了邀请。当欧浔牵起叶蓁蓁手的时候，叶蓁蓁有些不太适应——这和以前工作上的接触很不一样，总觉得有些令人惊慌的意乱神迷。她被欧浔带到了沙滩上，发现上面用红色蜡烛铺成了心形，一下子就捂住了脸。她明知道这是在表演，但还是被浪漫砸晕了，捧着脸配合地说："哇，这真是，真是……"

"真是太奢华，太浪漫了，对不对？还有别的惊喜。"

欧浔说着，举起了双手，做出了拥抱的姿势，绚丽的烟花在海边绽放，他在忽明忽暗的烟花中宛若神祇。叶蓁蓁抬起头看着被烟火映衬得格外绚丽的夜空，再看着欧浔俊朗的面容，心想就算是演戏，她也会一辈子记住今天晚上的美丽。烟火中，欧浔一步步走近她，把她抱在了怀里，"叶蓁蓁，我好像喜欢上你了，和我在一起，怎么样？"

男性结实有力的身体就这样近在咫尺，叶蓁蓁愣住了。欧浔的认真让她意识到这一切并不是演戏，她后知后觉地想到了欧浔今天晚上为她安排的一切，再看着欧浔深邃的眼眸，捂住了嘴巴——他是认真的，他居然是认真的！她该怎么办？

欧浔，欧浔……

第一次看到他的时候，她是那么讨厌这个行事嚣张的男人，可是为了她的目的，她还是做了他的助理。他是那么霸道而幼稚，又是那么小心眼还护短，手把手教会了她很多东西……他会把她气得想揍人，也会在别人欺负她的时候第一个站出来为她撑腰，和他在一起的时候会很开心，也会脸红心跳，但这会是喜欢吗？这和当初暗恋程诺，想让他的目光在她的身上停留是那么不同，这真的是喜欢吗？

而且，就算是真的喜欢上了他，又能有什么结果？她和程诺曾经那么相爱却又说了再见，难道她要再来一次当初的痛苦吗？

叶蓁蓁的心一寸寸变冷，轻轻咬着嘴唇，终于低声说："欧浔，对不起。"

欧浔的笑容顿时凝固在脸上——明明吃饭的时候她还是那么含情脉脉，看到烟火的时候她更是惊喜万分，可是现在的答案居然是"对不起"？她的理智被怪兽吃掉了吗？

"叶蓁蓁，我再给你一次选择的机会。"欧浔风度翩翩地说。

叶蓁蓁猛地抬起头看着欧浔，有点哭笑不得——这又不是在考试，难道她还能补考一次不成？第二次拒绝的话比较好说出口，她轻声说："欧浔，对不起。我还在上学，我以后都不一定留在这个城市，还有，我暂时不想恋爱……所以，对不起。”

“叶蓁蓁，你的脑袋坏掉了。我想你该去医院给脑子做个检查。”

欧浔没有如同叶蓁蓁预料的那样露出伤感的表情，或是虽然难过却彬彬有礼地接受，而是毫不留情地用最鄙夷的神情看着她，叶蓁蓁一下子炸毛了，“你的脑袋才坏了！”

“我承认我的脑袋是有了一些问题，不然我怎么会喜欢上你这样的女人？”欧浔一脸嫌弃地看着她，“没有品位，家境不好，长得也不算很好看，脾气更是恶劣……叶蓁蓁，看到我的脸了吗？那可是比明星还要帅气的脸！我会弹钢琴、拉小提琴，还会5国语言，做的菜也非常好吃。对了，你还不知道我有多少家产吧，光是国内的房产就是15套，其中10套在度假胜地的风景区，我在美国还有其他产业……”

欧浔一脸愤怒地阐述自己有多少优点，叶蓁蓁越听越头疼，无奈地说：“我知道……但是我们真的不合适。”

“我懂了，你是在自卑吧。我当然是超越你们阶层的、能遇到的最好的男人，不稍微拒绝一下你会觉得我不珍惜你？你们女孩啊，就是想得多……”

看着欧浔一脸认真分析的样子，叶蓁蓁气得冷笑，“是啊是啊，我怎么配得上你这样的大少爷！欧浔，我真的不喜欢你，请你不要在我身上花心思了好吗？我们只是工作关系，你这样我会很难做。”

只是工作关系吗……呵，欧浔，你真是有够丢脸的。

欧浔看了叶蓁蓁许久，在叶蓁蓁以为他会打她的时候，他冷着脸，一脚踢飞了地上的蜡烛。叶蓁蓁吓得后退了一步，看到欧浔凶狠地盯着她，最终只是长长一叹，“走了，我送你回去。”

7

叶蓁蓁的第六感告诉她，不要得罪正在气头上的欧浔，再加上这里根本没有出租车经过，于是小心翼翼地坐上了欧浔的跑车。窗外不知道什么时候飘起了细雨，她打开音乐想转移一下注意力，电台里正放着周杰伦的《晴天》，动人的嗓音在夜色中回荡。这时，她的手机突然响了，叶蓁蓁看到程诺发消息说在她家楼下等她，觉得头痛了起来。

“不必了，我想我们没有见面的必要。”叶蓁蓁这样回复程诺。

程诺没有再回她消息。

虽然程诺没有回复，但是叶蓁蓁总是觉得心烦意乱。她找了个借口让欧浔放她下车后，不敢看欧浔的表情便打车回了家，果然在楼下看到程诺的身影。他单手拿着一个纸箱，肃穆又认真地看着叶蓁蓁房子的方向，就好像当年那个白衣少年。叶蓁蓁脑子乱成了一团，到底还是走了上去，“程诺。”

“蓁蓁。”

在看清楚叶蓁蓁的瞬间，程诺的眼睛明亮无比。他的白衬衣在雨水中湿透了，没有了少年的青涩却越发英气十足的面容在夜色中显得有些苍白，那熟悉的轮廓让叶蓁蓁心碎，也让她心醉。几乎是下意识地，她拿出纸巾擦拭程诺额头上的雨水，轻声说：“如果我今天没回来，你会等多久？”

“等到你回来为止。”

“程诺，你到底想做什么？”叶蓁蓁头痛地问。

叶蓁蓁相信，程诺是真的想要和她和好，可是到底为什么？如果说他一直对她有感情，那当初到底为什么要离开？赵云佳又是怎么回事？

“赵云佳……是我的债主，赵叔叔做了我父亲欠债的担保人，所以才会在被债主逼债的时候失去了一条胳膊……毕业以来我把所有的工资都补给了赵叔叔，我也保证会照顾他和他的家人一辈子，其中就包括赵云佳。我没有告诉你我们的真实关系，是因为我不愿意提起我的父亲。对不起，蓁蓁。”

这是程诺第一次开口解释，叶蓁蓁终于明白程诺为什么从来不提起他的父亲，为什么会对赵云佳那么容忍，那么拼命学习想站在人生的巅峰……她看着程诺简单的衣服，犹如小树般挺拔的身材和脸上坚毅的神色，觉得心里越来越酸。她几乎难以想象，程诺是怎么从那样的家庭里默默努力才能达到今天的位置，也理解了他为什么不会放弃出国的机会。她忍不住想，如果当初程诺没有那么骄傲，而是把实情都告诉她，她到底还会不会和他闹脾气？

如果，如果……

“出国的原因有很多，有一些外在的，最大的原因还是因为我自卑又自负。我以为，当我足够强大的时候才能站在你身边，却没想到我到底放弃了什么。如果给我重新来一次的机会，我不会抛下你一个人出国。蓁蓁，不要离开我，好不好？”

叶蓁蓁没想到一贯清冷骄傲的程诺居然会用近乎软弱的语气和她说话，

觉得眼睛开始变得酸涩了起来。当那么多年午夜梦回的场景突然变成现实的时候，她突然有一种不真实的感觉，简直不知道她身在何方，又要往哪里去。她看着程诺越发成熟英俊的脸，想起他们在一起的点点滴滴，觉得脑中一片空白，呼吸也急促了起来。就在她意乱神迷的时候，一把大伞出现在她的头顶上方，欧浔用惯有的嘲讽语气说："你们说完了的话，我们该一起回去了。如果你的脑袋还没有被糨糊塞满，你该知道我们还有一场夜间节目要录制。"

欧浔的伞为叶蓁蓁带来了一片宁静的小天地，可是她从来没有处理过这样尴尬的局面——这两个男人的表白简直只有半小时的时间差！她乐观地安慰自己，除了她之外，没有人知道这有多尴尬，大家都是成熟理智的成年人，可以做好朋友的嘛。她轻咳一声，"那个，反正大家都认识，我就不做介绍了……程诺，我晚上还有点事，我先走了。我们的事情……以后再说吧，我现在真的没空想这个。"

我现在真的没空想这个……

程诺听到了叶蓁蓁的婉拒，苦笑了起来。他没想到，两年的时间在他们之间制造了那么长的鸿沟，可是他必须咽下苦果。

我们的事情……我们……我们……

欧浔满耳朵都是叶蓁蓁所说的"我们"，很显然这个"们"字不包括他。他感觉到自己的呼吸急促了起来，不经思考就说："脚踩两条船不是好习惯，叶蓁蓁。"

"乱说话也不是好习惯，该死的欧浔！"

叶蓁蓁的怒气终于有了发泄的地方，恶狠狠地踹了一脚欧浔后上了车。她从后视镜里看着程诺，发现他一直站在原地没有离开，心里到底还是乱了。欧浔一直从后视镜里看着她，脸色越来越难看。他们到了宾馆门口，由于各怀心事，下车的时候没注意到有人在旁边，被彩带沾满了脸。叶蓁蓁狼狈地擦拭脸蛋，主持人则开了香槟兴奋地对着镜头说："现在，是为我们胜利的六号选手颁奖的时刻！你们将得到酒店提供的蜜月房一晚，快去看看房间里都有什么惊喜吧！"

摄像机不断拍摄欧浔和叶蓁蓁的表情，叶蓁蓁发现自己用尽全力也挤不出一个笑容来，表情好像被捉奸在床。欧浔的表现也没有好很多，他满脸怨念地看着主持人，似乎在思考要把彩纸的瓶子塞到主持人的哪个部位里。他们的沉默让主持人尴尬了起来，连摄像机都只敢拍摄他们进电梯的背影。叶蓁蓁站在套房里，脑中一片混乱，简直不敢相信制片方的品位会低到这个地步。

大大的圆形床、圆形床上的花瓣、阳台的露天浴缸她都可以忍，透明的浴室、桌上的红酒和香槟她也可以忍，但是柜子里的情趣内衣和抽屉里的安全套到底是什么意思？他们要不要贴心成这样！

叶蓁蓁现在根本没有心情和节目组斗智斗勇，干脆地问欧浔："房间里有摄像头吗？"

"你说这个？"

欧浔拿出了台灯上的摄像头，简单粗暴地把摄像头丢出了窗外。叶蓁蓁可以想象出节目组难看的脸色，对欧浔竖起了大拇指，"做得好。"

"只有这个要对我说吗？"

欧浔突然凑近了叶蓁蓁，叶蓁蓁都能看到他长长的睫毛。她想起欧浔晚上的表白，只觉得尴尬万分，轻轻咳嗽了一下，"欧浔，我好累，我先睡觉了。那个，我的房间在哪里？节目组没有安排的话，我可以自费……"

"叶蓁蓁，如果你的脑细胞还有一个存活的话，你就该知道走廊上有工作人员和摄像头。你不想给你的偶像惹麻烦，是吗？"

欧浔的冷嘲热讽成功地让叶蓁蓁闭嘴，她郁闷地发现她今天似乎必须和欧浔共处一室——在他表白被拒绝，然后又目睹程诺告白后。天啊，怎么会有这么混乱的一天啊！叶蓁蓁对于处理好这段关系毫无信心，闷闷地说："那我晚上睡沙发。"

叶蓁蓁说着，就往沙发的方向走去。欧浔没有阻止她，"砰"的一声打开了香槟，分别倒在两个杯子里，递给叶蓁蓁一杯。他的眼眸在琥珀色液体的照射下发出奇异的光芒，叶蓁蓁看着他俊美的容貌忍不住愣了神，然后在心里冷笑了一声。

欧浔，如果你想把我灌醉，好做不该做的事情，那你就想错了！叶蓁蓁生气地想。

"欧浔，你帮我拿点冰块，好吗？"叶蓁蓁强压着怒气，笑着问。

"好的。"

趁着欧浔回头去冰箱拿冰块的瞬间，叶蓁蓁飞快地把香槟换成了矿泉水，还摇晃出泡沫来，得意地勾了勾嘴角。她正想着今天晚上估计会和欧浔一起沉默度过，没想到欧浔把冰块分别加在杯子里后直接问："叶蓁蓁，你为什么要拒绝我？”

“你就不能回避这个话题，装作什么事情都没有发生吗？”叶蓁蓁尴尬地问。

“因为程诺那小子？”欧浔轻蔑地问，“无论是相貌、身材、工作、财富、家世，我都甩那小子两条街，我不觉得你会那么白痴。还是说，你真是在自卑？啧啧啧，叶蓁蓁你觉得配不上我啊，你很有自知之明。”

叶蓁蓁只觉得青筋在额头上欢快地跳跃，强压住怒气说：“天啊，怎么会有你这种人……按照成年人的做法，我们就该装作什么事情都没有发生，继续维持着工作关系啊！还是说，你真的那么喜欢我，喜欢到难以自拔？”

叶蓁蓁只是想故意恶心一下欧浔，但是欧浔居然认真思考了起来，他摸着下巴，“喜欢的程度吗……应该是比喜欢游艇的程度多一点，还不到私人飞机的级别。”

叶蓁蓁真的生气了，愤怒地说：“谢谢你的喜欢啊！可是我不喜欢你，你别让我难做了！”

欧浔再一次得到了拒绝的答案，只觉得心好像被刀子轻轻划过一样，疼得有些麻木。他感觉到心脏剧烈跳动了起来，捂住了闷闷的胸口，怒气冲冲地看着这个不知死活的女人，却不知道他到底能拿她怎么办。他知道他应该骄傲地离开，把这件事就此揭过，但是这样不就便宜了程诺那浑小子？只要一想到叶蓁蓁会和别的男人拥抱，甚至亲吻……他都没有吻过她！

欧浔想着，眯起了眼睛，姿态优雅地走到了叶蓁蓁身边，喝光了叶蓁蓁手边的那杯香槟，在灯光下舔了舔嘴唇。叶蓁蓁觉得这个精神病突然带了点魅惑的味道，觉得呼吸急促了起来，而欧浔在她耳边轻声说：“我已经让水军巧妙地挖出几年前的帖子，让公众对刘枫产生前女友看不起他才离开他的印象，这样就算宋颜那边突然发难我们也能处理。有线人告诉我，有个和宋颜关系不好的女明星要在明天发起攻击，到时候宋颜的精力都会放在处理那个危机上。为了找到薛宁的下落，明天我们需要把监听设备放在她的随身物品里，这样才能做到没有遗漏。你有什么好主意吗，我的小助理？”

叶蓁蓁真不知道，为什么欧浔要用那么暧昧的语气谈起公事。既然是工作，她只好一本正经地回答：“放在她的包里？”

“你们女人会经常换包，我想这不是一个好主意。”欧浔离她越来越近，气息越发灼热。

叶蓁蓁不自在地把头往远处挪了一下，试探地问："那放到她的房间里？"

"把监控器放到手镯里，然后想办法把手镯给她，怎么样？"

欧浔的身体慢慢倒向叶蓁蓁，眼神是那样深情又是那样迷离。叶蓁蓁真的不知道她该怎么办。欧浔轻轻抚摸嘴唇，解开了衬衫的扣子，露出结实有力的肩膀，"好热。"

叶蓁蓁尴尬地站起身，想离欧浔远一点。欧浔眸色中闪过一丝光亮，然后猛地倒在了她的身上。叶蓁蓁被巨大的冲击力撞倒，头撞到了地板上，疼得钻心。她怒气冲冲地看着欧浔，欧浔一脸无辜，"叶蓁蓁，我好像喝醉了。我……想吻你。"

还没等叶蓁蓁回答，欧浔就低头吻了上去，做了他早就想做的事情。他发现叶蓁蓁的嘴唇就和他想象的一样美妙无比，还带有桃子的清香，简直让他想沉醉在这样的香气里。他恋恋不舍地回味着她嘴唇的甜美。叶蓁蓁恶狠狠地打了他一巴掌，"欧浔，你这个王八蛋！"

脸上的疼痛早就在预计中，欧浔遗憾地发现他今天晚上似乎不能更进一步，眼神瞬间变得清明了起来，不可置信地看着叶蓁蓁，"我刚才做了什么？"

"你说你做了什么！"

叶蓁蓁的脸上还有激情过后的红晕，她气势汹汹地瞪大了眼睛直视欧浔，看起来简直不像是一只炸毛的小猫，却像是一只就要进攻的小豹子。欧浔在心里暗暗赞美她的生龙活虎，疑惑地说："我不记得了……我的酒量很小，一口酒都会喝醉，然后丧失理智，我不会做了什么吧？如果是这样，真的对不起。"

欧浔痛心疾首地道歉，看起来是那么风度翩翩，但是叶蓁蓁冷笑一声，"是吗？"

"当然。"欧浔一脸真诚。

"喝醉你个大头鬼！你刚才根本没喝香槟，你喝的是矿泉水，你这个蠢货！"

叶蓁蓁拿起酒瓶就往欧浔身上砸去，欧浔狼狈地左躲右闪，逃避叶蓁蓁的追杀，心里暗骂这个该死的女人居然偷偷摸摸拿矿泉水换了香槟！两个人绕着大床跑了很多圈，后来都累得气喘吁吁，连动弹的力气都没有。叶蓁蓁拿着酒瓶凶神恶煞地威胁他，“你，你不要跑！我都要累死了！”

“你不追我就不跑，你这个疯女人！”

欧浔觉得他简直连说话的力气都没有了，根本不敢相信叶蓁蓁这个女人居然会有那么好的体力！叶蓁蓁同样累得连手指都不想动，咬牙切齿地说：“色狼！变态！色情狂！你居然对我下手，我还没毕业！你别想老牛吃嫩草！”

欧浔心想，叶蓁蓁这丫头实在是特别有天赋的危机公关，因为她可以一下子就戳中他唯一介意的那一点。他冷哼一声，强撑着说：“什么老牛嫩草的，我们才相差7岁，是最萌年龄差。叶蓁蓁，你能不能温柔点，你看你从头到尾哪里像女人了！”

“我是不像女人，但某人还是爱我爱得如痴如狂！”叶蓁蓁讽刺地说。

欧浔一下子噎住了，脸啪啪啪被打得那叫一个酸爽，他恼羞成怒地躺在了床上，“好困，睡觉了。”

“你去睡沙发，床给我！”

“我是老板。”

“我还是你心爱的女人呢！快给我！”

叶蓁蓁又和欧浔开始争夺床的所有权，大床经他们打闹弄得吱吱嘎嘎直响。欧浔是男人，在体力上有着天生的优势，但是叶蓁蓁的彪悍和灵活也给她加分不少，两个人抢了半天都不分胜负，到后来，两个人都累得连根指头都动不了，分别在床的两侧陷入了沉睡。叶蓁蓁的长发缠绕在欧浔的指尖，两个人的呼吸交缠在一起，欧浔在睡梦中搂住了她的肩膀，觉得心里空荡荡的一块终于被填满了。

这么安心的感觉……真是太好了……

当欧浔难得做起美梦的时候，程诺正在报社里打完了最后一个字。他疲惫地揉揉额头，关上电脑准备离开，这时季琼出现在他的身后。程诺没想到季琼到现在还没有走，季琼率先开口，“已经很晚了，怎么还没有下班？”

“有个稿子需要快点写好，主编怎么到现在还没有走？”

季琼微微一叹，“之前的主编留下很大的烂摊子，再加上纸媒的影响力被新媒体冲击得越来越厉害，现在的日子真是一天比一天难过。程诺，我查过你的资料，你的学历和资历都很不错，我觉得只是做记者你有点可惜，有没有兴趣挑战一下副主编的位置？”

季琼准备看到一副欣喜若狂、感恩戴德的面容，但是程诺的反应很平淡，就好像她只是邀请他一起吃夜宵一样。他一边整理桌上的报纸，一边清冷地说："谢谢主编，但是我很喜欢记者的工作。如果做了管理岗，我想我就没有那么多时间采访了。"

"但是你会赚更多的钱，有更好的社会地位，从而拥有更广阔的天空。你不甘于平凡，你想出人头地，不是吗？"

出人头地……多么熟悉的词，记忆中的那个女人突然鲜活了起来，她微笑着对他说："等你出人头地了再来找我吧，程诺。"

程诺抬起头看着季琼，终于问："我要怎么做？"

第六章　桃花盛开

当欧浔睁开眼睛的时候，长长舒了一口气。他看着手机，发现已经是早晨7点半了，他居然打破了生物钟的规律，比往常多睡了半小时。他只要想起，昨天晚上棒到没有任何梦魇的深度睡眠，就觉得满意无比，看到他怀中的女孩时，愣了几秒钟，才想起他昨天晚上都做了些什么。和叶蓁蓁在一起经历的画面在眼前一幕幕重现，他甚至看到了和程诺争执时的画面……

他的心怦怦跳了起来。

1

叶蓁蓁的第六感告诉她，有人一直在看着她。

叶蓁蓁正在做她回到古代做女王，还收了好几个宠臣的美梦，在睡梦中根本不想清醒，不耐烦地翻了个身。她把背部对着那令人讨厌的目光，但是后背还是传来简直令人刺痛的感觉，那股灼热从后背逐渐传遍了全身，她终于不耐烦地睁开了眼睛，然后看到了一张近在咫尺的脸。

“啊——！”

叶蓁蓁没想到，她醒来的瞬间会目睹一幕惊悚片，忍不住尖叫了起来，而后者一手捂住了耳朵，另一只手捂住了她的嘴。因为刚起床没多久的关系，欧浔平时精心打理的头发柔软地垂在额头上，和平时相比多了几分温柔，叶蓁蓁的心猛地一跳，然后咬牙切齿地说：“你为什么一直趴在我的床头？滚开啊色狼！”

“一醒来就在想我吗？呵，你这个女人啊。”欧浔冷哼一声。

叶蓁蓁满脑子都是欧浔昨天晚上表白的场景，总觉得现在的局面实在太混乱，而欧浔很快就做了更让人混乱的事情——他毫无压力地在她面前脱下了睡衣。叶蓁蓁猝不及防地看到了欧浔线条优美的背部和下腹的肌肉，下意识闭上了眼睛，睁开眼睛的时候发现欧浔正拿起了矿泉水的瓶子，肱二头肌的部位紧紧绷起，彰显着男子的美感与力量。欧浔觉得他的手臂都要抽筋了，低沉地开口："还满意你看到的吗？"

"你没事还是别看言情小说了。"叶蓁蓁白了他一眼。

叶蓁蓁到底没有欧浔的不要脸，去洗手间换上了衣服，水龙头里流淌的温热水流让她的意识彻底清醒。她真的不知道她和欧浔怎么会变成现在这样——明明不是情侣，有时候却比情侣还要亲密。到底要不要为了这段尴尬的关系而结束工作？

如果辞职的话，就再也见不到这个对她表白的男人了啊……

莫名其妙的失落突如其来地弥漫上了面颊，叶蓁蓁急忙拍拍脸蛋让自己不要再瞎想下去，出门的时候，欧浔已经换好了衣服，他对着镜子淡漠地说："叶蓁蓁，昨天晚上发生了一些……我们都不想再提起的事情，这件事就让它过去吧。"

"嗯。"叶蓁蓁点头，心里不知道为什么更加失落。

"现在最重要的是把手镯给宋颜，你知道该怎么办，对吗？"

"嗯。"

其实叶蓁蓁根本没心思去想这件事，但她还是违心地点了点头。他们一起到了餐厅，叶蓁蓁握紧了欧浔交给她的装有监控器的手镯，怎么也想不出怎样可以不动声色地让宋颜戴上。欧浔看到她慌乱又不知所措的样子忍不住皱眉，给她盘子里放了一块面包，压低了声音说："你再看宋颜就要引起她的注意了。"

"啊，对不起。"

叶蓁蓁急忙收回了目光，紧紧盯着她面前的面包，好像那面包即将开出艳丽的玫瑰花一样。她看着刘枫温柔地为宋颜擦拭嘴角的样子，忍不住吐槽说："呵呵，他们还真都是演技派。"

"娱乐圈本来就是这样，表面上一团客气，实际上恨不得见了人就咬一口好上位……呵，只有傻瓜才相信报纸上的爱情。"

欧浔优雅地拿餐巾擦拭嘴角，说出来的却是再辛辣不过的讽刺，看她的眼神也充满不屑和不耐烦。叶蓁蓁总觉得昨天晚上欧浔的表白简直就好像她想象出来的一样，不然他们的关系为什么会瞬间回到了原点？她轻轻咬着嘴唇没有说话，欧浔伸出手拿过了她手中的手镯，在她耳边轻声说：“以你有限的智商想不出来，是吗？”

叶蓁蓁的脸慢慢变红，心不甘情不愿地点点头。欧浔唇角微微勾起，继续问：“如果我做到了，怎么感谢我？”

叶蓁蓁警惕地看着他，“欧浔，我觉得我们真的不太适合发展工作以外的关系。”

欧浔的眸色瞬间犀利了起来，笑容是那样冷漠，就好像他们刚认识时那样盛气凌人，“叶蓁蓁，你觉得我是那么没有自尊心的男人吗？这个世界上有30多亿女性，中国有7亿女性，你只是7亿分之一，是什么让你觉得我会如痴如狂地爱着你，在你拒绝我后还会继续地纠缠你？我刚才已经说过，过去的事情不要提了，我希望你不要让我为难。”

“好，我也希望是这样。”

叶蓁蓁心想，这样的结局实在是她最想要的——不近不远的同事关系，一切回到了原点。她忍耐住心中不舒服的感觉，看着欧浔向海伦走去。欧浔和海伦耳语几句后，过了一会儿，工作人员朝他们走来，居然宣布给在场的每一位女嘉宾发一个赞助商提供的手镯！叶蓁蓁看着宋颜戴上了镯子，不可置信地说：“居然……居然这么简单？”

“叶蓁蓁，动动脑子。”欧浔鄙夷地说。

嚣张的自大狂！

叶蓁蓁白了他一眼不再搭理他，把手镯戴在了手腕上，发现玫瑰金的颜色格外衬她的皮肤。她专心打量手镯的时候，欧浔被节目组的人叫去了，在远处协商着什么，这时宋颜突然朝她的方向走来。叶蓁蓁觉得呼吸一下子就急促了起来，做好了战斗的准备，听到宋颜笑着问：“我可以坐在这里吗，叶小姐？”

“当然可以。”

宋颜在她对面坐下，眯起了漂亮的眼睛，笑容是那样动人，“蓁蓁，听说你是大学生？你和欧先生交往多久了？”

宋颜开始不动声色地试探叶蓁蓁和欧浔的事情，可他们的资料都是经过精心准备的，没有任何疑点。宋颜看着面前那个清秀可人、说话貌似天真无邪却滴水不漏的女孩，觉得心情越来越烦躁。她知道网上有一个神秘人发起了黑她的系列动作，今天她代言的化妆品又出了事，也许她真的该求神拜佛转个运！

那个黑她的人到底是谁？是她抢了代言的苏素，还是她曾经抢过男友的徐艳，又或者是她的“官方男友”……

宋颜一想到她精心准备的黑料现在根本没有机会使用，就深深后悔她没有先发制人，但现在说什么都晚了。叶蓁蓁给宋颜倒了一杯咖啡，宋颜看着咖啡漆黑的颜色突然觉得胃里翻滚了起来，下意识把咖啡杯推到一边。她微微皱眉，喝了一杯柠檬水按压住奇怪的反胃感，试探地说：“蓁蓁，录完今天的节目你们就要离开了，我真是舍不得你。你长得那么漂亮又年轻，有没有考虑过出道？哦，我记得好像是海伦找你们来的吧，她没和你谈过这个吗？”

宋颜相信，没有哪个姑娘能抵挡“出道当明星”的梦想。叶蓁蓁的脸果然红了起来，害羞地说：“我哪里可以做明星啊，就是上次王助理去学校听说了我和欧浔在恋爱，才邀请我们来栏目组……我都没想到可以看到宋颜姐和刘枫哥，还能看到那么多明星，大家都可羡慕我了！”

“是吗？欧先生和海伦姐认识很久了吗，我怎么以前没听海伦姐提过？”

“我不太过问他工作的事情……宋颜姐姐，你的香水是什么牌子，真的好好闻。”

叶蓁蓁完美演绎了一个追星的女大学生的样子，从宋颜的香水问到她的口红颜色，一直在她面前大呼小叫，喋喋不休。宋颜什么有用的信息都没有得到，到后来懒得理会叶蓁蓁了。她正在想要找什么借口闪人，助理突然过来告诉她说，报社的人已经到了，她正好有了完美的理由顺利离开。宋颜离开后，叶蓁蓁第一时间往车库走去，欧浔果然正坐在他的车里。

她轻轻敲击车窗走了进去，发现欧浔正拿着耳机认真听着什么，笔记本上也不断放着晃来晃去的画面。叶蓁蓁还是第一次看到这样高科技的监视器，好奇地盯着面前的画面，听到欧浔淡淡地说：“宋颜已经对我们产生怀疑了，不然她根本不会找你闲聊。她很快就会找人来调查我们的身份。我们的时间不多，必须快点找到薛宁的下落，并且保证他们不会伤害刘枫的声誉。咦……”

欧浔突然不再说下去，因为他看到了宋颜正恶狠狠地把桌上的化妆品都扫到了地上。叶蓁蓁急忙抢过了一只耳机，听到宋颜愤怒地说：“该死的，我代言的护肤品出问题和我有什么关系！这个又不是我生产的，难道我会用这种垃圾货吗？你们还傻站着干吗，还不帮我找记者发通稿！”

助理一边收拾地上的瓶瓶罐罐，一边无奈地说：“宋颜姐，我们正在起草通稿，请您放心。”

“该死的，最近到底怎么回事，居然不顺成这样！对了，那个人现在还乖吗？“

“宋颜姐，这话可不能乱说！”

助理吓傻了，几乎要冲上去捂住宋颜的嘴巴，到底不敢动手，只能深深叹气。她捂住了额头，“原来准备这几天要让她来现场指认的，现在时间也只能推迟了……”

助理的话没有说下去，因为外面响起了敲门声，她急忙把化妆品都捡起来放好才开了门，叶蓁蓁见到来人的时候忍不住轻轻惊呼了一声。

她没想到，来找宋颜的居然是季琼和程诺。

欧浔的脸色同样不好看，眯起眼睛没有忽略任何一个镜头，看着季琼等人互相寒暄了一会儿后就直入正题。季琼坐在沙发上，温柔却强势地说：“宋小姐，您既然委托我们解决这次事情，我们肯定会把事情做到最好。我这人说话很直，请您不要见怪，但是，化妆品引起过敏的事情，请您现在就公开道歉。”

“什么？我花大价钱请你们来，你们就让我做这个？”

与宋颜愤怒的表情截然相反的是，一直监视他们的欧浔和叶蓁蓁反应非常平淡，欧浔点评道：“明智的做法。”

叶蓁蓁点头，“在第一时间直面大家的怒火，会给大家留下勇于承担的印象，再说点相信该品牌会给满意交代之类的话既不得罪品牌，也可以摆明自己的中立立场。季小姐很厉害嘛，你看宋颜都快被她说服了。”

“再厉害也没有我厉害。”欧浔倨傲地说。

叶蓁蓁悄悄在心里对这个骄傲的男人翻了个白眼，发现宋颜的情绪已经从一开始的怒气冲冲恢复成正常，也暗暗佩服季琼的手段。宋颜正准备发一张自己流泪道歉的照片，程诺却突然开口，“这样不够。”

季琼没想到程诺会突然加入讨论，鼓励地问：“那你觉得要怎么样？”

“试用这个产品，过敏后表示自己也是受害者，来赢取更多的同情分。”

程诺的法子很狠辣，却能一击即中，所有人都沉默了。宋颜虽然脾气不好却不是笨蛋，沉默半晌后说：“好，我认识最优秀的皮肤科医生，稍微有点过敏不至于毁容。你叫什么名字？”

“我叫程诺。”程诺微微颔首。

叶蓁蓁简直无法想象，那么清高孤傲的程诺也会加入这样黑暗的行业里来，心里五味杂陈。她愣愣地看着程诺，欧浔则皱起眉看着她，嘴角不自觉地抿成了一条线。就在车里的气氛变得诡异万分的时候，季琼突然去抓宋颜的手臂，“这个是什么？”

屏幕顿时变成了一片雪花，他们再也听不到任何声音。叶蓁蓁心惊胆战地看着欧浔，欧浔沉默半晌后，淡淡地说：“被发现了。”

“啊？那我们该怎么办？”

叶蓁蓁没想到那么快就被抓包，紧张到甚至怀疑下一秒警察就会来这里抓他们，他们的余生就要在监狱里度过。叶蓁蓁都快吓傻了，欧浔依旧一副漫不经心的样子，“季琼跟过我一年，我的行事作风她多少了解一些，所以这一点确实有点麻烦。至于泄密……她不会，没必要那么惊讶，刘枫找我们，宋颜找季琼，大家各凭本事做事而已，只要做好自己的那一份，没必要管对方做了什么，这是我们这一行的潜规则，所以她只会找个借口不让宋颜戴手镯，不会说出监控器的事情。”

叶蓁蓁松了一口气，“那就好。可是，薛宁的下落我们该怎么打探？”

“既然知道那个小助理了解不少，事情倒简单了——总有办法让她开口，或者，季琼那也可以打探一些消息。收起你慌张的表情，我欧浔从没有输过，只有我们的对手才该露出这样的软弱。”

欧浔谈起公事的样子是那么成竹在胸，也带给叶蓁蓁无法言语的安全感。她轻轻咬住了嘴唇，“这件事我们要告诉一下海伦，让他们有点准备。”

“当然。”

当欧浔和叶蓁蓁重新回到酒店的时候，程诺和季琼已经离开了，宋颜的手上果然没有了那个手镯。叶蓁蓁发现宋颜的脸上有些发红，知道她肯定用了那款产品，急忙走了过去，关心地问：“宋颜姐，你的脸怎么了？是过敏吗？”

宋颜摸摸面颊，强忍住愤怒说：“嗯，已经敷了急救的面膜，应该一会儿就没事了。”

宋颜说着，目光一直停留在叶蓁蓁手上的镯子上。叶蓁蓁心中一抽，故意装作不解的样子主动发问：“宋颜姐，你不用戴赞助商的手镯吗？”

宋颜神色一变，静静看着叶蓁蓁许久，终于娇笑着说：“只要有人戴就好了，到时候会给几个镜头的特写。你的手镯给我看一下，好吗？”

“好啊。”

叶蓁蓁爽快地把经过紧急改造的手镯递给宋颜，宋颜果然在上面看到了针孔摄像机的痕迹，脑中越发混乱，根本分不清到底谁才是幕后黑手。她笑着把手镯还给了叶蓁蓁，“这颜色还是配你这样的年轻女孩子，你可以拿回去做个纪念。”

“是啊，我还是第一次戴这样的名牌货，嘿嘿。”

叶蓁蓁把没见过世面的年轻女孩表演得惟妙惟肖，终于稍稍打消了一点宋颜的疑心，在宋颜走后，她长舒了一口气。叶蓁蓁找了个机会和刘枫在一起，轻声说：“宋颜现在的注意力在解决代言品出问题的事情上，我们现在可以确认薛宁小姐的下落和她有关系，一会儿先从她的助理身上下手，一定会把薛宁小姐找到。”

当听到薛宁名字的时候，刘枫的呼吸顿时沉重了起来，他眯起眼睛看着宋颜的方向，轻声说：“谢谢，接下来我知道该怎么做。你们只要把节目录好，就可以离开了。”

“啊？可是……”

“薛宁的下落不用你们插手。只要确认了是宋颜做的，我有的是方法可以让她开口。”

眼见温文尔雅、恍若王子的刘枫露出了狠厉的神色来，叶蓁蓁也不好再问下去，只好点点头表示尊重客户的选择。她悄悄把刘枫的决定告诉欧浔，欧浔倒是一副习以为常的表情，“既然他有这样的要求，那么这个单子就此结束，我们录制完节目就收工。”

叶蓁蓁心虚地问：“可是他给了我们1000万……只是查出来这件事和宋颜有关系，是不是做得太少了？”

“叶蓁蓁，你要知道有不少事情是客户不想让我们知道的。快收起你脑子里没用的想法，我预感没错的话，这件事不会那么容易收场。”

“啊？”

“这3天的时间都是我们在算计宋颜，宋颜虽然没有切实的证据，但是已经开始怀疑刘枫了，再加上她手里还有黑料，你觉得她会不放出来转移视线吗？接下来的事情，只会更加精彩。”

为了不被别人听到谈话内容，欧浔和叶蓁蓁凑得很近，在外人看来就好像小两口在说情话一样。欧浔的气息让叶蓁蓁心慌意乱，她很想和欧浔保持距离，但欧浔抢先一步离开了她。他站起身往前走了几步，回过头不耐烦地问：“还不跟上来？”

“啊，哦。”

叶蓁蓁说着，急忙跟了上去，发现她和欧浔真的是回到了最开始的状态。这样的结局她应该高兴，可是她为什么有点淡淡的失望……叶蓁蓁，你到底怎么了？

2

叶蓁蓁觉得，她真的是一个卑鄙的女人。

虽然她干净利落地拒绝了欧浔，嘴上也总是说着希望他们的关系可以是最正常的同事关系，但是当欧浔真的如她所愿的时候，她的心里居然很不好受。她卑鄙地希望，欧浔虽然被拒绝了，但是依旧坚持他的感情，至少不要那么快抽身走人！

欧浔，他果然不是认真的，她拒绝他真是太正确不过了！不过，如果他是认真的呢？如果……他说的喜欢，不是一时心血来潮，她又该怎么办？

叶蓁蓁不敢去想这个问题的答案，真讨厌这样杂乱又无法掌控的心情，可是她还必须笑容满面地录制节目。今天是真人秀的最后环节，6组情侣将分为猎人、猎物两个阵营，猎物们想尽方法要到达终点，而猎人们则使用各种道具不让他们成功抵达。叶蓁蓁和欧浔被分到了猎人组里，当叶蓁蓁走出更衣室看到身穿制服的欧浔的时候，突然觉得有一道光在眼前闪过，觉得呼吸都有了瞬间的停滞。

就算其他人都是明星，各有各的超高颜值和非凡气质，但欧浔无疑是他们当中最适合制服的那个人，修身又紧致的制服款式让他健硕的身材表露无遗，修长的腿似乎带了致命的荷尔蒙，扣到脖颈的扣子更是传递了一丝禁欲的诱惑。叶蓁蓁就那样出神地看着他，和他视线接触的时候急忙回避了他的眼神。她喝着柠檬水稳定心情，暗想结束了这一单就去休假，因为，她实在需要整理一下她的心情。

在叶蓁蓁乱七八糟的思绪中，节目正式开始，“猎物”们一齐朝着终点进攻。叶蓁蓁看着刘枫和宋颜那组，没想到看起来非常娇弱的宋颜行动起来却非常灵活，和刘枫的配合也非常默契。宋颜动作漂亮地躲避一个个陷阱，汗珠顺着她的额头流淌了下来，带了一丝惊心动魄的美丽。叶蓁蓁呆呆地看着她，欧浔走到她身边低沉地说：“行动。”

“是。”叶蓁蓁急忙收回了思绪。

叶蓁蓁和欧浔要阻止刘枫和宋颜前进，按照节目组的安排拿出充气玩偶，非常认真地履行了自己的职责。叶蓁蓁拿起玩偶就朝宋颜身上打去，宋颜尴尬地左闪又躲，而欧浔对准刘枫的脑门死抽。这时，坏心的节目组还加上了“瀑布”环节，水流把他们4个人浇了个透。趁着刘枫揉眼睛的瞬间，叶蓁蓁趁机拿着玩偶朝刘枫身上打去，突如其来的力量让刘枫失去了平衡，他的脚下一滑，虽然企图抓住障碍物，但还是不受控制地往下跌去。叶蓁蓁在心里说了声抱歉，暗想游戏到现在就算结束了，却没想到宋颜突然出现，她一只手把刘枫推到一边，自己却因为巨大的惯性摔了下去，在充气垫子上发出痛苦的呻吟。叶蓁蓁发现宋颜的脸都白了，心突然一抽，不知道为什么有了一种不好的预感。

“宋颜你有没有事？救护车在哪里？救护车！”

宋颜的助理急忙去扶宋颜，声嘶力竭地叫救护车，场面也一片混乱。虽然叶蓁蓁没有做出犯规动作，但是心情到底慌乱不安了起来，怯怯地问欧浔：“宋颜她……不会有事吧。”

“希望如此。”欧浔意味深长地说。

宋颜受伤了，节目当然不会继续下去，闻讯而来的记者疯狂来袭，通通被保安拦在了门外，刘枫和海伦也陪同赶到医院里。病房里，刘枫一言不发地握着宋颜的手，宋颜虚弱笑着，“刘枫你回去吧，你在这里的话记者更不想走，事情会越闹越大。你明天还有个发布会，你总要好好准备下。”

“宋颜，你为什么要挡在我面前？”

刘枫的声音是那么低沉，看起来迷惑又不解。宋颜看着他清澈的眼神，心里微疼，淡淡一笑，“如果我说，就算是契约爱情，到后来也会稍微有点真心，你会觉得我在骗你吗？”

“宋颜……”

“呵呵，只是玩笑，我清楚我们的约定。恩爱已经表演到位了，你回去吧，我真的没什么事。”

“宋颜，不管怎么说，今天的事情要谢谢你。等发布会结束，我想和你谈谈。”

“好啊。”

刘枫轻轻亲吻宋颜的额头就离开了，宋颜看着他离去的背影许久，最后微微笑了起来，她从枕头下拿起了手机，拨通了电话，轻声说：“计划不变，就在明天，把薛宁带到发布会。这就是我送给我未婚夫的，最好的礼物。”

挂断电话后，宋颜的笑容越来越大，最后把脸埋到了掌心。

叶蓁蓁没有跟刘枫和宋颜去医院，从电话里知道宋颜没大碍的时候终于松了一口气。

虽然现场没有任何人责怪叶蓁蓁，但是叶蓁蓁觉得她就要压力大到不能呼吸。她更没想到，两小时前发生的事故一下子就被探班的粉丝发布到了微博上，“宋颜真人秀现场意外受伤”也成为最热的话题，一下子盖过了她代言的化妆品让人过敏的丑闻。

视频记录了宋颜为保护刘枫摔倒的瞬间，网友们纷纷羡慕地表示宋颜和刘枫的爱情真是“你若不离不弃，我必生死相依”，大叹宋颜真是“中国好女友”。此外，叶蓁蓁敲击刘枫的画面也被截图甚至做成了动态图片，她的脑袋被人加上了恶魔的角，还有人过分地在她头上加上一坨屎。愤怒的网友们恶狠狠地谩骂她，甚至还有人发起了人肉，叶蓁蓁的手机号码很快被他们人肉搜索出来，于是，铺天盖地的短信和电话一下子袭来，叶蓁蓁拿着滚烫的手机简直欲哭无泪。无奈与恐惧充斥她的全身，却没想到一只手抢过了她的手机，把手机关机后丢到了一边。

“不想接电话就关机，连这个都不会吗？”欧浔皱眉问。

“对不起。”叶蓁蓁低着头。

叶蓁蓁看起来就好像枯萎的花朵，因为她真的没想到，自己会惹了一个那么大的麻烦。欧浔从后视镜里看着她，淡漠地说：“你确实应该道歉，不过不是因为砸了那女人，而是因为拒绝了我。叶蓁蓁，你是不是很得意？”

叶蓁蓁愣住了，“什么啊……”

“拒绝了那么优秀的我，你是不是很得意？”

欧浔从后视镜里观察叶蓁蓁的表情，发现她没有他想象中被戳中心思后的心虚，而是带了一丝茫然和手足无措。叶蓁蓁其实也不明白她到底是什么想法，无奈地说：“都什么时候了，你还想这个……你不说希望我当成什么事情都没发生嘛，我可以做到。”

“叶蓁蓁，我考虑了一下，我允许你不接受。”

“呵呵，谢谢啊。”叶蓁蓁微微抽搐了一下嘴角。

“不用客气。”欧浔面无表情地说，“我只是提醒你，从现在，不，是从你拒绝我的那刻起，我不会保护你、照顾你，也不会对你大献殷勤，我们的关系如你所愿，只是工作关系。”

“嗯，当然。”

叶蓁蓁看着欧浔冷峻的侧颜，心里好像缺了一块，突然有点不舒服，只能木木地点头。欧浔看着她鼓起的小脸，突然笑了起来，“哈哈，你这是什么表情，你失望了吧，难过了吧。啧啧啧，你看你的小脸蛋都皱成一团了，我放弃你你会难过你直说啊，爱说谎的丫头！你现在是不是想求我重新追你啊，你求我说不定我会考虑一下，快来求我啊，哈哈……”

欧浔好像邪恶的魔王一样哈哈大笑了起来，还捏了一把叶蓁蓁的脸蛋，气得叶蓁蓁反手给了他一巴掌。欧浔用力抓住叶蓁蓁的手腕，语气认真了起来，“刚才都是开玩笑的。我考虑了很久，被你拒绝后还追求的话确实很没有自尊心，不过自尊心和喜欢的女人比起来简直不值一提。你可以不答应我，但是我会继续单恋你，你千万不要有压力哦。”

欧浔说着，用力拍拍叶蓁蓁的肩膀，叶蓁蓁觉得自己就要散架了！她没想到事情到后来还是回了原点，可是听到欧浔魔性的笑声时，不知道为什么突然有点安心的感觉，一股莫名其妙的甜蜜也涌上了心头。欧浔目不转睛地看着前方，掩饰他的紧张，“所以说，我们现在的关系不光是工作伙伴……至少算是朋友，对吗？”

朋友……可以放心地信任，交付最脆弱的后背，伤心的时候可以互相拥抱的朋友吗？

“对。”叶蓁蓁下意识地说。

叶蓁蓁的答案让欧浔整个人都容光焕发了起来，他伸出手摸摸叶蓁蓁的头发，得意地想，先故意冷冷她，然后给她惊喜的战术实在是太棒了，看来他占据叶蓁蓁的心也只是时间问题罢了。她对他一定也有感觉，不然为什么他故意冷漠的时候她看起来也有点不对劲。

而他居然都无法按照原计划，冷的时间再久一点……

叶蓁蓁，这就是陷入爱河的感觉吗？我好像比我以为的，还要喜欢你一点。

欧浔想着，再看着坐在他身边好像什么事情都没有发生的叶蓁蓁，只觉得越看越不顺眼。为了让叶蓁蓁的心情不要那么好，他挑眉，“叶蓁蓁，说完私事该说公事了。你觉得宋颜今天为什么会跌下去？”

“为了救刘枫，当时的地也很滑……你问这个做什么？”

“好，这确实是不错的理由。可是节目组把防护装置做得很到位，她怎么会伤到了脚踝？”

“因为落地的时候角度正好凑巧之类的吧。你是什么意思，难道你觉得她是故意的吗？有谁会故意伤害自己啊！”

眼见叶蓁蓁瞬间炸毛，欧浔拿出了手机，“打了电话就知道了。”

欧浔说着，拨通了季琼的号码，然后按了免提。季琼显然没想到欧浔会主动找她，声音带了一丝笑意，“欧浔，真是稀客啊。说吧，你找我有什么事情？”

欧浔也没客套，开门见山，“你们做了宋颜那边的公关了，怎么也不事先打个招呼？”

“宋颜代言的产品都是报社的大客户，我们当然要保护宋颜的形象。说起来，我没有揭穿你在她手镯里放的监控器已经是给你送上一份大礼了，难道这样还不够吗？”

“大家各做各的，互不干涉本来就是这一行的规矩，我看到你调查刘枫出道以前的资料，也没有告诉我的客户。现在，我们再交换一下情报怎么样？”

“那要看看你的情报是不是有价值了。”季琼谨慎地说。

“好，我的情报就是宋颜怀孕了，我们即将揭露这个真相。怀孕了却义无反顾地和刘枫分手，你觉得这会是什么原因？再加上她和富商的照片，哈哈，所有人都会想她最清楚肚子里的孩子是谁的了吧。你要怎么处理呢，季琼？”

电话那头迅速传来了一声咒骂，然后是久久的沉默，时间不知道过了多久，季琼才疲惫地问：“你是怎么知道的？”

“她装作受伤去医院的时候做了例行检查，我找了个熟人顺便检验了一下她的血液，果然有了很惊喜的发现。现在轮到我了，告诉我，宋颜准备什么时候对刘枫发难？”

“明天的发布会。”季琼终于说。

“好，谢谢你的配合。”

欧浔说着就要挂断电话，可是季琼阻止了他，“公事说完了，也该稍微说点私事了吧。听说，你不让你的小助理回报社？”

欧浔看了叶蓁蓁一眼，叶蓁蓁莫名尴尬了起来。欧浔冷哼一声，“是啊，有什么问题吗？”

季琼的声音是那么温柔，“叶蓁蓁是个好姑娘。她的性格活泼开朗又阳光，和我们是不一样的人……她真的不太适合你做的那一行，你不让她回来是害了她。”

“听起来你确实很关心我的小助理嘛……不过答案还是不。”

季琼没有任何惊讶，依旧带着笑意，“欧浔，你有时候也要考虑一下别人的想法——报社的程诺对叶蓁蓁还是很有感情的，你这样不是拆散两个小年轻吗？”

“很巧，我也喜欢叶蓁蓁，所以，不！再见。”

欧浔说着就挂断了电话，叶蓁蓁心中已经起了惊涛骇浪。她没想到，她和程诺曾经的恋情居然被季琼这个精明的女人知道了，更没想到，欧浔居然会告诉季琼他喜欢她。

没有地下恋情，没有遮遮掩掩，那么炽热地表达他的感情。

欧浔……

叶蓁蓁白了欧浔一眼，但是心中也涌现出了异样的酸甜，就好像吃了酸酸甜甜的水果糖。欧浔嘿嘿笑了起来，孤傲地说：“叶蓁蓁，你感动的话，可以表现得明显一点。被我这样的男人喜欢，真是你这辈子最大的成就啊。”

“欧浔。”叶蓁蓁异常温柔地叫他的名字。

“嗯？”

“你想死，对吗？”

叶蓁蓁开始活动关节，欧浔非常上道地瞬间闭嘴。他暗想，他怎么会喜欢这么暴力的女人，在心里为自己默哀5分钟后，终于换了话题，“准备好，明天有一场硬仗要打。你有什么问题，现在可以问我。”

叶蓁蓁有太多的问题。她并不理解为什么站在敌对阵营的欧浔和季琼会互通消息，更无法接受宋颜居然怀孕了——怪不得她看到咖啡会恶心！她担心地问：“宋颜现在怎么样，不会流产吧？”

欧浔没想到叶蓁蓁最关心的居然是敌人的身体，在心里轻轻一叹——就算看起来再彪悍，她到底是一个小丫头啊。他看着叶蓁蓁一副担惊受怕的样子，不忍心吓唬她，到底说了实话，“刚才我打电话问过医院，护士说她有些先兆性流产，但是问题不大。她算计你的时候可没有想到自己会怀孕，你实在没必要为她操心。”

“话是这么说没错……可孩子总是无辜的，孩子没事就好。”叶蓁蓁松了一口气，“宋颜知道自己怀孕了，还要陷害刘枫吗？会不会觉得和平分手也不错？”

欧浔意味深长地说：“我的看法和你截然不同。正是因为知道自己怀孕了，所以更要抓紧时间解决这件事，才好以正面的形象嫁入豪门啊。我想明天的发布会上很可能有事情发生，我已经通知了海伦，他们会严格把控每一个进场的人员，绝对不让可疑的女人出现。如果到时候那人还是出现，我会在现场制造混乱转移宾客的注意力，绝对不会让他们‘心想事成’。”

叶蓁蓁点头，担心地问：“现在刘枫知道这个消息了吗？”

“还不知道。海伦担心他会有不理智的行为，一切都交给我们处理。有可能的话，不要让他和对方见面。”

“这样啊。”叶蓁蓁看着窗外，心情突然沉重了起来。

3

第二天，叶蓁蓁一大早就起床，神情凝重地化妆打扮，为发布会做充分的准备。当她换上礼服和欧浔一起到了现场时，发现场内的保安果然都是一副如临大敌的样子，安检的程序也是前所未有的严格。

进入现场的嘉宾除了必须出示印有本人头像的请柬，还得由工作人员仔细识别指纹才能入内，媒体的入场方式更复杂，要在出示请柬的同时出示工作证明。叶蓁蓁和欧浔各自凭借请柬入场，她一进去就紧张地看着四周，总觉得每个人都可能随时跳起来反水。她如临大敌的样子让欧浔在心中暗笑，他轻轻抚摸她的长发和后背，在她耳边说：“放松点，别摆出一副要去战斗的样子。要知道，我们是来参加发布会的特邀嘉宾，你是我的女伴。”

虽然欧浔的本意是让她放松，但是和他的肢体接触怎么可能让她松懈下来！叶蓁蓁继续一脸苦大仇深状，欧浔则玩着她的发丝，突然问：“你用什么牌子的洗发水？”

大哥，现在聊这个真的适合吗？

“契尔氏，怎么了？”叶蓁蓁在心里狂骂，嘴上还是回答。

“有椰子的味道，很好闻。”

看着欧浔一脸陶醉的样子，叶蓁蓁心里有了一个不太确定的想法，头发、内衣，还有时不时出现在她面前……难道欧浔他是……这个人渣！

就在叶蓁蓁控制不住脑中幻想，用惊恐的眼神看着欧浔的时候，刘枫已经在掌声中步入了现场。今天是他代言腕表的发布会，他会在现场和媒体、粉丝们进行互动，结束这场商业活动后，他就要赶赴戛纳，踏上他人生的新高度。由于腕表定位于低调奢华，刘枫今天的装扮也非常低调内敛，烟灰的颜色让他的气质越发优雅。台下女粉丝的尖叫声简直可以掀翻屋顶，主持人好不容易才控制了现场的气氛，和刘枫寒暄几句后问："刘枫，这是你近期在国内最后一次代言活动，下周就要去戛纳了，我们在这里预祝你成功！你有没有信心拿下最佳男主角的桂冠呢？"

面对主持人那么直接的提问，刘枫彬彬有礼地说："我当然希望可以取得好成绩，但是竞争对手都是国际上非常优秀的前辈们，这次能入围已经是对我的肯定。"

主持人呵呵一笑，挥手带动气氛，"刘枫还是那么谦虚，粉丝们喜不喜欢？"

"喜欢！"所有人都在高呼。

主持人眼睛一眨，调侃地说："可惜你们注定要失恋了，刘枫从戛纳回来就要和宋颜小姐订婚了，真是想想就让人心碎。刘枫，前几天宋颜小姐受了伤，大家都很关心她现在的状况，能和我们说说吗？"

刘枫很好地掩饰了不快，用温柔的语气说："谢谢大家的关心，宋颜现在没有什么大碍，过两周就可以出院了。"

"宋颜小姐当时是为了保护你受伤的，大家都觉得她简直是中国好女友的代表人物！刘枫你是怎么看这件事的？"

欧浔和叶蓁蓁互视一眼，在彼此脸上发现了警觉。

今天是腕表的发布会，主办方肯定会尽量往腕表的方向引导话题，就算是活跃气氛也不可能明确地说出"宋颜为了保护刘枫才受伤"这样定性的话，更别提所有话题都围绕刘枫和宋颜的关系在打转。这时，现场在主持人的煽动下再次热烈了起来，大家都等着刘枫的深情告白，刘枫也实在避无可避，他的眉头用最轻微的弧度皱起，低沉地说："发生意外后，节目组在第一时间处理了宋颜的伤情，宋颜现在正在休息调养中，身体好了会重新恢复工作和大家见面。今天的主题是腕表，我想我不能对不起代言费，希望大家都把注意力集中在我的手腕上，好吗？"

刘枫打着太极又把话题回归到腕表上，这时一直注视门外的叶蓁蓁身体逐渐绷紧，因为她看到了两个熟悉的身影正朝她走来。她紧张不安地看着季琼和程诺的身影越来越近，浑身竖起了防备的尖刺。欧浔拍拍她的后背让她放松下来。季琼看着欧浔的手掌，眼睛微微眯起，笑着说："欧浔，又见面了。"

"是啊，虽然不想看到，可是又见面了。"

叶蓁蓁心里为欧浔的口无遮拦捏了一把汗，以为季琼会生气，可是季琼习以为常地说："呵呵，你还是那么心直口快。欧浔，你到现在从来没有输过，但是今天你一定会输。"

"我以前的对手也曾这样说过，最后他们没有一个敢再在我的面前出现。准备好臣服吧，季小姐。"

欧浔嚣张地和季琼对视，叶蓁蓁觉得空气中的火药味越来越浓。为了表明自己也是有战斗力的，她不甘示弱地瞪着程诺，可是程诺看着叶蓁蓁那凶神恶煞的眼神，居然低着头轻轻微笑了一下。他用柔和宠溺的目光看着她，正如他们热恋时她请教他题目时一样，让叶蓁蓁下意识地避开了眼光，而欧浔气极反笑。

这小子居然在他的面前这样看叶蓁蓁？他找死吗？

欧浔走上前，挡住了程诺的目光，把叶蓁蓁护在了身后，眼神中满是警告。他以为程诺会黯然神伤或者知难而退，可是他居然对他淡淡一笑。欧浔皱起眉看着程诺，总觉得他好像在一夜之间变化很大，警觉地看着程诺从他的身边走到了记者专席的位子上。这时，一个记者模样的人站了起来，"刘枫你好，我是《现代快报》的记者张磊。你和宋颜小姐的恋情一向是大众的楷模，但是宋颜还在医院里住着，你却来参加发布会会不会有点不够贴心？还是说，你和传闻中一样，其实……另有所爱？有人很想见你，你想见见他吗？"

张磊的话引起了骚动，欧浔看着不远处那个清瘦男人的身影，苦笑了起来。他知道，自己这一次居然在阴沟里翻了船——所有的信息都是错误的，刘枫和海伦欺骗了他！根本没有什么薛宁小姐，也没有什么孩子，对女嘉宾加大审查力度也没有任何必要，因为刘枫的恋人是一个男人！

欧浔深深吸了一口气，强迫自己冷静下来。他准备进行第二套预案，却没想到在人群中看到了一个在梦境里出现了无数次的身影。他呆站在原地，只觉得呼吸顿时停滞了，浑身的血液好像在瞬间变成了冰碴儿，刺穿了他的心肺，直到身体变得鲜血淋漓。

"欧浔，我先走，我一定会找人救你。"

“欧浔，欧浔……”

记忆中的那个少年无力地躺在汽车里，是那么渴求那个人能出现在他的视野，可是她始终没有出现。他身边的女孩因为失血过多陷入了昏迷，他想给她一点温暖，但是触手可及的只是温热的血。

那鲜艳夺目的红色，占据了他所有生命的红色……

“杜希羽。”他终于叫出了那个名字。

“欧浔，我们现在怎么办，欧浔？”

叶蓁蓁紧张地看着欧浔，等待他的命令，却发现欧浔的脸色苍白到可怕。欧浔木然地看着一个方向，然后好像突然从噩梦中醒来一样，飞快朝着门口的方向冲了过去，消失在人群里不见了踪影。叶蓁蓁都要急疯了，朝着控制台飞快跑去，这时那个清秀的男人说：“我作证，刘枫和我哥薛宁在谈恋爱，我还有他们亲热的照片！”

他的声音本应该引起惊天动地的效果，但是全场突然断电让话筒失效，他的话也被淹没在尖叫声里。他没想到事情会有这样的变化，突然觉得脖子一凉，一个声音也在他身后响起，“如果你敢再说一个字，我就割断你的脖子，你信不信？”

那个声音是女人的声音，清脆中带着一丝娇媚。如果在平时，有个女人出现在他的身后，他会激动到浑身颤抖，但是现在只会让他毛骨悚然，他试探地说：“美女……”

他的膝盖被叶蓁蓁狠狠踹了一脚，在他尖叫前，叶蓁蓁飞速捂住了他的嘴巴。叶蓁蓁凑近他，在他耳边说：“现在，跟我出去，不然我保证你会在这里度过你生命中最后一分钟。”

一片混乱中，叶蓁蓁从容地带着他离开，接下来的事情她相信海伦可以处理好。叶蓁蓁把他带到了车子里，单手捏碎了可乐瓶子后淡淡地说：“你可以现在就回答我的问题，或者被我揍一顿后回答，我很民主的，随便你选。”

男人没有说话，目光躲闪着不敢看叶蓁蓁。叶蓁蓁放缓了语气，“其实我们大家都是收钱办事，根本没有必要弄到以死相拼的地步，对不对？他们让你去破坏刘枫的发布会，我要做的就是阻止你，除此之外，我们根本无仇无怨，何必弄得和仇人一样？宋颜她给了你多少钱，我可以双倍给你。”

“你说什么，我听不懂。”

男人的目光左躲右闪，不敢和叶蓁蓁对视，叶蓁蓁从他的表情里知道她说中了。她先是松了一口气，然后厉声说："你要钱也得有命拿才可以！不怕告诉你，刘枫早就知道你今天会来，他派了两拨人来堵你！我是心慈手软的那个，还有个泰拳高手可不像我这么好说话！告诉我，你们的计划是什么？"

"我说了，你就放了我吗？"男人思考了很久，犹豫地问。

"当然。"

男人看着叶蓁蓁年轻却不容置疑的脸庞，终于开口，"我叫顾七，是一个保安，我表哥薛宁可是艺术系毕业的高才生。我们家里条件都不好，上学很不容易……"

"说重点！"叶蓁蓁不耐烦地打断了顾七的忆苦思甜。

顾七心有不满地悄悄白了叶蓁蓁一眼，"我发现薛宁和刘枫在恋爱，后来他们分手了，再后来刘枫红了。有人找到我，要了他们以前的照片，还让我出面来作证……我也不想的，可是他们给我100万，我一辈子也赚不到那么多钱啊！"

叶蓁蓁冷笑，"你是赚到了100万，可是你把你哥暴露在公众面前，全世界都会知道他是个同性恋！他会被人指指点点，你想过他的感受吗？到时候你揭穿他的事情被你爸妈知道了，他们一定会揍死你。为了100万，你下半辈子就别想回家了！"

"没这么严重吧……"顾七显然被吓到了。

"宋颜他们找过你哥没有？"

"找过啊，后来被我哥骂走了，然后他们才来找我。他们保证等事情结束后就把我送到别的城市避避风头，我哥不会弄死我的。"

在他说话期间，叶蓁蓁一直在拨打欧浔的手机，但是始终没有接通。叶蓁蓁怒气冲冲地把手机一摔，简直不想和这个人说下去了，"你哥不会弄死你，但你可能会害死他！他知道你会去刘枫这里闹事吗？"

"应该不知道吧，不然早就来找我了。他一直想去西藏，我特意帮他买了去西藏的火车票，他现在应该在火车上……"

顾七说了一半就不再说下去，脸上终于露出紧张的神色来。叶蓁蓁冷笑，"是啊，一个游手好闲的弟弟突然给他票让他去西藏，你觉得你哥会比你更笨吗？刘枫的发布会现在应该已经有媒体报道了，再看到你今天穿西装的样子，他用脚指头想都知道你做了什么！你最好赶快打电话，问问他现在在哪里。"

顾七虽然不敢相信，但还是拨打了薛宁的电话，对方久久没有接听。他慌乱地看着叶蓁蓁，看到了叶蓁蓁眸色中的凝重，不可置信地说：“他……不会吧？”

“快把他的地址告诉我！”

顾七立马报出了地址，叶蓁蓁诧异地发现薛宁居然也住在这个城市，而且距离这里不远。她正准备发动车子带着顾七去找薛宁，没想到程诺的车子停在了叶蓁蓁的面前挡住了她的去路。叶蓁蓁眯起了眼睛，而程诺从车上下来，眼中满是压抑的怒气，“叶蓁蓁，你给我下来。”

4

叶蓁蓁坐在车子上一动不动。

她没想到会被程诺抓包，脑中闪过无数个想法，目光也是警惕至极，她的眼神让程诺的心情越发糟糕。他冷笑一声，“叶蓁蓁，你现在连绑架都会了，你跟着那个混蛋都学了些什么！”

叶蓁蓁也知道自己做得不地道，但这不代表她会乖乖听程诺责骂。她根本没有心情在这里纠缠，发动了车子，“让开，我们现在有急事。”

“蓁蓁，在这件事上，我们虽然是不同阵营，但是你该坚持属于媒体人的最后操守。把他交给我，这件事我来处理。”

叶蓁蓁警觉地说：“交给你处理？让你再去伤害刘枫吗？你可真说得出口啊。程诺你让开，不然我就开过去了。”

看着叶蓁蓁陌生又警觉的眼神，程诺的心似被蒙上了沉重的灰尘。他极力控制住情绪，淡淡地说：“告诉我，你们现在要去做什么？”

“去找我哥，我们怕他出事。”

“顾七，不要说！”

叶蓁蓁愤怒地阻止但是已经来不及，只能恶狠狠地敲了一下顾七的脑袋。顾七疼得龇牙咧嘴不敢说话，程诺轻轻叹气，“我和你一起去。”

“程诺，你到底想做什么？”叶蓁蓁疑惑地问。

“我们有着同样的目的，就是不要让事态扩大到无法挽回的地步。不管我们现在是什么身份……我总归是你的师兄，我不会害你。”

程诺说着，就坐上了叶蓁蓁的车子。叶蓁蓁愣了一下后，发现现在已经没时间在这个问题上纠缠，当机立断地踩下了油门，带上了程诺这个拖油瓶。她的车子开得飞快，一路上一直没有开口，小脸鼓鼓的，一看就是在生气。程诺看着她的侧颜，突然微笑着说："河豚。"

"什么啊。"叶蓁蓁一听就不是什么好话，白了程诺一眼。

"我说你气鼓鼓的样子很像河豚。"

程诺在江边长大，小时候最喜欢的就是戳着河豚，然后看着它变大，再看着面前的叶蓁蓁，忍不住笑了起来。他轻声说："我回国以后，去了一次以前的学校，学校和以前比很不一样了。当初那个酸菜鱼的馆子不知道搬到什么地方了，改成了一个小宾馆……"

"哦，比起吃酸菜鱼来，学生更喜欢开房。"叶蓁蓁接了下去。

程诺顿时不知道该怎么回答，顾七忍不住偷偷笑了起来，在看到程诺脸色的瞬间，又装作什么事情都没发生的样子看着窗外。程诺轻轻叹气，"蓁蓁，你还在生我的气？"

当然，我连看都不想看到你！叶蓁蓁愤怒地想着。

"我知道，说多少抱歉已经没有用了……但是至少能从这件事开始。"

他想干什么？叶蓁蓁的目光终于放到了程诺的身上。

"我想，我们可以共赢。"

在他说话期间，薛宁家已经到了，叶蓁蓁等人急忙冲了上去。顾七抖抖索索地拿钥匙开门，没想到一进去就看到了薛宁往窗台走的样子，冷汗一下子就流了下来。他急忙冲了上去，这时薛宁正好回过头来看着他。

在看清楚薛宁容貌的瞬间，叶蓁蓁突然理解刘枫为什么那么多年还把他放在心里。薛宁的五官并不算十分抢眼，但是组合在一起非常清秀舒服，浑身更是散发出一种温柔又忧郁的气质。他站在窗边，在逆光中对着顾七微微一笑，"顾七，我说过我不会伤害他，如果我会给他带来麻烦，我情愿死。你为什么要去害他？"

"哥，我什么都没说，我真的什么都没说！你不要做傻事！"

顾七看到薛宁一副生无可恋的样子，真的害怕了，第一次觉得他收下的钱那么烫手。薛宁轻声地说："小七，我不是傻瓜。你突然多了那么多钱，还想把我支走，前段时间还借走了我的电脑……我很累，我真的很累。我不想成为任何人的拖累，如果有来世，希望刘枫不要见到我吧……"

薛宁边说边朝阳台走去，叶蓁蓁也在瞬间下了决心。她对程诺使了个眼色，程诺在第一时间离开了房间，而叶蓁蓁轻柔开口，"薛宁你好，我是刘枫公司的职员，我的名字是叶蓁蓁，你也可以叫我小叶。刘枫他遇到了大麻烦，需要你的帮助，你能帮帮他吗？”

“他怎么可能需要我的帮助，我的存在只会让他蒙羞。”薛宁苦笑，“小叶，谢谢你来看我，但是真的没有必要。我很清楚我会给他带来什么样的灾难……我不想这样，我真的很爱他。”

叶蓁蓁还是第一次遇到有人要在她面前自杀的状况，脑子已经混乱成一团，她清楚地知道如果处理不好的话，可能一条生命就这样消失了，可是她到底该怎么做？如果欧浔在这里，如果欧浔在……

“薛宁，说实话，你自杀不自杀和我都没有任何关系，但是我既然要完成刘枫的委托就必须对他负责。刘枫现在处于事业的关键期，多少人希望他可以跌下来，连他的未婚妻都算计他，希望他身败名裂。让顾七去发布会上引起大家的关注，这只是第一步，如果你现在死了，警察说不定还会怀疑是刘枫谋杀。你如果稍微为他着想一点的话，就不要那么怯懦，在他需要你的时候站出来。告诉我，你是个男人。”

叶蓁蓁说着，眼睛一眨不眨地看着薛宁的表情，她知道自己赌对了，因为，薛宁轻声问：“他……需要我？”

“当然。其实，他给我们的任务不光是拯救他的形象，还有要找到你的下落……我不知道你们发生了什么，但是他肯定有话想对你说。你不想知道，他想对你说什么吗？”

叶蓁蓁一步步诱导薛宁放弃自杀的念头，薛宁的眼神中也出现了一丝犹豫。这时，顾七大声说：“是啊，哥，你可不能死！刘枫现在那么有钱，你凭什么在他这么风光的时候死啊，那你多亏啊！哥，你千万别做傻事啊！”

如果可以的话，叶蓁蓁已经一脚踹了上去，但她根本来不及阻止，薛宁原来犹豫的眼神又变得坚定了起来。他苦涩地对叶蓁蓁一笑，接着往阳台走去，闭上了眼睛……他以为会迎来解脱的疼痛，没想到叶蓁蓁用力抓住了他的手腕，艰难地说：“不要死，求求你不要死……你自己痛快了，你想过刘枫的感受吗？他会一辈子活在内疚里。不要死……”

叶蓁蓁觉得她的手腕就要断了，但是又不能放开薛宁的手！她用尽了力气把薛宁一点点往上拉，但是薛宁根本不配合，他的目光是那么悲凉，“叶小姐，对不起。”

他猛地挣脱了叶蓁蓁的手掌，在叶蓁蓁眼前就好像断了线的风筝一样掉了下去。叶蓁蓁觉得心跳好像在瞬间停滞了，眼睁睁看着薛宁从她的眼前消失。她冲到了阳台前，看到楼下的消防气垫时，终于泪流满面。

程诺，谢谢。叶蓁蓁在心里说。

叶蓁蓁把薛宁送到医院后通知了刘枫，接下来的事情就不是她该插手管的了。她心事重重地走出了医院，看着湛蓝的天空和天空上的朵朵白云，觉得疲惫到了极点。她想开车回家，程诺一把抓过了她手中的车钥匙。在叶蓁蓁发火前，程诺淡淡地说："你现在的状态不适合开车。还没吃东西吧，和我一起吃点。"

"我不吃……"

"四川火锅好吗？"

程诺自顾自帮叶蓁蓁下了决定，叶蓁蓁想起火锅香辣的气味忍不住咽了下口水。她心想，凭什么和程诺一起去吃火锅啊！程诺下句话顿时让她下定了决心，"新开的香满楼火锅店怎么样，我认识老板，不用等位。"

……

程诺一下子就戳中了叶蓁蓁的软肋，她的脚简直像不听使唤一样跟着他到了香满楼。叶蓁蓁看到程诺和服务员说了些什么，就带着她进去，一直走进一个清幽的包间里，冰凉的空调把他们和外面那个喧闹的世界一分为二。叶蓁蓁看着包间四周的绿色植物，疑惑地说："我没听说这里有包间啊。"

"这里一般都是招待贵宾才使用。"程诺淡淡地解释，"想吃点什么？"

"你的意思是你是贵宾啰，师兄？"

叶蓁蓁故意叫他师兄来恶心他，程诺的脸色果然有了细微的变化，他清亮的眼神看着叶蓁蓁，"蓁蓁，我还是当年的我。"

"当年的你根本吃不起这样的馆子，但是我就是愿意跟着你。可现在不一样了。"叶蓁蓁下意识地说。

她的话让自己的心狠狠跳了一下，而程诺也没有开口。服务员进来送上了老板为他们准备的招牌菜，火辣的味道充斥着整个房间，叶蓁蓁却突然没有了吃的兴致。她暗想，她真是有够矫情的，和谁过不去都别和自己的胃过不去，拿起筷子就去夹火锅里的丸子，然后被烫得话都说不出来。程诺忍不住笑了一声，把叶蓁蓁爱吃的丸子都夹到了自己碗里。叶蓁蓁对他怒目而视，却看到他轻柔地把丸子吹凉后都放到了她的面前，还笑着说："别心急，慢慢吃。"

叶蓁蓁觉得自己的心被狠狠撞了一下。

还记得他们第一次约会的时候，叶蓁蓁为了迎合程诺的喜好，穿了纯洁到不能更纯洁的白裙，却脑子一抽选择去吃火锅。她被丸子烫得龇牙咧嘴又不敢吐出来，强忍着维持着在程诺面前的形象，当时的程诺也是轻轻一叹后，干脆帮她把丸子吹凉。叶蓁蓁没想到男神居然会那么温柔，红着脸看着他，脑子一短路说："我的嘴巴也很烫。"

叶蓁蓁想起当年那个羞涩又大胆的女孩子，只觉得好像是在看别人的电影，不知道该觉得好笑还是该心酸。她不愿意再陷入尴尬的回忆里，拿出手机第无数次给欧浔打电话，这次欧浔终于接听了。叶蓁蓁只觉得热血一下子就涌到了头顶，劈头盖脸地骂他，"欧浔你到哪里去了，你知道你丢了多大的烂摊子给我们吗？要不是我反应快，刘枫他就上了热搜榜了，你到底干什么去了？"

欧浔没有发脾气，淡淡地说："突然有点事……你处理得很好，我给你加工资。后续的事情你不用处理了，我和海伦已经商量好了下一步的计划。"

"我也不打算处理了！你自己搞定吧！"

叶蓁蓁愤怒地挂断了电话，虽然明知道欧浔不可能对她道歉，还是忍不住一直瞄着手机，刚才有些伤感的气氛也荡然无存。程诺的眉头轻轻皱起，低沉地说："蓁蓁，你说我变了……如果我说我一直没有变，你信吗？"

"你自己信吗？对了，还没有恭喜你做上副主编的位子。"

叶蓁蓁看着他身上合体的西服、价值不菲的手表和他浑身上下洋溢的精英气息，嘲讽地勾了勾嘴角。这时，一个穿着牛仔裤的女孩走了进来，叶蓁蓁看着她，疑惑地想她是不是走错包间了。她看着叶蓁蓁，压低了声音，"你好，请问你是叶蓁蓁吗？"

"我是，有什么事吗？"叶蓁蓁下意识地问。

"婊子，你去死！"

女孩突然从背后掏出一瓶液体朝叶蓁蓁泼了过去，叶蓁蓁瞪大了眼睛，她的身体想做出反应，但是一个身体抢先一步挡在了她的面前，液体统统喷洒到程诺的身上。叶蓁蓁诧异地看着程诺，终于尖叫了起来，"程诺，你没事吧，程诺！"

"我没事。"程诺摸着她的头，笑容是那么温柔。

5

叶蓁蓁把程诺送进医院，当医生说程诺只是受了轻微灼伤并没有大碍的时候，叶蓁蓁才长长松了一口气。她忍不住想，如果这盐酸泼到她脸上会造成多么惨烈的后果，再看着程诺平静的样子越发内疚。在送走了做笔录的警察后，叶蓁蓁低着头谋算这笔账到底要怎么算，突然听到程诺叫她，“蓁蓁。”

“啊？”叶蓁蓁急忙抬起头。

“我叫了你几遍，你是吓到了吗？”

看着程诺苍白的脸色，叶蓁蓁忍不住苦笑——都这个时候了，他还关心她有没有吓到吗？她放柔了语气，“不好意思，我刚才走神了。医生建议你今天住一晚上观察，你看你是听医生的还是回去休息？”

“回去。”程诺最讨厌医院，果断做了这个决定。

“好，我送你。”

内疚的叶蓁蓁是那么好说话，主动要送程诺回家，程诺当然不会拒绝。他坐在叶蓁蓁车子的副驾驶上，看着叶蓁蓁在夜色里有些不真切的侧颜，突然有一种他们还在一起的错觉。他闭上眼睛，回忆好像潮水一样在脑中涌现，当他再次睁开眼眸的时候，眼中已经满是霜色。手臂上的疼痛远远比不上心痛，他看着近在咫尺的叶蓁蓁，觉得他们之间的距离似乎隔着一光年。

如果，如果他再不上前一步的话……他会不会彻底失去了她？

“程诺，到了。程……”

叶蓁蓁把车开到了报社的宿舍楼下，没想到程诺突然抱住了她。少年与成熟男人掺杂的清冽气息是那样熟悉又是那样温暖，叶蓁蓁的身体先是好像石头一样僵硬，然后慢慢松软了下来，她到底不忍心用力去推程诺，“程诺，你该下车了。”

“蓁蓁，我知道你现在还不能接受我……没有关系，我可以等，只要你给我一个机会。”

“我……”

叶蓁蓁真的不知道她最近到底招惹了什么烂桃花，欧浔和程诺居然都对她表白了，而且一个比一个难缠。她没有回答，程诺控制住了他的失望，温柔地说："明天中午一起吃饭怎么样？"

"我明天有很重要的事情做……"

"我明白。只要你不拒绝我，给我一个机会就好。"

看着程诺温柔的面容，叶蓁蓁到底说不出拒绝的话，程诺也知道不能逼她太紧，只是对她笑笑就下车了。叶蓁蓁心事重重地重新发动了车子，没开多久就看到不远处有个老人倒在地上。她的心情一下子就紧张了起来，迅速下车扶起了这个虚弱的老人。老人抓住了叶蓁蓁的衣袖，叶蓁蓁温柔地说："不用谢，我叫红领巾。"

老人一边对她微笑，一边大声叫了起来，"救命啊，她撞了我啊！"

叶蓁蓁没想到她会和新闻人物一样倒霉，但是事态还是朝她最不希望的方向发展。老人死活不让叶蓁蓁离开，他的儿女也不知道为什么"恰好"经过，很快就把叶蓁蓁包围了起来。围观的群众有的认为叶蓁蓁倒霉被缠上了，但更多的觉得她想肇事逃逸，他们的七嘴八舌让叶蓁蓁的脑袋都要炸了。

"你撞了人要跑，你这个姑娘杀千刀！"

老人躺在她的车前不让她离开，她的儿女们也跃跃欲试要去揍叶蓁蓁。叶蓁蓁拿了手机报了警，在等待警察期间，有人惊讶地说："我刚才好像看到是她撞了人……"

叶蓁蓁的目光顿时犀利地扫向了人群，看到了藏在人群中的赵云佳。她先是疑惑怎么会在这里遇到她，转念想起程诺就在这附近住，忍不住自嘲地笑了起来。赵云佳最讨厌的就是她这副居高临下的态度，下定了决心，"我刚才看到你撞人了。如果不是你撞的，你为什么要扶？"

是啊，多厉害的逻辑。叶蓁蓁犀利地看着赵云佳，赵云佳不敢想象当初那个活泼爱笑的女孩子怎么会有那么冷漠的眼神，她情不自禁地后退一步，"我只是说出我看到的，你干吗吓唬我……"

"是啊，姑娘你可不能吓唬人啊！现在像这个姑娘一样，勇敢站出来的人可不多了！"

"你敢撞我妈，我和你拼了！"

这时，一只蒲扇般的大手朝叶蓁蓁的面颊猛抽了过来。赵云佳的唇角露出了一个淡淡的微笑，但是她的笑容很快就凝固了。叶蓁蓁单手抓住了那个男人的手掌，用力一拧，男人痛得尖叫起来。叶蓁蓁微笑地看着大家，"你们确定要和我打？"

叶蓁蓁的嚣张引起了众怒，老人的儿女们都冲向了叶蓁蓁，有的想拉她的头发，有的直接踹她的小腹。赵云佳在旁边看着也觉得心痒，到底没忍住加入了他们的行列，然后惊讶地发现自己失策了。

她原以为就算叶蓁蓁是武术高手也不可能同时和5个人打架，却没想到她猜中了开头没猜中结局。叶蓁蓁确实没有办法打赢那么多人，所以她大部分精力都在保护自己的关键部位上，但她的手也没闲着，对赵云佳开火！赵云佳的头发被揪下了一把，脸颊被刮伤了，火辣辣地疼……她急忙去了叶蓁蓁的后方，可是叶蓁蓁还是瞄准她下手！到后来，赵云佳几乎崩溃了，“你为什么就打我一个人？”

叶蓁蓁没有说话——说话的瞬间她就可能被揍几拳，傻子才和赵云佳说话！她一声不响地对准了赵云佳。在警察赶到的时候，赵云佳已经惨不忍睹了，她白净的小脸上彻底开起了颜料铺子，看到警察的瞬间就好像看到了亲人一样，“警察哥哥，她打我，呜呜呜，她打我，你把她关起来！”

“你们这是……咦，怎么是你？”

交警队的小李没想到居然会遇到叶蓁蓁，只觉得头皮有点发麻，他公事公办地问：“是谁报的警，发生什么事了？”

“是我报的警，他们诬陷我撞了他。”叶蓁蓁整理一下头发，平静地说。

“那斗殴是怎么回事？”

“是他们先动手的，而且是5个人打我一个，不信你可以问问围观群众。”

小李向围观群众求证，发现果然是他们先动的手，再看着他们狼狈的样子，忍不住抽了抽嘴角——这丫头可是够狠的！赵云佳用仇恨的目光看着叶蓁蓁，看到叶蓁蓁又对她挥了挥拳头，顿时尖叫道：“警察，她还想打我，把她抓走啊！”

“警察哥哥，她冤枉我，你可不要信。”叶蓁蓁学着赵云佳的语气说。

小李快被这两个女人烦死了，觉得脑袋越来越疼，他揉揉太阳穴，厉声说：“别吵了，一个个来！这到底怎么回事？”

在老人的儿女争先恐后开口，围观群众作证以及赵云佳时不时地添油加醋一下，小李很快搞明白了事情的始末——叶蓁蓁貌似撞了人，现在陷入了麻烦。他轻轻咳嗽一声，提醒叶蓁蓁，“那你们打算公了还是私了？公了和我回交警队，私了我也给你们做个见证。”

"公了！我要这丫头蹲监狱！"

老人那一方的人气势汹汹地恐吓叶蓁蓁，以为她会跪地求饶或者至少露出慌乱的表情来，可叶蓁蓁依旧是一副气定神闲的样子。她看看手机，不耐烦地说："我如果撞了人，当然要承担法律后果，但如果我是被诬陷，你们是不是也要承担相应的法律后果？"

老人的脸上有了一丝慌乱，忙说："我可没冤枉你，你欺负老人！呜呜呜……"

满头是血的老人在叶蓁蓁面前痛哭，看起来是那么可怜，周围的人也露出义愤填膺的表情来。赵云佳看到不少人在录视频，心知如果这件事被传播到网上，叶蓁蓁一定会成为众矢之的，她的打也不算白挨！她深吸一口气，走到了叶蓁蓁的面前，居然双膝跪了下去，哀求地说："叶蓁蓁，我求求你！就算你不承认撞了人也没有关系，求你把他送到医院去，晚了就可能……这是一条人命，算我求你了！"

赵云佳并不算绝色，她美在气质清纯和亲和力上，所以虽然脑袋肿成了猪头，但下跪哭泣的样子还是带了一丝楚楚动人的风采。大家都被感动了，拼命录视频，顺便也给了"铁石心肠"的叶蓁蓁特写。叶蓁蓁一点都不介意被拍，轻轻一叹，似乎很无奈，"赵云佳，你那么爱演，怎么不去戏剧学院啊。你说你看到我撞了那个人？"

赵云佳总觉得她似乎给自己挖了个坑，但也不好在众目睽睽下反悔，硬着头皮说："是你撞了人还想逃！你怎么这样！"

"那就是你承认你'看见'了——啊，我突然想起来了，我装了行车记录仪。"

叶蓁蓁说着，请小李看了录像回放，小李看着看着，脸色严肃了起来——这明明就是做好事的活雷锋，为什么会被人讹上还被群殴，这个世界简直太没有天理了！老人瞬间不哀号了，尴尬地说不出话，他的子女气得骂他："爸，你为什么要这么做！"

"我，我当时晕了脑子就糊涂了……我好晕啊……"

老人翻个白眼假装晕倒，儿女们顿时找了个借口把他弄走，围观的群众都用同情的眼神看着叶蓁蓁，暗想这个姑娘真是太可怜了。他们刚才对她的指责瞬间变成了歉意的怜悯，看着赵云佳的眼神就更不对了——这姑娘看起来好好的，怎么睁着眼睛说瞎话？赵云佳没想到事情居然会有这样的转折，不顾疼痛去车上看了录像，觉得浑身的血液都凉了。她忘记了掩饰，尖叫着说："你怎么会有行车记录仪？你为什么不在一开始拿出来！"

"我忘了啊。"叶蓁蓁无辜地说。

如果说在一开始，她确实是吵懵了忘记拿出来的话，在听到赵云佳诬赖她的瞬间，她却是根本不想拿出来。她找了一个光明正大的机会，把赵云佳狠狠揍了一顿，也终于出了两年前就想出的那口气。就算赵云佳想追究她的责任，也根本找不到任何借口——是她诬赖在先，而且是她先动手的！

现在，心情真是愉快得不得了呢。

叶蓁蓁一直看着赵云佳，看得她心里发虚。小白花的气场在证据面前成为一场笑话，她知道今天是她输了，而且输得很丢人、很彻底。她想起上大学期间，她曾经一次次在众人面前让叶蓁蓁哑口无言，真不知道她为什么会变成现在这样。

是因为那个男人吗？

赵云佳眼前浮现出欧浔的样貌来，发现就算她是程诺的追随者，也必须承认欧浔有着成熟男人的特有魅力。呵呵，程诺和欧浔，全天下的好男人都被叶蓁蓁吸引了吗？就连那个交警也站在她这一边！

为什么倒霉的人总是她？为什么她还是赢不了叶蓁蓁？

"叶蓁蓁，你知道程诺当初为什么要和你分手吗？"赵云佳突然问。

6

叶蓁蓁的理智告诉她，赵云佳说出来的绝对不可能是好话，而且可能对她造成很大的影响，但她还是停下了脚步。她没有转身，淡淡地问："为什么？"

"叶如梅，你的亲妈，找到了程诺，让他离开你。她告诉他，她给他安排了出国留学的机会，如果他放弃，以后再也没有这个机会，他的父母也会因还不起高利贷被砍手砍脚……你说，你让还没毕业的程诺怎么做？"

"你胡说。"

叶蓁蓁冰冷地回头看着赵云佳，冷漠的眼神让赵云佳的心猛地一颤。她只觉得头皮发麻，还强撑着说："不然你以为程诺为什么非要走？你觉得全世界都欠了你，可是事实根本不是这样！是你负了程诺！你知道他没有钱，在国外过着多么辛苦的日子吗？他放弃了去大城市的机会重新回来，就是想和你一起工作，想多看你几眼，可你都做了什么？叶蓁蓁，程诺才是受害者！”

赵云佳的声嘶力竭在叶蓁蓁的眼中突然变得模糊了起来，她觉得脑子好像被巨锤重锤了一下，她不愿相信赵云佳的话，但是理智告诉她叶如梅真的可能会做这样的事情——既然这样，她为什么不找当事人问个清楚？她转过身，朝程诺家跑了过去，气喘吁吁地敲门。门过了很久才开了一条缝，在程诺开门的瞬间，叶蓁蓁问：“当年……是我妈让你离开我的吗？”

程诺的身上还有沐浴液的清淡香气，听到叶蓁蓁的问题时，脸在瞬间变色，最后转为无奈的叹息。他伸出手，似乎想抚摩叶蓁蓁的发丝，但到底没有摸上去，“蓁蓁，是谁和你胡说的？”

“你就告诉我是不是。”叶蓁蓁执着地问。

程诺淡淡一笑，“是不是……有那么重要吗？蓁蓁，不要说这个了，我……”

“你为什么不告诉我，你们都觉得我是傻瓜吗？我的妈妈和我的前男友商量好了我的未来，还谈好了条件，你们把我当什么了！程诺，你当时既然那么硬气，为什么现在又要来招惹我？！”

叶蓁蓁满肚子的怒气都发泄了出来，程诺默默忍受着她的怒火，突然伸手把她紧紧搂在了怀里。叶蓁蓁用力推了他几下后放弃了挣扎，眼泪一下子就流了下来，“为什么不告诉我？你是不是觉得你很伟大？”

“当时是这样想的，可是去了美国以后我就后悔了。所谓的自尊心，根本没有办法和与你在一起的喜悦相比。蓁蓁，是我错了，我错得很彻底。我没想到，我会彻底失去你。”

程诺的身上依旧是叶蓁蓁最熟悉的味道，她在程诺的怀里闭上了眼睛。她没想到，自己怨恨了那么久却突然发现根本没有愤怒的资格，想起程诺当时所承受的压力她就觉得心痛无比。她不断地抽泣，程诺则抚摩她的后背，“蓁蓁，不要哭。”

“程诺……”

所有的话好像都不知道该怎么说出口，但是叶蓁蓁相信程诺知道她要说什么，他们永远是这样默契。不知道过了多久，叶蓁蓁才强迫自己不要哭泣，不太好意思地离开了程诺的怀抱，“抱歉，我刚才……有点失态了。不管怎么样，我代替我妈向你说一声对不起。程诺，对不起。”

程诺摸摸叶蓁蓁的头，轻声说：“没关系。蓁蓁，回到报社来好吗？我需要你。”

程诺已经是副主编了，如果她回去的话，有程诺照顾着肯定会风生水起，再加上她根本不想拒绝程诺的请求……叶蓁蓁以为说“好”会很容易，但当她面前浮现出欧浔的面容时，到底还是迟疑了。程诺的笑容依旧是那么云淡风轻，“我知道报社的制度不太适合年轻人，我和季主编正在逐步改革，在未来会做一个个很有意思的公益项目，我相信你也会感兴趣。蓁蓁，加入我们团队好吗？”

“我……”

程诺的攻势实在太强大，一点点动摇着叶蓁蓁的决心。这时，她的手机突然响了，看到来电人是欧浔，觉得头皮发麻。她莫名其妙地心虚了起来，拿着手机走到了窗边才低声说：“喂，老板。”

欧浔知道，叶蓁蓁只有在犯了什么错或者生气的时候才会放弃直接叫他名字的权利。他今天半路离开确实给她带来了不少麻烦，但是她的语气没有生气反而有点慌张，这代表着她在心虚。欧浔沉思了一瞬，开始诈她，“你现在和谁在一起？”

叶蓁蓁回避了问题，“老板，有什么事吗？”

欧浔顺手开了定位系统，发现叶蓁蓁在报社附近的宿舍楼里，再想起那个阴魂不散的程诺，脸色阴沉了下来。他的手指有规律地敲击桌面，声音却变得温柔至极，“没什么，我现在不太舒服，还有点后续工作要做……你可以过来一下吗？”

如果欧浔用命令的语气要求她去加班，叶蓁蓁也许会赌气不去，但是他居然示弱……叶蓁蓁只觉得心揪了起来，下意识地问：“你怎么了？下午离开也是因为犯病了吗？”

“嗯，我到现在还没有吃饭……”

欧浔的声音带了一丝撒娇的语气，叶蓁蓁听了自责不已——她的老板到现在还没有吃饭，她倒是吃了四川火锅！几乎是下意识地，她急忙说：“那你等着，我现在就过来。”

“好，我等你。”欧浔的嘴角微微勾起。

叶蓁蓁挂断电话后，有点为难地看着程诺，程诺顿时知道今天晚上没有办法达到目的了。虽然内心失望到了极点，他还是微笑着说：“蓁蓁，你有事就去忙，我们不急在这一刻。”

“程诺。”叶蓁蓁微笑着看着他。

“嗯？”

在程诺微微侧头的时候，叶蓁蓁踮起脚尖，轻柔地触碰了一下他的嘴唇。程诺的唇和记忆中一样柔软，却多了一丝陌生的味道，这是两年的时间给他们造成的距离。程诺没想到叶蓁蓁会突然亲吻自己，眼中弥漫着滔天的占有欲，可是叶蓁蓁笑着问：“刚才的吻，你有什么感觉？”

“蓁蓁……”

“真是很奇怪，我觉得这个吻很熟悉，但是已经没有了当初心跳的感觉呢。”

当叶蓁蓁说出这句话的时候，程诺感到了彻骨的冰凉。他沉默地看着叶蓁蓁，听着她清亮的嗓音，“在赵云佳说出你是因为我妈的关系才走的时候，我真的很难过，我只想找到你问一声为什么。现在我突然觉得没有那个必要了——我妈妈伤害了你，确实是她不对，可是我没有任何对不起你的地方。你既然选择了不告诉我，自己独立面对，就不要再想着等你回来后我还在默默等你。程诺，你知道吗？自从一年前生了一场病后，我就开始对花粉过敏，所以我的房间里根本不会放花。我喜欢的咖啡也不再是焦糖玛奇朵，喜欢的颜色从紫色变成了绿色……程诺，你也不是当初那个一无所有的校草了。你看你现在穿着西装，多么帅气，有多少女孩子喜欢你。我只是想告诉你……我变了，大家都变了。”

“是吗？”

过了许久后，程诺才嘲讽地反问了一句，声音干涩至极。叶蓁蓁抑制住泪水，轻声说：“我真的，真的好希望当时你和我一起面对……你爸妈欠的钱，我只要……啊，当然，你不会拿我的钱，和当时的自尊比起来，爱情实在太廉价了，不是吗？程诺，我没有任何责备你的立场，但如果是我遭遇了那些，我会和对方一起面对。不管是韩剧里得了癌症后离开恋人的人，还是以为为了对方好自己默默承受的人……可能他们确实是好心，但我绝不赞成，也绝对不会成为这样的人。就算是地狱，我也会陪我的爱人一起闯，也希望他可以同样陪着我。再见，程诺，我真的，那么深地爱过你，想嫁给你……希望以后你可以找到幸福。”

叶蓁蓁说着就离开了程诺的房间。程诺没有阻止，他一言不发地坐在沙发上，抚着额头，“明明只差一点点……叶蓁蓁，你确实变了，你爱上了别人。呵呵，欧浔，欧浔……”

程诺的口中呢喃着这个名字，就好像在叫最亲密的情人一样，然后一拳重重砸在了墙上。他在静谧中闭上了眼睛，他知道，这一次，他绝对不会和两年前一样轻易放弃。

“叶蓁蓁，你早晚会回来。”他轻声说，笑了起来。

第七章　直面内心的欧浔

当欧浔安静地吃着白粥的时候，叶蓁蓁一直看着他。她不记得欧浔有什么病，看他虚弱的样子又不觉得是假装的，可他连勺子都拿不起来的样子也太夸张了吧。她满腔怒火地告诉欧浔她今天都遇到了什么事，这时欧浔第三次把勺子掉在桌子上。叶蓁蓁停止了发飙，终于忍不住问：“欧浔，你今天到底怎么了？你有什么病？”

“苏萨克氏症候群听说过吗？”欧浔问。

1

叶蓁蓁从没听说过这样的病，想在心里把这个名词复述一遍，却根本记不住那奇怪的组合。她的心里已经信了几分，疑惑地问：“那个什么苏的病，是什么病？”

“简单地说，就是失忆症。人的记忆分为长期记忆和短期记忆两种，我短期记忆转为长期记忆的那根弦出了毛病，所以记忆对我来说只有24小时。还记得我随身携带录像设备吗？因为我第二天总要重温前一天的记忆，不带这个根本没办法正常生活。针孔摄像头在这里。”

欧浔的手指指向胸口的项链，叶蓁蓁终于明白了这项链的作用，为自己曾经的小心眼内疚了起来。她简直恨不得把眼前便宜的白粥，换成龙虾螃蟹鲍鱼粥来填满欧浔的胃，结结巴巴地说：“啊，是这样。”

“所以，别看我看起来很强壮，我其实是一个十分虚弱的男人。”

欧浔捂住了胸口，眼睛迷离地看着叶蓁蓁，做出了十分娇弱的样子，可叶蓁蓁不知道为什么想起了《熊出没》里面的卖萌狗熊，总觉得画风不太对。她急忙抹去脑中不该有的画面，词穷地安慰欧浔，“那个，现在科技那么发达，你要乐观点，只是失忆罢了，也不太影响生活……这和你今天突然离开有什么关系？难道你突然失忆了不记得要做什么了？”

欧浔没想到，他说出那么重磅的消息，甚至不惜卖惨，还是没能让叶蓁蓁忘记他中途退场的事情。他看着窗外，忧郁地说：“其实我的身体从小就不太好，隔三岔五地就生病，跑个100米心脏就会不舒服，现在更是会胸闷气喘……”

“是因为年纪大了的关系吗？”叶蓁蓁关心地问。

欧浔很快意识到，他犯了一个致命的、足以影响他下半生幸福的错误。他简直想跳起来告诉叶蓁蓁，他的身体要多棒有多棒，绝对不会出现“力不从心”的场景，她那一脸同情和关切的表情到底是什么意思！欧浔话锋一转，“当然，也没有那么严重，只是特别需要别人的关心和爱护，也不能生气。”

“那你今天到底为什么跑了？”

欧浔很欣赏叶蓁蓁的坚持，但是这种坚持用在他身上就不那么美丽了。他轻轻咳嗽了一声，脸颊上顿时染上了嫣红的颜色，说话都很费力，“今天，我的脑袋突然疼了起来，钻心地疼……我不想连累你们，也不想让你为我伤心，就想出去一个人孤独地自生自灭，幸运的是，我还是挺了过来。蓁蓁，我还没有告诉你，我忘记了所有人，可是我忘不了你。每天，不用任何录影设备，你都会存在于我的记忆里。蓁蓁，你对我而言，是独一无二的。”

欧浔相信，像他这样强势的男人只要露出虚弱的一面，再加上“独一无二”的专宠一定会让叶蓁蓁倾倒，可是她为什么还不露出感动的神色，扑倒到他结实有力的胸膛里？叶蓁蓁的表情看起来奇怪又复杂，她结结巴巴地说：“啊，可以记得我啊，这可真是，真是……”

叶蓁蓁不知道该说“真是太扯淡”了好，还是说“真是太荣幸”了更婉转点，深恨她的语文没学好才会那么词穷，跟不上欧浔的套路！欧浔一看叶蓁蓁的表情，就知道她相信了他的失忆症，却没有把他只记得她这件事当真，心里真是说不出什么滋味。他只觉得他火热的心一下子就被浇了冰水，冒出了丝丝白烟，执着地问：“真是什么？”

“真是太玄幻了……欧浔，你出门前往一个方向看了5秒钟，露出了惊讶、震惊等情绪，我不觉得你当时是失忆了。你是看到什么人了吗？是很重要的人？”

没有什么比看到自己的学生成长更让人高兴，也没有什么比学生出师后反问老师，让老师哑口无言更让人生气！欧浔懒得装虚弱了，挑挑眉毛，“很有意思的猜测，你不如继续往下猜。”

“突然出现的，多年不见又始终想见的人……不会是父母，只可能是曾经的好友或者恋人。是这样吗，欧浔？”

面对叶蓁蓁清亮的眼眸，欧浔突然不知道该怎么开口。他想起看到杜希羽时纷乱的心情，被杜希羽逃脱后愤怒的无力，突然想知道，这一切如果被叶蓁蓁知道了，她会怎么办？她会把他视作恶魔一样离开，还是会帮他一起找出当年的真相？

呵，欧浔，你真是装病装得软弱了起来。本该属于你一个人的黑暗，难道还要拉一个人一起陷进去吗？

“头好晕……”

欧浔下定决心后，捂着头虚弱地倒在了沙发上，发出了巨大的声响。叶蓁蓁没想到他说晕就晕，吓了一大跳，急忙抓住了欧浔的手，发现他的掌心是那么冰凉。叶蓁蓁真的怕了，“欧浔，你没事吧，我送你去医院。”

“不用，你抱……喂我喝几口粥就好。”

在关键时刻，欧浔忍痛按捺下“求抱抱”的需求，转而“求粥粥”，娇弱的样子让叶蓁蓁不忍心拒绝他的任何要求。她急忙把欧浔扶了起来，小心翼翼地把粥吹凉后喂给他吃。欧浔顺从地咬住了勺子，近距离看着叶蓁蓁认真的脸蛋，突然觉得就这样和她待下去也不错，她可以留在这里过夜不回去就更不错……

“欧浔，刘枫的事情到底是什么情况？我还是不明白，既然他是同性恋，为什么看到私生子的照片会那么紧张，这孩子根本不可能是他男朋友生出来的啊。”

“男男……生子？”

“你连这个都不知道吗？”

当叶蓁蓁把她所学的知识倾囊教授给欧浔时，欧浔突然不能面对他眼前的白粥了，他想他喝牛奶都会有点心理阴影。他轻咳一声，维系着他身为老板的尊严，“你离开以后现场一片混乱，海伦控制住了场子，假借突然断电是一场惊喜，趁机展示了手表的夜光功能，也算圆了过去。宋颜那边找来的记者还想再提问，被我准备的影迷们打得一败涂地，呵呵，还真是有趣。对了，那个薛宁后来给刘枫打了个电话，刘枫在宋颜的安排下去了医院，具体谈了些什么没有人知道。还有，海伦找了宋颜长谈，宋颜和刘枫会在近期和平分手，这个单子也算圆满解决了。”

叶蓁蓁疑惑地问：“我还是不明白。刘枫是同性恋，那他的前女友到底是怎么出来的？”

“你是他的影迷，这个你应该比我清楚。”欧浔引导叶蓁蓁寻找真相。

叶蓁蓁当机立断在通讯软件群里找出了刘枫前女友的照片，惊讶地发现她的眉眼和薛宁居然很相似。她再想起之前刘枫恋情曝光的时候，只是有人在黑夜里拍到了他们牵手的侧影，那么这个“前女友”头发是长是短，甚至是男是女可能真的是个谜！她震惊地说不出话来，欧浔笑着问：“是不是特别想知道真相？”

叶蓁蓁拼命点头，“欧浔，你告诉我，求求你了！”

看着叶蓁蓁清亮的眼眸，欧浔的身体里流淌着一股说不清道不明的情愫，他还想矜持一下，但是听到他不由自主地开口道：“刘枫在北漂期间，和当时的大学生薛宁相恋，所以对薛宁的妹妹薛玲也很照顾。在被拍下照片后，薛玲为了掩护哥哥默认是自己。刘枫和薛宁分手后就再也没见过面，刘枫的大部分精力都放在了薛玲所在的加拿大，没想到薛宁为了他根本没有出国。宋颜在加拿大拍片的时候认出了薛玲，叫一个熟人老板把她聘到了公司，才有机会拍下薛玲和她儿子的照片。因为薛玲是一个单亲妈妈，宋颜一直以为这孩子是刘枫的，可是没想到刘枫会有独特的性取向。她没办法让薛玲回国指认刘枫，也无法在薛宁身上下功夫，才会找了顾七。接下来的事情，你全都知道了。”

叶蓁蓁点头，“那薛宁为什么一直不肯见刘枫？他们明明有感情啊。既然不愿意见他，又为什么要自杀？”

“他有抑郁症，一直在吃药维持，我想顾七当时对他的刺激太大了，他才会有了轻生的念头。既然还是会和刘枫见面，那么躲了他那么多年到底有什么意思。”

叶蓁蓁的心里也说不出是什么滋味，奇怪地问：“宋颜那么想做好人，为什么会和平分手？她算计了那么久，突然放弃不是太可惜吗？”

欧浔意味深长地说：“如果不分手，影响她的地下恋情，甚至让金主怀疑孩子的真实身份，对她也没有什么好处。”

叶蓁蓁顿时明白了——比起算计刘枫这个求而不得的人，还不如抓住眼下的金主，她是聪明人，知道该怎么选择。叶蓁蓁原来还准备大干一场，没想到这件事就这样突然结束了，真是有点意犹未尽。欧浔看出了她的心思，好笑地问：“看你这样子，是不是意犹未尽？”

叶蓁蓁脸一红，轻轻点头，“是啊，总觉得我练就了神功打算找仇人报仇，可是仇人居然老死家中……”

“蓁蓁，我们的使命是处理危机。处理有许多种方式，血腥的、暴力的、两败俱伤的，或者老死不相往来的，但是就我个人而言，还是很喜欢这样云淡风轻的处理方法。这件事宋颜的代言丢了，刘枫的人气折损了，小明星趁机上位了，他们得不偿失，又有什么意思？”

叶蓁蓁震惊了！她没想到他居然会有这样淡然豁达的一面，简直就快要羽化成仙了！她顿时用一种憧憬的目光看着欧浔，同时在心里反省自己居然沉迷在低级的互掐中不能自拔，这时听到欧浔哈哈大笑，“而且光收钱不用干活实在太爽，这样的生意越多越好，哈哈哈！这笔钱来得真是太容易了，我要买游艇，买私人飞机，还要投资个电影玩，哈哈哈……”

叶蓁蓁的所有情怀在瞬间消失殆尽，她眯起眼睛看着欧浔，突然开口，“老板，你不是身娇肉贵吗？我看你现在中气十足，一连笑了一分钟都没带喘气的！”

欧浔顿时好像被掐住了脖子的公鸡，重新捂住了胸口，“刚才突然舒服了点，现在又难受了……”

叶蓁蓁眼珠一转，拿出了随身带着缝纫包里的银针，一脸严肃，“欧浔，你失忆都是脑子的事情，和身体没啥关系，我看你是气血虚才会这样头晕的。我爷爷是中医，我也会扎针，我给你扎几下就没事啦！”

叶蓁蓁说着，一把抓住了欧浔的手掌。被喜欢的女孩子握住手是一件很美妙的事情，但是如果女孩子手里有着一根长长的针，那就惊悚得不得了了！欧浔不断给自己做心理建设，劝说他为了追女孩子被戳一针根本没什么好怕的，但是在叶蓁蓁真的要戳上来的时候，他还是好像触电一样飞速闪身。

他从小到大最怕的就是打针，就算对方是……是他喜欢的女孩，他还是害怕啊！

叶蓁蓁唇角浮现出一丝冷笑，假装关心又真挚地说：“欧浔，你可别怕疼，这都是为了你的身体好！来吧，扎一针就没事了！一针不行就多扎几针！”

还要多扎几针……他到底为什么会喜欢这个女人啊！

面对步步逼近的叶蓁蓁，欧浔不顾形象地在别墅里跑了起来，体力超人的叶蓁蓁猛地追了上去！欧浔借着熟悉地势的优势，一次次侥幸地逃离叶蓁蓁的“魔掌”，可最后终于被叶蓁蓁逼到墙角。欧浔捂住了胸口，警惕地说：“你不要过来，再过来我就叫人了！”

“你叫啊，你叫啊，你叫破喉咙也没人来救你！”

叶蓁蓁狞笑着接近欧浔，在欧浔闭上眼睛准备被她蹂躏的时候，她轻轻一叹。叶蓁蓁抱住了欧浔的腰，感受到欧浔的身体在瞬间僵硬。他身上熟悉的味道突然那么让她安心。她轻声说：“欧浔，我真的险些就再也看不到你了……”

我险些就跟着那个薛宁一起掉下去，也险些跟着程诺重新回到报社，离开你的身边。

对不起，我就是这么一个容易动摇的人。

我知道你喜欢我，所以我不敢在你的身边，我怕我们如果在一起分手后连朋友都没得做。

可是，在你离开了以后，我的灵魂好像缺了一块，空虚到我简直无法呼吸。

我以为我还爱着程诺，但是拥抱他的感觉和拥抱你是那么不同。

欧浔，我好像喜欢上你了。

不管未来怎么样，至少现在我们一起坚定地走下去，好吗?

叶蓁蓁的心里涌现了无数的话，但是她什么都没有说，主动拥抱欧浔这个举动已经足够了。欧浔没想到他装病居然会有那么神奇的效果，暗恨他没有早点示弱，损失了不少本该甜蜜的时光！他觉得肾上腺素强烈飙升，甜言蜜语突然说不出口，只问了一句很傻的话：“我现在，算你的男朋友了吗？”

“不算。”叶蓁蓁说翻脸就翻脸。

“那可不行，我们之间，亲也亲了，抱了抱了，该看的也都看了，你做人不可以这样始乱终弃。”欧浔严肃地批评她。

“什么啊，我好困，回家睡觉了。”

叶蓁蓁找个借口就想闪人，但是欧浔怎么可能让她轻松脱身？他一把抓住叶蓁蓁的手臂，把叶蓁蓁反按在墙角，然后认真、温柔地在她的嘴唇上轻轻一吻。这个清淡的吻让叶蓁蓁的面颊一下子就红了起来，欧浔也觉得他的脸颊就要开始冒烟，低沉地问：“晚上不要走了，好吗？”

回应他的，当然是一记飞脚和叶蓁蓁手里明晃晃的银针。

“色狼，滚开！”

2

当叶蓁蓁被温暖的阳光照醒后，她下意识看看床边的手机，惊讶地发现她这一觉居然睡了10个小时。她到厨房里给自己泡了一杯红茶，温暖的茶水安抚着挑剔的味蕾，她觉得近期的疲惫、压抑、憋屈、疯狂等情绪似乎在美梦中消失不见，整个人都好像重新活了过来一样。她小口地喝着红茶，满足地发出了一声叹息，突然觉得自己还真是挺作的——明明可以去国外过着不愁吃穿的日子，又或者在报社里幸福地养老，但是她偏偏选了最难走的那条路。

吵架、斗殴、救人、被泼盐酸……她简直把每天都过成了惊悚片，这样的生活是多少女孩避之不及的，但是叶蓁蓁觉得她空虚的灵魂从来没有那么满足过。还有，她遇到了那个男人……

叶蓁蓁早就没有了昨晚的勇气，她甚至不知道她为什么会主动抱住了欧浔。也许，是因为他难得的软弱，又或者是因为她的脑子坏掉了？她就这样成了她顶头上司的女朋友，可以预感到未来的路会有多难走，但是她不怕。

毕竟，这条路有这个家伙在旁边的话，总不会太寂寞吧。

叶蓁蓁想起欧浔昨天晚上撒娇卖萌的样子，忍不住笑了起来，当看到微博热搜榜第一名是“刘枫出柜”的信息时愣住了。其实，她隐约有了刘枫会挺身而出的预感，却没想到他这一次会用这样激烈的手段。刘枫在微博上简短地表示，他和宋颜在一起后，发现他的性取向不是他所想的那样，于是和宋颜早在一年前就分了手，但因为合约关系，还保持着恋人的形象，希望大家可以原谅他的谎言。他现在已经找到了最爱的人，他也会从台前转到幕后，做一个文艺片的导演，希望大家继续站在他的身后祝福他。

文章的配图是两个男人牵起来的手，简简单单却动人心魄。叶蓁蓁心惊胆战地点开了微博的留言，却发现被点赞最多的一条评论是这样写的：“呜呜呜，喜欢的男神出柜了，伦家既难过又默默萌着，可肿么办？不管怎么样，祝福男神，希望他可以幸福！”

如果她的网名不叫“我爱男神的大西瓜”的话，叶蓁蓁也许会感动——这奇葩的名字分明是欧浔养着的小号之一！她想象着欧浔一边抠脚，一边假装自己是小女生的样子就觉得五雷轰顶，再往下翻，发现欧浔的小号们全部在勇敢地发光发热。

“天下有情人终成基友，男神我祝福你！”

“我也是个同性恋，这一次我要对刘枫黑转粉了。不是每个同性恋都有出柜的勇气，希望他不要成为众矢之的，给我们一点生存的空间，让我们更加勇敢，好吗？”

欧浔的小号担负着引导舆论的重任，有的动之以情，有的晓之以理，还有的编着简直可以上“中国比惨秀”的段子，收获了不少同情分。当然，也有不少人骂刘枫是骗子，但是都被他的支持者们勇敢地反扑了过去。叶蓁蓁发现宋颜同时发布了恭喜欧浔找到真爱的微博，看着她蹭蹭上涨的人气，微微抽搐了嘴角——本来可以好好解决的事情，为什么非要弄得两败俱伤？也许他们明明知道什么是最佳方案，但是当理智被感情打败的时候，还是会做出无法收场的事情吧。作为危机公关，就是要帮助他们回归理智，把危害降到最低以及让他们可以有一个圆满的结局。

叶蓁蓁想起宋颜看刘枫的目光，心里突然有了一种奇怪的想法，她想，也许宋颜是真的喜欢刘枫，但是他们注定不可能在一起，才会让她疯狂到那个地步吧。不管怎么说，她能嫁给真心爱自己的男人，那也是一种幸福。呵呵，真相到底是什么，有谁知道？又和她有什么关系呢？

叶蓁蓁想着，百无聊赖地搜欧浔小号的主页面，脑中还回放着他昨天晚上对她说的话。从感情上来说，她不太相信像欧浔这样强壮的男人，会得好像是韩剧男主角一样的“失忆症”，但是从理智上说，他的微表情表示他没有说谎，更何况他根本没有撒这样荒唐的谎言的必要。

如果真的得了这种病……他一定很难过吧。

无论是快乐的、悲伤的还是甜美的记忆，都会在第二天清零，要借助录像设备才能想起来，他一定会很难过吧。可是，他还是记得她。

这是不是意味着，她对他而言是一个特殊的存在？他深深地爱上了自己？

啊，脸为什么突然好像发烧一样？

叶蓁蓁捂住了通红的面颊，心脏怦怦跳了起来，觉得自己就好像陷入了初恋的少女一样紧张又满怀憧憬。她后知后觉地想到，欧浔的脾气简直是出奇得坏，他有着严重的王子病和奇葩综合征，骄傲自负又有表演型人格，除了脸能看之外浑身上下都是缺点……

可是，在她觉得寒冷的时候，是他抱住了她。

只要这样，那就够了。

叶蓁蓁想着，觉得她的心从没有那么柔软，突然那么希望和欧浔再次见面。她的胡思乱想在看到欧浔某个小号的页面时消失殆尽——为了显示他不是“水军”，他煞费苦心地隔三岔五去更新，微博里全是毫无营养的炫富也就罢了，描述着娇羞少女心事的微博究竟是什么？

“各位亲，我好像暗恋上我的老板了。他是某个行业的专家，身高185厘米，容貌可以媲美影星，个性也是特别温柔体贴，简直就是男神。每天和他一起上班的时候，我都好想扑倒他，可是我又怕影响工作，我到底该怎么办？”

这段话看起来就好像一个花痴少女的自白，但是配图是欧浔的背影是几个意思？接着看下一条，叶蓁蓁更崩溃。

“谢谢老板今天给我买了裙子！这条裙子要一万多，人家卖身也赚不到那么多钱，嘤嘤，你们说老板是不是对我也……不行，我不能想下去，我根本配不上他！打住啊，小叶子！”

这条微博的配图是一家服装店的一角，叶蓁蓁眼尖地认出这是沈琳的服装店。她觉得脑袋越来越疼，发现下一条微博却突然变成了琼瑶的咆哮风。

“为什么在我爱上他的时候，我的前男友出现了！那个贱人哪里都比不上我的男神，对我纠缠不清，万一男神觉得我水性杨花可怎么办？我好难过，我恨前男友这个无情、无耻、无理取闹的贱人！”

此外，还有小清新风格的，“下雨了，我想起了他。他的名字，是我心中的咒语。”

更有偶像剧的情节，“今天他带我看到了我最喜欢的明星，不过明星根本没有他帅气！每看到他一秒我就会多爱他一点，我到底该怎么办？”

叶蓁蓁满脸无奈地从头看到尾，再看着下面一堆“好羡慕你和男神的爱情哦”“你要加油，把男神拿下”等评论，突然觉得她昨天答应和欧浔交往真是一个错误的决定。就在叶蓁蓁满腹心事的时候，手机响了，她看到来电人是欧浔，没好气地接了电话。欧浔的声音从城市的另一头传了过来，听起来是那么富有磁性又令人沉醉，“蓁蓁，起来了没？你开门，我有礼物要送给你。”

一听到欧浔会送惊喜给她，叶蓁蓁沉闷的心情稍微好了一些——至少欧浔还有浪漫这个优点啊。她拿着手机走到了门口，在开门的瞬间被金粉喷了一脸。

在她家门口，10个穿着黑色燕尾服的人组成了一个小型的交响乐队，正在认真地演奏《水边的阿芙罗狄蒂》。喷她金粉的那个男人手里还推着一辆堆满了红色玫瑰花的小车，花香让叶蓁蓁狼狈到不住打喷嚏。叶蓁蓁的鼻涕眼泪一起流了下来，心烦气躁之际，欧浔偏偏还低沉地问："蓁蓁抱歉，我上午有急事，要中午才能和你共进午餐。我的惊喜你还满意吗？"

"惊喜个屁！你不知道老娘花粉过敏啊！你们都给我滚开，现在就滚！把院子收拾好，地上有一点金粉我就揍趴你们！"

叶蓁蓁痛骂欧浔后，挂断了电话，强势地要求乐队把她的院子恢复原状，乐队的乐手们都惊呆了——他们被高薪聘请来讨小姑娘欢心已经很委屈了，现在让他们做粗活是什么意思！这钱他们即便不赚也要反抗！他们是有尊严的，艺术更不能被玷污！

"听到没？"

在叶蓁蓁一拳把树上的叶子都打下来的时候，乐手们听话地开始为她打扫院子。叶蓁蓁长舒了一口气，总觉得她和欧浔未来的道路似乎又困难了一些，静静地站了很久后，终于拨通了叶如梅的电话。当熟悉的声音传来的时候，她的眼睛忍不住酸涩了起来。

"喂，你这臭丫头还想得到给我打电话？喂？"

叶如梅电话那头传来了海浪的声音，叶蓁蓁知道她应该是正在哪里享受着太阳浴。满腹的话在嘴边却突然问不出口，她的沉默让叶如梅懒懒地开口，"丫头，出什么事了吗？"

"没什么，就是知道了当初程诺为什么离开罢了。妈，你为了让他远离我，还真是煞费苦心。"

如果叶蓁蓁会吵会闹，叶如梅还会觉得很正常，但她偏偏是用这样平静，甚至略带嘲讽的语气。叶如梅一怔，慵懒的嗓音顿时变得清明，"你都知道了？程诺不会告诉你的，是谁说的？"

"是谁说的不重要，现在一切都如你所愿了。妈，你为什么就不能让我选择我要走的路？"

电话的那头沉默了半晌后，叶如梅的声音才轻轻传来，"因为你和程诺根本不合适。就算你们再相爱，步入婚姻后你不可能幸福。蓁蓁，你可以不接管公司，可以不上贵族学校，但你还是我的女儿。当然，程诺是一个很不错的男孩子，可你们生活在一起，他父母兄弟的事情就会变成你们小家庭的事情，你们会不断地为了不同的理念争吵……他需要的，是理解他、有孝心的女孩儿，你需要的则是一个能无条件宠爱你的丈夫。爱情会在琐碎事情中被磨平，就好像……我和你爸一样。”

叶如梅的话让叶蓁蓁沉默了。她知道，母亲出身红色家庭，长得漂亮又聪明剔透，从小就是天之骄女，却偏偏爱上了出身贫寒的父亲。结婚开始当然是幸福美满，可是父亲家里的拖累让他们一次次争吵，就算是叶蓁蓁的父亲后来在事业上飞黄腾达，也无法缓和他们之间的矛盾。后来，父亲有了温柔体贴的红颜知己，母亲则去美国开始了她新的人生……叶蓁蓁知道，母亲在午夜梦回的时候还会想起父亲。也正是因为这样，她才会那么反对自己和程诺在一起吧。

不过，她又凭什么替自己决定人生？

“妈，我不是你，程诺也不是爸爸。你放心，我们不会在一起了，但不是因为你。我的路我会自己选，不管结局是什么我都不后悔。妈，你要相信我。”

“蓁蓁，我当然相信你。”

听到女儿那么平静地表明自己的立场，叶如梅知道她能放心了——不是逃避，也不是歇斯底里，而是那么平静地处理问题，看来她真的长大了。她推开了身边的金发帅哥，终于认真地对待女儿，“蓁蓁，你说你现在在做危机公关？我听说刘枫的形象管理也是你们的手笔。我有个客户想认识你，佣金是百分之二十，有兴趣吗？”

3

叶如梅为叶蓁蓁介绍了一个想离婚的名媛，叶蓁蓁和客户沟通好后，突然想起来今天是答辩前可以见导师的最后一天，觉得冷汗就要流下来了。她急忙回到了许久未去的学校，和老师交流好论文后才舒了一口气，再想到过一个月就要离开学校，心里真是很不舍得。她回宿舍收拾东西，准备分批把行李带回家，却惊讶地发现她的床上堆满了杂物，书桌也被别人占领了。

叶蓁蓁突然有点郁闷。

其实，她也理解她不在学校，舍友们“废物利用”的心思，但她们不打招呼就这样做，实在算不上有礼貌。叶蓁蓁找了半天，也没有找到桌上的施华洛世奇小熊，暗想她是不是记错了地方，却在余乐的桌子上发现了小熊。叶蓁蓁抚摸着小熊，突然觉得很无奈。

刚进大学的时候，她很想在这里交到一个知心朋友，也曾和舍友有过一段还算开心的日子，但一切在有男生开始追她后化为乌有。热情的舍友在瞬间对她冷眼相对，当她和校草程诺在一起后，她们更是几乎连话都不说了。当其他舍友有了男友后，或多或少都和叶蓁蓁恢复了一些联系，但是同样暗恋程诺的余乐则一直对叶蓁蓁看不顺眼。在赵云佳的事情爆发后，她第一个替赵云佳谴责叶蓁蓁，却没想过谁才是真正的受害者。

现在，她又私自拿了她的东西……就算这个不值钱，但凭什么给她？

叶蓁蓁想着，把小熊收到了纸箱里，这时门突然开了，余乐和杨文娟说说笑笑地走了进来。在看到叶蓁蓁的瞬间，她们的表情都变得极其尴尬，杨文娟眼神躲闪着不敢看叶蓁蓁，余乐却冷哼一声抢先说："叶蓁蓁，你别乱翻我的东西好不好！"

这样黑白颠倒的对话以前就进行过无数次，叶蓁蓁突然不想忍了。她拿着小熊，冷笑着说："你就没动我的东西吗？我的小熊为什么会在你桌子上，你这样的行为是偷窃！"

余乐没想到叶蓁蓁会突然发难，脸色一下就变了，"你别胡说！我只是看到这熊被丢在地上就捡起来了，谁稀罕你的破熊！"

"既然我的东西都是垃圾，那你让让，该是我的我都要拿走。"

刚到学校的时候，叶蓁蓁就为宿舍买了一大堆东西，连她们现在用的路由器都是叶蓁蓁买的，所以她干脆把路由器拔了。杨文娟有点着急却不敢说话，余乐一下子就怒了，"叶蓁蓁你什么意思啊，你把路由器拿走了，我们怎么上网？"

"我拿走我的东西需要向你汇报吗？"

"你怎么那么小气！你们城里人就看不起人吗？"

余乐一脸愤怒，叶蓁蓁只觉得好笑。刚上大学的时候，她就很注意照顾这些农村孩子的自尊心，但是她连买个护手霜都能戳中她们脆弱的神经，估计只有等她拿硫酸泼脸后才能和她们正常相处。她根本懒得搭理余乐，拿起纸箱就要往外走，余乐酸酸地说："叶蓁蓁，听说你被报社开除了，看来就算是家里有关系，没有能力也没什么用啊。不过你还可以靠男人，和你妈一样，多交几个男朋友下半辈子就不愁了，就好像你勾引程诺师兄那样，你多勾引几个男人就……”

余乐平时也没少说叶蓁蓁的酸话，但这一次她踢到了铁板。叶蓁蓁猛地把纸箱放在了桌子上，沉着脸说：“你再说一次试试。”

余乐有点害怕，但还是嘴硬，“许你做不许我说啊，你就是勾引男人！幸好师兄甩了你，不然都要被你克死了！你……”

她没有骂完，因为叶蓁蓁抡圆了胳膊给了她一巴掌。余乐的面颊迅速肿胀了起来，她捂着脸不可思议地说：“你打我，你居然敢打我！救命啊，叶蓁蓁杀人了！救命啊！”

当欧浔精心准备好法国大餐，准备给叶蓁蓁一个毕生难忘的惊喜时，他接到了叶蓁蓁的电话，在听清楚叶蓁蓁的需求时，脸色微变，飞快地赶到了学校，面色阴沉地走到了教导处。他强大的气场让办公室一下子安静了起来，正滔滔不绝教育叶蓁蓁的教导处主任也突然感觉到了迎面而来的危险，闭上了絮絮叨叨的嘴巴，试探地问：“这位先生，您是……”

“他是我的家长。”叶蓁蓁抢先说。

欧浔用一种被雷劈了的眼神看着叶蓁蓁——她叫他来居然不是为了救场，小鸟依人地让他解决问题，而是……为了“叫家长”？她的脑子里装了什么，他看起来那么年轻，怎么可能是她的家长！太异想天开了！

“你就是叶蓁蓁的叔叔吧！你侄女打了我女儿，你看怎么办才好，公了还是私了？”

就在欧浔觉得叶蓁蓁的计划根本不可能实施的时候，一个穿着修理工衣服的中年男人自来熟地想拍他的肩膀。欧浔皱着眉打掉了他的手，暗想他今天为了帅气，特意选了深色的西装，好显得成熟一些，下次他一定要穿休闲的，简直分分钟重回18岁。欧浔冷漠的气场、居高临下的态度让修理工很不爽，但是他到底不敢惹这个看起来非富即贵的男人，干巴巴地说：“公了的话就送你侄女去警察局，私了的话你要给我们2万块钱的损失费！别以为你们家有钱就能仗势欺人，我们局子里也有人！”

以往用各种灰色手段解决问题的人都是欧浔，现在他们突然角色互换了，而且被人指着鼻子威胁，欧浔心里泛起了一种微妙的违和感。他没想到，约会变成了开家长会，看着正殷切看着他的叶蓁蓁，觉得头从来没有那么痛过。他在心里轻叹一声，却瞬间抬起了下巴，倨傲地问：“你就是教导处主任？告诉我，你准备怎么处理这件事？”

欧浔的气场让教导处主任觉得开口变得那么困难，“这件事是叶蓁蓁先动手的，按照学校规章制度要给一个记过处分，然后向余乐同学道歉……”

“我不……”

“我不认同你的做法。”在欧浔开口之前，叶蓁蓁抢先说，“你为什么不追究她偷我东西的事情？”

“同学之间借个东西也不算偷吧，你们要团结，团结。”

“那……”欧浔又要开口。

“那这样的话，我打她一巴掌也不算什么了，这是我们表现团结的小打小闹。”叶蓁蓁反应迅速地说。

欧浔原打算在叶蓁蓁遇到危机的时候挺身而出，但是“可怜的公主”居然那么牙尖嘴利，实在让他的戏码有些难以往下演。所幸他很有钱，所以他高傲地抬着头，从钱包里甩出两万现金，把“仗势欺人”感演绎得极其出色，“蓁蓁，不要企图和没有脑子的人讲道理。拿好钱，这是蓁蓁对你女儿的补偿。”

叶蓁蓁没想到欧浔居然会那么顺从，简直恨不得扑上去就咬。修理工也没想到那么轻易就赚了两万块钱，欣喜若狂地接过钱，这时欧浔又掏出了支票，在上面龙飞凤舞地写了100万。

“你，你，你，你这是……”

修理工在心里默默数着，手剧烈颤抖了起来，叶蓁蓁简直怀疑他在下一秒就会因为过于激动而昏厥过去。余乐也惊呆了，用羡慕妒忌恨的眼神看着叶蓁蓁，真不明白为什么她会有这样帅气又有钱的叔叔，为什么这世上的好事情都被她一个人占了！她看到爸爸接过支票激动到发抖的样子，就知道她没办法让叶蓁蓁道歉了，但还是心有不甘地说：“爸，她还没有向我道歉！”

“嗯？”

欧浔简单地发出了一个音节，作势要收回支票，修理工顿时说：“哈哈，女孩子有点小矛盾都是正常的，道什么歉啊！你这丫头真不懂事！那个没什么事情的话，我们就走了啊。”

他生怕欧浔反悔就想离开，一点都不管女儿正在含泪看着他。欧浔嘲讽一笑，淡淡地说：“先别走。2万块钱一个耳光，那我家蓁蓁可以再打50个，不是吗？蓁蓁，去吧。”

叶蓁蓁看着所有人呆滞的表情，只觉得解气无比。她在心里怒赞欧浔，完美演绎了富家少爷的彪悍无礼，嘻嘻一笑，“谢谢叔叔，那我不客气了。”

叶蓁蓁慢慢走到余乐面前，每一步都给她强烈的压迫感。余乐总觉得叶蓁蓁不会那么绝，看到她伸出手作势要打，急忙往后一缩，终于知道她是要来真格的！巨大的恐惧让她一下子就流下泪来，教导处主任气愤地大声说："住手！你们当这里是什么地方！"

"如果这样，那我就把支票收回了，真是遗憾。"

欧浔一点都不动气，从修理工手上抽回了支票，而修理工只觉得到手的100万就这样没了，一下子急了！他看到余乐还在那里絮絮叨叨地痛骂叶蓁蓁，不耐烦地反手给了余乐一个耳光，大声说："住口！老子的100万都被你弄没了！那个，叶同学的叔叔啊，我们再商量一下赔偿怎么样？"

"爸你在做什么！叶蓁蓁，谁要你的臭钱，我不要！我要你向我道歉！"

余乐觉得脸都被爸爸丢尽了，疯狂地冲着叶蓁蓁咆哮。叶蓁蓁看着她鼻涕眼泪一起流的样子，突然觉得把她作为对手来算计，真是侮辱了自己，也侮辱了欧浔。她看着余乐，一字一顿地说："余乐，如果你把妒忌我的时间用在学习上，你到现在说不定已经考上了研究生，又或者多了几张证书，最不济也会有了其他的工作经验。你一直觉得你是农村人我会看不起你，其实最看不起人的是你自己。你妒忌我，所以花了4年时间活在我的阴影里，到底是谁比较可悲？"

叶蓁蓁的话刺中了余乐的心，她瞪大眼睛看着叶蓁蓁，却发现自己一句话也说不出来。她忍不住想，如果她在大一的时候没有满门心思恋爱，大二的时候没有沉迷游戏，大三的时候没有陷入网恋……是不是一切都会不一样？就在满屋寂静的时候，教导主任怒吼："你们，你们怎么可以在学校那么嚣张……叶蓁蓁你就不怕学校不让你毕业吗？"

面对教导主任的威胁，欧浔微微一笑，"您好，我正好想和学校协商一下捐献电脑设备的事情，和您这儿联系可以吗？"

4

从教务处出来后，叶蓁蓁的心里说不出是什么滋味，满脑子都是余乐悲伤的眼神，暗暗想她这样欺负余乐会不会有点过分，不知不觉走到了食堂面前。她顿时觉得肚子饿了起来，再看到欧浔难看的脸色，嘻嘻一笑，"欧浔，我们一起吃饭好不好？"

“好。”

叶蓁蓁的微笑让面前的食堂突然自带闪闪发光的诱惑，欧浔的大脑还来不及反应，大长腿就跟着叶蓁蓁一起走进了食堂。叶蓁蓁轻车熟路地打了两份盖浇饭，欧浔看着面前油腻的红烧肉就觉得胃口全无，再加上他感觉到学校里的学生都在看他们，心情越发不好。他放下筷子，淡淡地扫了一眼四周，学生们慌忙埋头吃饭，还有几个人吃得呛了起来。叶蓁蓁知道他嫌弃这里的用餐环境和菜肴，故意可怜巴巴地说：“欧浔，你是不是吃不惯这里的味道？那我们还是换个地方吧。”

“不用，这里就好。”

欧浔知道，作为男友第一要素就是要无条件地宠溺女友，所以别说叶蓁蓁想吃食堂，她就算想吃满汉全席，他也会无条件奉陪——不过这家伙真的不喜欢吃满汉全席吗？她为什么会有这样奇怪的品位？

平民出身的、自强不息的女孩子啊……

看着叶蓁蓁津津有味地吃着盖浇饭的样子，欧浔已经想象出出身贫寒的叶蓁蓁从小吃不起好吃的饭菜，吃食堂里那些劣等食物就感动到泪流满面的情景。他皱着眉夹起她吃得津津有味的五花肉，被其夸张的颜色和过于甜腻的味道吓到了，悄悄把它吐在了纸巾里，心想他在这里待一秒钟都应该让食堂为他付费。他怜悯地看着她，暗想她这样的日子注定一去不复返，跟了他以后，这可怜的家伙一定能知道什么才是真正的美味。叶蓁蓁被欧浔的目光看得毛骨悚然，突然后悔起为了让他别扭，故意把他带到食堂的事情，轻声问：“欧浔，你不打算问我发生了什么事吗？”

“不管发生了什么，你不吃亏就好。”欧浔轻描淡写地说。

“我总觉得仗势欺人有点不好意思，你说我们是不是太过分了？”

“我们那么努力才站到了可以仗势欺人的位置上，如果放弃不是太可惜了嘛。而且，我很乐意成为你的‘势’。”

看着欧浔含笑的眼眸，叶蓁蓁一愣，然后勾了勾嘴角。她忍不住想起之前和同学有矛盾的时候，程诺总是劝她不要瞎想，退一步海阔天空的场景，发现欧浔和他是那么不一样。程诺的做法当然没有错，但是他怎么会知道女生之间的事情就是那么微妙，她的退让只会让她们越来越觉得她软弱可欺。她忍不住想，如果程诺看到她抽余乐耳光的样子他会怎么办？他一定会皱眉说“蓁蓁，你何必和她计较”，而欧浔却会关心她有没有把手打疼，揍人揍得爽不爽。

所以，他们这对极品就不要祸害别人了吧！

这对，这对……

叶蓁蓁刚才光顾着撒气了，突然想起来她现在已经是欧浔的女朋友，脸后知后觉地有点发烧。她的目光从欧浔挺拔的鼻子移到他漂亮的唇形上，想起昨天晚上那个清淡又甜蜜的吻，觉得身体充满着一股奇异又灼热的感觉。她忍不住幻想，如果欧浔一会儿要吻她的话，她肯定会给他一个飞脚，想拉手什么的最起码等一个月以后！还有，如果他还想进一步又怎么办？

叶蓁蓁脑中的小剧场不自觉朝着少儿不宜的剧目发展，然后听到欧浔轻轻的笑声。叶蓁蓁发现，他的声音听起来轻快无比，“蓁蓁，你在想我。”

“没有。”

“你说谎的时候就会看着右下45度。”

叶蓁蓁突然反应过来她确实是在看右下45度，慌忙和欧浔对视，然后跌入他漆黑的眼眸里。和程诺清澈的眼神不同，欧浔的眼神深邃得就好像见不到底的深渊，又好像是最华丽的夜空，仿佛能把她整个人都吸进去。她听到自己的心跳逐渐加快，周围的喧嚣也好像在瞬间消失无踪，她怔怔地看着欧浔，突然问：“欧浔，我过两个礼拜就要毕业答辩了，一会儿还要去宿舍写论文，你可以给我放假吗？”

欧浔多么想说“不”，想让她每一分每一秒都陪伴在他的身边，但是他怎么舍得拒绝叶蓁蓁的要求。他轻哼一声，迅速反应过来，吃完这顿饭叶蓁蓁就要回宿舍，他们可能有超过12小时不能见面……啊，真是讨厌。

欧浔正在陷入情绪的低潮，叶蓁蓁偏偏继续往他心上插刀，“你快点吃，我一会儿还有事呢。”

欧浔生气了。他觉得在他的小女朋友心里，除了比不上论文外，甚至还比不上她面前的五花肉，因为她正在用他前所未见的炽热眼神看着它。他阴沉着脸，拿起筷子优雅地夹起一粒米饭放到自己嘴里，用最慢的速度慢慢咀嚼，在叶蓁蓁诧异的眼神中又夹了另外一粒。他一粒一粒地吃着饭，好像要吃到天荒地老，让叶蓁蓁觉得他又开始犯病了。她奇怪地问：“欧浔，你吃饭都是一粒粒吃的吗？”

“当然，这样有助于消化。你说过吃好饭再去宿舍的，在我吃好之前你不许走。”

叶蓁蓁看着他别扭的样子，终于明白他是用最奇特的方式表示他想和她在一起，真是不知道该生气还是该觉得好笑。欧浔实在是一个太奇怪的男人，每一次都带给她不一样的感受，她能预感到她的未来注定不会无聊。就在她想顺毛捋欧浔的时候，突然看到一个熟悉的身影出现在欧浔的身后，微微皱起了眉毛。

赵云佳？她怎么会来？

欧浔只觉得他的小女朋友突然变了脸色，不悦地往身后看去，然后看着赵云佳紧咬嘴唇，一步步朝着叶蓁蓁走去。叶蓁蓁在心里暗暗提高了警惕，只见赵云佳的脸一阵红一阵白，终于开口，“叶蓁蓁，我有个表姐叫沈佳慧。”

“和我有什么关系？”叶蓁蓁奇怪地问。

“有个男人一直在追她……不，不是追求，是在骚扰她，她现在简直没有办法正常生活了。你们连刘枫的事情都处理好了，处理这样的小案子肯定很简单，费用我们一定会给……”

叶蓁蓁打断了她的话，好笑地说：“拜托，我根本没有答应你，是什么会让你觉得我会接？因为我们感情好吗？你未免太自负了吧。做这一行的有很多，你去找别家吧，走好不送。”

赵云佳鼓足了勇气来和叶蓁蓁打招呼，没想到会得到这样的结果，一下子着急了，“叶蓁蓁你不能这样！你们公司不是号称从来没有解决不了的危机，从无败绩吗？你是不是怕输才不敢接？”

“不是啊，我纯粹是因为讨厌你才不接的。”叶蓁蓁认真地说。

“欧先生，你也不管管你的员工！”

赵云佳眼见叶蓁蓁油盐不进，只好在欧浔那里寻找支持。欧浔淡淡地说：“她不光是我的员工，还是我的女朋友。你觉得我会强迫她做她不喜欢的事情吗？”

“你们真的在一起了！你比她大8岁！”

赵云佳简直不敢相信，叶蓁蓁没有选择一直默默守护她的程诺，而是选择了这个骄傲得好像开屏孔雀一样的欧浔，心里真不知道是什么滋味。叶蓁蓁的嘴角轻轻抽搐了一下，看到欧浔的脸色迅速变得阴沉。他才不肯承认，这个女孩说中了他最介意的那一点，冷笑着说：“这位不知道叫什么名字的小姐，我和蓁蓁的事情和你有关系吗？还是说你暗恋我，所以你会那么了解我？很抱歉，我对找小三没有兴趣，更何况你不如蓁蓁漂亮。”

赵云佳感觉到有不少同学朝她的方向看来，气红了脸，“谁，谁暗恋你，你不要自我感觉那么良好！欧先生，你真的不想赚钱吗？我们能给你两万的费用，你需要工作……”

“我需要工作一小时才能赚到，真是非常珍贵的机会。”欧浔嘲讽地说。

赵云佳看着欧浔拿纸巾轻轻擦拭嘴角的样子，突然有些恍惚，就算再不喜欢欧浔，她也必须承认，食堂里8块钱一份的盖浇饭，他却吃得像昂贵料理一样风度翩翩。她茫然地看着许久未见却越发漂亮的叶蓁蓁，悲哀地发现，她求而未得的那个人，居然是她说放下就放下的枷锁，自己就算多努力也无法触及。她承认她永远也没办法赢过叶蓁蓁，但是和姐姐的命运比起来，些许尊严又算得了什么？真的只有她能帮忙了啊！

赵云佳想着，轻轻咬着嘴唇，突然跪了下来，“蓁蓁姐，我知道我对不起你……从看到你的那一天，我就妒忌你，我不明白为什么好事儿都被你占了，就连我喜欢的程诺哥也喜欢你……程诺哥从来没有和我在一起，是我故意让你误会……蓁蓁姐，你对我那么好，我还对不起你，真的是我错了！但是请你一定要帮我姐！她已经受不了了，她真的已经想死了！”

学生们都朝他们的方向看了过来，窃窃私语的声音压过了食堂里的喧嚣。看到赵云佳不顾形象地哭得满脸泪水的样子，叶蓁蓁闭上了眼睛，心里说不出是什么感觉。她曾经是那么希望赵云佳跪倒在她的脚下，但是当这一天到来的时候，她发现自己一点也不喜欢这样。就算有再多的过节，她仍然记得，有一年冬天她因为例假疼痛难忍时，赵云佳笑着递给她那杯姜茶的场景。

为什么会变成这样？时光啊，你为什么要一去不复返？为什么他们都要变成连他们都意想不到的样子……

“我接受。”

时间不知道过了多久，叶蓁蓁终于开口。赵云佳又诧异又惊喜，看着她，颤抖着嘴唇，“你……你说真的吗？谢谢，谢谢你！”

“我……我公司还有事，我先走了。我晚点会和你联系。”

叶蓁蓁放下筷子后离开了食堂，一直到欧浔的办公室里还是一言不发。她脑中一会儿浮现出刚上大学的样子，一会儿又想起和程诺在一起的点点滴滴，思维混乱到严重影响了她的情绪。欧浔看着叶蓁蓁，沉着脸拼命翻动手中的文件，但是叶蓁蓁纹丝不动；他借着去厨房泡咖啡，一次次从叶蓁蓁面前经过，但她还是置若罔闻。欧浔第无数次出现在叶蓁蓁面前，用力把钢笔丢到叶蓁蓁面前，叶蓁蓁终于清醒了过来，她把钢笔拿给欧浔，疑惑地问：“你……”

“我的笔什么时候丢了，谢谢你给我。”

欧浔打断了叶蓁蓁的话，好像刚才把笔丢掉的人根本不是他一样。叶蓁蓁敏锐地感觉到他在不高兴，“欧浔，你是不是心情不好？”

“没有，我的心情很好。”欧浔双手捧住脸，露出了一个狰狞的笑容。

她知道自己私下接单子是有点冲动了，可是谁让她该死的同情心又突然泛滥了呢？而且，她真的很想赢过赵云佳……

叶蓁蓁看着自家老板难看的脸色，认真地辩解道：“欧浔，我看过公司里处理的案件，以高端人群和公司形象的居多，还没有接触过这样有公益性质又平民化的单子。我想，就算不赚钱也要填补一下这一块的空白，对公司未来发展也有好处。”

“继续说下去。”

“其实，比起为公司公关，我更喜欢为普通人服务。他们的口口相传会给公司赢得更多的赞誉，也会弥补我们目前在家庭纠纷方面的弱项。当危机公关意识被大众接受后，我们的业务会越来越大。”

“还有？”

“啊？”

叶蓁蓁觉得，她已经从利益上、公益上都成功阐述了做这件事的必要性，欧浔还要她说什么？总不能让她说她就是一时脑袋发昏才答应了，顺便也想看看自己有没有独立处理单子的能力吧！她犹豫了一下，轻声说：“虽然我不喜欢赵云佳，但是她的表姐是我们的客户，而且听起来现在遇到了很大的麻烦。我上高中的时候，也被不喜欢的男孩追求过，只要我在他面前出现，他所有的同学就会一起鼓掌尖叫，后来我几乎连门都不敢出……你们男人觉得没什么的事情，对我们而言可是一辈子难忘的心理阴影。所以，我很想帮她。”

“那小子后来怎么样了？”

叶蓁蓁没想到欧浔的关注点在这里，笑着说：“我上大二的时候他向我道歉，我想他也知道他那时候有多傻吧。欧浔，我们帮帮她好不好，反正我要在学校准备论文，和她见面都很方便呀。”

“叶蓁蓁，我已经明白了你势在必得的决心，但是你的请求抓错了重点。请求分很多种，晓之以理动之情的，听起来在示弱其实暗藏杀机的……但是很显然，这些都不适合现在的局面。”

看到欧浔推心置腹教导她的样子，叶蓁蓁急忙正襟危坐了起来，看到欧浔僵硬地指指自己的面颊，“你可以发挥你的优势，利用我们现在的关系，进行性价比更好的方案。比如说，给你亲爱的‘叔叔’一个吻。”

叶蓁蓁觉得她的脸一下子就烧了起来，简直不敢相信他会那么无耻地趁火打劫。她干净利落地给了欧浔一个白眼，转身想回到自己的座位上，可欧浔一把拉住了她的手。叶蓁蓁的掌心传来灼热的温度，这时一个吻也轻轻落在了她的面颊。欧浔一手搂住她的腰，在她耳边轻声说：“叶蓁蓁，我好像比我想象的，还要喜欢你。所以，不管发生了什么事，都不要离开我。”

即使当你发现，我有多么阴暗的过去。

即使当你发现，我的脾气难以让你忍受。

即使当你发现，你已经不再爱我。

我都不会允许你离开。

“蓁蓁，要不要打个赌？”欧浔勾了勾嘴角。

第八章　重返18岁

叶蓁蓁没想到，赵云佳的表姐沈佳慧居然和她有过一面之缘。

她还记得，当她在自习教室发现学生证不见后，沿着回食堂的路，心急如焚地寻找，然后看到了沈佳慧在太阳下苦等自己的场景。看着沈佳慧被汗水浸湿的衣服，她内疚到只会说“谢谢”，而沈佳慧笑着摇头。

“以后小心点。”她温柔地说。

她的善良和体贴让叶蓁蓁一直铭记于心，谁想到她是赵云佳的表姐，又遇到了那样的麻烦？

而这个麻烦居然是……

1

“这麻烦是我惹的。”沈佳慧苦笑说。

沈佳慧知道自己是一个平凡的人，从小到大就好像不起眼的影子一样，吸引不了任何人的注意，在家里，她是最小的女儿，偏偏底下还有个千娇万宠的弟弟；在学校，她永远都是中流，既不像优等生那样让老师自豪，又不像差生那样令人又爱又恨。她觉得她会在研究生毕业后就回家乡相亲，嫁给一个同样平淡的男人，然后过着波澜不惊的下半生，却没想到一切因为她的一句戏言而改变。

就在3个月前，她加了高中班级的微信群。刚加群的时候，她曾经幻想过，能在这里遇到一个还不错的男人，然后开始她的初恋，但是男生们一听说是她就对她不再殷勤。她习惯了所有人都围着班级里曾经的美女打转，可当有人转发一张照片的时候，她立刻成了众人的焦点。

那个穿着红裙站在窗边微笑的姑娘，像极了沈佳慧，再加上转发照片的人说，他们的校友一直在找那个和他曾经有一面之缘的姑娘，所有人都沸腾了。沈佳慧承认，照片里的那个女孩很像她，但是她更清楚那个人不是她，她的头发颜色要更黄一些，眼睛没有那么大，她也从没有穿过红色的连衣裙……

但是，被关注的感觉还不错，有人“暗恋”了9年，至今还不能忘记的感觉更不错，不是吗？

沈佳慧也不知道她当时是怎么想的，就这样默认了众人的猜测，很快就有一个微信名叫“海阔天空”的人来加她，他激动地告诉沈佳慧，她是他学生时代的女神，如果她还单身的话，希望可以给他一个机会。在同学的起哄下，沈佳慧答应和他见面，心里却担心她会被认出是“冒牌货”，可是那一幕并没有发生。

邓飞认定沈佳慧就是他的女神，开始疯狂地追求她。他每天都会发好笑的段子给她，经常约她一起逛街看电影，更是三番五次提出想和她尽快结婚。可是，与邓飞近乎痴迷的态度不同，沈佳慧其实并没有那么喜欢邓飞。

沈佳慧虽然相貌平平但是身高还不错，她没想到邓飞只有一米六八，她只要穿有点高度的鞋子看起来就比他高许多，而且，邓飞做着程序员的工作，虽然赚的并不少，但和她没有多少共同语言。如果说，这些外在条件都可以忍耐的话，最让她不能接受的是邓飞特别大男子主义，每一次都由他决定约会的时间和地点，更明里暗里说过婚后一定要生儿子孝顺爸妈，让她觉得他们简直是两个世界的人。

这个世界上果然没有救苦救难的王子啊，沈佳慧默默地想。

她的浪漫幻想逐渐退去后，婉转地提出了他们并不合适，可是邓飞好像听不懂，继续一次次约她出去，继续给她送礼物。沈佳慧一开始还觉得挺对不起邓飞的，但是当她去新单位实习，邓飞再次追到单位后她生气了。她觉得自己的隐私受到了很大的侵犯，严厉地告诉他以后不要再联系她，她不可能和他在一起。

她以为他们之间结束了，没想到一切都朝着诡异的方向发展。邓飞的追求越来越猛烈，他每天可以打十几个电话给她，经常出现在她的宿舍楼下，请她的室友吃饭，希望她们在她面前“说好话”。他会拿着玫瑰花出现在教室门口，也会在下班的时候出现在她公司附近，甚至给她的父母打电话提出了结婚的请求。所有人都觉得他们在热恋，即将谈婚论嫁，沈佳慧却越来越愤怒，也越来越恐惧。她觉得，她再不做点什么也许真的会被父母逼着和邓飞结婚，所以她一气之下约邓飞出来，告诉他她已经有男友，希望他不要再打扰她。

然后，她被邓飞的眼神吓到了。

邓飞发疯一样地抱住她，告诉她他暗恋了她那么多年，不可能让她嫁给别的男人，如果有人拆散他们，他就杀了他全家。沈佳慧被吓到了，偷偷报警希望警察可以帮助她，但是当警察了解情况后，居然说这是感情纠纷便不再受理，于是她每天都活在提心吊胆里。

因为研究生还没有毕业的关系，她不可能去外地生活，邓飞的阴魂不散让她痛苦到了极点。当她找朋友倾诉的时候，朋友都用异样的眼神看着她，告诉她“珍惜眼前的幸福，要求不要那么高”，没有人相信她根本没有和邓飞恋爱！她在痛苦之余想到过自杀，但是赵云佳说有人可以帮她，她才会和叶蓁蓁见面。

不过，这个小姑娘真的可以吗？她看起来比自己还要年轻！难道，她还是逃脱不了那个恶魔吗……

“佳慧，我当然可以帮你。”叶蓁蓁看出了沈佳慧眼中的犹豫，坚定地看着她，“我们是最专业的危机公关公司，到现在没有任何败绩。你的单子交给我，我一定可以解决你的难题。相信我，我一定会帮你。”

“谢谢。”沈佳慧看着叶蓁蓁，终于露出了微笑。

叶蓁蓁和欧浔打赌，这个单子她能独立完成，所以费用当然也是她说了算。她知道沈佳慧手头紧张，只收了500元的定金，在单子结束后她再支付1000元就可以。沈佳慧显然没想到居然会那么便宜，在叶蓁蓁再三解释说现在是促销期才半信半疑。她心知这是叶蓁蓁故意给她优惠，一再邀请叶蓁蓁一起吃饭，叶蓁蓁笑着答应。沈佳慧想去宿舍拿点东西再和叶蓁蓁一起去餐馆，没想到又遇到了邓飞。

当看到邓飞的瞬间，沈佳慧脸上的笑意一下子就消失不见，身体因为恐惧微微颤抖了起来。她扭头就走，但是邓飞已经眼尖地看到了她，大步朝她走去。他一把抓住了沈佳慧的手，笑着说：“佳慧，你怎么才回宿舍，我在等你一起吃晚饭。我们吃好饭去打游戏怎么样，晚饭不如就吃牛排？”

“放手……你放手！”

沈佳慧拼命挣脱邓飞的手，叶蓁蓁敏锐地发现围观群众似乎对这一切都熟视无睹。邓飞的脸上挂着无可奈何的笑容，就好像沈佳慧只是一个无理取闹的小姑娘，他轻声说：“佳慧，都那么久了，你怎么还在生我的气？你也不是小孩子了，我们今年秋天还要领证……”

“谁要和你领证，我不要和你结婚！”

沈佳慧恐惧到尖叫了起来，叶蓁蓁分明听到宿管阿姨轻声说“现在的小姑娘脾气真大”，根本没有人相信他们其实并不是情侣。叶蓁蓁发现，邓飞已经占据了舆论优势，事情比她想象的还要复杂一些，但是她并不害怕挑战，她挡在了沈佳慧面前，笑眯眯地说：“请问你是谁？”

“你是谁？”邓飞警惕地反问。

“我是佳慧姐的表妹蓁蓁，我怎么没听说我姐在和你恋爱。我姐的男友一直在国外，你到底是谁？”

研究生学院里认识叶蓁蓁的人并不多，大家都开始窃窃私语了起来，邓飞的脸色也变得特别难看。他阴沉地看着沈佳慧，“佳慧，你好像忘记我说了什么了。国外的男友……你不会劈腿的，是吗？”

“什么劈腿，我没有！”沈佳慧愤怒地说。

“嗯，我知道你是好姑娘，你不会这样的。”邓飞立马温柔地说。

一看沈佳慧没有抓住重点，又跌入邓飞的圈套，叶蓁蓁忙说：“姐，你和他废话那么多干吗，他就是一个陌生人啊！我早和你说了不要随便把信息发在网上，你好心不报警，现在他越来越过分了！别理他，我们走！”

叶蓁蓁说完，拉着沈佳慧的手就要走，邓飞一下子急了，他把手中的鲜花丢在地上，冷冰冰地问：“佳慧，你真的在国外找了别的男友？真的傍大款了？你，你怎么可以这样对待我们的感情！我们都要结婚了，你怎么能做出这种事情！佳慧，我求求你清醒点好吗？我才是真正爱你的人，你不要离开我！”

邓飞的恳求催人泪下，叶蓁蓁看到围观的人都露出同情的表情来，突然明白这件事没有想象中那么好解决。她知道，邓飞已经把“他是沈佳慧男朋友”这件事坐实了，所以无论沈佳慧怎么反应，在外人看起来都是小两口的争吵罢了，沈佳慧反应越强烈，别人越容易相信邓飞。叶蓁蓁深吸一口气，笑着说：“好吧，你既然说你是我姐的男友，那么拿出证据来。姐，你介意当众做个测试吗？”

众人的目光让沈佳慧只想快点离开这个令她既尴尬又痛苦的地方，但是叶蓁蓁抓住了她的衣袖，目光是那样坚定又自信。她用口型无声说“相信我”，沈佳慧犹豫地看着她，不知道该怎么办。

该相信她吗？该相信这个看起来还很年轻的小姑娘吗？

如果她失败了，也就是在大家面前再丢一次脸；如果她成功了，也许真的可以离开这个男人！

反正她已经足够丢脸了，就算再丢一次也没什么，不是吗？

沈佳慧想着，终于咬紧嘴唇点点头，神色也坚毅了起来。叶蓁蓁见状松了一口气，笑着看邓飞，“你敢吗？”

2

邓飞看着叶蓁蓁笑吟吟的面容，只想一个巴掌扇上去，他不知道这个突然出现的女孩会出什么幺蛾子，总觉得事态越来越不好控制——这样的感觉真不好。叶蓁蓁见他犹豫，故意激他，“不敢就算了，反正我们根本不认识你。我警告你，以后别缠着我姐，我们和你不熟！”

邓飞看到叶蓁蓁和沈佳慧要离开，急忙说：“佳慧，如果你非要这样的话，那就来吧。如果我通过了测试，你不要再和别的男人在一起，好吗？”

“等你赢了再说吧。”叶蓁蓁冷笑着说。

叶蓁蓁从包里拿出了纸笔，分别递给了沈佳慧和邓飞，这时早就有好事的学生为他们搬来桌椅。眼见围观的人越来越多，叶蓁蓁嗓音清亮地说：“这个测试很简单，就是看你对我表姐有多少了解。我会提出问题，你们分别在纸上写出答案，然后大家都来判断你们是不是情侣。”

邓飞提出了疑问，“如果佳慧故意写错答案，那该怎么办？”

叶蓁蓁立马说：“看来这位先生对自己很没有信心啊。这样吧，我们叫几个佳慧姐的好朋友一起来做题，她们总不会和我事先勾结好吧。毕竟，有谁知道你会什么时候来骚扰她呢？”

在众人期盼的目光中，邓飞咬牙挺直了胸膛，“既然你们非要这样做，我接受。佳慧，我永远会等你回头的。”

沈佳慧没有说话，只是麻木地看着他，就好像在看一个最憎恨的仇人。

当赵云佳赶到沈佳慧宿舍楼下的时候，她发现叶蓁蓁已经把事情越搞越大了。有几个学生自愿报名参加测试，为了公平起见，叶蓁蓁让邓飞选了两个代表，然后他们一起回答叶蓁蓁的问题。赵云佳以为叶蓁蓁会问沈佳慧的生日、星座、爱好之类的问题，没想到叶蓁蓁第一个问题就是沈佳慧最近想面试哪家公司。邓飞眉毛一挑，关切地问："佳慧，你为什么要换公司？现在的公司有哪里不开心吗？"

"不要说话！"叶蓁蓁严厉地说，"你写下答案就好了！"

叶蓁蓁又问了沈佳慧穿多大的鞋子，吃不吃辣椒，最喜欢的科目是什么等问题，最后在邓飞难看的脸色里收了答卷。叶蓁蓁发现，其他同学答案的正确率都在80%左右，最低的也有50%，而邓飞的准确率是0。

出人意料的0，嘲讽感十足的0！

当看到叶蓁蓁画上那个大大的0时，邓飞一下子抢过了答卷，面色狰狞至极。人群中传来阵阵唏嘘，叶蓁蓁的语气也充满嘲讽，"如果你们真的是情侣，就算你再不关心女朋友，也不可能一个问题都回答不出来。别告诉我你们从来不谈这个，每天光说'我爱你''你爱我'。"

叶蓁蓁的话引起了哄堂大笑。许多人都谈过恋爱，当然了解恨不得把自己中午吃了什么都和对方分享的心情，更何况叶蓁蓁的问题都是情侣之间的入门级交流——那个男人连这个都不知道，他们真的是情侣吗？邓飞一言不发，叶蓁蓁再接再厉，"现在你还有脸说你是我姐的男朋友吗？不要逗了！我姐已经报警了，你下次再来骚扰她就要用法律手段解决问题！大家都听好了，他们没有任何关系，谁帮他接近我姐，我们一起告！"

叶蓁蓁严厉的表情、坚决的态度让想看好戏的人退缩，那些真正关心沈佳慧的人也开始怀疑自己是不是搞错了什么。赵云佳深深舒了一口气，神情复杂地看着叶蓁蓁，不得不承认她比自己想象中的还要聪明，还要能干。赵云佳想悄悄离开，这时人群里有人轻声说："想分手就分手，搞那么多有的没的做什么。不就是傍上大款了嘛，还搞得好像自己多无辜。"

沈佳慧顿时愤恨地看着她，那人忙捂着嘴巴说："佳慧，你别这样，我也是关心你。大家都是同学，都盼着你好，你可别误会。"

赵云佳认出来，说话的那个人是和表姐关系不好的李菲，一下子握住了拳头。叶蓁蓁诧异地看着李菲，显然也没想到大家都是同学，居然有人会唯恐天下不乱。这时，沈佳慧轻声解释："是她……原来我不让邓飞接近的时候，大家还是帮我的，是她说邓飞是我的男朋友，然后事情才会变成这个样子。"

叶蓁蓁没兴趣管她们之间的恩怨，默默记下了这个信息，突然看到了人群里的赵云佳。赵云佳没想到被叶蓁蓁抓了个正着，心猛地一跳，掌心也开始流汗。

因为程诺的关系，她曾经一次次让叶蓁蓁当众下不了台，这样熟悉的场景一定会让叶蓁蓁想起那些不算美好的回忆。赵云佳突然想，自己找叶蓁蓁来帮忙是不是太冒险了——如果她现在扭头就走的话，表姐肯定会崩溃，把事情弄得更糟糕……

天啊，叶蓁蓁她到底会怎么做？她会不会假装接下单子，其实只想给她一点颜色看？她会不会故意搞砸这件事……

"这位姐姐，你前几天去医院堕胎，怎么今天就回来了啊？也不多住几天，多影响身体啊。"叶蓁蓁对李菲说。

叶蓁蓁的信口开河引起了轩然大波，大家都好奇地看着李菲，还往她的小腹看去。李菲没想到会被人当众羞辱，气得浑身发抖，"你胡说什么，你别污蔑我！我才没有堕胎！"

"姐姐，我也是关心你，你干吗反应那么强烈。你上周就是去了第四人民医院妇产科，我没说错啊。大家都是同学，都盼着你好，你可别误会。"

叶蓁蓁把李菲说的话通通回敬给了她，李菲气得满脸通红，"你这丫头敢污蔑我，你再胡说八道我就不客气了！"

"是吗，难道你上周没去医院吗？"叶蓁蓁反问。

"她好像是请假了一天。"

"她说她肚子不太舒服。"

"啧啧，原来是这样啊。"

在李菲想要冲上来之前，人群里传来窃窃私语声，让李菲一下子愣住了，叶蓁蓁也终于舒了一口气。她看李菲的脸色，就知道她一定有内分泌失调的毛病，再加上看到她的包里露出了四院病历卡的一角，起初只是碰运气来诈诈她，没想到居然取得了出人意料的效果。"先发制人""抓住命脉"这样的招数，都是欧浔惯用的，她没想到她也会用这样阴险的方式，而且还成功了……

难道，她也要变成欧浔那样的人了吗？

叶蓁蓁想着，心里突然酸涩了起来，但是她现在不能退让，更不能软弱。

此时的李菲听着众人的议论声涨红了脸，可是她要怎么在这么多人面前解释自己只是例假不准？她气得跳脚，邓飞却帮她说话，"佳慧，你表妹怎么回事？怎么可以随便诬赖别人的名誉？快道歉！"

看到邓飞一脸理所当然的表情，沈佳慧真的想给他一巴掌。她很想问问他，他有什么脸管她，又有什么脸说别人在"诬赖"！

沈佳慧的脸因为愤怒涨得通红，她觉得眼前一片漆黑，突然感觉到一只小手抓住了她的掌心。叶蓁蓁的温度通过手掌传递了过来，她的镇定自若似乎感染到了沈佳慧。沈佳慧看着叶蓁蓁平静的面容，羞愧地想，为什么一个比她年轻的小姑娘都能这样理智，而她却总是懦弱胆小？

是啊，有她帮忙，她不会再害怕！

沈佳慧的目光逐渐有了神采，这时叶蓁蓁挡在了沈佳慧的面前，看着邓飞，“这位先生，你的记性似乎不太好啊。我说过，从现在开始你不能叫我姐的名字，不能出现在我姐面前，你没听到吗？”

说到最后几个字的时候，叶蓁蓁的表情透着愤怒，几乎与此同时，一辆警车停在他们面前。邓飞没想到沈佳慧真的会报警，目光阴冷，充满着恨意，但他到底不敢在这里停留，转身就走。

看到邓飞落荒而逃的背影，叶蓁蓁尝到了胜利的欢乐，再接再厉地对李菲说：“被诬赖的感觉怎么样，舒不舒服？如果你不舒服，请不要这样对待别人！我警告你，你再传播我表姐的谣言，我就去你的实习公司说你去堕胎了，还把大字报贴在公告墙上！其他人也听好了，不要看热闹不嫌事大，感情这事儿没有发生在你们身上！随便有人说是我姐的男朋友你们就信啊，那我还找个乞丐让你们当场结婚呢，你们干不干？你们有那么多人，我确实没办法一个个管过来，但是从现在开始，第一个敢说那家伙是我姐的男友，又或者帮他的人，就要倒霉了。我会去她上课的地方闹，给导师写举报信，告诉她家长说她被包养！反正我姐已经没脸了，大家一起丢脸吧！”

叶蓁蓁气场十足，李菲被气得说不出话来，只会呜呜地哭，到后来扭头跑了，围观的人们也慢慢散了。在车里目睹了一切的小李走进了学生中间，看到叶蓁蓁这个祖宗就觉得脑袋开始疼，“叶小姐，你又有什么事？”

“什么‘又’不‘又’的，说得你好像有多不想见我一样。”叶蓁蓁嘿嘿一笑，“我的车子被刮了就打电话报警，后来我们私下解决了问题，真是麻烦你们跑一趟啦。”

“你的车在哪，我怎么没看见？”小李真是被叶蓁蓁睁着眼睛说瞎话的样子气到了，“你这是报假警你知道吗？假警！”

“哪有那么严重……不高兴的话，你批评教育我吧，李警官。”叶蓁蓁用湿漉漉的眼神看着他。

看着叶蓁蓁态度良好又快哭出来的样子，小李突然觉得自己成了仗势欺人的混蛋，心里真有些微妙。他觉得一定要教训一下这个胆大妄为的丫头，又不想看到她哭泣的样子，在他矛盾的时候，听到赵云佳轻声说："她的车子刚才是被撞了，后来开去了修理厂。她没有报假警，我作证。"

听到赵云佳为她辩解，叶蓁蓁顿时用一种见到鬼的表情看着赵云佳，让赵云佳心里很不舒服，她耸耸肩，"大家都知道我们关系不好，我没必要为了她撒谎。"

"以后小心点！"

小李懒得和这帮小姑娘计较，随便批评她们几句后就离开了，这时宿舍楼前只剩下叶蓁蓁、沈佳慧、赵云佳3人。赵云佳觉得气氛很尴尬，想约表姐一起去吃饭又不知道该不该带上叶蓁蓁，幸好叶蓁蓁主动说："佳慧姐，这件事暂时告一段落，我就先回去了。你把他的电话、微信都拉黑，我相信他应该暂时不会来找你。"

"拉黑吗……"

沈佳慧早就想这么做，但是邓飞曾经威胁她，如果联系不到她就去她家找她，让她非常担心。叶蓁蓁看出了她的心思，轻声说："他就好像是公交车上的色狼，我们女人越是胆小，他越是亢奋，但是如果给他一巴掌，他就什么话都不敢说。对付这样的恶人，你只要比他还狠，就算心里害怕也要装出无所畏惧的样子。佳慧姐，也许有人会说这件事你也有责任，或者说'如果你没有给他机会他怎么会这样'的话，这种人你理都不要理——为什么龌龊的是男人，但是恶毒的会是女人？她们不去找那些男人算账，却为难同样可怜的同性，真是可悲。佳慧姐，勇敢点，你一定可以做到。再不济，还有我们在你身边。"

"叶小姐，谢谢你。"

沈佳慧感激地抓住了叶蓁蓁的手，赵云佳觉得脸好像被叶蓁蓁扇了一耳光一样，简直火辣辣地疼。她突然很想告诉叶蓁蓁，她妒忌她不光是为了程诺，她只是觉得这个世界对她实在太不公平，她不是眼中只有男人的那种蠢女人……但是她什么都说不出口。

她猛然觉得，其实叶蓁蓁没有说错，在她妒忌叶蓁蓁的时候，叶蓁蓁已经走得很远，远到她只能仰望的地步。

为什么要做一个只会妒忌别人的人？

赵云佳突然难过了起来。

3

邓飞一连几天都没有骚扰沈佳慧，让她们终于松了一口气，但叶蓁蓁还是不敢放松警惕。她在沈佳慧的手机里装了定位系统，并把自己的手机号码设置成一键拨号，告诉沈佳慧如果发生事情就去找她，她一定会在第一时间赶到。

再三交代沈佳慧外出要小心后，叶蓁蓁终于可以把心思放在毕业论文上。她为了答辩通宵准备，和欧浔的电话也是匆匆说几句就挂断了，连去上选修课的时候也是满脑子都是答辩的事情。

这天，因为太晚睡觉的关系，叶蓁蓁没有听到闹钟响，赶到教室的时候已经迟到了。眼见所有人的目光都落在她的身上，叶蓁蓁尴尬地说了声“抱歉”，蹑手蹑脚地往后排走去，然后险些尖叫出声。

欧浔正在后排对她微笑。

叶蓁蓁觉得她肯定出现了幻觉，用力揉揉眼睛，可眼前那人还是欧浔，只是看起来和以前有些不一样。叶蓁蓁惊讶地发现，一向最注意自己形象，掉一根头发都要鬼叫几天的欧浔居然任由头发呈现未打理的天然状态，更让人惊悚的是，他上身穿着白色的T恤衫，下身穿着破洞的牛仔裤，脚上穿的是大学生最爱的匡威球鞋，和以往西装革履的样子是那么不同。叶蓁蓁必须承认，休闲的打扮让他看起来充满了活力，但是这看起来实在太违和了，就好像迪拜王子拿着破碗在街头讨饭一样。欧浔他今天又发起什么精神病了？他又怎么会在课堂上出现？

“你怎么会来？”叶蓁蓁坐到欧浔身边，压低了声音问。

“学姐，上课的时候不要说话。”欧浔也压低了嗓子说。

叶蓁蓁突然很想打他。

她不知道，一个大自己8岁的人怎么会有脸叫自己学姐，就算他穿得再年轻也根本不像学生好吗！他的脸上根本没有学生的青涩和稚气，漆黑的眼眸好像能看透一切，卓尔不凡的气质让他成为整个教室的焦点，更别提腕上的手表简直是学生买不起的天价……我去，欧浔他居然举手了，举手了！他到底想做什么？

“没人知道排线形式吗……啊，有人举手了！请这位穿白衣服的同学来回答。”

叶蓁蓁当初选这名为“素描初级技巧与运用”的课程只是为了混学分，从来没有认真听过，却没想到她家老板似乎对这个很兴趣。在众人睽睽下，欧浔站了起来，面带微笑地说：“排线形式有中锋、侧锋、平锋、粗线、细线、疏线、密线、长线、短线、排线后加擦再排线。排线的方向，通常由右上方向左下方往返进行排列。这种方法与人的生理相适应，这种排线的方法在素描中用得最多。”

美术教授习惯了学生混学分的行径，没想到居然有人真的听了进去，简直要喜极而泣了。他欣喜若狂地看着欧浔，不断夸奖他上课认真听讲，夸了好几分钟才终于想起了今天的课程安排。他拿出了一个果盘放在桌子上，笑眯眯地说：“今天是最后一节课，我们的考试很简单，画这个果盘的素描。你们有两小时的时间，大家抓紧时间吧。”

听师兄、师姐们说过，这个教授的选修课很好过，即使你是幼儿园水平的素描也能过，所以叶蓁蓁并不紧张，她正拿铅笔测量果盘的尺寸，这时欧浔突然凑近了她，在她耳边问：“要不要我指导你一起画？”

他的嘴唇就快要贴上叶蓁蓁的耳朵，叶蓁蓁急忙环视四周，觉得窘迫到了极点，端正坐姿，用严肃的表情说：“别闹！”

欧浔挑挑眉，继续低声问：“喜欢我今天的装扮吗？长着一张娃娃脸真是好苦恼！我稍微穿得休闲点就会被认为是初中生，学校保安还问我为什么会到大学来。”

……

“真羡慕你这样相貌成熟的女人。”欧浔又说。

如果这不是在课堂上，叶蓁蓁一定会跳起来！她想说，她脸上的胶原蛋白满得都要扑出来了，欧浔就算是裹着尿不湿也是老黄瓜刷绿漆！她强压住怒火，笑眯眯地问：“你穿成这样，是因为越是缺少什么，就越是在意什么吗？哟，是不是对自己的年龄很介意，觉得这样就和我在同一年纪了？不要太自卑哦，虽然你年纪是挺大，但是你看起来只有30多岁的样子，依然有活力呢。”

“我28岁。”欧浔近乎咬牙切齿地说。

“四舍五入就30了，你介意这点细枝末节做什么呀。你那么介意，是因为自卑吗？是吗？是吗？”

“你觉得我的字典里会有‘自卑’那两个字吗？好好画画吧，叶小姐。”

如果欧浔用震惊的口气批判她的幻想有多无聊，也许叶蓁蓁还会觉得这是大少爷的玩笑，但是他居然一带而过，只好拿起画笔画了起来，多少带了点落荒而逃的味道。叶蓁蓁看着欧浔正襟危坐的侧颜，耸了耸肩开始画画，却总觉得有人在看她，猛地回头，又和欧浔的视线撞个正着。

“你老看我做什么？”她用口型问。

欧浔把叶蓁蓁的脑袋推到一边，示意她挡住了视线，装出一副认真作画的样子，但是叶蓁蓁分明感觉他的目光还是一直在她的身上。当下课铃响起的时候，大家纷纷交上了作品，叶蓁蓁把她的小学生水平素描藏在了大家中间，听到后面传来一声轻笑。她立马一个眼刀杀了过去，欧浔抚着下巴说：“能把苹果画成蜜瓜，香蕉画成茄子，你真是有创意啊，蓁蓁。”

“闭嘴！我又不是专业的，我能画成什么样？别光说我，你的给我看看啊。”

叶蓁蓁说着就要抢欧浔手中的画纸，但是欧浔迅速把它高举过头顶，叶蓁蓁气得跳了起来，欧浔就好像逗小狗那样不断换手，怎么也不让叶蓁蓁拿到。所有人都呆呆地看着这对情侣，欧浔哈哈大笑，“来拿啊，来拿啊，你这个小矮子够不到，够不到！你……”

他的话没有说完，因为叶蓁蓁对着他的肚子就是一拳，然后一把抢到了素描画。叶蓁蓁得意地打开了这幅画，一下子愣住了——图上画的那个人，居然是她。

画上的她，正专注地看着前方，长长的头发微微遮住了脸颊，简单的线条成功地勾勒出她的容貌，连她面颊上的梨涡都没有遗漏，看得出画这幅画的人对她非常熟悉。她看着画上的爱心标记，嘴角微微抽搐了一下，但是心到底软得不像话。她的脸有些泛红，轻咳了一声，“不是说画果盘嘛，你画我做什么……你不怕挂科吗？”

“好了，先把你脸上的笑收起来再说。走了，蓁蓁。”

欧浔一把拉着叶蓁蓁的手，在学生们的起哄声中离开了教室，没有忘记和大家挥手示意。叶蓁蓁听着学弟学妹的尖叫声，可以预感到，她在很长一段时间会成为众人口中津津乐道的话题，顿时觉得头有点大。她觉得羞涩又甜蜜，一言不发地往前走着，而欧浔硬是把她往停车场拉。叶蓁蓁猛地甩开了他的手，这时欧浔在她耳边说：“你再这样闹，我要抱着你去了。蓁蓁，不想看看我的新车吗？”

“不想。”

“嘴巴说不要身体很诚实嘛，去吧，少女。”

欧浔说着，重重拍了一下叶蓁蓁的屁股，然后率先往前走。叶蓁蓁一愣，然后急忙追了上去——她要踢死这个王八蛋！一开始，他们都在校园里快步走着，到后来干脆跑了起来，而且越跑越快。他们的身影在校园里留下一道道残影，同学们都好奇地看着他们，暗想师兄师姐们的“你追我赶”游戏还真是拼命。欧浔气喘吁吁地跑到了停车场，看着一脸杀气的叶蓁蓁急忙叫停，总觉得这一切和他设想的实在太不一样，他靠在墙上，深沉地问：“喜欢我的新车吗？”

作为一名从小就生活无忧的富二代，欧浔虽说没有过着挥金如土的人生，但是挥金就好像挥洒A4纸一样——心里稍微有点数，但是毫不介意。他喜欢一切奢华的东西，拥有两艘游艇和两架私人飞机，用来炫的跑车更是颜色齐全到可以组成一道彩虹。叶蓁蓁看着她面前的白色阿斯顿马丁，总觉得按照欧浔的性子不会买这样低调的颜色，诧异地问：“你开始喜欢白色了？”

“白色？我的车子明明是红色的。”

欧浔说着，一脸骄傲地指着阿斯顿马丁旁的红色自行车，叶蓁蓁知道他又开始犯病了，不然他为什么会骑自行车？欧浔骑上车子，示意叶蓁蓁坐上去，叶蓁蓁想知道他到底想做什么，干脆跳上了车。欧浔骑着车子在校园里疾驰，笑着问：“蓁蓁，没和你打招呼就来，你生气了？”

“不生气。”叶蓁蓁用手摸着脸，强迫自己微笑。

欧浔正好回头看叶蓁蓁，被她的笑容吓了一跳，愤怒地指责她：“叶蓁蓁，你已经有23小时没和我联系了。”

“哪有啊，我明明给你发微信的啊。”

叶蓁蓁拿出手机，发现欧浔确实给他发了不少信息，但是她上一条回复还是在昨天，顿时心虚了，忙说：“不是我不理你，我真的很忙啊！你也看到了，我的学分今天才修满，我还要做论文的英文版，还要为毕业答辩做准备，班主任还让我们参加毕业联欢，事情多得我都要昏了。我英语又不好，如果不赶工的话可怎么办！”

欧浔看到叶蓁蓁一副抓狂的样子，挑挑眉毛，“早饭吃了什么？”

“啊？”

“好吧，没有吃早饭，我不来的话你还要不吃午饭。你真是在虐待我的女朋友啊，叶蓁蓁。”

“什么啊。”叶蓁蓁心虚地说。

微风拂过欧浔的发丝，路边的风景一幅幅闪过，耳边响起了叶蓁蓁轻柔的嗓音，他觉得连灼热的太阳也没有那么令人讨厌。汗水顺着他的脖子滑过他的喉结，再滴滴落在他结实的胸膛上，他伸手擦拭汗珠，自我感觉身体的每一寸细胞都散发着荷尔蒙的诱惑。他暗想，这个世界上简直没有比叶蓁蓁更好命的女人了，于是回头摆出了最帅气的姿势，“叶蓁蓁，还满意你看到的吗？”

“欧浔，你骑不动了让我来吧！”

欧浔装得如此辛苦，就这样被叶蓁蓁戳穿，他不得不面对残酷的现实——他真的没力气了。他用力蹬着自行车，用低沉的声音继续说：“蓁蓁，等这个案子结束了，我们就一起去斯里兰卡怎么样？那里有千与千寻的小火车，我想你一定会喜欢。”

“你真的不要帮忙吗？你上坡都已经上了5分钟了。”

叶蓁蓁关切地看着四周根本没有变化的景物，再看着累得满头大汗、就差伸出舌头来喘气的欧浔，终于决定不再照顾他的自尊心。她把欧浔赶下了车，逼着他坐在后面的位子上，然后猛地蹬了起来。自行车以摩托车的速度在小路上疾驰，刚才轻柔的微风突然变成了令人睁不开眼睛的飓风，欧浔看着面前身材瘦弱却有着出奇力气的叶蓁蓁，冷汗从额头流淌了下来。

我的女朋友真是威猛。欧浔默默想着，突然觉得压力有点大。

4

在欧浔的指挥下，叶蓁蓁把车子骑到了一个小弄堂里。叶蓁蓁看着面前破旧的招牌，总觉得这和他华丽的画风非常不符，疑心他找错了地方。坐到位子上，她听到欧浔点了一锅皮蛋瘦肉粥之外不再点别的，终于忍不住问：“欧浔，你破产了？”

端坐在叶蓁蓁对面的欧浔觉得他一口气没喘上来，几乎不能维持他优雅又令人倾倒的坐姿了。他把最好看的45度角对准叶蓁蓁，富有磁性地问：“是什么让你有这样的错觉？”

“你每次吃饭都会去很贵的地方，还一言不合就包个场什么的，怎么今天那么简朴啊？说吧，是不是因为你在外面的仇人太多，大家联合起来整你，然后你破产啦？”

欧浔的手指有节奏地敲击桌面，意味深长地说：“很有趣的猜测。蓁蓁，可以告诉我，你的脸上为什么带着笑容吗？如果我真的破产了，你不该抱着我的腰，温柔地说无论发生了什么事你都爱我吗？”

叶蓁蓁“扑哧”一声，“得啦，你的手上还带着十几万的手表，破什么产。说吧，到底为什么带我来这里？”

“我觉得你会喜欢。”

欧浔的话让叶蓁蓁愣住了，她甚至有些羞愧了起来——他这么做不是因为周期性精神病，而是因为她可能……喜欢？这时，欧浔继续轻柔地说：“你到现在还没吃饭，不适合吃太油腻的东西，你又一向不喜欢日料，我看到这家店学生评价很好就带你来了。如果不喜欢，我们换一家。”

“不用。”叶蓁蓁忙说，“我只是觉得你和这家店不太搭，总觉得有点奇怪……谢谢你。”

当叶蓁蓁说到最后3个字的时候，连耳朵上都多了一层粉红，让欧浔特别想轻轻咬一口。他知道这个小丫头肯定是感动了，暗想女人真是一种奇怪的生物——不会因为钻戒、豪华的排场欣喜若狂，反而会因为路边摊动容。

还真是省钱的奇怪生物啊……

欧浔想着，淡淡地说：“蓁蓁，等你毕业论文答辩结束后快点来公司。刘枫的业务搞定后，有不少演艺圈的人想要找我们帮忙。离婚的、抓小三的……他们出价很高，我一个人忙不过来。”

叶蓁蓁听到欧浔的话，忙说：“我知道，等我毕业典礼结束就去公司报到。对了，我前几天怒骂了那个变态哦，沈佳慧的单子肯定没有问题。”

叶蓁蓁眉飞色舞地把她怎么骂邓飞的事情说了个遍，欧浔粗粗一听就听出了其中不妥的地方，但是看到叶蓁蓁的笑靥他选择了无视，笑着说：“好，如果这个单子顺利解决，我给你提薪20%。”

“哇！”叶蓁蓁顿时尖叫。

“如果出了麻烦，和我去约会，那一天不许说‘不’。”欧浔终于说出了他算计已久的事情。

叶蓁蓁猛地摇头，反应迅速，“那怎么行，万一你想……”

欧浔敲她的脑袋，“我在想什么？你脑子里都是什么东西啊！如果你对自己那么有信心，就不要怕打赌。想一想，20%的薪水，会让你离你的百万目标更近一步。”

一提到钱，叶蓁蓁可耻地动摇了。她想起自己的初战告捷，信心十足地说：“好，赌就赌。”

在他们说话期间，热粥终于端了上来。这家的粥都是现煮，所以温度很高，叶蓁蓁的脸蛋也因为粥的热气涨得通红。她呼哧呼哧喘着气，不断因为粥太烫而龇牙咧嘴，到后来欧浔终于看不下去了，他拿起勺子把粥吹凉，送到叶蓁蓁嘴边，“啊，张嘴。”

叶蓁蓁愣住了，她心虚地看着四周，发现没有人看着她才松一口气，羞怒地说：“我又没残废，你干什么啊。”

欧浔收回了勺子，疑惑地说：“我以为女人都会喜欢这样。”

“都？你在谁面前这么试过吗？”

欧浔没想到叶蓁蓁一下子就抓住了这句话的重点，一时之间没考虑好，是说他到现在从没恋爱过，或者说他从《手把手教你捕获女人芳心》这本书上看到这一招，哪一种说法更加丢脸，所以他干脆回避了这个话题。他打定了主意，如果叶蓁蓁追问下去，他就随便报几个嫩模和女演员说是他的前女友，然后深情款款地说他现在变了，就是喜欢像叶蓁蓁这样姿色平凡的小丫头。他想象着叶蓁蓁因为感动而落泪的脸蛋，听到叶蓁蓁又问：“咦，这粥里怎么没加香菜？”

说好的吃醋呢？难道他的感情史在她心里还比不上一盘香菜吗？

欧浔的心情顿时糟糕了，冷哼一声不再说话，懒懒地看着叶蓁蓁因为吃热粥龇牙咧嘴的样子。叶蓁蓁埋头吃粥，突然用轻不可闻的声音说：“如果你真的破产了……只要你脾气好一点，我不会抛下你不管的。”

欧浔看着叶蓁蓁紧张得都不敢直视他的样子，心里涌上了一股奇怪的情绪，整个心都被柔软的液体包围着，微微一笑，“如果我真的破产了，我一定会把能给你的东西都给你，然后一个人还债。如果被债主追到要死的地步，也会买下巨额保险，不会让你跟着我受苦。”

叶蓁蓁猛地抬起头，“我没和你开玩笑。”

欧浔说：“我也没和你开玩笑。蓁蓁，你不吃了吗？”

“骑着你的破车回家吧，贱人。”

欧浔看着叶蓁蓁气鼓鼓离开的身影，不明白他到底在什么地方得罪了她。而叶蓁蓁觉得怒火滔天，甚至没有心情准备论文，到了熟悉的咖啡馆里喝咖啡。现在客人很少，老板娘闲着没事干，看着叶蓁蓁沉默的样子，忍不住问："蓁蓁，谁惹你生气了？"

"我没有生气。"叶蓁蓁说，愤恨地拿叉子用力戳蛋糕。

"那你为什么给我的蛋糕分尸？"

"欧浔他看不起我。"

可能面对陌生人更容易说心事，叶蓁蓁把事情的来龙去脉和老板娘通通说了一遍，然后愤恨地说："我只是和他开个玩笑，弄得好像他破产了我真的会离开他一样，我是那种人吗？他就是看不起我！"

老板娘意味深长地问："欧浔，是那个危机公关专家吗？你们什么时候在一起的？"

叶蓁蓁顿时卡壳了，过了很久才红着脸说："两个礼拜之前。不对，这不是重点，你认识他？"

"是啊，我离婚的时候还是托他的福。"老板娘微笑着说，"我希望可以在最短的时间里抽身，他为我做到了，还给了那个渣男一个教训，所以我一直很感激他。"

"是吗？原来，原来……"

看到叶蓁蓁纠结的样子，老板娘不以为然地说："没想到我离婚了是吗？也许在别人眼里，离婚应该过着生不如死的生活，但对于我来说这是新生活的开始。蓁蓁，我没有觉得他的做法有什么不对——比起所谓的'生死相许'，他愿意一个人承担后果，让你重新开始新的生活才是负责的表现。坦白说，他不是一个理想的结婚对象，但是从这件事来看，他似乎没有想象中那么糟糕。"

"什么叫不如想象的糟糕……好吧，他确实是一个蛮糟糕的人。"

叶蓁蓁说着，和老板娘对视了几秒，然后一起叹气。老板娘看到叶蓁蓁气鼓鼓的脸，忍不住捏捏她的面颊，"小丫头，虽然和欧浔也不算熟悉，但是我觉得，他真是一个糟糕的家伙，有着会招蜂引蝶的外表，极其外向的个性，遇到事情狠辣又有出其不意的孩子气……他真是一个矛盾的男人，但是你不得不承认他很有魅力。蓁蓁，我40岁离婚，许多人会觉得我半辈子被那个家伙耽误了，可我并不认为是这样——和他在一起的那么多岁月，除了最后的伤心外，大多数是幸福的；没有他的人生才刚刚开始，还有无限可能性，也会是幸福的。蓁蓁，没有人一开始就知道爱情会是什么走向。在爱情尚存的时候，你觉得你是幸福的，那样就够了。”

“老板娘，我真是佩服你。”叶蓁蓁崇拜地看着她，“你那么漂亮，那么有主见，还那么自信……”

老板娘笑着打断叶蓁蓁的话，“不，蓁蓁，我并不像你所想的那么完美。虽然我在离婚的事情上比一般女人要理智，但是仔细想来，我应该早些时间发现他的不对劲，那样也许事情不会发展到这样的地步。蓁蓁，你永远不知道下一秒会发生什么，所以不要操那些没用的心。小姑娘年纪轻轻的，总是笑眯眯的才好看啊。也许，你该给他打个电话。”

就在叶蓁蓁纠结要不要给欧浔打电话的时候，欧浔已经郁闷到去看心理医生了。他把王皓的新发型、新香水批判了个遍，才开始说他在叶蓁蓁那里遭受的冷遇，最后悲愤地问：“王皓，你说她的脑子到底是什么结构？首先，我根本不可能破产，一定会给她富裕的生活；其次，就算我破产了，难道我不会事先把她送到国外，让她清净地过下半辈子吗？她根本不信任我的能力！”

“哦。”王皓说。

欧浔猛地从皮椅上坐了起来，“这就是你对病人的态度？”

“欧先生，我是心理医生，不是你的爱情导师。请原谅我的言辞，自从你喜欢上叶小姐以来，我已经知道了她的所有喜好，你们说的每句话我想我也没有错过。如果不是和你认识那么久，我简直要怀疑你是不是暗恋我，想借机让我吃醋。”

欧浔白了他一眼，“王皓，我以前没看出来你有那么自恋。”

王皓呵呵一笑，松松领带，“心理医生也是需要放松一下的。说实话，我觉得叶小姐能说出这样的话，代表她真的是一个很特别的女孩子，也真的很喜欢你。”

欧浔的耳朵一下子就竖起来了，“喜欢我？快说说你为什么这样认为。”

“现在的女孩子多现实啊，如果你没有这样的身家，那些嫩模们没有人会给你留电话号码……”

欧浔傲慢地打断了他的话，“不，我还有这张好看的脸。”

王皓被噎了一下，忍气说：“好吧，但你也不能否认，如果你有债务，你周围的朋友会慢慢离开你，你的生活也会彻底改变。”

欧浔想了一下，“称得上朋友的只有你和叶蓁蓁两个，她说她不会离开我，你的意思是你会见死不救？”

王皓愣住了，没想到他和欧浔认识那么久，居然真的成功地做了他的朋友，一时感动不已。欧浔拍拍王皓的肩膀，低沉地说："不要太感动，接着说。"

"总之……如果不喜欢你的话，她当时也许会虚伪地说'我们可以一起面对'，绝对不会因为你想抛下她而生气。恕我直言，你是奇葩，她也差不多——你们都该去检查一下大脑。"

欧浔并不因为王皓说他是奇葩而生气，而是热情地问："还有什么？"

"还有……虽然你觉得自己没错，但是你也要向她道歉。如果你指望女孩子先低头，那你这辈子只能单身。"

欧浔不耐烦了，"不是这个。"

"那你要说什么？"

欧浔猛地凑近了王皓，"说说你为什么觉得叶蓁蓁很喜欢我。她的眼神，她的语气，还有她隐藏的心理，都可以告诉我，说得越多越好。"

"变态，不要靠我那么近！"

王皓一把推开了欧浔，一想到他刚才距离他那么近，险些都亲到他嘴唇了就觉得恶心。他看着欧浔得意扬扬的样子，终于问："欧浔，你还没有找到杜希羽？"

欧浔的脸色瞬间变了，过了很久才轻哼一声，"嗯。"

王皓的神色也变得严肃了起来，"既然你确定不是幻觉，我想她这么多年可能是在故意躲着你。欧浔，你非要找到她，让她重新面对她想忘记的记忆吗？"

欧浔呵呵一笑，目光却冰冷如霜，"是啊，为了躲避我这个患有精神病的肇事凶手，连警察都帮忙隐瞒了她的去向，我做这一行那么久，却怎么都找不到她。王皓，我因为那件事成了这样，我只是想知道当年的真相。"

王皓犹豫地看着他，"你觉得知道真相对你来说是好事吗？如果想起来你是怎么撞人……我不觉得你会受得了。欧浔，做人有时候不能太执着。"

"呵呵，可我偏偏就是情愿面对溃烂的伤口，也不想看到粉饰的太平。我这辈子最后悔的事情，是我妈当年给我做了有罪辩护。"

"你明知道做无罪辩护的话，你也许现在就不会站在这里。"王皓的神色越来越严肃。

"要么无罪，要么接受应有的惩罚，哪一种都好过浑浑噩噩地活在猜测里。”欧浔冷笑着说。

“如果所有证据都证明是你做的，你会怎么办？自首吗？那叶小姐可以换一个男朋友了。”王皓淡淡地说。

王皓的话让欧浔的表情变得非常狰狞，王皓甚至担心他会扑过来打他，可是，欧浔只是说：“她不会。”

“她真的会。”王皓真诚地说，“就算是男女朋友，也应该留有秘密，这是爱情专家对你的忠告。”

“现在就闭嘴，不然我揍你，这是危机公关专家对你的忠告。”欧浔扬起了手臂。

5

叶蓁蓁并不知道欧浔的焦虑已经从“我破产了，我的女朋友为什么不肯离开我”瞬间改为“女朋友知道我的黑历史后，我们还有未来吗”的转变，一门心思为论文做准备，也终于迎来了毕业答辩。

当清晨的闹钟把她叫醒的时候，叶蓁蓁翻了个身，突然意识到她很快就要告别无忧无虑的大学生活，心里也是说不出的滋味。4年的时光里，这所学校承载着她的青春，虽然她曾经嫌弃过学校住宿条件差、舍友不好相处、食堂又贵又难吃，但是这里也是她最快乐的地方。

叶蓁蓁发现，当毕业就要来临的时候，大四的学生们开始疯狂地游戏人生，似乎想抓住青春的尾巴，能最后任性一场。他们有的商量好毕业那天就失恋，也有的鼓足勇气向喜欢的人表白，四处聚餐喝酒闹事的也随处可见，但是老师们都对他们报以宽容态度——就让他们再做几天孩子，不用承担起成年人的责任吧。毕竟，这责任一旦担负起，就一辈子也无法摆脱了。在伤感又疯狂的气氛下，叶蓁蓁和除余乐外的舍友的关系好了一些，大家会聊点女孩子喜欢的话题，也会一起逛街吃饭。她们和好后，有人终于忍不住问：“蓁蓁，上次来学校那个人真的是你叔叔吗？就是去教务室帮你出头的那个。”

“算是吧……有什么事吗？”当时叶蓁蓁心里一惊，还是笑眯眯地问。

舍友顿时两眼冒星星，“你们去停车场的时候我见了他一面，他长得真是又帅又有气质！你叔叔看起来也只有30岁，他有女朋友了吗？”

另外一个室友顿时说：“你怎么喜欢老男人啊，蓁蓁的男朋友才帅气呢——蓁蓁你干吗这样看着我，就是上次和你一起去美术教室那个啊。我学妹看到他以后天天晚上念叨，说真希望找那么帅气又那么温柔的男朋友呢。蓁蓁，你的命也太好了吧，周围都是极品帅哥，还有程诺……啊，对不起！”

室友说完后就知道说错话了，急忙心虚地闭口不谈，叶蓁蓁一愣，然后笑着说：“没事啦，都那么久的事情了，我早不介意了。我们现在是朋友。”

室友嘿嘿一笑，“蓁蓁，你脾气真好，我们一开始都觉得你是大小姐不敢接近呢。嘻嘻，你也承认美术教室那个是你男朋友啦，为什么追你的男人都那么优秀啊，你给我们传授下秘诀好不好？”

这个问题真的不太好回答，她很想说这是因为她长得好看，但是又不想失去这两个室友，谨慎地问：“你们听说过爱情魔法吗？”

“啊？那是什么？”

“我也是听其他师姐说的……听说，捡起池塘边的小石子许愿，会得到男人的追求呢。”

叶蓁蓁不知道，在很久很久以后，有个彪悍的女生捡起池塘边的巨石，砸晕了心仪的男孩，后来，学校下了“不允许女生接近池塘”的校规，气急败坏地要找出始作俑者，在大学里闹出了不小风波。当年还大四的她，红着脸与两个室友分享了女生的小秘密，和她们一起迎来了毕业答辩的日子。叶蓁蓁起床后，换上了新买的职业装，对着镜子画起了淡妆，希望给老师一个好印象。在她涂睫毛膏的时候，余乐酸酸地说：“呵，毕业答辩是看论文可不是看脸，有些人再想勾引老师也没用。”

杨文娟原来也准备化妆，都已经把粉底拿出来了，却被人这样说，一下子沉了脸，“余乐你怎么说话的，今天估计有80%的女生会化妆，想让自己自信一点有什么错。不用化妆的，只有真正的大美女和化妆也没用的丑女，你觉得你是哪种？”

余乐当然知道她不是大美女，却也没想到会被一向好脾气的杨文娟骂，气得面颊通红，“我又不是说你，你急什么啊！”

“不管你是不是说我，这话我听了都不高兴，不可以吗？”

杨文娟长得五大三粗又性格彪悍，前几天兴冲冲化了妆和男神约会，却被男神的师妹笑话她浓妆艳抹，所以余乐这下算是撞在了枪口上。余乐没想到大家都不帮她，只觉得眼泪都要掉下来了，她生着闷气，暗想有舍友打圆场的话她见好就收，却听到叶蓁蓁轻快地说：“时间不早了，我们快走吧，听说早抽签的人运气会比较好呢。”

“是吗？那我们快走吧。”

没有人再管余乐，大家纷纷朝着门口冲去，吃了早饭后就到了教学楼。虽然老师曾说叶蓁蓁论文的问题不大，也暗示过答辩不过的人非常少，但叶蓁蓁还是因为紧张而微微冒出了冷汗。她抽的签是最后一名，看到同学们纷纷一脸紧张地进到考场，出来的时候却一脸轻松，还都神色复杂地看着自己，心情越发紧张了起来。她一再检查妆容，确信她的内衣没有露出来，睫毛膏没有花了一脸……可是他们到底为什么这样看她啊！当杨文娟出来后，她也看着叶蓁蓁叹了一口气，叶蓁蓁终于忍不住，一把抓住了她的袖子，“你为什么这样看着我？”

“没有啊。”杨文娟躲闪着不敢看她。

“杨文娟，你说啊！到底发生什么事了？”

“你进去就知道了。啊呀，我肚子好疼，我先走了！”

杨文娟没有义气地跑路后，叶蓁蓁也觉得肚子隐隐作痛，脸色也有些发白。老师叫到她学号的时候，她还在发呆，反应过来后急忙走到了门口，深吸了一口气后把门推开。她以为会在里面看到“叶蓁蓁去死”的横幅，或者会看到一条让同学们精神失常的巨龙，没想到看到了程诺。

当叶蓁蓁和程诺四目相对的时候，她的心飞快地跳了起来——这家伙为什么会在这里！她硬着头皮向各个老师问好，在问候程诺的时候，她分明听到有个老师发出了暧昧的笑声。叶蓁蓁强迫自己不要慌乱，慢慢镇定了下来，清晰地阐述起她的论文，回答问题的时候也还算发挥不错。程诺听着她清亮的嗓音，看着她落落大方的模样，突然想起这个丫头曾经会用多么娇媚的声音叫着他的名字，会因为他的注视羞涩地红了脸。

蓁蓁她真的长大了啊，突然，有点遗憾。程诺想着，微微笑了起来。

叶蓁蓁结束了中文答辩后，迎来了她最头痛的英文答辩环节——大家明明是中国人，到底为什么要学这种讨厌的语言！程诺一看到叶蓁蓁僵硬的笑容就知道她在想什么，拿过了话筒，在叶蓁蓁惊慌的眼神中问：“Hi,what's your name?”

叶蓁蓁一愣，“Ye Zhenzhen.”

“what's this?”他指着面前的钢笔问。

“It's pen, no, it's a pen.”

“May I have lunch with you?”

“Yes.”叶蓁蓁下意识地说。

“提问结束。时间不早了，我们应该去吃饭了。”程诺笑着看着叶蓁蓁，然后对身边的教授说。

所有教授都笑了起来，但是叶蓁蓁一点儿也乐不起来，她的表情看起来就好像咬到了自己的舌头——她只是按照小学英语一步步回答下去，怎么就莫名其妙地要和程诺一起吃饭了？她尴尬地站着，红着脸不知道说什么好。有个老教授打了圆场，“好了，叶蓁蓁你通过了，可以走了，中午别忘记请程教授吃饭啊。我们也要下班了，坐了一上午真是好累……”

教授们一边聊着天，一边收拾东西离开，叶蓁蓁简直不敢相信她就这样轻易通过了。她尴尬地想，刚才的“黑幕”简直是“黑”到了明规则的地步！理论上说她应该感激程诺，可是他们的关系实在是有些复杂，欠他人情好有压力……程诺从叶蓁蓁身边经过，淡淡地问：“吃酸菜鱼怎么样？”

“好。”叶蓁蓁轻声说。

叶蓁蓁跟着程诺到了学校外新开的一家小饭馆，点了几个菜后关闭了手机的飞行模式，发现她的微信消息一条连着一条。第一条是小学同学问她借钱的消息，第二条是叶如梅发了在巴西度假的照片给她，第三条是有个不认识的微信好友发消息清人……叶蓁蓁把每条消息看了个遍，没想到根本没有看到欧浔的消息，心里顿时生气了——这家伙嘴上说希望她一毕业就去他那办公，居然忘记了今天是她毕业答辩的日子！叶蓁蓁在心里把欧浔从头到脚问候了个遍，突然听到程诺叫她，急忙抬起头。看她一脸茫然，程诺再次重复他的问题，“蓁蓁，毕业后有什么打算？”

“还是做危机公关，我很喜欢这一行。”叶蓁蓁说，终于忍不住问，“程诺，你今天怎么会出现在学校，还坐在教授们身边？”

程诺淡淡一笑，“我以为你不会问这个问题。丁教授在两周前因为冠心病住院了，我顶替丁教授做了客座教授，也帮他进行论文答辩。蓁蓁，我已经在学校教了两周的书。”

叶蓁蓁没想到程诺居然做了教授，总觉得这一切太神奇了，“你准备一直做下去吗？”

“在不影响本职工作的情况下，我很乐意在这里教课，当然，能做多久还要看校领导的安排。”

叶蓁蓁耸耸肩，“校长当然希望你在这里做客座教授啦。长得帅肯定受学生欢迎，还可以为学校对口单招一些学生去报社工作，他的算盘打得倒是不错。那个，你今天问我那些问题，会不会不太好？”

“蓁蓁，你在担心我，是吗？”

程诺的眼神中突然闪着异样的神采，让叶蓁蓁有些愣神。她的心猛地一跳，回避程诺的眼神，轻声说：“我是担心我的毕业答辩会不会被宣判无效。”

“蓁蓁，你知道学校论文答辩通过率是多少吗？”程诺问。

“多少？”

“98%。也就是说，只要没有抄袭和重大失误，几乎所有人都能过关。大家在学校上了4年学，需要拿到证书毕业找工作，学校也有就业率的考核，当然不会刻意为难学生，这本来就是双赢。所以，你的担心没有必要。”

叶蓁蓁虽然明白这个道理，但总担心自己是那倒霉的2%，直到现在才彻底放下心来。她看着不远处的校门口，怀念地说：“在学校的时候只想快点毕业找工作，但是真的毕业了还真是舍不得——你当时也是这样的吧。”

程诺没有回答。

他不知道该怎么告诉叶蓁蓁，在美国毕业的时候他有多欣喜，因为他以为回国以后就可以重新抱住他最心爱的那个女孩。可是，时光到底没有为了他停留，他现在就坐在她的对面，却和她咫尺天涯。

如果，如果当初不放手……呵，他又幻想什么“如果”。

程诺看着叶蓁蓁等待回答的样子，终于微微一笑，“当然。”

“酸菜鱼来了，让一让！”

就在叶蓁蓁觉得气氛有点奇怪的时候，服务生端来了热气腾腾的酸菜鱼，也打断了他们的对话。叶蓁蓁小口吃着美味的鱼片，时不时翻看着手机，暗想欧浔到底什么时候才会联系她，程诺则若有所思地眯起了眼睛。当叶蓁蓁的手机铃声响起的时候，他看到叶蓁蓁以最快的速度拿起了手机，然后脸色在瞬间变得很难看。

“喂？”叶蓁蓁接通了电话，声音有些颤抖。

电话的那头传来嘈杂的声音，其中还有女人的尖叫声，然后电话就被挂断了。叶蓁蓁放下筷子，猛地站起身来，程诺也站了起来，“蓁蓁，怎么了？”

“沈佳慧出事了。”叶蓁蓁沉重地说。

叶蓁蓁没有哪一刻，像现在这样庆幸她给沈佳慧的手机里装了一键拨号和定位系统，所以她可以按照定位找到沈佳慧的出租屋。在程诺的汽车里，叶蓁蓁报了警，又和沈佳慧所在小区的物业联系，并且不住地给沈佳慧打电话，但是沈佳慧的手机始终处于关机状态。叶蓁蓁心烦气躁地咒骂了一声，程诺从后视镜里看着她，“到底发生什么事了？”

“我的客户遇到危险了。”

叶蓁蓁简单地把事情的经过告诉了程诺，程诺的脸色也变得凝重了起来，他不敢相信这个世界上还有邓飞这样的人，“他一直一厢情愿地骚扰沈佳慧，居然没有任何人去制止？”

叶蓁蓁苦笑，“如果没有认识沈佳慧，我也不相信会这样。中国人一向信奉‘宁拆一座庙，不毁一桩婚’，如果是陌生人斗殴他们会报警，如果是夫妻吵架，就算把对方打死了他们也会无视。所有人都觉得这是沈佳慧的感情纠葛，根本不愿意帮她，甚至还默许邓飞来骚扰她。”

“你准备怎么做？”

“废了他。”叶蓁蓁怒气冲冲地说。

程诺皱眉，“为了一个陌生的客户，这样是不是不太值得？”

叶蓁蓁的火气顿时上来了，“我算是看出来了，和他说什么都没有用，对付这样的人渣就要以暴制暴！反正是他动手在先，我打他也是正当防卫，我不怕。”

程诺摇头，“蓁蓁，你何必脏了自己的手。我有更好的办法。”

6

说话期间，他们已经赶到了沈佳慧的住所，叶蓁蓁和闻讯赶来的保安撞了个正着，正好一起冲进去救人。饶是叶蓁蓁已经做好了心理准备，但是当她看到邓飞把沈佳慧压在身下，沈佳慧的胸口都露了出来的样子，脑子里的那根弦还是断了。她随手拿起扫把，疯狂地对着邓飞就打，当邓飞反应过来想还手的时候，被程诺不经意地绊了一跤，重重跌倒在地上，下巴因为磕在桌角上鲜血直流，看起来有些可怕。他也知道今天讨不到好处，阴郁地看着沈佳慧，“佳慧，你躲得了一时，躲不了一世，你早晚都是我的，你何必这样？”

叶蓁蓁冷笑，“呵呵，你倒是河马不刷牙——口气很大嘛。我倒要看看你下半身不遂不能爬起来后，还怎么骚扰女人！”

叶蓁蓁说着又要去揍邓飞，邓飞一边躲闪一边喊：“你这个女人怎么那么暴力，再打我就告你了！你还打！还打！”

邓飞没想到叶蓁蓁就好像根本没听到一样，继续把他一顿揍，而程诺在叶蓁蓁把他揍得差不多要晕倒的时候，终于制止了他。他站在邓飞面前，淡淡地说：“我们已经报警了，警察很快就要来，在警察到来之前我想采访你几句。你为什么突然想强暴这位女士，是什么给你这样的勇气，让你触犯法律？为了这几小时的暴行，进监狱几年，你觉得这样值得吗？”

邓飞凶狠地说：“你谁啊你，我和我女朋友上不上床关你什么事！这是我的私事你少管！”

“她根本不是你女朋友！”叶蓁蓁忍不住插嘴。

程诺微微一笑，“蓁蓁，这并不是重点，就算他们已经结婚了，只要男方违背了女方的意愿，都算强奸，法律上还有个名词叫‘婚内强奸’。刚才你收到了沈佳慧的求救电话，那就是最好的证据。这位先生，你逃不掉的。”

“精神病！”

邓飞的脸一阵红一阵白，终于色厉内荏地骂了这一句。程诺并不生气，继续说：“看来你已经意识到你的问题了，你的精神有问题，确实应该看看心理医生。你沉浸在虚构的恋情里不能抽身，这个问题到后来会越来越严重。不过，我想法院不会对此减轻判决。”

“我说你精神病！真是懒得和你们说话！我告诉你，以后不要让我看到你！”

邓飞最后甩了句狠话后，慌不择路地跑出了房间。叶蓁蓁热血上头就要冲出去，程诺一把抓住了她的手臂，“蓁蓁，你还有更重要的事情要做。”

叶蓁蓁顺着程诺的眼神看到了沈佳慧，此时才反应过来，抱歉地捂住了额头，“佳慧姐，对不起，我刚才光顾着揍他了……他跑也跑不掉，我们等警察来就报案。”

“是啊，姑娘你快报案。”保安也忙说。

“不行，不行，我不能报警……你走，我根本不认识你，你为什么在我的房间！”

出乎叶蓁蓁意料的是，沈佳慧这一次怎么也不肯报警，甚至情绪激动地赶走了保安。保安一脸郁闷地离开后，叶蓁蓁皱起了眉，觉得事态的发展可能会出乎她的意料。她小心翼翼地在沈佳慧身边坐下，递给她一张纸巾，轻声说：“佳慧姐，你必须报警。这件事已经不是简单的骚扰了，他已经对你造成了伤害！这一次是强奸未遂，那下一次呢？谁知道这个人渣还会做什么！”

沈佳慧轻声啜泣，一直没有开口说话，倒是程诺淡淡瞥了叶蓁蓁一眼，用眼神示意叶蓁蓁闭嘴。叶蓁蓁下意识捂住了嘴巴，然后生气起来——凭什么她不能说话，她才是负责这件事的危机公关专家好嘛！就在这时，门外又响起了敲门声，警察终于赶到。出乎叶蓁蓁意料的是，沈佳慧并没有说出邓飞企图强奸她的事情，只是说他私闯民宅，警察见没有造成太大损失，简单记录了一下就离开了。程诺去厨房烧了热水，然后坐到了沈佳慧身边，看到她的身体因为他的靠近微微一颤，体贴地把椅子往旁边挪动了一些。他递给沈佳慧一杯热水，在沈佳慧情绪平和下来后才说：“能告诉我们，为什么不想报警吗？”

沈佳慧沉默了很久，才用最轻的声音说：“如果报警了，我爸妈会知道这件丢人的事情，那时候我就真的只能嫁给他了。”

叶蓁蓁忍不住皱眉，“佳慧姐，我们先不说你根本没有被他怎么样，就是真的被怎么样了，你难道嫁给强奸犯吗？”

沈佳慧苦笑，“蓁蓁，你是城里孩子，你不懂……”

“我懂。”程诺平和地说，“如果出了这种事，村里会觉得这是可以茶余饭后谈论的丑事，女孩的父母会抬不起头，女孩除了嫁人和远走他乡外没有别的选择。我理解你的决定。”

沈佳慧身体轻轻一颤，目露感激，“谢谢。不好意思，我还不知道你的名字……”

“我叫程诺。”

在听到程诺名字的时候，沈佳慧的面色有了些许变化，显然赵云佳曾经提起过他。她看着程诺和叶蓁蓁，到底没有心情管他们之间的三角恋，疲惫地说：“叶小姐，今天真是谢谢你，如果不是你及时赶到，我真的不知道会发生什么事。我想过了，既然惹不起他，我就只能躲了。正好我公司要派人去外地，我打算去外地工作一段时间，希望邓飞可以忘记我，不要再来招惹我。”

程诺点头，“今天的事情也给了他很大的教训，我想他短时间内应该不敢做什么。不过，你也不能放松警惕，去了外地后，换了号码不要告诉太多人。”

沈佳慧心有余悸地说：“嗯，我知道。我真的很后悔当时谎说是他的女神，如果我当时没有那么虚荣，事情一定不会发展成这样。”

叶蓁蓁忍不住插嘴，“那会有别的姑娘倒霉。”

程诺看了叶蓁蓁一眼，率先站起身，“好了，时间不早了，我们也该走了。有事情，记得给蓁蓁打电话，她对你真的很上心。”

“我知道。谢谢，真的谢谢你们。”

程诺拉着叶蓁蓁一起离开，留给沈佳慧一个人独处的时间。程诺从后视镜里看着叶蓁蓁微微嘟起的嘴唇，低沉地问：“蓁蓁，你为什么那么不高兴？”

叶蓁蓁懊恼地说：“我真不理解她！明明都已经这样了，可以直接把邓飞送进监狱，她为什么现在放弃！”

“送进监狱……能关几年？3年还是5年？你觉得按照邓飞那么偏执的个性，他出来后是会洗心革面，还是会再找沈佳慧的麻烦？”

叶蓁蓁语塞，顿时不说话了，她强忍住怒气，“难道就这样放过邓飞吗？至少去他的单位闹一场，让他的同事知道他是什么样的人！”

“如果他因此丢了工作，会把怒气发在沈佳慧的身上，他的整个人生都只剩下骚扰沈佳慧这件事，这对沈佳慧而言反而会是噩梦的开始。蓁蓁，有些人是会让你很恼火，但是你只能选择用温和的方式解决，或者……杀人不见血。”

“杀人不见血？”叶蓁蓁好奇地反问。

“如果他工作上犯了什么错，那个错误又正好被你抓住，到时候头痛的就是他了。”程诺貌似漫不经心地说，“蓁蓁，你现在要去哪里？”

叶蓁蓁急忙回过神，“还是回学校吧，晚上有个散伙饭，每个人都要出席。”

“好。”程诺说。

程诺开车把叶蓁蓁送回了学校，一直把她送到了宿舍楼下。夏季的风拂在面上是那么轻柔，叶蓁蓁看着楼下依依惜别的情侣，再看着程诺，觉得有点尴尬了起来。她酝酿着要怎么和程诺告别，程诺突然开口，“蓁蓁，我给你带来困扰了吗？”

“啊，当然没有，你为什么那么想？”叶蓁蓁忙说。

“虽然做不成恋人，但我想我们还是朋友。如果遇到了什么麻烦事，你一定要告诉我，两个人的力量怎么也比一个人大。答应我，可以吗？”

看到程诺清澈又坚定的眼神，叶蓁蓁不知道该怎么拒绝，只好僵硬地点头，然后她看到了程诺温柔至极的笑容。程诺伸出手，就好像以前一样摸摸她的头，“这才乖。”

程诺亲密的动作让叶蓁蓁有些尴尬，当她看到不远处的赵云佳后更加尴尬了。她想起自己前几天才对赵云佳说，她对程诺已经毫无感觉了，可她现在……叶蓁蓁不知道为什么，突然有一种被捉奸在床的窘迫感。赵云佳红着眼圈朝他们走了过来，就在叶蓁蓁觉得她要给自己一巴掌的时候，赵云佳猛地对叶蓁蓁鞠躬，“蓁蓁姐，谢谢你。事情我都知道了，如果不是你的话，我姐她就……真的谢谢你！”

“没事，这是我的分内工作。”叶蓁蓁突然有一种一拳打空的失落。

“以前是我不懂事，给你添了很多麻烦，我真的很抱歉。我回去想了很久，我觉得你说得很对，女人要为了自己活，目光不能都在男人身上。我以前暗恋……那个人，真是做了许多错事，连我都不认识自己了。我以后要把重心放在工作上，以后要成为和蓁蓁姐一样棒的人！程诺，我不再喜欢你了，你也不要对我有任何想法。你是好人，但我们以后只是朋友。”

程诺觉得赵云佳有点奇怪，他不明白，他只是送叶蓁蓁回宿舍，怎么会莫名其妙地被发了“好人牌”，他们之间明明从来没有那种关系……不过，他看着赵云佳坚定的眼神，知道她是彻底走出来了，心里也终于松了一口气，“云佳，我们当然是朋友。”

赵云佳笑了，一手抓住叶蓁蓁的手，另一只手抓住程诺的手，“我们可以回到以前了，真好。”

回到以前吗？呵，根本不是这样。蓁蓁已经不爱他了，一切都变了。

程诺嘲讽地想着，神色晦暗了起来，这时赵云佳突然说：“蓁蓁姐，我不知道该不该说，但是宿舍楼那边，欧浔好像已经拿着玫瑰花等你很久了。”

“啊？”

“有好多学生围观，我应该没看错。啊，欧先生……”

程诺的脸色突然变得很难看，叶蓁蓁猛地回过头去，居然看到欧浔朝着自己走来。欧浔手捧一束玫瑰花，看得出拼命想露出微笑，但是表情简直可以用杀气腾腾来形容。欧浔和叶蓁蓁的距离越来越近，似乎想把玫瑰花砸到叶蓁蓁的脑袋上，让叶蓁蓁下意识倒退了一步。欧浔看到叶蓁蓁后退后，和程诺的距离又近了10厘米，越发不高兴了起来，大步走到叶蓁蓁的面前。他凝视着叶蓁蓁的眼眸，突然抬起手，然后叶蓁蓁听到了此起彼伏的尖叫声。

宿舍楼的某些灯在瞬间暗了起来，有的亮了，亮着的灯正好拼成了英文“I LOVE U”。叶蓁蓁捂住了嘴巴，简直不敢相信这一切都是为了她准备的，这时欧浔一把把她抱在了怀里。学生好像打了鸡血一样尖叫了起来，纷纷为眼前的一幕拍照留念。叶蓁蓁只觉得闪光灯都要把她的眼睛亮瞎了，心里又尴尬又是感动，轻声说：“你，你怎么来学校了？”

“为了庆祝你毕业。蓁蓁，你的每个重要时刻，我都会和你一起分享，这一辈子都会这样。”

欧浔的神色是难得的严肃认真，叶蓁蓁看着他在月光下几乎闪闪发光的面容，心里满是甜蜜至极的滋味。她视死如归地接过了玫瑰花，已经做好了花粉过敏的准备，却没想到根本没有打喷嚏。她诧异地看着欧浔，欧浔骄傲地说：“这花已经经过了处理，不会让你过敏，不要担心。蓁蓁，谢谢你，和我相遇。”

“什么啊。”

叶蓁蓁的脸一下子就红了，然后觉得嘴唇被一个软软的东西吻了。她瞪大眼睛，正好看到欧浔放大的俊颜，也闻到了他身上熟悉的古龙水味。

在认识欧浔之前，她最讨厌的就是用香水的男人，但是爱上欧浔后，她居然越来越习惯了这样昂贵的味道。四周的喧嚣声似乎都消失不见，她的眼前只有这个男人。

显摆、孩子气、任性、以自我为中心……他的身上有那么多缺点，但是他真心爱一个人的时候，是那么让人动容。

老板娘说得对，有谁知道未来会怎么样？只要现在，他爱着她，她也爱着他，那就够了。

叶蓁蓁忘记了她和欧浔曾经的争吵，用难得温柔的眼神看着她喜欢的男人。赵云佳敏锐地发现程诺非常不对劲，他的手掌青筋毕露，眼神是她前所未见的狠戾，就好像是一头愤怒的野兽。赵云佳被程诺的眼神吓住了，突然看到他转过身去，大步离开了喧闹的现场，没有丝毫的留恋。

“程诺哥……”

赵云佳下意识地叫出了程诺的名字，却突然顿住了，到后来什么都没有说。她神色复杂地看着一脸幸福的叶蓁蓁，有着一种暴风雨要来的感觉，却希望这一切都只是错觉。

毕竟，程诺哥是一个那么好的人，怎么会做出什么事情呢？除了，他曾经……

赵云佳在炎热的夏天居然打了个寒战，不敢再想下去。她眯起眼睛看着不远处的叶蓁蓁，终于轻轻一叹。

第九章　毕业风波

临近毕业季，大学生们就好像秋后的蚂蚱一样拼命折腾，学校各处都是上演着“大四生死恋”的学生，附近的小餐馆也和往年一样发了财。

无论是对未来踌躇满志，还是不知道将来路在何方，又或者对青葱岁月恋恋不舍……他们笑着、闹着、吃着、吐着，用最肆意的方式，为珍贵的青春画上了一个句号。

叶蓁蓁已经不记得她参加了多少次聚餐，正在埋头苦吃，当听到同系的女孩问她是怎么和“干爹”认识的时候歪了脑袋，“干爹？那是谁？”

1

叶蓁蓁想，她一定是听错了。虽然她的父母在她10岁那年就离婚，但是叶如梅并没有再婚的打算，更加不会给她认一个干爹。叶蓁蓁疑惑地看着那个女孩，突然看到杨文娟狠狠瞪了那个女孩一眼，而余乐笑了起来，“叶蓁蓁，你就别装了。上次来学校的那个男人，你说是你叔叔，可是他明明前几天在宿舍楼下给你送了玫瑰花，还在那么多人面前吻了你呢。他开的跑车可是要几百万呢，听说连手表都要20多万，恭喜你找到金主了。”

余乐嘴上说着恭喜，但眉眼之间都是掩饰不住的妒忌，许多同学的脸色也极为微妙。叶蓁蓁好笑地想，这个谣言估计已经传了好几天了，可是居然没有一个人向她求证，看来大家都默认了这个说法。她当然可以解释她和欧浔之间的关系，但是她拿起了酒杯，微微眯起了眼睛，好奇地问：“什么是金主？”

余乐不假思索地说：“金主就是给你钱花，供你吃穿，包养你的老男人啊。”

叶蓁蓁恍然大悟，“哦，原来是这样。我倒是不知道什么是金主，看来你很清楚呢，谢谢你告诉我。”

余乐好像触电一样跳了起来，“叶蓁蓁，你不要诬陷我！我可是清清白白的姑娘，以后要工作嫁人的，我才没有像你这样找干爹！”

叶蓁蓁一脸纯洁地说：“我看你刚才很了解的样子，没想到原来你那么介意啊。既然这不是什么好话，你又为什么这样说我？己所不欲勿施于人，不是吗？”

余乐很想怒骂叶蓁蓁，但她毕竟还是个小姑娘，气得浑身颤抖，却怎么也说不出话来。叶蓁蓁看着她气急败坏的样子，目光微凉，手指轻触余乐的面颊，轻声说：“余乐，你都要工作了，也该用好点的化妆品啊，你看你的粉都掉了。”

叶蓁蓁没有用力，但是余乐偏偏想起她那天抽自己耳光的情景，冷汗一下子就流下来了，脸色越来越难看，只听到叶蓁蓁娇俏地笑着，“余乐，你真是记性不太好呢。一想到毕业后就看不到你了，真是好舍不得。”

她的意思是，在毕业前她会使坏吗？这女人什么事情都敢做，背后还有金主，自己到底为什么又去招惹她！

余乐越想越后怕，急忙不再开口，其他同学也笑着打圆场，但是叶蓁蓁的心情一直没有好转——临近毕业了还那么遭人恨，这都是欧浔给她找的麻烦！这家伙的字典里从来没有“低调”两个字，她简直不敢想象毕业后和他朝夕相处会是什么情景。可是她，居然和他交往了。他们的恋爱，会是什么样的呢？

叶蓁蓁思绪逐渐飘远，这时有许多学生前来敬酒，叶蓁蓁不知不觉间喝了好几杯红酒，脑袋也有点晕。她突然发现不远处有个女人有点脸熟，忍不住多看了几眼，那个女人在看清楚她的时候也是一愣，然后走到她的面前。季琼笑着看着叶蓁蓁，“叶小姐，又见面了。”

“季主编，好巧啊。”叶蓁蓁忙说，“你怎么会来这里？”

“有个专栏要和教授合作，所以过来聊了一下。对了，我前几天换房子搬家的时候，发现欧浔有条领带忘在我家里。我最近比较忙，一直没有机会还给他，今天正好看到你，麻烦你帮我还给他。”

季琼说着，从包里拿出了一个小盒子想递给叶蓁蓁，但是叶蓁蓁没有接过这个盒子，脸上浮现出了很奇异的表情，“他的领带在你家？”

“嗯，有时候会在我家加班。”

季琼一副坦然的样子，但是每个字似乎都在暗示，他们的关系并不是简单的工作关系，这让叶蓁蓁的心情变得不太愉快。她看着季琼妖娆的身段，漂亮的妆容，再低头看看穿着T恤衫和牛仔裤的自己，突然有了一种欧浔和季琼才是一类人的感觉。季琼见叶蓁蓁久久没有反应，再次提醒她，“叶小姐，这领带……”

“我会还给他的。”叶蓁蓁忍气拿过了盒子。

季琼微微颔首，笑容是那样温柔，“谢谢。对了，下周就是欧爷爷的生日，我们到时候还会再见。叶小姐，我先回去了，有空联系。”

“再见。”叶蓁蓁闷闷地说。

虽然叶蓁蓁没有说什么，但是季琼从她的表情中已经明白了一切——欧浔并没有邀请她去爷爷的生日宴，所以她才会在知道这个消息的时候露出了吃惊的神色。一想到欧浔并不愿意带叶蓁蓁见家长，季琼的心情终于愉悦了起来，她步伐轻快地上了车，然后捂住了嘴巴——她这是怎么了，用那么恶劣的手段算计一个小姑娘？

可是，她真的已经忍受不了了——他们在一起了，他们相爱了，他们甚至可能会结婚。为什么那个男人总是对她不假辞色，却会用那么温柔的眼神看着那个小丫头？她到底输在了哪里？她有什么地方不如那个丫头？

季琼，一定要冷静，冷静……欧浔现在只是被情欲冲昏了头脑，他是什么样的人你最清楚，你只要静观其变就好。

而且，欧爷爷今天一定会见叶蓁蓁，不知道他看到一个毫无准备的她会是什么表情。

季琼想着，微微笑了起来，没想到事情的发展比她所想象得还要好。叶蓁蓁被季琼气得不轻，心情郁闷地回到了座位上后，这时有个男生来敬酒。他暗恋叶蓁蓁已久，原以为她和程诺分手后自己会有机会，却没想到她又交了一个各方面都极为优秀的男友，他也只能借着敬酒最后和叶蓁蓁说几句话。

“叶蓁蓁，我敬你。那个，我干了你随意就好。”男生红着脸说。

他心目中的叶蓁蓁是一个温柔又羞涩的女子，暗想如果她不能喝酒可不能勉强她，却没想到叶蓁蓁猛地拿起了杯子，把酒杯里的红酒咕嘟咕嘟喝了个精光。所有人都呆呆地看着她，叶蓁蓁豪迈地一拍桌子，“你的酒杯怎么回事，养鱼吗？快喝！”

“快喝，快喝！”

在众人的起哄声中，男生急忙把酒喝完了，觉得他的三观都要颠覆了——

说好的女神呢！说好的羞涩呢！怎么比男人还爷们！这时，有好事的人要和叶蓁蓁拼酒，叶蓁蓁来者不拒地和他们比了起来，到后来她觉得整个人都喝高了。

在酒精的作用下，她觉得走的每一步都好像踩在了棉花上，脑袋异常清醒却又纷乱无比。她甚至感觉喝下的酒不再有苦涩的感觉，反而像奶茶一样带了一丝甘甜。酒过三巡后，许多学生都去洗手间吐了，叶蓁蓁虽然没有吐，但也知道快到极限了。她摇摇晃晃地走到了饭店门口，被明亮的太阳刺得眯起了眼睛，拿出手机一看，发现欧浔打了好几个电话过来。她现在一看到欧浔就来气，回过去电话后，没等欧浔开口就怒骂道："贱人，以后不要给我打电话！"

"蓁蓁，发生什么事了？"电话那头，欧浔低沉地问，"你……喝酒了？"

"是啊，喝得好开心呢。"叶蓁蓁冷笑说，"你最好现在不要出现在我的面前，不然我见你一次揍一次！流氓！人渣！"

"蓁蓁？"

欧浔还想问叶蓁蓁到底发生了什么事，但是叶蓁蓁已经挂断了电话，要不是还有一丝理智的话，她简直会把手机丢到马路上。就在这时，一个喝醉的男生大喊"打倒一切反动派"，然后用打保龄球的姿势把手机丢了出去，叶蓁蓁看了忍不住哈哈笑了起来。她自顾自乐着，身后突然传来一个声音："请问，你是叶蓁蓁小姐吗？"

叶蓁蓁疑惑地回过头，看到了一个穿着华丽的中年女人正皱着眉看着她。虽然她喝醉了，还是能看出女人脖子上的翡翠价值不菲，笑嘻嘻地问："是啊，有什么事吗？如果你遇到了什么困难找我就对了，我是最棒的危机公关！"

"既然是这样……那么，请你和我走一趟吧。"女人淡淡地说。

这个女人开着昂贵的跑车，就算戴着可以遮住半张脸的墨镜，微微下垂的嘴角也表明她现在的心情很不好。如果是平时，叶蓁蓁肯定会发现这里面有些不对劲，但是现在她整个人都处于亢奋状态，怎么会发现这个委托人对她的看法非常微妙？叶蓁蓁再三追问她，到底是遇到了家庭纠纷还是工作上遇到了麻烦，从她家里有了小三猜到她的公司明天就要倒闭，她的乌鸦嘴让这个女人的脸色越来越难看。与此同时，欧浔也正在家里接受"三堂会审"。

“欧浔，你交了女朋友怎么也不和家里说，你眼里到底有没有父母？”

“我听说这个姑娘是家里离异的，而且今年才毕业。你就算不喜欢世交家的姑娘，也不至于找个这样的啊。”

“我建议你快点分了得了，毕竟你年纪也不小了，过两年就要结婚，现在谈恋爱不是耽误人家嘛。”

“你这话我就不爱听了，欧浔今年才28岁，哪里年纪不小了？你都48了，还逼着人家喊你‘欧小姐’，倒嫌弃侄子年纪大了。”

“我是年纪大，好歹没有隔几个月就去打肉毒杆菌。你看你的脸都和蜡像一样了，你拉皮拉到张开嘴，眼睛就闭不上了吧。”

“你找死吗？！”

欧浔冷眼看着两个姑姑就这样当着他的面开始争吵，想起叶蓁蓁刚才奇怪的电话，心里越来越烦躁。他看着眼前的一大家子，突然好笑地想，如果叶蓁蓁过来会是什么情形。

他的爷爷欧惠泉是军人出身，刚愎自用又独断独裁，坚持“棒下出孝子，女儿要娇养”，所以养成了他同样脾气暴躁的父亲和3个各有各的“作法”的姑姑。他的母亲是书香门第出身，个性温柔，思想开明，此时正用不同意的眼神看着儿子，他的父亲更是一脸郁色，简直分分钟就要上来把他骂得狗血淋头。欧浔好笑地想，他的恋爱居然会让大家那么团结地一致对外，看来爷爷真是要给他发一个“杰出贡献奖”。他出神地看着手机没有开口，大姑顿时柳眉倒竖，“欧浔，我们和你说话呢，你好歹吱一声！”

“吱。”欧浔双手托腮，做出了可爱的表情。

大姑姑被气得发疯，“爸，你看你孙子！”

二姑姑语重心长地说：“欧浔，你是家里唯一的孙子，你的妻子责任重大，你就算不选门当户对的，也不能选这个一无是处的。你现在是被爱情冲昏了头脑，很快就会发现你们并不合适。别的不说，就拿我们家一会儿要办的茶话会来讲，你觉得她会适合我们的家庭氛围吗？这不光对你不好，也会让这个姑娘觉得难受，你又何必害了她。”

欧浔眯起了眼睛，“三姑怎么不在，她去哪里了？”

“还不是为了你，她去接……”

二姑姑说了一半不再说下去，欧浔看着众人平静的神色，终于笑了起来，“看来你们好像给我准备了一个惊喜，但是就瞒着我一个？”

“欧浔，不要胡说。”欧母缓缓开口，“姑姑们也只是想见见那个姑娘——不管你是不是打算和她结婚，总要带她见见家长，这也是对她的尊重。好了，时间不早了，我们该去花园了，希望这一次可以看到令人赏心悦目的画作。”

欧家的祖上是书画名家，可惜传到了欧老爷子这一辈，就没有人有这样的天赋。所幸，他们钱财足够多，就从画画人变成了买画人。他们资助了不少年轻的画家，也收藏了不少顶级名画，越发觉得他们家比起别家来，又多了一股风雅之气。结束谈话后，他们姿态优雅地进了花园，开始在古筝曲中品鉴起这一次的画作来。在祥和的气氛中，一脸郁闷的三姑姑和满脸亢奋的叶蓁蓁突然出现在花园中，顿时吸引了所有人的目光。

“哇，阿姨你家的花园好大啊，怎么还有一块块的木板？咦，欧浔……”

叶蓁蓁终于在人群中看到了欧浔，简直怀疑自己出现了幻觉。欧浔皱着眉看着叶蓁蓁，暗想这可不是一个完美的开始。

虽然他并不介意其他人的看法，可是他也不愿意任何人看轻叶蓁蓁，所以希望在最合适的时候把她介绍给家人。他看着叶蓁蓁随性到可怕的衣服，乱糟糟的头发，因为睫毛膏掉落而变得漆黑的眼圈，再看着母亲隐隐皱起的眉头，心里暗叫不妙。叶蓁蓁显然忘记了她的“客户”，一步步走到欧浔面前，看着欧浔脖子上淡蓝色的领带，突然猛地去拉，勒得欧浔几乎喘不过气。

“我让你戴领带，我让你戴！我看到这个就心烦！给我摘下来！”

叶蓁蓁用力想把领带拽断，欧浔被她牵得踉踉跄跄几乎要摔倒，所有的人都尖叫了起来。欧浔的姑姑们拼命去拉叶蓁蓁，让她放开手，而叶蓁蓁猛然松手的瞬间，欧浔在巨大的惯性下几乎跌倒在地上。欧老爷子没想到会目睹这样一出闹剧，气得拿拐杖重重地敲击地面，叶蓁蓁的注意力一下子转到了他的身上。她的食指指着欧老爷子，气壮山河地怒吼：“不许动！”

欧老爷子很想骂她不懂规矩，但是他的身体很奇异得没有动弹。叶蓁蓁用箭一样的速度跑到他的身边，扯掉了他的假发，对准他的脑袋敲了一下，生气地说：“讨厌，不要把卤蛋藏起来！”

所有人都震惊了——欧浔的小女朋友居然对准老爷子的脑袋就是一下，而且还戳中了老爷子最介意的秃发问题！全场顿时变得安静无比，一贯随心所欲的欧浔都开始觉得头痛，他闻着叶蓁蓁身上的酒气，脸色一下子就沉了，“你喝了多少酒？”

2

叶蓁蓁歪着脑袋看着欧浔，似乎一时之间没有听懂他在说什么。欧浔看到她迷迷糊糊的样子愈发生气，再次问："你喝了多少？"

"5杯红酒……啊不，6杯、7杯，不过我没喝醉！你闻，我嘴巴里什么味道就没有。"

叶蓁蓁说着，就"哈"的一声往欧浔脸上吐气，所有人都呆住了——欧浔这家伙可是有洁癖，这丫头这么做真是在找死！可是，出乎他们意料的事情就这样发生了，他们看到欧浔的脸上还是一副不耐烦的神情，却没有生气，"你没事儿喝什么酒！喝得那么晕你好受吗？张婶，快点拿一杯浓茶来！"

一向训练有素的张婶愣了一下后，才急忙为叶蓁蓁倒茶，没想到欧浔一把抢过了她手里的茶杯，亲自递给了叶蓁蓁。叶蓁蓁并不去接茶杯，而是凶巴巴地看着欧浔，"你说，你和那个季琼到底是什么关系？"

"我们什么关系都没有！快点喝茶，不然明天会头疼的！"欧浔恼火地说。

"好苦，我不喝。"

叶蓁蓁只喝了一口后就紧闭双唇，和河蚌一样纹丝不动，欧浔气气极反笑，拿着茶杯，"叶蓁蓁，你要我嘴对嘴喂你吗？"

"欧浔，别胡说！"

欧母觉得自己都要听不下去了，急忙去阻止儿子，可是欧浔不为所动。欧浔再次逼近叶蓁蓁，"快点喝完！"

"欧浔，我嘴对嘴喂你喝好不好？"

叶蓁蓁笑眯眯地说着，猛地喝了一大口茶，然后朝着欧浔走去。大家都觉得他们的眼睛要被这对小年轻刺瞎了，纷纷露出了不忍直视的表情，但是痴汉欧浔居然没有生气，脸甚至有点发红。

欧浔心猿意马地想，怪不得大家都说喝醉酒的女人会比较热情，早知道就早点和叶蓁蓁一起喝酒。如果，如果叶蓁蓁红润的唇主动亲吻他……

一时之间，他忘记所有亲戚正在默默围观，是那么期待叶蓁蓁可以对他投怀送抱。他想象着叶蓁蓁玲珑有致的身体，柔软的嘴唇，呼吸急促了起来，然后被叶蓁蓁喷了一脸。他睁开眼睛，面无表情地擦拭脸上的茶水，听到叶蓁蓁哈哈大笑，“欧浔你是不是电视剧看多了啊！为什么喂水就要嘴对嘴，可以拿衣服拧水，或者吐给对方喝啊！哈哈哈，你真蠢，哈哈哈！”

欧浔的二姑姑性格最活泼，看到欧浔狼狈的样子忍不住笑了起来，然后在父亲严厉的目光下急忙收敛了笑容，假装刚才只是面部肌肉痉挛。欧母见叶蓁蓁闹得不成样子，头疼地让张婶先把叶蓁蓁请到客房里休息一下，这时叶蓁蓁又有了新发现。

她大步朝着欧老爷子走去，在老爷子警惕地按住假发，以防又被夺走的时候，却又从他身边跑了过去，让老爷子突然有了一种一拳打空的失落感。叶蓁蓁一把举起了画，诧异地说：“谁把卫生纸放在这里啦？”

大姑姑觉得她要吐血了。作为千娇万宠的大女儿，她从小就过着说一不二的生活，去美国学了艺术后，更是和同样身为艺术家的丈夫琴瑟和鸣，发誓要把文化的气息带入家族。在她的带领下，她认为家里每个人的品位都有了很大的提升，这一次的画作也是她精心挑选的，可叶蓁蓁居然质疑她的品位?

好吧，她承认她也不明白那张皱巴巴的纸怎么会是艺术品。白纸上那些线条看起来很像是幼儿园孩子画的，还有那乱七八糟的手印也不知道要表达什么……但人家是艺术家，艺术家！这个丫头怎么可以说实话。啊呸，说那么没品位的话！

大姑姑一时之间没想好是怒骂叶蓁蓁没品位好，还是高冷地轻哼一声表示内心的不屑好，这时叶蓁蓁又出幺蛾子了。她看到不远处的桌子有点脏就想打扫卫生，顺手拿起“卫生纸”就要去擦，然后听到了齐刷刷的制止声。大姑姑心惊胆战地怒吼：“不要动！你，你居然玷污艺术品！”

“阿嚏！”

就在这时，一阵风吹过，叶蓁蓁顺手拿起“卫生纸”擦了下鼻涕，然后大姑姑终于爆发了，她一把抢过了这个艺术品，捂着胸口不断说她就要晕倒了，茶话会也因为叶蓁蓁的闹腾中断了。欧浔皱着眉想把叶蓁蓁拉走，但是叶蓁蓁又突然想起来季琼的事情，越想越生气，从包里拿出了领带，用力往地上一丢，“把你的领带收好！呜呜呜呜，我看到这个就好难受……还有蜡烛我也不要了，橄榄油也送你！我什么都不要了！”

叶蓁蓁越丢越起劲，把皮包里所有的东西都丢了出来，包括她准备带回家里备用的蜡烛，家里用光了的橄榄油，还有准备送给叶如梅的马鞭。

领带、橄榄油、蜡烛、鞭子……

欧家人看着这些东西，脑海中不受控制地浮现出限制级的画面，几乎不能直面欧浔特殊的爱好了。欧浔一看他们的表情就知道他们在想什么，火气越烧越旺，怒极反笑，“看来，蓁蓁对我很有期待啊。我不做点什么事情，真是会让你失望，是吗？”

叶蓁蓁的脑袋因为酒精的关系运转很慢，但即使是这样，她还是能看懂欧浔的表情似乎有点危险。她脑中警铃大响，不自觉往后倒退几步，手也因为紧张再次抓紧了画框，引得大姑姑再次心疼地捶胸顿足。欧母庆幸今天只是家宴没有外人，也知道现在的局面只能由她收场，她严厉地瞥了欧浔一眼，仪态端庄地走到叶蓁蓁面前，高贵又不失亲切地说：“我想你就是叶小姐。叶小姐，你喝醉了需要休息，张婶带你去客房洗澡休息，一切我们明天再说。无论是欧浔对你做了什么，有我们给你做主。”

欧母这话说得极为漂亮，暗示她会为欧浔收拾叶蓁蓁这个“烂摊子”，叶蓁蓁也只能去客房，永远不能以欧家的女主人自居。如果叶蓁蓁在清醒的状态，她也许能感觉到什么不对劲，但是她现在怎么可能听出其中暗藏的玄机？她只觉得一个漂亮的阿姨靠近了自己，看到她精致的面容就喜欢，笑眯眯地说：“阿姨，你真漂亮。”

欧母愣住了，她虽然因为身份享受惯了恭维，但是从没有人这样直白浅薄地夸她，而且夸了她最介意的容貌问题。她摸摸脸颊，按捺下心中的异样感觉，淡淡地说：“叶小姐，现在就请……”

“哇！”

就在这时，叶蓁蓁突然猛地吐了出来，正好全部吐到欧母的裙子上。欧母心爱的中式礼服就这样沾满了不明液体，她僵硬地站在叶蓁蓁面前，脑中一片空白。空气似乎在瞬间凝固了，欧浔急忙冲到了母亲面前，然后眼睁睁看到叶蓁蓁拿起另外一幅昂贵的画，去擦拭欧母的裙子。

“啊！”

随着大姑姑的痛苦尖叫，欧家的茶话会就这样落下了帷幕。

当叶蓁蓁醒来的时候，已经是第二天中午了。她一脸惊恐地看着陌生的房间，拼命回想昨天到底发生了什么事，最后的记忆似乎是她吐了一个阿姨一身。那个阿姨很眼熟，欧浔好像叫她“妈妈”……

她吐了欧浔的妈妈一身，呵呵，呵呵呵……

叶蓁蓁捂住了脸，简直恨不得能立马消失，看着镜子里狼狈的自己更是吓了一跳。她洗了个澡，换了一身干净的衣服，在房间呆坐了一会儿后决心溜走。她小心翼翼地走到客厅的时候，欧浔的三姑姑正好端着咖啡和她撞了个正着。叶蓁蓁心里暗暗叫苦，刚想扭头逃跑，却听三姑姑在她身后说："叶小姐，可以陪我喝杯咖啡吗？"

"好。"叶蓁蓁只能这样说。

三姑姑手握咖啡杯，一直看着坐在她对面的叶蓁蓁，觉得头有点疼。她当然也不欢迎叶蓁蓁嫁到欧家，以为昨天发生的事情足够让她被扫地出门，但老爷子不知道为什么还是让她和叶蓁蓁谈谈，看看这个姑娘到底是怎么想的。

她必须承认，打扮得干干净净的叶蓁蓁，和昨天可怕的样子比起来，简直好像变了一个人，看起来是那么乖巧懂事，怪不得会让一向眼高于顶的欧浔喜欢。可是，光喜欢又有什么用？他们还是太年轻。

三姑姑想着，目光带了一丝怜悯，"叶小姐，听说你今年大四，在欧浔的公司工作？"

"是的。"叶蓁蓁忙说。

"家里父母离异了，母亲在美国？"

"嗯。"

三姑姑越发为难，"其他亲戚也都不在了？"

"是。您问我这个做什么？"

"叶小姐，不知道你对欧浔了解多少？"

"什么？"

三姑姑看到叶蓁蓁一脸懵懂，只好解释道："我想，你应该知道欧浔是美国哈佛大学毕业，也知道他有一家危机处理公司，但是他最关键的身份是欧家唯一的孙子，同时也是欧家的继承人。我们家算是红色家庭，从我哥那代开始做房地产开发和金融，现在有地产公司、金融公司、酒店等系列产业，在航空公司也有一部分股份。"

"这和我有关系吗？"叶蓁蓁问。

"叶小姐，我们明人不说暗话。虽说欧浔现在没有回来继承家业，但是他迟早会来公司，他的妻子也必须对他的事业有所帮助。我调查过你……抱歉，但是想进欧家，必须经过调查。我知道你是一个不错的姑娘，我相信你和欧浔也是真心相爱，但是你们真的不合适。别的不说，就拿昨天的茶话会来说，你觉得你适合这样的生活吗？如果你真的和他结婚，你的一言一行都要符合标准，相信我，你真的会不快乐。我知道你很爱欧浔，很舍不得离开他，但是你还年轻……”

“阿姨，你好像搞错了，是欧浔追了我好久，我才答应给他一个机会，我根本没有想过要不要嫁给他。你找我谈心，还不如找欧浔，让他不要追求我比较有用。”

看到叶蓁蓁一脸认真地反驳，三姑姑的笑容顿时凝固在了脸上。她用最婉转的语气示意叶蓁蓁离开欧浔，却没想到这一切好像是……欧浔的一厢情愿。她不敢相信叶蓁蓁的话，笑容几乎维持不住，“我知道小姑娘家的脸皮薄……”

“不信你就去问他好啦。”叶蓁蓁轻飘飘地说。

三姑姑看着叶蓁蓁脸上不屑的表情，心里暗恨为什么这件事要由她来做，但只能耐着性子问：“也就是说，你同意离开欧浔是吗？”

叶蓁蓁逐渐坐直了身体，意味深长地说：“那要看，你们会开出什么条件了。”

三姑姑倒是没想到，叶蓁蓁这个小姑娘会堂而皇之地谈价钱，愣了一下后说：“当然会让你满意。”

叶蓁蓁笑了，“按照你刚才说的，我嫁给欧浔的话，起码会有10多亿的家产，你不给我一亿的话，那我不是太亏了。你打算怎么给我钱，支票还是转账，还是给不动产？我看你家这房子就不错，应该能值个5000万。”

“一亿？你可真敢说啊。”三姑姑强忍住怒气，咬牙切齿地说。

叶蓁蓁没有露出羞涩的表情，嘿嘿一笑，“按照您说的，我这是傍上金主了，你说我是要金蛋好呢，还是要会下金蛋的鸡好呢？我又不傻，当然会要金鸡啦！一亿就走人，已经是挥泪大甩卖了，过了这村就没这店，你们可要抓紧时间哟。”

三姑姑听出来不对劲，不可置信地说：“你是在戏弄我吗？”

“是啊，你才看出来吗？”叶蓁蓁笑了，“阿姨，欧浔不是商品，他的价钱我想你们也出不起，还是不要做这种事情了吧。其实我也不知道我和欧浔会发展到哪一步。我们也许会一直在一起，也许会分手，但是我不会受别人的影响做出决定。虽然我很抱歉，但是我不会离开欧浔。”

叶蓁蓁说着转身就走，她觉得自己的背影简直华丽到了极点。三姑姑不甘心地说："在你吐了欧浔妈妈一身，毁了价值两百万的名画的情况下，你觉得你还能和他在一起吗？"

叶蓁蓁的脚步没有丝毫停顿，轻快地说："你猜。"

3

叶蓁蓁留下这个令欧浔三姑姑吐血的答案后，离开了客厅。她本打算就这么离开欧浔家，可是有人过来说欧浔在花园里等她。

叶蓁蓁揉揉额头，杀气腾腾地到了花园，正好看到欧浔在油画布前，专心画画的场景。阳光为他镀上了一层奇异的金色，也为他过于棱角分明的面容平添了一丝温柔，叶蓁蓁一时之间竟不忍心打扰这宁静的气氛。她默默等着，直到欧浔丢下了画笔朝她走来，对她绽放最灿烂的笑容，"蓁蓁，你醒了？"

"嗯。昨天……"

"不要说话，我只想和你安静地在一起。"

欧浔一把抱住了叶蓁蓁，她的脸蛋紧紧贴在他的胸口上，可以闻到他身上好闻的油墨味道。所有的委屈和烦躁，好像在瞬间被这个有安全感的怀抱治愈，但是她脑中还是不受控制地想起季琼别有用意的笑容来。叶蓁蓁用力把欧浔推开，干笑着说："昨天吐了你妈一身，还把画给弄坏了，真是抱歉。不过，你能不能解释一下，你的领带为什么会在季琼家？"

"我……"

欧浔刚要开口，突然剧烈咳嗽了起来，脸色好像白纸一样苍白。叶蓁蓁吓了一跳，担心地问："你怎么咳嗽了，感冒了吗？"

"蓁蓁，我生病了。"欧浔用最忧郁的眼神看着她，"你可以把我扶到那边的椅子上吗？"

欧浔的碎发软软地贴在额头上，看起来异常虚弱，也让叶蓁蓁一下子紧张了起来。欧浔深沉地看着叶蓁蓁，想象着他们双手紧握，他全部重量都压在她身上的场景，只觉得呼吸越来越急促。他的脸上浮现出娇羞的红晕，欲言又止地看着叶蓁蓁，等待着叶蓁蓁温柔把他扶起，然后听到了一声怒吼："走你！"

欧浔脑中所想象的画面根本没有出现，因为叶蓁蓁气壮山河地背起了他，坚定地朝着椅子的方向走了过去。欧浔的身体趴在叶蓁蓁的后背上，脑中一片混乱，发现这一切和他所想象的太不一样了。

他前几天看了一本名为《我爱少爷》的言情小说，忽略掉其中病娇少爷折磨女仆后爱上了女仆，然后发现女仆是他同父异母的妹妹，再然后发现他不是父亲亲生孩子的狗血故事，他发现他居然有些羡慕，那个少爷会被人那么温柔地照顾。

欧浔暗想，是不是他在叶蓁蓁面前表现得太过强势，才没有激发她血液中的温柔？为了被照顾，他决定今天走病美人路线，但是好像开场就有些出人意料。

他坐在椅子上后，叶蓁蓁摸摸他的额头，疑惑地说："没有发烧啊……你到底生什么病了？"

"我的心脏不太舒服。"欧浔皱眉。

"是吗？我听听有没有杂音。"

叶蓁蓁说着，一下子就凑近了欧浔的胸膛，女孩的芬芳也一下子充斥着欧浔全身。她脸颊上的温度，简直可以顺着他的血液，流淌到他身体的每一个角落，他觉得他整个人好像置身云端，仿佛忘记了身体的重量。欧浔近距离看着叶蓁蓁长长的睫毛，看到她皱着眉抬起头，一脸迷茫，"我没听出来有什么不对劲的，你要不要去医院检查一下？"

欧浔看出了叶蓁蓁眼中的不信任，想起他曾经装过一次心脏病却被揭穿的经历，不自然地咳嗽了一声。他颤抖着手拿起了茶杯，杯子里的茶水因为他的剧烈抖动，浇在了他的身上，眉头痛苦地皱成了一团。叶蓁蓁没想到他无力到这个地步，急忙去为他擦拭胸口的茶水，"你没力气就不要动手了，我来喂你啊！"

"那多不好意思。"欧浔假惺惺地说，"我想喝点咖啡，对了还想吃蛋糕……"

"我来，你别动！"

看到叶蓁蓁忙里忙外，小心翼翼照顾自己的样子，欧浔的心里是说不出的满足——有个温柔贤惠的女朋友感觉真是太棒了！他就着叶蓁蓁的手喝了一杯咖啡，吃了一块蛋糕，又吃了一碗白粥后终于吃不下了。眼见叶蓁蓁一脸认真还要继续喂他，他急忙捂住了嘴巴，虚弱地转移了话题，"蓁蓁，你还记得昨天发生了什么吗？"

叶蓁蓁顿时忘记了喂粥，心虚地干笑，"记不太清了……反正以后也不会见面，大家都忘记我吧，忘记我吧。”

“可是，爷爷邀请你下周去参加他的慈善晚会。”欧浔意味深长地说。

听到欧浔说起“爷爷”，叶蓁蓁脑海中顿时浮现出那个拄着拐杖，一脸肃穆的秃头老人形象，嘴角微微抽搐了一下，想起她彪悍地扯掉他假发的场景，为难地说：“我想，我就不用去了吧。”

欧浔也觉得叶蓁蓁不适合在这样的场合出现，但是没想到叶蓁蓁会主动拒绝，挑起了眉，“为什么不想去？”

“我们才交往没多久，我想没必要让那么多人知道吧。”叶蓁蓁看着茶杯，不敢和他对视，“大家都说秀恩爱死得快，我们还是低调点好。”

“是吗？”欧浔冷哼一声。

叶蓁蓁的下巴突然被一只食指用力挑起，她还没有反应过来，就陷入欧浔深邃的眼眸中。叶蓁蓁心虚地移开了视线，然后心想这样的反应不对，忙装作什么事情都没发生的样子看着他。欧浔知道她在担心什么，咳嗽了几声后，轻声问：“蓁蓁，你是不是不想让别人知道我们的关系？”

叶蓁蓁瞪大了眼睛，手指交缠在一起，“当然没有，不然我都不会让你去学校啊。欧浔，你怎么会这样想？”

欧浔好笑，叶蓁蓁真的是太有天赋，只在他身边待了几个月，演技简直都可以出师。无论是被误解的悲伤、诧异，还是反问时的理直气壮，她都把握得那么好，如果对象不是他的话，那人也许真的会被哄骗过去。他眯起眼睛，重重打了一下叶蓁蓁的脑袋，疼得叶蓁蓁跳了起来，“欧浔，你干吗打我？”

“没什么，手突然痒了一下。”欧浔明智地不在这个话题上纠缠，“蓁蓁，我希望你和我一起出席宴会。”

欧浔发现，叶蓁蓁的脸色果然难看了，她苦着脸问：“为什么啊？”

“季琼昨天找你，都和你说了什么？”欧浔反问。

叶蓁蓁心想，她居然忘记了这茬，一时之间就好像吃了酸杏子一样，每一个细胞都是酸溜溜的。她很想让自己显得宽容大度，用力勾了勾嘴角，但还是酸酸地问：“你不是说你们没关系嘛，你的领带怎么会在她家？”

欧浔看着叶蓁蓁气鼓鼓的小脸，觉得他从没有像现在这样愉快过！他高傲地抬着头，“你在吃醋？”

“没有。”叶蓁蓁嘴硬地说。

“真没有？”

“真没有，鬼才会吃你的醋。说嘛，你们到底什么关系？”

欧浔看着叶蓁蓁拿着餐刀在手中转圈，笑盈盈地看着他的样子，冷汗默默地流淌了下来。他装模作样地咳嗽了几声，见叶蓁蓁横眉冷对不为所动，心一横，干脆转过身，飞快地换上了那块刚沾了西瓜汁的纸巾。他看着纸巾上的红色，露出了震惊的表情，凄然地说：“我，我居然……”

“欧浔，你怎么了？”

叶蓁蓁没想到欧浔真的会吐血，心急如焚，恨不得给刚才还怀疑欧浔是不是装病的自己几巴掌。欧浔看到她眼泪都要掉下来了的样子，心里有点不忍，伸出手抚摩她的发丝，“蓁蓁，我和季琼只是工作关系，你一定要相信这一点。我不会骗你，咳咳咳……”

“你都这样了就别说话了！走，我送你去医院！”

“不用，都是老毛病了，只要一生气就会犯病，咳咳咳，不生气就没关系……蓁蓁，爷爷的晚宴和我一起去，好吗？”

看着欧浔苍白的脸色，叶蓁蓁怎么可能说出拒绝的话，急忙不住地点头。她一会儿去摸欧浔的额头，一会儿去听他的心跳，急躁地说：“你真的没事吗？还是去医院吧，医生检查了我也放心啊。”

“蓁蓁，我只要不生气就不会犯病。不用看医生，有你在我身边就好。”

欧浔抓住叶蓁蓁的掌心，把她的手放在了胸口上，嗓音是那么轻柔，让叶蓁蓁的心猛地一跳。她见惯了强势又嚣张的欧浔，看到他那么虚弱的样子，只觉得心好像被揪起来一样，闷得难受。欧浔抵住了叶蓁蓁的额头，轻声说：“蓁蓁，你能吃醋，我很高兴。这代表，你比你想象的还要更喜欢我一点。”

“什么啊。”

叶蓁蓁下意识想反驳，但是怕刺激到欧浔犯病，只好强忍着闭了嘴。欧浔见叶蓁蓁没有反驳，心里暗爽，低沉地说：“蓁蓁，你看那棵香樟树，已经有百年历史了。一百年前，我的曾祖父在这里种下了它，然后在树下埋了一坛女儿红，女儿出嫁的时候给她做嫁妆。到了我这一辈虽然没有女孩，也没有埋下酒，但是我很想让这个传统继续下去。蓁蓁，我知道你可能不愿意想很久以后的事情……但是，也许我们真的可以走到最后。给我点信心，也给你一点信心，好吗？”

叶蓁蓁觉得心底最柔软的地方被欧浔触及了，她看着欧浔深得几乎看不到底的眼眸，后知后觉地发现这个男人还真是好看。

如果说，程诺的清俊，就好像是郁郁葱葱的竹子的话，那欧浔就好像是最灿烂的向日葵，明艳得能吸引所有人的注意力，也总是带给她阳光和温暖。她发现，自己确实好像如欧浔所说的那样，比她预计的还要更喜欢他一点。

即使，他有着这样的家庭……

“欧浔，prince朝你那跑过去了，你快帮我抓住它！”

就在叶蓁蓁的心被甜蜜占据的时候，欧浔的大姑姑突然气喘吁吁地出现在他们面前，一条小泰迪狗飞快地钻到了他们桌底。叶蓁蓁下意识站起身来，看到小泰迪撒开腿往前狂奔，正想冲上去帮忙，没想到欧浔的速度比她更快。

叶蓁蓁眼睁睁看着欧浔以百米冲刺的速度迈开大长腿开跑，轻快地越过了地上的障碍物，优美一跃后，终于抓住了企图爬上假山的泰迪，一系列的动作完成得行云流水，简直可以和专业的运动员媲美。他捏捏小泰迪的鼻子，得意扬扬地叉腰大笑，“小朋友，你觉得你的小短腿跑得过我吗？我可是大学时期拿过长跑第一名的男人，你这个只有3岁的男人怎么可能赢我，哈哈哈！”

欧浔说着，敲了几下小泰迪的脑袋，突然发现气氛有点不对劲。他的大姑姑一脸心疼地抢过小泰迪，而叶蓁蓁则对他温柔笑着，“长跑冠军？不吐血了吗，亲爱的？”

“我突然又难受了起来……”

欧浔急忙捧着胸口做出柔弱的样子，但是叶蓁蓁已经不信他了。她拿着欧浔的纸巾闻了一下，知道自己上了当，阴着脸一步步朝着欧浔走过去。欧浔见叶蓁蓁一脸杀气，心虚地步步后退，嘴上温柔地说：“蓁蓁，我昨天发现一套首饰很适合你……那个，你确定你可以处理沈佳慧的事情，不要我帮忙吗？”

叶蓁蓁一拳打在了有百年历史的香樟树上，在片片落叶中，欧浔顿时不再说话，欧浔的大姑姑脸色就好像便秘一样难看，叶蓁蓁的笑容依旧那么甜美，“现在可以解释一下，你刚才吐血的原因了吗？”

4

当叶蓁蓁好好和欧浔谈了一下“人生理想”，意气风发地离开欧家后，欧家开了一个长达一天的会议。会议上，大家纷纷对叶蓁蓁出身寒门和暴力倾向表示了不满，欧母更是捂着胸口说如果这样的儿媳妇进家门，她就住到外国去，来个眼不见心不烦。欧家的几个姑姑纷纷出着拆散他们的主意，最后想起季琼来，都觉得她可真是欧家儿媳最好的人选。

“季家那丫头也算是书香门第出身，工作体面，长得也还算不错，我觉得她和欧浔挺适合的。”

“是啊，但听说他们之前闹翻过？欧浔还因为这个发了好大的脾气。”

二姑姑捂着嘴娇笑说：“闹翻才好，这样才代表欧浔在乎她。不然只有他让别人生气的份儿，你什么时候见过他被气到了？”

大姑姑点头，“嗯，这么看来他们的关系确实很暧昧。那他怎么又和叶蓁蓁在一起了？”

二姑姑哀怨地说：“男人都喜欢年轻漂亮的，比起季琼来，当然是那个丫头要年轻好看一点。”

大姑姑冷笑一声，“漂亮有什么用，女人都会老。男人18岁喜欢20岁的，80岁还是喜欢20岁的，还真是专一到可爱的生物啊……这次宴会，我们要让欧浔知道，谁才是最适合他的女孩。”

在商量好计策后，姑姑们终于松了一口气，欧母的表情也好看了一些。三姑姑一边喝茶，一边淡淡地说：“虽然不该说这话，但是我觉得叶蓁蓁好像没缠着欧浔，倒是欧浔一直跟在人家小姑娘身后转悠。”

大姑姑挑起了眉毛，“欧浔不会这么丢脸吧？”

二姑姑笑着说：“我觉得有可能。说实话，欧浔的个性也蛮奇怪的。他回国以后，家里给他介绍了多少好姑娘，他哪一次没有被人家泼了一脸水回来？倒让老头子怀疑他是故意的，还疑心过他是不是同性恋。”

欧母不高兴了，放下咖啡杯淡淡地说：“欧浔只是不喜欢相亲，怎么可能在国外染上了那些习气。”

三姑姑立马说：“是啊，欧浔怎么可能是同性恋，他只是因为脾气不好，没有人喜欢罢了。嫂子，我真不知道欧浔那么自大又嚣张的脾气是和谁学的，你和大哥都不是那样的人啊！”

二姑姑也说：“是啊，不光我们自家人这样说，和我们熟悉些的，都悄悄说我们家欧浔实在不讨人喜欢。他不继承家业，开什么危机处理公司也就算了，还曾经去我客户那里捉奸……这让人家的脸面往哪里放！”

欧母虽然很不喜欢别人说她儿子的坏话，但是也忍不住点头，“欧浔的脾气确实说不上好，也怪不得每次相亲都不成功……叶蓁蓁那丫头的脾气也太爆了，我没想到她居然扯掉了爸的假发，我这心里到现在还是怦怦地跳。”

"就算我们不做恶人，叶小姐也早晚会甩了欧浔的。"

二姑姑下了结论后，所有人都一起点头，然后一起叹息——如果拆散他们后，再没有姑娘瞎了眼喜欢上欧浔可怎么办？后来，还是大姑姑轻声说："欧浔这脾气真是和爸一模一样。"

"是啊，一样嚣张一样刚愎自用，简直就是一个模子里刻出来的。"

"嫂子，你就不能生一个乖巧懂事的侄子吗？"

她们说话期间，欧老爷子轻轻咳嗽了一声从后面走了出来，她们急忙闭上了嘴巴。欧老爷子目光炯炯地扫视她们，在她们几乎握不住手中茶杯的时候才说："我邀请了那个丫头来宴会，不是为了你们这样算计她。"

大姑姑尴尬地说："什么算计啊，我们都这么大的人了，谁会和一个小姑娘过不去……"

"是要复仇。"欧老爷子摸着假发，目光炯炯地说出了下半句话。

叶蓁蓁并不知道欧家人对她的算计，已经到了外星人进攻地球的地步，突然发现她确实有必要，认真思考她和欧浔之间的关系。

如果说，她当时决定和欧浔在一起，是因为荷尔蒙作祟的话，欧浔的话确实把她点醒了——她似乎，比自己想象中的还要喜欢他一点。

本来，她只想不管不顾地谈一场恋爱，但是现在的情绪确实超出了她的预期。她会因为一个莫须有的猜测而生气，会一想到欧浔可能和季琼有什么就抓狂，更无法想象他未来会亲吻别的女孩子……

叶蓁蓁，你都那么大了，为什么还那么不成熟？你不知道谈恋爱时，什么事情都可能发生吗？如果欧浔真的出轨，离开就好了，难道你还要和孩子一样哭闹不休，让自己丢脸吗？

叶蓁蓁郁闷地发现，她能想明白一切道理，但就是管不住糟糕的心情，心情烦躁地回到了学校。杨文娟好奇地问她昨天怎么没回宿舍，叶蓁蓁支支吾吾地掩饰了过去，杨文娟顿时露出了"朕懂你"的心情。杨文娟纠结了一会儿，还是说："蓁蓁，其实这话我不该说，但是你不觉得程诺师兄更好一点吗？"

叶蓁蓁的心猛地一跳，"你胡说什么啊，我们都分手那么久了。"

"那天你男朋友来的时候，我看到师兄的眼神很不对劲，好像很难过的样子，让我看了都觉得心酸。"杨文娟捂住了胸口，做出可怜兮兮的表情，"蓁蓁，师兄现在也是报社高管，年纪又轻，对你又是好得不得了，你就真的没动心过吗？"

“你说那么多，是不是在暗恋我的前男友？”叶蓁蓁故意问。

杨文娟果然怒了，拿起枕头就去砸她，“再胡说，我就挠你痒痒了！”

“好啦，我认错还不行嘛。”

叶蓁蓁和杨文娟打闹了一会儿后，疲惫地躺在了床上，想起她很快就要离开宿舍，离开待了4年的大学，心里非常不舍。她决心分批把东西带回家，选了一些重要的收拾到纸箱里，用力抱起来就往楼下走，走到一半的时候，突然一双手拿过了她手中的箱子。叶蓁蓁没想到杨文娟刚说起了程诺，就在这里看到了他，吓了一跳，忙问：“你，你怎么会到女生宿舍楼来？”

“我以为你会关心，我怎么会在礼拜天来学校。”程诺淡淡笑着。

“知道现在是毕业季，来女生宿舍做劳力？”叶蓁蓁歪着头开玩笑。

“也可以这么说。”

程诺说话期间，已经把叶蓁蓁的行李拿到楼下，帮她放到车子的后备厢里。叶蓁蓁很想拒绝程诺的帮忙，可程诺微微侧头，“蓁蓁，我有件事可能要麻烦你，能上车说吗？”

叶蓁蓁看着程诺额头上的汗珠，心想到底欠他一个人情，只好坐到了程诺的车子上。车子向前疾驶，程诺从后视镜里看着叶蓁蓁，语调平稳地说：“蓁蓁，前几天有人来报社爆料，说他的女朋友失踪了，希望我们可以帮忙找到她。”

叶蓁蓁知道，程诺不会无缘无故说起报社里的事，疑惑地问：“这件事有什么问题吗？”

“他说，他的女朋友叫沈佳慧。”程诺意味深长地说。

叶蓁蓁简直不敢相信，邓飞那个家伙被警告成这样，居然贼心不死，还想骚扰沈佳慧！她又气又恨，声音微微颤抖了起来，“爆料人是邓飞，对吗？”

在得到程诺肯定的答复后，叶蓁蓁觉得她内心的小宇宙一下子就燃烧了起来，恨不得现在就去邓飞家。她情绪激动地把这件事通通告诉了程诺，最后猛地跺脚，“这邓飞真是好了伤疤忘了疼，他是不是有精神病啊！沈佳慧从来就没答应过和他在一起，他一天到晚缠着她，沈佳慧去外地，他也不放过！他到底在想什么？”

“是啊，他到底在想什么？如果按照你说的，他当时已经答应不再骚扰沈佳慧，又为什么会突然求助媒体？”

叶蓁蓁愣住了，试探地问：“因为他一直没死心？”

“也许。现在网上已经有他发的求助帖了，不少论坛都转载了，你要不要看看？”

“程诺，谢谢你。”

叶蓁蓁当然知道程诺是在好心提醒她，轻轻咬着嘴唇道谢，而程诺只是微微一笑，没有回答。程诺看着叶蓁蓁专心查找资料的面容，心中突然希望这条路永远开不到尽头，可以永远看到她的笑靥，那该有多好。当叶蓁蓁到家的时候，她礼貌地向程诺道谢，程诺却帮她拿起了箱子，“我送你上去。”

叶蓁蓁急忙拒绝，“不用了，我自己拿就好。”

“想不想看论坛上的那些帖子？”

“想……”叶蓁蓁顿时怂了。

“小丫头，想象力不要太丰富。”程诺意味深长地说。

叶蓁蓁总觉得程诺的语气里充满了暧昧的嘲讽，脸一下子就红了，暗想她行得正坐得端，为什么要害怕和程诺单独相处？她和程诺一起进了家门后，程诺帮她把东西放在了储藏室，然后在论坛上查找邓飞发的帖子。当叶蓁蓁看到，邓飞把自己形容成苦等女朋友回头的痴心人时，觉得反胃，她顺手拿起了桌上的茶杯，喝口红茶，压下了心中不适的感觉，皱眉说：“他怎么会有脸发这样的帖子？他真的不知道，他已经让沈佳慧避之不及了吗？”

程诺站起身，一边在叶蓁蓁的书架里找书，一边回答：“蓁蓁，你觉得他的精神状态怎么样？”

“我觉得他有表演型人格，根本分不清楚现实和虚幻。可是，我们不能拿这件事作为突破口——万一上了法庭，他的精神问题反而会帮他脱罪。我们真是威逼利诱都试过了，也让沈佳慧去外地冷处理了，他为什么还是这样！”

叶蓁蓁气得把茶杯重重地放在了桌子上。这件事的受关注程度，也许根本无法和叶蓁蓁之前遇到的两个案件相比，却最让她感觉到憋屈和无奈，几乎有了一种无能为力的感觉。她更是无法想象，她第一次单独处理单子就做砸了，欧浔会用什么语气嘲笑她。

“哈哈哈，我就知道你一定输，你的脑袋还是放到门框里夹一下才会清醒，快去快去，这对你有好处哟。”

“蓁蓁，我最亲爱的宝贝，你怎么就输了呢？不哭不哭，你早点知道自己的智商有缺陷也是好事，来我们从基础的学起，一二三……”

“叶蓁蓁，我对你输了这笔单子深表同情。不如你现在就做1000个俯卧撑，来实现我们的诺言吧。”

叶蓁蓁脑海中不断浮现出欧浔讨厌的样子，干脆把头埋到了身旁的玩偶里，等她再次把头露出来的时候，发现程诺居然拿起了她小时候的相册。叶蓁蓁急忙抢过了相册，但是为时已晚，程诺笑着说：“你从来没给我看过，你扎羊角辫的照片。”

“你给我看你穿开裆裤的，我就给你看。”叶蓁蓁牙尖嘴利地说。

程诺一怔，平和地说：“你可能不信，但是我小时候确实没有照片……家里那时候欠了很多债，爸妈每天都忙着还钱，没有心情，也没有多余的钱给我拍照。”

虽然程诺用平静的语气说起他的往事，但叶蓁蓁的心还是止不住一酸，过了很久才说：“你，你以前怎么从来都不说？”

“男孩的自尊心，有时候会强烈到可笑的地步，所以，我想邓飞是不是也有着什么原因，让他必须把这个谎言进行下去。”

叶蓁蓁心一动，“你的意思是，找到这个原因，才会让他彻底放弃？”

“我什么都没有说，这是你的考核，一切都要由你决定。”

虽然程诺不再继续进行这个话题，但叶蓁蓁的思维还是迅速扩散开，她后知后觉地发现，她居然忽视了最重要的一个关键词——寻找多年的女神。

沈佳慧撒了一个虚荣的谎言，才引来邓飞的疯狂追求。但是作为一个正常男人而言，他真的会那么多年，为了一个不知道会不会出现的人物“守身如玉”吗？

如果他有前女友，他们分手的原因是什么？如果他确实一直没有恋爱，那是因为没有女生看上他，还是他本身存在某些问题？他又为什么偏偏在3天前才开始疯狂寻找沈佳慧？

叶蓁蓁越想，越觉得自己实在太粗心了，懊恼地狠狠拍了一下额头，忍不住问：“程诺，你们会不会报道这个新闻？”

“如果记者觉得有价值，当然会写稿，最后的决定权在季琼手上。”程诺隐晦地说。

叶蓁蓁立马给沈佳慧打了电话，说明情况后，提醒她一切小心。然后，她小心翼翼地试探程诺，“刚才说到季主编……程诺，你觉得季主编是个什么样的人？”

“精明能干又很优雅，会带着报社走向辉煌。她是很好的领导，也是很不错的合作伙伴。”

“作为女人呢？你是不是觉得她很有魅力？”

看着程诺诧异的眼神，叶蓁蓁知道自己这个问题实在有点傻，但是她真的很想知道答案。叶蓁蓁用黑白分明的大眼睛默默地看着程诺，程诺在她的注视下开口，“很有魅力。”

“哦。”

程诺看着叶蓁蓁平静的表情，一时之间不知道她到底有没有生气。如果说生气，她的反应实在有点太过平淡；如果说没生气，她为什么一直抿着嘴唇，简直让他想抹平她眉间的痕迹。程诺想起季琼对欧浔势在必得的态度来，神色晦暗难明，“她对你说了什么？”

叶蓁蓁犹豫地看着程诺，不好意思向自己的前男友倾诉自己的感情问题，程诺再次问：“她到底说了什么？”

“她说……欧浔把领带忘在她家了。”叶蓁蓁郁闷地说。

叶蓁蓁鼓起的面颊，看起来就像是可口的包子，但是程诺发现他一点都笑不出来。他记忆中的叶蓁蓁，是一个宽容到心大的女孩，所以她会一而再，再而三地容忍赵云佳不动声色的挑衅。可是，她明明对季琼很有好感，却因为季琼的一句话伤心难过……

程诺想起他和季琼的约定，知道季琼已经开始出手，这也是他重新得到叶蓁蓁的最好机会。他可以让叶蓁蓁以为，季琼和欧浔之间曾经多么深爱过，为他们的感情埋下一颗钉子，但是他这样说的话……叶蓁蓁会难过的吧。到时候，他看不到她微笑的表情，只会看到她压抑的情绪，甚至听到她的啜泣声。

没有任何人能让她哭泣，欧浔不可以，季琼不可以，他当然也不可以。

“据我所知，他们没有交往过。”程诺的声音是那么温柔，“季琼和欧浔都是心高气傲的人，他们的性格可能适合一起工作，但是并不适合恋爱。我觉得你没必要胡思乱想，你应该听听欧浔的解释。”

叶蓁蓁没想到程诺居然会为欧浔说话，诧异地看着他，过了半晌，她轻声说：“他说，他们没关系。”

“那你为什么不信任他？”程诺反问。

叶蓁蓁愣住了。

是啊，为什么不信任？是因为欧浔平时总是一副不靠谱的样子，还是因为她内心深处，觉得自己比不上季琼？又或者，终于有借口可以给这段不受控制的感情画上句号？

说到底，她不信任欧浔的最深的原因，是不信任自己——她觉得自己不够好，不足以站在那么耀眼的男人身边。

不对，叶蓁蓁，你到底为什么要自卑？你是那么聪明可爱的姑娘，难道还比不上那个精神病吗？全世界有那么多人喜欢你，但是除了你之外估计没有人喜欢他……所以你到底为什么自卑啊？！

叶蓁蓁瞬间想明白了一切，心情顿时开朗了起来，她站起身，认真地看着程诺，“程诺，谢谢你。”

“谢我什么？”程诺心中微凉，还是笑着问。

“不告诉你。”

叶蓁蓁笑盈盈地说，又是元气满满的模样来。她一边收拾东西，一边飞快地说：“程诺，实在不好意思，可是我现在想去查一下邓飞的感情状况，下次再约你吃饭。谢谢你告诉我邓飞的事情，如果可以的话，请把报道的事情压一压，我会……”

叶蓁蓁一边絮叨一边往门外冲，而程诺一把抓住了她的手臂。在她诧异的眼神中，程诺拿出纸巾擦拭了她的嘴角，笑容清淡，“怎么那么不小心。”

“我，我走了。”

程诺的温柔就要让叶蓁蓁沉醉其中，她急忙出了家门，在出租车上捂住了微凉的面颊。她想起杨文娟对她说的话，轻轻咬住了嘴唇——程诺，他也许还喜欢着她吧。正如杨文娟所说，程诺才是一个做男友，甚至做老公的最好人选。可是，她已经有欧浔了。

所以，对不起了，程诺。我们现在是朋友，也只能是朋友。

5

叶蓁蓁复杂的心情，在辛苦找到邓飞的工作单位，听说邓飞辞职的时候，顿时化为乌有。她不可置信地瞪大了眼睛，“邓飞辞职了？什么时候的事情？”

“大概就是几天前吧。按照公司的流程要交接一个月，但是他看起来好像很着急，人事主管就放他先走了。”邓飞的同事说。

叶蓁蓁疑惑地问：“你知道他为什么辞职吗？”

邓飞同事警觉地说："我也不清楚，我和他不熟。那个，我还有事，我先去上班了。"

邓飞同事落荒而逃后，叶蓁蓁又问了好几个人，但是大家一说起他来就表情很怪，没有人肯和叶蓁蓁深聊下去。叶蓁蓁也理解他们不愿意对陌生人说内幕的心理，但是她怎么可能放弃？

要撬开这帮人的嘴，最好的方式是……

当叶蓁蓁路过一家小店，看到橱窗里粉红色的女仆装时，露出了坚毅的神色来。10分钟后，穿着女仆装、戴着兔耳朵的她从店里走了出来，吸引了无数好奇的目光。

真是丢脸。叶蓁蓁郁闷地想。

她一想到自己为了打探消息，居然使出"色诱"这一招就觉得郁闷无比，却不知道她在别人眼里是多么美丽的风景线。夸张的粉色和层层叠叠的蕾丝一向是服饰的雷区，却意外地适合长着可爱圆脸的叶蓁蓁，粉色把她的脸色衬托得越发娇嫩，夸张的装饰让她看起来就好像来自二次元的动漫人物，只想让人抱住了求合影。心理素质强大的叶蓁蓁，在众人的注视下去肯德基买了外卖，然后在保安诧异的眼神中重新上了写字楼。叶蓁蓁晃晃手中的外卖袋，嗲嗲地说："各位哥哥姐姐好，这是老大让我买给大家加班吃的。快点来吃，晚了就没有了哦。"

邓飞所在的是一家游戏公司，里面根本没有几个女员工，几乎全是技术宅男，当他们看到叶蓁蓁的时候都愣住了。他们只觉得，二次元里的美貌女仆突然在他们面前化为现实，简直不敢相信自己的眼睛，纷纷朝叶蓁蓁冲了过去，当看到她手中的外卖时，更是两眼放光。

"哥哥，这个是给你的。哥哥，小心点吃，别噎到了哦。"

叶蓁蓁不断给他们端茶送水，时不时还撒娇问他们一些白痴问题，把他们每个人都捧成了网络大神。在他们飘飘欲仙的时候，叶蓁蓁趁机问起邓飞的事情，她装作郁闷的样子，嘟起嘴巴说："老板说前几天有人辞职了，让我来顶替他的位子。可是，我都不知道要做什么工作，真是好怕怕啊。"

顿时有人挺身而出，"姑娘你不要急，不就是编个程序嘛，以后你的工作哥都帮你做了。"

"谢谢哥哥。"叶蓁蓁激动地眨着星星眼，"哥哥，老板说，对邓飞很不满意，让我不要犯他的错误——他到底犯了什么错呀，你们告诉我，我也好避免。”

邓飞的同事们一边吃，一边聊起了八卦，“他能犯啥错啊，还不是性格不好相处呗！说起来，这小子也是个奇葩。他在编程上确实有一手，但是为人也太奇怪了。上次老王让他修改个设定，他居然跳起来，非说他设计的衣服是最完美的，要改就先杀了他。”

“是啊，我们的设定明明是古代仙侠，可是他非要把衣服做成像现代连衣裙的样子，那简直不伦不类啊。”

“设计稿是什么样子？可以给我看看吗？”叶蓁蓁好奇地问。

那人看起来有些犹豫，但是其他人大声说，反正是没用的稿子，看了又怎么样，非常豪爽地把设计稿给叶蓁蓁看。叶蓁蓁看着那个虚拟人物的裙子，总觉得好像在哪里看到过，但是怎么也想不起来。这时，又有人开始八卦，“听说他辞职的时候老板也没留，估计早就看他不顺眼了吧。这家伙还真是怪，手机都是10年前的，衣服也不换新的，电脑都不喜欢新款。”

“是啊，简直太神经了，我都怀疑他的爱好是收破烂，一点看不出来他以前是学霸。”

“不过他要回老家和女神结婚了，还真是幸福啊，我怎么到现在都没有女朋友？”

“我也没有，呜呜呜呜呜。”

“我要和我的凌波丽女神结婚。”

“滚开，凌波丽是我女神，你要决斗吗？”

叶蓁蓁眼看话题朝着很诡异的方向发展了下去，知道她该闪人了。她慢慢朝着电梯走去，在他们快打起来之前飞速上了电梯。她看着电梯上不断变换的数字，在脑中飞快闪过刚才得到的有用信息：邓飞不合群，邓飞的设计稿看起来很奇怪，邓飞居然说他要回去结婚了……

这些信息在她脑中轮流放映，她总觉得关键点就在其中，但是她怎么也抓不住。她看着自己在镜子里的样子，脑中突然划过一道闪电：那条被人诟病的裙子，很像邓飞“女神”照片上的衣服！再加上，他说要回老家结婚……沈佳慧！他还没有死心，沈佳慧有危险！

现在已是初秋，气温还是燥热无比，但叶蓁蓁生生打了个冷战，她急忙去拨沈佳慧的电话，但是始终没有人接听。叶蓁蓁不甘心地打了好几个电话后，急忙下楼拦了出租车到欧浔的办公室，她推开门，焦急地说：“欧浔，沈佳慧可能出事了。”

“走。”

欧浔当机立断地拿起了放在椅子上的外套，和叶蓁蓁一起出了门，车子飞快地朝着沈佳慧所在的城市开去。叶蓁蓁在心里暗暗祈祷沈佳慧没事，欧浔从后视镜里看着她焦急的神色，淡淡地说：“只有千日做贼，没有千日防贼。去外地是她的选择，泄露了行踪也是她的失误，你没必要什么事情都往自己身上揽。”

“你是在安慰我吗？”叶蓁蓁郁闷地问。

“我是在嘲笑你啊，难道你没听出来吗？哈哈哈，这点事情都能弄砸，你让我说你什么好呢？”

欧浔还想嘲笑下去，在看到叶蓁蓁凶残的眼神后笑容越来越淡，最后明智地选择了闭嘴。他看着叶蓁蓁一身奇特的装扮，暗想这身粉红色的蕾丝把她的小脸衬得越发可爱，那羊脂一样滑腻的肌肤，让他的呼吸不受控制地变快。欧浔在脑中忍不住把叶蓁蓁穿猫女装、护士服、空姐服的样子幻想了个遍，嘴角不自觉地带上了痴汉的微笑，让叶蓁蓁疑惑地想，欧浔又在犯什么病。

在叶蓁蓁怀疑的目光中，欧浔掩饰地清清嗓子，“这个邓飞是最典型的表演型人格障碍，带有一种‘罗密欧朱丽叶情结’，你越是阻挠，他越是不想放手，甚至会激起他内心的反抗欲。”

“罗密欧和朱丽叶，那是什么情结？”叶蓁蓁好奇地问。

“我问你，如果你的父母不让我们在一起，你会怎么选择？”

“那就分手啊。”叶蓁蓁飞快地说。

欧浔瞬间被噎住了。他看着叶蓁蓁理所当然的表情半晌，终于皮笑肉不笑地说：“所谓的‘罗密欧朱丽叶情结’，是指外界压力越大反而会促成恋人在一起的决心。你想想你的大学同学，是不是有人越觉得他们不合适，越劝他们分手，他们越是要在一起？”

叶蓁蓁点头，“是啊，有的男孩家里是农村的，女孩子条件还不错，父母越是反对他们感情越好。”

欧浔嘲讽地说：“到底是觉得自己喜欢的那个人，好到无与伦比，还是觉得自己长大有主见了，父母反对的他就要坚持？呵呵，如果父母聪明一点，掐断经济支援，随便他们发展，在他们四处碰壁鲜血淋漓的时候，他们就会知道，自己坚持的究竟是多可笑的东西。”

叶蓁蓁想起了叶如梅阻挠她和程诺恋爱的事情，心底一片阴霾，她不愿意自己的青春只是笑话一场，下意识地反驳道："你也不要这么说，还是有许多人是真心相爱的。我当然知道，到了社会上会被很多东西迷乱了眼睛，但是也有人会坚持学生时期的爱情，大家一起奋斗，最后过上幸福的生活啊。"

"好吧，我承认会有这样的事情，但是概率有多少？1%还是0.5%？就按照大学毕业后起薪3000元来算，3年后混得好的话，薪水可以达到1万元，这样不吃不喝存3年，可以首付买房子，到时候女方也已经26岁。

"26岁是生育的年纪，女方会准备怀孕生孩子，势必会丧失升职的机会。休完产假后，她会发现自己的位子没有了，被调去了别的岗位。因为要还房贷，就算她再不开心也只能兢兢业业地工作，早下班一小时回家哺乳，都要忍受老板的脸色。

"白天上班晚上带孩子，没有时间健身，也没有心情买新衣服，回家后还要做饭做家务，女人的青春就这样'嗖'地一下子不见了。

"等孩子终于可以上幼儿园，贷款也还清了，丈夫的事业有了起色，她会感觉自己的人生终于掀开了新的一页。但是，这个时候已经是婚后7年了，男人浑身上下都痒了起来。啊，30岁的年纪发现老公有了小三，可因为有了孩子又没有事业不敢离婚，女人的这一生就这样过去了，还真是可悲——这还是建立在有人帮忙带孩子的前提下。如果没有人帮忙带孩子，生育后就在家开始黄脸婆的生活，婚后3年内离婚，真是完美。"

叶蓁蓁愣愣地听着欧浔勾勒出来的画面，不知道为什么，开始想象她和程诺结婚后，挺着大肚子艰难工作的场景；程诺出轨的场景；她和程诺争吵后，孤独地抱着孩子离家出走的场景……打住打住！先不说她根本不会和程诺结婚，程诺也根本就不是那样的人啊！叶蓁蓁白了欧浔一眼，气鼓鼓地反驳，"你说的都是你想象出来的，又不是每个男人都会找小三！"

"当然，但是在自己最美的年华，过着那样贫穷的生活，值得吗？就算是40岁奋斗出来了，青春已经一去不复返了。找一个'潜力股'有崩盘的风险，倒不如一开始就嫁给一个门当户对的人，生活得幸福又快乐。"

叶蓁蓁只觉得欧浔说的每句话都在给她洗脑，干脆问："你是在暗示我和你不是门当户对，我配不上你吗？"

"你和我在一起当然是上辈子修来的福气……也是我的福气。"

叶蓁蓁没想到欧浔还能说出甜言蜜语来，心里甜滋滋的。欧浔一手握着方向盘，另一只手握住了叶蓁蓁的手。他宽大的手掌传递出令人安心的温度，叶蓁蓁看着他微微勾起的嘴角，心中突然一片清明，她为自己无缘无故怀疑欧浔而羞愧，眼巴巴地看着欧浔，“对不起，季琼的事情，是我多心了。还有，沈佳慧的事情是我太自大了。如果她出什么事，我这辈子都不会安心的。”

“她不会出事。你在她手机里装了定位系统后，我每天都会跟进她的状态。她现在待在W市的公司里没有移动，再加上那公司现在是在开视频会议，我想她的手机只是调了静音，没有注意到你的电话。”

“你怎么知道她的公司在开会？”叶蓁蓁吓了一跳。

“这个世界上有一种技术叫人脉，也有一种技术叫可以黑对方的摄像头。”

叶蓁蓁一想到她的丢脸，都在欧浔的算计里就觉得郁闷无比，但是想到这一切有欧浔兜底又觉得意外地安心，她闷闷地说：“我是不是很蠢。”

“坦率地说，确实是这样。你最大的失误是一直被动挨打，没有主动出击。你应该第一时间查清楚邓飞的底细，威胁他说，如果他再纠缠沈佳慧就让他丢了工作，然后，找几个黑道白道的人去恐吓他，我保证，他就算想再纠缠沈佳慧，也要考虑一下自己有没有这个命。汽车后排是他的资料，你看看能不能看出点什么。”

叶蓁蓁只是调查了邓飞的性格、工作单位、以前的经历等资料，看到新资料的时候愣住了，没想到欧浔居然把工作做得那么细。她一页页翻看着邓飞从小到大的照片和成绩，看了半天也没找出什么蹊跷来，忍不住问：“他的经历很正常啊，有什么不对吗？”

“他的成绩，在小学到初中阶段一直是第一。”

“这只能说明他曾经是学霸，又和沈佳慧有什么关系？”

“你觉得，一个男人有没有可能一直暗恋一个虚拟人物，甚至暗恋到没有现实恋情的地步？”

叶蓁蓁摇头，“我觉得不可能。不管怎么样，那个‘女神’都只是他幻想出来的人，他根本不知道自己的性格和她是不是合适。他周围的其他女孩子，才是真真实实的，才会更有吸引力啊。”

“如果他一直找不到女朋友，你觉得他会怎么样？”

“会很难过，悲伤，或许会营造出他有喜欢的人的假象……”

叶蓁蓁不再说下去，因为她终于明白了整件事的真相！欧浔看到她难看的脸色，就知道她想通了，暗叹她也算得上是聪慧过人。欧浔一边开车，一边继续说："邓飞从小到大都是父母的骄傲，但是上高中后就一蹶不振，只考上了很一般的大学，工作也很平凡。因为性格内向的关系，他一直没有女朋友，反而在网络上很活跃，在大家都帮助他找'女神'后更是受到了极大的关注。我想，他也许已经向他的父母编造了他就要结婚的谎言，所以他不得不纠缠着沈佳慧，好把这个谎撒下去。真是可悲的男人啊，你不也是因为这个理由，才一直没有对他下杀手吗？"

叶蓁蓁一下子被说中了心事，难过地说："嗯，就算知道他是一个彻头彻尾的骚扰狂，但还是觉得他是真心喜欢沈佳慧的，在他企图强暴沈佳慧之前，终究不忍心把他逼得太狠。那件事过去后，我以为他不会再出现，是我的失误让沈佳慧又陷入了麻烦。我应该能想到的，可是我没有。我只是觉得，他那么疯狂地爱着一个人，真是很可怜……"

"危机公关不能带有个人感情，我想这句话我已经说过很多遍。这个世界上哪有那么绝对的黑色白色，你总不能因为同情客户的敌人，从而给客户带来损失吧？"

"我觉得客户不对的单子，我就不会接。"叶蓁蓁坚决地说，"这是我的原则。"

"好吧，原则。如果客户出100万呢？"

"也不接。"

"1000万？"欧浔加大了筹码。

"不接。"

"1亿？"

"不接不接不接！难道你会接吗？"叶蓁蓁反问。

欧浔可疑地笑了一下，没有回答，叶蓁蓁顿时炸毛了，不可置信地问："你会接，对吗？"

"蓁蓁，如果这个世界上会有钱解决不了的问题，那就是钱还不够。"欧浔深沉地说。

"你这人怎么这样啊！势利、卑鄙、禽兽！你的职业操守呢？"叶蓁蓁愤怒地问。

欧浔羞涩地捂住了脸，"你说什么，人家听不懂。"

"欧浔！"

"啦啦啦啦啦……"

第十章　一鸣惊人的蓁蓁

说话期间，W市终于到了。欧浔从行李箱里拿出一身换洗衣服给叶蓁蓁，叶蓁蓁换下女仆装后，他们盛气凌人地冲到了沈佳慧的公司。当知道有人找她后，沈佳慧一脸迷茫地出来，在看到欧浔和叶蓁蓁的时候顿时松了一口气，“蓁蓁你怎么来了？你是来旅游还是来出差，你怎么也不打个电话通知我？”

1

看到沈佳慧毫无异样，叶蓁蓁终于松了一口气，巨大的心理压力突然消失不见，她后知后觉地发现自己的腿都在发软。叶蓁蓁一把抓住了沈佳慧的手，惊魂未定地说：“佳慧姐，我给你打了5个电话，你都没有接，我以为你出什么事了呢。”

“是吗？我看看。啊，对不起，刚才一直在开会我就没带手机，真是抱歉啊。”

沈佳慧急忙道歉，叶蓁蓁也不好意思责怪她，暗想只要她没事就是最好的消息。叶蓁蓁见四下无人，压低了声音说：“佳慧姐，邓飞最近来找你了吗？”

沈佳慧的身体微微颤抖了一下，强装平静地说：“没有。我把他拉黑后，他再也没有给我打过电话。他，他又出什么事了吗？”

叶蓁蓁看到沈佳慧惊恐的样子心里不忍心，但还是开口，“那个，他前几天从单位辞职了，说要回老家和女朋友结婚。我今天知道后，怕他做出什么事，就赶紧来找你。不管怎么样，你没事就好，以后也要当心点。”

沈佳慧倒是松了一口气，不太介意，“他根本不知道我在这里上班，怎么可能找到我。蓁蓁，不管怎么样，谢谢你会来，真的谢谢你。”

叶蓁蓁见沈佳慧确实平安无事，暗暗怀疑自己是不是多想了——其实邓飞只是撒个谎，根本没打算对沈佳慧怎么样。她向欧浔求助，听到他问："沈佳慧，你最近有没有发生什么奇怪的事情？"

"没有啊，什么都没有。邓飞没有联系我，也没有陌生电话打进来，我的生活很平静。"

"这样。那有什么值得注意的事情吗？"

"应该也没有……"

欧浔和沈佳慧聊天期间，沈佳慧的几个同事都在悄悄看欧浔，到后来终于有个胆子大的过来了，她捋顺头发，笑着对沈佳慧说："佳慧，这是你朋友吗？"

"啊，是的。"沈佳慧忙说。

"都到了吃饭时间了，我们一起去小餐馆吃饭吧，也让他们尝尝我们的本地特色。"

"啊，好啊。蓁蓁，一起吃饭吧。"

沈佳慧急忙邀请叶蓁蓁和欧浔，在征求了他们的同意后，和同事们一起出发到楼下的小餐馆。W市的菜肴特色是香辣，非常符合叶蓁蓁的口味，她忍不住拍了几张照片留念，沈佳慧和她的同事们也都拍照发在了朋友圈里。

吃饭期间，一个穿鹅黄色连衣裙的姑娘一直偷偷看欧浔。她很想知道欧浔的联系方式，又不知道欧浔和叶蓁蓁之间的关系，只好假装要交朋友，分别和他们互换了微信。叶蓁蓁发现，她是一个很爱发朋友圈的人，这会儿已经晒出了今天中午吃了什么菜，自拍照也比她真人要美好几分。叶蓁蓁看到她每张照片都定位，忍不住说："你这样会暴露自己的踪迹，不太好吧。万一被别人留心的话，他会很容易找到你。"

对于叶蓁蓁的提醒，那姑娘不以为然地翻了个白眼，开始趁机勾搭欧浔，"啊呀，人家也不知道该怎么设置嘛。欧先生，你会不会设置呀，能不能帮我弄弄？"

众人都不太了解欧浔和叶蓁蓁之间的关系，沈佳慧的同事明显把欧浔当作目标对象，语调甜腻地向欧浔撒娇，欧浔却根本没有理会她，只是关切地看着叶蓁蓁，"蓁蓁，这鱼肯定不新鲜，你不要多吃，等回去我带你吃好吃的。"

那姑娘本来正在吃酸菜鱼，听到欧浔这么说，笑容僵在脸上。她觉得有点丢脸，忙说："欧先生，虽然这家餐馆不大，但是很卫生。我们在这里吃，从来没有拉过肚子，你可以放心。”

欧浔放下筷子，似笑非笑地看着她：“这条鱼失去生命的时间超过了24小时，所以才会被盐腌制然后用花椒的味道盖住。你看那丧失了纹理优美感的鱼片，尝尝辛辣的味道，居然还能吃得下口……啧啧，对食物的要求仅仅是‘不拉肚子就好’，我真是佩服你们的吃苦耐劳。”

欧浔的表情是说不出的嫌弃，却偏偏带有豪门公子的居高临下。那姑娘真不知道是该继续吃鱼，还是该站起身和餐馆经理理论，表情十分纠结。虽然叶蓁蓁也不喜欢这姑娘，但总觉得欧浔说得有点过分了，夹起一块鱼塞到他嘴里，“多吃饭，少说话。”

欧浔的脸瞬间变得很红。

虽然叶蓁蓁只是拿筷子喂他吃，但是他总觉得，她好像拿手指轻轻触碰他的嘴唇一样，让他身体每一寸肌肤都感觉到了战栗。他看着叶蓁蓁红润的嘴唇，品尝着鱼片的味道，脑中不受控制地想象着叶蓁蓁嘴唇的美味。

他懊恼地想，他居然没有趁着叶蓁蓁喝醉的时候，感受一下她的热情，一会儿要找什么理由亲吻她比较好？还有，等叶蓁蓁输了这个单子，到底怎么惩罚她？

真的，很想把这个姑娘，吃到肚子里去啊。

欧浔用夸张的表情，以最慢的速度，品尝完口中的鱼片，根本不知道他在其他女人心中的印象，已经下降了几十分——她们开始担心，这个看起来非常英俊的男人，精神是不是有问题。叶蓁蓁觉得气氛有点尴尬，暗想吃了饭就快点离开，这时听到那姑娘惊呼，“欧先生，我怎么进不了你的朋友圈？你是不是设置有问题呀？”

叶蓁蓁心想，她以后真的不能说自己心大了，因为，如果她的心胸能乘船的话，这姑娘的心胸，简直装得下一艘航空母舰。叶蓁蓁尴尬地看着那姑娘，不知道该怎么打圆场，这时欧浔终于吃完了那块鱼片，慢条斯理地说：“因为我们不是朋友。”

“啊？”姑娘呆住了。

“朋友圈是给朋友看的，我们不是朋友。有什么问题吗？”

“呵呵，欧先生真爱开玩笑。”

那姑娘分明红了眼眶，但是只能强颜欢笑给自己找台阶下，倒是让叶蓁蓁看得心里有些不忍心。没过多久，她们找了个理由提前离开了，沈佳慧留下来陪她们。沈佳慧看看她们离去的背影，别有用意地说："欧先生，还真是一个直爽的人。"

"什么直爽啊，就是说话尖酸刻薄讨人厌。"叶蓁蓁白了欧浔一眼，飞快地说。

沈佳慧羡慕地说："呵呵，你们的感情还真是好。悄悄告诉你哦，有个男生在追我，我会考虑和他在一起。"

"是吗？真是恭喜你啊！他是什么样的人，对你好吗？"叶蓁蓁惊喜地问。

"他比我大3岁，是名牌大学毕业的工程师，带了点书呆子气。"沈佳慧捂住嘴巴轻笑，"长得不算帅气，但是看起来很干净，追我的手段也都很幼稚。他啊，明明想约我看电影，但是在我面前转了20分钟都不敢开口，害得我以为我的工作出了什么问题……"

"是吗？那真是超可爱啊。"

叶蓁蓁和沈佳慧聊了一会儿女孩子的话题，沈佳慧的上班时间也到了，她看了下手表，抱歉地说："不好意思，我下午还有个会议，晚上还要参加婚礼，先不和你们聊了。谢谢你们赶过来看我，不过我想我已经没事了，余款我一会儿就打给你，最近真是麻烦你了，蓁蓁。"

"不客气。"叶蓁蓁也笑眯眯地说。

沈佳慧离开后，叶蓁蓁还沉浸在她的幸福里，感慨地说："好幸福，她真是好幸福啊……"

"因为她的追求者请她看电影？"欧浔故意问。

叶蓁蓁鼓着嘴说："你懂什么啊，根本不是看电影！是那种，陷入爱情的手足无措的感觉，真是好可爱好浪漫！"

叶蓁蓁想起了欧浔追求她时给她的那些"惊喜"，嫌弃地撇了撇嘴巴。这时，欧浔突然叫她："蓁蓁。"。

"嗯？"

"听说，你们毕业典礼要弄一场校园文化节，你会去参加吗？"

"你怎么知道这个？"叶蓁蓁诧异地问，"哦，是因为你捐了电脑，教务处的老师告诉你的吗？"

"你会去吗？"欧浔坚持问。

"呵呵，可能会吧。"叶蓁蓁笑容僵硬，一点都不想提起这个话题。

大学4年里，她虽然因为长得漂亮，外加和程诺恋爱小有名气，但是她从来都不是活动积极分子，所以，当她听到辅导员告诉她，让她在校园文化节里负责一个项目的时候，真是惊呆了。

叶蓁蓁急忙客气又坚决地拒绝，但是辅导员表示，这活动是由她所在广告系发起的，广告系每个学生都参与，如果她不参与的话，肯定会给大家留下不好的印象。辅导员殷勤地让她在“铁板烧厨师”“保安队队员”“行为艺术表演”等奇葩职位里选一个，叶蓁蓁只好选了看起来最没有攻击性的“烤鸡翅的大厨”。

她想象自己拿着鸡翅膀招揽生意的样子，觉得异常傻气，根本不想让欧浔知道这件事，急忙转移了话题，“欧浔，我的东西已经搬回了家，除了毕业典礼外也不用去学校，回去以后就可以上班，最近一直没有去办公室，真的很抱歉。”

欧浔看着叶蓁蓁低着头内疚的样子，微微勾起了嘴角，心想，如果他要求叶蓁蓁在他面前再穿一次女仆服，叶蓁蓁肯定会给他一记飞脚，没准还会是两记。他见叶蓁蓁心虚，假装认真地松了松领带，“你不在的时候，有很多工作没有完成，回去以后你要加班才能补上去。”

“真的对不起！”

叶蓁蓁露出可怜兮兮的表情，哀求地看着欧浔，欧浔可悲地发现他的心一下子就软了。他强迫自己继续做出冷酷的表情，淡淡地问：“你是怎么把那么多行李搬回去的，为什么不叫我帮忙？”

“啊，时间不早了我去买单。”

叶蓁蓁轻快地说着，就要离开欧浔去买单，然而手臂一下子被欧浔抓住了。欧浔从她尴尬的表情里抓住了她的心虚，阴沉着脸问：“程诺去帮你搬行李了？”

“什么啊……”

“是不是？”

“嗯，他正好路过。”叶蓁蓁虽然心虚，还是不想撒谎。

“是啊，还真是巧，正好从女生宿舍楼底下路过，而且正好是你的宿舍。”

欧浔的阴阳怪气让叶蓁蓁心里不爽，她轻声解释道：“我们真没有约好，只是凑巧罢了。程诺现在在大学里做客座教授，我们当然偶尔会见面啊，而且他不光对我这样，对每个女生都很好，大家都很喜欢他。”

“哟，程诺还是个暖男啊。”欧浔嘲讽地大笑，“我看他就是中央空调，简直可以温暖每一个房间，不过他可怜的女朋友就是空调外机，没有温暖，只能接受他的废气。”

“欧浔你说什么啊！程诺招你惹你了，你老是说他坏话，难为他还替你说好话。”叶蓁蓁不满地说。

欧浔挑眉，“他说我好话？说什么了？”

“不告诉你。走啦，回家了。”

叶蓁蓁为了气欧浔，故意不说，站起身就往门外走，然后她的手机突然响了。她看到联系人是刚才迷恋欧浔的姑娘，忍不住轻轻抽搐了下嘴角，还是接听了电话，“喂？”

“喂，叶小姐吗？沈佳慧是不是还和你们在一起？她到现在还没来上班，手机也关机了，老板生了好大的气！你叫她快点来啊！”

一股冷意顿时充斥着叶蓁蓁全身，她觉得脑袋一阵眩晕，身体也几乎站立不住。她踉跄了一下，稳了稳身体，急切地说：“她没有和我们在一起，半小时前就说她要回公司了，难道她还没回去吗？”

“没有啊！奇怪了，沈佳慧从来不会迟到，她去哪里了？”

叶蓁蓁没有心情回答她的问题，一下子挂断了电话，在手机上查找沈佳慧的定位，却发现定位显示是在河里。她脸色苍白地看着欧浔，欧浔看出了叶蓁蓁的不对劲，一把握住了她冰冷的手，“出什么事了？”

“沈佳慧失踪了。”叶蓁蓁用最大的力气说。

2

车里的叶蓁蓁脸色出奇的苍白，一直双手合十，真挚祈祷沈佳慧不要出事。她依次向佛祖、上帝、菩萨等表达了自己的心愿，欧浔心中暗想，那些神灵看到这个三心二意的信徒不生气已经够给面子了。她与其信虚无缥缈的神灵，倒是不如来求自己。他看到叶蓁蓁就要哭出来的样子，心里到底不忍心，一边加大油门一边说：“手机在河里并不代表沈佳慧也在河里，我想最大的可能是她把手机丢了，或者是手机被迫丢在了那里。”

“是吗？对哦，也可能是手机丢在河里，真好真好……那沈佳慧到底去哪里了？她刚才还说起她有可以交往的对象了，怎么可能突然离家出走，她肯定是出事了！我真是傻瓜，居然让她就这么走了！”

叶蓁蓁只要一想到，她见沈佳慧的那一面，很可能就是最后一面，内心好像被火烧一样煎熬。她多希望沈佳慧没有事，不然这一定会成为她毕生的噩梦。她急得眼泪就要掉下来，这时欧浔递给她一张纸巾，淡淡地说：“叶蓁蓁，越是着急的时候越是要冷静，眼泪对事态发展没有任何作用。我们已经提了醒，谁都不知道意外会什么时候发生，你要学会放松自己。”

“我知道，可是我心里真是……”

叶蓁蓁说着又要忍不住落泪，急忙紧紧握拳控制住泪意。她对自己说不能哭不能哭，哭泣是弱者才有的行为，她是危机公关的专家，要想的是怎么才可以解决危机！她深呼吸数次后，终于控制住情绪，坚定地说：“我不会让沈佳慧有事。”

“当然。”欧浔冷哼一声，“那些企图挑衅我们的人，哼哼，洗干净脖子和屁股准备好受死吧！”

欧浔把车子开到了定位显示的河边，叶蓁蓁问了一圈后，都没听说有人落水，终于放了心。她不住地安慰自己，沈佳慧没有消息就是最好的消息，然后问起路人这里到底发生过什么。许多人都摇头说不知道，最后还是一个小卖部的大叔说：“姑娘，你要找的人是不是短头发，好像叫什么佳的？”

“是叫沈佳慧，大叔你见过她吗？”叶蓁蓁急忙问。

“我倒是看到她和她男朋友在这里吵了几句，好像在说什么手机，然后那小伙子把那姑娘的手机都丢到了河里，还真是暴脾气。”

“然后呢，然后发生了什么？”

“我看了一会儿热闹就有客人来买烟，等我找好零钱的时候他们都不见了，可能是和好了吧。”

叶蓁蓁才不相信他们会和好，只能乐观地安慰自己，至少邓飞没有一气之下把沈佳慧推到河里。她不甘心地企图寻找沈佳慧的踪迹，一扭头突然看到欧浔直挺挺地趴在地上，吓得她整个人都要跳起来了，“欧浔，你怎么了？”

“嘘，闭嘴。”

如果欧浔的神色，不是叶蓁蓁前所未见的凝重和冷淡的话，叶蓁蓁真的以为他又犯起了精神病。河边的泥土因为昨天下过雨的关系有些潮湿，欧浔昂贵的外套上面满是污渍，但这个平时洁癖到矫情的男人一点都没有露出厌恶的神色，反而陷入了沉思。

从地上的痕迹来看，很可能是邓飞被沈佳慧推倒在地，就倒在他现在的位置上。如果他是邓飞……

欧浔把自己想象成邓飞，感受着他被推倒在地的侮辱，伸出手去抓“沈佳慧”的小腿。“沈佳慧”没想到他会突然动手，诧异地转过头去，这时他猛地加大了力气，一把把“沈佳慧”也拉倒在地。“沈佳慧”发圈上的碎钻就这样掉落，他从口袋里掏出刀，对准“沈佳慧”的腰，“佳慧，我也不想这样的，都是你逼我的。你跟我回去好吗，我会一辈子对你好的。”

“沈佳慧”拼命挣扎，在挣扎中血也流到了地上，然而她很快就不再动弹。他扶着她一起进了车子，所以“沈佳慧”的脚印到了那里就不见了；车子向着远处驶过，所以不远处还有轮胎的痕迹……

欧浔想明白可能发生的剧情后站直了身体，冷静地说：“汽车轮胎的痕迹是这一条，拍照给阿威，让他找出是什么车辆，然后我们可以找到邓飞租了这车子，到底是去了哪里。”

“好。”叶蓁蓁忙说。

接到照片后，阿威很快回复他们，这车子是丰田卡罗拉，他们的搜索范围一下子就小了很多。当叶蓁蓁终于从一家车行那里得到消息，确实有一个容貌酷似邓飞的人，在他这里租了车子后，顿时激动了起来。几经周折，车行老板终于愿意提供出租车辆的GPS定位。叶蓁蓁看到车子显示在郊区的一个老小区里，急忙和欧浔一起赶了过去，果然在地下车库找到了这辆车。欧浔通过和停车场保安交谈，找到了邓飞所在的楼层，在叶蓁蓁企图敲门前阻止了她。

“不要敲门。”欧浔目光深邃地说，“他见过我们，在猫眼里看到我们的身影会有警惕。所以，要用更巧妙的办法。”

“啊？”

在叶蓁蓁诧异的眼神中，欧浔捏住了鼻子，尖声尖气地叫了起来，“着火了，我家还有煤气罐儿呢！谁来帮我啊，救命啊，救命啊！”

欧浔的功力真不是虚的，邓飞一下子就飞奔到门口，开了门。在邓飞开门的瞬间，叶蓁蓁一脚踢开了门，然后把他按倒在地上。邓飞疼得闷声哼了一声，欧浔则满意地看着自家“小藏獒”的战斗力，悠然自得地进了邓飞的房子，果然在房间里找到了被绑成一团的沈佳慧。欧浔解开沈佳慧的绳索后，沈佳慧冲到邓飞面前，气得抽了邓飞一耳光，“变态！你怎么不去死，我要你死！”

沈佳慧急红了眼，随手拿起花瓶就要往邓飞身上砸，被叶蓁蓁用力阻拦。叶蓁蓁一把抓住了她的手臂，不住说：“佳慧姐你冷静下，为了这样的男人害了自己不值得！我们有办法！”

沈佳慧看了叶蓁蓁许久，崩溃的眼神终于慢慢变得清明，然后她缓缓蹲下身啜泣了起来，哽咽地说：“我，我只是撒了一个谎，为什么会变成这样……他到底怎么样才能放过我，真的要我死了才可以吗？”

沈佳慧自顾自地啜泣着，欧浔却走到了邓飞面前，嚣张地拿脚踩着邓飞的脸，让邓飞正视自己。邓飞没有反抗，强忍着屈辱说：“既然落到了你们手里，我也没什么好说的了。不过，我和佳慧是男女朋友，就算警察把我关几天我也不会有事，出来后我还是会继续追求她。”

“小子，不要太嚣张啊。”

欧浔说着，对准他的下巴狠狠打了几拳，把邓飞一颗牙齿都打裂了。邓飞显然没想到欧浔真的敢动手，“呸呸”吐掉了口中的血水，大声说：“我要告你……”

“你说什么，我听不清。”

欧浔一边说着，一边毫不留情地狠揍邓飞，直到把邓飞揍得直喘粗气。欧浔吹了吹因为揍人而红肿的手背，冷冷地看着他，“我很好奇，你是怎么找到沈佳慧在这里的。你可以选择现在就说，或者被我再揍一顿后说。”

邓飞心知自己算是栽了，生怕欧浔又动手，咬牙回答：“我加了她所有朋友的微信。”

“所有朋友？”叶蓁蓁不可置信地反问。

叶蓁蓁拿过了邓飞的手机，叫沈佳慧一起来看他的微信好友。沈佳慧不可置信地把他的好友从头看到尾，脸色一下子就白了——这里面绝大部分的人，都是她的亲戚朋友和同学。沈佳慧没想到邓飞变态到这个程度，忍不住去洗手间呕吐了起来，叶蓁蓁急忙跟了上去。这时，欧浔刷着邓飞的微信好友圈，饶有兴趣地说：“呵，你没办法加沈佳慧的微信，就加了其他人的，只要认真观察，就可以知道沈佳慧曾经在什么地方出现，又要去参加什么活动，你的脑子很好使嘛。加了这么多人也花了你不少时间吧，你是怎么办到的？你黑了沈佳慧的手机？”

邓飞一言不发，看起来不准备回答这个问题。欧浔再次扬起拳头，他忙说：“对，我黑了她的手机，复制了她的通讯录。”

“那你绑架她准备做什么？”

这一次，邓飞居然咬紧牙关不回答，欧浔揍他几拳都没有任何作用。眼看叶蓁蓁跃跃欲试也要去揍人，欧浔拉住了叶蓁蓁的手，“蓁蓁，没必要为这种人脏了自己的手。反正现在闲着也没事，不如让我猜一下你的动机吧。你从小学到初中都是名列前茅，但是高中开始就力不从心，大学更是考得很一般，所以你一直觉得抬不起头。你原以为工作后会飞黄腾达，可是你到底不是马化腾也不是马云，只能给人家做牛做马。哈，你的父母一直向左邻右里吹嘘儿子现在多有出息，就要带着媳妇回家探亲，但是根本没有任何女生愿意和你在一起，你一定很绝望吧。所以，当你抓住了沈佳慧，你就不想放手。你根本不关心她是什么性格，她有什么兴趣爱好，只要她是你的女朋友那就够了。”

“你胡说，不要说了！”邓飞突然疯狂地大叫了起来。

欧浔的唇角弯出嘲讽的弧度，“你知道沈佳慧根本不是你暗恋那个女孩吗？我想你早就知道了，不过你根本不在乎吧……你很享受‘校园恋情终成眷属’的关注度和满足感，大家都还记得曾经身为学霸的你，你是班级聊天的中心，和你现在的生活真是有着天壤之别。这样的感觉简直太美好了，所以你不能让你的美梦被打破。你说什么你深爱沈佳慧，根本就是屁话，你喜欢的只是当初那个耀眼的自己。邓飞，你还真是水仙，自私自利到了极点，最后爱着的人只有自己一个。”

叶蓁蓁从来没有在邓飞的脸上看到过如此难看的脸色，看起来就好像要杀了欧浔。叶蓁蓁有点担心，可是欧浔毫不胆怯，嚣张地拍了拍他的面颊，“小子，我知道你不怕我们打你，也不怕进警察局，还不怕丢了工作……如果你爸妈和你村里的亲友知道你的高薪、优秀、有了女朋友都是谎话，你就再也不能衣锦还乡了吧，还真是可惜啊。”

叶蓁蓁敏锐地发现，邓飞的瞳孔在瞬间收紧，知道他们终于抓住了他的软肋，她配合地叹息，“是啊，到时候还会有媒体来采访，你的同学会成为你犯罪案的证人，所有人都知道曾经的天之骄子现在成了猥琐的骚扰女人的罪犯，不知道他们会说什么。天妒红颜吗？”

“蓁蓁，天妒红颜是形容漂亮女人的，用在这里不合适。”

“哦，那应该叫吹牛皮的谎话精。”

叶蓁蓁和欧浔有一搭没一搭地聊着，邓飞终于知道这一次他惹上麻烦了。他可以不害怕进警局，甚至不怕沈佳慧厌恶的目光，但是如果在这里发生的事情，被他的爸妈知道了会怎么样？他们会伤心，会难过流泪，还是干脆不认他这个儿子？

邓飞心里越来越恐惧，死撑着说：“你们不会这样做，这样佳慧也不会有好名声。”

“我现在还要什么名声？”沈佳慧冷笑，“邓飞我告诉你，别说去警察局指认你，就是上报纸、上电视台说你强暴我，我都敢！我甚至可以和你这个人渣同归于尽！”

俗话说，横的怕不要命的，当邓飞发现性格温婉懦弱的沈佳慧，也有那么狠辣的一面时，他的心里开始发虚。他只能换了方法，轻轻一叹，“佳慧，不管你是不是我当时暗恋的女神，我是真心喜欢你的。我知道我长得不帅，不会讨女孩子喜欢，也没有多少存款，但是我有一颗爱你的心。佳慧，你就不能给我一个机会吗？”

沈佳慧还没来得及说什么，欧浔扑哧一笑，“如果沈佳慧身高150厘米，体重200斤，满脸痘痘和脓包，皮肤又黑又粗糙，家里还有几百万欠款，你会爱她吗？她可是有一颗爱你的心呢。”

邓飞到底没有办法昧着良心说，如果沈佳慧真是那样的人，自己还会这样痴缠她，一时之间愣住了。欧浔一把揪住他的头发，讽刺地说：“所以男人自己不努力，却把‘真爱’挂在嘴上，还说什么‘女人就是喜欢有钱人’这样的话，真是叫人恶心。你的真心还是去找那些也需要关爱的女人吧，为什么去追求那些肯定看不上自己的人？哦，你肯定想，反正追其他人也追不到，还不如追个更好点的，也许就有人瞎了眼看上你。”

欧浔的话字字插在了邓飞的心窝，让他愤怒得想和欧浔拼命又不敢动手。沈佳慧看到他一败涂地的样子，忍不住自嘲地想，她居然会因为这样的男人陷入这么大的困境，这何尝不是她懦弱的性格引发的后果？难道，她要永远做一个胆小怕事的人，让这样的人掐住喉咙吗？

沈佳慧擦干了眼泪，浅浅笑了起来，面容在灯光下显得格外诡异。她把抽屉里的药丢在了邓飞面前，冷冷地说：“这药是准备我不听话的时候对付我的吧？你把我绑架了是想做什么，生米煮成熟饭，还是想干脆把我带到你老家？呵呵，如果我不听话就给我吃药，说我水土不服？你觉得等我怀上了孩子就离不开你了？”

沈佳慧的猜测和邓飞的计划差不了太多，所以他也不知道该说什么来推脱，沈佳慧渐渐大笑起来，“我在你心里，就是那么没用的人吗？邓飞，你未免太看不起我了。”

“佳慧，你，你……”

“我最后警告你一次，不要这样叫我，不然，我会废了你三条腿。”沈佳慧冷冷地说。

3

叶蓁蓁和欧浔救出了沈佳慧，但是怎么处理邓飞却成为一个难题。叶蓁蓁倾向于把邓飞送到警察局，欧浔觉得要打到邓飞一想起沈佳慧就腿软比较好，沈佳慧却有自己的想法。当叶蓁蓁听到沈佳慧的想法后，吃惊地瞪大了眼睛，欧浔则赞赏地说：“沈小姐，我不得不说，你真是个天才。”

“我只是想送他一点礼物。”沈佳慧微笑着说，笑容充满诡异。

邓飞原以为他们会把他送到警察局，却没想到他们把他重新绑了起来，还蒙住了他的眼睛。他又冷又饿地等了很久，在他连说话的力气都没有的时候，突然觉得小臂一凉，好像被什么东西刺了一下一样。他觉得手臂变得又酸又麻，忍不住惊呼：“你们在做什么，你们对我做了什么！”

“给你注射了一个试验品。”沈佳慧轻声说，“邓飞，你既然那么喜欢我，应该知道我的专业是生物医药吧，我的毕业论文，就是研究对中枢神经有用的药物。我无意中发现，我的试验品有一个很奇特的特点——所有被注射的小白鼠都丧失了生育的能力。我不甘心，又拿了其他动物做试验，得出了一样的效果。你说，在人身上会有什么效果？会不会也让你那东西再也硬不起来了？”

“臭婊子，你敢！我不会放过你！”邓飞大声叫了起来。

“啊，忘了告诉你，你也可以去报警，但我们是男女朋友，你说警察会找你吗？这药剂是用来改善神经功能的，就算医院去化验也不会给我带来麻烦，更别说等你报警的时候，药剂早就到了血液里，根本化验不出来了呢。邓飞你放心，会有姑娘有一颗爱你的心的。”

叶蓁蓁神情复杂地看着黑化的沈佳慧，真不知道她变成这样到底是幸运还是不幸。他们不管邓飞的咒骂，离开了邓飞的房子，心里都知道查水表的人会在两天后再来，两天不吃不喝不能上厕所已经给了邓飞足够的教训。沈佳慧走在街道上，只觉得微风是那样舒适，就连城市的嘈杂也让她感觉到无比幸福。她回过头，笑眼弯弯地看着叶蓁蓁，“叶小姐，欧先生，我很抱歉给你们添了那么多麻烦。我想他不会再敢找我了，如果他来找的话，我就找我男朋友揍他。”

“男朋友？”叶蓁蓁立马问。

沈佳慧的脸色微红，“嗯，我决定接受同事的追求，做他的女朋友。现在想来，我以前还真是傻得可以。我居然会为了谈恋爱说谎话，招来那样的极品，又因为他的缘故，不敢相信其他男人……不管怎么样，生活总要继续，也不能因为跌倒了一次，就以后都不敢走路啊。”

现在的沈佳慧有着叶蓁蓁前所未见的豁然和开朗，平凡的面容也多了一分美丽和温柔，让叶蓁蓁的心情也忍不住放松了，她纠结地问：“你给他注射的……”

“只是营养液。”沈佳慧扑哧一笑。

叶蓁蓁也笑了，“可惜，他不会知道这个好消息。”

当时的叶蓁蓁当然不会知道，邓飞在几个月后精神出现了问题，他坚称沈佳慧为他注射了不明药剂，让他失去了生育能力，也真的再也没有“重振雄风”过。他去看了无数医生，坚定地认为，所有医生都被叶蓁蓁和欧浔买通，才会说他的身体没有问题。他也曾经去找沈佳慧要“解药”，却被沈佳慧的高学历男友揍得走不动路。

他消停了一阵子后，再次想找沈佳慧报仇，却没想到沈佳慧失踪了。他黑不了沈佳慧的电脑和手机，沈佳慧的所有好友都把他删除，他的手机也突然收到了“小子，你再敢招惹我女朋友就倒霉了”的信息。他每天都幻想有人要来暗算他，什么工作都做不了，回到家乡后也觉得沈佳慧在不远处看他的笑话，最后终于被父母送去治疗，当然也无法继续他的妄想症。

叶蓁蓁不知道今后会发生什么，这一切也和她无关。在解决完沈佳慧的事情后，她似乎听到了身体的每一个细胞都在叫嚣着“我要休息”，她只觉得这几天的忙碌，简直比跑了3000米长跑还要累。叶蓁蓁在家里好好休息了两天后，重新恢复了状态，在上班的第一天穿上了职业装，对着镜子里的那个女孩微笑。

叶蓁蓁有着一张可爱的圆脸，大而有神的眼睛让她看起来聪慧无比，下颚圆润的弧度让她多了温柔和亲和力，满满的胶原蛋白和红润的面颊也让她看起来活力十足。她摸摸脸颊，总觉得这样看起来还是学生气十足，于是把头发盘起来，发现自己多了几分沉稳和优雅后，才满意地笑了起来。她对自己轻声说："叶蓁蓁，从今天开始你就正式上班了，你要变得成熟稳重，绝对不能和以前一样任性、孩子气。叶蓁蓁，你一定可以成为最优秀的危机公关专家，加油加油！"

叶蓁蓁比出了加油的手势，意气风发地到了欧浔的办公室。她原本想在欧浔面前展现出她职业的一面，让欧浔对她的印象改观，却被桌子上比她人还高的资料惊到了。她颤抖着手指着资料，不可置信地问："这，这是什么？"

"你不来上班的时候留下了许多咨询，你快从里面选出最有价值的给我。我比较倾向明星的形象管理，那样赚钱多又很轻松。对了，把所有公益类的都丢掉，这样的我不接。"

叶蓁蓁看着欧浔怡然自得地在窗边喝咖啡的样子，手突然很想向他的脸上招呼。她强压住怒气，生硬地笑着，"我不在的时候，单子你一个都没看吗，怎么会留下那么多？"

"这是你的工作，我当然不会管。快点替我筛选，我最近想买法国乡下的一个庄园，到时候就有最棒的葡萄酒喝啦。"

欧浔说着，把脚跷到了身边的椅子上，托着腮帮做出了一脸梦幻的表情，叶蓁蓁的怒火也一下子被点燃。她在心里无数次说，今天是正式上班的第一天，绝对不能得罪老板，才慢慢控制了情绪。她眨眨眼睛，温柔地问："我想，我们偶尔也可以接一点公益的单子。我觉得这个，老人的家传秘方被亲友盗用的单子就很不错呀。"

"然后让我们的办公室被那些穷酸的人填满，每天听着他们在耳边嗡嗡嗡吗？叶蓁蓁，我们这是做生意，不是做善事，你懂吗？快选两个单子给我。"

"财迷。"

叶蓁蓁轻声骂了欧浔一句后，最后还是按照他的意思，选了一个三线小明星的形象管理。这个叫萨萨的网红平时都是以文艺的形象示人，因为长得漂亮又时不时发一些原创的小故事，被宅男们誉为"古风女神"，也很受一些中低端品牌的青睐。因为网络人气很旺的缘故，她前些日子还接了一个音乐短片的拍摄，眼看事业风生水起，却没想到陷入了抄袭事件。有个网名叫

"莲月"的博主晒出了她早于萨萨发布其成名作《红颜泪》的证据，一时之间让网友哗然。

如果说萨萨在第一时间选择道歉，也许她的支持者们会原谅她的这次过失，可是她反过来嘲讽莲月妒忌她人气高来炒作，这下子就惹了众怒。"萨萨抄袭"一下子进了微博热搜，她的形象受到了很大影响，音乐短片也给她下了最后通牒，如果她依然没办法扭转大众印象的话就不再请她拍摄。萨萨见局势糟糕着急了，就求助到欧浔这里，并且在单子上写明如果可以帮她扭转形象，将会给出100万的报酬。

叶蓁蓁把单子放在欧浔面前，"萨萨的要求只是扭转形象，我们可以通过做公益等手段来转移注意力，这笔单子的难度倒不算大。不过给抄袭者正名还是会被人骂，不如我们选另外一个单子，有个山西煤老板的企业被矿工们起诉挖矿影响健康，他愿意拿出500万来请危机公关专家协商赔偿问题，这钱可是萨萨的5倍哟。"

叶蓁蓁说着，拿手掌在欧浔面前不住地摇晃，让欧浔的手情不自禁地朝着煤老板的那边伸去。可是，在看到萨萨照片的瞬间，欧浔还是生生收回了手臂，一把拿过了萨萨的资料。他上下打量着萨萨的写真，头也不抬地说："我们做这个。"

"为什么啊，明明煤老板的钱更多啊。"叶蓁蓁不满地说。

"蓁蓁，你是想让我接了煤老板的单子，然后可以说服他多分点钱给矿工是吗？也许，你还会好心地把给我们的费用都分出去。"

叶蓁蓁没想到欧浔一下子就看穿了她的心思，顿时心虚了起来，她强撑着说："我才不会这样。"

"真的？"

"真的！哼，你选萨萨还不是因为她长得好看嘛，色狼！"

叶蓁蓁借题发挥地把手上的资料一丢，怒气冲冲地回到了座位上，然后发现她的腰被一双有力的手臂抱住了。欧浔的下巴放在了她的肩膀上，声音离她那么近，"吃醋了？"

欧浔灼热的气息就这样从耳后传来，叶蓁蓁觉得她的身体一下子僵硬了。她忽然想到，如果她回答吃醋，欧浔一定会很得意，如果她回答不吃醋，欧浔一定会顺理成章地接了萨萨的单子……啊啊啊，到底该怎么回答啊？

欧浔很快发现他怀里的小姑娘非常不专心，不满意地亲了亲她圆润的耳垂，触电感一下子就充斥着全身，叶蓁蓁觉得整个身体都在颤抖，几乎站都站不稳了。她想用力推开欧浔，但是身体软绵绵的，只能色厉内荏地指责他，“你，你是在潜规则我吗？”

“只要有规则就好。”欧浔轻笑。

欧浔原来只是想和叶蓁蓁开玩笑，却没想到自己的开的头，却没办法在他的控制下收手。她滑腻的肌肤、少女的芬芳无不挑战着他的自控力，他突然很想把叶蓁蓁吃到肚子里，这样就没有人可以看到，她现在红着脸的娇媚模样。叶蓁蓁盘好的头发早就在亲密中散落，微卷的发丝半遮面颊，给她带来触目惊心的美丽和诱惑。欧浔看着她红润的唇，目光越来越幽深，因为他突然想要得到更多，更多，直到她再也无法离开自己的怀抱。

“蓁蓁，我爱你。”

突如其来的表白让叶蓁蓁瞪大了眼睛，她回过头看着欧浔，然后她的唇碰到了一个火热的东西。叶蓁蓁被欧浔压在了沙发上，男人强有力的身体，带给她前所未有的奇异感觉，她觉得她的心跳都不再属于自己。欧浔的唇恋恋不舍地离开她的脖子后，幽幽地问：“蓁蓁，你爱我吗？”

叶蓁蓁刚想回答，却一下跌入了欧浔幽深的眼眸，她发现，他的表情是前所未有的认真，认真得让她不好随意敷衍。

我爱他吗？叶蓁蓁认真思考这个问题。

她曾经为了欧浔意乱情迷，也曾经因为害怕泥足深陷而选择远离。她知道他温文尔雅的外表下，有什么样的坏脾气。他也见过她撒酒疯可怕的一面，虽然有洁癖还是为她擦干净了嘴角。她喜欢帮助别人，他喜欢赚钱，他们的理念是那么格格不入，但是他们始终没有分离。

她很喜欢和他在一起，很喜欢他的亲吻，甚至觉得他的任性都是那么可爱。如果这都不算爱，那什么才是？

“我……”

就在叶蓁蓁准备回答的时候，欧浔家的房门猛地开了，沈琴拖着一个大箱子出现在他们面前，在看到他们姿势的时候勾了勾嘴角，“抱歉，我好像出现得不是时候。你们继续，当我不存在。”

4

“沈琴！”

欧浔几乎咬牙切齿地叫出她的名字，真不知道为什么每次遇到她，他都没有好事！他看到叶蓁蓁好像受伤的小兔子一样红着脸逃窜到一边，想起刚才叶蓁蓁明明就要回答了，却被沈琴打断，就气不打一处来，简直想和她同归于尽。沈琴熟门熟路地坐在了沙发上，笑嘻嘻地说：“你对给你送礼服的设计师就是这态度吗，欧少爷？蓁蓁，几天不见，你又漂亮了，新的口红颜色很衬你。”

“谢谢。”叶蓁蓁摸着嘴唇，红着脸说。

欧浔看着叶蓁蓁唇上的那抹艳色，没好气地说：“蓁蓁一直那么漂亮，需要你说吗？”

沈琴冷笑，“是吗？既然你那么了解她，那你知道她的口红和昨天有什么不一样吗？”

欧浔只记得叶蓁蓁的嘴唇是水蜜桃味，此时才注意到她的嘴唇上有一些闪粉。他看着沈琴挑衅的目光和叶蓁蓁充满期待的眼神，冷汗一下子就流了下来。他哪里记得叶蓁蓁的唇色有什么不一样，轻轻咳嗽一声说：“今天的颜色更加粉一点，特别可爱。”

他觉得他的回答就算不出彩也不会出错，但是沈琴一下子就露出了得意的笑容，叶蓁蓁的脸色也一下子变得失望了。欧浔恶狠狠地瞪了沈琴一眼，然后听到叶蓁蓁说：“怎么会粉呢……我今天用的是圣罗兰金管12号，昨天用的是纪梵希小羊皮403号，今天的颜色要偏橘一点才对。”

欧浔看着叶蓁蓁失望的眼神，觉得他好像回答错了一个极其重要的问题，再看着得意扬扬的沈琴，简直是怒火中烧。他单手敲击着桌面，不耐烦地说：“你把礼服放下后就可以走了。”

“那不行，我还要给蓁蓁量一下尺寸。”沈琴坚决反对。

欧浔冷笑，“先不说你早就有她的尺寸，难道做衣服前不量，做了以后量吗？快滚，再见不送！”

欧浔一想到沈琴想在他面前占叶蓁蓁的便宜就来气，看她的眼神就好像在看情敌一样锐利又充满杀气。沈琴不为所动地耸耸肩，笑嘻嘻地摸摸叶蓁蓁的面颊，“蓁蓁，一会儿有什么安排，我们去吃法国菜怎么样？”

“滚！”

欧浔终于控制不住，一脚把沈琴踢出了房门，深吸一口气，笑容满面地看着叶蓁蓁。他殷勤地打开了箱子，向叶蓁蓁介绍，“爷爷的慈善晚宴就在明天，我想你可能已经准备好了礼服，但我还是给你准备了几套备选的。这条薄荷绿的会让你的气色显得很好，水红色的会非常抢眼，粉色的让你看起来清纯又活泼，配套的首饰也都准备好了，到时候会有造型师来帮你做造型。”

虽然欧浔看起来是一副任凭叶蓁蓁选择的样子，但是叶蓁蓁知道，她只能从中选一身出席晚宴。她想说什么，突然看到欧浔认真的眼神，明白了他有多在乎这件事。叶蓁蓁揉揉额角，郑重地问：“欧浔，你的亲戚都不喜欢我，对吗？”

“蓁蓁……”

“别骗我哦。”

欧浔耸肩，“对。他们觉得我们的身份、财富、学历、年纪，甚至颜值都非常不般配，觉得我和你在一起只是一时冲动。”

“哦。”

叶蓁蓁闷闷不乐地低下了头，然后她的下巴被欧浔用食指强势勾了起来。欧浔的笑意弥漫到眼底，他弹弹她的面颊，“哟哟哟，我家叶蓁蓁开始自卑了。你终于知道我们有多不般配，我和你在一起是给你多大的恩赐了吧。哈哈哈，你还不快点跪下来求我对你好一点，不要抛弃你，哈哈哈……”

欧浔的笑容，在看到叶蓁蓁愤怒的眼神后尴尬地止住了，他掩饰性地喝了一口咖啡，不小心被呛得咳嗽了起来。叶蓁蓁看着他，面无表情地鼓掌，“活该。”

“蓁蓁，你刚才还没有回答我。你爱我吗？有多爱？”欧浔执着地问。

“你觉得我会告诉一个刚刚羞辱了我的男人吗？哼，你走开，你的礼服我一件都不要。”

“蓁蓁……”

“啊呀，手突然有点痒呢。”叶蓁蓁竖起了拳头。

叶蓁蓁任性地不肯接受欧浔的礼物，让欧浔的心里非常发愁，以至于他又要去为王皓的钱包做出杰出贡献。他把事情从头到尾说了个遍，烦躁地说：

“你说女人到底在想什么？虽然我并不介意别人怎么看，但是能得到长辈的认可总不是坏事。我为了照顾她的自尊心，帮她把什么都准备好了，她反而生气了，她到底在想什么？”

王皓推了推鼻子上的眼镜，淡淡地说：“如果我邀请你来参加我家的宴会，说‘啊呀，你可买不起礼服’，然后送给你一身礼服，你会怎么想？”

欧浔惊讶地问：“第一，我为什么要去参加你家的宴会？你家的别墅还没有我的客厅大；第二，我怎么可能买不起礼服？我的衣柜里有几百件在不同场合可以穿的礼服。”

王皓抑制住揍他一顿的冲动，“通常情况下，为了理解对方的情绪和立场，可以采取换位思考的方法。”

欧浔一边玩着王皓的动漫手办，一边漫不经心地说：“你是说让我想象自己是叶蓁蓁？好主意。”

欧浔把自己想象成叶蓁蓁，在他的脑海中上演着像他这样的白马王子朝自己伸出手，自己激动得五体投地的场景，越发不悦了起来。他摸着下巴，目光深邃，“王皓，你觉得我最近是不是丑了？”

“啊？”王皓一愣。

“以前我对女人可是所向披靡，为什么偏偏没办法掌控这个丫头？”

眼见欧浔一脸迷茫，王皓心里轻轻一叹，直截了当地说：“恕我直言，但是你从没有真正谈过恋爱，你的经验是无。那些喜欢你的女人里，没有人和你深度交流过，我想如果她们和你约会一次，一定不会再出现在你的面前。欧浔，你不要掰桔梗的手臂好吗，你会把她弄疼的。欧浔，叶蓁蓁才是你第一个女朋友，这是你第一次恋爱，初次陷入爱河当然会有很多疑惑不解，我愿意帮你解决一切困惑。”

“哈哈，我第一次恋爱？你说我？”

欧浔的表情一开始透着嚣张，然后在王皓雪亮的目光中败下阵来，暗想真不该找一个太熟悉自己的心理咨询师。他无力地解释道：“上高中的时候有人给我写过情书，我们在操场上见面了。我记得她是一个长发女孩……”

“你嘲讽她的头发像贞子，她后来哭着晕倒在地，把在夜跑的男生吓晕了。”王皓面无表情地说。

欧浔不悦地说：“还有上大学的时候，一个泰国姑娘对我非常热情，邀请我去她家别墅度假，可惜我当时忙于学业没有理会她。”

王皓诧异地说："是因为这个理由吗？我们都以为你知道了她是人妖。"

"什么，她是人妖？你们还都知道？"

王皓微微一笑，眼镜反光，"啊，你听错了。"

"什么听错了，你这个混蛋！"

欧浔抓起枕头就朝王皓身上扔，被王皓轻而易举地接住了，更让欧浔觉得牙齿发痒。他躺在了沙发上，就好像和王皓一起躺在大学的草地上一样怡然自得，"王皓，她到底为什么会生气？"

"你为什么那么想知道答案？如果不合适，分开就好了。"

"我怎么可能把她让给别人！"欧浔顿时炸毛，"你是不是暗恋她，你想都别想！"

王皓看了欧浔许久，长叹一声，"欧浔，看来你是真的爱上她了。你开始顾及她的心情，愿意为她和家里人交涉……我都没想到，她居然会带给你这样大的改变。好吧，你做了很多事情，但是她知道吗？她会以为你是在暗示她准备的礼服不够好，必须要靠你才能出席晚宴。"

"她怎么会这么想？她是傻瓜吗？"欧浔诧异地问。

他很快就意识到自己问了一句废话——叶蓁蓁在很多时间的表现，真的很像是一个热血又没有大脑的傻瓜。他想明白这个问题后长舒一口气，继续控诉叶蓁蓁，"她还没有说过她爱我。"

"女孩子总是比较羞涩的，要有耐心。你觉得她爱你吗？"

"当然。"欧浔自信地说。

"呵呵，她好像有一个很优秀的前男友，那人还一直没有放弃呢！如果我是你的话，会抓紧时间让她完全属于自己，有时候要放低姿态谦虚点——我说了不许动我的桔梗！畜生！"

当看到欧浔一把揪断手办娃娃手臂的时候，王皓气愤到忘记了职业操守，欧浔的眼前也情不自禁浮现出叶蓁蓁依偎在程诺面前的场景。王皓把桔梗手办抢了过来，嘴里嘟囔着什么，欧浔没有听清，再次问的时候，王皓却不肯说了。欧浔挑眉，"你刚才说到季琼，这件事和季琼有什么关系？我知道她也会找你咨询，你不会把我的事情和她说吧？！"

王皓平淡地说："我有职业操守，也希望你信任你的心理医生。"

"你刚才到底在说什么？"

"你就……一点都不考虑季琼吗？毕竟你们认识那么久了。"

王皓看起来只是随口一问，欧浔也随口说："当然不考虑，我从来都不喜欢她。哼，你以为我会让那小子再靠近叶蓁蓁吗？如果他再出现，呵呵呵呵……"

"程诺，这就是你抢回叶蓁蓁的决心吗？"在城市的另一端，季琼微笑地着看着程诺，"叶蓁蓁都要去参加欧浔的家宴了，你们的距离越来越远了。"

"是吗？"程诺继续写稿，淡淡地问。

"我帮你拿到了邀请函，不要说我不给你机会。你知道应该怎么做。"

季琼说着，把邀请函放在了程诺的桌子上就要离开。程诺叫住了季琼，"主编，欧浔知道你的心意吗？"

"你说什么？"

季琼猛地回头，正好看到程诺平静又幽深的眼眸。她眯起了眼睛，熟悉她的人都知道这是她发怒前的征兆，但程诺还是继续问道："他知道吗？"

"管好你自己的事情吧，副主编。"

季琼说着，从程诺身边离开，始终没有回答他的问题。程诺的手指轻轻摩挲着邀请函，突然叹了一口气，"你还真是惹了不少麻烦啊，蓁蓁。"

5

欧家是地产界的一大传奇。

欧家从地产发家，到后来形成一个集衣、食、住、行于一身的国际化集团，其丰厚的财力还有神秘的背景让民众好奇，也深受上流社会的追捧。

所有大家闺秀、名门公子都以收到欧家慈善晚宴的邀请函为荣，因为这是一个资源最好的交际圈。有人希望能在宴会上艳惊四座从而嫁入豪门，也有人铆足力气要在晚宴上"一拍成名"来提高公司形象，更有人希望出席这样的宴会，借机搭上生意上的伙伴，所以，欧家的请柬已经成为身份和地位的象征。

当身穿正式礼服的欧浔站在爷爷身边，放眼看着满大厅的衣香鬓影，却没有找到那个熟悉的身影时，忍不住皱起了眉头。他不知道叶蓁蓁会不会穿着牛仔裤来赴宴，又或者干脆不来……

好吧，如果她真的那样做了也没关系，老头子最多用断绝关系来威胁他，他到现在完全养得活自己，根本不在乎经济封锁。就算他们再生气，等他和叶蓁蓁生了宝宝后，他们还不是哭着喊着要看小宝宝？生儿子好还是女儿好呢？

不如一男一女吧。

欧浔想着，脸上露出淡淡的笑容来，让不少女人目不转睛地看着他，还有几个小姑娘的脸一下子就红了。不远处，有人摸着面颊，兴奋地说：“哇，欧浔今天真的来晚宴了，我还以为他不会来！他好帅，比我爸妈给我的照片帅多了！他笑起来的样子真是好优雅，好迷人！”

她的话音刚落，就有人说：“哟，你爸妈给你看欧浔的照片做什么，难道你还想嫁到欧家吗？我没记错的话，你家的公司还没有上市，是什么给你这样的信心的？”

“混蛋，你说什么！你家有钱了不起啊，你的大腿都和我的腰一样粗，欧少爷怎么可能看得上你！”

“你说什么！”

欧浔并不知道女孩们因为他起了小小的争执，他只期待叶蓁蓁能出现在他的面前，这样他可以紧握叶蓁蓁的手，向所有人宣告他的主权。欧浔的大姑姑应酬完客人后，站到了欧浔面前，嘲讽地说：“你的小女朋友怎么没有来，她是害怕了吗？呵呵，如果我想起来我喝醉酒闹了那么大的事情，我也会没脸来啊。”

欧浔白了大姑姑一眼，没有说话，大姑姑却越发起劲了，“说真的，你玩玩的话没有人管你，如果你想把她娶到家里，你的脑子可真是坏掉了。那丫头除了年轻点到底有什么好，又有哪里比得上季琼？”

“这和季琼有什么关系？”欧浔不耐烦地问。

“我们都认为，她才是最适合你的。”

欧浔顺着大姑姑的目光，看着身穿烟灰色礼服裙，在人群中优雅交际的季琼，突然想起来他们一起工作的时光来。当时的他大学刚毕业，信心满满地想做心理咨询师，却被各家诊所拒之门外。在他暴躁地撕碎简历的时候，季琼站到了他的面前，面带微笑地说：“既然你不想继承家业，为什么不自己创业？”

“和你有关系吗？”他漠然地看着这个世交家的女儿。

“我正好也无聊，可以做你的合伙人，让我们一起做一些有趣的事情吧。”

当时，欧家的下属企业正好遇到了形象危机，欧浔顺手帮他们解决了，然后也找到了自己真正想做什么。在最艰难的创业阶段，季琼一直站在他的身边，却在某一天突然要离开。当时他生气地问季琼到底为什么要走，还许诺多给她分红，可是季琼问了他一个奇怪的问题："欧浔，你需要我吗？"

"我当然需要，不然谁给我打扫房间，联系医生，还有搭配好衣服？"欧浔这样回答。

欧浔觉得，他的回答已经完全表达了他希望季琼留下来的心情，可是季琼当时用一种很奇怪的目光看着他，然后坚持要离开，再然后，叶蓁蓁做了他的助理。欧浔不是傻瓜，从季琼看他的眼神里看出了一丝不甘心，可是到底是为什么？难道她突然发现，给他打工才是她职业生涯的巅峰？

真是有眼光！欧浔想着，给了季琼一个赞赏的眼神。

季琼在人群中八面玲珑，让每个人都感觉到如沐春风，她也没有忽视来自背后的那道目光。她抬起头，与欧浔若有所思的眼神撞个正着，饶是精明强干如她也有了瞬间的失神。她很快便反应过来，继续和其他贵妇客套，心却一直留在不远处的那个男人身上。

欧浔……你的眼睛里终于能看到我了吗？季琼想着，微微笑了起来。

虽然欧浔坚持等叶蓁蓁到了才开始拍卖，但是叶蓁蓁始终没有出现，拍卖会也只好在延期半小时后举行。第一幅拍卖的是当年名家的画作，拍出了200万的高价，比实际价格翻了几倍。欧老爷子看着买家兴奋到通红的脸，喝了一口咖啡后皱起了眉，"这不是危地马拉安提瓜咖啡豆，换掉。"

"嘿，我终于知道欧浔的坏脾气是从哪里来的了。"二姑姑悄悄对大姑姑说。

"你们在说什么？"

"啊，没什么，在说爸你今天的红色领带真是帅气！"

"那当然，我年轻的时候还有人找我做明星呢。"欧老爷子一本正经地说。

欧浔的目光一直盯住门口的方向，但是叶蓁蓁始终没有出现，他的心情也烦躁了起来。就在这时，季琼被欧浔的妈妈招呼到了身边，欧母笑着问："季琼，听说你上个月去法国进修了，感觉怎么样？"

"我越来越觉得媒体是很有趣的行业，家里也有计划收购一家广告公司。"

"你很有眼光。老欧最近想涉足影视产业，不知道你有没有合适的经理人推荐？"

“影视是朝阳产业，现在涉足还可以占据先机。我正好认识几个制片人，不如找一天大家一起喝茶？”

欧母和季琼愉快地交谈着，越看季琼觉得越满意，可也遗憾地知道儿子不喜欢的话，这样的女子注定和欧家没有缘分。在大家各怀心思，欧浔一边看手表一边等着叶蓁蓁到来的时候，叶蓁蓁却遇到了麻烦。

“蓁蓁，对不起，我真的不是故意的。你要不要紧，我送你去医院好不好？”杨文娟看着叶蓁蓁裙摆上的污渍，紧张万分地问。

叶蓁蓁没有回答。

当她提前一小时梳妆打扮好，叫了司机送她去宴会现场时，突然接到了杨文娟的电话，电话那头，杨文娟急切地说学校的文化节出了点问题，她和几个低年级的人吵了起来，就快动手了，必须她来一趟才能解决。叶蓁蓁虽然为难，但还是到学校去见她。当她到了办公室看到杨文娟时，意外发现只有她一个人，手里拿着一个茶杯。她刚想问到底发生了什么事，杨文娟朝她走了过去，还一不小心被绊了一下。

温热的茶水本该尽数洒在叶蓁蓁的脸上、身上，但是叶蓁蓁反应迅速地往后一缩，茶水只是弄脏了她的裙摆。杨文娟见状急忙道歉，但是叶蓁蓁用一种了然的目光看着她，倒是让她不知所措了起来。

“蓁蓁，你怎么了？”杨文娟勉强笑着，“真是对不起，我刚才不知道为什么头晕了一下，我送你去医院看看吧。”

“杨文娟，你说有几个低年级的人要打你，他们人呢？”叶蓁蓁问。

杨文娟不自然地说：“刚才被教务处的老师带走了，现在已经没事了，蓁蓁……”

杨文娟说着，就要去拉叶蓁蓁的手，但是叶蓁蓁往后退了一步，她的手就这样落了空。杨文娟的表情顿时变得非常尴尬，“蓁蓁，你是不是生我的气了？”

“他们是什么时候被带走的？”

“大概10分钟前。蓁蓁你老问这个做什么？”

叶蓁蓁笑了，眼神却是说不出的悲哀，“10分钟前被叫走，老师给你倒的茶却是温的吗？杨文娟，你到底为什么要叫我来？”

杨文娟愣住了，她本来就不善言辞，没想到叶蓁蓁居然会提出这个问题，一下子说不出话来。叶蓁蓁注视着她的眼睛，“这是辅导员的办公室，你在这里倒茶有两个可能性。第一，是老师给你倒，但是王老师是一个喜欢喝茶的人，绝对不可能给你倒没有冲泡开的；第二，是你自己倒茶，但是什么原因会让你不告自取，又是什么原因，会让你根本没注意到这热水已经冷了？你可以说是你没注意到，那你又为什么没注意到，因为你满脑子都是想让我不要去宴会吧？我记得我没有告诉过你我今天要去参加宴会，你难道不该在看到我穿着礼服的时候，问我为什么要这样打扮吗？杨文娟，你到底为什么这么做？”

杨文娟记忆中的叶蓁蓁，是一个乖巧活泼的城里孩子，是一个受尽宠爱的幸福女孩。虽然她隐约听说过叶蓁蓁扇了余乐耳光的传闻，但是她总觉得这不是真的，她没想到叶蓁蓁居然会一下子戳穿了她预谋很久的这件事，沉默很久才尴尬地说：“我，我真的没有……”

“听说你前几天找到工作了。”叶蓁蓁话题一转，“当时同学都在群里恭喜你，但是你显得并不算高兴，可以告诉我这两件事有什么关系吗？”

“蓁蓁……”

叶蓁蓁轻轻一叹，“呵，我又为什么想听你的解释。不管答案是什么都无所谓，你在算计我，你背叛了我。那么从现在开始，我们不再是朋友了。”

叶蓁蓁说着，转身就想走，杨文娟想起那个女人对她的嘱咐，一下子着急了，她挡在门口，羞愧又痛苦地说：“蓁蓁，对不起，但是你今天真的不能离开这里。我很想得到那份工作，我也是没办法，对不起……”

“让开。”叶蓁蓁冰冷地说。

“蓁蓁……”

“让开！”

虽然叶蓁蓁已经气愤到极点，但是她到底不想对杨文娟动手，两个人就这样僵持了下来。就在气氛紧张的时候，一个男人走了进来，“出什么事了？叶蓁蓁，杨文娟，你们怎么在这里？”

叶蓁蓁没想到自己那么狼狈的样子会被程诺看到，一下子就别过脸去，杨文娟的脸色更是变得苍白。她知道，程诺已经不是她们那个天才师兄了，而是学校的客座教授，甚至很可能影响到她们的毕业推荐！杨文娟慌张地低声辩解了几句，程诺显然并不信任她，“叶蓁蓁，是这样吗？”

“蓁蓁……”

杨文娟用一种痛苦至极的目光看着叶蓁蓁，叶蓁蓁在心里默默一叹，她回想起刚到大学时，因为吃坏了肚子上吐下泻时，杨文娟扶着她去医务室的场景，心里异常难过。她看着杨文娟，轻声说："杨文娟，我真的当你是朋友。"

"蓁蓁，对不起，对不起……"

杨文娟捂着脸哭了起来，叶蓁蓁怜悯地看了她一眼，然后头也不回地离开了办公室。她和程诺一起走到了楼下，司机一脸汗水地告诉她，汽车的轮胎被人扎了，一时半会儿可能开不了了。叶蓁蓁看到，车子里的请柬也被不明人士弄坏了，怒极反笑，她一言不发地走到学校门口拦出租车。这时，一辆车在她面前停了下来，程诺摇下车窗说："蓁蓁，走吧。"

"程诺……"

平心而论，叶蓁蓁并不想坐程诺的车，她不想欠程诺的人情，可是，当她看到程诺温暖的笑容时，又不忍心辜负他的好意。她坐上了程诺的车子，一言不发地擦拭着裙子上的污渍，但是根本擦不掉。程诺从后视镜里看着她，淡淡地问："是准备去欧浔的宴会吗？"

"嗯。该死的，衣服脏了也就算了，请柬也不见了，难道要让欧浔出来接我吗？"

"我有请柬。"

程诺的话让叶蓁蓁瞪大了眼睛看着他，再加上她撅起的嘴巴，看起来实在很像一只茶壶，程诺暗中发笑，打开了音乐，"你放心，我们不会错过宴会。"

"是啊，我会让那个想算计我的人计划落空。"叶蓁蓁气愤地说。

"你觉得是谁在算计你？"

叶蓁蓁用黑白分明的大眼睛看着程诺，"是季琼给你请柬的，对吗？"

程诺点头，"这和你的衣服被弄脏有什么关系？"

"没什么关系。"叶蓁蓁微微一笑，"可是她真的低估了我的毅力和决心啊，越是不想让我去，我越是要去。程诺，超车！我们不能错过拍卖！"

因为躲闪及时的关系，叶蓁蓁的妆容和发型并没有大的失误，只是裙摆上的污渍让她看起来狼狈不堪。当她气势汹汹下车，准备走进会场的时候，程诺叫住了她。在她诧异的眼神中，程诺低下头，拿剪刀剪去了她的裙摆，然后用力一撕，裙摆顿时呈现不规则的形状。

于是，端庄大方的淡紫色长裙瞬间变得热情如火起来，叶蓁蓁修长的腿在水晶灯的照射下发出诱惑的光芒，就连服务生都忍不住朝他们的方向多看了几眼。叶蓁蓁歪着头看着程诺，程诺解开她的盘发，让她的发丝简单地披散在一边，为她又增添了几分别样的魅力。当程诺的手指划过叶蓁蓁脖颈的时候，他的指尖突然变得炽热无比，但是他还是神色如常地说："蓁蓁，加油。"

"谢谢。"叶蓁蓁感激地看着程诺，然后昂首挺胸地走了进去。

当叶蓁蓁进门的时候，晚宴正好进行到一个最关键的环节，拍卖品是欧洲王室使用过的蓝宝石吊坠，因其纯净的色泽和历史底蕴受到了大家的欢迎，一被拍卖师拿出就迎来了一阵阵惊呼声。5万美金的起价很快就被一次次超越，最后被季琼给出了200万美金的高价，知道季琼身份的人，一看到季琼出手就识趣地不再加价。欧母看着季琼波澜不惊的神色，微笑着说："季琼，这吊坠是珍品，你很有眼光。你拍来了做收藏也好，送给你母亲也好，谢谢你为慈善事业做的努力。"

季琼优雅地说："欧家帮助了那么多得了白血病的儿童，才是真正的行善积德，我只是略尽绵力罢了。阿姨，明天我们一起去做美容怎么样，我听说有一家……"

"200万零1美金。"

6

就在季琼胜券在握的时候，人群中突然传来了一个悦耳的女声，一下子吸引了大家的注意力。欧母看到叶蓁蓁穿过人群，慢慢朝着中心走来，微微皱起了眉。不知道为什么，她总觉得叶蓁蓁脸上的笑容似乎预示着一个重大的改变——她并不喜欢改变。

她到底想做什么？欧浔看着叶蓁蓁，眯起了眼睛。

叶蓁蓁最后还是没有穿他精心准备的礼服，而是选择了别出心裁的服饰，那么挑人的颜色穿在她身上却显得她的皮肤越发白皙，不规则的下摆让她又长又直的大长腿收获了不少惊艳的眼神，而她的笑靥简直比阳光还要灿烂。众目睽睽下，叶蓁蓁再次重复，"200万零1美金。"

拍卖师终于回过神来，急忙问还有没有人加价，季琼的眉头也悄悄皱起，她没想到，几重保障还是让叶蓁蓁顺利到了晚宴现场，更没想到叶蓁蓁居然猜出了这件事是她干的，而且还当众让她难堪。她心里暗暗发怒，语气却很温和，“叶小姐，这吊坠我真的很喜欢。你还年轻，更适合有设计感的首饰，麻烦你给我这个面子好不好？”

她说得非常客气，可是所有人都知道她的言外之意——叶蓁蓁只是一个刚毕业的学生，她怎么可能会花那么多钱来买这个吊坠，她根本就是来捣乱的。有人忍不住笑了起来，有人在谈论叶蓁蓁的身份，也有一些知情人知道这是两个女人开始战斗了，每个人都不想错过她们的每一句唇枪舌剑。叶蓁蓁也笑了，轻声却坚决地说：“不好。因为，我也很喜欢。”

她们都知道，她们指的不仅仅是这个吊坠。季琼的脸色一下子就变了，她倨傲地抬起头，优雅又疏离地说：“叶小姐，凡事都有个先来后到，我希望你有成人之美的气度。”

“可是这吊坠根本不是你的啊。”叶蓁蓁认真地说。

“看来叶小姐真的很喜欢这枚吊坠，但叶小姐知不知道，拍卖结束后就要支付这笔钱？如果叶小姐坚持要抢，我也只好继续出价，210……”

“200万零1美金成交。”

就在叶蓁蓁和季琼之间唇枪舌剑的时候，欧浔突然站在了拍卖师旁边，一把抢过了他手中的木槌，就这样一锤定音。季琼的笑容终于僵硬在脸上，叶蓁蓁却用赞赏的目光看着欧浔，暗想他的霸道用在她讨厌的女人身上真是太棒了！在所有人的注视中，叶蓁蓁朝着欧浔走了过去，欧浔姿态优雅地抱住了叶蓁蓁，却在她耳边轻声说：“叶蓁蓁，你疯了吗？谁让你穿那么短的裙子？”

“我以为你会关心我是不是能拿出200万美金。”叶蓁蓁同样保持着笑容，轻声在欧浔耳边说。

“这个没关系，这笔钱我会帮你出。打脸的感觉开心不开心？”

“爽呆了。”叶蓁蓁愉快地说。

就在欧浔准备在拍卖结束后替叶蓁蓁善后的时候，叶蓁蓁却从手包里拿出了支票递给了欧浔，欧浔心不在焉地接过去，在看到支票抬头的时候脸色却一下子就变了。他把支票递给工作人员，就好像第一次认识叶蓁蓁那样吃惊地看着她，而叶蓁蓁拿过了吊坠挂在欧浔的脖子上，踮起脚在他耳边笑嘻嘻地说：“送给你的。生日快乐，欧浔。”

欧浔愣住了。

欧家讲究的是农历庆生，再加上他没有几个朋友，所以慢慢地，他也忘记自己的公立生日到底是哪一天。欧家人深信生辰八字让人知道会不吉利，因此他的身份证、资料上的生日都是假的，只有他最亲密的人才知道他的生日，就连季琼也不知道。欧浔没想到，叶蓁蓁这丫头居然打探到了他的秘密，更让他吃惊的是叶蓁蓁的身份……

当季琼不顾形象地去看叶蓁蓁支票的时候，她也愣住了，理智告诉她，叶蓁蓁没有胆子也没有能力撒这么大的谎，但她还是冷淡地说："叶小姐，伪造支票是犯罪。"

"和我有关系吗？"叶蓁蓁一脸天真地问。

"蓁蓁，你怎么到这里来了？"

就在气氛变得凝重的时候，一个坐着轮椅的老者突然到了叶蓁蓁身边，叶蓁蓁惊喜地看着他，弯下了腰，"胡伯伯，你怎么也会在这里？"

"我和欧家是几十年的老朋友了，最近很无聊就来玩玩。你怎么不在美国，你又调皮了？"

"什么啊，我和我妈打赌可以一年赚100万，如果做到了就留在中国不回去。胡伯伯，几年不见，你又帅了啊。"

"你这个丫头，就喜欢说实话，哈哈哈哈！"

眼看他们相谈甚欢的样子，大姑姑下意识地揉揉眼睛，忍不住说："我看错了吗？这个人是爸的好朋友，怎么会认识叶蓁蓁这个丫头？"

二姑姑也不可置信，"发票抬头是亚信集团？难道叶蓁蓁她……"

所有人都不敢相信，叶蓁蓁居然和神秘的亚信集团有关系。亚信集团财力非常丰厚，但是掌权人把许多事都交给了职业经理人，除了大型项目签字外很少露面，也很少参与社交活动，一直保持着神秘的色彩，由于亚信集团的产业基本上在国外，欧家和他们并不熟悉，只隐约听说集团老总似乎姓叶。

难道叶蓁蓁和亚信集团有什么关系？

盯着众人诧异的眼神，叶蓁蓁大方承认，"亚信集团是我外公的产业。我妈不愿意管理公司又喜欢玩，所以许多人都不知道她的身份，我也不喜欢和别人谈论这件事。"

"叶小姐你好，我有一家酒店……"

"叶小姐，不知道你对艺术品鉴赏有没有兴趣？"

叶蓁蓁瞬间成为众人瞩目的焦点，所有人都用羡慕的眼神看着欧浔，暗暗妒忌他找了身家如此丰厚的女友，欧浔觉得他的脸有点疼。

"呵呵。"欧浔说。

他先入为主地认为叶蓁蓁是一个穷学生，所以他看到叶蓁蓁豪宅的时候，觉得她妈妈是保姆，看到叶蓁蓁环游世界的照片时，觉得她在苦练修图技术……可是现实狠狠拍了他一脸，还顺便给他做了个面膜。面对众人艳羡的眼神，欧浔强忍住怒气，搂住了叶蓁蓁的腰，风度翩翩地告诉大家，他早就知道这件事，就是喜欢给他们一个惊喜，欧家人知道他的奇怪性子倒是相信了他的说辞。季琼脸色苍白地看着叶蓁蓁，嘴唇紧紧抿起，知道自己这一局彻底输了。

穷大学生，身份不符，对欧家另有所图……呵呵，这一切的指责和暗示，真是笑话一场。她在别人眼里，也是笑话吧。

这时，季琼看到了人群中默默注视着叶蓁蓁的程诺，只觉得漫天的怒火突然有了发泄的地方。她快步走到程诺身边，压低了声音质问他："你是不是早就知道叶蓁蓁的事情？"

"什么事？"程诺平静地问。

季琼以前有多欣赏程诺的处变不惊，现在就有多么厌恶他的一脸平静！在程诺的注视下，她觉得自己所有的阴暗都被看穿，她拿着香槟杯，阴沉地说："你知道我在说什么。你别告诉我，你和叶蓁蓁认识那么久，不知道她家的事情。"

"我知道。"程诺说。

他当然知道。在叶如梅找他的时候，他终于知道他和叶蓁蓁的距离有多远，然后他才会做了那个错误的决定。所以，在他知道季琼计划的时候，就预料到了季琼会有这样的结果。

季琼心中愤恨，眯起了眼睛，"程诺，你别忘记了我们的约定，也别忘记我为什么会把你提到这个位子上。"

"我从来没有答应你，我会伤害叶蓁蓁。至于副主编的位子，你觉得我会在乎这个吗？"

听到程诺的答案后，季琼静静地看着程诺，觉得她第一次认识这个出身寒门的男人。初次见到他的时候，她只是觉得他是一个有才华、有野心的年轻人，所以她给了他往上爬的机会，却没想到程诺做了这样一个选择。她气极反笑，"你觉得我不敢吗？"

"不，你当然敢。"程诺平静地说。

季琼和程诺之间弥漫着紧张的气氛，此时叶蓁蓁已经被欧浔拉着手离开了大厅。坐在欧浔的车里，叶蓁蓁呼吸着自由的空气，她脱掉了高跟鞋，疲惫地问："欧浔，你以前经常过着这样的日子吗？应酬真是太辛苦了。"

欧浔听着叶蓁蓁略带沙哑的声音，看着她圆润的脚趾，再顺着她的小腿往上看去，一时之间没想好，是要按照计划找她算账好，还是要亲吻这张喋喋不休的嘴唇好。欧浔的沉默让叶蓁蓁有点心虚，她笑嘻嘻地说："欧浔，过几天学校会要举办文化节，我分到了烧烤的任务，你要不要一起来玩？我烤鸡翅膀的手艺特别好，你一定要尝尝，绝对让你毕生难忘。"

"不用等到烤鸡翅，你现在已经让我毕生难忘了。叶蓁蓁，叶小姐，我真是没想到你会有这样的身份。你还有什么是瞒着我的，嗯？"

欧浔的表情看起来好像暴风雨欲来，叶蓁蓁的心猛地绷紧了，她讪讪地说："我想给你一个惊喜……"

"叶蓁蓁，我只要听实话。"

"好吧。"叶蓁蓁耸耸肩，"我以前真心以为我家很穷，因为我妈告诉我说家里有欠债。"

叶蓁蓁一想起叶如梅对她撒的谎，牙根都开始发痒。她一直都是一个天真单纯的小姑娘，所以当叶如梅用沉重的语气说家里条件不好，必须要省吃俭用才可以还钱的时候，她深信不疑。她选择性忽略了叶如梅衣柜里的新衣服和新首饰，甚至悄悄省了早饭钱，希望给家里"还债"。当她把钱交给叶如梅的时候，叶如梅看她的表情特别奇怪，她扶着额头，长叹一声，"我怎么会生了那么蠢的丫头。叶蓁蓁，我们家有钱，钱多到你几辈子都花不完。"

当叶蓁蓁终于相信叶如梅没有患上精神病，她真的有庞大的财力时，她已经养成了节约的性格，把钱送到她手上，她都不知道该怎么花。她曾经气愤地质问叶如梅为什么要骗她，叶如梅笑嘻嘻地说："我没有骗你，家里确实有欠债——生意一直在扩张，每年都有贷款。我没想到你真的那么可爱，妈妈说什么都信。来来来，给妈妈亲一口！"

叶如梅可恶的面容浮现在叶蓁蓁面前，她悲哀地发现，她的妈妈、她的朋友、她的男朋友、她男朋友的家人……似乎都是性格怪异的奇葩。她郁闷地叹气，忐忑地问："欧浔，你生气了吗？"

"你觉得你的财产给我压力了？"欧浔笑了，"叶蓁蓁，你是穷光蛋我喜欢你，你是亿万富翁我还是喜欢你。就算你再有钱，我也不会自卑，因为我也有钱啊，哈哈哈哈。"

叶蓁蓁没想到会得到这样的答案，恶狠狠地白了欧浔一眼，心里却泛出了甜蜜的味道，她冷哼一声，“你不问我今天为什么会来晚吗？”

“为什么？”

“季琼她不想让我出现在你的面前。呵呵，你还说你们没关系，看来她很喜欢你哦。”

“蓁蓁，你在吃醋。”

欧浔的车子停在了红灯前，俯下身看着嘟着嘴的叶蓁蓁。叶蓁蓁吓了一跳，下意识往后一缩，可是欧浔已经吻上了她的嘴唇。欧浔发现，叶蓁蓁的嘴唇和他记忆中的一样柔软芬芳，就像罂粟一样引诱他沉沦，让他想得到多一点，再多一点。欧浔亲了亲叶蓁蓁绯红的面颊，低声说：“我以后不会和她有任何联系，也不会让其他女人靠近我，你可以放心。”

叶蓁蓁别扭地说：“什么啊，我也没让你们别联系啊，就是觉得她这样……欧浔，你干什么啊，欧浔！”

叶蓁蓁看到，欧浔在说话期间，已经飞快地把季琼的号码设置成黑名单，还在给所有女性好友群发“不好意思，我已经有女朋友了，请不要再来联系我”的微信。叶蓁蓁一把抢过了欧浔的手机，简直欲哭无泪，“你不要发这种消息，这会让人觉得是我做的！我又不是小气的人，正常的人际交往总要的啊！”

“除了客户外，我不需要任何女性朋友，我只是你一个人的，蓁蓁。”欧浔坚决又认真地说。

叶蓁蓁看着欧浔执着的眼神，轻轻一叹，觉得头有点疼。欧浔火热的表白让她感动又幸福，但是她不知道该怎么解释，其实她只是稍微有点吃味，她真的不介意欧浔和其他人联系啊！她伸出手摸摸欧浔的面颊，用哄骗的语气说：“欧浔，我看到你的决心啦，但是这个世界上有一半女人，你不可能不理她们啊。谢谢你，一直对我那么好，你怎么会那么好呀？”

欧浔这一生听到过形形色色的赞美，但是没有什么赞美会比叶蓁蓁说的还要悦耳动听，他觉得身后的“尾巴”不自觉地翘了起来，他强迫自己保持着严肃的表情，“夸得太少，再多说一点。”

“还有，你好帅，你怎么会那么帅！”

叶蓁蓁绞尽脑汁，把她知道的所有正面词汇都用来称赞欧浔，终于让他满意了，也大发慈悲不再和她计较她瞒他的事情。欧浔摩挲着脖子上的吊坠，听到叶蓁蓁小心翼翼地问："欧浔，那个，其实我一直不太明白……你到底为什么会喜欢我？"

欧浔看着叶蓁蓁疑惑的眼神，又想亲亲她可爱的红唇了，他一手握住叶蓁蓁的手掌，淡淡地说："你觉得会是什么原因？"

"因为我长得好看？"叶蓁蓁摸着脸颊，笑嘻嘻地问。

他也不知道，为什么明明习惯了寂寞，但是会对这样一个闹腾的女孩动心，他们的性格、爱好、为人处世的原则简直是天南地北，可是他偏偏被她身上的活力所吸引。当他习惯了阳光的味道，习惯了每天能看到她弯弯的眼眸，他又怎么可能让她远离视线，让自己重新回到一成不变的生活中去？

"因为，你是我见过的，最漂亮、最聪明、最可爱的女孩。"

当欧浔用他也无法想象的温柔嗓音说出对叶蓁蓁的感觉时，叶蓁蓁的脸不争气地红了起来，她几乎可以听到自己心跳的声音。她清清嗓子，认真地说："谢谢，我就是喜欢你那么没见过世面。"

欧浔哈哈大笑，觉得和叶蓁蓁在一起以后，真是没有哪天会无聊。他的记忆在他18岁那年便停滞了，但是他独独记得住叶蓁蓁。叶蓁蓁渗透到他的生命里，他记忆中和她有关的画面越来越多，他觉得他已经和正常人没有任何区别，于是拍拍叶蓁蓁的头，"所以说，你今天是来抢我的？你很怕我被季琼勾引走，对吗？你可以先下手为强向我求婚，说不定我会答应你。"

叶蓁蓁被口水呛了一下，剧烈咳嗽了起来，结结巴巴地说："欧浔，我真的只是想打季琼的脸，绝对没有求婚的意思，你相信我！"

"啧啧啧，爱在心里口难开，羞于说出口吗？叶蓁蓁，你真是可爱！"

"我绝对没有想求婚，我发誓！如果我这么想，我咬舌自尽给你看！"

叶蓁蓁说着，象征性地咬了一下舌头，以为欧浔会再来和她唇枪舌剑，欧浔却迟迟没有回答。叶蓁蓁发现，欧浔正呆滞地看着旁边的车子，脸上露出震惊、诧异、痛苦等交织在一块的复杂神色，最后痛苦地捂住了头。叶蓁蓁以为他又在演戏了，捏了他一下，"欧浔你快开车，现在是绿灯了。欧浔……"

她的话不再说下去，因为她觉得欧浔不太对劲，豆大的汗珠顺着他的面颊流了下来，滴落在他长长的睫毛上，眼睛里突然布满了血丝，看起来非常狰狞，这样的欧浔看起来就好像是受伤的狼，让叶蓁蓁本能地不敢接近。叶蓁蓁轻轻咬着嘴唇，试探地说："欧浔，你怎么了？"

听到叶蓁蓁声音的瞬间，欧浔好像突然醒悟过来一样，他猛地加大了油门，车子朝着刚才白色小车离开的方向呼啸而去，也让叶蓁蓁的心揪了起来。

“欧浔，你别开那么快！”

叶蓁蓁吓得急忙拉住了车上的把手，即使这样还是在飞快的车速下左摇右晃，根本坐不稳身体。她从没有见过这样暴虐到近乎疯狂的欧浔，吓得根本不敢开口说话，眼睁睁看着他的车子飚到几乎要飞起。

世界再好，不如一个你 下

狐小妹——著

远方出版社

第十一章　求婚

欧浔的车子穿过一个个小巷，始终保持着极速前进，却在一个十字路口为了避让行人，跟丢了那辆白车。欧浔气得狠狠捶了一下方向盘，拿出手机，冰冷地说："阿威，我找到杜希羽了，白色的车子，车牌号码是……今天，我要找到她的下落，不惜一切代价，把她带到我的面前。"

欧浔说着就挂断了电话，在路边闭上了眼睛，微微颤抖的掌心代表着他的内心并不平静。当他终于睁开眼睛时，一脸倦色，居然还在笑，"叶蓁蓁，是不是吓到你了？"

"没有啊。"叶蓁蓁硬生生挤出了一个笑容，"那个，时间不早了，我先回去了，我们改天联系……"

叶蓁蓁说着就想下车，可是欧浔一把抓住了她的手。欧浔的面容在路灯下忽明忽暗，"叶蓁蓁，你在怕我，是吗？"

1

看着欧浔诡异的面容，叶蓁蓁不知道该怎么回答。欧浔的压迫感实在太强大，她觉得她的心怦怦直跳，眼泪就要掉下来了。

如果回答"不是"的话，欧浔还像往常一样约她吃饭怎么办，她现在根本不敢看到他；如果回答"是"的话，呵呵，欧浔简直分分钟有毁尸灭迹的节奏啊！叶蓁蓁的身体轻轻颤抖了起来，纠结了很久，终于哭丧着脸说："欧浔，我真不知道我该不该怕，你就给个痛快话吧！"

欧浔看着叶蓁蓁郁闷的面容，只觉得所有负面情绪在瞬间有了宣泄口，他甚至轻笑出声，抚摩着叶蓁蓁的头发，声音听不出任何情绪，"叶蓁蓁，你知道我以前曾经撞死过人吗？"

叶蓁蓁瞪大眼睛看着欧浔，不明白他为什么突然提起这件事。她的脑子里有了隐约的猜想，还没想出关键点的时候，欧浔已经说出答案："呵，吓到了吗？那时候我没有满十八岁，爸妈说我是精神病，令我逃避了惩罚，可是我的记忆从那刻起就出了问题。也许，我该感谢当时的网络不发达，没有让这样的事情成为新闻，不然我也许到现在还在坐牢。蓁蓁，我记忆中的最后画面是杜希羽对我说，她会回来救我，她告诉我她一定会回来。所有人都告诉我，是我酒后肇事撞死了人，但是我喝醉了酒只喜欢睡觉，根本不会开车。"

"你的意思是，这件事根本不是你做的吗？"叶蓁蓁轻咬着嘴唇问。

"你也不信我，对吗？"欧浔淡淡一笑，"其实，连我也不相信自己。那么嚣张跋扈、任性妄为，我有什么事情做不出来？当时车上只有我和杜希羽两个，当我从派出所回到家的时候，杜希羽已经出国了，再也没有踪迹。我找了她那么多年，只想她亲口告诉我当时到底发生了什么。"

叶蓁蓁看着欧浔拳头上的青筋，知道他那么多年来，一直活在沉重的阴影里，突然很难过。她的意识还没有做出决定，手臂已经伸了出来，环抱住了欧浔。少女柔软又温暖的身体，让如坠深渊的欧浔突然找到了一根浮木，他用尽力气拥抱着叶蓁蓁，好像要把她嵌入身体里。欧浔的力气让叶蓁蓁浑身不舒服，但是她没有挣扎，轻声说："欧浔，我相信你。"

欧浔没有说话，怀抱越来越紧，他疯狂汲取着叶蓁蓁身上的温度，觉得自己冰冷的心突然复苏了，他在叶蓁蓁耳边说："你不怕我是杀人犯吗？"

"其实，在来上班前我就知道了这件事。"叶蓁蓁尴尬地说。

"哦，你是怎么知道的？是程诺那小子说的？"

"这个不重要。"叶蓁蓁生硬地转移话题，"欧浔，虽然你确实不是个好人，但是你很有责任心。我相信你会肇事，但是我不相信你会肇事逃逸。不管事情的真相是什么，我们都要找杜希羽问个清楚。如果你没有做那件事，我们必须还你清白；如果你做了，我们也可以一起为那人赎罪。不管怎么样，事情已经发生了，沉迷在过去没有用，一起加油好吗？"

"好。"

当听到欧浔低沉的回应时，叶蓁蓁终于松了一口气，可是欧浔的怀抱还是没有松开。欧浔用力抱着怀中的女孩，根本不想让她离开他的身体，他甚至好笑地想，如果没有遇到叶蓁蓁，他的生活会不会是一片灰色。但是既然上天安排他们相遇，他就一辈子不会放手。

蓁蓁，他的，蓁蓁……

就在这时，车里突然传来了奇怪的声音，叶蓁蓁一下子捂住了肚子，她用最低的声音说："呵呵，我晚上没吃什么……"

她尴尬地不敢看欧浔的眼神，欧浔突然放松了，他轻笑一声，"蓁蓁，你的肚子叫了。"

"你可以换一个更婉转的说法。"叶蓁蓁咬牙说。

"哦，你的肚子在唱歌。"

"你的肚子才在唱歌！还在唱歌剧呢！"

叶蓁蓁被欧浔这个说法雷到了，丢给他一个大白眼。欧浔看着她蛮横的样子，终于恢复了正常，勾住了她的肩膀，"走吧，去吃点东西，然后回家。"

"嗯。"叶蓁蓁听到"回家"两个字只觉得心中一暖，反握住了欧浔的手。

"叶蓁蓁。"欧浔突然叫她的名字。

"嗯？"叶蓁蓁歪着头看着他。

"没什么。"欧浔淡淡笑着。

叶蓁蓁，谢谢你一直陪伴在我的身边，谢谢你相信我。

好消息是，我越来越喜欢你了；坏消息是，我绝对不会允许任何人把你抢走。

爱我吧，爱得多一点，再多一点……

我的女神，我的生命，我的灵魂。

欧浔用最虔诚的姿势，轻轻亲吻叶蓁蓁的手背，也在心里许下了诺言。他想，就算杜希羽口中的事实是他最不希望的也没关系，因为他还有她。

这样，就够了。

叶蓁蓁和欧浔都热切盼望阿威可以尽快找到杜希羽的下落，但是阿威的情报网居然失灵了。那张套牌的车牌号属于一个早就去世的老人，所有线索就此中断，就好像有人刻意抹去了杜希羽的痕迹，似乎欧浔那天看到的都是幻觉。

叶蓁蓁急得恨不得展开地毯式搜索，欧浔却淡然了，他一边翻看杂志，一边悠闲地说："如果阿威都不能找到她，我们也不会找到，没必要为了这件事影响心情。就算隐藏得再好，她也不可能从这个世界上消失，她早晚会被带到我面前。比起这个来，你更该关心一下那个网红萨萨抄袭的案子。"

说起这个案子，叶蓁蓁胸有成竹地说："我找萨萨谈了很久，她终于承认她所谓的原创都是找了枪手，没想到枪手同时抄袭了她的朋友，这件事就是那个枪手和她的朋友有了纠纷引发的。现在对方已经答应和解，萨萨也将去西藏支教半个月来挽回形象。目前来看，大家对她的态度都有所好转，她也可以在以后的演唱中加入异域元素，萨萨对我们的处理很满意。”

“所以？”

“所以，这个月我的提成可以有五万！”

欧浔看着叶蓁蓁亮晶晶的眼睛，想起了他童年时饲养的那只猫——一样的活泼，一样的爱撒娇，甚至连高兴时的眼神也是一样。他翻看着财务报表，元气满满地握拳，“这个月的单子少了一点，距离游艇还有一段距离，要加油，加油，加油！”

叶蓁蓁只觉得一口气闷在了胸口，斜着眼睛看着他，“你怎么还心心念念游艇啊？出海又晕又吐有什么好玩的，我看你干脆买个飞机好啦！”

欧浔摸着下巴，“私人飞机吗？真是不错的提议，我可以去考个飞机执照……”

“欧浔！你上个月花了那么多钱，你再多花一点，我们账上就没有钱啦！还有那么多设备要买，你想让我去抢吗？”

欧浔欣赏着叶蓁蓁红通通的面颊，没有回答，叶蓁蓁继续气急败坏地说：“你看看，上次去拍卖会的礼服钱就要十万，还有珠宝首饰也要几十万……我的天啊，这些钱都够我花十年了！反正那些我也不穿，快点退了！”

“蓁蓁，你现在就知道为我省钱了吗？我很感动，但是不能退，我就是喜欢你漂亮的样子。”欧浔深情款款地说。

“欧浔，你到底退不退！”叶蓁蓁发火了。

“不退，不退，不退！你咬我啊！”

欧浔对叶蓁蓁做了个鬼脸，然后站起身就走，叶蓁蓁怎么可能由着他在自己面前嚣张，一个箭步冲上去就要把他撂倒。就在两个人打打闹闹之际，门外突然响起了门铃声，一个陌生女人站在门口。叶蓁蓁见状，疑惑地说：“今天没有人预约，她怎么会来这里？欧浔你认识她吗？”

欧浔摇头：“不认识。”

“那我去问问，她到底是什么情况。”

叶蓁蓁说着，打开了房门。她还没来得及说话，对方就问：“请问，你是叶蓁蓁小姐吗？”

“我是，请问你是哪位？”

“我叫齐美兰，是安妮姐介绍我来找你的。她说你能帮我。”

“啊？”

2

叶蓁蓁为齐美兰端上了茶水和点心，齐美兰根本没有心情吃上一口。叶蓁蓁注意到，齐美兰面容憔悴，关节粗大，穿的衣服都已经起了球，看起来经济状况并不好，可是，就算是这样，她在欧浔奢华的办公室里还是神情坦然，似乎见过一些世面。她喝着叶蓁蓁递给她的红茶，过了很久才艰涩地说：“这样的茶，真是很久没喝了啊……我想拜托你们帮我调查我的丈夫，我怀疑他出轨了。”

“别着急，你慢慢说。”叶蓁蓁急忙安慰她。

齐美兰告诉叶蓁蓁，她和丈夫卢少煌结婚七年，感情一直很好，还有一个叫欢欢的三岁女儿。齐美兰家本是书香门第，虽然不算大富大贵也是小康家庭，父母都希望她可以嫁给一个门当户对的丈夫，却没想到齐美兰喜欢上同为同学的卢少煌。卢少煌出身贫寒，却品学兼优、性格沉稳，有着城里男孩所没有的稳重和成熟。虽然卢少煌没什么钱，却对她极为宠爱，凡是她想吃的东西，他会排一整天的队帮她买，更别提平时的小浪漫、小惊喜了。他们的爱情，让她甘愿和卢少煌裸婚，也因此得罪了父母，和他们断绝了关系。

因为裸婚，他们婚后过得非常拮据，卢少煌更是在婚后不久，就因为公司倒闭的关系失去了工作。卢少煌家里负担重，需要他们的支援，又没有经济来源，所以齐美兰咬牙辞了事业单位的工作，开始摆起了面摊，卖面条非常辛苦，利润却比上班高得多。在他们夫妻的共同努力下，面摊的生意越来越好，先是开了小店，然后有了分店。

四年前，齐美兰发现自己怀孕，在卢少煌的强烈要求下不再上班，做起了全职太太。后来，她生下了女儿欢欢。欢欢活泼乖巧、人见人爱，也让她和父母的关系缓和了很多。齐美兰有身体健康的父母，温柔多金的丈夫，可爱乖巧的女儿，总觉得没有人比她更幸福。可是，就在上个月，她发现卢少煌不对劲。

当齐美兰翻看卢少煌的淘宝购买记录时，看到一条水晶项链，她以为这是卢少煌送给她的生日礼物，兴奋坏了。她怀着期盼的心情终于等到了生日，没想到卢少煌带着她去吃西餐，却根本没有送上那条项链。

如果是平时，齐美兰可能心大忽略掉这件事，但是她想起她的闺蜜也是从丈夫口袋里发现两张电影票存根，才发现丈夫出轨，一下子就提高了警惕。以前完美的丈夫，在她眼中处处可疑，她快被猜测折磨疯了。有人向她推荐了叶蓁蓁，她抱着试试看的态度来求助，希望可以解决她的困惑。

“齐小姐，我很理解你的心情，但是仅凭一个淘宝记录不能证明你丈夫出轨呀，也许他是帮他同事买的，忘记告诉你。”叶蓁蓁温柔安慰着齐美兰。

“呵呵，不可能，他肯定出轨了。”

就在齐美兰的表情变得缓和的时候，专心致志玩着塔罗牌的欧浔突如其来地开口。一听到这话，齐美兰呼吸一下子就急促了起来，眼眶也红了。叶蓁蓁简直想踹飞这个冷血动物，欧浔则一边翻塔罗牌一边说：“听说过墨菲定律吗？越是不想见到的人，就越是会见到；凡是怀疑会出轨的丈夫，一定正在出轨。”

“墨菲定律不是这个吧！”叶蓁蓁几乎快要崩溃。

“哦，我随口起了个名字，不要当真，那就叫欧氏定律好了。”

“欧浔，你到底为什么会说她的丈夫一定会出轨？你根本没有去调查！”

眼看叶蓁蓁一脸认真的模样，欧浔终于放下了塔罗牌，他用一种看智障的目光看着叶蓁蓁，淡淡开口：“齐女士，你们已经结婚七年了，照你说的，你一直在家照顾女儿，你丈夫的事业发展得越来越好。他是不是经常晚回家，手机设置了密码或者聊天记录删除得干干净净？是不是无意间在你面前提起过一个比较欣赏的女性？又或者你买了新衣服，换了新的香水他也没有发现？说实话，你这样的客人我见了很多，但是我并不喜欢接这样的单子。第一，收入不多；第二，非常麻烦。就算是捉奸在床，她们当时生气过后也会替老公辩解，甚至想象他根本没进去……齐女士，你真的做好了接受最坏打算的准备了吗？”

在欧浔的质问下，齐美兰的脸色越来越白，她强忍住泪水，终于说：“无论是什么结果，我都可以面对。我做好准备了。”

“那好，接下来是价格问题。”欧浔打了个响指。

欧浔开出十万元调查费的天价，齐美兰吓了一跳并没有反对，反而是叶蓁蓁跳了起来，她用特别震惊的眼神看着他，“十万块，你在抢吗？公司的报价明明是五万，你怎么说涨价就涨价！”

欧浔白了她一眼，“那是因为别的费用会有利润，我在调查费上让利一些，会让客户觉得实惠。调查出轨会让我的心情不好，给五万的精神损失费有问题吗？”

“你太过分了！齐小姐已经很可怜了，你还占她的便宜！齐小姐，五万就可以，相信我！”

“谢谢。”齐美兰感激地说。

叶蓁蓁眼明手快地和齐美兰签订了合同，在齐美兰离开公司后，对欧浔露出了胜利的微笑。欧浔看着叶蓁蓁，觉得这丫头的胆子真是与日俱肥，正想给她一点教训，翻开了最后一张牌，一下子愣住了。叶蓁蓁发现欧浔的脸色很难看，也好奇地凑了上去，“这是什么意思？”

“逆位的命运之轮，再加上提问，代表着重要的人会发生灾难。”欧浔深沉地说。

“啊？你说你没事儿玩塔罗牌做什么，算出这个结果多郁闷啊，不要信不要信啦。”

叶蓁蓁说着，就要收走塔罗牌，但是欧浔一把按住了她的手。他的指尖微凉，神情异常严肃，“我是为你占卜。”

“啊？”叶蓁蓁愣住了。

回家的路上，叶蓁蓁一直心神不宁，在心里骂了欧浔一万遍——要不是他玩塔罗牌的话，就不会算出那样的预言，她也不会一直心惊胆战！她只好乐观地安慰自己，塔罗牌是封建迷信，绝对不能信，幸好发生厄运的那个是她最重要的人，不是她……啊，是妈妈或者爸爸发生意外也很麻烦啊！

叶蓁蓁想着，立马给妈妈打电话，又不知道该怎么解释她的担心，只好含含糊糊地说：“妈，你最近没事就不要出门了。”

“我准备去拉斯维加斯度假，你这是妒忌我吗？”叶如梅问。

“什么啊，最近小心点，知道吗？”

叶蓁蓁挂断了电话后，又给爸爸打了一个，结结巴巴地暗示他一定要注意。她把亲朋好友的电话都打了一圈后，长舒了一口气，突然觉得自己这样挺可笑的，她轻轻拍拍面颊，轻声说：“叶蓁蓁，你还真信这个呀，你真是傻瓜。”

虽然叶蓁蓁嘴巴上说她不信这些，但是心情到底因为预言紧张了起来。第二天，她按照计划去调查齐美兰的丈夫卢少煌，在他下班后，拍到他和一个叫何音的店员共进晚餐的场景，也跟着他们进了一个小区。她到房产局，通过熟人查到了那套房子的情况，发现户主是卢少煌一个人，而小区里的保安告诉她，平时居住在这里的人叫何音——看来，他的出轨已经是板上钉钉的事情了。这还不是最可怕的，更意外的是，何音还有一个叫亮亮的孩子，今年两岁！也就是说，卢少煌有了私生子！

叶蓁蓁简直不敢相信一个男人会恶劣到这种地步，她发誓要揭穿他的假面具。证明卢少煌出轨的最简单的办法就是亲子鉴定，所以她借为宝宝选早教中心的借口，接近了亮亮的早教机构。在小朋友玩游戏的时候，她不动声色地靠近亮亮，趁机拔了一根他的头发，然后把它和卢少煌的头发一起送去鉴定，最后得出和卢少煌存在亲子关系的结论。当结果出来时，叶蓁蓁气喘吁吁地跑到公司，把所有证据拿给欧浔看，欧浔倒是反应平静，“看来，他连孩子都生了，比想象的还要恶劣一些啊。”

“美兰姐一定很难过。”叶蓁蓁同情地说。

欧浔冷淡地说：“叶蓁蓁，收起你没用的同情心。我们已经完成了任务，接下来就看她怎么选择了。”

“什么叫怎么选择？当然是离婚啊！然后继续委托我们，让我们帮她争取财产！”叶蓁蓁愤愤地说。

“呵……到时候你就知道了。”欧浔意味深长地说。

当叶蓁蓁把消息婉转地告诉齐美兰的时候，齐美兰几乎就要昏厥。她的手紧紧握拳，想一把撕碎面前的照片，可到底还是无力垂下了手。她去洗手间痛哭一场，出来的时候还是一副随时会昏过去的样子，“他真的出轨了……为什么在我们那么困难的时候，我们一起熬过，现在他有点钱了就变心？那个小妖精有什么好，不就是新鲜嘛！”

齐美兰看着照片上的何音，实在没办法理解卢少煌为什么会选择她。何音的容貌一般，胜在年轻会打扮罢了，细看起来还没有她好看。虽然齐美兰现在不用奢侈品，但是以前在娘家的时候也买过一些，看着何音的大牌手包，再想起自己淘宝上买的皮包，心里酸涩了起来。她更无法想象，卢少煌居然在不知不觉间攒了一套房子，还有个孩子，她居然对此毫不知情……世界上还有比她更蠢的女人吗？

叶蓁蓁看到她崩溃的样子，心里有说不出的难过，她主动问：“美兰姐，你有什么打算？”

“我，我要离婚。”齐美兰咬牙说，“如果他只是在外面玩，我还可以睁一只眼闭一只眼，但是他有了孩子，还瞒着我买了房子给那贱人住……叶小姐，我真的想不到他会这样！和他结婚的时候，我什么都没要，我不要房子，不要钻戒，不要蜜月，我只要他这个人。他一直说，能娶我是他最大的幸福，他喜欢的就是像我这样不世俗的女孩子。可是他现在，他金屋藏娇……”

齐美兰痛苦到说不下去，叶蓁蓁急忙安慰她：“美兰姐，你不要担心，你已经付了调查费，算是我们的老客户，我们可以帮助你进行离婚的处理程序。我们会搜集他出轨和财产转移的证据，尽可能多帮你争取财产，争取让他净身出户。”

“净身出户吗……”齐美兰呆呆地问。

“是啊，你和欢欢要生活下去，总是要钱的。欢欢还小，法院会倾向判给妈妈，我们也会帮你联系最好的律师，争取孩子的抚养权。美兰姐，你不要太难过了，离开渣男才会开始新的生活啊。”

“叶小姐，真的谢谢你。我，我回去再想想……”

齐美兰说着，失魂落魄地离开了公司，叶蓁蓁好像打了鸡血一样开始忙活了起来。她拜托阿威黑了卢少煌的电脑，查了他和何音的聊天记录，并且从银行那边查到他的财产情况。她一边整理文件，一边不齿地说：“哼，名下除了那套房产给何音住以外，还每年都给老家转三十万……公司一年的盈利也就百来万，至于给爸妈那么多钱吗？肯定是在转移财产！”

欧浔一边看书，一边打着哈欠说：“蓁蓁，这是你的私人单子，我不会干涉，但我需要提醒你，也许齐美兰需要的并不是离婚。”

“什么？”叶蓁蓁敲击键盘的手停住了，“她丈夫都包养小三了，还转移了财产，不和这样的男人离婚，留着他过年吗？让他净身出户都是便宜他了，他就该和小三一起睡桥洞！”

眼见小女友如此生气，欧浔放下手中的黑皮书，突然凑近了叶蓁蓁：“卢少煌净身出户后身无分文，有的只是一家经营得还算不错的饭店。因为没有流动资金，最近金融形势又不好，饭店的生意会越来越差，饭店里的员工将一个个被开除，先是保洁，然后是收银，再然后是厨师……他们本来都是家里的顶梁柱，谁知道遭遇了失业，有的还不起房贷，有的无法支付小孩子的学费，那么多家庭可能就这样散了。至于那个亮亮，他跟着净身出户的父亲，和毫无生活能力的母亲，从小就受尽了白眼，还可能因为没房子住只能住桥洞。加上付不起学费，他会从幼儿园辍学，开始捡垃圾，他的快乐童年就这样没有了，他会成为一个阴暗又自卑的男孩。上小学的时候，他因为穿得破旧被人嘲笑，上初中的时候，没有任何女生愿意接受他的表白，好不容易上高中了，因为要照顾失业的父母而荒废了学业，考上三流大学后找不到工作，最后决定在天台上结束他可怜又可悲的一生……知道这一切的罪魁祸首是谁吗？就是你！”

欧浔的食指简直要戳到叶蓁蓁的眼睛里，叶蓁蓁急忙摆手让他滚远一点。叶蓁蓁在欧浔的威逼下步步后退，脑中不受控制地浮现出一个孩子凄惨死去的场景，打了个寒战，急忙摇头让自己不再想下去。她挺直了胸膛，勇敢地和欧浔对视，“他今年才两岁，哪至于就孤独又凄惨地死去！你在吓唬我！”

“啧啧，我听到了你的良心在哭泣。祝福你快乐，叶蓁蓁。”

欧浔说着，又开始看手中的书。叶蓁蓁暗暗翻了个白眼送给他，但心到底有点虚了。她开始坐立不安地为亮亮担心，突然听到欧浔问：“晚上校园文化节就要开幕了，你现在还不出发吗？”

“啊，对哦，你不说我都忘记了。我先走了，明天见。”

叶蓁蓁说着，拎着小包就飞快往门口溜，可是她的包被欧浔拉住了，巨大的惯性让她险些摔倒在地。欧浔一脸平静地说：“叶蓁蓁，既然你邀请我一起去，那我就和你一起去那么无聊的地方吧。”

“我那时只是随口一说……”

“什么，我不去你就自杀？你这么任性我怎么办才好？”

“你去不去真的没关系啊！”

叶蓁蓁的话消散在风里，因为欧浔已经发动了车子，和她一起往学校开去。

当叶蓁蓁到达学校的时候，发现往日安静的校园已经完全变了个样，老师们都知道，这场文化节寄托着毕业生最后的热情，所以对他们的所有要求都无条件满足。在文化节里，许多学生摆起了地摊，叶蓁蓁发现，每个摊位的人气都很高，甚至还有人带了土特产来贩卖，简直比市中心还要热闹。

叶蓁蓁去找工作人员拿今晚的服装，没想到负责这件事的人是杨文娟，叶蓁蓁有些尴尬，杨文娟也一时不知道该说什么好。杨文娟把工作服递给叶蓁蓁，轻声说她还有别的事情要忙后就离开了，叶蓁蓁看着她离去的背影，心情非常复杂。欧浔看出了她们之间的不对劲，疑惑地问：“你们出什么事了？”

"她在我礼服上泼了茶水。"叶蓁蓁简单地说。

欧浔瞬间明白了事情的始末，眯起了眼睛，"是你迟到那次吗？她欺负你。"

欧浔的目光透着不友好，大步就往杨文娟的方向走去，叶蓁蓁急忙一把抓住了他的衣袖，头痛地问："你要做什么？"

"她欺负你，必须要得到一个教训。"欧浔阴沉地说。

欧浔的杀气腾腾把叶蓁蓁吓到了，她无奈地说："大家都是同学，就算有争吵也是正常的，而且她只是一时做错了事……认真算起来，你不是更该找季琼的麻烦或者找自己的麻烦吗？"

"和我有关系吗？"欧浔皱眉问。

"如果不是季琼对你有想法，她也不会来算计我，你就是这一切的罪魁祸首。"

叶蓁蓁说着，白了欧浔一眼，去更衣室换好了衣服。当她出来的时候发现欧浔还站在原地不动，表情看起来很严肃，带了一丝落寞和伤感，又好像下了什么重要决心。叶蓁蓁奇怪地看着他，"文化节很好玩，一会儿还有乐队表演，你不去转转吗？"

"不了，我陪你。"欧浔温柔地说。

欧浔和叶蓁蓁一起站到了摊位前，叶蓁蓁很快意识到，让欧浔陪她真是个错误，因为她的摊位前很快便围了许多别有用心的妹子们。她们来来回回地从小摊面前经过，胆小的羞红了脸看着他们，胆大的干脆借着捡包的姿势，露出自己洁白的大腿来。叶蓁蓁当然不会傻到觉得她们在含情脉脉看着鸡翅，暗想欧浔真是够招蜂引蝶的，借此机会热情招呼："走过路过不要错过，来看看新鲜出炉的烤鸡翅啊！又大又香，特别好吃，买不了吃亏，买不了上当！"

叶蓁蓁清亮的嗓音，再加上欧浔出色的外表，让他们的摊位迅速成为文化节上最抢眼的一角，妹子们纷纷掏钱买了鸡翅，然后她们有的脸色大变，有的干脆吐了出来。妹子们看在学姐的面子和欧浔的颜值上不敢说什么，余乐也凑上去吃了一口，怪声怪气地说："哟，这什么味道啊，这手艺你还好意思拿出来卖？"

"不喜欢吃你可以不要吃。"叶蓁蓁一把抢过了她手里的鸡翅。

学校举办的文化节旨在希望学生接触社会，所以货品的售价都非常低廉，大家都是图个好玩而已。叶蓁蓁的鸡翅确实不好吃，但其他摊位的果汁也都呈现出诡异的颜色，余乐这样毫不留情地打脸，显然是想抓紧最后的时间扳回颜面。叶蓁蓁的手指紧紧握拳，正想说什么，欧浔突然有了动作。

众目睽睽下，欧浔突然抢过了所有烤好的鸡翅，然后把它们一个个吃到了肚子里。烤鸡翅是平民的消夜，欧浔偏偏吃出了法国大餐的优雅感，他风度翩翩地一连吃完了五个鸡翅，用高超的演技忍耐住胸口的不适，用最温柔的语气说："这是我吃过的最美味的食物。"

欧浔的话在人群中引起了轩然大波，大家都用一种不可思议的目光看着他，更有人窃窃私语起来。

"他说这鸡翅好吃，他是不是没味觉啊？"

"咦，他不是那天开着跑车，在学姐宿舍楼下的那个男人吗？"

"你是说买了好多花的那个？他还真是又帅气，又宠爱学姐啊！好羡慕！"

有人认出欧浔就是上次在学校引起巨大轰动的那个人，再看到他为了女朋友打肿脸吃鸡翅的样子，纷纷露出了羡慕的神色来。叶蓁蓁也没想到欧浔居然会这样支持她，心里好像被一阵微风拂过，又酥又软，她抓住欧浔的衣袖，轻声问："你吃了那么多没事吧？"

"没事！还有人要鸡翅吗？"欧浔魅力十足地问。

欧浔先是帮叶蓁蓁打下手，然后慢慢占据了主导地位，再然后直接改由他烤鸡翅，而叶蓁蓁负责售卖。叶蓁蓁必须承认，欧浔的手艺比她强多了，烤的鸡翅金黄酥香，诱人的香味飘满了整个校园，吸引了一大堆学生。大家纷纷抢购鸡翅，没过二十分钟他们的存货都卖完了，叶蓁蓁只好对热情的同学们说抱歉。她把手里的零钱放到口袋，兴奋地说："欧浔，我们的摊位是校园里生意最好的！你看，这些钱都是我们赚的，有一百多呢！晚上吃消夜，我请客！"

叶蓁蓁的笑颜简直能点亮漆黑的夜空，欧浔注视着她亮晶晶的眼眸，唇角展露出柔和的弧度，伸出手，"既然完成了任务，我们一起逛逛？"

"好啊。"叶蓁蓁笑眯眯地说。

3

叶蓁蓁和欧浔在各个摊位上逛了起来，买了一大堆好玩的东西。叶蓁蓁喜欢精致的情侣手机吊坠，欧浔则对老版的游戏卡非常感兴趣。他们手拉手在校园里逛着，浑然不知自己已经成为校园里最美丽的一道风景线。在叶蓁蓁忙着挑选很有创意的俄罗斯套娃时，突然有个女生朝欧浔扑了过去，叶蓁蓁用余光看到这一幕，想拉住那个女生，但是为时已晚。

在女生即将到达欧浔的怀抱，和他来个最亲密的接触时，欧浔用几乎是一道残影的速度飞快闪身，于是那个女生狼狈地跌倒在地。她显然没想到欧浔居然会躲开她，神色复杂地看着欧浔，终于哭了，“你……你为什么不接住我？”

“是啊，你为什么要躲啊？你没事吧？”

叶蓁蓁嗔怪了欧浔一句后，急忙把那个女生扶了起来，却发现那个女生似乎很抗拒她，脸色分外难看。女生尴尬地说了句“谢谢”就离开了，叶蓁蓁一脸迷茫，呆呆地问欧浔：“我做错什么了吗？”

“没有。”欧浔坚定地说。

“你刚才为什么不接住她？你明明可以做到的啊。”

“我……”

欧浔正要开口，一个声音响起：“蓁蓁姐，你什么都没有做错，你理她做什么？”

叶蓁蓁听到一个熟悉的声音，回头一看，发现来人居然是赵云佳，忍不住提高了警惕。赵云佳看到叶蓁蓁紧张的眼神，知道她在想什么，忍不住苦笑说：“蓁蓁姐，刚才撞欧先生的是大三外语系的女生。她平时自认为是学校的校花，没有她得不到的男人，所以才会故意跌倒，借机要个联系方式什么的，幸好欧先生没上当。蓁蓁姐，欧先生很优秀，你平时还是小心点……好吧，其实也没这必要。”

赵云佳想起欧浔方才毫不留情地避开投怀送抱的大美女的场景，顿时觉得她的担心纯属庸人自扰——欧浔这个极品，居然对大美女避之不及，看来他是真的很喜欢叶蓁蓁吧。赵云佳想起程诺沉静的眼眸，不知道为什么心酸了起来，她认真地说：“蓁蓁姐，我是来向你道谢的。要不是你的话，我姐到现在还在被那个变态骚扰，真的谢谢你帮我。”

“都是为了工作，没什么好谢的，你姐也付钱给我了。”叶蓁蓁冷淡地说。

“那个，我找到工作了，在一家旅游网站做编辑。我们公司最近在推一个活动，会有很多酒店的免费试住活动，你要不要试试看？”

"真的吗？怎么参加？"叶蓁蓁立马问。

欧浔眼见叶蓁蓁拿出手机，认真地参与免费抽奖的样子，不屑地转过身去，又觉得叶蓁蓁这样真是好可爱。他一会儿厌恶地不想看她，一会儿又喜欢她认真专注的样子，所以头来回扭转，也让赵云佳在心里暗想他可真是个神经病。欧浔很不喜欢她占用了他们宝贵的约会时间，不耐烦地一直看手表，终于忍不住说："蓁蓁，走了。"

"啊？不好意思，我先走了。欧浔，你走慢点啊！"

欧浔根本不管社交礼仪，拉着叶蓁蓁的手往前走，然后还不忘瞪赵云佳一眼，让赵云佳忍不住打了个寒战。他们手拉手在学校里四处逛着，欧浔看到叶蓁蓁轻轻揉了几下脚踝，知道她肯定累了。学校里不能开车，所以欧浔拦住了一个准备去上自习的男生，强势地说："你的自行车给我。"

男生吓了一跳，结结巴巴地说："现在，现在不抢钱了，开始抢自行车了？"

"五百够吗？"

欧浔说着，从皮夹子里拿出几张钞票，在叶蓁蓁阻止之前递给了那个男生。男生用看到神经病的眼神看着他，急忙丢了自行车就跑。叶蓁蓁简直恨不得把钱要回来，没好气地说："你又发什么神经啊！这自行车是二手的，买的话一百都不要。"

"蓁蓁，上来。"欧浔已经摆好了姿势。

叶蓁蓁愣住了。

她总觉得欧浔要做出什么奇葩事，却没想到他是要带着她一起骑车，犹豫地坐在了欧浔的车上。欧浔的车技并不熟练，一开始总是摇摇晃晃的，后来终于骑稳了，也让叶蓁蓁悄悄松了一口气。他带着叶蓁蓁从喧闹的夜市一直骑到了热闹的篮球场，沿途经过了操场、图书馆、小树林、小卖部，夜晚的风让叶蓁蓁觉得她几乎要沉醉了。她伸出手，抱住了欧浔的腰，感觉到欧浔的身体瞬间绷紧，忍不住轻轻笑了起来。她感受着欧浔身上的温度，听到欧浔的声音从风中传来："叶蓁蓁，虽然以前在学校陪你的人不是我，但是从我们见面的那刻起，你的未来都会有我在。"

叶蓁蓁想，也许是学校里的微风太轻柔，她的心才会好像融化了一样，每一处都有着令人颤抖的温暖。她把面颊贴在欧浔的背后上，轻声说："嗯。欧浔，我真高兴遇到了你。"

“你上辈子一定拯救了银河系。”

欧浔骄傲地说着，带着叶蓁蓁行驶在校园里，最后来到了学校图书馆附近的池塘面前。这里已经是夜市的最后一端，非常冷清，除了一个卖手工艺品的摊位外，没有任何人驻足。女摊主一看到叶蓁蓁和欧浔就急忙热情招呼，欧浔对摊位上的饰品不屑一顾，叶蓁蓁倒是饶有兴趣地看了起来。欧浔忍着不耐烦，陪叶蓁蓁站着，突然在摊位的一角发现了一对非常漂亮的戒指，他的心一动，拿起戒指，正想问多少钱，摊主抢先说：“先生您好，这戒指是我的毕业设计，是非卖品。”

欧浔没有说话，一言不发地瞪着摊主，摊主一下子就结巴了：“那个，真的是非卖品……”

摊主企图想拿过戒指盒子，但是欧浔没有松手，两个人就这样你来我往地争执了起来。欧浔的力气很大，摊主气愤得就要扑上去，被欧浔用极其怪异的姿势躲了过去。当欧浔终于狞笑着把盒子抢到手里的时候，摊主痛苦地捶了一下桌子，欧浔则得意地大笑：“多少钱？”

“不要钱！这是我的！”

“谢谢你的慷慨，上天会保佑你的。”

欧浔说着，对摊主道谢后拿着戒指就走，叶蓁蓁简直不敢去看摊主的表情，不住说：“欧浔，人家不想卖你就还给她吧，你看她都哭了……还真哭了！”

“叶蓁蓁，你可不可以不要烦我？我在想事情。”欧浔不悦地说。

“你有什么事情好想啊，她都哭了好可怜啊。咦，刚才你为什么突然闪了一下，那个女生都险些摔倒。对了，今天在食堂的时候也是那样……”

叶蓁蓁想起欧浔今天诡异的状况，总觉得他又开始发神经了，似乎很抗拒和女孩子接触一样。欧浔看着她，微微一叹，“你还没懂我的心吗？”

“啊？”

“你不希望我和其他女孩接触，我就绝不接触，不然就自断一臂。”

欧浔说着，决绝地看着自己的手臂。叶蓁蓁觉得汗毛都要竖起来了，她讪讪地说：“你又不是封建社会的小媳妇，不要对自己那么狠吧……”

“可是你会介意。”欧浔认真地说。

“只要你不喜欢她们，我真的不介意。”叶蓁蓁举起手臂发誓。

欧浔看了叶蓁蓁许久，在判断她是真的不介意，还是口是心非，然后轻轻叹了一口气。他没有理会叶蓁蓁，一言不发地拿过了她的左手，把戒指戴在了她左手的无名指上。叶蓁蓁一时没反应过来，呆若木鸡地看着她手上的戒指，这时欧浔已经把男戒也戴在了他的无名指上。叶蓁蓁的心跳得飞快，她茫然看着在月光下发出幽暗光芒的戒指，终于开口："欧浔，戒指是不能随便送的。"

"我知道。虽然这个很廉价，也不太好看，但是我现在需要它。叶蓁蓁，和我结婚好吗？"

"你在……开玩笑吗？"

叶蓁蓁简直不敢相信，欧浔会向她求婚，更不敢相信他们只是交往了两个月，欧浔就会，就敢求婚！她的脑子乱成了一团，眼睁睁看着欧浔低下了头，和她的距离是那么近。欧浔的手臂把她圈在臂弯里，抵住了她的额头，用最轻柔的声音说："和我永远在一起，好吗，蓁蓁？"

永远在一起……

叶蓁蓁的所有思绪都被欧浔深邃的眼眸吸了进去，曾经在脑海中幻想过的画面也在她的眼前重现：穿着婚纱的她，和欧浔相互依偎的她，和欧浔一起出游的她，和欧浔幸福生活的她……幻想中的画面，真的可以成为现实吗？他们真的可以在一起，永远不分离吗？

"你只和我在一起两个月，你不会觉得这样太草率吗？"叶蓁蓁终于愣愣地问。

"如果早知道会爱上你，我会更早认识你。叶蓁蓁，既然结局注定我们在一起，为什么要浪费时间，不提前行使我们的权利？比如说，吻你。"

当欧浔的唇轻轻落在叶蓁蓁嘴唇上时，天空突然绽放起了烟花，文化节也迎来了谢幕前的最后璀璨。叶蓁蓁看着欧浔在烟火中忽明忽暗的面容，觉得周围的喧嚣似乎在瞬间消失不见，她的世界里只有她和他两个人，她轻轻咬住嘴唇，结结巴巴地说："欧浔，谢谢你那么喜欢我，但是我刚毕业，我还没有准备好……"

"叶蓁蓁，我爱你。"欧浔打断了她的话。

"什么啊。"叶蓁蓁红着脸说。

"叶蓁蓁，我爱你！"

欧浔突然提高了嗓音，引来学生们好奇的目光，叶蓁蓁急忙窘迫不安地去捂住欧浔的嘴，但是欧浔看起来非常满意他所引起的骚动。他把叶蓁蓁搂在怀里，不住对周围尖叫起哄的学生挥手示意。叶蓁蓁为了不被他们认出来，只好自欺欺人地把脸埋在欧浔的怀里。她感受着欧浔的体温和他身上的味道，忍不住红了脸，偷偷微笑了起来。

欧浔，谢谢你那么爱我。

我想，我也真的爱上你了。

不管未来会发生什么事，我会永远记住今天。

我爱你，欧浔。

我真希望，我们能一直走下去。

“保持着这个姿势送我离开，不然我揍你信不信？”叶蓁蓁踮起脚，在欧浔耳边轻声说。

于是，他们以奇怪的姿势离开了文化节，叶蓁蓁见没有人认出她才长舒一口气。叶蓁蓁满脑子乱哄哄的，想回家好好想清楚，没想到欧浔把叶蓁蓁送回家后，把车门反锁不肯放她离开，叶蓁蓁尝试几次开门未果，终于崩溃了，“欧浔，你到底要做什么啊！”

“你还没有给我答案。”欧浔执着地说。

叶蓁蓁只觉得头痛万分，“我已经说得很清楚了啊，我们现在交往的时间太少……”

欧浔没有说话，甚至不看叶蓁蓁。叶蓁蓁偷偷瞄着他，发现他看起来既难过又有点茫然，就好像被遗弃的小狗。她的心被狠狠撞了一下，很想抚平他眉间的褶皱，她轻轻拍了拍欧浔的肩膀，“好啦好啦，不生气啦，笑一个给我看看？你想吃什么，我明天做给你吃呀。”

欧浔真的很想告诉叶蓁蓁，如果她诚心道歉的话，还是不要亲手做什么了——那个烤鸡翅的味道他一辈子忘不了，她亲手做的食物还是用来惩罚更合适。叶蓁蓁有节奏地拍着欧浔的肩膀，嘴里还哼起了歌，终于惹怒了欧浔，他一把抓住了她的手腕，“叶蓁蓁，你把我当成小孩子或者是智障在哄吗？”

“没有啊……”

被说中心事的叶蓁蓁一下子尴尬了起来，终于败下阵来，她揉揉头痛的太阳穴，手上的银戒正好划过她的面颊。叶蓁蓁愣愣看着这个简陋的戒指，再看着一向最注意自己形象，骄傲得就好像孔雀一样的欧浔也戴了一模一样的戒指，不知道为什么突然很想吻他。她看着窗外，轻声说：“欧浔，给我点时间好吗？如果一年后的今天，我们还决定在一起，我们就结婚。”

结婚，结婚……

欧浔的脑子里都被这个词充斥，他简直不敢相信自己的耳朵，他呆呆看着叶蓁蓁，脸色奇异，“结婚……你要和我结婚是吗？”

“如果一年后，你没有改变主意的话。”

欧浔看着叶蓁蓁因为紧张变得通红的脸，觉得喉咙有点干涩。爱情的甜蜜猝不及防地击中了他，他狂喜到不知道该怎么表达，他紧紧抓住了她的手，低声说：“那我们现在……就是以结婚为目的的交往了？”

“嗯。”叶蓁蓁红着脸点头。

欧浔紧张不安的表情终于消失不见，一把把她抱到了怀里，“叶蓁蓁，恭喜你，你做了最正确的选择。我发誓，我会让所有人都会羡慕你，包括我自己。”

“什么啊。”

“我会让你成为全世界最幸福的新娘，幸福到所有女人都想暗杀你。”欧浔一本正经地说。

“闭嘴。”

叶蓁蓁都不记得他们在车里说了多久的情话，当欧浔恋恋不舍离开后，叶蓁蓁长长舒了一口气。她摸摸因为亲吻都有些红肿的嘴唇，脸烫得惊人，她没想到，她在学校的最后一天居然会这样画上句号，更没想到她居然答应了欧浔在一年后结婚。

只要一想到她还那么年轻，就有可能要做新娘子，她的心里真不知道是什么感觉。她一会儿愤怒地骂自己没立场，一会儿又因为羞涩窃笑起来，她觉得自己就快精神分裂成了神经病。当她走到家门口，准备打开大门进去时，突然看到程诺站在不远处看着她。

在看到程诺的瞬间，叶蓁蓁不知道为什么紧张了起来，然后很快发现她这样真的毫无必要。她对自己说，一定要成熟稳重地面对程诺，深呼吸数次后终于可以控制情绪，于是面带微笑朝着程诺走了过去，“程诺，你怎么会在这里？”

程诺一直没有开口，他的沉默让叶蓁蓁不自在了起来，她忍不住想程诺在这里待了多久，有没有看到她和欧浔在车里接吻，他又看到了多少。就在她胡思乱想的时候，突然看到程诺伸出手递给她一个塑料袋，“蓁蓁，最近你的身体……可能会不太舒服，这是我找人做的红糖益母草冲剂，记得每天都要喝。”

“谢谢。”

叶蓁蓁生理期的时候一向有着痛经的毛病，程诺不提醒，她都快忘记再过一天就是生理期的日子。她面红耳赤地接过了袋子，除了说谢谢外简直不知道该说什么。她无法想象程诺掰着手指头计算她生理期的场景，正想找个什么话题结束眼前的尴尬，突然感觉到肠子剧烈蠕动了一下，一股无法言喻的酸爽感觉，从她的肠胃蔓延到身体的每一个角落，她急忙紧紧握拳控制住疼痛，故作轻松地说：“不早了，没什么事我就先走了。”

叶蓁蓁说着就要往门口走去，但是程诺叫住了她，他深深注视着叶蓁蓁，“你和欧浔今天去文化节了？”

“呵呵，是啊。”叶蓁蓁一心要回去，敷衍地说。

“我也摆了一个摊子，你看到了吗？”

“什么？”

叶蓁蓁没想到程诺居然也摆了摊子，惊讶之余暂时忘记了肚子还在疼。程诺对她微微一笑，“学校的教职工也派了代表摆摊，免费送一些就业资讯类的东西，人气还算不错。”

“哦，呵呵，真是好厉害。”

肚子里的疼痛暂时缓和一下后，又疯狂地袭来，叶蓁蓁觉得她的脸色一定很难看，手指也因为痛处蜷缩了起来，她特别想快点结束这个话题，程诺偏偏又问：“你……最近还好吗？”

“很好啊，呵呵，真是太好了。”

叶蓁蓁的敷衍实在太明显，程诺的眉头不自觉轻轻皱了起来，他嘲讽地想，曾经和他无话不说的叶蓁蓁，也有看到他就想躲开的一天，这样的感觉真是比他想象中的还要难受。他到底担心她，冷静地说：“上次的事情是谁做的，我们两个心里都有数。她对欧浔势在必得，我想她还会有后续动作，蓁蓁你要小心。”

“嗯，没事我就先走了啊。”

“蓁蓁……”

“再见！”

叶蓁蓁说着，飞快从程诺身边离开，用最快速度进了家门，终于在马桶上舒缓了。她觉得此刻简直比欧浔求婚时还要幸福，舒服地眯起了眼睛，却不知道程诺待在她的楼下一直没有走，也不知道堵在高架上的欧浔也正用力握拳。欧浔靠深呼吸努力控制住意志，咬牙切齿地说："该死的鸡翅，该死的……叶蓁蓁……"

4

如果说叶蓁蓁因为吃了一个鸡翅拉了几次，第二天精神有些疲惫的话，欧浔显然更可怜一些，他因为吃了五个鸡翅拉了一整夜，第二天几乎站都站不稳了。所以，当叶蓁蓁推开公司房门时，看到欧浔苍白的面色简直吓了一跳，她歪着头，疑惑地问："欧浔你怎么了，怎么脸色那么难看？"

"呵呵，你猜。对不起……"

欧浔还想饱含深意地讽刺叶蓁蓁几句，可是肚子再一次疼了起来，他只好狼狈地跑到了厕所。叶蓁蓁悄悄做了个鬼脸，暗想欧浔的身体看起来很强壮，没想到居然那么虚弱，以后还是拉着他一起运动好。叶蓁蓁在打扫着房间，突然听到门铃响了，她手忙脚乱地把咖啡杯放好，看到来人居然是齐美兰的时候，只觉得心猛地一跳。

该死的第六感告诉她，也许事情有了不一样的转变，不然齐美兰不会在第二天再次找上门。齐美兰面色苍白地走进来后，果然给了她一个晴天霹雳的消息，"卢少煌昨天向我提出了离婚。"

"什么？"叶蓁蓁愣住了。

"他让我净身出户。"

"什么！"叶蓁蓁愤怒了。

"他说……欢欢不是他的孩子。"

"啊？"

叶蓁蓁没想到事情居然会有这样峰回路转的变化，简直不敢相信自己的耳朵。齐美兰颤抖着手从包里拿出了亲子鉴定，叶蓁蓁定神一看，上面果然证明了欢欢和卢少煌不存在亲子关系。她反复验证了这份报告的真假，神色复杂地看着齐美兰，齐美兰痛苦地问："你也觉得我出轨了，对吗？"

"没有啊。"叶蓁蓁急忙尴尬地否认。

齐美兰猛地凑近了叶蓁蓁，双目微微泛红，"我告诉你，我从没有背叛他，从来没有！如果我做过，让我不得好死！"

“你……你冷静点，好吗？”

齐美兰声嘶力竭的诅咒声和痛苦万分的表情，让叶蓁蓁暂时相信了她的说辞，可是真相也越发扑朔迷离了。叶蓁蓁急忙给齐美兰端上一杯咖啡，稳定她的情绪，在她平静下来后才担忧地问：“他是什么时候向你提出离婚的？”

“昨天晚上吃晚饭的时候。我没想到他居然会那么早回家，忍不住讽刺了几句，没想到他一下子就发起了脾气，他骂我没事找事，我一气之下就，就……”

齐美兰说不下去了，叶蓁蓁忙问：“你不会告诉他，你已经知道他出轨的事情了吧？”

“没有。”齐美兰神色疲惫地说，“我当时险些说出口，后来一想这样说的话，我们就再也没有退路了，所以忍住了。”

“啊？退路？”

齐美兰没有看出叶蓁蓁奇怪的脸色，继续倾诉：“我真的不想和他吵架！孩子还在家里，我不想让孩子知道这些事，也不想孩子没有爸爸……我只是想让他回头罢了，只要他和小三断干净，我也不是不能原谅他……可是他居然借题发挥要和我离婚！还说知道了欢欢不是他的孩子！”

齐美兰说着，失声痛哭，叶蓁蓁急忙为她递上纸巾。看着齐美兰悲伤欲绝的样子，叶蓁蓁忍不住想起她昨天说离婚时的不坚定以及欧浔当时似笑非笑的表情。现在看来，她的诉求根本不是离婚，而是和卢少煌继续在一起过下去吧。不过，她怎么可能忍耐丈夫的出轨，欢欢的身世又到底是怎么回事？

“既然不是出轨……那有没有抱错的可能性？”叶蓁蓁试探地问。

齐美兰冷静了一会儿，极力让自己的语气平静，“不瞒你说，我也怀疑过这一点，但是欢欢遗传了我家的大耳垂，和我爸就好像一个模子里刻出来的，她怎么可能被抱错？”

“也许你该再做一次亲子鉴定，这样会比较放心。”叶蓁蓁小心翼翼地说。

齐美兰没有说话。

叶蓁蓁知道，她的心里一定很痛苦——现在最大的可能性，就是欢欢是被抱错的孩子，才会和卢少煌没有关系。不管欢欢是不是自己的孩子，齐美兰爱了她几年，怎么可能没有感情？她现在一定很难过吧。

叶蓁蓁没有再催促，而齐美兰沉默了很久，就在叶蓁蓁以为她不会开口的时候，她终于说："就去检查一下吧。如果欢欢不是我的孩子，我也不会让她离开我。"

"当然。"叶蓁蓁只能这样安慰她。

她们说话期间，欧浔终于一脸痛苦地从洗手间出来。当他知道齐美兰遇到的事情后，挑了挑眉毛，一改之前漫不经心的态度，雷厉风行地带着齐美兰和欢欢一起做了亲子鉴定，并且动用关系让她们可以在五个小时后就拿到报告。

等待的时间是痛苦的。齐美兰一会儿摸摸欢欢的脑袋，一会儿在窗台面前走来走去，让叶蓁蓁担心不已。当拿到齐美兰和欢欢存在母女关系的报告时，齐美兰先是如释重负，然后又不住摇头。齐美兰觉得自己就要崩溃了，只会重复："我没有做过对不起他的事情，我没有，我没有……"

虽然齐美兰不承认，可这样的报告，只能代表齐美兰确实也背叛过卢少煌。叶蓁蓁觉得有点尴尬，只能隐晦地说："你再好好想想，看看能不能想起什么来？比如哪一次……"

"我说了我没有！"

齐美兰突然发火，把欢欢吓得哭了起来，齐美兰也痛苦地捂住了脸。叶蓁蓁一边安慰她，一边手忙脚乱地劝欢欢不要哭，到后来她自己都要哭了。场面如此混乱，欧浔轻哼一声，知道该他出场了。他沉稳地走到了欢欢面前，俯下了身体。叶蓁蓁满怀期待地等待欧浔出手，完美解决目前的混乱场面，只听欧浔淡淡地说："不要哭，我送你一个LV的包。"

"哇！"

欢欢愣了一下，越发大声地哭了起来，响亮的声音简直可以震翻屋顶。欧浔的脸明显抽搐了一下，然后破釜沉舟地说："好了好了，给你买蒂凡尼的项链、宝格丽的香水！还哭？IPAD怎么样？"

"你够了啊。"叶蓁蓁终于忍不住白了欧浔一眼，"欢欢不哭，阿姨带你去迪士尼玩，好不好？"

在听到迪士尼的时候，欢欢的哭声小了一些，一时之间不知道自己该不该哭下去。她抬起头，下意识找妈妈在哪里，却突然看到欧浔对她做了一个奇怪的鬼脸，她吓了一跳又想哭，只见欧浔顿时又做出了正经的模样，让她觉得欧浔的变脸非常有趣。

他们两个你来我往地做了许多小动作，让欢欢都忘记了哭泣。叶蓁蓁松了一口气，站在了齐美兰身边，轻声说："美兰姐，不管怎么样，欢欢都是你的亲骨肉，你光顾着伤心，她可怎么办？如果，我是说如果，卢少煌以他有实力抚养孩子为理由，想把欢欢也要回去怎么办？”

“不可能！”齐美兰愤恨地说，“他平时就对欢欢很严厉，他怎么可能来抢欢欢！”

“这个世界上根本没有什么不可能。你觉得如果卢少煌来争孩子的话，你的胜算有多少？”

齐美兰根本没有往这方面想过，愣愣地说：“可是欢欢不是他的孩子……”

欧浔走到她们身边，淡淡地说：“从法律关系上来说，他是欢欢的父亲，所以虽然概率很低，你也必须要做好他可能和你抢孩子的准备。跟着后爸、后妈生活的孩子，会是什么下场不用我多说，也就是被打、被虐待、不给吃饭什么的。对了，我前几天看了新闻，好像还有个后妈给孩子脖子拴上狗链子。到时候，你每周只有一次能见到你的孩子，而且每次见面都要在卢少煌的监督下，你觉得你能过这样的日子吗？你要让女儿去地狱吗？”

齐美兰看着不远处正在玩IPAD游戏的女儿，痛苦地抱住了头，“不，我不会！”

“那么，就勇敢起来。”欧浔的声音充满了蛊惑，“告诉我，到底发生了什么事。”

“我……欢欢，是试管婴儿。”

齐美兰终于松口，讲述了她因为输卵管堵塞，只能做试管婴儿的事情。叶蓁蓁和欧浔互视一眼，知道这件事真够麻烦——如果齐美兰完全是受害方，当然可以得到法律和舆论的同情，但是现在她和卢少煌完全是一样的局面。如果硬碰硬，她很有可能只能拿着每月一两千的生活费，被残忍地扫地出门。当然，这件事责任最大的一方就是医院，但是医院可能管他们离婚的事情，可能给他们赔偿吗?

“美兰姐，你现在的想法还是和以前一样，要离婚，而且要男方净身出户吗？”叶蓁蓁终于问。

“我……我……”

齐美兰犹豫着说不出话，欧浔笑了，“你不想离婚，对吗？”

“欧浔你别胡说。”叶蓁蓁急忙插嘴，“卢少煌都提出离婚了，为什么干耗着，和自己过不去。”

“蓁蓁，这样的人我见多了。得知丈夫出轨的时候，口口声声说要离婚，但是真的到了那一天，又找出各种各样的理由舍不得。说到底，是没有能力，也没有勇气一个人生活罢了。就算以前卢少煌把她当公主，但是现在两个人的身份完全对调，她只是个家庭主妇，而卢少煌是饭店的老板。离婚后，她很难找到对象，卢少煌分分钟可以找一个小姑娘——很残忍，但这就是现实。更何况，她在婚后卖了父母给她的老房子作为饭店的启动资金，从法律意义上来说，卢少煌能分走她父母的财产。这样的损失，她能接受吗？”

叶蓁蓁怒了，“你不要把女人说得好像没有男人就活不下去好不好！卢少煌都金屋藏娇提出离婚了，干耗着有什么意思？挽回一个变心的男人，根本是不可能的！”

叶蓁蓁说着，艰难地喘息起来，眼前突然浮现出在知道程诺出国的消息时，她哭着哀求他的场景。虽然她现在明白程诺的决绝和她的母亲有关，但是程诺冷漠的眼眸，戳心的话语，她一辈子不能忘怀。欧浔觉得叶蓁蓁的情绪有些太过激动，微微皱眉，“蓁蓁，委托人不是你，是齐美兰。无论她做什么决定，我们的工作是帮她完成，而不是干涉她的意愿。我只是告诉她，这个世界上不是只有玉石俱焚这一条路走，还有许多夫妻选择息事宁人或者争取一些有利的东西。齐美兰，你的答案是什么？”

“我……我不想离婚。我想要和他好好过日子，让他重新爱上我。”齐美兰终于说，“叶小姐，求求你帮我。”

“既然你下定了决心，我当然会帮你。”叶蓁蓁看着她，坚定地说。

第十二章　中奖

就算心里再不情愿，叶蓁蓁还是为齐美兰制订了详细的挽回负心汉的计划。在计划中，齐美兰需要改变形象，有一份自己的工作，这样才可以和卢少煌处于平等地位。现在，她最需要的就是忍耐，让卢少煌慢慢回忆起她的好处，争取让他重新爱上她。除此之外，他们还将对卢少煌的生意进行施压，让他不敢轻易离婚败坏名声。

当齐美兰看到方案时，沉默了许久，顺从地配合他们进行了下去。在他们的设计下，卢少煌很快就变得狼狈不堪，他把所有的怒气都发泄到了齐美兰身上。

1

“齐美兰，你看看你都做了什么！”

卢少煌最近谈的一个投资商对连锁餐饮行业非常看好，提出了非常优厚的合作条件，可是在签约前居然突然改口。卢少煌经多方打听，终于知道这个投资商和妻子的关系非常好，他最看不起有钱就抛弃糟糠之妻的男人，所以在知道卢少煌的事情后对卢少煌印象很差，临时改变了决定。

卢少煌原本觉得男人在外面都有点风流韵事，别人的议论根本无关痛痒，真没想到这件事居然影响到他未来的事业发展。他脸色难看地看着齐美兰，简直想伸手给她一巴掌，齐美兰只觉得心口一疼，突然觉得花大价钱新做的头发、新买的衣服简直给狗看了。她看着昔日深爱的那个男人，淡淡地问：“我做什么了？”

“你是不是到处说我外面有人？”

“那你外面有人吗？”齐美兰反问。

卢少煌语塞，不耐烦地说："你先想好，你为什么会怀上别人的孩子，再问我这个问题吧！你是怎么让赵先生知道这件事的？你认识他？"

"什么赵先生，我只是一个全职太太，我怎么会认识你生意上的伙伴！卢少煌你可以啊，有小三儿才是你要离婚的真正理由吧！我告诉你，你想都不要想！"

眼看齐美兰一副誓死不离婚的样子，卢少煌倒是开始怀疑这件事到底是不是她做的了。他冷静下来后，默默判断，第一，她没有接触赵先生的本事；第二，她根本不知道他最近在做什么；第三，她不想离婚的话更不会和他玉石俱焚……但是这件事到底是谁做的？

"真不是你做的？"卢少煌问。

齐美兰激动地说："我到现在才知道这件事，我就算想做，又该怎么做！快点告诉我那个小三是谁，她是不是想让你误会我然后好上位！"

齐美兰的话提醒了卢少煌，他开始疑心这件事是不是小三何音做的——只有她才知道那么机密的事情，而且这件事闹大了，他一气之下离婚了对她更有好处。他轻轻叹了一口气，恼火地想为什么女人满脑子都是情情爱爱的，根本分不清楚事情的轻重缓急！他突然很想给何音一个耳光，但是想到亮亮可爱的小脸，又放缓了语气，"美兰，你是大学生，怎么现在说话那么难听，要注意素质。其实我也不想和你离婚，但是你给我戴了绿帽子的事情，我爸妈已经知道了，他们不可能让儿子那么丢人。这样吧，我们过几天悄悄办理离婚手续，也算是给我爸妈一个交代，到时候我们再复婚怎么样？"

真的被叶蓁蓁说中了……齐美兰想着，用异样的眼神看着卢少煌。

就在叶蓁蓁交给她计划书的时候，她提醒齐美兰，卢少煌可能骗她假离婚后复婚，为自己争取最优厚的离婚条件。当时的齐美兰不住摇头，说卢少煌绝对不会这样，但是现实给了她狠狠一巴掌。她想起叶蓁蓁告诉过她，想要挽回爱情的话，必须成为卢少煌最有用的女人，她极力忍住快崩溃的情绪。也许是她的表情实在太过诡异，卢少煌忍不住问："美兰，你到底什么想法？"

"少煌，我不想离婚。我爱你，没有你我可怎么办？"

齐美兰是一个要强的女人，就算日子再艰难也不会哭泣，但是这一次她按照叶蓁蓁的指示哭了。卢少煌没想到齐美兰居然会哭，一时间心情有些复杂，他重重叹口气，想起赵先生的投资，最后争取了一下，"美兰，我们毕竟是大学里就恋爱了……虽然你做了对不起我的事情，但我可以给你一次机会。我们离婚的事情我不会告诉任何人，只是给我爸妈一个交代，事后就复婚，这也是我的底线了。”

“我根本没有对不起你，明明是医院的责任，我要去找医院算账！我们去起诉医院，一定是他们搞错了试管！”齐美兰激动地说。

“那件事就不要说了。”卢少煌烦躁了起来，却到底松了口，不再提离婚的事情，“晚上有个宴会，和我一起出席一下。”

“好。”齐美兰急忙说。

在小饭店还没步入正轨的时候，齐美兰为了打点外面的关系，经常有应酬。那时她回到家已经半夜了，第二天还要凌晨起来发面，可是她为了家庭简直有使不出的干劲儿。时隔多年，当她再次参加饭局的时候，突然有了一种恍如隔世的感觉。

她发现宴请的馆子她没有听说过，那些客户她一个都不认识。她发现有不少客户带了年轻漂亮的女伴，她们的娇艳把她衬得越发灰头土脸。他们聊的人情世故她有许多都听不懂，什么话题都插不进去，拘束的样子就好像是一个木头娃娃——自己什么时候变成这样了？明明上大学的时候，她曾是学校辩论队的成员，几年前，还可以和客户于谈笑风生间做成生意的啊。酒过三巡后，终于有人提起了卢少煌投资的事情，用幸灾乐祸的语气说：“卢哥啊，最近怎么没看到赵先生和你一起吃饭？听说他要投资你的面店，这事儿不会黄了吧？”

卢少煌皱起了眉，下意识看了一眼齐美兰，然后开口：“这是谣言，赵先生只是回香港了，他下个月再来和我谈。”

“是吗？”

来人还算识趣，没有纠缠下去，饭局也一片热闹的景象。齐美兰满心嫌弃满屋子的烟味，找了个借口去了洗手间，才觉得烦闷的感觉好了一些。她没想到饭局里的其他两个女人也跟来了，还聊起了她。

“那个就是卢哥的老婆吧，看起来好土气，怪不得卢哥会想和她离婚。”

“是啊，年纪那么大了要离婚，也是怪可怜的。其实大家都心知肚明，如果不是赵先生的事儿，他们早就离婚了吧。”

“唉，女人过了三十就不值钱了，她干吗不早点放手啊。阿音也可怜，亮亮都两岁了还没有上户口。”

齐美兰听到这些话，只觉得心中一酸，她不想再听下去，急忙快步离开了洗手间。她在包厢外站了一会儿，想呼吸下新鲜的空气，突然看到卢少煌居然就在不远处，一个年轻的女人站在他身边，正在神情激动地说些什么，她走近了才依稀听到“我真的没有告诉赵先生”“说好离婚为什么现在还不离”“亮亮明年怎么上幼儿园”一类的话，她觉得浑身的血液一下子就凉了。

当卢少煌发现齐美兰就在身后的时候，他吓了一跳，何音的脸色也变得苍白，但是很快露出了嚣张的神色来，“少煌，我就先走了。最近的财务文件我已经整理好放在你桌子上了，喝酒伤身，你晚上回家记得吃药。”

“知道了。”卢少煌不耐烦地说。

他没想到何音会来，有点担心齐美兰会不顾场合地闹起来，这样他想塑造的“家庭和睦”的假象可就全黄了。他没想到，齐美兰除了脸色很难看外，居然选择了沉默，这让他非常满意。饭局上，齐美兰对他照顾有加，还亲手盛了醒酒汤给大家喝，兄弟们都用羡慕的眼神看着他，也让那几个小三儿脸色不太好看。回家的路上，卢少煌醉醺醺地对齐美兰说：“美兰，我只是犯了男人都会犯的错误，你要理解我。离婚以后我们还可以在一起，我也不会少给你生活费的，毕竟我对你也是有感情的嘛。我也不想离婚，可是你怀了别人的孩子，我没办法交代……我爸妈过几天要来，你好好准备下。”

齐美兰紧紧握紧了拳头，心就像被刀子划过一样疼得钻心，她点头，用最轻柔的声音说：“当然了，少煌。”

也许是齐美兰在卢少煌心里太无能的关系，卢少煌居然没有把笔记本电脑带回公司，叶蓁蓁拜托阿威种下木马，顺利调取了不少资料。叶蓁蓁揉揉因为看电脑过久变得酸痛的眼睛，疲惫地说：“我的天啊，他怎么能和小三说那么多的话，要找出有用的信息，真是眼睛都要看瞎了。”

“齐美兰的需求是维系婚姻，你搜集这个做什么？”欧浔问。

叶蓁蓁一愣，然后说：“多准备点总不会错，关键时刻还可以用来威胁卢少煌。”

“这些信息可以让女人身败名裂，对男人却没有多少影响——虽然很可悲，但这是事实。叶蓁蓁，你到底在想什么？你觉得齐美兰会变化？”

“也不是……”

“蓁蓁，你对这个小单子太过热情。你有空的话，可以想想婚后要不要管我的钱、我们去哪里度蜜月、喜欢男孩还是女孩这样现实的问题比较好。”

欧浔说着，面色平静地翻看着手中的黑皮书，看起来就好像超凡脱俗。叶蓁蓁被欧浔晃了一下眼睛，满脸黑线，“这些问题现实什么啊……咦，欧浔你最近在看什么书，怎么天天捧着？这是什么文字？”

“意大利文。”欧浔的目光又回到了书上。

叶蓁蓁敬佩地看着他，“是危机公关的书吗？你好用功！”

“不，是塔罗牌的。”

“啊？”

都多久了，他怎么还在研究这么少女心的东西？

“准备一下，十点钟会有客人来。”欧浔合上了书。

“是什么客人？”叶蓁蓁站起身。

“医院的王院长，他最近遇到了麻烦。”

十点的时候，王院长分秒不差地出现在他们的工作室，他看起来五十来岁的年纪，头顶中央光溜溜的，因为长着八字眉又表情肃穆的关系，他的脸看起来特别滑稽。他喝着叶蓁蓁准备的绿茶，开门见山地说：“欧先生，我很认可你们的能力，这件事请你们一定要帮我。有人起诉我们弄错了试管，所以让她怀上了陌生人的孩子。”

一听到这话，叶蓁蓁呆住了。

王院长告诉欧浔和叶蓁蓁，他们医院以妇产科闻名，曾经让不少不孕不育的夫妇怀上了孩子，社会口碑一直非常好。可是，就在昨天，发生了一件令他们始料不及的事情。

有个女人来医院闹事，说他们当初搞错了试管，才会让她怀上了陌生人的孩子。她情绪激动地失声痛哭，引起了好事者的围观，也给医院造成了很大的麻烦。当王院长看到检查报告的时候也懵了，他想不通在那么严格的审查环节里，为什么会出那么大的错误。眼下那个女人威胁要找电视台曝光，还说不给答复就天天去闹，让他烦不胜烦。

“欧先生，请您一定要维系医院的声誉，费用我们都好谈。”

欧浔最喜欢听到的话，就是“费用我们都好谈”，他的眸中闪过一道精光，一把抓住王院长的手，深情地说：“王院长太客气了，这个单子我接了。贵院的声誉，就交给我强壮的肩膀吧。”

“谢谢！”

王院长的手和欧浔紧紧握在了一起，他们手拉手对视了一会儿后，才恋恋不舍地松开了，叶蓁蓁突然觉得她的眼睛有点辣。这时，王院长从公文包里拿出了一叠资料，“对了，这是闹事人的资料，也许你们会需要。”

当看到王院长把齐美兰的资料递给欧浔的时候，叶蓁蓁觉得她的眼珠子就快掉出来了，她焦急地看着欧浔，拼命对他使眼色，却听到欧浔说："没问题，我会仔细看的。蓁蓁，送王院长离开。"

叶蓁蓁强忍住怒气送王院长出门后，一下子爆发了，她头痛地看着欧浔，"欧浔，闹事的人是齐美兰，你怎么可以接院长的单子？"

"为什么不可以？"欧浔反问，"齐美兰的要求是挽回婚姻，王院长的要求是维护医院的声誉，两件事根本不矛盾。"

"可是你接了王院长的单子，你一定会对付齐美兰，就好像当初对付顾河一样！她已经够可怜了！"

"啧啧啧，我的善良小姐又开始发善心了，送上门的钱都不要。我再重申一遍，齐美兰的要求是维系婚姻，和她去医院闹事是两回事，我们当然可以同步进行，还可以省去重复调查的精力。既然你那么想帮齐美兰，那以后你们负责对接，我来负责更有钱的王院长。"

"欧浔！"叶蓁蓁真的生气了，"你想赚钱我不反对，可是做人要有信用！你先接了齐美兰的单子，你怎么可以反过来对付她？就算这是两回事，你也不能这样对待自己的委托人啊！"

欧浔看到叶蓁蓁涨得通红的脸，知道她是真的生气了，脸色也暗沉了下来。他想，他也许需要把工作和生活分得清楚一点，他实在不想为了工作上的事情和叶蓁蓁争吵，于是走到叶蓁蓁身边，低沉地问："蓁蓁，如果齐美兰这个单子输了，你会怎么样？"

叶蓁蓁顿时炸毛，"我们怎么可能输！"

"我说的是如果。"

"如果……如果美兰姐输了……"

叶蓁蓁只要一想起齐美兰无法挽回卢少煌的话，很可能被扫地出门，一个人孤独地带着孩子生活，就觉得心痛无比。她沉默着没有说话，听到欧浔的声音不带任何温度："叶蓁蓁，你必须搞清楚，我们是危机处理专家，他们只是我们生命中的一个个过客，他们的人生和我们没有任何关系。我们当然会尽力完成工作，但那也仅仅只是工作。你会遇到许多人，会陷入很多麻烦事里，难道你要为每个人操心？蓁蓁，你不是神灵，没有办法对每个人负责。就算你处理了现在的危机，他们也会有别的麻烦，你不可能决定他们的人生。"

欧浔的话让叶蓁蓁的心微微一颤，她也发现自己好像对每一个委托人都倾注了太多的个人情感。从理智上说，她知道欧浔说得对，她不该带有太多私人情感；但是从情感上说，她知道了他们的故事，了解了他们的渴求，她怎么可能让自己置身事外？

“欧浔，我知道我这样很傻……但是，我既然认识了他们，就会因为他们的喜悦而喜悦，因为他们的悲伤而悲伤。我也知道，我希望每个人都幸福是一个多傻的奢求，但是如果我不全力以赴，怎么知道结局会是怎么样？你到现在从来没有输过，我也不会输，因为，这是我的使命。”

叶蓁蓁说着，把手按在了胸前，表情是那么坚定。欧浔眯起眼睛看着她，很想告诉她，她这么想有多不切实际，她一定会被撞到头破血流，但是他后来一句话也没有说。他看着叶蓁蓁发亮的眼眸，只想把她抱在怀里，他也真的这样做了。他搂着叶蓁蓁因为紧张有些僵硬的身体，淡淡笑着，“蓁蓁，就算我们现在是情侣，我也不会阻止你的想法。我记得你说过，你一定会打败我，那么，坚持你的路走下去，我会拭目以待。”

2

欧浔到底没有拒绝王院长的委托，却也退了一步，承诺如果没到逼不得已的情况，不会用手段对付齐美兰。叶蓁蓁知道这是欧浔的最大让步，终于松了一口气，约齐美兰再次见面，她原打算让齐美兰选择给她介绍的工作，却在看到她的样子时吓了一跳，“美兰姐……”

她没想到，只是短短几天没见，齐美兰居然瘦了一圈。现在的天气只是微凉，可她已经穿上了厚重的秋衣，饶是如此，她还是面色苍白得可怕。齐美兰没穿之前叶蓁蓁为她挑选的衣服，还是穿着几年前的款式，神情疲惫不堪，她颤抖着手捧着热茶，强迫自己微笑，“叶小姐，你那有什么进展了吗？”

叶蓁蓁缓过神来，急忙说：“是的，我给你找了几份工作，你看看有没有喜欢的。虽然你毕业的大学还不错，但是工作经历比较少，只能委屈你做一些行政助理、出纳一类的职务。对了，还有个酒店的职位也可以，但是需要轮岗，可能还要动手端盘子，非常辛苦。”

叶蓁蓁说着，把材料放到齐美兰面前。齐美兰没想到，叶蓁蓁真的为她找到了工作，定下心细细看着，纠结地说：“我已经很久没有上班，担心自己不能适应。我回去好好想一下，明天给你答复。”

“好的。”叶蓁蓁担忧地说，“那个，美兰姐，你的气色为什么那么差？你要不要去医院检查一下身体？”

“不用，我知道是怎么回事。前几天，卢少煌的爸妈和妹妹都来了，住在了我家，我有点累。”齐美兰轻描淡写地说。

如果叶蓁蓁没记错，齐美兰家是一百二十平方米的中型户型，一家三口居住正好，再来三个人就没有多余房间了。她诧异地问：“住得下吗？”

“我把欢欢送去了娘家。”

一想起公婆和小姑子，齐美兰有点心塞，当她第一次去卢少煌家里的时候，就被他家的简陋震惊了，更让她不舒服的是他爸妈看她的眼神。他们对她过分热情，甚至把唯一的取暖器让给她，老两口自己住在冰冷的客房，让她觉得不太自在。当时她的父母还说“反常即妖”，她却坚持这是公婆朴实善良的表现，却没想到会在婚后被啪啪啪打脸。

和卢少煌结婚后，公婆再也没有以前的和善可亲，话里话外都嫌弃齐美兰不会做家务，她婚后一年没怀孕更是让他们急了眼。他们逼着她去医院做检查，当知道她不易受孕后，更是给她吃各种奇怪的偏方，让她苦不堪言。除了公婆在生活上对她挑剔外，小姑子卢晓华也分外让她操心，虽然齐美兰的护肤品、服装都不算很好，但是卢晓华似乎有着顺手牵羊的毛病，总是把她最喜欢的东西都拿走。以前，她都忍耐了，现在她突然觉得一切很没有意思。

“美兰姐，你和你的公婆关系好吗？”叶蓁蓁问。

“比较一般。他们不喜欢我，我也不喜欢他们。”

“如果不想和卢少煌离婚，还是要讨公婆的欢心。”叶蓁蓁轻叹一声，“那个何音肯定不会像你这样孝顺。”

“我知道。毕竟，她再不好也有个儿子，可我已经没用了。如果还不能伺候他的爸妈和妹妹的话，我肯定会被扫地出门。”

齐美兰的通透让叶蓁蓁的心很不好受，她强忍住不适的感觉说：“趁着公婆在你家，让何音来闹事的话会有更好的效果。赵先生那里，我们已经和他约定，让他坚持要你一起签约才能促成生意，所以这一个月里卢少煌不会和你离婚。”

“我明白了。”齐美兰淡淡地说，“要让那个三儿闹事很简单，只要我咬死不离婚，再把卢少煌的手机关机，她肯定会找上门来。叶小姐，无论你说什么，我都会去做。”

“谢谢你那么信任我。”叶蓁蓁握住了齐美兰的手，“美兰姐，不要难过，一切都会过去的。那个……你是不是去医院闹事了？”

“你怎么知道这件事？”齐美兰警惕地问。

叶蓁蓁尴尬地笑了，她还没来得及说什么，齐美兰恍然大悟，“你做这一行的，能知道卢少煌的卡里有多少钱，当然也知道我去做了什么……没错，我昨天去二院闹了。我告诉医院，如果不给我一个说法，我就天天去闹。我要他们承认，是他们给我弄错了，不是我出轨！”

“美兰姐……”

“叶小姐，我真的不明白，我的孩子为什么不是卢少煌的？我从没做过任何对不起他的事情！我还记得，我检查出来不易受孕的时候，他还安慰我说就算没孩子也没关系，可后来他还是变了……为了要孩子，我每天都喝中药调理身体，一年后还是不起效，我只能去做试管。做试管真的很疼，可是我不怕，因为我是那么想给他生孩子。呵呵，我的运气很好，试管一下子就成功了。在我怀孕的时候，饭店的生意也开始好了起来。卢少煌告诉我，安心带好孩子等着享福就行，所以我在家做起了全职太太。我也感觉到，从怀孕的时候开始，他对我就有点冷淡，但我一直以为那是因为孕期我们不可以……欢欢大了以后，他还是不喜欢碰我，每一次回家都说很累，我和我妈说过，但我妈劝我都有孩子了就别胡思乱想。我真的很想做一个好妻子、好母亲，我没有想到他在外面有了女人……是因为我生不出儿子吗？这都是因为我吗？”

叶蓁蓁没想到齐美兰又回到了思维怪圈，急忙说：“美兰姐你胡说什么，这和孩子是男是女有什么关系！他出轨了就是出轨了，是他对不起你，你真的没有任何责任。你已经做得够好，你一定要坚强，就算不是为了自己，也要为了孩子！”

叶蓁蓁的安慰让齐美兰的表情慢慢舒缓，她苦笑着说：“叶小姐，谢谢你，最近发生的事情实在太多了，我真的没想到……不说这个了，我还想起诉医院，请问你能帮我吗？”

看着齐美兰哀求的表情，叶蓁蓁不知道该怎么拒绝，她轻轻咬着嘴唇，“美兰姐，我正想和你说这个事儿。可以的话，你不要去医院闹，可以吗？”

“为什么？”齐美兰一下子就急了。

“如果，我是说如果，这件事闹大了，大家都知道欢欢不是亲生的孩子，你让她怎么面对同学？说到底，这件事影响最大的，还是孩子啊。”

一提起欢欢，齐美兰沉默了，过了很久，她才说："那我该怎么办？让我的丈夫怀疑我出轨，让我的婆婆觉得我给他戴绿帽子，一辈子耻辱地活下去吗？"

"交给我，我会帮你查到真相。"叶蓁蓁握住了她的手，认真地说。

和齐美兰告别后，叶蓁蓁的心情一直很糟糕，她按照和欧浔的约定，阻止了齐美兰继续到医院闹事，同时也保护了齐美兰的名誉和安全，但是她的心并不好受。她向欧浔报告了最新进展后，揉揉额头，疲惫地说："欧浔，齐美兰已经答应不闹事了，你也要做到不能针对她。她真的已经很可怜了，不能再雪上加霜。"

"嗯。"

"老板，欧浔，这笔单子结束后给我放个假好不好，我想出去旅游。"叶蓁蓁无力地说。

"旅游吗？"

"是啊，我每年都会出去玩一次呢！去年去了日本，前年去了英国，大前年去了马尔代夫……只要一想到可以出门旅游，再难熬的日子都会变得有盼头起来。"

叶蓁蓁最近的烦心事实在太多，一提起旅游就一脸幸福，却发现欧浔似乎兴致不高。她发现欧浔还在研究塔罗牌，心想他怎么这么迷信啊，而欧浔显然误会了叶蓁蓁的意思，他从盒子里拿出了塔罗牌，虔诚地说："当遇到迷茫的时候，塔罗牌可以指引你的方向。叶蓁蓁，你最近有什么事情需要塔罗牌的帮助吗？"

"你怎么还在玩这个啊……我觉得根本不用占卜，扔硬币也是一样效果吧，哈哈。"

叶蓁蓁自以为她开了个很有意思的玩笑，可是欧浔却用不满的目光看着她，"叶蓁蓁，要尊重塔罗的灵性，不然会有厄运降临在你身上。"

叶蓁蓁嗤之以鼻，"你算出来，我最重要的人会在月底前有厄运，可是我妈、我爸最近都好好的，根本没事啊！"

"那是因为还没有到时间，两天后才是月底。这样吧，我帮你算算，你什么时候可以休假旅游，你就知道我没有骗你。"

"什么啊，明明什么时候休假，你自己就能说了算啊……好，你算，你现在就算！"

在欧浔的淫威面前，叶蓁蓁识趣地选了闭嘴，然后看到欧浔把几张塔罗牌分别放在了桌子上。在欧浔掀开牌面的时候，她发现自己的心情不知道为什么变得紧张了起来，她听到欧浔的声音带了一丝疑惑，“旅行就要来了？可是这个单子没有结束，你怎么可能出去休假？”

“是啊，我就说塔罗不准吧。”

叶蓁蓁正在嘲讽欧浔，手机突然响了。欧浔发现她先是露出了不屑的表情，然后变得不可置信，再然后转为狂喜，她拿着手机，神情激动地说：“我真的中奖了吗？真的可以免费入住度假村吗？我明天就去，谢谢，实在太感谢了！”

欧浔看着叶蓁蓁对着电话鞠躬的傻样子，忍不住嘲讽地勾了勾唇角——只有她这样的傻孩子才会参加无聊的抽奖活动，居然还有着不错的运气。他起身去厨房倒水，突然停下了脚步，和叶蓁蓁诧异的眼神正好对上。

“即将到来的旅行，真的来了！”

“天啊，真的好准啊！啊啊啊，我要出去旅游啦！”

叶蓁蓁兴奋得说不出话来，一直在屋子里尖叫，欧浔的脑中也闪过无数关键词——度假村，二人世界，第一次过夜……这简直是天赐良机，如果他把握不住，他简直就不是男人！

“蓁蓁。”欧浔以最快速度冲到叶蓁蓁身边，“我们一起去吧！”

“啊？”

“王院长最近让我和齐美兰谈判……”

“欧浔，我们一起去！”叶蓁蓁立马识趣地说。

3

第二天，叶蓁蓁很早就起来了，坐上欧浔的车子，和他一起去度假。托赵云佳的福，叶蓁蓁抽中的酒店是郊区新建好的度假村，酒店充满东南亚风情，还可以享受私人温泉，她简直不敢相信自己有这样的好运气。谁想到，在办理入住手续的时候，前台小姐歉意地说现在只有一个房间，叶蓁蓁的好心情在瞬间消失殆尽。她不可置信地看了一眼欧浔，急切地问：“不会吧，怎么会只有一个房间？这是新酒店啊！”

“叶小姐，真的很抱歉，但是就在昨天，突然有位先生定了很多房间，他说要在这里召开一个会议……要么，您改天再来或者去别的酒店再订一间？”

一听到“有位先生”把剩下的房间都订了，叶蓁蓁立马一脸狐疑地看着欧浔，却发现欧浔的表情比任何时候都要正直。欧浔双手环抱在胸前，不耐烦地说：“这里的房间少说也有两百间，又是新开的酒店，入住率不高，你不会觉得我无聊到包了一百九十九间空房，就为了和你睡一间吧。既然这样，我们还是回去吧，下次再来。”

欧浔说着就要走，叶蓁蓁反而犹豫了起来，她不甘心盼望了那么久的度假就这样泡汤，又实在不想和欧浔睡在一个房间，简直是百爪挠心。欧浔心里暗笑，脸上严肃地说：“叶蓁蓁，快点决定。我警告你，就算住一间房你也别想把我怎么样，我不是那种人。”

欧浔夸张的演技骗过了叶蓁蓁。叶蓁蓁忍不住很小市民地想，如果现在放弃度假太可惜，就算和欧浔在一间房，她的武力值也能完爆欧浔，而且论起姿色来，谁占便宜，谁吃亏还两说……她下了决心后，轻咬嘴唇，猛地一拍柜台，“好，那就一间房，麻烦你了。”

“好的，请稍等。”前台小姐笑容满面地说。

欧浔跟在叶蓁蓁身后往房间走去，几乎要控制不住唇角的微笑。是的，为了和叶蓁蓁一起过夜，他无聊又无耻地包下了剩余的房间，现在他的目的就要达成了。他可以近距离看着叶蓁蓁洗澡后的诱人，感受着她细腻的皮肤，还能听到她的红唇里轻呼他的名字……

“欧浔，欧浔！”

“什么？”

叶蓁蓁一连叫欧浔几遍，欧浔才反应过来，急忙一脸严肃地看着叶蓁蓁。叶蓁蓁一边拿门卡，一边说：“我突然想到，如果医院找出了当初搞错的精子到底是谁的，美兰姐她要怎么办？从生理上说，这是欢欢的父亲；但是从心理上说，他是一个彻头彻尾的陌生人……到底为什么会发生这样的事情？”

“蓁蓁。”欧浔温柔地叫着叶蓁蓁的名字。

“嗯？”

“从现在开始，一直到周日晚十二点，不许再想齐美兰的事情。我可不想你在我身边的时候，心里还想着别的女人，知道吗？”

“什么啊……哇！”

叶蓁蓁有点不好意思地打岔，而当她打开房门的时候，她整个人都激动了起来。

她抽中的房间是一套小别墅，从外表看起来并不起眼，但是里面却别有洞天。打开房门后，她先看到的是一片美丽的小花园，泳池也藏在其中，碧蓝的颜色让人心旷神怡，从花园里走进卧室后，她更是被大手笔的豪华惊呆，以至于都忽略了床不是两张而是一张。她按捺不住激动的心情，躺在床上感受柔软的床垫，幸福地说："这才是度假！真是太棒啦，真想天天可以度假！咦，欧浔到哪里去了？"

当叶蓁蓁想起欧浔不见了的时候，她走出房间，发现欧浔正在花园里喝咖啡。穿着休闲装的俊美男人，正姿态优雅地端着咖啡杯，享受咖啡的香醇，如果忽略掉拿在手里的自拍杆的话，那真是一幅相当美丽的画。

可是，为什么他的手里还有自拍杆？为什么！他到底想做什么？

叶蓁蓁揉了揉眼睛，到底还是没忍住朝欧浔走去。她默不作声地坐在欧浔后面，在欧浔自拍的时候也比画出一个"耶"的姿势，吓得欧浔险些没有握紧自拍杆。他把自拍杆收起来后，一张张地审视照片，叶蓁蓁好奇地问："欧浔，你在做什么？"

"选一张帅气的照片放到facebook，让关心我的人看看我过得有多好。过来，和我一起合影。笑一笑，耶。"

欧浔的头往后一仰，满面笑容地与叶蓁蓁合影，叶蓁蓁也下意识对着摄像头微笑。她和欧浔一起翻看照片，只觉得他拍的每一张照片都好像经过了精密计算一样，无论是色彩还是构图都称得上完美。叶蓁蓁仔细看去，突然发现有点不对劲，忍不住问："你的每张照片里为什么都有你的车钥匙？你习惯把钥匙放在桌子上吗？"

"你说我新买的玛莎拉蒂钥匙？"

欧浔温柔地转着钥匙，叶蓁蓁发现他看钥匙的样子，就好像在看情人，她疑惑地问："玛莎拉蒂……咦，你的车子不是保时捷吗？"

欧浔的笑容顿时凝固在脸上，他和叶蓁蓁对视几秒，发现她不是故意气他后，一副痛心疾首的模样，"我换车了，就在昨天！我今天接你的车子是玛莎拉蒂！玛莎拉蒂的标志、车型、内饰都和保时捷不一样，你是怎么会把它们混为一谈的！"

叶蓁蓁尴尬地说："都是白色的，我起那么早哪里会注意……你又换车了？公司才有一百多万的利润，你居然又去换车！"

欧浔轻哼一声，“车是男人的面子，你就忍心看到我没脸没皮吗？”

叶蓁蓁冷笑，“如果车是男人面子的话，你的车都已经是防毒面具了！你有两辆跑车，一辆商务车，一辆越野车，还有乱七八糟别的车，你居然还要换车！你是打算买满七辆召唤神龙吗？还有，你说实话，你为什么会把车钥匙拍进去，你是不是故意的？”

欧浔嘿嘿一笑，露出了得意的笑容，“当然是故意的，炫富也要讲究技巧。如果太浅薄地晒货、晒别墅、晒方向盘，会让人在心里骂‘暴发户’，真正有品位地晒，讲究的就是一个‘不经意’。比如我刚才的照片，不经意地晒出了酒店的logo和车钥匙的一角，一方面表现了我的财富，一方面又告诉大家我是一个很有生活品质的人，经常外出度假。还有，刚才和你合照的时候，我往后面退了一点，这样可以显得自己脸小。”

叶蓁蓁真没想到，欧浔在生活里也是那么有“心机”，再一看照片，发现自己挡在欧浔面前果然显得脸大，一下子生气了。欧浔没有看出叶蓁蓁在生闷气，继续热情地传授经验：“一般而言，人的四十五度角最好看，所以拍照的时候不要正面对着镜头，还有，两条腿一前一后，会显得腿长，从下往上拍也有相同的效果……”

叶蓁蓁知道，欧浔是一个对自己形象重视到近乎极致的男人，但是她真的没想到，欧浔在这方面居然会那么有心机！她悄悄记下了这几招，拿出手机甜甜地说：“欧浔，我们再拍几张合照嘛。”

面对叶蓁蓁的请求，欧浔当然满口答应。他又习惯性往后缩，突然感觉到背后有什么硬硬的东西，回头一看，只见叶蓁蓁的手正抵着他的后背。叶蓁蓁看着欧浔，笑嘻嘻地说：“再往后退，我就揍你哦。”

欧浔无语。

于是，叶蓁蓁在欧浔身后各种摆姿势拍照，记录下自己和欧浔的各个表情，不知道自己也成为酒店一处最美好的风景线。他们正自拍得高兴，这时有个女人从他们的别墅门口经过，其实，她根本不可能从花团锦簇的花园里看到什么，但叶蓁蓁偏偏心虚得紧张了起来，她急忙装作撒娇的样子把脸埋到了欧浔的胸口，嘴里说：“讨厌，羞死人家了啦。”

欧浔虽然不明白她为什么突然如此做作，但还是反应迅速，配合地大笑，“啊哈哈，我就是喜欢你这样清纯的女孩子，和外面的妖艳女子不一样！”

当那个穿着长裙的女子走过去后，叶蓁蓁才把脸伸了出来，长长松了一口气。欧浔见她反应怪异，疑惑地问：“刚才那人是谁？”

“没谁啊。”叶蓁蓁装作什么事情都没发生的样子。

“蓁蓁，说实话。”欧浔的脸色阴沉了下来。

“她长得有点像我妈的朋友……不过应该不是，她在法国定居，怎么会在这里呢，呵呵。对了，欧浔，我们在酒店里逛逛吧，看看还有什么有趣的地方。”

叶蓁蓁说着，拉着欧浔的手就要离开，但是没有拉动。欧浔神色黯然神伤，语调也变得冰冷，“你就那么害怕别人知道我们的关系？”

“不是啦……但是我妈真的是……”

叶蓁蓁不知道该怎么解释，如果她谈恋爱的事情被叶如梅知道，叶如梅会掀起怎样的腥风血雨，她的表情却被欧浔认为是心虚。欧浔看着叶蓁蓁，表情突然变得很悲哀，“蓁蓁，这就是你的答案。”

“欧浔……”

“我去游泳了。”

欧浔说着就出了门，叶蓁蓁一个人留在房间里发呆，她真的不知道为什么好好的度假会变成这个样子，和欧浔吵架的感觉实在不好受。她捂住了脸颊，轻声说：“叶蓁蓁，你到底为什么不愿意让别人知道你们在交往？”

和第一次陷入爱河，几乎想让全世界的人为自己祝福相比，她也觉得自己这一次恋爱似乎过于小心谨慎。欧浔的火热进攻让她有些害怕，所以她尽可能地拖延他们的发展进度，更不想让太多亲友知道他们在热恋。仔细想来，欧浔一直在积极努力地让他的家族接受她，她确实显得有些不近人情。

叶蓁蓁，你真是人渣，明明还在热恋，就想好怎么抽身吗？这样的你和其他三心二意的人有什么区别？她对自己说，轻轻叹了口气。

叶蓁蓁知道，这件事到底是她做错了，她应该对欧浔说一声对不起。她想起欧浔气鼓鼓离开的样子就有点心虚，暗想这个小妖精不会躲在角落里哭泣吧，久久都没有找到他的踪影。这时，叶蓁蓁突然看到不远处有工作人员在发传单，好奇地接了过去，发现酒店正在举行“双人厨艺大赛”的互动活动，第一名可以得到一次免费的全身SPA。当看到SPA价值八百八十八元时，叶蓁蓁的小市民意识顿时冒出了头，不假思索地报了名。

叶蓁蓁暗想这个厨艺大赛既有奖品拿，又让她有借口和欧浔和好，实在太棒了，所以很认真地和工作人员确认比赛项目。她和工作人员聊得正开心，突然看到工作人员站起身问好，然后诧异地看到程诺、季琼和几个陌生男人一起走了过来。叶蓁蓁没想到会遇到他们，吓了一跳，先是拿报名纸遮住了脸，然后觉得自己的反应实在太弱智，又急忙不动声色把报纸拿下来。她故意把水笔掉在了地上，借着捡笔避开和他们碰面，没想到一双手抢先捡起了那支笔。叶蓁蓁顺着他骨节分明的手，看到他平静如水的眼眸，尴尬地打招呼："程诺，好巧。"

"蓁蓁，你怎么在这里？"程诺看起来很意外。

在这一瞬间，叶蓁蓁的脑中闪过了很多念头。她发现季琼的衣服和首饰都是大牌的当季新款，再想起自己为了舒服穿的是地摊上买的休闲装，暗恨自己出门的时候没"拍个黄瓜拉个皮"。她突然想起欧浔刚亲身示范了"该怎么样自然清新地装腔作势"，冷艳高贵地一笑，"听说这家酒店新开，我来这里感受下，顺便过个周末。"

"对，这里感觉怎么样？"一个负责人模样的人关心地问。

"就酒店设施而言，当然算新，但是文化氛围略有不足。就拿大厅来说，里面的香水味偏浓，书报栏的报纸摆放顺序有点瑕疵；小型图书馆里面的藏书实在有些欠缺，附近也没有可以饮茶的地方，会让客人有一种压抑的感觉……"

叶蓁蓁把欧浔挑剔的样子学了个七八分，果然让酒店负责人的目光越来越凝重，也把叶蓁蓁当成了深藏不露的酒店专家。他们亲切友好地客套几句后，叶蓁蓁准备昂着头离开，可是工作人员叫住了她："叶小姐，您的报名表请拿好！"

糟了！叶蓁蓁欲哭无泪。

她想抢过报名表，但是程诺和季琼已经发现她报名了厨艺大赛，双双露出微妙的表情来。叶蓁蓁不知道该怎么解释，高冷的白富美会参加这样弱智的比赛，干脆保持沉默。后来，还是季琼打破了沉寂："叶小姐真是精力充沛。"

"是啊，你们也来参加吗？"叶蓁蓁条件反射般地问。

当欧浔再一次从水面上探出头的时候，他潇洒地甩去发丝上的水珠，然后看到叶蓁蓁好像小炮弹一样朝着他冲来。他暗想，只是给了她一点脸色看，这丫头居然会思念他到如此地步，非常自恋地伸开了手臂，叶蓁蓁果然一把抓住了他的手臂，气急败坏地说："欧浔，准备好战斗吧！"

"嗯？"

"这一次，只许胜利不许失败！"

在这一瞬间，叶蓁蓁忘记了她和欧浔还在冷战。她没想到，她只是象征性问问季琼和程诺是不是来参加美食大赛，他们居然满口答应了！欧浔也没想到会再遇到他们，眯起了眼睛，"他们是一起来的？"

"嗯。酒店负责人也在他们身边，可能是来采访，又或者是来谈什么合作。有什么问题吗？"

面对叶蓁蓁担忧的眼神，欧浔微微一笑，"没问题。蓁蓁你放心，我们一定会赢。"

4

当叶蓁蓁和欧浔一起到达比赛现场的时候，已经有几个人在这里等候了。和叶蓁蓁猜测的一样，来比赛的大多是闲得无聊的中年妇女，所以他们四个年轻人显得格外抢眼。主持人是一个年轻小伙，他看起来有点紧张，结结巴巴地说了比赛规则后，让大家抽签分组。他的话音刚落，就有人提出了反对意见："我们是一起来的，我们要一组！"

"是啊，为什么要把我们分开？"

主持人耐心地解释道："我知道阿姨们都很厉害，正是因为这样，为了公平起见，要把大神们分开才有可看性啊。大家放心，凡是参与都有奖品，一个都不少哦。"

叶蓁蓁没想到比赛会有这样的规则，有点担心地和欧浔互看了一眼，如果抽到别人也就算了，大不了和阿姨们一起合作，但是抽到季琼怎么办？没事，如果她使坏，自己就把奶油都涂到她脸上，就这么愉快地决定了！

叶蓁蓁想明白后，突然对比赛期待了起来。她和欧浔一起去抽签，紧张地查看结果，没想到会遇到最坏的状况——她和程诺一组，季琼则和欧浔一组。看到这个结果的时候，叶蓁蓁整个人都好像被雷劈了一样，可看到其他人都兴高采烈的样子，自己也不好意思说重新抽签。季琼主动走到叶蓁蓁身边，微笑着说："叶小姐，如果你觉得不太合适的话，你可以弃权。"

"我为什么要弃权？"叶蓁蓁果然被她刺激了，"不管和谁搭档，我都能赢！"

"是吗，那我就却之不恭了。欧浔，可以一起换衣服了吗？"

欧浔没有理她，拍拍叶蓁蓁的头就离开了。看到季琼和欧浔一起离开的画面，叶蓁蓁的心里突然酸酸的，她一会儿为自己居然被季琼刺激答应了比赛而后悔，一会儿又生气欧浔居然一点儿都不抗拒地跟着季琼离开——这个见了美女就迈不动腿的家伙！程诺递给她衣服，平静地问："在生气？"

"没有！"叶蓁蓁急忙说，"我又不是小姑娘了，怎么会为那么无聊的事情生气。"

"你在生气。"

"没有，没有，没有！"

"你叫什么？"

"我叫不生气！"

叶蓁蓁气鼓鼓地说出答案的时候，看到程诺含笑的眼眸，顿时觉得不好意思了起来，她吞吞吐吐地说："程诺，我看起来真的很可笑，对不对？"

"为什么会觉得自己可笑？"程诺摸摸她的头，"我很羡慕欧浔。"

"啊？"

"我突然觉得，让欧浔和季琼输了，会是很一件很有趣的事情。快换衣服吧，我们一定要拿第一。"

"嗯，加油加油！"

在程诺的鼓励下，叶蓁蓁也觉得赢过这两个自视甚高的人，会是一件很有趣的事情。当厨师告诉他们烘焙的基本知识后，她和程诺一起做起了蛋糕坯。叶蓁蓁从没做过这样的手工，程诺也没接触过女孩子才喜欢的烘焙，所以他们两个人看起来非常狼狈。与他们截然相反的是，欧浔和季琼手法娴熟，配合良好，打出来的蛋液连老师都赞不绝口。欧浔看着叶蓁蓁手忙脚乱从蛋液里挑蛋壳的样子，想起她烤鸡翅神奇的杀伤力，轻轻叹了一口气。这时，季琼已经把容器放到了烤箱里，她看到欧浔的注意力一直在那边，忍不住挑眉，"他们不会赢。"

"也许。"欧浔说。

季琼看出了欧浔的心不在焉，笑着问："欧浔，不管对手是谁，你每一次都要争第一，别告诉我这一次你会放水。对了，听说你接了家庭纠纷的案子？这样的案子既没有利润又费时间，我记得你以前从来不接，更别说委托人还是普通家庭。说真的，你有没有觉得，你的原则现在几乎消失殆尽了？"

察觉到欧浔的目光中带了一丝寒意，季琼没有丝毫畏惧，"欧浔，就算我们不再是合作伙伴，我想我们还是朋友，再不济还有从小到大的情分。也许叶小姐的家庭比我们想象得都要好，但到底是暴发户家族，和你家的氛围并不合适，和你的个性也有天壤之别。当然，你们现在非常相爱，但是一个月后、一年后呢？如果到时候连朋友都没得做，不是很可惜？”

“你到底想说什么？”欧浔的脸上看不出喜怒。

“欧浔，你何必这样委屈压抑自己。”季琼轻轻一叹，“你一向是不管不顾的性子，就算是老爷子也没办法强迫你做不喜欢的事情。你已经为叶蓁蓁改变了很多，我担心你迟早有一天会厌烦，与其这样相忘江湖，还不如……”

季琼的话没有说下去，因为她在欧浔脸上看到了嘲讽的笑容，只觉得心被狠狠揪了一下，然后看到欧浔离她越来越近。他们之间的距离是那么短，就好像情侣一样相互依偎，但是欧浔说的话字字插在她的心口，“妒忌的女人真可怕啊，季琼。”

“你说我在妒忌她？”季琼轻笑，“妒忌这个除了钱之外，一无所有的小丫头？欧浔，你未变太看得起她，也太看低我。”

“那你现在又在做什么？季琼，我早就告诉你，我们从来不是朋友。如果你再说这样的话，以后不要出现在我面前。”

欧浔的决绝，让季琼觉得她好像赤身裸体置身雪地一样，从头到脚都是冰凉。她也知道，她现在在做多么无聊的事情，她这么做只会起到反作用……但是，她怎么可以眼睁睁看着欧浔亲吻别的女人！季琼的理智在瞬间消失殆尽，嘴唇微微颤抖，“你确定她无条件爱你吗？你的那些事情……”

“她知道，她相信我。”欧浔的脸上满是奇异的光彩，“她是千金小姐也好，是穷妞也无所谓；她喜欢无条件帮别人也好，她无条件接单子也无所谓……所谓的原则，那是针对外人的，对她通通不算数。只要她是叶蓁蓁，她在我的身边，那就好。”

季琼看着欧浔，久久没有说话，闭上了眼睛。在一次次被欧浔气到后，她曾经赌气地想，希望欧浔会遇到一个能让他痴迷到丧失自我的女人，现在，她的梦想终于成真，但是她一点不快乐。

欧浔，既然你那么坚持……那么，就让我助你一臂之力。

季琼想着，等她再次睁开眼睛的时候，已经恢复如常，“那么，祝你幸……”

“叶蓁蓁！你是猪脑子吗？烤箱的时间设定有问题！”

没等季琼云淡风轻地表示祝福，欧浔突然咆哮了起来，他阴沉着脸，以光速冲到了叶蓁蓁面前，正好抓住了程诺几乎要触碰到叶蓁蓁的手。他的力气很大，让程诺微微皱眉，也让叶蓁蓁吓了一跳。她看看说明书后，理直气壮地叉腰说："说明书说了要烘焙十五分钟，我哪里错啦！你是不是不想让我赢，故意来捣乱！"

"就凭你烤鸡翅的手艺？你看你的蛋糕里还有碎蛋壳，我需要来捣乱？"欧浔轻蔑地看着她，"走开，我来！看我的！"

"喂，别捣乱！"

叶蓁蓁想要阻止，但欧浔已经自告奋勇为她做起了烘焙。叶蓁蓁一开始不信任他，后来发现他的手法确实比自己纯熟很多，也开始不自觉地为他打下手。叶蓁蓁的厨艺水平很糟糕，但是她和欧浔特别心有灵犀，看到欧浔一个眼神就知道自己该干什么，两个人配合得分外默契。

欧浔见叶蓁蓁总是跃跃欲试的样子，大方地让她尝试一下。他看到她揉面的姿势，简直无法直视，干脆手把手教了起来。本应该是敌对阵营的他们，公然在众人面前秀起了恩爱，更是把他们原本的搭档忘在了一边。

季琼看着他们，觉得眼睛有点酸，冷笑着说："对了，我昨天接到个线索，说是有个家庭纠纷很奇怪：女人怀上了不属于丈夫的孩子，偏偏认为是医院的责任，还去医闹。我觉得这条新闻很有意思，已经安排了记者去写，你通知排版把版面排大一点，我要让它轰动全城。"

"好。"程诺点头，神色晦暗不明。

叶蓁蓁和欧浔正忙着做蛋糕，根本不知道季琼正在盘算什么，迎接他们的又将会是什么样的恶战。在欧浔的拯救下，叶蓁蓁的蛋糕总算没有呈现出诡异的颜色，但就算这样还是没有拿到第一名。眼看着一个阿姨拿了奖牌，兴冲冲去SPA后，叶蓁蓁郁闷地捂住了脸，"唉，做饭真是好难学。"

"一个家庭有一个人会做饭就可以，你不会没关系。"欧浔轻描淡写地说，"晚上想吃什么？"

"蓁蓁，一起吃晚饭怎么样？"

季琼突然走上来，笑着提出邀请，把叶蓁蓁吓了一跳。她没有忘记季琼曾经怎么算计自己，于是暗暗提防季琼到底在盘算什么，所以一时之间没有说话。欧浔搂住了她的腰，替她拒绝："不了，我们要过二人世界。"

"最近你们在查的案子，我们正好也在调查，我以为你们会对一些内幕感兴趣。”

季琼刻意在“内幕”两个字上加重了语气，但是欧浔对这个明显不感兴趣，转身就要走。叶蓁蓁也很想走，但是她的脚就好像黏在了地上一样，怎么也迈不动。欧浔拉了她一下发现没拉动，皱着眉看着她，叶蓁蓁可怜兮兮地说：“要么，一起吃个饭？”

“叶蓁蓁……”欧浔觉得头痛了起来。

“欧浔，一起吃饭嘛。”

叶蓁蓁拼命晃动欧浔的袖子，欧浔简直怀疑她身后即将长出一条尾巴来摇摆着撒娇，她水灵灵的眼睛像极了他小时候养的猫，他发现自己的漫天怒火居然怎么都发不出来。欧浔看了叶蓁蓁许久，终于叹气，“好吧，如果这是你希望的话。”

于是，欧浔原本准备好的二人晚餐，变成了四人约会，饭桌上的气氛也因为大家各怀心思，显得格外怪异。服务员把精致的菜肴一样样放在了桌子上，要是平时叶蓁蓁早就大快朵颐了，但是她看大家没有动筷子也只能干等，后来，还是欧浔率先拿起了筷子，却没有给自己夹菜，而是夹给了叶蓁蓁，“多吃点鱼。”

“谢谢。”

叶蓁蓁最喜欢吃鱼了，对欧浔笑弯了眼睛，她刚拿起筷子，欧浔又淡淡地说：“补脑子。”

叶蓁蓁无语。

欧浔，你在生气，你绝对在生气对不对！可你到底为什么生气？是还在记恨我之前躲着熟人，不想和你公开，还是单纯不想和他们一起吃饭？求明路啊，大神！

叶蓁蓁看着欧浔的脸色，一时之间倒是不知道该不该下筷子，她尴尬的样子让程诺心里很不爽。程诺到底要比欧浔大度得多，为叶蓁蓁夹了山药，“你的胃不好，要多吃点山药。”

“谢谢。”叶蓁蓁忙说。

“上次给你的梅子吃完了吗？要是吃完了，我再去问阿婆买一点。”程诺笑着说。

“不用啦，还有一些呢。对了，那个阿婆现在怎么样？”

叶蓁蓁好奇地问起阿婆的现状，和程诺聊起一些欧浔不清楚的话题，季琼的笑容深了些，欧浔的眉头则越发紧锁。欧浔看到他们相谈甚欢的样子就觉得刺眼，喝了一口红酒，居高临下地看着程诺，“听说你现在是《都市快报》的副主编？”

“是的。”程诺点头，“欧先生有什么指教吗？”

“没什么，只是觉得现在纸媒果然在走下坡路，元老一个个离开报社，出去另谋高就，还真是给了年轻人不少机会。恭喜你，你的未来很有潜力，说不定奋斗个二三十年，会混出头来。”

欧浔说着，拿餐巾擦拭了一下嘴角，显然对面前的菜肴更关心，刚才所说的一切全部是当不得真的客套话。欧浔的态度让叶蓁蓁尴尬，她下意识帮欧浔美化，“你说得对，现在他的同龄人还都在做小员工，很少有人可以一下子做到高管。所以说，只要努力，一切都有可能发生呢。”

叶蓁蓁的本意是想缓和一下欧浔和程诺之间几乎剑拔弩张的气氛，但是她显然高估了欧浔的心胸。欧浔满脑子都是“叶蓁蓁居然帮着她的前男友说话”，再想起她迄今仍没有把他带入她的生活，心里一下子就酸了，嘴巴也开始喷射毒汁：“蓁蓁，你这话我就不同意了，虽然媒体整天宣传‘大家都是在同一条起跑线’，可是有的人一出生就在终点，还有的人却要用尽一生的力气，才有可能到达人家轻而易举就在的高度上。我很敬佩那些出身贫寒、靠自己奋斗出头的年轻人，但是我只希望我的儿女可以踩在我的肩膀上，过着随心所欲的日子——抱歉，我无意冒犯，只是就事论事。”

欧浔口中说着“无意冒犯”，但是他说的每一个字，几乎都指着程诺的鼻子在骂。叶蓁蓁觉得坐立难安，她恶狠狠踹了欧浔一脚，这时听到程诺平静地说：“我很赞成欧先生的看法。我承认，如果可以选择的话，我想每个人都希望出身于富足的家庭，可现实决定了每个人的命运不尽相同。就拿我举例，我的出身和各位根本没办法比，当你们在学习英语的时候，我在家里插秧；当你们学习艺术的时候，我在陪着父亲看病。我只有花比别人更多的时间学习，才可以考上重点高中和大学。我清楚知道，如果我的成绩不好，我再也没有从头再来的机会。我很庆幸，我可以走到如今的地步，让我未来的子女有一个能和你们子女一起喝咖啡的机会。”

程诺的表情是那么平静，叶蓁蓁只觉得心里酸涩无比，她当然知道程诺有多么拼才能走到今天，再想起他们一起奋斗的日子，只觉得一切恍若隔世。季琼也微微动容，认真地看着程诺，“程诺，我提你做副主编，是因为你的专业，也因为你有着与生俱来的天赋。敬你，我相信你的未来，一定会比我们想象得更加辉煌。”

“敬你！”叶蓁蓁也说。

眼见所有人都举起了酒杯，欧浔也只好不情不愿地举杯，他暗想，这个回合居然和程诺打了个平手，一抬眼却看到程诺眸色中挑衅的光芒。这种只有男人才懂的眼神，让他们之间越发剑拔弩张，欧浔决定要真正给程诺一些颜色，让他明白自己对叶蓁蓁的所有权。

欧浔想着，搂住了叶蓁蓁纤细的腰肢，在她耳边轻声说：“少喝点，你没忘记上次吐我妈一身的事情吧？”

叶蓁蓁想起上次的尴尬场景，顿时心虚地放下了杯子。欧浔捏捏她的面颊，意味深长地说：“下次想喝酒也可以，只有我们两个人在的时候，随便你怎么喝。”

“真的？”叶蓁蓁的眼睛立马亮了。

“当然。”

欧浔和叶蓁蓁之间的亲密，让程诺心中一片冰凉，握着酒杯的手也不自觉地加重了力气。季琼的唇角微微勾起，专心致志地看着面前的菜肴，这时听到叶蓁蓁问：“季琼姐，你说你们调查到了一些有趣的资料？可以和我们一起分享吗？”

这个“姐”字让季琼的眉毛一跳，她听到自己的声音带了一丝冷意，“叶小姐，我们确实查到了一些东西，但是因为彼此立场的关系，我也不好透露许多。我只能告诉你，在这件事上医院没有任何责任。”

“怎么可能！那难道是齐美兰和卢少煌搞错了精子？”

叶蓁蓁惊叫出声，吸引了周围好几道好奇的目光，然后她急忙闭上了嘴巴，她想了一会儿，还是坚决地说：“绝对不可能。责任一定是在医院，不然这件事根本不符合逻辑和常理。”

“或者，还有可能是齐美兰从头到尾都在说谎。不说这个了，这道汤味道还不错，要尝尝吗？”

季琼轻描淡写地说着，无论叶蓁蓁如何追问，都不再继续这个话题。叶蓁蓁也只好按捺住性子，暗想等她回去后要找齐美兰问个清楚。四个人各怀心事地吃着饭，尴尬的气氛让叶蓁蓁非常后悔，她一时冲动答应了大家一起用餐，她忍不住想，现在他们是这样麻烦的四角关系，以后还是减少见面为好。她忍不住在脑中幻想，用什么理由可以巧妙退场，终结眼前的尴尬。

她觉得，饭店突然发生火灾不错，欧浔发起了神经病把桌子掀翻也可以，外星人进攻地球所以要赶快离开也是不错的选择……叶蓁蓁正幻想得愉快，突然觉得肚子一阵绞痛，第一反应，就是她和上次吃了烤鸡翅一样，悲催地拉肚子了，暗想今天的蛋糕到底出了什么问题，然后发现肚子痛的感觉和上次有些不一样，觉得有什么东西坠落，再想起今天的日子，觉得脑中一片空白。

所以说，她在出门度假的第一天来了例假……而且，还穿着白色的裤子……而且，还和她生命中最重要的几个人在吃饭……

你好，叶蓁蓁。

再见，叶蓁蓁。

叶蓁蓁的心情要多纠结就有多纠结，她暗想欧浔的塔罗牌绝对出了问题，因为最倒霉的根本不是她最重要的人，而是她自己！她心一横，想熬到最后一个离开座位来掩饰她的尴尬，根本没有听清楚他们又在说什么。当她听到欧浔叫她的名字时，欧浔已经连叫了好几遍，她急忙挤出一个生硬的笑容来。欧浔微微皱眉，发现叶蓁蓁的脸色有些不对劲，“蓁蓁，你怎么了？”

“没什么，我……”

5

叶蓁蓁想淡定地表示自己什么事都没有，但是她的身体不听使唤地变得无力，声音也带了一丝虚弱的味道。她感觉到血液争先恐后地和椅子亲密接触，简直欲哭无泪，她后悔没有吃程诺给她的益母草，现在只想找个地方蜷缩起来。

好难受，好想回去喝热咖啡……

眼见叶蓁蓁捂着肚子，连话都不想说，欧浔的表情一下子凝重了起来，他注视着叶蓁蓁的双眸，再次发问：“蓁蓁，你哪里不舒服？”

“呵呵，我很好啊，可好了。”叶蓁蓁强笑说。

欧浔不愿意再待下去：“反正也差不多了，我们回去吧。”

欧浔说着，就要拉叶蓁蓁的手，但是叶蓁蓁担心被他看到尴尬，飞快闪躲。她低着头，不敢看欧浔的眼睛，“那个，你们吃好饭了就回去吧，我还想再坐一会儿。”

“蓁蓁，到底出什么事了？”欧浔逼问。

“没什么呀，我现在感觉好极啦。”

“叶蓁蓁，你的裤子上是什么东西？天！”

季琼突然发现叶蓁蓁的裤子上渗出血迹，下意识地惊叫出声，然后想到了什么，脸色突然变得煞白。程诺快步走到了叶蓁蓁面前，用冰冷又愤恨的目光看着欧浔，然后紧握叶蓁蓁的手，“蓁蓁，别怕，我现在就喊医生来。”

“啊？”

“不要怕，我在这里。”

程诺对着叶蓁蓁微微一笑，笑容既惨淡又坚决，叶蓁蓁真的不明白发生了什么事，要让他这么如临大敌！欧浔想看看她到底发生了什么事，却被程诺一拳重重打在了嘴角，他踉跄了几步站稳后，愤怒地揪起了程诺的衣领，“小子，你敢打我？”

“人渣！”

程诺的眼神充满掩饰不住的冷漠和蔑视，叶蓁蓁看着他，再看着一脸茫然的欧浔，自己也觉得莫名其妙。她忍着腹痛去拉架，这时服务生尖叫着说：“美女，你不要动！医生很快就来了，你的宝宝会保住的，你不要怕！我在你的身边！”

服务生说着，跑到了叶蓁蓁身边，握着她的手给她力量，叶蓁蓁觉得她整个人都不好了。她没想到，她只是来一次例假，就造成了这样凄惨的状况，更没想到居然会被人误以为流产……难道，难道程诺也以为她流产了？

叶蓁蓁顿时醒悟，程诺为什么会用那样的眼神看着自己，表情瞬间凝固了。她多想站起身大喊她根本没有流产，请不要用那么奇怪的目光看着她，但是肚子疼得越发厉害了。就在这时，欧浔一把推开程诺，把叶蓁蓁打横抱了起来，把脱下的西装披在了叶蓁蓁的身上，为她挡住了众多居心叵测的目光，而叶蓁蓁尴尬地说：“欧浔，你的衣服会脏……”

“难道你觉得衣服会比你重要？”

欧浔淡淡反问一句，抱着叶蓁蓁就往门口走去，但是程诺阻挡了他的去路。程诺的怒火已经在爆发的边缘，“欧浔，你放开她，她现在需要的是医生！”

“我的女人，有没有流产我比你清楚！让开！”

欧浔的话让程诺愣住，他仔细想了下脸色突变，想再去找叶蓁蓁的时候，他们已经不见了踪影。一路上，有无数好奇的目光看着他们，叶蓁蓁只觉得羞愧欲死，欧浔则默不作声地把她的头按在了自己胸前。欧浔的怀抱成了最天然的避风港，叶蓁蓁听着欧浔强有力的心跳，突然很想哭。

我真是个傻瓜。叶蓁蓁默默想着。

她的裤子上一片潮湿，她可以想象出欧浔被她的血迹染到狼狈不堪的模样，再想起欧浔平时近乎洁癖的样子，心里难过不已。她没想到，自己那么丢脸的样子，会被那么多人见到，而且还连累了欧浔……为什么她总是那么蠢，没有丝毫的进步？为什么她从头到尾就是个傻瓜？

当欧浔把叶蓁蓁抱回房间的时候，发现她有点不对劲，叶蓁蓁进了洗手间后很久才出来，脸上依稀还能看得到泪痕，应该是刚才哭了一场。欧浔看着低着头一言不发的叶蓁蓁，满腔的火气也不知道该怎么发，最后轻轻一叹，“还疼吗？”

“疼。”叶蓁蓁可怜兮兮地说。

“这是服务员给你的红糖水，说是有点用。”

欧浔不太习惯和女人谈起生理期的话题，即使那个女人是他的女朋友。他把杯子放在茶几上，不知道还该做些什么，用余光看着叶蓁蓁喝糖水的可怜样子，到底没忍住站起身来，一把把叶蓁蓁搂在了怀里，手放在了叶蓁蓁冰冷的肚子上，“还疼吗？”

“你干什么啊。”

叶蓁蓁只觉得一股热流从腹部传递到了身体，欧浔突如其来的亲密让她吃惊，但理智告诉她，这样的距离实在是太近了，然而温度让她舒服到不想动，推他的手也有些犹豫。欧浔一把握住了叶蓁蓁不安分的手，低沉地说：“叶蓁蓁，我很不高兴。”

“对不起，我给你丢脸了，还弄脏了你的衣服。”叶蓁蓁低着头说。

看到叶蓁蓁在第一时间飞快认错，欧浔勾了勾嘴角，“还有？”

“还有，不该贸然地答应和他们一起吃饭，弄得大家都很尴尬。”

“还有？”

“还有什么？没了啊。”

眼见叶蓁蓁一脸迷茫，欧浔到底没忍住，轻弹她的额头，“你最大的错误是，别人都以为你为我流产了，可是你还不想承认我的身份。叶蓁蓁，你到底在担心什么？”

"我没担心啊。"

叶蓁蓁嘴硬地不想承认，在看到欧浔透亮的眼眸时，心却猛地一跳。她从欧浔的眼眸里，清楚看到了自己的身影，发现他的眼中居然满满的都是她，心突然变得软到不可思议。她伸出手去触碰欧浔柔软的发丝，轻声说："欧浔，对不起。我承认我很胆小，我对我们的未来并不看好，所以我担心到了那一天，有了太多的回忆反而会更痛苦……"

"所以说，你就为了这些无聊的事情担心？"

"啊？"

欧浔并没有像叶蓁蓁想象的那样愤怒地发脾气，又或者温柔地劝慰，表情看起来有些怪异，他深吸一口气，似乎在控制情绪，过了半晌才说："叶蓁蓁，我问你，你能预测到明天会发生什么吗？"

"当然不可以。"

"我可以。我知道，无论是明天，还是明天的明天，又或者是一个月后，一年后……只要你不离开我，我还会爱着你。蓁蓁，我永远不会先挂断电话，也不会先对你说'再见'，在恋爱中你有完全的主控权。我会爱着你，一直到你厌倦的那一天。"

欧浔的话让叶蓁蓁忍不住瞪大了眼睛，她那么近地看着欧浔，突然很想拥抱他，又突然很想哭。她愧疚地想，原来欧浔把和她在一起的每一天，都当成恋爱的最后一天在过，她却因为曾经的伤害，迟迟不敢把自己的心完全交付给他……

叶蓁蓁，你真卑鄙。

你怎么可以因为别人的问题，让欧浔承担本不该承担的后果？

他那么爱你，可是你在做什么？

叶蓁蓁脑中浮现出欧浔把她抱起，为她揉肚子的场景，一把抱住了欧浔，欧浔的身体有些僵硬，迟疑地说："蓁蓁……"

"欧浔，对不起，你说得对，谁都不知道未来会发生什么，更不知道明天和意外哪个会先来……所以，我们只有把握好现在。对不起，我一直为了无聊的事情纠结……不管怎么样，谢谢你一直陪伴在我身边，我爱你。"

当听到叶蓁蓁说的最后三个字时，欧浔的眸色里闪过一道光芒，然后他觉得一个柔软的身体抱住了他。叶蓁蓁把脸紧紧贴在欧浔的胸口，感受着欧浔身上的温度，只想抱着他再也不松手。

叶蓁蓁的怀抱让欧浔的脸慢慢变红，他觉得整个人都好像燃烧了起来，没有什么会比心爱的女人说爱自己更幸福，也没有什么时刻会比现在还要令人迷醉。欧浔实在太激动，只觉得所有的甜言蜜语都说不出口，最后只能尴尬地轻轻咳嗽了一声，“哦。”

“什么啊，我说了那么多，你就说一声‘哦’？”叶蓁蓁不满意地说。

“叶蓁蓁，你知道你今天都错过了什么吗？”欧浔突如其来地开口，“为了和你住在一间房间，我把其余的房间都包了，还订好了两个人的烛光晚餐。我原本打算在用餐到一半的时候，叫上你喜欢的歌星来给你唱歌，然后送给你一张金卡让你随便花花花。到时候，你会很感动，和我一起喝酒，再然后我们可能会做一些脖子以下不可描绘的事情……”

“等等！原来你是想做这个！你这个变态！”

叶蓁蓁没想到欧浔居然会那么无耻算计她，恨不得给他一脚，感动在瞬间荡然无存，随手抓起杯子就朝欧浔扔去。欧浔刚好避过，气急败坏地说：“你听我说完！我没想到，你居然找了那两个家伙吃饭，打破了我的第一个计划；然后，你又来了……打破了我的第二个计划。叶蓁蓁，你觉得这个世界上，有人比我更倒霉吗？”

叶蓁蓁知道她应该生气，但是她看到欧浔吃瘪的神情，不知道为什么特别想笑。她想象着欧浔做了那么多准备工作，却得到这样的结果，心里满是报复的快感，恶狠狠地说：“你活该。”

“不过，我很高兴。”欧浔突然说。

叶蓁蓁呆呆看着欧浔，暗想他是不是因为受到的打击太大，精神出问题了，忽然听到欧浔腼腆地说：“那个，塔罗牌说你最重要的人会倒霉……我那么倒霉，所以我是你最重要的人。蓁蓁，我很高兴。”

他倒霉，等于是她最重要的人……

叶蓁蓁被欧浔的神逻辑震惊了，目瞪口呆地看着他，发现欧浔的表情居然满是说不出的娇羞和温柔。他把毛毯盖在了叶蓁蓁的腹部，轻声说：“蓁蓁，如果哪天我去世了，我希望是你握着我的手。”

“你胡说什么啊，祸害活千年，你才不会死。”叶蓁蓁吓了一跳，忙说。

“傻瓜。”

欧浔轻轻摸摸叶蓁蓁的头顶，笑容充满宠溺，让叶蓁蓁沉醉其中。他的手一直放在叶蓁蓁的腹部，但是他们都知道这一切和情欲没有关系，他只是单纯地想呵护她罢了。叶蓁蓁的酒意慢慢上来，迷迷糊糊地趴在欧浔的肩膀上睡着。欧浔看着近在咫尺的她，由衷地敬佩自己，“欧浔，你可真是柳下惠。”

不过，这样就够了。

只要她在身边，那就好。

当欧浔和叶蓁蓁十指交缠，一起进入梦乡的时候，《都市快报》的印厂正有条不紊地印刷着关于齐美兰事件的报纸。季琼站在印刷机旁，拿起一份还有油墨味道的报纸，淡淡地笑了，“这下，你要怎么做？真是很期待你的反应啊，我的，欧浔。”

第十三章　真相

叶蓁蓁是被电话铃声吵醒的。

听到铃声的时候，她正在做美梦，简直不愿意醒来。她轻声咒骂了一句，迷迷糊糊地睁开眼睛，刚“喂”了一声，就被一双强有力的胳膊搂住了。叶蓁蓁只觉得汗毛根根竖起，小心翼翼地往那个方向看去，映入眼帘的是欧浔赤裸的上半身，她清晰地听到自己咽口水的声音，脸一下子就烧了起来，大脑也停止了运转，这时，叶如梅偏偏追问：“蓁蓁，怎么不说话？你现在在哪里？”

“我，我在家啊。”叶蓁蓁忙回答。

“你和男人过夜了？”叶如梅提高了声音。

1

叶蓁蓁愣住了。

因为还没有睡醒的关系，她的大脑还处于模糊状态，她不知道叶如梅是怎么知道她和欧浔一起过夜了，更不知道她该怎么撒谎来打消叶如梅的疑心！谎言正在脑中迅速编织，她还没想好一个完美的借口，叶如梅下了撒手锏，“蓁蓁，和我视频。”

叶如梅挂断电话后，微信迅速发来了视频申请，急得叶蓁蓁顿时跳了起来。她从来没有像现在这样憎恨科技进步，猛地从床上蹦起，好像没头苍蝇一样在房间里转了一圈，最后决定在卫生间里和妈妈视频。她坐在马桶上，装作睡眼惺忪的样子按了接受键，打着哈欠说：“妈，你一大早要视频干吗，我好困啊，还在上厕所……”

“现在才早上七点，你七点就起来上厕所？”叶如梅不信。

“妈，你也知道是七点啊！你为什么七点就给我打电话！”叶蓁蓁怒了。

叶如梅美目一转，转移了话题，“蓁蓁，你真的没有和男人在一起？”

“真的没有！就我这样，你觉得会有男人和我过夜吗！”叶蓁蓁破罐子破摔地说。

“那倒也是。我的美丽你一点都没有遗传到，偏偏像你爸，真是令人遗憾啊。”

“是啊，真遗憾啊。”叶蓁蓁咬牙切齿地说，“我继续上厕所，以后再聊。”

叶蓁蓁说着就要挂电话，可是叶如梅不让她挂断，叶如梅的脸上带了一层娇羞的红晕，笑吟吟地说：“蓁蓁，如果你有个朋友和你差不多年纪，她的妈妈最近坠入爱河，想和一个男人结婚，你觉得你朋友会祝福她吗？哦对了，她的新爸爸是华尔街精英，长得很帅，肌肉也超棒，还会打网球。”

叶蓁蓁看着叶如梅兴奋的神色，艰难地说：“呵呵，那个精英多大年纪了？”

“今年三十四岁，风华正茂哦。”叶如梅眉飞色舞地说。

叶蓁蓁再也忍不住，一下子从马桶上站了起来，“妈，你何必呢，不就是你找了个年轻的男朋友嘛，你干吗说是你朋友！三十四岁，有没有搞错，三十四岁！我才二十三岁，你要我管一个比我大十一岁的男人叫爸？”

“你可以叫他查尔斯，他不会介意的。”叶如梅说。

“妈，我的亲妈！你今年已经四十六岁了，你找个比你小一轮的外国人，你自己觉得靠谱吗？还有爸，你让我怎么面对他？”

叶蓁蓁很少提起司惠民，叶如梅诧异地挑眉，知道叶蓁蓁这次是真的着急了。她可以理解女儿的心情，但是听到叶蓁蓁提起司惠民就心里不爽，“叶蓁蓁，我和你爸都离婚那么久了，你为什么还要考虑他？你爸的红颜知己也不少，你这是区别对待吗？”

叶蓁蓁头痛地说：“妈，我不干涉你交男朋友，但是结婚的话还是慎重点吧！人家那么年轻，万一他有什么别的心思，想谋财害命什么的，你觉得你是他的对手吗？”

叶如梅久久没有回答，有一瞬间叶蓁蓁居然会以为叶如梅肯听她的劝告，她满怀期待地看着叶如梅，只听到她若有所思地问：“蓁蓁，你是不是……在妒忌我？”

叶如梅的出言不逊让叶蓁蓁呆若木鸡，她真不知道，她的亲妈怎么会有这样不靠谱的想象力，虽然她确实很羡慕亲妈的吸引力……呸呸呸，可这根本不是妒忌啊！

“妈，我这是在关心你，我为什么要妒忌你？我……”

“蓁蓁，好了吗？”

就在叶蓁蓁铆足力气要和叶如梅争论的时候，洗手间的门突然被推开，赤裸着上身的欧浔走到了叶蓁蓁的面前。叶蓁蓁从没觉得时间流逝得那么缓慢过，她可以清楚看到叶如梅诧异的眼神，微张的嘴唇，还有欧浔朝她手上看去的目光……她的手一松，手机就这样掉到了马桶里。面对欧浔异样的眼神，叶蓁蓁讪笑，“那个，我说我手滑了，你信吗？”

“蓁蓁，你想买新的手机不用那么拼。”欧浔语重心长地说，没有追问下去，“要不要一起吃早餐？”

“好。”叶蓁蓁红着脸点头。

直到现在，她还不敢相信自己居然和欧浔一起过夜了，而且这一晚睡得还不错。她后知后觉地担心，她睡觉的时候会不会打呼磨牙，会不会说不该说的梦话，看欧浔的表情简直是满脸的欲言又止。欧浔为她端来了热粥，看着她一脸纠结的样子就觉得好笑，轻哼一声，“叶蓁蓁，我很理解，你被我的身材惊艳到不知道该说什么的心情。”

“胡说什么啊，好烫……”

叶蓁蓁惊吓之余被热粥烫了一下，急忙皱着脸呼哧呼哧吸气。欧浔摇摇头，一脸鄙视地说：“你怎么连这点小事都做不好？”

他嘴上鄙视着叶蓁蓁，却拿过了碗筷，把粥吹凉后喂她。他一口口地喂，叶蓁蓁一口口地吃。她突然觉得欧浔再这样对她好下去，她简直会丧失应有的自理能力。她感动地看着自己的男朋友，听到欧浔愉快地说：“蓁蓁，我要对你好，把你宠成一个离开我就什么事都做不了的智障，那样你就不会跑了。”

叶蓁蓁无语。

“这红枣粥对你的身体好，回去后你要坚持每天喝。我昨天问了家庭医生，你经常痛经的话，最好找中医调理一下，一回去我就带你去医院。还有，我看你最近长了几颗痘痘，有种产品对痘痘很有用……”

看着欧浔絮絮叨叨的样子，叶蓁蓁觉得他和自己记忆中那个高冷的危机公关专家简直是判若两人，撇撇嘴，懒得搭理欧浔，顺手拿起桌上的新报纸，翻了几页后愣住了。她看着硕大的标题，一下子站起来了，“他们去报道齐美兰的事情了。”

“什么？”欧浔没有听清，一边给面包抹果酱一边问。

“季琼和程诺，他们报道了齐美兰去医闹的事情！”

“该死。”

欧浔咒骂了一声，迅速拿起报纸看了一眼，然后站起身来。他往门口走了几步后，犹豫地看着叶蓁蓁，“蓁蓁，你的身体支撑得住吗？”

“我是来了例假，不是断手断脚！当然可以，快走！”叶蓁蓁彪悍地说。

他们急匆匆地从酒店赶回了S市，刚回到公司门口，发现齐美兰正满脸泪痕地站在门外，她的女儿欢欢则一脸疑惑地看着她。叶蓁蓁看到欢欢懵懂的样子就觉得心疼无比，急忙给欢欢拿了玩具，还为她开了电视机看动画片。欢欢时不时因为动画片里好笑的剧情笑出声来，齐美兰颤抖着手，压低了声音问：“叶小姐，你答应帮我的，为什么报纸会报道我的事情？我听说你们还收了医院的钱，是不是这样？”

“美兰姐，你听我解释……”

叶蓁蓁一想起欧浔同时接了医院的单子，就觉得心虚又头痛，急忙安抚齐美兰的情绪，但是收效并不大。齐美兰根本不听她的解释，沉浸在自己的世界里，她默默流泪，不住地说：“为什么，为什么所有人都背叛我，没有人帮我，为什么……”

齐美兰的泪水没有停歇，又不敢让女儿知道她在哭泣，压抑的抽泣声让叶蓁蓁的心里非常难过。她看着欧浔，恨恨地说：“现在你满意了？”

欧浔没有说话，自顾自喝着咖啡，似乎对一切都漠不关心。叶蓁蓁坐到齐美兰的身边，费了不少口舌，终于弄清楚了她最近都发生了什么事。

原来，齐美兰的婆婆和小姑来了以后，和往常一样对齐美兰诸多挑剔，她都默默忍耐。齐美兰可以忍受卢母诡异的生活习惯，也可以忍受小姑子卢晓华不干净的手脚，但是当卢晓华看到欢欢，轻声嘀咕“这小杂种怎么还在家”时，齐美兰彻底崩溃了。虽然当时卢母一反常态地制止了卢晓华的絮叨，齐美兰还是控制不住地怒骂：“你怎么说话的，你有没有家教？谁是小杂种？”

“妈，你看她骂我！我不活了！”

卢晓华又哭又闹，后来干脆在地上趴着不肯起来，她话里话外暗示齐美兰偷人才会生下孽种，把欢欢吓得哭了起来，蜷缩在齐美兰怀里不肯睁开眼睛。

齐美兰看着欢欢的样子，只觉得心酸无比。她不愿意下半辈子戴着“偷人”的帽子，于是违反了和叶蓁蓁的约定，再次去医院闹事。她逼着医院给她开“搞错精子”的证明，当然和前几次一样一无所获，还被保安警告说不许再来。医院、家庭给她的双重打击，让她几乎生无可恋，只有欢欢是她坚持活下去的勇气。她没想到，今天报纸上又登出了关于她医闹的新闻，所有人都知道欢欢不是卢少煌的亲生孩子……

“我死无所谓，但是欢欢是无辜的！现在她就是个笑话，在幼儿园里没有任何小朋友和她一起玩！你们必须给我解决，不然我就死在你们公司！”

齐美兰说着，抓住了桌上的水果刀对准了咽喉，吓得叶蓁蓁急忙上去抢，她一手劈掉了齐美兰的刀子，生气地说：“欢欢还在这里，你这是做什么，要让她眼睁睁看着妈妈死在她面前吗？你连死都敢，还有什么不敢做的！”

叶蓁蓁被齐美兰气得浑身发抖，欧浔终于有了反应，他站起身，淡淡地说：“齐小姐，你死在我们这里，还不如去医院跳楼更有价值。到时候，你可以当着记者的面，控诉你的丈夫、婆婆和小姑，你的污点也会因为‘死者为大’不被提起。多完美的计划，你快去做吧。”

“欧浔，你别胡说！她已经很难受了，你还火上浇油！”

叶蓁蓁没想到欧浔不劝解反而冷嘲热讽，忍不住朝欧浔发火，欧浔冷笑一声继续说：“到时候你死了，你丈夫因为舆论压力离开这个城市，你觉得你那个和他没有血缘关系的孩子会怎么样？啊对了，你的父母可以帮忙抚养，反正他们已经养大一个不负责任的女儿了，再养一个就算继续养歪总会比第一个好。要去快点去，不然我们就下班了。”

欧浔不耐烦的态度让齐美兰终于失声痛哭，欢欢害怕地看着她，犹豫了很久，最后还是朝她走去，一把抱住了齐美兰，齐美兰搂着女儿柔软的身体，终于把那么久的痛苦发泄了出来。欢欢拿肉乎乎的小手为齐美兰擦拭泪水，轻声地说：“妈妈不哭，欢欢乖。”

“欢欢，我的欢欢……”

女人是柔弱的，但是母亲是坚强的，齐美兰无法想象，如果自己真的死了，欢欢会有什么样的下场。欧浔看着她的眼睛，再次逼问：“齐小姐，你想要我们帮你，那你必须说实话。你到底，有没有背叛过卢少煌？”

“我……我和一个男人，有过一夜情。”齐美兰终于承认。

2

叶蓁蓁想，如果现在去照镜子的话，她的脸色肯定很难看。她简直不敢相信，信誓旦旦说自己没有出轨的齐美兰，居然一直在骗他们。她不可置信地看着齐美兰，发现欧浔露出了“果然如此”的微笑。她知道，他浑身的每一个细胞都在嘲笑她的天真，心里也不舒服了起来。

齐美兰的遭遇和她的弱势，让叶蓁蓁从一开始就代入了太多私人情感，她发自内心地同情她，相信她所说的每一个字。她曾经问过齐美兰到底有没有背叛的问题，但是齐美兰斩钉截铁说没有，这一切把她的调查带到了错误的方向。现在，齐美兰告诉她，她确实背叛过，欢欢可能是别人的孩子？搞什么鬼！

“叶小姐，对不起，我撒了谎。真的，很抱歉。”

叶蓁蓁一脸铁青地听着齐美兰讲述，发现齐美兰的故事很简单也很不可思议。原来，她和卢少煌几年前一起去外地进货，和供应商在饭局上喝多了酒，没想到第二天醒来的时候发现她身上的衣服都被脱光了。她庆幸卢少煌喝多了酒彻夜未归，这件事也成了她埋藏在内心深处最大的秘密。因为愧疚，她加倍对卢少煌一家好，却没想到一个月后，她发现自己怀孕了……

因为同时在做试管婴儿的关系，齐美兰不知道这孩子到底是卢少煌的，还是陌生人的。她一直祈祷欢欢是卢少煌的孩子，生下欢欢后，见她眉眼和卢少煌有几分相似，终于放下心来，却没想到现实给了她狠狠一巴掌。她想把这场噩梦埋藏在心里，努力不去想起，更是对叶蓁蓁撒了谎。可是，根本瞒不住了……

齐美兰失声痛哭，哽咽的声音让叶蓁蓁的心里不太好受。叶蓁蓁心里非常同情齐美兰，但是她只能硬着头皮问下去：“美兰姐，你有当时那人的……联系方式或者任何信息吗？我需要去调查下，他到底是不是欢欢的父亲。还有，你现在的诉求还是要维系婚姻吗？”

齐美兰迷茫地看着叶蓁蓁。

她是经人介绍找到了叶蓁蓁，虽然花了五万元，却收获了许多她意想不到的东西，她学习了穿衣打扮，知道了现在的流行趋势，生活中除了老公和孩子之外终于多了一点别的东西。她看着叶蓁蓁，似乎看到了几年前的自己。

那时候，她也刚毕业，虽然没有什么钱，用的都是便宜货，但是目光中满是自信的色彩。那时候，她的梦想是做酒店行业的高管，却只在酒店做了一年的行政，就因为经济问题辞职开店……卢少煌实现了他出人头地的梦想，可她的梦想呢？难道她这辈子，就要这样过吗？

齐美兰想着，声音十分游离，“叶小姐，我按照你的计划，把自己打造成贤妻良母。以前卢少煌不回家的时候我还会吵架，但是现在，我什么都不管，什么都不问，他反而对我比以前好了一些。周末的时候，我故意把他的手机关机，那小三儿果然着急了，礼拜一到店里大闹了一场。当时赵先生也在，卢少煌非常生气，和她大吵一架，发誓说以后再也不和她联系了……”

“他亲口说，不再和何音联系了吗？这倒是一个不错的进展。”叶蓁蓁下意识说。

齐美兰苦笑，“或许是真的厌烦了她，又或许是为了在赵先生面前把我稳住，谁知道他在想什么呢？呵呵，他已经不是当年那个卢少煌了……叶小姐，你知道吗？昨天我来了例假，我让他给我倒杯水，他很不耐烦地说他工作太累，我闲在家里没事，自己倒水就好……在这一瞬间，我突然觉得一切都没有意义了。”

“美兰姐……”

“以前的他，就算没有钱，总是会记得我生理期的日子，他会在那一天给我倒热水，不让我吃凉的东西。有空的时候，他会带着我爬山、去图书馆，我们有着说不完的话题……就算再不甘心，我必须承认，一切真的都变了。他变了，我也变了，他不再爱我，我也成了一个彻头彻尾的家庭妇女。就算是被媒体报道，明知道我受了那么大的委屈，他还是离开我去上班了。我们现在已经没有爱情了，折腾下去还有意思吗？”

看着一脸灰心的齐美兰，叶蓁蓁不知道说什么好。细节打败爱情，同为女人的她很理解，为什么齐美兰可以忍耐卢少煌的出轨和冷漠，却突然在一杯水的面前醒悟了。叶蓁蓁轻叹一声，“美兰姐，那你有什么打算？”

“如果离婚，我会怎么样？”

叶蓁蓁并不意外她会提出这个问题，忙说：“卢少煌的财产调查已经差不多了，你们的共同财产是一个面店、一套住房，还有二十万的存款，此外他婚后瞒着你置办的房产也能列入共同财产范畴。如果走法律程序，你又得到欢欢抚养权的话，你很可能分到两套房产和每个月两千元左右的抚养费。”

“如果不走法律程序呢？”齐美兰问。

“我们拍下了卢少煌和何音在一起的照片，我们会把照片寄给他，留下线索让他怀疑是他的竞争对手干的，他绝对不会怀疑到你头上。赵先生很重视他的婚姻状况，他为了事业应该不敢闹大。如果他希望和平分手，一定会给你比较丰厚的条件。”

齐美兰想了一会儿后，终于说：“我想和他离婚，越快越好，财产多少都无所谓。不过，他既然想拿赵先生的钱，又怎么会松口离婚呢？”

“这个我们来想办法。”叶蓁蓁坚定地看着她，“相信我，一定可以让你如愿。”

叶蓁蓁的胸有成竹终于给了齐美兰安全感，她轻叹一声，“比起离婚来，我更想知道真相。我想知道，欢欢到底是谁的孩子。”

“好的，美兰姐，我们会去调查这个，还请你不要表露出离婚的意愿，然后把监听器放到卢少煌的随身物品里。”

叶蓁蓁说着递给齐美兰一个针孔摄像头，齐美兰郑重接下，“我会办到的。不好意思，我考虑了一下，我想去酒店做前台，可以吗？”

“当然可以。”

虽然很诧异齐美兰居然会选那个最辛苦的工作，叶蓁蓁还是立马和对方联系了一下，安排齐美兰近期去面试。齐美兰离开后，叶蓁蓁暗想，齐美兰终于愿意毫无保留地交代一切，悄悄松了一口气，却也悲剧地发现，她面对的问题真是很棘手。

与一开始的需求不同，齐美兰现在希望尽可能快地离婚，但是因为赵先生的存在，卢少煌肯定并不想现在和她分手。就算齐美兰不计较能分到多少财产，但是这饭店是在她娘家财产的基础上开起来的，为什么要便宜了卢少煌？到底怎么样才能让她顺利脱身？

叶蓁蓁冥思苦想也想不出特别好的方法，只好求助地看着欧浔。她希望欧浔指点迷津，可欧浔只是微微一笑，“蓁蓁，你现在已经是正式员工。这个单子是你接的，你有绝对的主动权，我不能用我的方式来限制你的发展。”

“能把不帮忙说得那么好听，真是有前途。”叶蓁蓁低声说。

“你说什么？”

“没什么……如果是你，你会怎么办？”叶蓁蓁忍不住问。

“你真的想知道？”

“嗯。”叶蓁蓁认真点头。

欧浔放下咖啡杯，“不管事情的起因经过是什么，目前齐美兰希望离婚，而眼下最大的难题就是卢少煌不愿意离婚，也不一定想放弃孩子的抚养权，所以，一切要从如何离婚作为突破口。你已经找了那个第三者，这是不错的发现，但是还不够，远远不够。男人，不一定会为了爱情离婚，但是一定会为了亲情和事业离婚。如果让我来做，我会在事业上给他沉重的打击，让他必须通过离婚来躲避债务。”

叶蓁蓁眼前一亮，“你的意思是故意让饭店背负债务，然后让卢少煌离婚？可是齐美兰怀错孩子的真相又怎么找？”

欧浔的食指轻轻敲击桌面，“至于齐美兰，她最好的结局，就是让医院给百八十万的封口费，她可以去外地开始新生活，没有人认识她，也没有人认识欢欢，完美。”

“赔钱了事，就好像你当初收买顾河一样吗？”叶蓁蓁皱眉，“美兰姐她不要钱，要的是一个公道和一声道歉！”

“顾河当初也是这么想的，后来她选择了正确的道路。”欧浔意味深长地说。

欧浔的话让叶蓁蓁无法反驳，她沉默了一会儿后，还是不甘心地说：“不是每个人都会做一样的选择。”

“但是她们有知道有可能获得利益的权利。”

叶蓁蓁几乎要被欧浔说动了，怀疑地看着他，“你怎么会那么好心告诉我这个？按照你的性格，你应该怂恿美兰姐多和医院闹，你才能在两边多赚钱啊。”

“蓁蓁，你真是了解我。”欧浔满意地点头，“我当然希望她把事情闹得更大，这样才能多收取医院方的佣金，可是这一次不行。”

“为什么？”

“没为什么。有钱，任性。”

欧浔给了叶蓁蓁一个令她吐血的答案。叶蓁蓁看着欧浔躲闪的眼神，总觉得他瞒着她什么事，她想了很久，疑惑地说：“别告诉我，你也在可怜美兰姐。”

“你觉得我会可怜那种轻视自己生命的女人吗？”欧浔不屑地冷哼。

“那是什么让你变了一个人？难道是因为……欢欢？”

当叶蓁蓁说出那个名字的时候，她发现欧浔的表情有了轻微的变化。欧浔用不耐烦掩饰他被戳穿的心虚，“呵呵，很有趣的想象力。”

“欧浔，你是不想看到欢欢没有妈妈吧。哇，你真是一个心软又善良的男人呢。”

“叶蓁蓁，请不要羞辱我。”

面对叶蓁蓁热情洋溢的赞美，欧浔没有得意扬扬，反而有些不自然。叶蓁蓁当然知道欧浔这是害羞了，嘻嘻一笑，“欧浔，你变了。”

“什么？”欧浔一怔。

“刚认识你的时候，我觉得你就是一个不折不扣的混蛋，虚荣、拜金、不择手段……啊呀，你别这样看着我，我是欲扬先抑。欧浔，你现在真的变了，你可能还是个混蛋，但是比以前多了人情味，我真喜欢现在的你。”

“哦。”

叶蓁蓁突如其来的热情让欧浔不太自在，但心里又爱极了这样的感觉，只好装作云淡风轻的样子来维持自己的沉稳形象。其实，他也意识到，他确实变了，他不再会为了案子不择手段，也会稍微考虑下别人的想法，真是令人讨厌的改变啊……不过，她喜欢就好。

“蓁蓁，晚上想吃什么？”欧浔挑眉。

“火锅！”叶蓁蓁立马举手。

叶蓁蓁觉得，除了查和齐美兰发生关系的那个供应商有点麻烦外，其余都顺利到了极点。

和程诺恋爱时，她曾经很享受两个人之间宁静又默契的气氛，但是与欧浔恋爱时，她觉得每一天都充满了激情和惊喜。他们上班的时候一起讨论工作，有时候会因为意见不同争得面红耳赤，却会因为一个吻轻易和好；他们下班了以后经常腻在一起吃饭、聊天，欧浔带着她吃遍了全城最棒的餐馆，也会在半夜三更按响她家门铃，把她从被窝里拖出来看日出。叶蓁蓁习惯了有这样一个男人一直陪伴在自己身边，忍不住想，就这样一辈子下去也不错。

和欧浔一辈子在一起……啊呀呀，真是太不好意思啦！

叶蓁蓁娇羞地犯着公主病，也没有忘记帮齐美兰找寻欢欢的亲生父亲。当阿威终于找到供应商资料后，她立马去隔壁城市出差，用免费理发的借口要到了供应商张叔的头发和血液。她怀着复杂的心情去验了欢欢和张叔的DNA，却没想到得到了一个意外的结果——排除两个人的亲子关系。当得知这个结果的时候，叶蓁蓁猛地站了起来，齐美兰也不可置信地捂住了嘴巴，“什么？鉴定结果怎么会是这样！你们，你们有没有搞错！”

亲子鉴定所的专家再三表示，结果绝对不会有错。齐美兰惨白着脸坐在椅子上，想不通为什么会这样。叶蓁蓁也愣住了，再三确认，“美兰姐，我没有窥探你隐私的想法，但是你必须对我说真话。除了这个大哥，你真的没有……”

“没有，绝对没有，如果我说谎让我出门被车撞死！”齐美兰坚定地说。

齐美兰神色的痛苦和决绝，让叶蓁蓁再次相信了她。叶蓁蓁轻咬嘴唇，“那么，只有一个可能了。走吧，我陪你去医院。”

叶蓁蓁知道事情到了这一步，不可能像她之前所希望的那样和平解决，一场争论在所难免。她也知道，她和齐美兰两个人要一起面对医院实在太过弱势，再加上对方还有个比狐狸还狡猾的“军师”欧浔……

可是，这是她接的单子，她跪着也要做完！要知道，她再退出的话，齐美兰可能真的会……

“不管发生什么事，我会一直陪在你身边。”叶蓁蓁给齐美兰勇气。

叶蓁蓁怀着悲壮的心情，和齐美兰一起去了医院。叶蓁蓁吸取了齐美兰大闹办公室被赶走的教训，暗想这一次直接找到医院的王院长，把他攻克才是最佳方案。她没办法无耻到借着欧浔的关系去见王院长，于是试探性地打电话让程诺帮忙联系，没想到程诺没有问原因就愿意帮忙。叶蓁蓁又感动又愧疚，轻声说：“王院长知道你为我们牵线的话，可能会生你的气。”

“这是我的问题，我会解决。蓁蓁……”

电话那头，程诺似乎在说什么，但是被喧闹的声音盖住了。叶蓁蓁又“喂”了一声，不好意思地说她刚才没有听见，程诺平淡地说：“没什么……过几天是我的生日，如果方便的话，可以来吗？不方便的话就算了，没有关系。”

“我……我一定来！”叶蓁蓁忙说。

“好的，到时候发时间和地址给你。我还有事，先挂了。”

程诺说着挂断了电话，抬头看着湛蓝的天空，微微一笑，“程诺，故意让她欠人情，然后提出见面，你真卑鄙。”

但是，只要再能看到她……那就卑鄙下去吧。

叶蓁蓁并不知道程诺的心思，满脑子都是如何才能说服院长答应她们的请求。王院长因为程诺的关系接见了叶蓁蓁一行，疑惑地看了叶蓁蓁一眼，在看到齐美兰的瞬间，一下子就变了脸色，“你们是来闹事的吧，出去，出去！保安在哪里？”

叶蓁蓁没想到，齐美兰已经闹到人尽皆知的地步，急忙笑嘻嘻地说：“院长，我们今天不是来闹事的，只是想和您谈一谈。”

“我们没什么好谈的，你们走吧。”王院长不耐烦地赶人。

“王院长，那就对不起了。”

叶蓁蓁说着，用口型对齐美兰说出“跳楼”两个字。齐美兰反应迅速，拿出了她撒泼的本事，作势要在王院长面前跳下去。王院长虽然见惯了医闹，但那都是作势要来打医生的，还没见到有人自己寻死觅活，一下子就慌了神。就算明知道这可能是演戏，他也不能眼睁睁看着有人在他自杀，头痛地大喊：“你们这是做什么，是在威胁我吗？”

“是啊。”叶蓁蓁正直地点头，“院长，如果可以的话，我们都不想闹出那么大的丑闻。没办法，我的委托人精神状态很不好，总是想自杀，我也拦不住。”

“你们到底想怎么样？”

“所以，可以好好谈谈吗？”

在叶蓁蓁的“一哭二闹三上吊”政策下，王院长终于无奈地答应和他们谈判，但表情看起来极其不耐烦。叶蓁蓁知道，不下一记猛药不能让他改变态度，所以她深吸一口气说：“王院长，我们真的不是为了给医院找麻烦，也不是为了赔偿费。你想象一下，一个你抚养了那么多年的孩子，突然发现不是丈夫的亲骨肉，还被诬赖出轨，是个人都会崩溃。美兰姐的老公要离婚，她现在也身败名裂，她真的走投无路了。”

“这也和我们没关系啊！医院不可能搞错，绝对不可能！”王院长愤怒地说，“咦，我看你怎么那么眼熟啊，是不是在什么地方见过？”

叶蓁蓁哪里敢让他知道，自己和欧浔是一伙的，急忙顺毛捋，“您说得对，但是我们已经排除了其他所有可能性。我们可以承诺，不管是不是医院的责任，我们都不会找医院麻烦，我们只是想找到孩子的亲生父亲罢了。”

王院长没想到叶蓁蓁会提出这样的意见，和她对视很久，似乎在思考能不能相信她。叶蓁蓁捏了一下齐美兰的掌心，齐美兰虽然痛苦但还是说：“是的，我保证。我现在就可以签署，放弃追究责任的协议，只要你让我知道，当时到底有哪些人可能成为我孩子的……父亲。”

齐美兰说出最后几个字的时候是那么艰难，王院长看她的表情终于多了一丝同情，思考了一下也终于松了口。因为做试管婴儿的人并不算多，他很快就派人拿出了齐美兰做试管婴儿时，从时间上来说有可能会搞混的男人的资料，一共有五个候选人。齐美兰颤抖着手拿过了资料，知道这里面很可能有她孩子的父亲，怎么都不敢看一眼。叶蓁蓁心里轻轻叹息，帮她记住了资料上的信息，真诚地感谢王院长：“王院长，谢谢您。您放心，我们答应的一定会做到。”

“那就好。”王院长不快地说。

离开医院后，齐美兰站在车水马龙的路上，看起来非常茫然。叶蓁蓁知道，她的年纪大了，事业都在卢少煌的手里，孩子不是卢少煌亲生，很可能离婚也拿不到什么东西……叶蓁蓁暗想，绝对不会让她那么狼狈地退场，小心翼翼地问：“美兰姐，你有什么打算？”

“我还能有什么打算。”齐美兰苦笑，“我现在只是想知道真相和离婚，其他一切都无所谓了。”

“美兰姐……”

齐美兰看着叶蓁蓁担忧的表情，只觉得心中一暖，“你放心，我不会做傻事。不管怎么样，欢欢都是我的女儿，我不能让她没有妈妈。对了，你给我介绍的工作我下周就去上班，真的谢谢你。叶小姐，真是辛苦你了，你为了我一直忙里忙外……能遇到你，真是我的福气。”

没有什么会比客户的夸奖和感激更令人暖心的了，叶蓁蓁看着齐美兰比以往坚强的神色，笑着说：“不客气，这是我的工作。”

3

和齐美兰告别后，叶蓁蓁的心情一直不太好，只要一想起欢欢的生父问题，她总觉得心里好像压了一块巨石一样沉甸甸。她知道不该陷入委托人的私人情感里，为了缓和情绪，她去咖啡店买了一杯咖啡，甜腻的味道让她的身体也变得温暖了。她坐在咖啡店往外看，看着大街上行色匆匆的人群，突然有了一种恍如隔世的感觉。

不知不觉，她的新工作已经做了半年多，半年对于学生而言，只是弹指一瞬间，但是她感觉就好像过了一个世纪一样。她从没想到，她可以通过这个职业完成“帮助别人，让大家都开心”的梦想，更没想到她可以成长到如今的地步。

欧浔，欧浔，还记得刚见面的时候，我说过要打倒你，但是现在我成了你的女朋友。这个世界真是好神奇，我们永远不知道明天会发生什么。也许有一天，我们会结婚；也许有一天，我们会成为互相咒骂的前任，但是不管怎么样，现在我们在一起就好。

真是，好想你呀……

叶蓁蓁突然很想知道欧浔在做什么，刷了一下朋友圈，看到他晒出在湖边打高尔夫的照片，忍不住笑了起来。她几乎可以想象他是怎么摆好姿势，力求完美地拍出这张照片，也开始思考在圣诞节的时候，要不要送给他一套高尔夫球杆作为礼物。就在她放空脑袋的时候，突然有人坐在她身边，惊喜地问：“你是叶蓁蓁吗？”

叶蓁蓁回过神来，看着面前的姑娘，犹豫地说：“对啊。你是，你是姜虹学姐吗？”

“是啊，真是好久不见。最近在忙什么，你是不是毕业了？”

这个叫姜虹的女人比叶蓁蓁大一届，性格开朗豪爽，在学校的时候对她一直很照顾，只是工作后和她的联系渐渐少了。叶蓁蓁看到姜虹也很激动，和她说了许多学校的事情，最后姜虹笑嘻嘻地说：“明天是程诺的生日，你会去吗？”

“会……吧。”叶蓁蓁不确定地说。

“蓁蓁，你那么尴尬做什么，虽然你们分手了，但还是朋友，大家一起聚聚也没什么。我听说有几个同学都从别的城市赶过来了，咱们下一次聚会也不知道是什么时候，你可别错过了。”

“我知道了。”叶蓁蓁微微一笑。

叶蓁蓁和姜虹聊了一会儿，互换了联系方式就告辞了。她后知后觉地发现，她似乎应该给程诺买份生日礼物，她当然不能送皮带、钱包这样“女友专属”的礼物，想了半天觉得送个IPAD既实用又不会很亲密，还可以作为感谢程诺帮助她联系王院长的谢礼。

叶蓁蓁买好礼物，回到办公室后，发现欧浔也在。她向欧浔汇报她今天的工作，说了半天，发现欧浔的心思好像不在自己身上，脸色也有些奇怪。她停止了讲话，注意到欧浔的眼神一直在他面前的书籍上，但是过了很久，他都没有把书翻动一页。叶蓁蓁很少看到这样魂不守舍的欧浔，小心翼翼地问："欧浔，你怎么了？"

"什么？"

欧浔终于从迷茫的状态中走了出来，一脸凝重地看着叶蓁蓁，让叶蓁蓁的心猛地一跳。她心里不好的预感越发强烈，放缓了声音，"没什么，我看你的脸色好像有点不太好，是今天打高尔夫球的时候吹到风了吗？"

"蓁蓁。"欧浔突然叫她。

"啊？"

欧浔突然抱住了叶蓁蓁，力气大到让她觉得欧浔想把她揉到骨头里。叶蓁蓁心想，这家伙又开始犯病了，摸摸他的头发，用哄孩子的语气说："欧浔小宝贝，你怎么了，是不是心情不好？告诉我，我给你出气好不好？"

"蓁蓁，你拿我当欢欢哄？"欧浔压低了声音问。

"嘿嘿，不要那么认真嘛……到底出什么事了？"

出什么事了？欧浔想。

也不是什么大事，最多是病情……越来越糟糕罢了。

前几天，他发现自己的记忆力有些下降，以为是最近太辛苦的关系，却没想到一切在今天恶化了。他和客户一起在打高尔夫球时，突然不记得自己在哪里，准备要做什么，脑袋也一阵剧痛。他强撑着去找王皓，告诉了王皓他最近发生的事情，王皓的表情出奇严肃。王皓为他做了详细检查，最后说："欧浔，你要有心理准备。你的病，可能恶化了。"

"恶化……"

当欧浔听到这两个字的时候，心情不知道为什么这么平静，唇角甚至勾起了一个嘲讽的弧度。王皓知道他心里不好受，轻轻一叹说："我们是朋友，所以我不会瞒你。其实，在你只记得叶蓁蓁的时候，我就有过这方面的猜测，但是没想到一切真是朝着恶化的方向发展……你脑部的生理结构发生了变化，你的记忆损失会越来越严重，直到你……"

"成为白痴吗？"欧浔冷笑。

王皓微微停顿后，笑着说："没有那么严重，但是你会慢慢不记得很多人，包括我，也包括叶小姐。"

“你可以直接告诉我，有什么方法可以治疗或者建议我去哪里度过下半生。”

“我的老师做过类似的手术，有个和你一样的病人恢复了。”王皓说，“我必须告诉你，他一共做了十八台这样的手术，可是只有一个人恢复。”

“你的意思是十八分之一的概率？还可以，总算不是百分之一。”

“剩下的人更加恶化，成为你所说的……白痴。”

王皓的心理咨询室突然变得安静了，他似乎都能听到欧浔的呼吸声。王皓扯扯领带，突然厌恶起他的职业来——如果可以的话，他真不希望他的好兄弟得了这场病，更不希望来宣判欧浔命运的那个人是他。欧浔沉默了许久，终于问：“如果，我选择不动手术呢？”

“那你的记忆会慢慢丧失，直到，你忘了所有人。”

王皓的告诫还在耳边，但是欧浔决定不去相信。他抚摩着叶蓁蓁柔软的发丝，暗想今天只是一场意外罢了，他怎么可能丧失记忆，怎么可能忘记叶蓁蓁？他绝对不会忘记她可爱的面容，不会忘记她纤细的腰肢，也不会忘记她笑起来时的酒窝……

叶蓁蓁，我绝对不会忘记你。

“欧浔？”

叶蓁蓁再次叫欧浔的名字，因为欧浔异常沉默的样子让她有点害怕。欧浔的手指轻轻触碰叶蓁蓁的嘴唇，低沉地说：“嘘，不要说话。有没有觉得，我现在很有忧郁美男的气质？”

“忧郁你个鬼！你又看什么小说了！”

欧浔的精湛演技让叶蓁蓁相信他的不对劲是因为又开始发病了，欧浔也摸摸她的脑袋，呵呵笑了起来。叶蓁蓁不再去想欧浔到底为什么看起来那么奇怪，一边收拾东西，一边试探地问：“那个，美兰姐已经答应不控告医院，所以你的任务也算完成了。医院那边，不会给你什么压力吧？”

“你是在担心我的工作吗？”欧浔嗤之以鼻，“你放心，我会把过程形容得非常惊心动魄，告诉他们我付出了多么惨重的代价，才让你们答应放弃，尾款当然也不会少给。说起这个，蓁蓁你对自己的未来发展有什么规划吗？”

“什么？”叶蓁蓁迷茫地问。

欧浔怒其不争地说：“未来发展！我记得你一开始的梦想是要打败我，现在变了吗？”

叶蓁蓁不好意思地说："那时候，不是还没和你在一起嘛……"

欧浔严肃地说："蓁蓁，虽然你的行事风格和我很不一样，但是我必须承认，你也有你独特的优势，并且因为你的关系才搞定了几个单子。我的优势在于经验和技巧，你的优势在于你的直觉，你在家庭纠纷方面的天赋更加有目共睹。"

"好好的，怎么夸起我来了？"叶蓁蓁被他表扬得心虚了起来。

"我考虑了一下，我们确实在家庭纠纷方面比较薄弱，我觉得你可以多接这类的单子，争取成为这个领域的专家。"

"老板，你这么说是想给我加工资吗？"叶蓁蓁觉得心怦怦直跳。

欧浔笑了，笑容是那么灿烂，"还记得你发誓要打败我。蓁蓁，你的梦想，不能因为我的存在而改变。所以，从今天开始，你独当一面吧。我不会干涉你的想法，只会给你建议，你的单子你可以完全做主。奔跑吧，少女！"

"啊？"

欧浔突然给叶蓁蓁极大的自主权，让叶蓁蓁惊喜之余，突然有一种被扫地出门的奇异感觉。她用审视的目光看着欧浔，一直看到欧浔心虚了起来。欧浔强忍住不适，做出坦然的样子，镇定地看着她的办公桌，突然发现了一个崭新的纸袋子。他站起身，在叶蓁蓁没反应过来之前，就打开了袋子，惊讶地问："你买了IPAD？公司给你配了一个，为什么还买新的？"

叶蓁蓁想，她现在的表情一定活像是被捉奸在床，她都可以从欧浔的瞳孔里，看到自己紧张的样子。她嘻嘻一笑，避重就轻地说："帮朋友带的。"

"不从国外代购，帮朋友在专卖店买？"欧浔挑眉。

"是啊，他那比较偏僻，没有专卖店。啊呀，肚子有点饿了，晚上去吃什么好呢？"

看着叶蓁蓁着急转移话题的样子，欧浔微微勾起了嘴角——他的小女朋友有秘密，而且是不想让他知道的秘密，这感觉可真不好。他不动声色，温柔地说："只要你喜欢，我都可以。"

4

叶蓁蓁和欧浔共进晚餐后，见欧浔没有追问IPAD的事情，为她逃过一劫长舒了一口气，也开始愧疚了起来——她一向厌恶谎言，可是她居然说谎骗了欧浔。可是，她实在不知道要怎么解释为什么给程诺买生日礼物，更担心欧浔会因此生气。所以，就让她说一个善意的谎言吧，情侣之间也要有点小秘密，不是吗？

虽然叶蓁蓁极力劝说自己，但心情还是忐忑不安。当程诺发短信告诉她酒店名称和房间号时，她急忙回复了“好”，然后对着手机发呆。她忍不住在脑中幻想，她参加前男友派对时，欧浔给她打电话的场景。到时候，是说谎好还是不说谎好？万一被戳穿怎么办？

叶蓁蓁想着，心虚地把手机调到了静音模式，想了想又换成了飞行模式。她不知道，就她在捣鼓手机的时候，欧浔正在办公室里踱步。他时而坐到电脑面前，时而又猛地站起身，看起来特别烦躁，他的左手抓住右手，痛苦地说：“欧浔，你不可以这样，你不可以黑叶蓁蓁的手机！她是你的女朋友不是你的客户！她只是有件事情瞒着你罢了，根本没什么大不了，恋人之间要有空间，不是吗？”

他说着，露出了一个生硬又狰狞的笑容，不受控制地把手中的咖啡杯重重一放，眯起了眼睛，“叶蓁蓁这丫头到底有什么事瞒着我，还一直掩饰不想让我知道？难道是……”

虽然欧浔很不想提起那个名字，但是从理智判断，叶蓁蓁瞒着他，是为了和程诺联系的可能性非常大。欧浔知道，程诺从来没有放弃对叶蓁蓁的觊觎，就好像癞皮狗一样守在一边，等待着时机——好吧，他承认程诺的形象要比癞皮狗好那么一点点，可以达到“脱毛狗”的程度，但那也是一条令人讨厌的狗！如果，如果他们见面了……

“蓁蓁，我还爱着你。”程诺深情地握着叶蓁蓁的手。

“程诺，你为什么要这样，我真的好痛苦！”叶蓁蓁悲伤地抱住了头。

“蓁蓁，我爱你，我爱你，我爱你！我的心里除了你之外没有别人，快甩掉那个该死的欧浔，和我在一起吧！”

“程诺，你是我的初恋，我也爱你！至于欧浔，我们就，嘿嘿嘿……”

幻想中的程诺和叶蓁蓁，一齐对欧浔露出了奸猾的笑容，欧浔急忙挥手，打破他无聊的梦境。他深吸一口气，终于站到了电脑面前，“不是我想看，是你们逼我的！叶蓁蓁，程诺，是你们逼我的！”

欧浔表达了内心的纠结和不满后，终于理直气壮地在叶蓁蓁的手机上装了木马病毒，然后就好像去自己房间一样，饶有兴趣地打量叶蓁蓁的手机。

他发现，叶蓁蓁手机里的联系人并不多，通话记录最多的那个号码就是他，这让他的心情很好。他悄悄入侵了叶蓁蓁的图库，做好了会看到一些让他脸红心跳的照片的准备，却没想到她的相册里根本没几张自拍，大部分都是表情包，什么“我不会轻易放弃”“谢谢老板，祝老板成功”“友谊是一杯美酒，让我们共饮此杯”……好吧，搞笑表情包还算可以理解，那些中老年表情包到底是什么鬼！她怎么就不能像一般的女孩子那样，拍点可爱的照片？真是怪人！

欧浔刚想退出她的相册，突然发现叶蓁蓁的手机里面有一张他的照片，心怦怦跳动了起来。这张照片的角度和光线都不算好，很像是匆忙间偷拍，照片上的他正坐在沙发上喝茶，表情有些温柔。欧浔看着他的样子，嫌弃地撇嘴，暗想他有全套写真可以发给叶蓁蓁，绝对比这张照片好看千倍，却还是忍不住拿手轻轻摩挲着电脑屏幕。他愉快地想，也许叶蓁蓁比他想象得还要喜欢他，这样的感受还真是……

“晚七点，希尔顿酒店201见。”

就在欧浔得意扬扬的时候，突然看到发件人是程诺，浑身的血液变得冰凉。他做好了最坏的打算，暗想叶蓁蓁有可能和程诺私下见面，却没想到他们干脆约好了时间和地点！他都没有和叶蓁蓁……

不，这不是重点……也许希尔顿不是酒店而是茶室，也许这个房间号，是电影院的包厢也说不定？

好了欧浔，你不要自欺欺人了，你的女朋友要去和别的男人约会了！你还有三小时的准备时间，不然你等着你的头上成为草原吧！

不行，要冷静，一定要冷静……

到底是拿菜刀砍人好，还是拿板砖把他灭了好？

欧浔一向追求华丽，对形象更是有着极高的要求，但是在要打架的时候，还是和正常男人一样，选择易于行动的衣服，力求把对手一下子撂倒。他换上了黑色的衣服和裤子，戴上了白色的手套，还戴了口罩把脸遮住，最后将一把巨大的割肉刀放到背包里。他开了最不常用的车子出门，在酒店小姐诧异的眼神中上了电梯。他不住想象着可能看到的画面，觉得心中一片悲凉。

蓁蓁，我的蓁蓁……

都是程诺那个混蛋欺负你，我是来救你的！等我，蓁蓁！

当欧浔接近房间的时候，饶是冷静如他也开始心情紧张，他把耳朵贴在门板上，听到里面传来了女孩子的尖叫声，只觉得心猛地一惊，一脚踢开房门，杀气腾腾地亮出了刀，然后愣住了。

房间的中央，站着他最讨厌的男人，和他最爱的女人，可是除了他们之外，这个房间里还有二十个人……所有人都瞪大眼睛看着他，表情活像见了鬼。

欧浔此时才后知后觉地发现，桌子中央摆着一个蛋糕，程诺那小子头上也戴着一个可笑的生日帽。他心知不妙，转身想走，这时程诺已经皱着眉朝他走来。欧浔脑中迅速盘算，暗想他一定不能被发现身份，在叶蓁蓁的面前丢脸……

“您好，我是酒店派来给您惊喜服务的员工，希望您满意。”

在程诺靠近之前，欧浔大步走到了蛋糕面前，拿着寒光凛冽的刀开始切蛋糕，画面美丽到让人不敢直视。几个女孩窃窃私语了起来，姜虹也小声问：“蓁蓁，这是怎么回事啊，现在酒店还有这样的服务？他出来的时候，我真以为他要杀人啊！”

叶蓁蓁看着欧浔，尴尬地笑着，“呵呵，谁知道。”

“不过他看起来身材还蛮好的，不知道长得怎么样？说起来，程诺和他在一起，看起来还蛮配的……”

“你胡说什么啊。”叶蓁蓁黑线。

就在她们说话期间，欧浔已经把蛋糕切好，为了把戏演得逼真，他甚至殷勤地把蛋糕分给大家。叶蓁蓁接过蛋糕的时候，眼尖地看到他手腕上的手表，只觉得心猛地一跳，她不敢相信，这件事会和她想的一样，她瞪大眼睛看着欧浔，这时听到欧浔用变调的声音说：“请各位尽情享用，好好享受派对。”

欧浔说着，一步步往后退，最后离开了宴席。他一边走，一边摘下口罩，暗想他的病情可能真的恶化了，不然他为什么会做出那么丢人的事情。不过，叶蓁蓁没有背着他和程诺私下见面，只是去了他的生日宴……

啊哈哈哈，真不愧是他喜欢的叶蓁蓁！好姑娘！

“蓁蓁，你不吃蛋糕了吗？”酒店里，姜虹看到叶蓁蓁放下蛋糕往门外走，疑惑地问。

“我突然想起来有点事……程诺，不好意思，我先走了，以后再联系！”

叶蓁蓁连蛋糕都没有吃，拿起包就往门外冲，终于在酒店门口看到了刚才的身影。欧浔用余光看到叶蓁蓁居然追了出来，紧张地戴上了口罩就往前跑，但是他怎么跑得过体力超群的叶蓁蓁？叶蓁蓁一把扭住了他的手臂，气喘吁吁地问：“你为什么见到我就跑？你做了什么亏心事吗，嗯？”

“我没有呀，小姐你放手，我的手很痛呀。”欧浔故意用变调的声音说。

“这位先生，我觉得你的出现真的很奇怪。你到底是谁，你来做什么？”

“我只是一个服务员……”

欧浔继续装，没想到叶蓁蓁趁他不注意的时候，一把摘掉了他的口罩。欧浔瞬间捂住了脸，叶蓁蓁更是气得发怔，“欧浔，你又在干什么！你以为你穿上衣服，呸，你换上这身衣服我就不认识你了吗？你不穿衣服的样子我都见过！”

叶蓁蓁气愤之余，说话的声音有点大，她发现来来往往的人都用异样的眼神看着她，觉得脑袋一下子就疼了。她放低了声音，无奈地问：“欧浔，你今天到底为什么会来这里？别告诉我你是碰巧遇到我，不然你根本不会那么穿！难道你……调查我？”

欧浔回避她的眼光，没有回答叶蓁蓁的问题，这时叶蓁蓁已经明白了一切，她当然知道黑手机的必备程序，找到那条木马短信的时候，她的脸一下子黑了。她气得把手机递到欧浔面前，简直恨不得给他一脚，“你真的黑我手机！你当我是什么，你的客户吗？你能不能给我一点尊重？欧浔，我讨厌你！”

“蓁蓁……”

欧浔在叶蓁蓁的眼中看到了闪烁的泪光，知道这件事他可能真的做错了，正犹豫着要不要道歉，这时叶蓁蓁推了他一把就离开了。叶蓁蓁一边开车一边咒骂欧浔，心里满是无法发泄的怒火，更是一次次摁掉欧浔打来的电话。当手机铃声再次响起的时候，她习惯性想摁掉，却发现来电人居然是程诺，叶蓁蓁犹豫了一下，还是接通了电话，程诺的声音是那么平静，“蓁蓁，你在哪里？”

“啊，我在开车，准备回家。”

“为什么突然早走，连蛋糕都没吃？”

“突然有点事，真的不好意思。”叶蓁蓁不想继续这个话题。

“没关系。我看你晚饭根本没吃几口，现在饿不饿？”

“啊？”

“告诉我你在哪里，我给你送蛋糕。”

在程诺的坚持下，叶蓁蓁到底说了一个地址，程诺没过多久果然开车到了她的身边。他递给叶蓁蓁一个盒子，叶蓁蓁不好意思地说：“真是麻烦你了，还特意给我送过来。还有，王院长的事情也多亏了你。”

“没什么，只是找个理由和你再见面罢了。”程诺淡淡地说。

程诺的坦白让叶蓁蓁不知道该怎么接下去，觉得气氛有些尴尬。程诺好像感觉不到她的不自在，轻笑一声，“今天来的那个人是不是欧浔？”

“你怎么知道？我的意思是，不是……”

“蓁蓁，你说谎的时候就不敢直视对方的眼睛，这一点到现在还没有变。”程诺忍不住摸摸她的头，“他，让你很困扰吧？”

“程诺……”

叶蓁蓁不想向前男友抱怨现男友，但是程诺的温柔让她简直控制不了倾诉的欲望，她想了半天，避重就轻地说：“欧浔他对我很好，但是有时候我总觉得……和他的交流好像有点障碍，我根本不知道他在想什么。程诺，你觉得这样正常吗？”

“只有不合适的恋人，没有不合适的爱情。只要你们都觉得正常，旁人没有评判的权利。蓁蓁，你开心吗？”

“当然开心啊。”叶蓁蓁轻声说，“和他在一起还是挺有意思的，每天都过得很快乐，除了他不定期地发病……你说，为什么会有欧浔这种男人？他怎么就那么奇怪啊？”

“蓁蓁，爱一个人当然要包括他的缺点。和他带给你的欢乐相比，他的这点缺点也可以忍受，对吗？”

程诺的话轻而易举地点醒了叶蓁蓁，她有了一种豁然开朗的感觉，她突然觉得，自己确实对欧浔有些太过苛刻，于是笑着耸肩，“你说得对，确实是我要求太高了。我自己也不是什么完美的人，但是要求他事事顺我的心意，真是很可笑。程诺，谢谢你安慰我，我现在没事啦。”

看到叶蓁蓁释然的样子，程诺的心里有些发苦，他曾经有多么喜欢叶蓁蓁爽朗豁达的性子，现在就有多无奈——她为什么总是那么轻易原谅别人？

包括，原谅了他的背叛……

程诺的眸色暗沉了下来，就在这时，他看到叶蓁蓁站立的姿势有点奇怪，脸上也露出了焦躁又忍耐的情绪来。程诺看着她的高跟鞋，想起她在上学的时候从来不穿这样的鞋子，知道她的脚可能在疼，他看着她，突然说：“蓁蓁，等我一会儿。”

“啊？好。”

叶蓁蓁看着程诺往车的方向走去，觉得脚疼得钻心，干脆在一边的长椅上坐了下来。她悄悄活动一下疼痛的脚腕，暗想以后再也不穿那么高跟的鞋子，目光也放在了程诺给她带来的蛋糕上。她一向喜欢吃甜腻的东西，想起以前和程诺恋爱的时候，经常会买块蛋糕一起分享，却没想到再一次一起吃蛋糕的时候，两个人的关系会变得如此生疏。刚才的聚会上，她发现有几个女孩对程诺很有好感，不知道程诺下个女朋友是什么样，是活泼可爱类型的，还是温柔体贴型的？

不管怎么样，这一切都和她没有关系了啊……

叶蓁蓁想得出神，看到程诺朝她走了过来，突然在她面前半跪在地。叶蓁蓁吓了一跳，只见程诺脱掉了她的鞋子，双手抓住了她的脚踝，她尴尬到了极点，急忙把脚往回抽，程诺阻止了她的反抗，“如果你不想明天站不起来，就不要动。”

“程诺……”

在叶蓁蓁异样的眼神中，程诺把创可贴贴在了叶蓁蓁的后脚跟，手指轻触叶蓁蓁肌肤的感觉让她特别不自在。叶蓁蓁觉得他们之间的距离实在有些太近，但程诺偏偏是一副淡然的样子，倒让她不知道该怎么开口。她急忙站起身，发现脚部的疼痛果然减轻了很多，惊喜地说：“程诺，谢谢，我现在舒服多了。你怎么会随身带创可贴啊？你还带了什么，都和哆啦A梦的口袋差不多啦！”

“以前，有个女孩经常受伤，我就把创可贴带在身边，到后来就养成习惯了。”程诺轻描淡写地说，“走吧，蓁蓁。我送你回家。”

叶蓁蓁的笑容凝固住了。

她的脑海中突然浮现出，她在上大学的时候因为性格太过活泼，经常会磕到碰到，程诺就会从口袋里拿出创可贴给她包扎的场景。当时的她是那么崇拜程诺，认为他的口袋就好像百宝箱一样无所不有，却没想到他所做的一切都是为了自己。她忍不住嘲讽地想，为什么自己在年少的时候可以那样任性不懂事，直到和程诺分开了，才知道他当初都承担了什么……她的心，不受控制地疼了起来。

“蓁蓁？”程诺见叶蓁蓁没有跟上来，在不远处回头看着叶蓁蓁。

"啊，抱歉。"叶蓁蓁回过神，急忙跟了上去。

5

程诺把叶蓁蓁送回了家，目送她上楼后就离开，倒是让叶蓁蓁松了一口气。叶蓁蓁疲惫地坐到沙发上，一想起欧浔今天居然做出那么丢脸的事情，就觉得头痛万分。她脱掉了高跟鞋，抚摸着后脚跟的创可贴，忍不住想，程诺还真是一个外冷内热，温柔到极点的男人。他的表白还历历在耳，她已经刻意拉开他们之间的距离，但是似乎并没有改变他的决心。也许，她必须找个时间和程诺好好谈一下——为了她，更为了他。

叶蓁蓁想起欧浔居然跟踪她就来气，坐等欧浔打电话来讨饶，没想到他好像也来了脾气，居然一晚上没有道歉。叶蓁蓁气鼓鼓地入睡，暗想再也不理他了，这次一定要让欧浔知道厉害才好。

叶蓁蓁一晚上都没睡好，第二天一大早就起床，强打着精神和一夜没睡的齐美兰一起到了亲子鉴定中心，等待着命运的宣判。叶蓁蓁看着齐美兰苍白的脸色，十分理解她的紧张——这五个人里，会有一个是她孩子的父亲，她能不晕过去已经很坚强。不知道孩子的父亲会是哪一个，齐美兰又会怎么决定，是让那人担负起责任，还是永远隐瞒这个秘密？

当看到报告就在眼前时，连叶蓁蓁的手都开始颤抖，她急忙抓住齐美兰的手臂，给她坚持下去的力量。可是，出乎她们意料的事情发生了——所有的结果，都是排斥！也就是说，那五个嫌疑人，再加上供货商大哥，都不是孩子的父亲！

叶蓁蓁没想到会得到这样的结果，齐美兰也愣住了。齐美兰不可置信地看着检验报告，再三确认结果不可能弄错后，捂住了嘴巴，"这不可能！孩子不是卢少煌的，也不是供货商的，还不是同期在医院里的……那这孩子到底是怎么出来的？"

"齐女士，你不要急，先喝点水冷静下。"

鉴定中心的胡主任很理解齐美兰的感受，她也觉得这件事实在太奇怪了，也想知道事情的真相到底是什么。胡主任是一个热情的女人，她自告奋勇帮她们分析原因，当她知道所有嫌疑人都排除的时候，忍不住一拍大腿，"大妹子，怎么可能没有男人就怀孕呢。你确定没有别的怀疑对象？"

齐美兰羞愧难当地说："大姐，真的没有！事情都到了这一步了，我撒谎有必要吗，骗人的话我不得好死！"

胡主任摆手，"多大的事情，你就说什么死不死的。大妹子我告诉你，你可能觉得这事儿摊在你身上是大事，但是我们中心真的见多了，有帮别人养了二十年孩子的，有从医院抱错孩子的，有生了孩子但是男人不认账的，还有爷爷去世了小保姆说是他家后奶奶的……这点事儿，你觉得要寻死觅活，其实比你惨的人那叫一个多。人家都好好活下来了，你为什么不可以啊？我们女同志，是要撑起半边天的，就算离婚了也能重新来，你有啥好怕的。"

胡主任说着，用力拍拍齐美兰的肩膀，齐美兰的泪水也止住了。叶蓁蓁在心里默默为这个主任点了个赞，虚心地问："胡主任，不知道您这有没有遇到过类似的事情，后来是怎么解决的呢？"

胡主任冷笑一声，"这个世界啊，从来没有无性繁殖，就拿前几天我检验的那个姑娘来说，她的智力就和五岁孩子一样，生活都不能自理，更说不清楚孩子的父亲是谁。我们查了村上所有嫌疑人，可是所有人都排除。"

叶蓁蓁着急地问："难道是村外的人干的？"

胡主任意味深长地说："这姑娘家开了个小卖部，每天人来人往，嫌疑人简直多到可怕。如果不是警察在查案的时候，发现有个人一去那姑娘家，就会被狗咬的话，我们也不会发现那个人渣就是姑娘的亲叔叔。"

"亲叔叔？"齐美兰怔怔地问。

叶蓁蓁和齐美兰都被恶心到了，听到胡主任气愤地说："对，亲叔叔！那姑娘因为小时候发烧的关系，烧坏了脑子，爸妈忙着小卖部，就拜托隔壁的叔叔家多照顾。可是，谁能想得到，叔叔会对她做出那样的事情，还因为亲戚的关系躲过了第一次检查……幸好姑娘家的狗认出了他，咬了他！这个世界上，没有什么恶人会笑到最后！妹子，你也一定会这样！"

胡主任看起来是那么坚定，给了她们莫名的温暖。叶蓁蓁突然觉得，这个世界上虽然有恶劣到令人无法想象的人，但是好人也很多，永远会带给她感动和温暖。叶蓁蓁虚心请教，"胡主任，这件事您看我们该怎么办？"

胡主任意味深长地说："这事儿，要么是女人有问题，要么是医院有问题，要么是男人有问题。既然你们都已经肯定女人和医院没问题，那么问题可能在男人身上。"

"在男人身上？可是男人会有什么问题，难道他的精子搞成了别人的？"

叶蓁蓁还是不懂。

“那就要你们去求证了。姑娘啊，永远不要低估人心。”

告别了胡主任后，叶蓁蓁心事重重地在街上闲逛，她忍不住想，按照胡主任的暗示，这件事只有可能是卢少煌那出了问题——但是他那怎么可能出问题，从逻辑上根本说不通啊！难道他能弄出别人的精子，又或者他故意拿了别人的精子给齐美兰？他又不是脑子有病！

好吧，难道事情的结局是卢少煌其实是一个神经病？他有一个很重要的人，那人就要离开人世，所以他只能瞒着妻子帮那人孕育孩子……首先不说这样做的男人脑子是进了多少水，就冲着他对欢欢的态度，也不像是对谁怀有感情的样子！难道是他这么做了以后，后悔了？真相到底会是什么？

叶蓁蓁只觉得脑中一团乱麻。如果是以前，她肯定会揪着欧浔的领带，逼着他告诉她真相，但是她刚和欧浔开始冷战，怎么可能现在就朝他低头？而且，这是她独立以后做的第一个案子，她一定要赢！到底应该怎么赢啊？呜呜呜呜……

叶蓁蓁想破了脑袋也想不出什么办法，于是把压力转为购物的动力，没过多久手上就多了十几个购物袋。在路过一家专柜的时候，叶蓁蓁突然想起来，报社的前同事就要生孩子了，便顺手帮她买了几件小孩子的衣服和尿不湿，准备找个时间送给她。她拿着大包小包上车，疲惫地坐在椅子上，再次拿出了手机，发现欧浔居然还没有打电话来求饶。

“真是的，到现在还不打电话来，难道要我对你道歉吗？欧浔，你再不打电话你就死定了，我要把你的车刮花！”

叶蓁蓁嘟囔着，想发动车子离开车库，突然看到了一个女人从她的面前经过。她看着那个女人飘逸的长发，低头浅笑的样子，只觉得呼吸都要停滞了。她呆呆看着那个女人上了一辆白色小车，如梦初醒，心急如焚地想跟上去，没想到因为太过紧张把钥匙掉在了地上。当她冲出车库的时候，白色小车已经距离她很远，她一狠心加大了油门。

叶蓁蓁在开过几条街道后，终于跟上了白色小车，发现车子最后在一家面包店面前停了下来。叶蓁蓁强忍住慌乱的表情走进了面包店，借着买面包的机会凑近了那个女人，听到她一边打电话一边说：“爸，我下周一早上八点起飞，到时候不用你来接，夏洛特会开车来接我。呵呵，我都那么大，不是小孩子啦，你能不唠叨吗？我给你带你最喜欢吃的酱料回去，不要太谢谢我哦。”

杜希羽说着挂断了电话，一回头正好看到了叶蓁蓁，她并不认识叶蓁蓁，但是她觉得叶蓁蓁的表情有点不对劲，下意识想离开面包店。眼见杜希羽要走，叶蓁蓁一狠心，故意往她身上撞去，然后把手机狠狠砸在了地上。杜希羽没想到会有这样的事情发生，一下子就傻了，叶蓁蓁趁机哭喊着说："你弄坏了我的手机，你赔我钱！"

杜希羽一愣，愤怒地说："我站在原地根本没有动，是你往我身上撞好不好！你这人怎么睁着眼睛说瞎话！"

"我不管，就是你把我的手机弄坏了，你要赔我！"

叶蓁蓁抓住了杜希羽的袖子，不断给欧浔打电话，但是欧浔始终没有接通，她的心情也越来越紧张。她知道下一次见杜希羽不知道何年何月，更知道她胡搅蛮缠不了多久，暗想要不要直接把她敲晕了带到欧浔面前。没想到情况突然发生了变化，一个贵妇人走进了面包店，诧异地说："叶蓁蓁，你在这里？快跟我走，老爷子找你都找疯了！"

"她弄坏了我的手机，我不能走！"

"管什么手机啊，几百个手机都给你买了！快走吧！"

欧浔的大姑姑突如其来地出现，把叶蓁蓁硬生生拉走，杜希羽也趁机跑了，叶蓁蓁简直欲哭无泪。她没办法告诉大姑姑，刚才那个女人对欧浔的冤屈有多重要，不停地想，要怎么查到航班信息好再拦截她一次，都没听到大姑姑在说什么。车子在不知不觉间开到了欧浔家，叶蓁蓁下车的时候发现所有人都在房间里，吓了一跳。她险些没站稳，稍微踉跄了一下，大姑姑飞快抓住了她的手臂，欧母也忙说："快坐下，快坐下，你这孩子，怎么那么不当心，摔了怎么办。张婶，快给蓁蓁倒杯热水。"

大姑姑扶着叶蓁蓁坐下后，张婶急忙给叶蓁蓁倒来一杯水，把杯子放在她嘴边，简直恨不得喂她喝下。叶蓁蓁觉得欧家的气氛实在太奇怪，他们都用一种既喜悦又紧张的目光看着她，好像要在下一秒就要冲上来说，其实欧浔不是他们的亲生骨肉，叶蓁蓁才是。叶蓁蓁被她的猜想震惊了一下，警觉地看着他们，最后还是欧母打破了沉寂，"叶小姐，你准备什么时候和欧浔结婚？"

"啊？"叶蓁蓁愣住了。

叶蓁蓁的迷茫让他们证实了心中的猜测，所有人的表情都变了，欧老爷子更是气得把一杯茶喝了个精光。欧老爷子想平复情绪却到底忍不住，单刀直入地问："欧浔那小子，是不是没有和你说结婚的事？"

“是没有……吧……”

虽然欧浔提出过结婚，但是他们没有就结婚的事情认真谈过，所以她在欧家的气焰下，无耻地把锅丢给了欧浔，再次引发了众人的愤怒。大姑姑一拍桌子，恼火地说：“欧浔是怎么回事，怎么一点责任都不负？蓁蓁你放心，有我们长辈给你做主，你们下个月就去登记，再下个月就结婚！就算时间仓促了点，我们也会保证你风风光光嫁进来！”

叶蓁蓁没想到，他们那么着急找她是为了结婚的事情，疑惑地看着他们，最后把目光放到了欧老爷子的身上。欧浔说过，他的爷爷已经八十二岁了，性格乖僻又古板，叶蓁蓁虽然和欧老爷子接触不多，却觉得欧浔说得不对，老爷子是一个时髦又有趣的老人，个性也固执到可爱，可是今天，一向注意形象的老爷子居然把衣服扣子都扣错了，脸色也有些灰暗。看来，是出了很大的事情，才会让他这样失神。

会有什么事情，让他有失风度，又会让全家都那么着急？难道是……老头子生病了？

叶蓁蓁想着，不自觉地打了个冷战，觉得一切都可以想通了。欧老爷子因为上了年纪的关系得了重病，所以家里人才会那么紧张，欧浔也忙于找医生才不见踪影；老人家肯定希望亲眼看着孙子结婚，大家才会急忙把她找来，希望她和欧浔尽快完婚……

叶蓁蓁不想让欧老爷子失望，但是也不想那么快就和欧浔结婚，一下子纠结了起来。大姑姑把她的纠结看在眼里，站起身说：“蓁蓁，你是不是担心欧浔那小子不肯结婚？你放心，如果他不结婚我们就打断他的腿！我真没想到，这小子小时候看起来还不错，现在居然这么不靠谱！你都怀孕了，还不肯结婚，真是太不像话了！”

“啊？怀孕？”

叶蓁蓁下意识摸摸因为喝奶茶变大的小腹，瞪大了眼睛，简直不敢自己的耳朵。话匣子打开后，所有的话都好说了，二姑姑也接口，“叶小姐你放心，我们欧家绝对不会做出背信弃义的事情来。就算欧浔的心再野，他也姓欧，他必须把你娶回家。”

“蓁蓁，这个是欧家媳妇才有的翡翠，我现在给你。你现在最重要的事情就是保养身体，其他的我们会来解决。”

欧母说着，从脖子上解开项链，把一块青翠欲滴的翡翠放到叶蓁蓁面前，她看着叶蓁蓁，淡淡地说："听说，你上次在吃饭的时候有些……不太舒服，虽然现在已经处理好了，但还是要小心。我听商场的人说，你今天买了一些母婴用品，那些东西当然还不错，但我会为你准备一些更实用的。你的身体比较虚弱，住进来以后张婶会为你调理身体。为了孩子着想，你在生之前还是不要上班的好，孩子生下来后，我和张婶可以一起帮你带……"

"等等。"叶蓁蓁终于忍不住打断他们的自说自话，"我根本没怀孕！今天买的东西也不是给我自己买的，是我有个姐姐要生孩子了！我，我才二十三岁，你们为什么会觉得我怀孕？"

"你没怀孕？"所有人都惊呼了起来。

叶蓁蓁坚定地点头。她心想，这个误会到现在总算澄清了，却没想到大家都露出了悲伤的神色来，欧父更是忍不住站起身，"孩子……没了？"

"天啊，孩子居然没保住！我要晕了！"

大姑姑没想到会得到这样的噩耗，一下子就瘫坐在椅子上。欧母看起来也震惊到了极点，欧老爷子更是气得咳嗽，"把欧浔那畜生给我抓回来，让他告诉我，我的重孙子怎么没有了！"

"我真的没怀孕！没有，没有！"叶蓁蓁面临崩溃。

欧家因为得知了这个悲伤的消息乱成了一团，叶蓁蓁的解释是那么无力。他们都自顾自地气愤着，没有人认真听叶蓁蓁到底在说什么。就在场面乱成一锅粥的时候，欧浔终于到家，一下子愣住了。他疑惑地看着叶蓁蓁，而欧母走到欧浔面前，用力给了他一耳光，"欧浔，你看你做的好事！孩子没了，你满意了？"

"孩子？"

欧浔诧异地看着叶蓁蓁，叶蓁蓁急忙苦着脸把欧浔拉到一边，她简短地解释了一下，焦急地说："现在你家都觉得我流产了，还让我们尽快结婚，你快点去解释下！我的天啊，他们是多有想象力！"

叶蓁蓁觉得她就要吐血了，热切地希望欧浔去解释一下，好洗刷她的不白之冤。欧浔看着她抓住自己衣袖的手臂，久久没有开口。

自从昨天闹得不愉快后，他忍耐了十二个小时没有和她联系。作为一名优秀的危机公关专家以及一名优秀的心理学家，他当然知道他们的首次争吵将会决定他们以后的相处方式，所以他一定不能输。为了保证他不要联系叶蓁蓁，他主动把家里断网，把手机开了飞行模式后丢到了窗外，他希望一觉醒来，可以等到叶蓁蓁道歉的微信，没想到结局是他根本睡不着觉。

叶蓁蓁这个丫头在做什么？是羞愧地哭泣，还是找他就要找疯了？哼哼，这就是她说谎的惩罚！她到底在做什么？

欧浔在床上辗转反侧许久都无法入睡，终于忍不住从床上爬了起来，去厨房里倒了一杯有助于睡眠的牛奶。他把手机找了回来，拿在手里，心不在焉地玩了一局单机游戏，想知道叶蓁蓁有没有联系自己，已经想到百爪挠心。他用力抓住手，不让自己拨打那个熟悉的号码，最后在洗脸的时候不小心把手机掉在了水池里。

糟了，如果蓁蓁找我怎么办？这是他的第一想法。

哼哼，就让她看看我的毅力！这是他的第二想法。

欧浔以为手机坏了，会让他把冷战坚持得更彻底，却没想到，他会一晚上无法入睡，满脑子都是她的身影。他更没想到，第二天醒来的时候，他没有更加坚定，反而好像失去了什么最重要的东西一样，空虚到了极点。他心想，如果叶蓁蓁到了公司，给他泡上咖啡他们就和好，后来转念一想，只要她对他笑一下，他就什么都不计较。

欧浔的底线被一而再，再而三地刷新，他没想到叶蓁蓁根本没有来公司。他忍不住去修了手机，依旧没有收到叶蓁蓁发来的任何信息。他再三逼问修理工，会不会因为他的工作失误弄丢了消息，最后不得不接受叶蓁蓁居然真的没有找过他这一事实。他心情郁闷地去SPA馆做了个保养，本该享受的时间都在思念着叶蓁蓁。

他想，他真的完了，叶蓁蓁只是十二小时没有和他联系，他却仿佛过了一个世纪。所谓的尊严，都没办法和她的笑靥相比，如果她还愿意搭理他，他愿意做任何事。他后知后觉地想，程诺这小子明显对叶蓁蓁还有想法，如果他乘虚而入……

真是好后悔当时没有砍死他！

欧浔一想起程诺就满腔怒火，当他再次拿起手机的时候，发现叶蓁蓁给他打了十个电话，他的家人给他打了五十个电话。他以为家里出了什么事，心急如焚地赶到家，却没想到会见到叶蓁蓁，更没想到会遇到眼前这种让人尴尬的局面。

流产……哼，他怎么可能会让叶蓁蓁流产！她是他最爱的女人，他早就想要属于他们的孩子了！最好是女孩子，男孩子也能凑合……

“欧浔，你说话啊。”

欧浔看着叶蓁蓁紧张的眼神，突然发现自己为了所谓的尊严和她冷战，是那么没必要——被浪费的时间，他完全可以用来拥抱她、亲吻她。欧浔看着情绪激动的亲友，再看着一脸焦急的叶蓁蓁，终于开口，“蓁蓁，我们结婚吧。”

第十四章　准备结婚

听到欧浔开口的那瞬间，叶蓁蓁觉得她的耳朵出现了问题。

如果她没有听错，她的记忆也没有出错的话，他们现在要做的是解释清楚，欧浔他的脑子坏了才会突然要结婚吗？他到底想干什么？

“叶蓁蓁，嫁给我怎么样？”

欧浔对着叶蓁蓁微微一笑，笑容居然清澈到了极点。叶蓁蓁似乎听到了她心脏跳动的声音，瞠目结舌地看着欧浔，看着他肃穆的眼眸，突然明白他现在不是在开玩笑。

“蓁蓁，嫁给我好吗？”欧浔单膝下跪，抓住了叶蓁蓁的手。

1

和上次在校园文化节里的求婚不同，叶蓁蓁明显感觉到欧浔这次的认真和势在必得。她不明白，明明说好了一年后再提这个话题，他为什么会再一次提起。

这只是一场闹剧，是一个误会，欧浔他大可以一笑了之，可是他选择了求婚。欧浔，难道他不知道，在家长面前说这个，就等于不能再更改了吗？他真的有那么确定吗？

“你跟我来。”

在欧浔等待叶蓁蓁答案的时候，叶蓁蓁终于一把抓住了欧浔的手腕。欧浔的脚被一股强大的力量拉得脱离了地面，不受控制地被叶蓁蓁带到了花园，暗想他的小女朋友真是有一把好力气。他近距离看着叶蓁蓁因为紧张而涨红的小脸，突然很想亲吻她红润的嘴唇。

他到底为什么要用那么淫荡的眼神看着我！

叶蓁蓁没好气地瞪了他一会儿，终于无奈地问："欧浔，你到底想怎么样？我们都知道什么怀孕啊、流产啊都是个误会，你为什么要把事情搞得更混乱？结婚，是可以轻易说出口的事情吗？我们都已经说好了，如果还在一起的话，一年后再说这件事……"

"蓁蓁，你觉得婚姻是什么？"欧浔突然问。

"啊？就是两个人一直在一起，不能轻易分离吧。"叶蓁蓁下意识说。

欧浔笑着看着她，目光是那么温柔，"我觉得结婚，就是'遇到你之前从来没想过，遇到你之后从来不后悔'的一种感觉。既然我们一定会在一起，为什么不早点行使应有的权利，让幸福的日子再多一段时间？"

"你这是，在求婚吗？"叶蓁蓁呆呆地问。

"我一直在求婚。蓁蓁，我不想再等一年，现在就嫁给我。"

欧浔的目光深得见不到底，说出来的话是那么令人战栗。叶蓁蓁突然发现，他左手的无名指上戴着他们上次在夜市买的银戒指，心猛地一跳。

欧浔那么虚荣的男人，居然会戴不是知名设计师设计的戒指，可是她把女戒丢在了抽屉里……欧浔，为什么他每一次都要动摇她的决心？他不知道这样，她也会认真吗？

叶蓁蓁想着，觉得她的身体都开始颤抖了起来，结结巴巴地说："可是，我刚毕业……"

"恕我直言，你已经到了晚婚晚育的年龄。"

"事业也还没做起来……"

"你觉得国内还有比我们做得更好、更专业的危机公关公司吗？"欧浔自信地反问。

"我还没准备好要结婚……"

欧浔目光炯炯地看着她，"我们白天一起工作，晚上一起约会，还在一起过过夜，我想你会适应和我二十四小时在一起的日子——我也非常期待。"

叶蓁蓁郁闷地发现，找个口才太好的男朋友真不是一件好事，因为她被他说得哑口无言，简直就快跟着他去民政局一起把结婚证给领了，她用仅存的理智说："我们才交往了半年，结婚会不会太早？"

"那你想怎么样？只和我孙子恋爱，不和他结婚吗？"

就在叶蓁蓁被欧浔弄晕的时候，她的身后突然传来一个老人的声音，吓得她脚一软险些跌倒在地。她回头一看，只见欧老爷子正皱眉看着她，也不知道在这里站了多久。叶蓁蓁一想到她和欧浔的对话都被长辈听到就觉得尴尬，却也松了一口气，“欧爷爷，我真的没有怀孕，一切都是误会。”

叶蓁蓁以为她说出了真相，欧老爷子会立马放下心，可是他居然皱紧了眉头，用轻蔑的眼神看着欧浔，“所以说，你到现在还没有搞定你媳妇儿？”

“爷爷！”

“欧爷爷！”

叶蓁蓁和欧浔一起叫了起来，叶蓁蓁是窘迫，而欧浔是不服气。欧浔冷笑一声，“我和我家蓁蓁的事情不需要你操心。据我所知，你也是追了奶奶十年才追到手，你有什么资格来嘲笑我的进度？”

欧老爷子的脸一下子就红了，“谁说我追了十年，我早就和你奶奶两情相悦！”

“是吗？那我怎么听说，你每年过年都会去奶奶家送礼，可是每一次都被人用扫帚打出来？”

“那都是污蔑！以前有那么多姑娘喜欢我，天天送手绢给我，你看看你有吗？”

“那手绢是你自己买的吧，花了不少钱吧。”

欧浔和欧老爷子就这样争论了起来，叶蓁蓁听得满脸无奈，暗想她终于知道欧浔奇怪的个性是遗传谁了。她见他们的目光不在自己身上，便悄悄往后退，想趁乱离开这个是非之地。没想到，她刚走了几步就被欧老爷子眼尖地发现，老爷子拿拐杖重重地敲击了一下地面，“丫头，你到底愿不愿意和我孙子结婚？”

“呵呵，这个，这个……”

叶蓁蓁尴尬地笑着，不知道该怎么回答。欧老爷子理解地说：“你不愿意结婚也正常。你还年轻，可是欧浔比你大那么多岁，年纪上你就吃了亏，更别说他的脾气要多古怪有多古怪，和我比简直是天差地别，实在不是一个做丈夫的好人选……咳咳，我的胸口好难受……”

欧老爷子说着，突然剧烈地咳嗽了起来，脸色也呈现不正常的潮红。叶蓁蓁吓了一跳，只见欧浔飞速冲到了他的身边，握住了他的手，“爷爷你怎么了，你是不是又发病了？医生，我现在就去叫医生！”

“叫医生没用，反正我也没多少日子了。”欧老爷子用力支撑着身体，“虽然很不喜欢这个让人不省心的孙子，但是老人家我还是希望能看到他结婚生子，过着正常人的日子……除了你之外，好像也没有别的女人愿意跟着他了……蓁蓁丫头，你可不可以嫁给他？好希望在我的有生之年，可以看到你们的婚礼……”

欧老爷子的声音越来越虚弱，吸入的气少，呼出的气多，看起来分分钟就要昏厥。欧浔半跪在老爷子面前，双目赤红地看着叶蓁蓁，悲伤又绝望的表情让叶蓁蓁的心一下子就乱了。她看着欧浔，再看着欧老爷子，昏头昏脑地想，反正迟早要和欧浔在一起，提前一些也无所谓，她怎么可能拒绝一个垂死老人的请求，终于轻声说：“好，我，我答应你。”

“那真是太好了，现在我就让人来给你们策划婚礼。冬天太冷，婚礼的日子就定在明年春天好了。不管你家那有什么要求和风俗，我们都会满足。”

叶蓁蓁的话音刚落，欧老爷子奇迹般地站起身来，既不咳嗽也不哮喘了，浑身突然充满了神奇的力量，脸色甚至带着红光。这时，欧家的管家也不知道从什么地方蹦了出来，拿着纸笔记录着老爷子说的关于婚礼的每一句话。叶蓁蓁没想到事情会有这样的巨大转折，目瞪口呆地看着欧浔，却发现他脸上悲伤的表情瞬间不见了，唇角的微笑看起来那么想让人一拳揍上去。叶蓁蓁忍了很久，还是握拳说：“你们……你们这样算计我有意思吗？”

“兵不厌诈。”欧老爷子严肃地说，“要抓住对方的心理弱点来取得胜利，就算抛弃尊严也没关系。欧浔，你学到这一点了吗？”

“当然。”欧浔严肃地说。

“那么，这件事就这样定了。欧家欢迎你，叶小姐。”

欧老爷子恢复了平时的高冷范儿，和管家一起离开，叶蓁蓁真心觉得，她就要被这家人折磨出神经病了。她看着欧老爷子的背影，咬牙切齿地说：“装病……那么大年纪了好意思装病吗？他这就是为老不尊！欧浔，我终于知道你的演技派和无耻是从哪里来了，混蛋！”

“可是，你愿意嫁给我，不是吗？”

叶蓁蓁呆呆地看着欧浔因为喜悦而变得清澈无比的眼眸，然后被他紧紧抱在了怀里，欧浔的心跳声，他身体的温度，就这样清晰地传递了过来，叶蓁蓁觉得心里一片柔软。

她是栽了吧。叶蓁蓁无奈地想。

她知道，虽然欧浔看起来一副玩世不恭的样子，但是真正有问题的人是她。父母的离婚，让她内心深处根本不相信爱情，和程诺的分手更是让她封闭了自己。她看起来活泼阳光，其实内心非常抵触恋爱和婚姻，但是欧浔一步步靠近她，强势地进入了她的生活，慢慢把她心中的寒冰融化。叶蓁蓁忍不住想，如果她没有遇到欧浔，那会是什么样？她会和她所希望的那样，一个人自由又幸福地生活下去，还是会孤独到老？

欧浔说起结婚时，那种心跳的感觉、向往的期盼好像就在上一秒，她知道人的第一反应是不会骗人的。也许，她和欧浔不一定会走到最后，但是只要现在她愿意，她觉得幸福就够了。她还年轻，为什么不能随心所欲地做自己最喜欢的事情？就算才刚毕业，就算他是一个奇怪的家伙，就算自己还没有信心做一个完美的妻子……

她爱他，她想和他在一起，这样就够了。

所以……

"求婚就这样吗？找爷爷来演戏，连个比砖头大的钻戒都没有？"叶蓁蓁嫌弃地撇嘴，"我和你说啊，我妈对女婿的要求很高，你必须通过她那一关才能和我在一起。对了，还有我爸，我不觉得他会喜欢你……蜜月不去马尔代夫我可不结婚，婚纱要买拖尾的那一种……"

叶蓁蓁紧张得根本不知道自己在说什么，幸好欧浔用亲吻拯救了她，他封住了她喋喋不休的嘴，把手上的男戒挂在了她的项链上，抵住了她的额头，"蓁蓁，我确实没有准备好戒指，我先把自己交给你。蓁蓁，我真高兴。"

"我，我也是。"叶蓁蓁红着脸说。

欧浔和叶蓁蓁在花园的一角紧紧拥抱，欧家的所有老小在不远处默默看着他们，欧老爷子得意地说："哼，这小子真是没用，不是我的话，他连媳妇都骗不到！"

"爸，你都那么大年纪了还往地上倒，万一弄假成真了怎么办！"大姑姑无语地看着父亲，"我们欧家娶媳妇，什么时候需要这么寻死觅活了？我看欧浔愿意结婚，叶蓁蓁的父母一定会立马答应，忙不迭地把她送进来呢！你们能不能有点尊严？"

"为了孙媳妇，舍弃一切尊严！"欧老爷子下了定论。

叶蓁蓁没想到自己去了一趟欧浔家，居然答应了结婚的事情，离开欧浔家的时候脑子还是晕乎乎的，她一会儿因为要和欧浔永远在一起而甜蜜，一会儿又开始因为未知的生活而恐惧，表情也是时而微笑时而皱眉，宛若一个精神分裂的少女。到她家门口后，她跳下车想回家冷静下，欧浔叫住了她："蓁蓁，你忘记了什么。”

“有什么忘在车上了吗？”叶蓁蓁急忙翻包。

“从现在开始，要每天给我一个吻，欧太太。”欧浔说。

欧太太……

这三个字一下子戳中了叶蓁蓁的心脏，身上的每一寸皮肤都燃烧了起来，她尴尬得根本不敢直视欧浔的眼睛，直到听到了一声轻笑声，然后嘴唇被轻轻触碰了一下。欧浔摸摸他的嘴唇，微笑着说：“蓁蓁，晚安。明天见。”

“明天见，欧浔。”

目送欧浔离开后，叶蓁蓁心情复杂地打开房门，暗想她实在需要一段时间，来消化他们之间的崭新关系。半年的时间里，他们从上下级变成了恋人，然后变成了未婚夫妻，这进度简直……

举行婚礼的话，她的父母都要参加，不知道他们到时候会不会吵架，要不还是旅行结婚更加好一点？可是听说旅行结婚比较容易怀孕，难道她刚毕业就要做孕妇……天啊打住，都在想什么啊！

叶蓁蓁捂着脸，摇头晃脑地走进了客厅，突然有人蒙住了她的眼睛，那双手细腻光滑，身上幽幽的香气也妩媚至极，叶蓁蓁只觉得心跳一下子加速，不耐烦地打掉那只手，“妈，你还能更无聊点嘛。”

“你怎么一下子猜出来是我？”叶如梅松手，失望地问。

“这香水是你亲手调制的，全球只有你会用，我要是连这个都闻不出来简直是白痴。妈，你不是在美国嘛，怎么突然回来了？”

“我想你了呀。”叶如梅笑眯眯地说。

叶如梅的爱好是旅游，发誓要在有生之年环游世界，所以一年的时间里几乎有半年在路上。叶蓁蓁和她上一次见面还是在半年前，没想到她不打招呼就悄无声息地回了家，倒是吓了一跳，她警觉地问：“你怎么突然回来，不会是失恋了吧？”

“失恋？你说我？只有我让别人失恋，哪有我失恋的份儿。”叶如梅自信一笑，“蓁蓁，看看我给你带了什么礼物。”

叶如梅说着，让叶蓁蓁看房间的一角，一副等着表扬的样子。叶蓁蓁没兴趣看摆在屋子里的大包小包，而是眯起眼睛看着叶如梅。

虽然叶如梅过了四十岁生日后就不再过生日，但是作为女儿的叶蓁蓁当然知道她今年已经是四十七岁，也必须承认叶如梅是一个得到了岁月眷顾的女人，就算年过四旬，她还有着光滑细腻的肌肤、清澈动人的眼眸和红润诱惑的嘴唇，当然这也是玻尿酸、水光针和昂贵护肤品的功劳。叶蓁蓁看着她光彩照人的模样，暗恨自己遗传了父亲稍显寡淡的面容，目光被她左手无名指上巨大的钻戒吸引，试探地问："妈，你怎么戴了钻戒？"

"你说这个啊……我和你说过，我就要和查尔斯结婚了啊！"

2

叶如梅突如其来地给叶蓁蓁一个巨大的"惊喜"，叶蓁蓁一下子就愣住了，心里说不出是什么感觉。叶如梅看着女儿呆若木鸡的样子，笑着勾起红润的唇角，"蓁蓁，你是不是特别惊喜，高兴得都说不出话来了？喜欢这个惊喜吗？"

"什……什么惊喜啊，这是惊吓好不好！上次你只说想结婚，没说已经决定了啊！你们才交往多久，怎么就要结婚了？"

面对叶蓁蓁的质疑，叶如梅耐心地说："我们是三个月前认识的，见他第一面的时候，我就知道他是我的真命天子。我们所有的爱好都一样，喜欢吃的东西，喜欢看的电影也一模一样，和他在一起简直有说不完的话题。对了，他还特别细心，甚至记得我的生理期，为人也特别有绅士风度。总之，他是我那么多年来，唯一一个想结婚的男人。"

叶如梅的表情洋溢着十八岁少女的娇羞，叶蓁蓁看着妈妈红润的面颊，半晌没说出话来。她知道，她应该恭喜妈妈终于可以找到真爱，但是她一想到妈妈要和别的男人结婚，今后不再属于她一个人就难过了起来。还有，妈妈准备近期结婚，那么她的婚期看来要推迟，还得找个合适的时机再和妈妈说这件事……叶蓁蓁想着，勉强地笑着说："你有他的照片吗？"

"有啊，你快来看。"

叶如梅一边说着，一边打开手机里的照片。叶蓁蓁发现，这一次叶如梅的品位显然提高了许多。这个叫查尔斯的男人，并不是叶如梅以前偏好的小白脸肌肉男类型，而是有着一张成熟稳重又温柔可靠的脸，灰色的眼眸给人诚实优雅的感觉。照片上的他穿着西装，和叶如梅站在一起，无论是从个子还是气场看起来都非常般配，让叶蓁蓁放心的同时心里又有点酸溜溜的。她不再看照片，轻声说："确实很般配。你们准备什么时候结婚？你不把他带来见见我吗？”

“我们准备三个月后就结婚，结婚之前当然要和你见面，但是他最近在忙公司收购的事情，要到下个月才有时间。蓁蓁，你不要担心妈妈结婚就不爱你了，你永远都是我的小宝贝哦。”

叶如梅说着，一把搂住了叶蓁蓁，温热的怀抱让叶蓁蓁留恋，也让她有点想哭。叶蓁蓁悄悄抑制住了泪水，这时听到叶如梅说：“别光说我的事，你最近怎么样？有人说看到你和一个男的在酒店度假，你和那个男朋友，现在怎么样？”

我们就要结婚了。叶蓁蓁在心里说。

“也就那样。”她听到自己这样说。

叶如梅习惯了一个人住，所以在叶蓁蓁家没待多久，就回到自己在市区的房子里。叶蓁蓁一个人待在家里，看着满屋子的礼物，突然觉得有点寂寞。她当然知道，自己没有权利干涉妈妈追求幸福，但心里还是难过到了极点，就算已经是半夜十二点，叶蓁蓁还是忍不住拨了那个熟悉的号码。出乎她意料的是，电话在瞬间被接通，电话那头的声音充满了睡意和惊喜，“蓁蓁，你怎么想到给爸爸打电话？”

“爸……”

叶蓁蓁只说了这个字，就说不下去了。因为没有在父亲身边长大的关系，她和爸爸的感情并不算十分亲密，除了逢年过节打个电话，和父亲时不时往她卡里转账外，他们并没有太多话题。叶蓁蓁挺不好意思打扰父亲睡觉，轻声说：“爸，你是不是睡了？”

“没有没有，我没睡。蓁蓁，你找爸有什么事情吗？是不是钱不够用了，还是哪里不开心了？”

“不是啦。”

“那就是工作不顺心？你报社的工作不开心就别做了，来爸的公司，我给你安排一个清闲的职位。”

“我早换公司了。”叶蓁蓁无奈地说，“就在半年前。”

“对不起，爸爸不知道。”

司惠民沉默许久后，在电话的那头道歉，叶蓁蓁觉得她的心一下子就软了，她手忙脚乱地说：“爸，你不要道歉，是我不好，我没有和你说……”

“蓁蓁，你到底出什么事了？”

“我妈要结婚了，你知道吗？”

叶蓁蓁终于说出了最难过的事情，可是司惠民居然淡淡一笑，“知道啊。”

“你……你怎么会知道！”叶蓁蓁吓了一跳。

“他们在伦敦约会的时候，我正好在餐厅里见到他们，如梅告诉我，他们准备结婚。蓁蓁，你为了这个事情在难过？”

“不是。”叶蓁蓁嘴硬地说。

“蓁蓁……我理解你的心情，但是你妈她这么多年来也不好受。”司惠民轻叹，“你要理解你妈，不管怎么样她都是爱你的，我也是。”

“既然爱我，当初为什么要离婚？”叶蓁蓁终于问出她困惑很久的那个问题。

“蓁蓁……”

“爸，我不是小孩子了，我要听真话。”

“你妈没告诉你吗？”司惠民问。

“没有。到底是为了什么？”

“因为……在你两岁那年，我出轨了。”

“什么？”

叶蓁蓁没想到，父母的离婚并不是他们所说的“和平分手”，背后还有这样惨烈的故事，她的心跳一下就快了起来，听到司惠民苦笑说：“我和你妈，是在父母的安排下结婚。那时候，我特别心高气傲，总觉得要追求自由的感情，所以对如梅特别抗拒。那一年，我和一个下属酒后在一起……这段关系维系了半年就断了，但是后来还是被你妈知道。我以为她会置之不理，可是她坚决要离婚。这件事当时闹得很大，你的爷爷奶奶都非常生气，还险些把我赶出家门……后来是你妈为我求了情。”

“是吗？我根本不知道这件事。”叶蓁蓁呆呆地说。

“你妈从小到大都是天之骄女，这件事对她的打击非常大，也让她不再相信婚姻。呵，好笑的是，我和你妈分手后，我才知道自己对她的感情，但是就算再后悔，也没有用了。蓁蓁，你妈能重新找到幸福，你真的要为她高兴。”

“那现在呢，你还爱她吗？”叶蓁蓁脱口问。

司惠民在电话那头沉默了很久，沉默到让叶蓁蓁以为他不会回答。就在叶蓁蓁放弃答案的时候，司惠民终于说：“还爱。但是，我们不可能回去了。”

"有什么不可以的，你不是到现在还没结婚吗？"叶蓁蓁急切地说，"妈和他只是交往初期，爸你现在出手的话也不一定没胜算啊。我可以在妈面前说他的坏话，大不了我可以闹自杀……"

"蓁蓁，不要胡说。"司惠民的声音是那么温柔，"你妈对我已经没有感情了，如果非要她和我在一起，她不会快乐。如果现在有人让你和你以前的男朋友在一起，你会答应吗？"

"当然不会。"叶蓁蓁下意识说。

"如梅也不会。虽然很不想承认，但是女人确实比男人要狠心，也更拿得起放得下。蓁蓁，过去的已经过去了，错过的就是错过了，人生不可能十全十美，注定要有遗憾。你现在要做的，就是祝福你妈幸福，好吗？"

"好。"叶蓁蓁闷闷地说。

叶蓁蓁不想再和司惠民谈这个话题，笑着问："爸，好久不联系了，爷爷最近身体怎么样？还和以前一样动不动就发脾气吗？"

"你爷爷最近身体不太好。"司惠民的声音放低，"你有空多给爷爷打个电话。"

"我知道。"叶蓁蓁说。

和司惠民聊了一会儿后，叶蓁蓁的心情好了很多，心想第二天再见到叶如梅的时候，一定要笑得真诚点，发自内心地祝福她幸福。她躺在床上，总觉得有什么重要的事情忘记了，当她想起杜希羽的事情时，已经是第二天早晨了。她猛地拍了一下自己的脑袋，急忙让阿威帮忙找到杜希羽的航班信息，然后给欧浔打电话。电话那头，欧浔的声音先是慵懒迷人，当他听到叶蓁蓁说她昨天见到杜希羽时，猛地站起身，脑子又是一疼。

该死的……

欧浔的脑袋好像被撕裂了一样，汗水顺着他的面颊滴滴滚落，他捂住脑袋说不出话来，艰难地喘息，叶蓁蓁疑惑地问："欧浔，你在听吗，欧浔？"

"我在听。蓁蓁，这件事你不要管了，交给我。"

"欧浔，你是不是不舒服，我来陪你吧。"

"不用。"

欧浔担心自己再说下去会让叶蓁蓁起疑，急忙挂断了电话，所幸疼痛慢慢舒缓，叶蓁蓁也被别的事情缠上了。叶蓁蓁接到来自警局的电话时吓了一跳，当她赶到警察局的时候，发现齐美兰正一脸惊恐地坐着，脸色难看到了极点。

“美兰姐，出什么事了？”叶蓁蓁紧张地问。

“我觉得……卢少煌想杀我。”齐美兰说。

“什么？”叶蓁蓁愣住了。

齐美兰告诉叶蓁蓁和警察，她最近觉得卢少煌很不对劲。卢少煌提出离婚后，一直对齐美兰很冷淡，就算是改口暂时不离婚，还是早出晚归，但最近几天突然一改常态，每天都很早回家，还带着齐美兰和欢欢下馆子，甚至在家里做起了家务。

一开始，齐美兰以为他是想好好过日子，心里有些动容，她越发对卢少煌殷勤，对婆婆和小姑也分外小心。可是，不知道是不是最近太劳累的关系，她觉得自己的身体越来越差，白天也经常走神嗜睡。有一天，她终于在家里晕倒了，后来被一个电话吵醒，醒来的时候发现家里的煤气居然泄露了，她浑身无力，强撑着去关了煤气，后怕到出了一身冷汗。

如果，没有那个电话打来，她是不是就会煤气中毒死去了？煤气为什么突然会泄漏？

齐美兰越想越害怕，缓过神来后，急忙去找修理工来修理煤气。修理工一边修，一边嘟囔这个零件怎么可能坏，齐美兰听了以后也觉得奇怪，就和卢少煌说了一下。她以为卢少煌会安慰她的遭遇，没想到卢少煌反应强烈大骂修理工不懂行，还说要打电话去投诉他胡说八道。

齐美兰只是随口抱怨下，没想到卢少煌会这样激烈，她急忙阻止了他。去厨房准备晚饭的时候，意外发现卢少煌居然把她喝过水的杯子洗了——他最讨厌进厨房，只有在他们刚结婚的时候洗过碗筷，怎么突然那么勤快？齐美兰习惯性检查了一下他洗过的杯子是不是干净，意外在杯子底发现了白色的粉末，她知道，自己今天喝的是纯净水，根本不可能有粉末，这让她起了疑。她不动声色，拿着杯子找做药剂师的熟人检查，没想到检查出了安眠药的成分。

煤气泄漏、安眠药、丈夫突然殷勤……齐美兰想起最近发生的事情，只觉得心寒无比。她一晚上没有睡好，第二天一早就来警察局报警，也叫了叶蓁蓁来陪伴她。

听完齐美兰的陈述，警察疑惑地看着叶蓁蓁，似乎在质疑她们之间有什么关系。眼见警察有疑问，叶蓁蓁立马解释说，她是齐美兰为了离婚找来的危机公关专家，还说了齐美兰和卢少煌这场激烈的离婚大战的一些隐情。一听到他们的关系恶劣到如此地步，立马引起了警察的重视，“齐小姐，我觉得你的丈夫有谋害你的嫌疑，你可以立案让我们对他进行调查。”

“是啊，美兰姐你快报案吧！”叶蓁蓁忙说。

叶蓁蓁没想到她和欧浔正谈情说爱的时候，齐美兰会遭遇这样的事情，心里内疚到了极点。虽然齐美兰没有责怪她的意思，但是她知道，她对待这个案子并没有往常那么认真努力，而是把很多精力放在欧浔的身上。她简直不敢想象，如果齐美兰真的出事了，她会内疚自责到什么地步，暗想绝对要帮助齐美兰逃离卢少煌的魔掌。警察和叶蓁蓁都催促齐美兰立案，齐美兰反而犹豫了，“这只是我的一个猜想，我什么证据都没有……如果我真的找警察来调查他，我的婚姻就彻底完了。”

“美兰姐，这都什么时候了，你又不想离婚了？他都要杀你了，婚姻重要还是命重要？对了，我记得你在家里装了……应该会有记录吧？”

叶蓁蓁想起她曾经给齐美兰录像设备，只觉得瞬间柳暗花明，可是，齐美兰摇头，“我觉得这样不好，就没有装。叶小姐，我真的不想闹大，离婚的事情我也要再想想。”

齐美兰的反复无常让叶蓁蓁非常着急，她和警察苦劝了很久，齐美兰终于报案，却一再请求警察不要公开调查。送齐美兰离开后，叶蓁蓁郁闷到了极点，简直不敢相信会有这样阴晴不定的委托人。她心烦意乱地到了办公室，看到欧浔正坐在窗边喝咖啡。看到欧浔，叶蓁蓁觉得心一下子就安静了，欧浔也对她微笑，“你那边怎么样了？”

“不太好。”

叶蓁蓁非常郁闷地向欧浔汇报了这件事，撇撇嘴无奈地说：“我突然觉得，一个巴掌拍不响。齐美兰和卢少煌走到这一步，自已软弱善变的性格也有一定的责任。算了，不说她的事情了，阿威找到杜希羽了吗？你的冤屈就要被洗刷了，欧浔！”

看着叶蓁蓁充满期盼的眼神，欧浔觉得他的心变得很软，他从没想到，连他的家人都深信他会肇事后逃跑，可是面前这个女孩会无条件地相信他，还想用她稚嫩的手臂保护他。他忍不住伸出手摸摸叶蓁蓁的头顶，淡淡地说：“阿威查到了她的航班信息和住的酒店，这件事我会自己搞定。蓁蓁，每个人都有他们的打算，你不能干涉客户的决定。既然齐美兰的要求那么善变，只有找到孩子的真相这点没变，那么你尽力完成这个就好。”

叶蓁蓁着急地说：“怎么可以让她那么任性，她现在已经脑子不清楚了！

万一，万一她被卢少煌害死了可怎么办？”

“齐美兰是成年人，你要尊重她的决定。”

“好吧。”叶蓁蓁闷闷地说，“欧浔，你真的不要我陪你一起找杜希羽吗？”

“不要。有些事，我自己面对比较好。”

欧浔的眸色中是陌生的悲伤和凝重，让叶蓁蓁非常心疼，她也知道每个人都有不想被提起的秘密，就算他们是相爱的情侣，也要给欧浔留有一些空间。她不再提这个话题，而是好奇地问：“欧浔，你为什么一直拿着空杯子？”

叶蓁蓁看到欧浔手里一直拿着一个空的咖啡杯，忍了很久还是问了心中的疑问，暗想他是不是又想拿着道具耍帅。欧浔的目光停留在咖啡杯上，怎么也想不起来，他是想泡咖啡还是刚把杯子洗好，心脏猛地一跳。他想起了王皓的警告，病情会越来越恶化，再看着一脸笑意的叶蓁蓁，酸涩的感觉突然涌上了心头。

病情再继续恶化下去的话，就再也看不到，也想不起心爱的她了吧。呵，明明她就在身边，明明幸福触手可及，为什么一切就要变成虚无？也许，这是上天的命运……但是他欧浔，从来不信命。

“欧浔，你这么看着我做什么？”叶蓁蓁摸摸面颊，觉得欧浔看起来非常奇怪。

“蓁蓁……既然我们的事情已经定了，最近也没有别的单子，就集中精力处理齐美兰这一单吧。加油，叶蓁蓁！”欧浔热情地说。

“加油，欧浔！”

3

叶蓁蓁和欧浔击掌后，两个人干劲十足地开始分工协作。欧浔委托阿威去找卢少煌以及他亲戚朋友的资料，然后和叶蓁蓁一起跟踪卢少煌。

他们跟了他整整一天，发现卢少煌在饭店里忙里忙外，下班后去超市买了食材就回家，一点都看不出来有出轨的痕迹，他的手机也是干干净净毫无问题。叶蓁蓁差点疑心他已经和那个情人断了，再想起齐美兰的猜测，脑子乱成了一团。她烦躁不安地猛喝可乐，欧浔一把抢过了她手中的饮料瓶，“安静点，蓁蓁。不出意外的话，今天会有一场好戏看。”

“什么？”

“今天是何音的生日，你觉得他们会见面吗？”

叶蓁蓁也看过何音的资料，却没有留意何音的生日就是今天。欧浔这么一说，她顿时警觉了起来，暗想今天可能有所突破。叶蓁蓁暗暗惊讶欧浔居然细心到这个程度，嘟囔着说：“欧浔，你的记性怎么会那么好，看过一眼的资料就会全记住？哼，你还说什么，你第二天会不记得昨天发生的事情，我看你就是骗我的。”

欧浔没想到叶蓁蓁会说起这个，笑容微微一滞，他多么希望这一切只是玩笑，但到底只是奢求罢了。欧浔没有回答这个话题，摸摸叶蓁蓁柔软的发丝，“蓁蓁，你这样的情绪，是在妒忌我吗？呵呵，你完全没有必要这样。”

“为什么？是因为你只是经验比较丰富罢了，等我做的时间久了，也会和你一样吗？”叶蓁蓁满怀期待地问。

欧浔看着叶蓁蓁天真无邪的眼神，不忍心告诉她有些东西是与生俱来的，更不想告诉她，她说什么“做的时间久了”，有多么容易产生歧义。他轻轻咳嗽了一声，控制了脑中不由自主产生的桃色遐想，“你没必要妒忌我，因为我更妒忌你有一个那么完美的男朋友。亲爱的，全世界的女人都会妒忌你。”

叶蓁蓁无语。

“欧浔，你这么自恋真的好吗？你的字典里到底有没有‘谦虚’这两个字？”

“嘘，卢少煌下楼了。”

就在叶蓁蓁想暴打欧浔的时候，卢少煌突然下楼，间接拯救了欧浔。叶蓁蓁不再和欧浔较劲，立马把所有注意力都放在卢少煌身上。她悄悄开车，跟着他到了一个住宅，看着他要往楼上走，顿时有点着急。

“准备安装窃听器。”欧浔下了命令。

“是。”

欧浔递给叶蓁蓁一个购物袋，叶蓁蓁急忙把头发弄乱，装作刚买消夜回来的样子，打着哈欠去按电梯。她故意撞了一下卢少煌，把窃听器不动声色地放到了卢少煌的口袋里，急忙道歉：“对不起，对不起，我没注意到……”

“算了，以后小心点。”

卢少煌满门心思都在别的事情上，根本懒得理会叶蓁蓁，叶蓁蓁也成功安装好了窃听器。叶蓁蓁急忙回到车子上和欧浔一起窃听，听到了一些嘈杂的声音，然后传来了何音的抱怨，“卢少煌，你还记得来？你在家里陪着你的老婆孩子好了，还找我做什么？”

“生气了？你看你的小嘴都噘起来了。好了，别闹，我不是来了嘛，还给你带了礼物。亮亮怎么不在？”

“都几点了，他早睡觉了。给我看看是什么礼物，如果不好的话你就死定了。”

和她文雅的名字不同，何音是一个活泼又泼辣的女人，但卢少煌偏偏吃这一套。何音收到礼物后貌似很满意，和卢少煌一起去了卧室，然后窃听器里传来阵阵令人脸红心跳的声音。叶蓁蓁只觉得她的脸一下子就红了，暗恨他们居然不谈正事反而去交欢，尴尬得不敢和欧浔对视。她忙摘下了耳机刷起了微信，忍不住用余光看着欧浔，发现他居然听得很认真，叶蓁蓁一下子火了，在心里暗骂这个家伙还真是一只衣冠禽兽。

不过，和欧浔结婚的话，也会那么亲密吧……不知道，那是什么感觉？

叶蓁蓁脑中不受控制地幻想起欧浔脱了上衣，勾着手指诱惑她的场景，觉得她的鼻血就要流下来了。她幻想中的欧浔，有着英俊的容貌，结实的身体，和动人的眼眸，他正拿着花洒洗澡，水珠顺着他的身体流向腹部，他还朝她舔了舔嘴唇……

天啊，他怎么敢这样，这个变态！

“蓁蓁……”

“流氓！”

叶蓁蓁一巴掌打在了欧浔的手掌上，疼得欧浔捂住了手，他咬牙问：“宝贝，你发什么神经？”

“什么我发神经啊，明明是你……你叫我到底有什么事啊！”

叶蓁蓁此时才反应过来，忍不住惭愧地嫌弃自己。幸好，欧浔没有看出她的不对劲，递给她耳机，“听他们在说什么。”

“我才不要听！”

“快点。”

欧浔不容分说地把耳机塞到了叶蓁蓁的耳朵里，手指划过她耳垂的时候，让她的身体情不自禁地微微一颤。叶蓁蓁不知道她的身体为什么会那么敏感，越发为自己不该有的期盼和念头而羞愧了起来。叶蓁蓁不敢再神游，急忙打起精神去听他们在说些什么，听到卢少煌慵懒的声音，“阿音，看来你最近吃燕窝还是挺有用的，皮肤比以前更好了。”

“什么啊，我那是天生丽质。怎么样，我和你家黄脸婆比起来谁漂亮？”

“当然是你漂亮，那还用说？”卢少煌笑着说。

“那你到现在都不离婚！亮亮的户口我都愁死了，你说到底怎么办吧！不行我们娘儿俩现在就从这楼上跳下去，也省得在这里活受罪！”

何音说着就呜呜地哭了起来，卢少煌低声安慰了几句后也不耐烦了，“哭哭哭，就知道哭！你当我不想离婚吗？等赵老板走了我就和她离！反正她的孩子也不是我的种，她才是过错方，我一分钱都不用给她。”

何音听着，顿时停住了哭泣，“你说离婚都说了那么多年了，你可不要骗我。”

“我骗你做什么，难道我不想要儿子了，还养着那个小野种？”

“你也别那么说那丫头啊，她说起来也是……”

“好了，别说了。”

卢少煌突如其来地打断了何音的话，欧浔和叶蓁蓁互视一眼后，都知道突破口就在眼前——卢少煌和何音不是对此毫不知情，他们分明知道一些不该知道的东西！叶蓁蓁屏息凝神地听着，听到卢少煌沉默了很久，终于说：“当时……也是没办法。”

“是啊，我又没有怪你的意思，你已经做得很好了。老公，你怎么把衣服乱丢啊，快放到洗衣机里去。”

窃听器里传来一阵嘈杂的声音后，欧浔摘下了耳机，叶蓁蓁也知道他们不再会听到任何有用的信息。不管怎么样，他们今天的收获都非常大，原来好像迷雾一样的局面，终于有了一道突破口。叶蓁蓁摸着下巴，认真思索，“既然他们都知道内幕，那么找卢少煌好一点，还是找何音更有效果？”

“你觉得呢？”

虽然叶蓁蓁对于欧浔问她的意见很奇怪，还是说：“卢少煌这个人心机非常深，我觉得还是从何音那下手比较有效果。美兰姐已经受到了生命威胁，这件事不能拖，但现在根本没有时间成为何音的好友，从她那里打探消息啊。”

“有时候，打探消息并不一定要靠交情，还有更有用的东西。”欧浔挑眉。

“什么？”

“回去等着吧，我想明天就会有结果了。”欧浔意味深长地说。

虽然很不甘心，叶蓁蓁还是乖乖回家睡觉。第二天一早，欧浔来她家接她，带着她一起去找了阿威。踹门十分钟后，阿威骂骂咧咧地开了门，睡眼惺忪地就要揍欧浔，“老子昨天晚上为了你出差，现在才睡一会儿你就来踹门，你简直比黄世仁还要黄世仁！老子想揍你很久了，快点把脸凑上来！”

“现在就把材料给我，报酬翻倍。”

欧浔轻飘飘的一句话刚落下，叶蓁蓁诧异地发现阿威顿时不生气了，双眼甚至露出了羞涩的光芒来，他殷勤地招呼他们入座，还为他们端来了茶水和炸薯条。叶蓁蓁哪有心情吃这些，急切地问：“阿威哥，你查出来什么了吗？”

“我去卢少煌的老家查了，其他资料和之前的差不多，但是我得到了一个很有趣的消息——卢少煌还有个亲哥哥，但是他的哥哥在四年前因为癌症去世了。”

“他还有个哥哥？”叶蓁蓁反问。

“是的。那时候他们家条件不好，村上有人想要他家的男孩子，他的妈妈就把年长一点的哥哥送给了他们家。养父母就在隔壁村子，对那个哥哥据说还不错，哥哥得了癌症也没少拿钱出来治，但是最后还是没有用。”

“好吧，他有个哥哥……但是这件事和我们的案子有关系吗？”叶蓁蓁忍不住问。

“找出关系是你们的事情，我只负责查资料。这薯条味道真不错，你真不要来点？”

阿威殷勤地把薯条放到了叶蓁蓁面前，叶蓁蓁不耐烦地吃了一口，然后情不自禁地眯起了眼睛——这味道真是太棒了！她一口一口地吃着香酥可口的薯条，把腮帮子填得鼓鼓囊囊，含糊不清地说：“你说，为什么卢少煌从来不提他还有个哥哥？”

“也许是因为没有感情，也许是觉得这件事太丢脸，也许是有别的原因，只有他才会知道答案。阿威，你有这个哥哥的资料，快把它给我。”欧浔下命令。

“你怎么知道老子有他的资料，老子还真有。”

阿威骂骂咧咧地把资料丢给欧浔，打着哈欠上去继续睡觉，叶蓁蓁和欧浔一起翻看了起来。阿威的工作做得非常细致，把这个哥哥从小到大的履历，从性格爱好到人际关系都打探清楚了，他每年的大动态也都写到了资料里。叶蓁蓁“咦”了一声，欧浔问：“你看出什么问题了吗？”

“他在2013年期间，来过这里两次。那时候他已经生病了，他治病的医院不在这里，他为什么会来？还有，他在妇幼门口还因为电动车蹭了汽车，和对方吵了一架，还报了警……欧浔，那时候他没有女朋友，我想他来这里不可能是为了爱情，去妇幼没拿任何礼品，也不可能去看望生孩子的朋友。难道，是来看卢少煌的？也不对啊。他们兄弟的感情并不好，我不觉得他会特意来看他。那他到底来做什么？算了，不想了，这个也不是重要的。”

叶蓁蓁越说越混乱，可是欧浔若有所思地皱起了眉，他摸着下巴，缓慢重复叶蓁蓁说的话：“他没有任何来这座城市的理由，但是去了妇幼医院……蓁蓁，齐美兰做试管婴儿的时间是什么时候？”

“2013年的6月到11月。”

“在此期间，他来了几次？”

“来了三次。这和齐美兰有什么关系？她根本不认识卢少煌的哥哥啊，不对，难道……”

叶蓁蓁再次拿起了资料，看着卢少煌哥哥李英豪和卢少煌非常相似的面容，简直不敢相信自己的猜测。她不住摇头，自我解嘲地笑着说：“不可能，怎么可能会是这样……”

“你的猜测是什么？”欧浔紧追不舍地问。

“我没什么猜测，都是瞎想。这根本不可能……”

“不如这样，我们都在纸上写下我们的猜想，看看是不是一致。”

“好。”

叶蓁蓁拿起白纸，左思右想后写下“代孕”这两个字，看到欧浔写了“借腹生子”这四个字。他们的纸条都表达了一个意思，叶蓁蓁捂住了嘴巴，“难道齐美兰的孩子会是卢少煌哥哥的？可是他为什么要这样做？”

“这个问问知情人就知道了。”欧浔淡淡地说。

欧浔带着深受打击的叶蓁蓁去了何音工作的奢侈品柜台，找到了正在工作的何音。何音还以为有大生意来了，急忙上前招呼，欧浔一边看皮夹，一边压低了声音，“何小姐，我想和你谈谈。”

“你是什么人？我不认识你。”何音警惕地说。

欧浔递给何音一个纸袋，何音打开一看后脸色大变，犹豫一会儿后去请了假，终于和欧浔一起来到了咖啡厅。她看起来非常不自在，紧张地问：“你们到底是谁，找我有什么事？我告诉你啊，我可不会受你们的威胁，要钱的话我一分钱都不会给你们的！”

“何小姐你不要紧张，我不是来敲诈你，是来和你谈一笔交易。如果你把我们想要的资料告诉我们，我会给你二十万，还会安排你和你的小情人远走高飞。这个交易你感兴趣吗？”

欧浔的话音刚落，叶蓁蓁发现，何音的手瞬间握紧了拳头，目光满是期待却又有些怀疑，她思考很久，疑惑地问：“我为什么要相信你们？”

“因为，我完全可以把你们偷情的照片给卢少煌，能得到更大的好处，不是吗？”

欧浔的气定神闲给了何音很大的压力，她紧紧咬着嘴唇，一直在思考到底要怎么做。在她最矛盾的时候，欧浔作势要走，何音果然坐不住了，她急忙拉住了欧浔，疲惫地说：“要合作可以，那你先付给我定金。”

“OK。”

欧浔拿出手机，给她转了十万块，何音看着账户上突然多出的金额，简直不敢相信自己的眼睛。此时，她终于相信他们不是来骗她的，疑惑地问：“你们是什么人？”

“齐美兰聘请的危机公关。”叶蓁蓁严肃地说。

4

叶蓁蓁原以为何音听说他们的身份后，就不想和他们交谈，但她只是微微诧异了下，居然笑了起来。她喝了一口咖啡，笑着说：“看来，齐美兰也不是他想象得那样傻，真的什么都不要，只想和他在一起。呵，男人啊，就是喜欢自以为是，根本不知道他们在女人眼里就是一个笑话呢。”

“欢欢到底是怎么回事？”叶蓁蓁忍不住问。

“你这丫头，还真是没有耐心啊。欢欢不是卢少煌的孩子，是他哥哥的孩子。”

何音一下子就说出了他们心中的猜测，叶蓁蓁只觉得手脚冰凉，半晌说不出话来，欧浔倒是不以为然，继续平淡地说：“是因为卢少煌的哥哥就要死了，而他有生育障碍吗？”

何音原来想隐瞒一些事情来增大筹码，倒没想到她所有底牌都被欧浔揭穿，她耸耸肩，干脆地点头，“是啊，我也是在卢少煌酒醉后才知道这件事的。当时他哥哥得了癌症，他也查出来弱精症，他妈觉得对不起他哥，想给他留个后，可是一时半会儿又不可能有姑娘愿意给他哥生孩子，才会出了这个主意。”

“卢少煌会肯？”叶蓁蓁不可置信地问。

“一开始当然不肯，倒不是为了爱情什么的，男人总有这方面的尊严，更何况他对他哥根本没有什么感情……可是，这件事扯上钱的时候就不一样了。当时，他们家面临拆迁，如果有孩子就能多分五十平方米，这么多钱他爸妈这辈子也赚不了。卢少煌那时候也没什么钱，当然动心了。这件事就只有齐美兰一个人不知道。呵，卢少煌盘算打得很好，他心想，这孩子大了能分他哥以及他哥养父母的遗产，还能给家里多分房子，简直就是个招财猫。如果到时候离婚了，还能诬赖齐美兰出轨，让她净身出户……我都不敢相信，这个男人会有这样的心机。”

“那你为什么还要他离婚？”叶蓁蓁气愤地问，“既然在你眼里卢少煌这不好那不好的，为什么要和他在一起，破坏他的家庭？”

“你以为我想这样吗？”何音苦笑，“认识他的时候，我还是一个大四的学生，那时候我要多傻有多傻，他说他很喜欢我我就信了。我曾经那么想和他结婚，他每周六日都关机我也没有疑心……当我知道他有老婆，还有孩子的时候，我整个人都崩溃了。我想过要自杀，还想过要拉着他一起跳楼，可是，呵呵，我怀孕了。”

“怀孕？可是卢少煌不是不能……”叶蓁蓁捂住了嘴巴。

“是啊，他也没想到我会怀孕，还骂我是不是出轨了，我一气之下去做了羊水穿刺检测DNA他才信。说起来，他当年只是弱精，还有生育的可能性，医院误诊了他才会觉得自己没救了，也才会答应他妈的要求吧。虽然他没有明说，但是我知道他后悔得不得了。他不能怪他妈，又不能怪他死去的哥，更舍不得怪自己，就把火气都撒到齐美兰和她的女儿身上。呵，这样的人渣……我很想打掉孩子分手，可是医生说我怀孕很困难，这可能是我这辈子唯一的孩子，就算孩子的父亲是个人渣，我也决定把他生下来。他是儿子，卢少煌别提有多高兴了，我问他要礼物、要钱，他都能满足我，我也悄悄存下了一笔钱。我想拿着这笔钱远走高飞，但是他看我或者说看儿子看得很紧，我根本没办法走人。我故意闹着要他离婚，原本想等他离不了婚我可以顺利脱身，没想到他居然答应离婚，后来又不知道为什么改了口。总之，这件事是我对不起齐美兰，但是我真的不想这样。”

叶蓁蓁想象中的何音是一个肤浅、虚荣又霸道的女人，却没想到她也是一个受害者。原本的怒火，原本想要指责的话，突然说不出口来，叶蓁蓁觉得何音在这件事里，其实也没有多少错。叶蓁蓁沉默了一会儿，还是问：“所以说，你根本不想和卢少煌在一起，逼着他离婚，只是想找个借口离开他？”

“是的。其实，我已经有男朋友了。他不介意我的过去，也愿意和我去别的城市一起重新开始，但我的身份证和亮亮的出生证明都在卢少煌手里，我们根本走不了……既然你们那么神通广大，可以挖出我的秘密，那么你们一定可以带我走，是吗？”

面对何音的期盼，欧浔的食指有节奏地敲击桌子，“我承诺你的，绝对不会反悔，剩下来的钱，我会在一切结束后汇入你的账户。何小姐，你知道什么该说，什么不该说，对吗？”

“当然。”何音爽快地说。

欧浔和何音达成协议后，带着叶蓁蓁离开了咖啡厅。他从后视镜里看着叶蓁蓁，发现她的表情居然那么落寞，欧浔知道她在想什么，心中暗叹一声，轻声说：“不要把自己代入到客户的情绪里，这只是你的工作，蓁蓁。”

“我知道，可是我简直不敢相信，怎么会有人恶毒到这种地步。他和美兰姐之间就没有一点爱情吗，不然为什么会做出这么残忍的事情？如果有爱情，又为什么会走到这一步？她的一辈子都被这个男人毁了！他还要杀她！”

叶蓁蓁觉得胸口闷得发慌，这时欧浔温热的手抓住了她冰凉的掌心，她茫然地看着欧浔，听到欧浔轻声又坚定地说：“叶蓁蓁，不要胡思乱想。我们永远不会这样。”

“永远吗……”

叶蓁蓁的眼神有些迷离，但是欧浔的温度是那么炽热，仿佛融化了她心中的寒冰。欧浔把她的手放在自己胸前，让她感受着自己的心跳，“叶蓁蓁，心跳是不会骗人的，平静的时候会很平稳，说谎的时候会加快，诚实的时候，你也能感受到它的诚意。我，永远不会这样对你。永远。”

“谢谢你，欧浔。”

叶蓁蓁轻声说，主动吻上欧浔的嘴唇，也为他带来了丝丝暖意。欧浔留恋地看着她的眼眸、她的鼻梁、她的发丝、她面颊上的酒窝，心想他怎么可能让自己忘记他最深爱的女人。叶蓁蓁，他的叶蓁蓁……

“蓁蓁，我真想快点和你结婚。”欧浔说。

“我也是。”叶蓁蓁笑着说。

叶蓁蓁纠结了很久，在脑中组织了无数次措辞，终于还是约齐美兰出来，告诉了她事情的真相。饶是叶蓁蓁说得婉转万分，齐美兰的脸色还是瞬间变得惨白，她明明想哭，脸上却带着凄然的笑意，“叶小姐，你在和我开玩笑吧。我怎么可能怀着我老公哥哥的孩子，有哪个男人愿意这样？”

“美兰姐，如果可以的话，我也希望这件事不是真的……”

当叶蓁蓁把所有证据都摆在齐美兰面前的时候，齐美兰沉默了很久，她的表情就好像被冰封住了一样凝重，又带了一丝轻蔑的嘲讽。在叶蓁蓁以为她会晕倒的时候，她缓缓开口：“原来是这样……呵，我和他结婚后一直没有孩子，我们都去医院做了检查，我连检查单都没看到，他们就告诉我是我有问题。我多傻啊，我自责极了，觉得自己对不起他，对不起他全家。我去网上查治疗办法，我去中医那开方子，我任由婆婆折腾……无论是多奇怪的药，多难喝的味道，我都一天不落地吃完……当我终于怀上欢欢的时候，我觉得是上天听到了我的祈祷。就算怀孕的时候，卢少煌总是早出晚归，我也以为他是为了我们娘儿俩有更好的生活，我真的没想到……没想到我从头到尾就是一个笑话……大家都知道欢欢是谁的孩子，只有我不知道……呵，我在他心里到底是什么？妻子？生育的工具？利用的对象？我到底算什么？”

齐美兰的声音听起来那么柔弱，却字字敲在了叶蓁蓁的心里，叶蓁蓁也难过了起来。她无法想象，如果这件事发生在自己身上，她会怎么活下去，只能艰难地安慰齐美兰，“美兰姐，不要这样想。过去的事情已经发生了，你没办法改变。你不为了自己，也要为了欢欢坚强。”

“是啊，我还有欢欢，幸好，还有她。叶小姐，谢谢你帮我查到了真相。我想，我知道该怎么做了。你可以帮我一个忙吗？”齐美兰轻声问。

“美兰姐，你想做什么？”

“我想要他净身出户，身败名裂，这一次，我绝对不会再变。”齐美兰坚定地说。

“恰好，我很擅长这个。”叶蓁蓁微微一笑。

5

当叶蓁蓁把卢少煌出轨的资料、亮亮和他的亲子证明、他名下的财产以及转移财产的证据，都放到齐美兰的面前时，齐美兰发现，这个看似年轻的小姑娘，原来早就为她的离婚做了最充分的准备。她想起当她告诉爸妈，卢少煌出轨了想离婚时，父母那支持又如释重负的表情，突然觉得自己从头到尾都是一个可笑的傻瓜。

原来，放不下的人，从来都只是她罢了。为什么要便宜卢少煌？为什么不争取自己的权益？他们的房子，他们的饭店，都是在她娘家的支持和她的努力下才会发展，为什么要便宜卢少煌！她要他身败名裂，净身出户！

齐美兰打定主意后，把欢欢送到父母家，准备一个人开始她的战斗。她在酒店忙碌了一天后，又逛了个街才回家，没想到卢少煌居然在家，顿时有些诧异。一见她回家，卢母立马阴阳怪气地说："哟，你还知道回来啊！都几点了，你再不回来是要饿死我们啊。"

"嫂子我要吃油焖虾，你给我做。"

婆婆和小姑子一唱一和地让她去做晚饭。如果是以前，齐美兰早就忙不迭地去给她们做饭，但是今天她不想这样，她躺在沙发上，对卢少煌说："老公，我上班好辛苦，你去做晚饭好不好？"

卢少煌愣住了，他简直怀疑自己听错了，他现在是一家饭店的老总，回家还要做家务，简直是笑话！

"美兰你说什么呢，什么上班，你什么时候上班的？"卢少煌皱眉问。

"三天前就上班了啊。"

"你在做什么，我怎么不知道？"

"我和你说过，你说知道了就睡觉了，也许那天你喝多了没注意吧。"齐美兰睁着眼睛说瞎话。

卢少煌不悦地说："别闹了！家里是少你吃的，还是少你喝的，你没事儿去上什么班？你能把家里管好就不错了。"

"我也不想上班，可是我没钱啊。你一个月只给我三千块钱零花，哪里够花。"

虽然卢少煌现在收入很高，但因为他从小穷惯了的关系，对金钱特别敏感，给齐美兰的钱刚够家庭花销。如果齐美兰要买衣服、护肤品，都要额外问他要钱，他一般会拖几天再给，齐美兰果然就识趣地不经常开口。卢少煌没想到齐美兰居然会嫌钱少，他还没来得及说什么，卢母忙说：“三千还不够？三千都够我花半年了！吃不穷穿不穷，不会过日子就会穷！男人是钱袋子，女人是钱筢子，你不省钱可怎么行？”

“那也要有钱给我省啊。你问问晓云，一个月花多少钱，我们家开销都比不上现在大学生的生活费。晓云啊，你那手机要好几千吧，鞋子也挺好，正好我高跟鞋坏了，不如你的先借给我穿穿。”

卢晓云没想到，战火会烧到她身上，一下子就急了。她看到卢少煌的表情变得不对劲，忙解释说：“我的手机哪有几千块，我买的是二手手机。”

卢少煌以前不太注意卢晓云的东西，经齐美兰提醒，才发现妹妹的衣服牌子都不错，手机也是最新款。他心里不舒服了起来，但是碍于齐美兰在眼前，只是淡淡地说：“晓云，你到现在还没有工作，你要好好学会计，等工作了爱买什么就买什么。”

“知道了，哥。嫂子，我好饿，我们吃饭吧。”

齐美兰一动不动，忍不住笑了，“以前妈总是说，我没工作当然要做家务，现在晓云你没工作，家务是不是应该你干。我都累了一天了，我想吃点清淡的，麻烦你啦。”

“嫂子，我哪里会做这些！”卢晓云急了。

卢母也不同意地说：“晓云年纪还小……”

“小什么啊，今年都二十七了，我像她那么大都生孩子了。晓云早晚也要嫁出去，总要伺候公婆，难道让婆婆嫌弃她不会做家务？到时候可就晚啦。”齐美兰说。

“现在都什么年代了，谁说嫁人就要做家务？我才不会找个要人伺候的婆婆呢！”卢晓云下意识反驳。

“原来是这样啊……妈，那今天麻烦你做饭了，我真的不舒服。”

齐美兰说着，装模作样地捂着额头，一副虚弱的样子。卢少煌当然看得出来，她是铁了心不想干活，脸色也难看了起来，他忍气点了外卖，没想到吃饭的时候，齐美兰一会儿嫌弃油放多了，一会儿觉得这个菜不养生，气得卢母放下了筷子，“让你吃就吃，怎么那么多废话啊！”

“妈，我在自己家怎么话都不能说了。”齐美兰委屈至极，“算了，我不吃了。”

齐美兰找了个借口去房间，正好逃避了洗碗。她上网看着酒店管理的专业技能，听到外面传来卢晓云不甘心的叫嚷声，然后传来了开水龙头洗碗的声音，忍不住笑了起来。当卢少煌走进房间的时候，她还保持着躺在床上不动的姿势，卢少煌看到她的样子心里就来气，他暗想等明天赵先生走了，就给齐美兰颜色看，嘴上却温柔地说：“美兰，你今天不舒服吗？”

“嗯，不舒服。”

“明天有个饭局，你最好和我一起去一下，赵先生那需要我带着夫人一起参加。”

“是吗？好啊！我没钱买衣服，你给我点。”

齐美兰打定主意不让卢少煌好过，当然不会浪费这个机会。她理直气壮地问卢少煌要钱，卢少煌心里越发不舒服了起来，他忍不住说：“现在才是月初，我刚给你生活费，你先拿出来买衣服，不够的我再给你。”

“上次你带我去饭局，那些小姑娘的衣服都要人几千，我买一千块的会被看不起，而且，我的鞋子也不好，又没有手包，加起来怎么着也要一万块吧。”

“一万？”

其实，一万块对于卢少煌而言，只是给何音买个包的价钱，但是他习惯了齐美兰的无欲无求，简直不敢相信自己的耳朵。他极力平复心情，告诫自己小不忍则乱大谋，转账给了她一万块，放缓了语气，“美兰，赵先生提出了一个方案，我觉得很不错。我们会合伙开一家大饭店，为了多拿股份，我想拿出三百万的投资。”

“嗯。”齐美兰没有接话。

卢少煌等了一会儿，见齐美兰没有和以前一样帮他出主意，只好接下去说：“美兰，这件事对我很重要，我的生意会一下子比以前扩大规模，收入会是现在的十倍。你能不能先问你爸妈借一点，到时候我们按照利息还给他们？”

齐美兰知道，卢少煌这是惦记上了她爸妈家的那套房子，忍不住在心里冷笑了起来，她摇头，“不能。”

卢少煌忍气问：“为什么不可以，他们那套房子闲着也是闲着，又不能升值，还不如借给我们。我会打欠条给他们，还给他们利息。”

“那么好的事儿，你干吗不找你爸妈？”

齐美兰的油盐不进让卢少煌不高兴了，他眯起了眼睛，“美兰，你这是和我闹情绪吗？”

齐美兰呵呵一笑，“你都找了小三儿了，还有私生子了，你觉得我不能闹情绪吗？”

卢少煌没想到齐美兰会直接说这件事，一下子沉了脸，“不想忍，你可以离婚。”

“我跟你的时候，你只是个穷小子，你现在能赚那么多钱，我干吗要离婚？不管你外面有多少三儿，多少私生子，我都不会和你离婚的。我也想开了，我别的都不要，只要你多给我点钱就好。以后那三儿穿什么，用什么，我也要一样。”

卢少煌铁青着脸说：“既然你想维持婚姻，就拿出你的诚意来！你看看你对我妈的态度！”

“我对你妈好的时候，你也找了三儿，我干吗要对你妈好？反正从现在开始，我不会做家务，她们如果不做的话就找保姆，我也享受下阔太太的生活。”

齐美兰知道，卢少煌最讨厌的女人就是拜金女，所以她的话音刚落，卢少煌的表情已经满是厌恶，他冷哼了一声，“齐美兰，你现在怎么变成这样？周末一起去你家吧，也好久不见欢欢了。”

“没兴趣，我要去做美容。”齐美兰才不愿意他给自己爸妈添堵。

齐美兰的料想没错，就算卢少煌对她再不满意，为了明天和赵先生的见面，还是拿钱出来给她打扮。齐美兰去商场替自己从头到脚换了新的，还不忘记告诉婆婆她花了多少钱，果然又引起了一场家庭大战。

在看到赵先生的时候，齐美兰做出温柔贤惠的样子，让赵先生和赵太太对她非常满意。她提起自己之前不能怀孕的痛苦经历，和赵太太的隐疾不谋而合，两个人一下子就拉近了距离。卢少煌看着齐美兰和赵太太相谈甚欢的样子，暗想齐美兰也有她的可用之处，可是为了亮亮，他也只有选择离婚了。当赵先生他们离开后，打定了主意的卢少煌带着难得的温情，“美兰，我们一会儿还要去唱歌，你先回家吧。”

“我明天要出门，你给我钱。”

齐美兰说着，当着卢少煌兄弟的面朝他伸出手，卢少煌觉得他几辈子的面子，就快被这个女人丢光了，他的声音咬牙切齿，还带着一丝颤抖，“美兰，我不是刚给你一万吗？”

“那是今天的服装费，和你结婚那么久，你都没给我那么多服装费，我好开心能穿这么贵的衣服呀。可是我明天还要买菜，我又不能把衣服卖了去换菜，我也没办法啊。”

“行行行，我给你。”

卢少煌从皮包里拿出一千给齐美兰，齐美兰哪里看得上这钱，但是让他出丑她就特别开心，她笑嘻嘻地说了声“谢谢老公”就走了，卢少煌深吸一口气，这时他的兄弟拍拍他的肩膀，“大哥，我说你也真是的，给小嫂子买了那么多东西，也不能忽略了大嫂子啊。”

“我平时都给她生活费，谁知道她会这样。”卢少煌强撑着说。

“呵呵，她今天穿得是不错，但是鞋子都破了，我看赵太太的目光一直往那里瞄。”

卢少煌很少关心齐美兰的穿着打扮，只觉得她今天穿得还算体面，倒是没想到她故意没换鞋子，脸色一下子就难看了。他的兄弟笑着说：“好了，别说这个了，赵先生哪里会注意这些。时间还早，我们去老地方吧。”

“好啊。”卢少煌也不再去想烦心事。

第十五章　矛盾

当叶蓁蓁和齐美兰联手对付卢少煌的时候，欧浔终于安排好了一切，让杜希羽插翅难逃。他包下了杜希羽每天中午会去的咖啡馆，在门外设下了保安，静候杜希羽的到来。

当杜希羽走进咖啡馆，看清楚欧浔面容的瞬间，她脸上的笑容凝固了，她猛地往门外走去，但是被人拦住了去路。欧浔看着她，露出了最迷人的笑容，“希羽，好久不见。”

1

“欧浔……”

杜希羽曾经有多么喜爱这个名字，现在就有多么恐惧它！她不敢相信，自己居然会和欧浔在这里相遇，她忍不住步步后退，而欧浔步步紧逼。欧浔握住了杜希羽的手腕，眸色中弥漫着血色，呼吸近在咫尺，“希羽，十年不见了。你比以前漂亮了，看起来过得很好。”

“欧浔，你放手，放手！”

欧浔狠辣的眼神，让杜希羽感觉到彻骨的寒冷，她极力想挣脱欧浔的手腕，却怎么挣脱得过这个成年男人？欧浔好像要捏碎她的骨头一样，她觉得自己的眼泪就要下来了，她紧咬着嘴唇不让自己哭泣，却听到欧浔轻轻一叹，“居然不哭了，看来真是长大了……或者说，十多年前的你还懂得利用眼泪来算计我，现在你连这个都忘记了？杜希羽，能见到你，我真的很高兴。”

“你放手！”

杜希羽用力甩掉欧浔的手臂，眼泪忍不住落下，然后被她飞快擦干。她站起身，环视四周，身体在颤抖，极力让自己看起来冷静，“欧浔，你这是在绑架我吗？”

“不要说得那么严重，只是很久没见老同学比较激动。”欧浔淡淡地说，直视她的眼睛，“听说你在美国过得不错，准备结婚了，真是恭喜你。你的未婚夫好像是律师，不知道他对你当时做的事情会抱什么态度？也许，他根本不知道你做了什么吧——无耻地陷害，做伪证，然后远走他乡。杜希羽，午夜梦回的时候，你的良心会哭泣吗？”

“你……你到底要做什么？”杜希羽没想到欧浔会查出她的信息，濒临崩溃。

“很简单，我只是想从你嘴里知道，当时到底发生了什么事。”

欧浔看着杜希羽，突然有了一种恍如隔世的感觉，他好像回到了他十七岁的那年夏天。

因为从小外表出色，家里又有钱有势，欧浔从小到大都是学校的焦点。他顺风顺水地考上了本市最好的高中，因为知道以后要出国念书，所以对高中的学习没多大兴趣。那时候正流行看动画片《灌篮高手》，他迷上了篮球，总是泡在篮球场，也认识了几个伙伴。直到今天，他还记得他们的名字：易冰、李铎、倪伟、杜希羽。

原来，只是在上体育课的时候经常打球罢了，他也不知道为什么，会和他们越走越近，他们一起上课、一起打球、一起放学，很快就形影不离。那时候，杜希羽是倪伟的女朋友，他虽然心里有点嫌杜希羽麻烦，还是破天荒地比较照顾她。他没想到，杜希羽会突然向他表白，还告诉他，她已经和倪伟分手了。

欧浔从没想过抢兄弟的女人，更别说他根本不喜欢杜希羽。他明确地拒绝了她，却没想到，倪伟听信了杜希羽的一面之词，以为他们已经在一起，还找人把他打了一顿。骄傲如他，并不理解倪伟的伤心欲绝，有的只是被兄弟背叛的愤怒。于是，他们下了一个很荒唐的决定——飙车来决定胜负，输的人自动退学。

看着所有朋友都站在倪伟那一边，欧浔脸上虽然不动声色，还是觉得丢尽了面子。他同意了杜希羽坐在他身边的请求，带着她一起飙车。车子很快超过倪伟，欧浔看到他苍白的脸色时，突然觉得一切都索然无味了，再然后，出了那场车祸，他的记忆中满是鲜红，和那些人绝望的表情……

“欧浔，等我，我一定会来救你。”

杜希羽的话还响在耳边，但是她再也没有出现。他被关押起来后，听说她作证说他和倪伟打赌飙车，却也作证他没有谋杀的动机。从那时候开始，他虽然没有被判刑，但是被众人在心里宣判为“沾满血腥的富二代”，受到了所有人的唾弃。

忘记说了，被撞死的那个人叫倪伟。

他曾经是他最好的兄弟。

欧浔眯起眼睛，看着杜希羽的脸，那张脸因为哭泣，满是睫毛膏的痕迹，可笑至极。他发现他已经忘记了杜希羽素面朝天、白衣飘飘的样子，也忘记了那个虽然不喜欢和人打交道，却内心柔软的自己。他见杜希羽依旧不开口，叫人把杜希羽带到他的面前，温柔地说：“我有一份邮件，设定了自动发送时间，如果你再不开口，它就要发给你的未婚夫威廉。对了，你的学校邮箱也会有一份，你父母的公司邮箱当然也会有。希羽，你是聪明人，你知道该怎么选择。”

“欧浔，你……你既然都知道了，你为什么还要问我？”杜希羽悲愤欲绝地问。

“我就是想听你说。友情提醒你，现在还有一分钟。”

欧浔看着手表不再看杜希羽。时间从来没有那么难熬过，在他起身离开的瞬间，杜希羽终于崩溃了，她用食指指着欧浔，声嘶力竭地说：“欧浔，你以前就是一个喜欢折磨人的变态，现在还是，我当初真是瞎了眼才会喜欢你！好，我告诉你！你恨倪伟不给你面子，飙车赢了他，逼着他下跪求饶，但是倪伟不肯，你就开车撞了他！我以为你只是想吓唬他，我没想到你真的会撞死他……是我做了伪证，我说你们只是一时斗气，我没有告诉警察你是蓄意谋杀！我一直躲着你，不愿想起这件事，但是你偏偏逼着我想起……现在你满意了？你满意了！”

看着杜希羽哭泣的面容，欧浔一怔，然后觉得心被巨锤狠狠撞击了一下。他没想到，他苦寻的真相居然比他所以为的更可怕，眼眸中满是风雨欲来的宁静，他一把抓住了杜希羽的手腕，“那你为什么说，你会回来找我？”

“那时候我还是想和你在一起，想回来找你，是不是很傻？就算……就算你当着我的面，杀了我原来的男朋友……欧浔，不管怎么样，倪伟已经死了，我相信你也不是故意的。这件事，就让它过去不好吗？你既然查到了我那么多的信息，难道你没查到我怀孕了吗？”

欧浔的目光停留在杜希羽的小腹，发现她的腹部果然微微凸起，他想起，他也幻想过他和叶蓁蓁的儿女，再看着杜希羽，突然分不清楚真实和虚幻了。杜希羽抚摸着腹部，轻声说：“也许你会笑话，但我那时候真的很喜欢你……喜欢你到，想一到结婚年龄就和你结婚，为你生孩子的地步。你不喜欢我，这没有什么，你为什么这样逼我？欧浔，你想让我用死，来赎我当初喜欢你的罪过吗？”

杜希羽的眼泪就这样流进欧浔的心底，他觉得心好像被滚烫的岩浆浇过，身体每一寸肌肤都疼痛得好像被撕裂。他的呼吸突然急促了起来，眼前的景象也变得虚幻，他甚至不记得自己为什么在这里，眼前的那个人又是谁。他的面前浮现出倪伟爽朗的笑容来，他的声音也回响在耳边，“欧浔，我们是最好的朋友。”

最好的，朋友吗……

可是，他杀了倪伟……

倪伟突然在瞬间支离破碎，欧浔猛地后退几步，闭上了眼睛，但倪伟的惨状还是不停在脑中回放。他感觉到一只冰冷的手扼住了他的咽喉，还有个声音在嘲笑他寻找了那么多年的真相，却得到了这样的结果。

他曾经发誓，要让始作俑者付出代价，现在他要怎么做？杀了自己吗？到底怎么样，才能洗刷身上的罪孽？

欧浔坐在沙发上一言不发，杜希羽见他情绪失常忙趁机跑开了，只留他一个人在空荡荡的咖啡店。时间不知道过了多久，当有人来到他面前的时候，他发现天色已经黑了。他抬起头，淡漠地看着来人，没有开口，而她已经走到了他的身边。季琼的手轻轻触碰欧浔冰冷的面颊，用最柔和的声音说：“终于找到你了，欧浔。”

2

季琼轻轻搂住欧浔的肩膀，和他分享着那个不能说的秘密，此时的叶蓁蓁在百货商场的咖啡厅里打了一个喷嚏。现在已经是初冬，叶蓁蓁早就换上了厚厚的大衣和长靴，而叶如梅用穿着皮衣和马丁靴，扎着马尾的样子看起来分外年轻。叶如梅用妩媚的大眼睛看着叶蓁蓁，捂住嘴笑着说：“现在还不是冬天你就穿那么多，真到了冬天你穿什么？裹着被子出门吗？”

“突然降温十度，我都想穿羽绒服，真不知道你是怎么长的，居然不怕冷。妈，你什么时候回去？”

“你在赶我走吗？”叶如梅故意装出伤心欲绝的样子。

“什么啊，你明知道我就是问问你的计划，好安排下时间罢了。”

饶是知道叶如梅在做戏，叶蓁蓁还是被她水光潋滟的大眼睛震撼了下，暗想怪不得爸爸离婚那么久还是忘不了妈妈。叶蓁蓁喝着咖啡，犹豫了一下还是说：“妈，昨天我给爸打了个电话。”

“是吗？”叶如梅目光闪闪看着她，“你们很久不联系了，是因为我要结婚才重新联系上的吧？！”

叶蓁蓁被戳穿后有些尴尬，还是硬撑着说：“爸说，他很想你。”

叶如梅微微一怔，然后笑了，“蓁蓁，你不乖哦。这样的话，你爸绝对不会对我说。”

“妈……”

“我们在一起那么久，不能说多相爱，总是了解一点彼此的脾气的。你爸他就是标准的少爷脾气，刚愎自用又从不肯认错，不然我们也不会在婚后一直吵架。离婚对我们都是解脱，我到处有桃花，他也没闲着。总之，他也许会后悔，但那都是因为我抢先一步离开罢了。蓁蓁，你必须记住，当一个男人对你没有爱情的时候，就算再难过，你也要先说分手。眼泪可以是你赢取同情的武器，但绝对不是软弱的工具，只有先离开，才会让男人永远惦记，狠狠报复他的背叛。”

叶蓁蓁呆呆看着叶如梅红润的嘴唇，心里说不出是什么感觉，手中的咖啡好像突然冰冷了起来，她看着商场里随处可见的圣诞装饰，忍不住想如果到了那一天，她能不能舍得离开欧浔。

如果离开他了，就再也看不到他微笑的样子，也没办法和他开心斗嘴了吧，还有，再也感受不到他温暖的怀抱，也再也听不到他呼唤她名字的声音。如果，如果欧浔的心真的不在了，她会和妈妈一样潇洒离开吗？还是说，她会和美兰姐一样，变成自己最看不起的那类人？

叶蓁蓁陷入了沉思，叶如梅看着叶蓁蓁失神的样子，伸出手在她眼前晃一下，笑着说：“蓁蓁，你在想谁？”

“什么啊，我在想圣诞快到了，商场会有什么活动。”叶蓁蓁勉强笑着说。

叶如梅点头，“我刚才进来的时候，看到海报上有个充五千送两百的活动，这样买包倒是蛮划算。我打算买几个包配衣服，要一起去吗？”

“好啊。”叶蓁蓁忙说。

叶蓁蓁跟着叶如梅进了名牌包的专柜，发现以往冷清的柜台因为搞活动变得热闹十足。售货小姐口干舌燥地介绍着包包，人们像疯了一样抢购，专柜里连转个身都很困难。这样的气氛带动了本来就热爱购物的叶如梅，她立马加入到了战斗，叶蓁蓁则被人挤得几乎摔倒，只好先出去远离“战场”。叶蓁蓁看着端庄的贵妇对包包痴迷的表情，好笑地耸耸肩，独自走到了服务台前。就在这时，一个气球从她面前缓缓往上飘，一个小孩的哭声也在耳边响起，“我的气球！呜呜呜，我的气球飞了！”

叶蓁蓁看到小姑娘泪眼婆娑的样子，急忙伸手去抓气球，可是为时已晚，气球从她的指缝中滑走了。她抱歉地看着小姑娘，这时一个男人突然从她的身边走过，他快步上了电梯，抓住了即将飘到楼顶的气球，然后把它还给小姑娘。小姑娘和她的妈妈连声道谢，叶蓁蓁没想到会在这里见到程诺，虽然有些诧异还是向程诺打了招呼。她敏锐地发现程诺走路的样子有些奇怪，在小姑娘离开后忍不住问：“程诺，你的脚怎么了？”

“刚才稍微扭了一下。”程诺云淡风轻地说，“没什么大问题。蓁蓁，你怎么会在这里？”

叶蓁蓁没有回答，不信任地说：“什么没事啊，我看你走路的姿势都不对了。你以前脚踝受过伤，不会是旧伤发作了吧。”

“和你说了，没事……”

程诺的话没有说完，因为叶蓁蓁已经眼疾手快地掀开了他的裤腿，然后一把捂住了嘴巴。叶蓁蓁看着他肿胀得好像馒头一样的脚踝，心中一酸，又气又急地问：“这样还没事？是不是断了才算有事啊？你这人真是奇怪，有什么事情都藏着掖着，有什么不好说的？”

“我的脚踝是旧伤，再次发作只是凑巧罢了，如果让那对母女看到，她们会自责，解释起来会很麻烦，还不如不说，反正也只是举手之劳罢了。蓁蓁，你来这里逛街吗？”

看着程诺苍白面颊上平淡的笑容，叶蓁蓁觉得她的心被狠狠揪了一下。她怎么会忘记，他们上大一的时候一起在冬天爬山，没想到突然下起了大雪，程诺为了拉住滑倒的她才会摔伤了脚踝。从此，他告别了心爱的篮球，一到阴雨天脚踝就会疼痛，但是他从来没有责怪过她一句。

程诺……为什么他总是为别人想得那么多？他不知道，他这样会让人心疼吗？

“蓁蓁？”程诺低着头看着她。

叶蓁蓁缓过神来，“程诺，我陪你去医务室。”

叶蓁蓁不由分说挽起程诺的臂弯，把他往医务室的方向带去，程诺微微犹豫了下，没有拒绝。他身体的一部分重量压在了叶蓁蓁身上，他看着叶蓁蓁因为用力而涨得通红的脸蛋和越发清亮的眼眸，突然希望这条路久一点，更久一点。他的眼前浮现出那个雪天，叶蓁蓁险些跌倒在雪地的惊慌，她温热肌肤的柔滑，突然后悔没有更早一点和她在一起，更后悔因为可笑的自尊选择了放弃。

蓁蓁，曾经属于他的蓁蓁，现在他们的距离虽然那么近，他却再也无法触及……

程诺任由叶蓁蓁把他送到了医务室，麻木地处理好了伤口，看着叶蓁蓁近在咫尺的面颊，终于忍不住伸出手轻轻触碰了一下。她的脸蛋和记忆中一样温热，可是她没有和回忆中一样露出羞涩又甜蜜的表情，而是有些呆滞和茫然，最后看起来有些纠结。程诺看到她不动声色地往后退了一步，笑容是那么勉强，“程诺，你现在好点了吗？”

“蓁蓁，”程诺没有回答这个问题，“欧浔对你好吗？”

“好啊。”叶蓁蓁下意识说，“没什么变化的话，我们要结婚了呢。”

“结婚吗……”

程诺觉得伤口再一次被撕裂，疼到一定程度却变得麻木了起来，所以他甚至微笑了一声，听到自己说：“真是恭喜你了，蓁蓁。”

“没什么，我也不知道为什么就对你说了，我连我妈都没有讲……程诺，你可以先保密吗？”

看着叶蓁蓁期待的眼神，程诺觉得她真的有一种把人伤到深入骨髓的天赋，他看着她，淡淡笑着，“当然。我想，你结婚会邀请我去，对吗？”

叶蓁蓁松了一口气，“当然，我们是朋友。”

“是啊，朋友。”

程诺回味着这几个字，这时医务室的门突然被推开了，叶如梅风风火火地进来，连声说：“蓁蓁你怎么了，出什么事了，为什么会来医务室？是胳膊受伤了还是脑袋，你要不要紧？”

“妈，我没事。”叶蓁蓁被叶如梅摇晃得头晕，终于能开口。

“哦，那好吧。我们继续逛街。”

叶如梅拉起叶蓁蓁的手就要离开，突然注意到程诺坐在病床上，她的脸色瞬间变幻，然后轻笑说：“程先生，好久不见。我以为你还在美国。”

“阿姨好，我学业结束后，一年前就回了国。”程诺彬彬有礼地说。

叶如梅挑眉，“是吗？你和以前看起来真是很不一样了，成熟稳重了很多。你现在在做什么？”

“我……”

程诺刚想回答，叶蓁蓁忙说：“妈，你别老拉着程诺问，他还受着伤呢。你都买了什么，买爽了吗？”

一提起购物，叶如梅眉飞色舞地说：“我抢到了限量版的包包，真是好不容易才杀出重围，我的胳膊都被抓伤了。不过我也不是吃素的，她被我揍了一拳，敷多少面膜也好不了，嘻嘻嘻。”

看着叶如梅骄傲的样子，叶蓁蓁默默为和她抢包的人默哀了几秒，头痛地说：“妈，为了一个包，你至于吗？”

“抢人包包，如同抢人老公，我绝对不能忍。”叶如梅笑眯眯地说，“蓁蓁，走了，我饿了，一起吃点东西。程先生，要一起来吗？”

“不了，谢谢阿姨。阿姨，恕我冒昧，您的项链松了。”

“项链？”

叶如梅抚摸着脖子上的珍珠项链，顺势往下看，发现她衬衫的扣子居然松了一个。如果是叶蓁蓁，一定会羞愧得当场转过身扣纽扣，叶如梅反而把扣子解开了一个，将发丝披散在胸前，越发多了一种慵懒的妩媚，她站起身，笑盈盈地说：“谢了，程先生。蓁蓁，我们走。”

“妈，你走慢点啊，妈……”

叶蓁蓁不好意思地向程诺道歉后，匆忙跟上了叶如梅的步伐，却发现叶如梅没有再去逛街，而是径直走到了停车场。她发动了她的红色跑车，开了一会儿后突然笑了，“和以前相比，他真是成熟很多啊。”

“妈，你在说谁？”

“别装了，你知道我在说程诺。我还记得，那时候我让他离开你，他看起来就好像要杀了我，但他最后还是妥协了。我想，我应该是他这辈子最憎恨的人吧，可是他居然向我打招呼，还隐晦地告诉我，我的衬衫扣子开了。蓁蓁，也许当年我错了，这个家伙够聪明，够隐忍，又很爱你，你们如果再在一起的话，我不会反对。就算你暂时不喜欢他，当个备胎也好啊。”

“妈，你胡说什么啊，分手就是分手，我才不会在感情的事情上变来变去的。”叶蓁蓁无语地说。

“你对他没一点感觉了吗？”叶如梅笑着说，“如果真是那样，你管他死活做什么。”

“妈，你别说了，你很多事情都不懂。走吧，我饿了。”叶蓁蓁不愿意回答这个问题。

3

叶蓁蓁和叶如梅不再谈程诺，她们吃完晚饭后在商场闲逛，叶蓁蓁突然看到有一部新上映的电影，一下子来了兴趣。她给欧浔发微信约他一起来看，没想到欧浔迟迟没有回复。

叶蓁蓁一开始还没把这件事放在心上，当她八点钟给欧浔打电话，欧浔还是没有接听的时候，她的火气一下子就上来了。她脑中浮现出欧浔在KTV夜夜笙歌的样子，欧浔开着跑车陪美女兜风的场景，越想越生气。她也知道，自己的想象很站不住脚，也许欧浔手机进水了或者他飙车出车祸了……

呸呸呸，叶蓁蓁你怎么可以这样乌鸦嘴！呸呸呸！

叶蓁蓁急忙控制住不该有的想象，喝了一杯热牛奶，心想早点睡觉明天再去公司找欧浔，睡到一半的时候被雨声吵醒了。她没想到大冬天突然会下雨，迷迷糊糊中不记得厨房的窗户有没有关上，打着哈欠去关窗，突然愣住了。她看到一个人站在她家楼下，没有撑伞，不知道已经在雨中站了多久。

“欧……欧浔？”叶蓁蓁迟疑地叫出了他的名字。

在下一秒，叶蓁蓁急忙拿着伞冲到楼下，发现欧浔果然就在她家门口。因为天气寒冷的关系，欧浔的脸色苍白到可怕，发丝也紧紧贴在他的额头上，看起来就好像是一条被遗弃的小狗。叶蓁蓁只觉得心被狠狠揪了一下，踮起脚为他撑伞，生气地说：“你大半夜不睡觉在我家楼下做什么，为什么不打伞？天这么冷你才穿这么点，你以为你和我一样十八岁啊？欧浔，你到底怎么了……”

叶蓁蓁的话没有说完，因为欧浔用力抱住了她，他的怀抱紧到让她窒息，她也发现欧浔的状态实在有点不对劲，干脆没有挣扎，任由欧浔抱着，小心翼翼地问："出什么事了吗？"

欧浔没有回答。

她的雨伞在雨天中构成了一个小小的安全世界，这个世界里只有她和欧浔两个人。她没有管雨点正顺着伞往下滚落，也没有管冬季的风是多么萧瑟，她只想给面前这个悲伤到几乎绝望的男人一个最温暖的拥抱。她的怀抱没有让欧浔温暖起来，她犹豫了一会儿后，试探地说："欧浔，我好饿。"

"怎么了？"欧浔终于开口。

他的声音一向是低沉到好像大提琴划过琴弦，骄傲到好像海平面上的太阳，第一次如此沙哑又虚弱。叶蓁蓁见他终于搭理自己，忙装作可怜兮兮的样子说："今天忙了一天，到现在都没有吃饭，现在胃好疼啊……"

欧浔没有焦距的目光终于慢慢明亮了起来，他出神看着叶蓁蓁捂着胃部的可怜样，轻轻一叹，"去你家，我给你做点吃的。"

"那就麻烦你啦。"叶蓁蓁忙说。

到了叶蓁蓁家后，叶蓁蓁给欧浔找了一套干净衣服，说他湿漉漉的样子就算做饭也不会好吃，不由分说把他推到浴室才松了一口气。欧浔洗好澡出来后，脸色因为蒸汽变得鲜活了起来，虽然在沉默不语中做饭，但看起来比之前好了很多。叶蓁蓁一会儿要他做皮蛋瘦肉粥，一会儿又要吃糖心荷包蛋，把欧浔指使得团团转。当她终于吃到热气腾腾的粥时，皱起了眉，"味道有点淡，不信你尝尝。"

"是吗？"

欧浔尝了一口，发现味道并不算淡，他挑眉看着叶蓁蓁，叶蓁蓁坚持，"真的很淡，你吃几口就知道了。"

在叶蓁蓁的坚持下，欧浔又吃了几口粥，一股暖流从胃部蔓延到了身体的每一寸肌肤，他整个人终于温暖了起来。他不是傻瓜，当然知道这是叶蓁蓁变着法子哄他吃饭，却装作认真的样子问："蓁蓁，你是在嫌弃我的厨艺吗？"

叶蓁蓁笑嘻嘻地说："你厨艺再差也比我好，我哪里有资格嫌弃我家亲爱的。欧浔，没有你的话我可怎么办，我饿死了都没有人管。"

叶蓁蓁的甜言蜜语不要钱一样砸向欧浔，虽然肉麻到连她都忍不住起了一身鸡皮疙瘩，但效果确实比想象中还要好很多。她不住抓着欧浔衣袖撒娇，欧浔的耳根浮现了一丝红晕，最后终于无奈地说："蓁蓁，别拉我的袖子了，衣服都要被你拉下来。"

"我就喜欢拉你，就喜欢拉。"

叶蓁蓁蜷缩在欧浔的胸前，娇蛮地使着性子，突然老脸一红，心里挺不好意思的。因为她的妈妈叶如梅一向娇纵任性，她反而是照顾妈妈、为家里操心的那类人，心智自然要比同龄少女都要成熟一些。她和程诺在一起的时候，因为怕他讨厌不敢撒娇，倒没想到会对欧浔用这一招，内心真是有点百感交集。她有点担心欧浔会笑话她，没想到欧浔没有和以前一样嘲讽，而是定定看了她许久，用力把她搂在怀里，他在她耳边低声说："蓁蓁，你不好奇我今天发生了什么事情吗？"

"好奇啊。"

"你为什么不问？"

"如果想说的话，你会告诉我；如果不想说的话，我们一起忘记它吧，还想起来做什么。"

"是啊……还想起来做什么。"

欧浔重复着叶蓁蓁的话，突然觉得他那么多年来的追寻，只是笑话一场，忍不住苦笑了一声。现在的他没有了刚知道那个消息时的疯狂，看着近在咫尺的叶蓁蓁，冷静地想，如果他真的要用自己的性命赎罪，叶蓁蓁该怎么办？

他从来不是什么圣人，他舍不得离开人间，因为他有太多放不下的人，更舍不得叶蓁蓁。如果没有他，她连照顾自己都不会，也一定会难过吧，他怎么舍得让她难过。

"欧浔，我听美兰姐说前段时间警察去调查了卢少煌，他看起来很慌张，还和美兰姐大吵一架。美兰姐她现在故意磨卢少煌的耐性，但是还缺少一个足够让卢少煌净身出户的契机。美兰姐告诉我，卢少煌和赵先生的合作已经谈得差不多了，需要一大笔资金，还在打她娘家房子的主意。你觉得怎么做比较好，才能狠狠报复他？"

叶蓁蓁絮絮地说着，看着欧浔沉思的样子，心里悄悄松了一口气。自从选择了危机公关，她恶补过许多心理学的有关书籍，知道劝慰一个人的方法除了温柔之外，"被需要"的感觉更加有用一些——有的人患了癌症只能活一年，却因为孩子幼小硬生生撑了五年，他人的"需要"是他们最强大的力量。虽然她不明白欧浔到底发生了什么事，但是她知道这件事，一定严重到让欧浔厌世的程度。她想知道真相，但她更不想让欧浔难过。

“欧浔，你觉得怎么办才好？”

欧浔只觉得自己涣散的思维被叶蓁蓁强迫拉回来了一些，不自觉地进入了工作模式，“既然他现在急需用钱，斩断他的资金链是最有效的办法，首先，要让他的供应商对他有意见，集体反水；然后，可以让赵先生那里的路也走不通。如果他平时有赌博之类的习惯就更好利用了，设个局就能把他逼入绝境。当他因为金钱问题只能向齐美兰低头时，机会就来了，她可以装作四处帮他筹钱的样子，趁机压低共有房产的价钱，把这套房子拿回来，再找人放出要拆迁的消息，顺便告诉卢少煌可以假离婚逃避债务。卢少煌一定不甘心把钱用来还债，按照他骄傲自负的个性，肯定会提出假离婚，齐美兰越是不肯，他越想离，到时候……”

“到时候真的离婚，他就傻了。”叶蓁蓁笑了起来。

叶蓁蓁有着一双漂亮的杏仁眼，笑起来的时候眉眼弯弯好像月牙儿，欧浔的嘴角也情不自禁地上扬了起来。他搂着叶蓁蓁，在她耳边轻声说：“蓁蓁，听你说你妈回来了，不如找个时间大家一起吃吃饭，商量下结婚的事情。”

如果是以前，叶蓁蓁也许会拖上一段时间，但欧浔刚那么不对劲，她怎么舍得欧浔难过，她点点头，轻松地说：“好啊。不过，我妈肯定不会想到我那么小就要结婚，到时候可有一场硬仗要打。”

“你怕吗？”欧浔低声问。

“不怕。有你在，我什么都不怕。”叶蓁蓁坚定地说。

欧浔笑了，声音有些游离，“蓁蓁……如果我不是你想得那么勇敢无畏，甚至是一个卑鄙的人，你会怎么样？”

叶蓁蓁瞪大了眼睛看着他，“勇敢无畏……欧浔你疯了吗？你从来都是一个自私自利，为了目的不择手段、卑鄙无耻的人啊！是谁让你产生‘勇敢无畏’的错觉？”

欧浔嘴角一抽，“蓁蓁，谢谢你这样形容我。”

“可我就是喜欢这样的你。虽然很多女孩喜欢暖男，可我觉得太温暖的男人就是中央空调，我喜欢你这样的热水袋，只对我一个人好。欧浔，你千万不要离开我，不然我只能去找程诺了。”

一听到程诺的名字，欧浔的脸色果然在瞬间变化了，他一把抓住叶蓁蓁的手臂，生气地说：“要找程诺，嗯？”

“我就是随便打一个比方……”叶蓁蓁怂了。

“蓁蓁，看来你还是不够忙，才会想起别的男人。”

“什么啊……”

叶蓁蓁的手臂被欧浔抓住，下半句话堵在了嗓子里，因为欧浔已经吻住了她的嘴唇。和一开始浅尝辄止的吻不同，欧浔的吻就好像屋外的雨一样暴虐又充满攻击性，让她脑中一片空白，恍惚间想起了欧浔从来都不是温柔善心的男人。欧浔的呼吸越来越灼热，她明显感觉到了他的变化，一下子睁大了眼睛。她从没想到，会和欧浔这样亲密，她从欧浔的眼眸中看到满满的自己时，突然觉得这样也不错。

欧浔，她的欧浔……她真的很想把自己，交给她最爱的男人。

“我爱你，欧浔。”叶蓁蓁在他耳边轻声说，“所以……轻点好吗？”

欧浔看着叶蓁蓁强装镇定的样子，只觉得心柔软得简直不像话，他亲吻叶蓁蓁的额头，用最虔诚的语气说：“蓁蓁，我会永远爱你。”

“嗯。”叶蓁蓁勾住了欧浔的脖子。

4

虽然欧浔的年纪比叶蓁蓁大许多，但他还是第一次尝试这样销魂的滋味，如果不是看叶蓁蓁实在受不了的样子，简直有些欲罢不能。他用最大的意志力强迫自己不再招惹叶蓁蓁，暗想怪不得有些君王为了妃子不上早朝，他不是君王也实在没必要那么苛求自己。他拥抱着叶蓁蓁，看着她熟睡的面容，只想永远把她呵护在掌心，永远不放手。

蓁蓁……对不起，我真是一个卑鄙的人。我绝对没有你想得那么好，我的手上满是血腥。

可是，我会把这个秘密埋藏在心里，永远不会让你离开。

爱我吧，叶蓁蓁，爱得多一点，再多一点……多到，你无论如何，都不会离我而去的地步……

当他们一起昏昏沉沉地睡去后，他们乌黑的发丝交缠在一起，十指也紧紧扣着。叶蓁蓁实在太疲惫了，一晚上都没有做梦，第二天一早被门铃声吵醒。她打着哈欠睁开眼睛，看到了欧浔强有力的手臂，想起他们昨晚的缠绵，脸一下子变得滚烫。她心想可能是快递到了，穿上睡衣想去开门，在看到来人的时候整个人清醒了。

“蓁蓁，快开门，不然我自己开了哦。”

门外，叶如梅好像看到了叶蓁蓁一样，对着猫眼微笑，叶蓁蓁只觉得寒意从脚底蔓延到了身体。她以光速大喊一声“我还没起床穿衣服”，然后跑回房间，迅速摇醒了欧浔。欧浔睁开眼睛，漆黑的眸中带了一丝茫然，在看到她的瞬间变得华光溢彩，他对她微微一笑，用最最温柔的声音说：“蓁蓁，早安。”

他没想到醒来的第一眼就见到了叶蓁蓁，更没想到在他记忆越来越糟糕的时候，居然可以不用借助录像设备，就记住他心中最爱的那个姑娘。他的手指轻轻划过叶蓁蓁的嘴唇，昨晚放肆如同在云端漫步的感觉，再一次涌上了心头。他看着叶蓁蓁红润的面颊，愉快又卑鄙地想，她完全属于他一个人的感觉真好，但是，他贪婪地想要多一点，更多一点……

“蓁蓁？”

欧浔低沉的声音是那么动人，如果是平时，叶蓁蓁会脸红心跳，但是现在她一手捂住了欧浔的嘴巴，毫不怜惜地用力把他拉起，着急地说：“快快快，快穿上衣服离开我家！门锁了你不能出门，就跳下去吧！”

“蓁蓁，你在说什么？”

所有的旖旎都被叶蓁蓁的火急火燎打断了，欧浔简直怀疑他的耳朵出现了问题，他用难以相信的目光看着叶蓁蓁。这时，叶蓁蓁已经把他往床下拉，飞快地把衣服塞到他手里，欲哭无泪地说：“该死的，我妈怎么会来！如果让她知道我们在婚前就一起过夜，她一定会杀了我的！欧浔，从洗手间的窗户那跳下去吧，这里只是二楼，你一定不会摔死，最多有点骨裂。亲爱的，我爱你，去吧！”

叶蓁蓁说着亲吻了一下欧浔的嘴唇，然后用力把他往楼下推。欧浔很高兴叶蓁蓁突如其来的热情，但是他看看楼下的高度，一只手死死把住了窗框，气急败坏地说：“叶蓁蓁你胡闹什么！你都到晚婚晚育的年纪了，你觉得你妈会管你和谁睡了吗？”

叶蓁蓁愤怒地说：“我是没有你厉害，不如去你妈面前睡一觉看看啊！”

欧浔只觉得血液涌到了头顶，“是谁，是谁教你说这些话的？”

“要你管。”叶蓁蓁对他吐舌头。

欧浔看着战斗力惊人的小女朋友，悲哀地发现书上所说，女孩会在第二天爬不起床来是多么可怕的错误。昨晚的伤感和迷茫在瞬间消失不见，他眼下最想做的就是阻止叶蓁蓁的逃避，给自己争取应有的地位。他好像大力神附身一样，和叶蓁蓁纠缠了起来，就在叶蓁蓁恨不得把他一脚踹下去的时候，房门开了。饶是冷静的叶如梅，手中的早餐盒也掉在了地上，呆呆地问："你们，你们这是……准备做，还是已经做好了？"

叶蓁蓁无语。

叶蓁蓁的脸涨得通红，她觉得现在往她身上泼水的话，一定能看到喷薄而出的水蒸气，羞愧到不敢和妈妈对视。欧浔看着这个轮廓、气质都和叶蓁蓁截然不同，只有一双眼睛如出一辙的漂亮女人，觉得他的脑子从来没有那么清醒过。

他看着近在咫尺的叶蓁蓁，发现她一头长发凌乱地披散在胸口，身上的睡裙已经皱皱巴巴，刚才的肢体交缠更是让她的睡裙到了大腿根，露出了白皙的肌肤来。她的脖子是那么修长，上面有几个暗红色的记号，正是他昨晚的印记。他低下头，看到自己赤裸着上身，一只脚穿着拖鞋，一只脚光着的可笑样子，暗暗恼怒他给叶如梅看到了如此不堪的一幕，有了一个不太好的第一印象。他深知现在叶如梅没有给他一巴掌已经是极有教养了，清清嗓子说："叶……阿姨，如您所看，我们正准备结婚。您会来参加婚礼的，对吗？"

"谢谢你通知我这个。"叶如梅露出了一个娇媚的笑容，"现在，请你滚下去。"

当欧浔狼狈地从地上爬起，一瘸一拐地重新穿好衣服，和叶蓁蓁一起坐在沙发上，已经是半小时之后了。虽然现在已经是冬季，欧浔觉得叶蓁蓁房间的温度实在高得吓人，他下意识松了松衬衣的纽扣，又觉得露出脖子会让这位漂亮的阿姨有一些不太好的联想，犹豫了一会儿后又重新扣上。他想装作什么事情都没发生的样子，谈论一下股市和天气，又忍不住担心这样的话题会不会让叶如梅不喜欢。该死的，难道让他谈论米兰时装周的新款吗？她会不会觉得他是个浪荡子？

"妈，我已经二十四岁了。谁让你不敲门就进来的？"

就在欧浔想尽办法，努力为自己加分的时候，叶蓁蓁终于按捺不住发了脾气，她的眼圈红红的，鼻头也有些发红，看不出来是因为生气还是羞愧。叶如梅眨眨眼睛，毫无愧疚地说："我先敲了门。还有，我没记错的话，你还有九个月才满二十四岁。"

“那我也成年了！这是我的私人住宅，你敲门了就能随便进来吗？”

叶如梅眯起了眼睛，“也许你忘记了，这房子之前属于我，我在四年前才过户给你。”

“作为我听你话的回报吗？”叶蓁蓁冷笑。

叶蓁蓁这话一说出口，就知道她说错了。叶如梅看看欧浔，再想起那天看到的、分明比欧浔更好掌控的小子，微笑着说：“我现在改主意了，蓁蓁。”

“那个……”虽然不明白这对母女到底在打什么哑谜，欧浔还是开口，“如果是钱的事情，我可以解决。”

叶蓁蓁母女目瞪口呆地看着欧浔从口袋里掏出一张支票，认真地签上自己的名字后，用最恭敬的姿态递给了叶如梅。叶如梅看到支票上的金额忍不住眉心跳了几跳，冷冰冰地扯了扯嘴角，“真是大方啊，欧先生。这算是，给我那么多年来抚养女儿的费用吗？”

“我不是这个意思。”欧浔敏锐地察觉到未来丈母娘心情不悦，“您刚才说，这套房子是您慷慨过户给蓁蓁的，蓁蓁现在已经长大了，她也需要尽尽孝心。作为她的老板以及未来的丈夫，我想这份责任应该由我和她一起承担。蓁蓁经常在我面前说起您，不好意思，其实如果不是因为我们彼此身份的话，我更想用‘你’这个称谓来称呼……毕竟你看起来实在不像有那么大的女儿，你看起来更像是蓁蓁的姐姐。”

欧浔的恭维让叶如梅心情愉快了起来，她没有阻止，欧浔当然继续用甜言蜜语砸她，“我知道，我们的见面确实非常尴尬。如果可能的话，我设想在我家别墅的湖边，让我们所有家人有一次亲切的见面。叶阿姨，蓁蓁和我已经交往了一段时间，我们都发现彼此离不开对方。我们现在正在装修新家和预定结婚礼服，真的非常需要你的指点——虽然这样说自己的未婚妻不好，但是蓁蓁的品位，确实有些……叶阿姨，可以请你帮我们选一下婚礼的配色吗？”

欧浔说着露出了尴尬苦恼又纵容的笑容来。叶如梅看着叶蓁蓁身上好笑的小猪睡衣，想起自己在她这个年纪时，最爱的就是紫色丝绸睡袍，不由深深为叶蓁蓁的品位忧心。她看着欧浔经过精心打理的头发，虽然狼狈却依旧风度翩翩的外表，对他的好感终于多了一丝。她想起自己因为父母的原因，和司惠民结婚的悲剧，再想起因为她的关系，让女儿那么多年来都郁郁寡欢的事情，心终于软了。

是啊，蓁蓁长大了，她可以为自己的选择负责。如果这是正确的，当然皆大欢喜；如果这是错误的，她也可以因此而长大。反正不管怎么样，蓁蓁都是她的女儿，她会一直是蓁蓁最温暖的后盾。

叶如梅想着，没有计较欧浔语言中的小技巧，淡淡地说："既然你们决定结婚，我当然要尊重你们的意见。只是，所有人都知道你们要结婚，我是最后一个知道，这样的感觉真是不太好。"

"都是我的错。"欧浔从善如流地表达歉意，"蓁蓁原来就想和您说，是我觉得您需要一个惊喜，想等您回国的时候再告诉您，可是发生了一些事情让我们耽误了……我真的万分抱歉。"

叶如梅当然知道，这一切都是她好女儿的主意，再想起她宣布婚讯时叶蓁蓁的欲言又止，轻轻叹了一口气。她用手托着下巴，淡漠地问："我当然希望你们一切顺利，但是未来会发生什么有谁知道？你能给蓁蓁什么保证呢，欧先生？"

"我不要什么保证，我相信他。"叶蓁蓁忙说。

叶如梅和欧浔的强大气场，让她一句话都插不上去，此时终于有了可以说话的机会，她急忙证明自己的存在感，然后，她感觉到两股强大的视线扫向了她。叶如梅皱起了眉，"蓁蓁，你真是天真。"

欧浔微微一笑，"蓁蓁，我非常感谢你对我的信任……虽然我也很信任自己，但是婚姻只有承诺是不够的。为了表达我的诚意，我会签署和蓁蓁的婚前财产协议，绝对不会要她一分钱的财产。此外，我名下一半财产无偿作为她的婚前财产，这算是我送给未来妻子的一份礼物。"

这份礼物实在太大手笔，饶是叶如梅也动容，她虽然赞成门当户对的婚姻，却也对夫妻之间太过斤斤计较非常不屑，真想不到欧浔居然会有这样的魄力。她看了一眼依旧一脸懵懂，甚至要大声反对的女儿，心里第一次羡慕起女儿的好运气来。叶如梅正要说什么，叶蓁蓁家的门铃又响了，一个中年男人手捧着一个礼盒走了进来。欧浔接过了礼盒，恭敬地递给叶如梅，"叶阿姨，这是我送给您的见面礼。因为非常匆忙，所以准备得也很仓促，希望您能见谅。"

叶如梅打开盒子，看到了一条精美的钻石项链，想起这是她昨天晚上看上却被人抢走的那一条，再一次眯起了眼睛。她重新审视这个在这么短时间里，居然调查好了一切，而且贴心安排好的欧浔，再看着满脸写着不知道发生什么事情的女儿，微微一叹。她承认，也许当年程诺的事情是她做错了，可没有她阻止的话，叶蓁蓁也不会见到欧浔。从私心来说，她更喜欢忠厚老实易于掌控的男人做女婿，但是连她都无法抗拒欧浔的热情，更何况叶蓁蓁？

“蜜月地选好了吗？”叶如梅终于问。

眼见妈妈放弃追究，甚至同意了他们结婚，叶蓁蓁觉得脑中一片空白。她无数次想过叶如梅反对这桩婚事的场景，还想过要怎么样来据理力争才不重蹈覆辙，却没想到一切被欧浔轻松解决了。她看着欧浔与叶如梅相谈甚欢的样子，再看着他时不时投来的得意眼神，忍不住笑了起来。她自嘲地想，从一开始她就白担心了——当时的程诺选择了隐瞒，但是欧浔绝对会和她一起面对，现在，所有阻力都没有了，也许真的该考虑成为欧太太的事情……

“欧浔，我看司机的车子在楼下，就来看看你们。”就在叶蓁蓁思绪游离的时候，一个熟悉的声音蛮横地响起，“你们还没有结婚，我理解年轻男女之间的激情，但是你们连一个月的时间都等不了了吗？咦，你不是，不是……”

欧浔的大姑姑居高临下地看着叶如梅，觉得她非常面熟，但是一时之间想不起来。叶如梅也觉得她面善，摸摸耳边的流苏耳环暗暗猜测她的身份，叶如梅嫣红的指甲让大姑姑一下子想起她来。她咬牙切齿地冲了上去，“你是那个和我抢包的混蛋！把包包还给我！”

“你不也抢了我的钻石项链吗？”叶如梅冷笑，“还有，你想再吃一拳吗？”

好吧，叶蓁蓁必须承认，也许她的婚姻道路……还会有些波折。

5

自从上次见面后，叶如梅和欧浔的大姑姑都积极参与到了他们的婚事中，并因为彼此意见不同针锋相对——或者说为了针锋相对，故意让彼此意见不同更为合适。有意思的是，虽然她们就婚纱的样式、地毯的颜色、酒店的选取、请柬的设计等问题的意见都大相径庭，却对一件事抱有同样的态度——婚礼必须在海岛上办一场，在国内也办一场。

“虽然我也觉得很累，但是结婚不是你一个人的事情，代表着两个家族的结合。”大姑姑严肃地说。

“乖女儿，难道你不想穿两次不同风格的婚纱吗？两次婚礼就不用纠结选一字领的婚纱，还是低胸长拖尾啦！”叶如梅兴致勃勃地建议。

她们的关心让准备工作鸡飞狗跳，最后，叶蓁蓁和欧浔终于决心打破混乱的局面，他们极其强硬地宣布，他们会在大溪地举行婚礼，只邀请最好的朋友和合作伙伴，其他人一律不请。

“生意上的来往，我会另外安排酒会，我不希望他们来我的婚礼应酬。我只想和蓁蓁安静地接受亲人们的祝福，毕竟她的身体虽然看起来还不错，其实还是有些虚弱。”

欧浔说着，意味深长地瞄了一眼叶蓁蓁的肚子，让叶蓁蓁暗暗担心自己是不是吃胖了，其他人却瞬间担心了起来——是啊，欧浔的年纪不小了，如果叶蓁蓁的肚子里有了欧浔的孩子，却因为婚礼太过繁琐有什么闪失可怎么办？欧浔的警告，让大家各怀诡异的心思，任由他们独自处理婚事。到后来，叶蓁蓁都觉得不对劲了，“欧浔，他们原来都是一副恨不得帮我们结婚的样子，怎么现在突然什么事都无所谓了？到底发生了什么？”

“我和他们说了一个可能性罢了。”欧浔淡淡地说。

“啊？什么可能性？”

“我们生气后，他们不能出席婚礼的可能性。”欧浔毫不心虚地欺骗叶蓁蓁。

叶蓁蓁没有怀疑，耸了耸肩，“好吧，不过这样真是让我松了一口气……你说，我们要不要请顾河参加婚礼？我们的交情虽然没有那么深，但是没有她那件案子的话，我们也不会遇到……”

叶蓁蓁说着，面颊露出了红晕，但久久没有听到欧浔的回答。她扭过头看着欧浔，发现他的神色非常茫然心中没来由一抽，握住了欧浔的手，听到他问：“顾河……顾河是谁？”

叶蓁蓁还以为他在开玩笑，没好气地白了他一眼，“欧浔你再装！顾河她一个人告了一个酒店集团，为了她我还在网上和直男癌们大吵一架。还记得那时候我才做你的助理，心里特别看不起你这样心狠的‘专家’，悄悄给你使了几次绊子……我们一起去那个面馆的时候真是太刺激了，要不是我反应快的话，我们也许就出不来了！幸好，顾河后来也找到了幸福，我真希望她能分享我的快乐。欧浔，你怎么了？”

叶蓁蓁说了一大堆，发现欧浔的表情非常不对劲，疑惑地看着他。欧浔的手在微微颤抖，想借着喝咖啡来稳定情绪，却拿起了一个空杯子，忘记自己根本没有倒上咖啡。他看着空荡荡的咖啡杯许久，自嘲地一笑，暗想他真的是疯了，才会奢求在做出那件事情后，还会得到幸福。

呵呵，就算已经彻底忘记了顾河，忘记了和叶蓁蓁如何见面，又怎么样？上天不会遗忘对他的惩罚，但那又如何？就算是与天斗，他也必须要赢。

“我没事，蓁蓁。”欧浔温柔地说，“你想请她，就尽管去邀请吧。还有，我必须愉快地告诉你，卢少煌的事情有了很大进展，齐美兰即将得偿所愿。”

“真的？”叶蓁蓁果然瞬间被转移了注意力。

就在他们谈论齐美兰的时候，齐美兰正从酒店下班。虽然她做着刚毕业的小姑娘才做的工作，每天都很辛苦，但是她觉得这样的日子特别充实。夜晚的风吹在身上有些寒意，她给自己买了一杯热咖啡，觉得整个人都温暖了起来。她的好心情在推开房门的时候消失殆尽，因为卢少煌在她进门的瞬间就冲了上来，大声说：“齐美兰，我给你打了那么多电话你为什么不接？你一天都到哪里去了！”

因为工作的关系，齐美兰的电话早就调成了静音，更是把卢少煌的电话拉到了黑名单，但是她当然不会告诉卢少煌这一点。她装作诧异的样子拿出了手机，抱歉地说：“我的手机可能出了问题，一个都没接到——说起来我该换手机了，给我六千吧。”

卢少煌还没说什么，卢晓云抢先叫了起来：“嫂子，你说你最近都花了我哥多少钱了啊？上次买衣服，下次买手包，现在又要买手机！就算我哥赚了钱，也不能让你这样浪费啊！”

要是以前，齐美兰早就羞愧到无言以对，但是她早就打定了离婚的主意，就算要不到钱也发誓要恶心他们家。她笑眯眯地坐下，开始教训卢晓云：“晓云啊，这话我就不爱听了。俗话说得好，嫁汉嫁汉，穿衣吃饭，少煌如果不养我，那还算是老公吗，还算得上是人吗？再说了，现在他的店也是我当时开起来的，我还有股份在里面，分红的话每年也该给我十几二十万吧。少煌，你这么多年没给我，是不是欠了我几百万？不是晓云提醒，我还想不起来呢。”

看着齐美兰笑吟吟的面容，卢少煌一时之间吃不准她是故意挤对他，还是真的想要这几百万。他怎么可能把钱给她，于是狠狠瞪了卢晓云一眼，放软了声音说：“美兰，晓云还小不懂事，你别和她计较。先不说这些了，家里出事了。”

“出什么事了？”齐美兰瞬间紧张了，“我早上刚给我爸妈打电话，他们没事儿啊。”

“不是你爸妈，是我的店！美兰，我昨天刚和供应商去了金色年华就被警察抓住，是不是你做的？你明知道我只是去谈生意！大家都是夫妻，你怎么那么没有大局观？”卢少煌说着，看着齐美兰的眼睛。

“败家精，这个败家精……”

看着卢少煌疲惫的表情，卢母气到浑身颤抖的样子，齐美兰反而越发镇定，她坐到沙发上，冷笑一声，“昨天你去金色年华了？你不是告诉我，你有个同学来了，你要去接待吗？你一晚上没回来我都没和你计较，原来你做这个去了，还真是能耐啊。”

看着齐美兰不温不火的样子，卢少煌觉得他要疯了。他事业有成后，找个红颜知己并不是什么大事，摆平妻子后更是觉得可以享齐人之福，却没想到现在一切不顺到了极点。首先警察莫名其妙来公司调查，一直问他和齐美兰的关系，有人传出齐美兰被人下了安眠药的传言，圈子里的人都明里暗里看他笑话。如果这样就算倒霉，昨天的事情更是雪上加霜，几个重要的供应商过来后，他为了争取客户，特地安排了最漂亮的小姐，然后去何音那儿过了一夜。没想到，客户一进去就被抓到了警局，他们还怀疑他设局仙人跳……

这都是什么事儿！他怎么可能对齐美兰下毒，更不会脑残到仙人跳！怎么会不顺成这样！

卢少煌愤怒地看着齐美兰，齐美兰却站了起来，冷淡地说：“卢少煌，你自己不检点去找小姐，连累供应商也进了警局，倒怪起我来了？我是知道你的供应商要来，还是知道你们会去哪里找小姐？”

卢少煌被噎得说不出话来，暗想自己是不是错怪了齐美兰。他想起算命的说齐美兰有帮夫运，心里倒是又信了几分，强忍着愤怒说：“好，算我错怪你了，那你也不该不和我打招呼，就去警察局报案啊。”

齐美兰委屈地说：“我当时给你打电话，你没有接，我那么害怕当然只能去找警察，我也没想到事情会这样啊。”

卢少煌已经想不起来当时为什么不接齐美兰的电话，只好忍气说：“算了，都过去了，不要谈这些事了。现在他们很生气，故意卡我的钱，赵先生那里又要在这几天筹款出来……美兰，我们暂时先把房子卖了弄个周转资金，你签字就好，等我翻身我一定会加倍给你。”

卢少煌的温柔下有掩饰不住的心急，齐美兰深深看着他，好笑地想，她当初怎么会瞎了眼不惜和父母闹翻，也要跟着这样一个人面兽心的畜生。先不说他对她做的那些恶心事，光这房子的首付也是她把父母的房子卖了才有的，贷款大部分也是她承担，和他一毛线关系都没有，他凭什么要求她把房子卖掉？不过，前段时间他还算计她爸妈的房子，现在好歹知道不能开这个口，也算是一个进步。

因为当初脑残，在房产证上加了卢少煌的名字，齐美兰只能柔柔地说："为什么要卖房子，谁知道你是不是把钱给小三？"

一听到齐美兰还在计较这个，卢少煌倒是松了一口气，急忙保证："那些都是逢场作戏，我保证以后再不和她联系。你就签字吧，我都把协议带来了。"

齐美兰没有看协议，红了眼圈，"少煌，你找那些年轻漂亮的小姑娘，她们会真心跟你吗？你遇到事儿了，不还是老婆向着你！你放心，我在公安局那有点关系，会让人先把你的供应商给放了，然后我们再一起去道歉。至于房子，你想怎么处理就怎么处理，你信得过的话，我来帮你在网上售卖。"

"那怎么行。"卢母急忙开口，"我家的产业当然要由我们来打理，少煌，我来帮你把关。"

"妈，你少说两句！"卢少煌不耐烦地说，"网上的事情你懂吗？你连上网都不会！晓云你也别插手，你别忘记你的信用卡是谁替你还的！"

卢晓云刚想拍胸脯说自己会上网，就被卢少煌毫不留情地揭穿，心里很不高兴。她看到齐美兰似笑非笑的目光，总觉得她在讽刺自己，但是再次看过去的时候，却发现她还是和往常一样，柔顺又沉默。

女人的第六感告诉她，齐美兰可能在盘算些什么。卢晓云犹豫了半天，趁齐美兰不在的时候，鼓足勇气告诉卢少煌她的发现，回答她的是卢少煌自信又不耐烦的声音："她只是一个女人，能折腾出什么事情。我知道房子值多少钱，让她出售只是表示信任她罢了，你别多事。"

卢少煌自信他可以掌控齐美兰，但是他悲剧地发现，他没有掌控房价的能力。这套房子原来可以卖三百万，却不知道为什么被传出了风水不好的谣言，几乎所有的意向购房者都知道了这房子的男主人陷入了经济危机，女主人因为身体不好晕倒的传闻，就算卢少煌恨不得巡回展示他们家身体强壮、事业蒸蒸日上也无济于事。因为资金链出了问题，债主催得很厉害，有几次把他堵在了饭店揍了一顿，他无奈之余只能把房子价格一降再降，最后只卖出一百五十万的价格。

更让他崩溃的是，当他四处借钱，终于凑满启动资金时，赵先生突然放弃了合作。赵先生说对这个行业并不看好，客气地说希望下次再合作，但他知道他完了——和赵先生的约定从来都只是口头，赵先生财大气粗，他什么也做不了，而他已经欠了不小的债务！

在卢少煌被欠债压得直不起腰，因为卖掉房子只能住在出租屋，心情几近崩溃的时候，齐美兰却因为工作认真负责获得了一次升职的机会，心情也越发愉快了起来。卢母和卢晓云正因为卢少煌生意失败惶恐不安，看着齐美兰越来越漂亮的脸蛋，心里有说不出的厌烦。当卢母阴阳怪气地说，乡下的媳妇们有多孝顺公婆时，齐美兰眨巴着大眼睛说："原来妈想回乡下了，我和少煌说一下，明天给你们买票怎么样？"

"谁说我想回乡下！"卢母几乎要吐血，"我这是告诉你该怎么孝顺长辈，伺候丈夫！"

"妈的意思是让我和少煌分居吗？"齐美兰露出了惊恐的神色，"现在少煌的事业不太好，我怎么可以现在抛弃他，独自去娘家享清福。"

卢少煌的父亲不喜欢居住在城市，卢母和卢晓云抛下他三天两头来享福，所以齐美兰的话就好像一个巴掌重重扇在了卢母脸上。卢母的脸色迅速变幻，刚想发脾气，却听到卢晓云一声惊呼："你在做什么呀，怎么赚了那么多钱？"

卢晓云没有什么隐私意识，觉得他哥租的房子也属于自己，所以看看齐美兰的电脑也没什么不好意思。齐美兰见卢晓云发现了自己的秘密有些慌张，匆忙关上了电脑，卢晓云见她藏掖的样子更是来了兴趣，凑上去，嬉皮笑脸地说："嫂子，你到底在做什么啊，怎么赚了那么多钱？你告诉我，我保证不让我哥知道。不然我可打电话给我哥啦。"

卢晓云说着，作势要打电话，果然发现齐美兰服了软。齐美兰犹豫了一下，让她看电脑，心虚又略带骄傲地说："我上班的时候认识了一个同事，她会炒期货，十万到现在已经一百万了。"

"这么多？"卢晓云呆了。

"是啊，一开始我也不相信，拿五千块试了下水，真的翻了三倍。后来我慢慢多投了点，到现在有了二十多万，收益率还是挺好的。不过这投资也有风险，说不定就会赔钱呢。"

眼见齐美兰一副不想让她发财的样子，卢晓云眼红极了，她软磨硬泡都没办法让齐美兰介绍那个炒期货专家给她，暗暗下决心自己找人入行，却没想到陷入了齐美兰的陷阱。

一开始，卢晓云确实赚了不少钱，可当她哄着卢母把老家的房子卖了时，她一下子就亏了本。她不敢相信，几十万会在瞬间消失不见，又担心被哥哥责骂，一狠心借了高利贷，没想到又被套牢，就这样，她欠的钱越来越多，最后成了一个天文数字。

卢晓云又惊又怕，悄无声息地离开了城市，当卢少煌发现妹妹的欠债时，她已经不见了踪影。卢少煌正因为情人何音偷走了身份证和亮亮的户籍证明，和亮亮一起失踪头痛，再遇到卢晓云的事情，他简直就要崩溃了。他一提起钱，卢母就寻死觅活。他看着被债主砸得一片狼藉的房间，心中一片茫然。他真的不明白，为什么事情会变成这样。

就在几个月前，他还是呼风唤雨、前途辉煌的社会精英，他有贤惠的妻子，还有可爱的情人和传宗接代的儿子，可是现在……

情人带着孩子跑了，他欠了无法偿还的债务，妹妹和妈妈不管他死活，他身边似乎只有他的妻子了。他即将和以前一样一无所有，齐美兰会怎么样，她会离开他吗？

卢少煌想起齐美兰最近早出晚归，第一次不确定了起来。当齐美兰回家的时候，发现婆婆和小姑子不见了，屋子里一片乱七八糟，露出了诧异的神情来。卢少煌看着齐美兰，发现她穿职业装的样子比以前漂亮了很多，可是他现在根本无心欣赏，他抱住了齐美兰，痛苦地说：“美兰，我们破产了。”

“少煌，到底出什么事了？别着急，你慢慢说。就算破产也没关系，我们可以从头再来。”

当齐美兰说她会和他一起还债的时候，卢少煌真的感动了。他没想到，在他遇到这样的困难时，只有妻子陪伴在他身边，他第一次为了自己的算计羞愧了起来，放低了声音，温柔地说：“美兰，直到现在我才知道，是谁一直不离不弃地陪伴我……美兰，我们离婚吧。你别急，我肯定会和你复婚的，只要渡过眼前的难关就好。我听说，可以假离婚来转移财产……”

看着卢少煌苦口婆心劝自己假离婚的样子，齐美兰只想笑。她当然不会告诉他，供应商找小姐是她举报的，他的妈妈和妹妹欠下那么多债是她引诱的，他们所住房子的买家也是她。她演技了得，依次露出了震惊、拒绝、犹豫到柔顺的表情，最后无奈地说："少煌，你说什么就是什么吧，我都听你的。"

"美兰，我不会辜负你。"卢少煌信誓旦旦地说。

"我信你。"齐美兰温柔地说。

她相信他不会辜负她。

因为这一次，终于换她算计他了。

6

齐美兰与卢少煌在一周内办好了离婚手续，由于他们名下一套房子、一辆车子的共同财产已经变卖的关系，齐美兰分到了一家岌岌可危的饭店，而卢少煌只得到了几百万的债务。

卢少煌原打算在外面躲一阵子就回来经营饭店还债，总有一天能把债务还清，却没想到当他回来的时候，饭店已经易主了。他几乎不敢相信自己的眼睛，疯一样打齐美兰的电话，但是齐美兰已经换了号码，齐美兰娘家也不知道搬到了什么地方。当他找到齐美兰工作单位时，终于见到了许久没见的前妻。

只是一个月没见，卢少煌就觉得自己已经不认识齐美兰了，她穿着得体的职业装，曾经臃肿的身材变得琳珑有致，曾经杂乱的发丝被整齐梳在脑后，曾经卑微的表情也被耀眼的微笑所取代。她坐在大堂，叫服务员递给卢少煌一杯咖啡，微笑着说："你找来的时间，比我想象得还要晚。"

"齐美兰，你到底做了什么？你为什么突然搬家？饭店怎么会换了人？你到底想做什么？"

眼看卢少煌发火却不敢闹大的样子，齐美兰微笑了起来，她喝了一口咖啡，淡淡地说："你只是想说这个？我以为你会说，已经一个月没看见欢欢了，你很想她。"

卢少煌语塞了。在他以为自己不能生育的时候，曾经想过把欢欢视若己出，欢欢刚生下来的时候他也兴奋过，但是后来慢慢淡了，甚至转为了厌恶。

这样的变化，是从什么时候开始的呢？是从母亲念叨丫头片子不值钱，是一想到欢欢就想起自己的无用，还是认识了何音，生下真正属于他的儿子才改变的？又或者，是因为他发达了，而齐美兰不再是当初那个骄傲的城里小姐……

卢少煌穷过，被人轻视过，他特别厌恶被轻视的感觉，但是在齐美兰面前，他再一次感受到了蔑视。齐美兰她到底做了什么，为什么总觉得这一切都和她有关系？可是，她有那个能力吗？现在应该怎么办，是给她点颜色看，还是先委曲求全，希望以后东山再起？

卢少煌的脸色不断变幻，齐美兰不知道他在想什么，也懒得关心。她调整了一下坐姿，平和地说："卢少煌，我知道你在想什么。没错，闹鬼的传闻是我做的，房子卖给了我，饭店也是我转让给了别人。还有，何音是我给钱让她出去的，她也带走了你的亲生骨肉。对了，忘了告诉你，你妹妹的欠债也是我设计的，借的钱也来自我的口袋，让你假离婚的人是我找的……卢少煌，你觉得有意思吗？"

看着齐美兰的笑脸，卢少煌很想一个巴掌狠狠抽上去，但是他不敢，他深吸一口气说："你既然敢在这里见我，肯定有了准备，对吗？"

齐美兰赞许地点头，"还记得我之前被人算计吃安眠药的事情吗？警察对你立案调查了，如果你再对我动手，我可以向法院申请禁止见面的命令，也不会让你再见欢欢。我原来想离开这个城市重新开始，后来一想为什么是我躲着你？我就要在这里，让你恨我，又不敢动我，这样的感觉好吗？"

看着齐美兰眼眸中的疯狂，卢少煌只觉得一股寒意从脚底涌上了心头，他承认自己不该在外面找第三者，但成功的男人都这样，齐美兰她至于弄成这样吗？她刚才提起了欢欢，难道说她知道了……

"卢少煌，人家最害怕的就是老婆出轨，你倒好，争着抢着把绿帽子往自己脑袋上扣。呵呵，你就眼睁睁看着我怀着别人的孩子，你脑袋上的草原可真茂盛啊。我还真是蠢，没看到病例就信了你们的鬼话，一次次吃着药……看着我那样，你觉得很好玩吧。你说，我怎么会傻成那样呢？"

齐美兰的尖酸刻薄让卢少煌的脸色变得很难看，他没想到齐美兰已经知道了所有的秘密，沉默许久后，终于说："美兰，当初的事情是我对不起你。当我知道没有生育能力的时候，我整个人都崩溃了，我怕你看不起我，才撒了那个谎……我真的不想让你怀别人的孩子，我当时想，我们迟早要领养，还不如生一个和你有血缘关系的，我总不能让你一辈子做不了母亲啊。"

听到这话，齐美兰简直要气笑了，"卢少煌，你的意思是你还是为了我好？让我怀上你哥的孩子分房子，让我给你全家做老妈子，你在外面养小三，还让我背负着怀错孩子的骂名……这是为我好吗？"

齐美兰的怒气让巧舌如簧的卢少煌也说不出话来，他第一次感觉到无力。

他想到自己现在什么都没有了，凄然一笑，“所以你就这样报复我，甚至不惜自己吃安眠药？你怎么就那么狠呢？”

“第一，没有证据的话请不要乱说；第二，我有你狠吗，卢少煌？”

安静的咖啡厅里，原来是夫妻的两个人，彼此仇视着对方，就好像看到了毕生的仇敌一样。卢少煌看着齐美兰盛气凌人的样子，口中发苦。他没想到，他在这个城市奋斗了十年，又回到了那个朝不保夕的过去，沉默了很久，终于疲惫地说：“齐美兰你知道吗，我最讨厌的就是别人用高高在上的眼神看我。你说你爱我，可是你问问你自己，你心里就没一点看不起我吗？我们恋爱的时候，明明你是那么温柔善良，可是说起结婚的时候，你爸妈就差指着我的鼻子骂我穷，还不肯把你嫁给我……我讨好他们，在你家做家务，我做了那么久的孙子，他们还是不让我们结婚。你只想过你委委屈屈嫁给我，有没有想过我那么大还不结婚，在我老家已经是一个笑话！后来，他们好不容易赏脸和我爸妈吃饭，我爸只是往地上吐了口痰，你妈就在背地里和你爸说他们真是一家子农村人……呵呵，他们从始至终没看得起我。当欢欢生了，呵呵，你知道他们对我说了什么吗？要我做上门女婿，让欢欢跟你们家姓！我是个男人，是个男人啊！你们到底拿我当亲人，还是当我是癞蛤蟆？我为什么就要吃你这天鹅肉？”

卢少煌一向不爱说话，当初和齐美兰谈恋爱的时候，就不爱说甜言蜜语，更别提一连说那么多句。齐美兰真的没想到，卢少煌心里居然有那么多怨气，她很想解释和反驳，但突然觉得一切没有意思了，她喝着已经变冷的咖啡，说：“卢少煌，细节打败爱情，我今天终于明白这句话了。我承认，也许我们不经意间伤害了你脆弱的心，让你变得不再爱我……但是无论如何，你都该找我解决，而不是背后做这样阴险的小动作！现在的一切，都是你的报应！”

“是啊，你赢了。”卢少煌的声音是说不出的疲惫，“我没有钱，没有婚姻，没有孩子，我还是以前那个穷小子。齐美兰，这下你高兴了吗？”

“我没有赢。”齐美兰轻声说，“我失去了最宝贵的十年青春以及我的爱情。卢少煌，如果可以，我真想从没见过你。”

齐美兰说着，离开了咖啡厅，从此以后她再也没有见过卢少煌。

也许卢少煌是良心发现，也许他觉得无力反抗，始终没有对齐美兰再做什么，反而会每个月都固定给她寄一点钱。齐美兰没有把钱退回去，不是因为她已经淡然，而是她觉得没必要在这件事上浪费时间。

现在，她有了新的工作，事业正在起步，回家还要陪伴女儿和照顾老人，她真的很忙。酒店里有个厨师长，为人很憨厚老实，知道她的经历，对她很同情，对她特别关心。他不会送她玫瑰，但是会帮她带热气腾腾的粥，这让她的心里暖暖的。

也许，她会考虑和他在一起，也许不会，他们一辈子都只是朋友。至于爱情，有没有又有什么关系呢？她只要她的亲人都健康幸福，那就够了。

第十六章　形同陌路

齐美兰的案子结束后，叶蓁蓁唏嘘了很久，也终于把重心转移到和欧浔的婚礼上。

就算再迫切希望结婚，准备酒店、订制婚纱都需要一定的时间，所以欧浔和叶蓁蓁的婚礼定在了两个月之后。欧浔从没觉得时间这样慢过，只希望快一点把他的小新娘娶回家。

虽然叶蓁蓁很喜欢他们在夜市里买的那对戒指，欧浔总觉得它们太便宜，他要把最好的送给叶蓁蓁。他把女戒交给设计师重新制作，把廉价的材料都换成了璀璨的粉色钻石，想象着叶蓁蓁娇羞扑到他怀里的样子，忍不住嘿嘿笑了起来。他没想到，叶蓁蓁确实是扑到了他的怀里，却是以他最不希望的形式。

1

“欧浔，你要不要紧！”

当叶蓁蓁冲到欧浔面前，一把抱住他的时候，欧浔的伤口因为被撞击疼痛了起来。他不自觉地皱了一下眉，看到叶蓁蓁眼睛红红的，就好像一只兔子，轻轻笑了一声。叶蓁蓁气得重重打了他一拳，又后悔地急忙收手，无奈地问：“都什么时候了还笑！你怎么会好好地撞到柱子上，你是不是喝酒了？”

直到现在，叶蓁蓁还是不敢相信，像欧浔这样小心谨慎的人，居然会走着走着撞到了柱子，还伤到了额头——这都是什么事儿！欧浔闻到女孩特有的清新的味道，看着叶蓁蓁凑近闻他身上有没有酒味的样子，宠溺地抚摩着叶蓁蓁的发丝，淡淡地说：“你放心，我没事，只是一点擦伤罢了。”

“什么一点擦伤啊，医生说你可能颅内出血，还要观察！欧浔，你怎么那么不小心啊？”

欧浔没有回答。

他想起王皓和他说过，他的情况会恶化，不得不相信，也许他真的到了该做决断的时候了。经常忘记自己要做什么，忘记自己在什么地方，甚至忘记要说什么话并不可怕，当恢复意识的时候，发现车子在悬崖上也没有什么……但是就在不久前，他居然记不住叶蓁蓁了。如果没有对房间里的粉色钻戒感觉到奇怪，他就不会听昨天的录音，更记不起来自己和一个女孩那么亲密……他也许真的会忘记她。

蓁蓁，他的蓁蓁……他怎么会，怎么舍得忘记她？

王皓告诫他，如果现在不做手术，也许会在一个月，甚至一个星期内记忆完全混乱，他已经无路可退了。他从来都不是犹豫不决的人，他决定赌一把。他摸着叶蓁蓁的头发，突然语气平淡地说："蓁蓁，我过几天要去国外出差，可能要两个月后才能回来。"

"两个月，要那么久？"叶蓁蓁瞪大了眼睛。

"是啊，那个客户非常难缠，还要求我不能和外界通电话，到时候我只能给你发邮件了。蓁蓁，我很抱歉，但是这个对我来说真的很重要。等这单结束，我陪你在外面旅游半年好吗？"

叶蓁蓁一点都不想和欧浔分开两个月，但是她也知道工作为重，只能郁闷地叹了一口气。她发现欧浔的情绪不好，以为他舍不得离开自己，反而给欧浔打气："欧浔，你放心去吧，我会好好照顾自己的，也顺便过过最后的单身日子……"

"单身日子？"欧浔的眼睛不自觉眯起。

叶蓁蓁暗恨自己嘴贱，硬生生转了过来，"我的意思是，过过虐虐单身狗的日子，简称单身日子。"

"蓁蓁，你的反应越来越快了。"欧浔夸奖。

"谢谢。"叶蓁蓁虚心地接受了。

公司里还有别的事情需要处理，叶蓁蓁和欧浔腻歪了一会儿后就要离开了，走的时候发现欧浔一把抓住了她的手臂。叶蓁蓁知道他不想让她走，心里真是无奈又柔软，她握住了欧浔的掌心，笑眯眯地说："欧浔，是不是舍不得我呀？"

"你觉得呢？"欧浔反问。

"啊呀，舍不得就直说嘛，为什么那么嘴硬。这样吧，这个给你。"

叶蓁蓁说着，从手上摘下了银戒指，把它戴在欧浔的项链上。欧浔觉得叶蓁蓁的体温顺着戒指就这样传递了过来，听到叶蓁蓁轻快地说："你看，我一直在你的心上，一直在陪伴你啊。你要每天给我发邮件，可以打电话的话，一定要偷偷打给我，回来也要补给我礼物！"

"我答应。叶蓁蓁，告诉我，我不在的时候，如果程诺找你，你会见他吗？"欧浔突然问。

"那要看什么事情了……好啦，不见不见！"

叶蓁蓁看到欧浔的脸色已经难看到就要发青了，心想不能刺激病人和未来老公，急忙发誓怎么都不会见程诺。欧浔见状，满意地笑了，低沉地说："蓁蓁，你记住，就算我不在你的身边，你也属于我，你只属于我一个人。"

欧浔不顾他的身上还有伤，按住了叶蓁蓁的头，肆意品味着她嘴唇的甜美。叶蓁蓁觉得她几乎要喘不过气来了，用尽力气把他推开，压低了声音骂他："你疯了吗？这种事，在家里做就好了……那么多人看着，真是羞死人了！"

欧浔看着叶蓁蓁红润的面颊，指尖划过她的嘴唇，最后停在了她胸口的位置。他看着她同样戴着他的戒指做成的项链，眼睛微微眯起。

虽然王皓说过，手术的成功率很低，但最坏不过是他变成一个白痴罢了，他愿意赌这一局。如果……如果真的失败了，他会一个人死在国外，给叶蓁蓁留下丰厚的遗产。他会给她写一封信，告诉她他都遭遇了什么，让她永远不要忘记他。到时候，就算她和别人结婚，她也会记得有个男人曾经这样爱着她，他会在她的心里永远活下去。

蓁蓁，对不起，我就是这样自私。我不想让你担心，所以没有告诉你，我现在有多严重。如果治好了，这件事就当没有发生过，我们会永远在一起；如果我死了，我也希望你永远想着我。不要忘记我啊，蓁蓁。

欧浔看着她，眼中满是最深的柔情，"蓁蓁，记住你今天说的话。等我回来。"

"我等你。"叶蓁蓁轻轻吻了一下他的额头，"你好好休息吧，我明天再来看你哦。"

如果当时的叶蓁蓁知道，那会是他们生离死别前最后一次见面，她一定会紧紧地搂着他，和他一起度过这个他人生中最大的危机。可是，她只是嘻嘻哈哈地和他谈论着八卦，撒娇让他带礼物，走的时候还没忘记把欧浔病房里的鲜花顺走。她出了医院，被冷风冻得打了个哆嗦，遗憾地说：“欧浔，你去国外的时候，圣诞节我要一个人过了，真是无聊啊。”

叶蓁蓁没想到，当她第二天带着外卖，蹦蹦跳跳准备给欧浔一个惊喜的时候，却得知欧浔已经出院去了国外。叶蓁蓁没想到他那么早就出院了，急忙打欧浔的电话，但是没有打通，只好逼问王皓：“王医生，欧浔说过几天才走的，怎么突然就走了？”

“他的客户好像有什么急事，我也不太清楚。”

身为心理医生的王皓懂得多说多错的道理，尽量让自己的表情看起来正常又淡漠，都说眼睛都心灵的窗户，所以他暗暗庆幸自己戴着眼镜，给“心灵的窗户”硬生生贴了一层反光膜。叶蓁蓁和王皓不太熟悉，但王皓态度冷淡也不好意思追着问，暗想欧浔已经出院这代表他的身体没问题了，倒是重新开心了起来。

王皓看着叶蓁蓁嘴角的笑靥，微微摇头，暗想这个丫头实在够没心没肺。他家欧浔为了她吃了不少苦，性格都变得不再像他自己，隐忍到生病了也不想让她操心……唉，他什么时候有这样崇高的思想了！可是，他偏偏答应了照顾她……算了，既然欧浔把他当成最好的朋友，他当然会尽力。

“叶小姐，如果你有需要，随时和我联系。这是我的名片，请收好。”王皓想着，递给叶蓁蓁一张名片。

他以为叶蓁蓁会害羞地道谢，但是她只是警惕地看着他，说了一句他始料未及的话：“我和欧浔要结婚了。”

“请问……这和我给你名片有关系吗？”王皓疑惑地问。

“你从刚才开始，就一直看着我……我是要结婚的人了，你真的没机会了。再见。”

叶蓁蓁说着，转身就走，不给王皓再纠缠她的机会，也让王皓的解释硬生生憋在了嘴里。饶是冷静如他，也深呼吸数次，才控制住掐死她的冲动，苦笑一声，“你们还真是天生一对……快好起来吧，欧浔。”

这时，在地球的另一端，欧浔正闭着眼睛躺在手术台上，迎接着命运的宣判。

2

欧浔离开后，叶蓁蓁确实过了一阵子单身少女的快乐生活，但很快就觉得无聊了起来。她开始想念欧浔的拥抱和亲吻，甚至想念他把她气到吐血的贱贱的样子。她是那么想和欧浔见面，甚至说一句话也好，但她只能通过冷冰冰的邮件得到一些他的消息。

“欧浔，我好想你啊。”叶蓁蓁托着腮帮子，轻声说。

她是那么想念欧浔，幸好结婚的事情占据了她的大部分精力，让她没有那么多时间胡思乱想。因为叶蓁蓁要结婚的关系，叶如梅特意推迟了婚期，准备亲手把女儿交给女婿以后，才开始她环游世界的人生。叶蓁蓁对此很不好意思，叶如梅却难得正经地说：“蓁蓁，我和查尔斯结婚的话，你爸来会尴尬，你也会尴尬。虽然美国不介意这些，但我们毕竟是在中国，欧浔家也是有头有脸的，我不能给你添麻烦。”

“什么麻烦啊，妈你不要胡说。”叶蓁蓁忙说。

“好了好了，我知道你的孝心。我也只是推迟半年结婚罢了，又不是等不起。”

叶如梅虽然嘴上说得云淡风轻，但想起查尔斯知道这个消息后不悦的脸色，到底还是头痛了起来，想到他要飞回中国看她，更是觉得心烦意乱。她犹豫了一会儿，试探地问：“蓁蓁，查尔斯可能过几天来这里出差，要不要一起吃个饭？”

“好啊。”叶蓁蓁尽量装出快乐的神情。

叶蓁蓁和叶如梅相谈甚欢，心满意足地告了别，而一关上门，叶蓁蓁的笑容就消失不见了。查尔斯的存在，让她深深意识到，她的妈妈就要不再只属于她了，就算明知道自己没道理吃醋，还是控制不住不开心的情绪。叶蓁蓁噼里啪啦地打电脑，给欧浔发了一封长长的邮件来诉说苦闷的心情，欧浔倒是很快回复，安慰她不要瞎想。虽然欧浔的语气很温柔，但叶蓁蓁还是觉得这样不够，实在太不够了，她忍不住问：“欧浔，你到底什么时候回来？给我打个电话也好啊。”

“我还有点事，先去忙了。蓁蓁晚安，我爱你。”

“什么啊。”

叶蓁蓁愤怒地敲了一下键盘，生了一会儿闷气才睡着，第二天去试穿婚纱的时候，脸色还是很不好看。沈琴看着叶蓁蓁嘟起嘴的包子脸，手指划过她的脖子，在她耳边赞赏地说：“蓁蓁，你真漂亮，你都不看看自己吗？”

镜子里的叶蓁蓁，走的路线是欧浔最喜欢的奢华大气风，她穿着长拖尾的婚纱，婚纱末端被做成了羽毛的样式，每一根羽毛上都镶嵌着一颗水晶，在灯光下发出耀眼的光芒。婚纱如此抢眼，因此，她的发型很简单，只是在脑后盘成了一个圆髻，额前的刘海弯曲成一个柔和的弧度，让她看起来高贵又可爱。叶蓁蓁看着她在镜子里的黑眼圈，感受着沈琴身上的香水味，只觉得肌肤一寸寸发麻，她往后退了一步，下意识捂住了胸口，尴尬地笑着说：“呵呵，是吗？”

“当然了！小蓁蓁，要吃点东西吗？”沈琴殷勤地问。

“谢谢沈琴姐。”叶蓁蓁乖巧地说。

沈琴大气地挥手，“都是自家人，有什么好客气的，快来吧。”

沈琴工作室的桌子上，不知道什么时候放了热气腾腾的皮蛋粥，正是叶蓁蓁最喜欢的味道。叶蓁蓁没有吃早饭，看到这粥只觉得饥肠辘辘，忍不住拎着裙子就走了过去，又担心把裙子弄脏，顿时露出了纠结的表情来。沈琴看到了觉得好笑，把粥碗拿在了手里，笨拙地喂给她吃。叶蓁蓁下意识张嘴，吃着热气腾腾的粥，觉得整个身体都温暖了起来，她有些不好意思，轻声说：“沈琴姐，我自己来就好。”

“没事，你自己吃容易掉在裙子上，到时候小美漂亮的眼睛可要流眼泪了。”沈琴说着，看了一眼不远处的妹子。

“老板，你前几天还说小谢的眼睛最漂亮。”小美噘起了嘴巴。

沈琴深情款款地说：“你们一个是水汪汪的杏仁眼，一个是妩媚动人的桃花眼，都非常漂亮。”

“老板真会说话！”

沈琴工作室的员工笑成了一团，叶蓁蓁也忍不住笑了起来，暗想沈琴讨女孩子欢心的技能简直是世界第一。叶蓁蓁的笑靥让沈琴觉得心痒难耐，她看到叶蓁蓁嘴角有米粒，不由自主地伸手去帮她擦拭，顺便轻轻抚摩了一把她滑腻的皮肤。叶蓁蓁吓了一跳，警觉地看着沈琴，沈琴只好尽量让自己看起来一本正经，“蓁蓁，你的脸上有饭粒。”

“是吗？”

叶蓁蓁急忙去反摸脸颊，她都不知道自己呆萌的样子，看起来有多诱人——如果她不是好兄弟的未婚妻，用尽一切办法也要……沈琴想着，遗憾地叹气，只好以知心姐姐的模式接近她，“蓁蓁，你最近没休息好吗，怎么黑眼圈那么严重，是不是欧浔那小子惹你生气了，我去揍他。”

沈琴说着，露出了线条漂亮的手臂，也惹得叶蓁蓁微微一笑。叶蓁蓁避重就轻地说：“和欧浔没关系，是我家里的事情……我妈要和别人结婚了，我心里不太舒服。”

沈琴了然地点头，“莫名其妙多个爸，你当然不开心了。不过你还是看开点，你妈幸福就好。”

“是啊，我知道。”叶蓁蓁低声说。

虽然沈琴安慰了叶蓁蓁，叶蓁蓁也在努力调节她的情绪，但是在看到查尔斯的时候，还是浑身不自在了起来。她遗憾地发现，查尔斯并没有“见光死”，反而比照片上越发英俊迷人。他温和又不失风趣地和叶蓁蓁聊天，从国际要闻聊到了度假计划，就算挑剔的叶蓁蓁也不得不承认，他实在是一个很有魅力的男人。当查尔斯去洗手间的时候，叶如梅用手肘捅捅叶蓁蓁，看起来就好像一个怀春少女，“蓁蓁，你觉得他怎么样？是不是很棒？”

“是啊，你的眼光终于靠谱点了。”叶蓁蓁看着叶如梅面颊上的红晕，叹了一口气，“他还挺不错的，不是那种肌肉长到脑子里的白痴，他在中国准备待多久？”

“一周左右，我准备陪他四处逛逛。他还建议我们重温一下八十年代的恋爱，把手机关了，感受没有电子设备的生活，是不是很浪漫？”

叶蓁蓁没好气地白了她一眼，“浪漫浪漫，你们最浪漫。你小心点，手机还是要带着，万一他把你卖了你就给我打电话。”

“蓁蓁，你真没情调。”叶如梅啧啧摇头。

说话间，查尔斯从洗手间回来，笑着问她们在说些什么。叶如梅撒娇地说，她们在讨论他以后会不会欺负她，查尔斯笑着表忠心，叶蓁蓁的目光却盯在了他的袖子上。

查尔斯是一个外表俊美，穿着打扮非常得体的男人，他身上的西装应该是手工定制，金色的袖扣上刻有品牌的名字，可是，这样质地精良的西服衣袖上，却有一些细微的花粉。

为什么会这样？这个餐厅里大都是绿色植物，很少有鲜花，只有靠近后院的地方有几瓶盛开的百合花。难道，他没有去洗手间而是去了后院？他去后院做什么呢？

“蓁蓁，查尔斯在问你，明天要不要一起去园区逛逛。”

就在叶蓁蓁思绪游离的时候，突然感觉到胳膊上一疼，原来是叶如梅狠狠掐了她一把。叶蓁蓁回过神来，急忙笑着摇头，“你们二人世界去吧，我就不掺和了。妈，我和朋友约了一起逛街，我先走了啊。”

叶蓁蓁说着，对查尔斯笑笑就离开了酒店，直到坐到车上才幽幽叹息了一声。她想打电话向欧浔诉说复杂的心情，但是欧浔的电话始终是无人接听状态，打到后来，她越发心烦气躁了起来。就在这时，一辆车突然在后面狂闪远光灯，还企图超过叶蓁蓁，最后把叶蓁蓁的车狠狠蹭了一下。

叶蓁蓁被撞得头晕，怒气冲冲下了车，看到对方是一个胳膊上有刺青的彪形大汉，有些愣神。她暗想，现在都是什么季节了，居然穿短袖上街真是脑子有病，发呆的样子在对方看起来就是认了怂。那男人仗着自己体积的优势，恶狠狠地说：“小姑娘，你会不会开车啊，开那么慢，是在想尿不湿丢到哪里去了吧？我的车都被你蹭坏了！”

叶蓁蓁没想到他恶人先告状，冷笑一声说：“总比某些春夏秋冬都不分，皮厚到可以抗寒的秃子强。你说你还开远光灯干吗，你的脑袋不就能给你照亮前进的方向吗？”

因为在欧浔身边待久了的关系，叶蓁蓁在耳濡目染间也变得牙尖嘴利了起来，说话刻薄到男人想吐血。他平生最引以为憾的就是自己的秃头，见叶蓁蓁指着鼻子骂，厉声说：“你是不是找打？”

“来啊，我正好想打架。”

叶蓁蓁心情不好，见有人上来挑衅当然不肯放过，虽然一开始有些落了下风，但很快就把他打得叫“爸爸”，正在兴头上却遇到了巡逻的交警。当交警把他们带到警察局的时候，小李看到叶蓁蓁都要哭了，“姐，我的亲姐，你怎么又来了啊！”

“他们说我把车停在路上，阻碍交通。”叶蓁蓁闷闷地说。

“你怎么老把手放在眼睛上，你怎么了？”

“没什么，牙疼。”

因为她和那个男人阻碍交通，又在气头上不服管，才会被带到交警大队。

现在两个人都冷静了下来，都觉得自己为了这点小事来警察局真是很傻。就在叶蓁蓁暗暗祈祷自己这么丢脸的样子不要被熟人看到时，没想到遇到了此时她最不想见的那个人。

“蓁蓁，你怎么在这里？”

叶蓁蓁眼睁睁看着衣冠楚楚的程诺朝她走来，简直恨不得拔腿就跑，急忙捂住眼睛，装作忧郁的样子看着窗外。她在内心疯狂祈祷程诺不要再过来了，程诺不知道她的内心戏，坐在她的面前，低声问：“你怎么会在这里？出什么事了？”

“没什么啊，来这里玩玩嘛。”叶蓁蓁干巴巴地说。

“你的眼睛怎么回事？”

“刚才看了一本好看的小说，感动得想哭……”

叶蓁蓁还没编完谎话，程诺一把扯住了她的手臂，她青紫的眼眶就这样出现在程诺面前。程诺倒吸一口凉气，“谁把你弄成这样？”

“什么把她弄成这样啊，看看我都成啥样了，兄弟！”

眼见程诺一副要帮叶蓁蓁出头的样子，彪形大汉终于控制不住心中的愤怒，向程诺展示他两个同样青紫的眼眶和肿胀的嘴角。叶蓁蓁眉心一跳，程诺轻蔑地看着他，淡淡地说：“你怎么能和蓁蓁比。”

彪形大汉无语。

这什么世道，男人也要人权！

因为他们认罪态度良好，叶蓁蓁和那个男人被教训了几句后，都被赶出了警局。看着程诺沉默的样子，叶蓁蓁觉得自己就好像打架被老师抓包一样，尴尬又羞愧。程诺还没来得及说什么，她就噼里啪啦地把自己“被欺负”的事情说得绘声绘色，最后握拳说：“如果不是警察到了，我肯定能把他打得更惨，哼！”

程诺好笑地看着叶蓁蓁脸上鲜活的表情，觉得她说话呵出的白气都能驱散冬天的寒冷，微微一笑，“反正你的车子也在修理厂……蓁蓁，我送你回家吧。”

“不了，我自己可以打车回去。”叶蓁蓁不想麻烦程诺，急忙拒绝。

“我正好顺路要去你家附近的面包店买东西。走吧，你也不想被外人看到你现在的样子吧。”

“那就麻烦你了。”叶蓁蓁犹豫了一下后，点头答应。

3

直到上了程诺的车子，叶蓁蓁才后知后觉地发现，自己居然违背了答应欧浔的诺言，心一下子就虚了。她不断安慰自己，反正欧浔在国外也不会知道她小小的失误，更何况他们现在的联系真是少得可怜……她突然想起最近王皓也不见踪影了，只觉得事情好像有些不对劲，正在神游，突然听到程诺在问："你和欧浔的婚礼定在什么时候？"

"下个月。"叶蓁蓁回过神来，忙回答。

"准备好了吗？"

"嗯，差不多了。"

叶蓁蓁不敢想象，程诺去参加她婚礼会有多尴尬，就没有邀请他，却不知道他是从什么地方知道了这个消息。她有点担心程诺如果开口要去参加，她该怎么回答，幸好程诺没有这样说，而是转移了话题："欧浔怎么没有来陪你？"

"他去国外有点事情，要下个月才回来。"叶蓁蓁郁闷地说。

程诺挑眉，"婚礼前才回来？"

"是啊……没办法，工作为重。"

叶蓁蓁用工作为重搪塞程诺，也安慰自己，但脸上的神情还是落寞了起来。程诺见她不愿意说，也不再追问下去，到面包店买了面包后，递给叶蓁蓁一个红豆面包。热气腾腾的面包让叶蓁蓁的心情好了起来，她也客套了一下，"你最近怎么样，还忙吗？"

"到了年底当然会忙一些。对了，我们圣诞节准备做一场亮灯活动，有没有兴趣来玩？"

叶蓁蓁其实很想去玩，但想起答应欧浔不再和程诺见面，还是忍痛拒绝，所幸程诺也不再劝她。温暖的车子里，叶蓁蓁因为昨晚没有休息好，实在控制不住睡意，打着哈欠闭上了眼睛。她原想睡一会儿就起来，没想到当她再次睁开眼睛的时候，发现她的脑袋居然靠在了程诺的肩膀上。叶蓁蓁吓了一跳，急忙回正身体，揉揉眼睛看着车外，发现现在已经是华灯初上了。她没想到自己居然睡了那么久，抱歉地说："对不起，最近太累了，我都没想到会睡着……

程诺，你为什么不叫我呀？”

“蓁蓁，你睡得那么香，我怎么忍心叫醒你。”程诺淡淡地笑，“更何况，你结婚以后，我就彻底没有这个机会了吧。”

叶蓁蓁没想到程诺会提起这个话题，一下子愣住了，心里也有点酸涩的感觉。程诺没有看着她，而是看着远方，“呵呵，我知道我的心思有多龌龊，现在又有多好笑，但总觉得不说的话，可能以后再也没有机会了。蓁蓁，你确定欧浔是你生命中最重要的那个人吗？你们在一起才不到一年的时间。”

程诺的目光灿若繁星，好像要看清楚叶蓁蓁的内心，叶蓁蓁看着他突然笑了起来。她轻声又坚定地说：“对，我确定。就好像欧浔说的那样，如果从一开始，就知道对方是你想要找的那个人，为什么要浪费那么多的时间？”

“即使他在婚礼前夕去了国外，留着你一个人面对？”

“我们还有那么久的时间，这两个月的分别不算什么。”

叶蓁蓁觉得自己的脸皮真的越来越厚了，可以面不改色地面对程诺的问题，程诺看到她决绝的表情后终于一叹。是啊，叶蓁蓁从来就是一条路走到黑的性子，谁都不能改变她的决定。在和他交往的时候，就算她父母反对，她也没有放弃，如果不是他先放手，也许现在和她步入婚姻殿堂的就是他了。不过，这个世界上永远没有如果。她正以同样的执拗，固执地爱着那个男人，誓死不回头。

“蓁蓁，不管怎么样，你高兴就好。”程诺放低了声音，“我知道也许不该告诉你这个，但季琼有很久没有来报社……她一直对欧浔虎视眈眈，也许这其中有点问题，你最好注意一点。当然，也可能是我多心，一切只是巧合。”

叶蓁蓁知道程诺的个性非常谨慎，如果只是巧合的话，恐怕不会和她说那么多，只觉得心猛地一跳。她迅速让自己冷静下来，坚定地说：“就算季琼真的跟着欧浔去了美国，也没用——他们认识那么多年，她有手段的话早就得手了，怎么会等到现在，而且欧浔也不是那样的人。”

“当然。”程诺宽慰她。

虽然程诺安慰了叶蓁蓁，但叶蓁蓁的心情突然落寞了起来，她拿出手机再次拨打欧浔的电话，可迎接她的还是冷冰冰的关机声，她鼻子一酸突然很想哭。她打开邮箱，看看欧浔有没有给她发新邮件，可是看到的是空荡荡的收件箱，真是连生气的力气都没有了。她不想在程诺面前丢脸，解开安全带想下车，这时听到程诺“咦”了一声，叶蓁蓁突然有了一种不好的预感，“程诺，怎么了？”

程诺用一种奇怪的眼神看着她，看得她心里发慌，她一把抓住了程诺的手臂，“程诺，到底出什么事了？”

“蓁蓁，你答应我要冷静。”程诺放缓了语气。

“我答应，我答应！到底怎么了，是不是欧浔出什么事了？”

叶蓁蓁抓着程诺的手臂，手指因为用力而发白，程诺看着她苍白的脸色，深吸一口气，终于缓缓地说：“不是欧浔。”

叶蓁蓁松了一口气，“真是吓死我了。那会有什么事？我妈和哪个名媛争吵，上新闻了吗？”

叶蓁蓁本是想开玩笑，可是程诺没有笑，他低沉地说：“不是你妈，是你爸。他谋杀了你爷爷，被医生诊断出精神分裂，现在被送往了医院。你放心，你爸他现在没有危险。”

叶蓁蓁觉得脑中一片空白，她看着程诺开合的嘴唇，好像听到他在说些什么，但脑子里什么也记不住。她想笑，眼泪却流淌了下来，“我爸……杀了我爷爷，去了精神病医院？”

“蓁蓁……”

程诺担忧地看着叶蓁蓁，生怕她不受控制痛哭起来，一种无力感也油然而生。从记者交给他的稿件来看，这件事是谣言的可能性非常低，叶蓁蓁确实面临着，爷爷被杀、爸爸被送到精神病医院的局面。虽然叶蓁蓁的父亲司惠民是B市上市公司的执行总裁，算得上有权有势，可是出了这样的丑闻，怕是这辈子都要在精神病医院里度过了。想来，精神病也只是一个幌子罢了，为了掩饰他弑父的真相……

这样的男人不值得他同情，可他偏偏是叶蓁蓁的父亲。蓁蓁，她到底只是一个小姑娘罢了，她要怎么承受这样的打击……

就在程诺思绪飘远的时候，却看到叶蓁蓁拿手擦干了眼泪，整个人也突然冷静了下来。她向程诺要来了还没有见报的报道，沉默一会儿后说：“如果信息都是真的，这件事有两个可能：第一，我爸是真的有精神病才会去杀我爷爷；第二，我爸想杀我爷爷，用精神病这个借口脱罪。现在，他杀人未遂已经定案，如果他承认有精神疾病就要在医院里待着，如果说他没病就要蹲监狱……所以，承认有精神病，这是最好的选择。”

程诺没想到叶蓁蓁居然那么快冷静下来，还会有理有据地分析这件事的真相，心里突然有些怅然——那个依赖他的，天真单纯的温室花朵，终于好像寒梅一样，在雪地里开出娇艳的花朵来。叶蓁蓁的食指有节奏地敲击，自顾自地说：“虽然和我爸的联系不多，但是对爷爷家的事情或多或少知道一些。我爸是爷爷的长子，我奶奶去世后娶了现在的奶奶，她有两个亲生儿子。爷爷很传统，认为家业要由长子继承，就算不喜欢我爸，我爸还是总裁。我的二叔、三叔都在公司做高管，如果我爸倒台了，他们都是受益人。还有，出了这样的事情股票会下跌，对竞争对手来说也是好消息……总之，这件事真相到底如何，只有去了才知道。”

“你要去B市？”程诺问。

叶蓁蓁坚定点头，“对。不管发生了什么事……他总是我爸。”

“我和你一起去。”

听到程诺突然这样说，叶蓁蓁吓了一跳。她刚想说什么，程诺抢先说：“我知道你要拒绝我。蓁蓁，我也有采访的任务，我希望完成一篇独家稿件，这点你可以帮我。不管怎么样，多个朋友总是多一分力量，我不想你一个人面对。”

“我不是一个人。”叶蓁蓁嘴硬地说。

“当然不是。”程诺温柔地对她说。

虽然叶蓁蓁在程诺面前死撑，等真的收拾了行装，到了要出发的时刻，却发现她还真是孤单单一个人。毕业后在报社工作一段时间后，她就一直跟着欧浔，因此没有特别好的同事，大学室友对此也爱莫能助。她给叶如梅打电话，但是她的手机一直关机，看来真的和查尔斯二人世界去了；她给欧浔打电话、发邮件，希望他陪伴在她身边，但回复她的是意料之中的沉默。她有些悲哀地发现，到后来陪伴在她身边的，居然只有程诺——那个被她抛弃的前男友，而她根本无力拒绝他的帮助。

“蓁蓁，登机了。”

飞机场内，程诺温柔地呼唤叶蓁蓁，也让叶蓁蓁从焦躁不安的情绪中走了出来。她望着登机口，不知道为什么突然希望欧浔给她一个惊喜，可等到的只有机场广播的催促声。她也觉得自己的期待实在太好笑，轻叹一声：“走吧，程诺。”

谢谢你，陪在我的身边，一起踏向，那未知的远方。

4

如果说S市是以经济发达、风景优美、人们生活幸福指数高全国闻名的话，B市的有名就因为两个字——有钱。作为全世界的贸易中心和时尚之都，有人说在B市高档小区朝五个人丢花盆，就能砸到两个百万富翁，没砸到的都是千万的。这样的说法当然有些夸张，但也足够表明B市强大的经济实力。

在各家上市公司中，司家是金字塔的顶端。司家产业遍布日常生活的每一个角落，在全国也赫赫有名。虽然司家的当家人司汝南性子怪异不爱和人接触，但是他的三个儿子都是人们的谈资。

司汝南一共娶了两任妻子，长子是前妻所生，次子和幼子都是后来的妻子所生。长子司惠民是司家的继承人，在公司里担任执行总裁，但他的经商手段远没有桃色新闻更让人熟知。司惠民离婚后，和大大小小的明星、嫩模传过绯闻，总是占据本地的娱乐版头条，让司汝南非常生气。与不学无术的司惠民不同，次子司一水却是一名狠角色，他毕业于名校，从公司基层做起，一步步做到公司副总的职位。他有着极其敏锐的商业嗅觉和强硬的手腕，为公司创造不少利润，最得司汝南器重。司汝南曾经当众夸他，说司一水是最像他的孩子，由此可以知道司一水的地位。

都说“龙生九子，各有不同”，如果说老大平庸、老二狠辣的话，老三就是一个标准的“浑不吝”，虽然在公司挂职，但是他很少来上班，对怎么花钱、怎么玩女人倒是很有心得。他不喜欢经营生意却喜欢玩摄影，所有赌场、夜总会都把他当成财神爷，他也经常因为飙车、打架进警察局，司汝南有好几次都恨不得把他赶出家门。

可以说，司家虽然家大业大，却因为司汝南的绝对强势，家里还算团结和谐。现在，司汝南被刺身亡，司惠民被关到了精神病医院，整个司家都乱了。大家纷纷猜测，最有可能是司一水掌权，成为司家的掌门人，但在司汝南公布遗嘱之前，这一切都只能是猜想。也许，他们唯一没有想到的，就是司惠民还有个女儿，现在她回来了。

叶蓁蓁下了飞机后，和程诺一起去宾馆放了行李，第一时间展开了调查。程诺费尽力气，终于知道司惠民在当地郊区的精神病医院里保外就医，可当他们前去看望的时候，却被告之禁止病人和任何人接触。所幸，叶蓁蓁早就准备好了她和司惠民的父女证明，义正词严地告诉他们，就算人在监狱都可以探监，更何况现在只是在医院。后来，医院实在没有办法，只能松口，让他们碰面。叶蓁蓁急忙走了进去，看到司惠民的时候只觉得脑中一片空白。

虽然司惠民在她很小的时候就离开了她，但是她和司惠民每年还会见几次，偶尔也会打电话联系。记忆中的司惠民，是一个风度翩翩的中年男人，是一个温柔大方的父亲，是一个西装笔挺的总经理……可是，现在的他佝偻着身体，头发有一半都白了，眼睛也深深凹陷进去，完全不是叶蓁蓁印象里的那个儒雅男人。叶蓁蓁一看到司惠民，眼泪就要流下来了，喃喃地说："爸……"

她多想听到司惠民的解释，可是听到叶蓁蓁的声音后，司惠民居然没有丝毫反应，他专心看着自己的手指，好像那手指上会开出花朵来。叶蓁蓁没想到，司惠民居然对她毫无反应，急忙握住了他的手，"爸，是我，蓁蓁啊！你到底出什么事了，你真的杀爷爷了吗？爸……"

司惠民迷茫地看着叶蓁蓁，眼神终于慢慢聚焦在她的脸上，就在叶蓁蓁以为他认出她来的时候，司惠民却突然朝叶蓁蓁扑了过去。一直保持警惕的程诺见状，眼明手快地把叶蓁蓁护在了身后，司惠民的手重重打在了他的手臂上，让程诺痛得紧皱起眉头。医护人员急忙冲上来把司惠民固定住，动作娴熟地给他打了一针，司惠民企图反抗，最后不再挣扎，软软地瘫倒在椅子上。看着司惠民的样子，叶蓁蓁觉得自己的心都要碎了，颤抖着声音问："他怎么会这样？"

医护人员疲惫地说："叶小姐，他来的时候就很有攻击性，还经常臆想有人要害他，我们是真的没办法。为了配合治疗，请你暂时不要来刺激他。"

"臆想症？"叶蓁蓁喃喃重复。

"是啊，刚来的时候就说有人一直跟踪他，还要害他，给他的水里下了毒什么的，现在总算好一点了。叶小姐，你还是先回去吧。"

"爸，你能听到我说话，对吗？我是蓁蓁，我是来帮你的。爸，到底发生了什么事，你告诉我啊！爸！"

叶蓁蓁不管别人说什么，急切地想知道事情的真相，但司惠民只是呆滞地看着她，不再开口说一句话。当看望的时间结束后，叶蓁蓁久久不肯离去，她希望司惠民能对她说些什么，最后还是失望了。程诺看着她苍白的脸色，轻轻拍拍她的肩膀："走吧，蓁蓁。"

“程诺……”

“来日方长。”

“是啊，来日方长。”叶蓁蓁轻轻舒了一口气，“一切总会好起来的。”

直到离开了精神病医院，看到大街上挂着彩灯的圣诞树和熙熙攘攘的人群，叶蓁蓁才醒悟过来，今天居然是圣诞夜。叶蓁蓁看着大街上流露着幸福表情的三口之家，紧握对方手掌的情侣们，突然想起和欧浔的约定来。

欧浔，你已经离开了那么久，为什么到现在还不联系我？

你说过要和我一起过圣诞夜，可到现在我根本没有办法找到你。

欧浔，我知道不能太过依赖你，但这件事事关我的父亲，我真的不知道该怎么办了。我好累，好希望你在我身边。

欧浔，欧浔……你到底在哪里？

不行，叶蓁蓁，欧浔有他的事情要做，你不能事事依靠他！打起精神来，你的爸爸就靠你了！

叶蓁蓁在心里不断为自己鼓劲打气，到底没忍住轻轻一叹，也没有注意到，程诺神色晦涩地看了她一眼。因为没有提前预约，商场里的餐馆早已人满为患，他们又不想回宾馆待着，只好四处闲逛看看有没有饭店。他们找到了一家开在胡同里的餐馆，叶蓁蓁对它也没抱多大希望，没想到开门的时候呆住了。

在这里，扑面而来的热气、喧嚣的食客们、一边唱歌一边炒菜的老板、风风火火的服务员，交汇成最有烟火气息的歌曲。她和程诺坐下，听着隔壁桌讲起女儿的叛逆，前排说起和老婆吵架后用一串糖葫芦把她哄好的心得，烦躁的心情好像在瞬间得到了安抚。

“想吃什么？”程诺问。

“随便吧。”

叶蓁蓁没有心情吃饭，就算是米其林厨师为她精心准备特色菜，也懒得拿起筷子，却在程诺的劝说下尝了一口番茄炒蛋，然后眯起了眼睛。这酸甜的味道，居然像极了她以前最爱吃的学校小食堂，她诧异地看着程诺，发现程诺也正在看着她，叶蓁蓁轻轻笑了起来，“这味道……真是熟悉。”

叶蓁蓁看着坐在她对面的程诺，突然觉得他不再是那个春风得意的职场精英，而是脱下了西装和衬衫，换上了运动服，成为大学时期的校草程诺。这时，她也好像在瞬间变回了十八岁，穿着白衬衫和格子裙，正一脸紧张地坐在程诺的对面。她看着小程诺的目光实在太露骨，小程诺皱起眉，“你不吃饭，老看我做什么？”

“你好看啊。”小叶蓁蓁下意识笑嘻嘻地说。

她只是随口开个玩笑，却看到小程诺的脸一下子红了起来，那抹鲜艳的颜色，顺着他的眉心一直红到了他的锁骨，让小叶蓁蓁觉得喉咙有点发干。小叶蓁蓁想再说点什么，嘴巴里突然被塞进了一块鸡蛋，小程诺无奈地看着她，“别光看我不吃饭。”

“哦。”

小叶蓁蓁满脑子都是“天啊，我和程诺间接接吻了”“这鸡蛋真是世界上最好吃的东西”“越看程诺越帅”等乱七八糟的想法，那甜蜜的一幕一直深藏在她的脑海，没想到她根本没有忘记。叶蓁蓁看着面前的程诺，想起他们恋爱时穷到只能分享一碗饭的甜蜜，突然难过了起来。程诺看着叶蓁蓁，过了许久，才叫她的名字：“蓁蓁……”

程诺的声音很沙哑，带了一丝痛苦的味道，叶蓁蓁看着他，突然不想听他继续往下说，她害怕自己陷入回忆里不能自拔。不知道是幸运还是可惜，程诺并没有说出她不想听的话，而是说：“蓁蓁，走吧。”

“好。”叶蓁蓁点头。

叶蓁蓁跟着程诺一起漫步在B市的街道上，看到整个城市因为节日变得热闹非凡，再听着年轻情侣嬉笑的声音，觉得这一切距离她很远。就在不久前，她还满门心思要做欧浔的新娘，心心念念和他一起过圣诞，但现在爸爸出事了，妈妈联系不到，欧浔也不知所踪……欧浔，你到底在哪里？你是最优秀的危机公关，但在我最需要你的时候，你为什么不在我身边？

我，我真的好想你……

叶蓁蓁眼前都是欧浔的模样，就连面前的巨型圣诞树也幻化成欧浔的样子，她忍不住呆呆看了好久。程诺看着叶蓁蓁呆滞的模样微微一笑，张开了手臂。叶蓁蓁诧异地看着程诺，这时天空突然飘起雪花来。

“下雪了吗？”叶蓁蓁迷茫地问。

B市比较炎热，就算是冬天也很少下雪，更别说在还不算寒冷的12月。叶蓁蓁看着雪花落在程诺的发间，伸出手去接雪花，却发现都是些细小的塑料沫，她也笑了起来，轻声说：“下雪了。”

就算是假的雪花，也足够让大家兴奋了起来，情侣们有的在雪中接吻，有的拥抱在一起，也有一家三口在雪中静静握着彼此的手。为了让雪更加逼真，鼓风机不断吹动着雪花，叶蓁蓁正好站在风口，冷得打了个喷嚏，然后，觉得身上突然一暖，只见程诺把外套披在了她的身上。

“我不冷。”叶蓁蓁说。

“你以前还说，你不吃饭是为了减肥——蓁蓁，就算不是情侣，我也是你的师兄，你没必要对我那么客气。”

程诺的目光实在太坦然，就好像在照顾一个小学妹，叶蓁蓁也只好接受了他的好意。和欧浔喜欢用淡雅香水的习惯不同，程诺的衣服上没有香味，只有隐约的洗衣粉和阳光的味道，清冽到叶蓁蓁觉得脑子都清醒了一些。程诺看着她明明冷得发抖，却死撑着的好笑样子，真的很想把她抱在怀里，用体温让她暖和，但是他早就没有了这个资格。

如果，如果欧浔再也不回来……会不会有机会？

呵，难道为了你的爱情，要诅咒一个人去死吗？

只要蓁蓁快乐，程诺你不是早就该放手吗？事到如今，为什么还是过不了这一关？

程诺在心里讽刺地一笑，觉得自己真是愚蠢无耻到可笑，他在心里打定了主意，一定要和叶蓁蓁保持距离，不能让她为难，因为这是他唯一能做的了。他刚想开口，突然看到叶蓁蓁脸色煞白，下意识朝着叶蓁蓁看的方向看去，却什么也没有看到。

“蓁蓁？”程诺疑惑地问。

“欧浔……是欧浔！”叶蓁蓁喃喃地说。

“什么？”

人群中，叶蓁蓁看到了那个熟悉的身影，她简直不敢相信自己的眼睛。现在的欧浔明明应该在美国，为什么会在中国出现，而且是在B市？他的目光明明从她的身上扫过，为什么装作没有看到的样子，反而转身离开？他到底在想什么？

“欧浔！”

叶蓁蓁见欧浔越走越远，不再理会程诺，急忙追了上去。午夜十二点就快来临，越来越多的人来到圣诞树下感受雪花，她被人挤来挤去，怎么也无法到达欧浔身边，只能眼睁睁看着他消失在人群里。叶蓁蓁不甘心地往前冲，没想到被人重重撞了一下跌倒在地，站起来的时候欧浔已经不见了。茫然和失落瞬间侵蚀全身，她呆呆站在路上，直到一双手扶住了她摇摇欲坠的身体。

“蓁蓁？”程诺担心地看着她。

“我……看到欧浔了。”

程诺面色一变，很快就想明白了其中的始末，“你一定看错了。”

“不可能，那就是欧浔！”

叶蓁蓁急切地看着程诺，希望得到他的认同。程诺淡淡笑着，声音柔和又坚定地说：“今天这里来了那么多人，你可能只是看到一个身高、穿衣风格和欧浔比较类似的人。你看，这个和欧浔的侧影很像，那个穿着的大衣和欧浔一模一样。蓁蓁，欧浔现在在美国，他回国以后肯定要来看你，你只是太想他，认错人罢了。”

“是这样吗？”叶蓁蓁轻声问。

叶蓁蓁距离她认为的欧浔有好几米远，中间又隔了不少人，她被程诺说得也开始怀疑自己是不是认错了人。想来也是，欧浔现在在国外，就算他回国了也不可能不联系她……人有相似，她真的认错人了吧。

“程诺，我们走吧。”

叶蓁蓁终于愿意接受现实，和程诺一起离开，而此时的那个男人走到了季琼身边。季琼踮起脚，把围巾围在了他的脖子上，伸手拂去他发间的塑料沫，笑着说：“刚才去哪里了？”

“买了咖啡。”男人淡淡地说，“走吧，这里太无聊，我们回宾馆。”

“好。”季琼微笑着说。

5

叶蓁蓁虽然相信了程诺的话，觉得自己看到的那个人不是欧浔，但到底因为各种烦心事彻夜难眠。因为睡不着的关系，她在床上看着天花板，理智分析司惠民杀司汝南这件事的可能性。

虽然各大媒体都在疯狂报道，警察局的线索也都显示司惠民很可能激情杀人，但是叶蓁蓁不信——不是因为他是她的父亲，而是因为司惠民没有那个胆子。

虽然这样说起来很丢人，但司惠民真是一个胆小鬼，他不敢反抗司汝南的命令，只能勉强自己和叶如梅结婚，婚后又被性格彪悍的叶如梅克制得死死的，只好在外面找了小三来平衡心理，原以为这样可以让叶如梅没脸，却没想到叶如梅在那个年代，竟然义无反顾地提出了离婚……

如果说司惠民是一个外在儒雅大方，其实优柔寡断的男人的话，司汝南则是一个强横霸道到极点的老人。司汝南是军人出身，性格非常强硬，习惯占据主导权，不能容许任何不同的意见。所以，他虽然不喜欢大儿子司惠民的平庸，却更讨厌二儿子和三儿子的有主见和叛逆。

司惠民也知道，自己的能力不如二弟，受宠不如老三，如果老爷子退位了可能没有自己的立足之地，他曾经和叶蓁蓁说过，希望司汝南长命百岁。如果说，他们因为司惠民私生活的事情争吵还有可能，为了如何经营公司发生争执，而且还酿成了血案，这个叶蓁蓁绝对不会信！还有，司惠民怎么会那么巧成了精神病？真的是为了躲避制裁吗？要知道，他患了精神病后，所有的权力和地位都没有了！

仔细想来，这件事的受益人，是她的好二叔司一水，他有强烈的作案动机。此外，三叔看起来总是混日子的样子，却欠了一屁股的债……到底是哪个人做的？又要怎么给爸爸洗刷冤屈？

叶蓁蓁一晚上都没休息好，第二天一大早就醒来。此时的司一水正站在总裁办公室，看着太阳照射到房间里的金黄色，唇角露出了微笑。

比起他二十七楼的房间而言，他更喜欢二十八楼总裁办公室的好风景，这里有最舒适的沙发和最先进的电子设备，可以对整个B市一览无余，还有休息室和桌球室，更是权力和财富的象征。他皱眉看着办公室的摆设，暗想司惠民只会在房间里放些古董，实在太没品位，等他正式进来后一定要重新更换。他的脸上满是势在必得的笑容，这时门突然开了，漂亮的女秘书对他含情脉脉一瞥，把老三司峻岭和司家老太太带到了司一水的面前。

司峻岭的目光停留在女秘书胸部的曲线上，久久不能自拔。司老太太却自顾自坐在沙发上，她喝了一口秘书端上来的茶，满意地点头，“这世上有那么多茶水，我还是最喜欢雨前龙井的味儿。只可惜，你爸喜欢普洱，这么多年来我也跟着喝这个。”

“妈，以后您想喝就喝啥，要什么我都给您买。”司峻岭甜言蜜语地说。

“就你嘴甜。你什么时候结婚，才是真的孝顺我。”司老太太瞪了儿子一眼，但话里满是宠溺。

司一水任由他们在办公室里参观和折腾，在司峻岭企图坐在总裁办公椅上之前，突然阻止了他。司峻岭吓了一跳，不满地说："二哥，我就坐坐老板椅是什么感觉，你干吗突然吓我。"

"要不要试试看爸的位子有多舒服，嗯？"司一水冷笑。

他们都知道，全公司最好的办公室不是司惠民的，而是司汝南的。虽然司汝南已经去世了，但是没有任何人敢搬到他的办公室，觊觎他的位子。司峻岭脸色变化，最后不甘心地轻声说："我是不敢……别说我，你也不敢啊。"

司老太太见司一水表情变了，急忙打圆场："好了，你们都是亲兄弟，不要见面就和斗鸡一样，都少说两句。一水，今天就要召开股东会议了，你有信心吗？"

司一水坐在了椅子上，感受着真皮座椅的舒适，淡淡地说："我在公司有百分之十五的股份，三弟有百分之十，妈你有百分之十，加起来已经是百分之三十五，和大哥和爸的股份势均力敌。我和其他股东说好了会收购他们的股份，今天的股东大会他们也会给我投票，这个位子我可以说势在必得。"

"那就好。"司老太太满意点头，"你爸去世了，那个不孝子没用了，司家需要掌舵人，有那么多员工要靠着司家吃饭，我们家不能乱。这个位子本来就是你的，你一定要好好工作，不能辜负大家的希望。"

"当然。"司一水自信地说。

司一水是一个成熟稳重的中年男人，狭长的丹凤眼有些阴柔的气息，却也让他越发富有魅力。他一边用鄙视的目光看着弟弟，一边扣好了袖扣，暗想他掌权后第一个政策，是进行房地产的开发，还是先投资影视行业——他所看好的项目，一定会给公司带来巨大的利益，只可惜爸爸和大哥实在太过保守，从来不相信他的眼光。现在，终于轮到他施展拳脚了，他注定要带着司家更上一层楼。

会议时间到了，司一水自信满满地走到了会议室。他为人谨慎，在一切尘埃落定前，没有坐在司惠民之前坐的位子，而是谦虚地说："各位兄弟朋友，叔叔伯伯，你们都是公司的元老，我很感激在司家遇到困难的时候，你们一直陪伴在我们身边。虽然说家丑不可外扬，但是遇到我大哥的事情，我们真的很痛心……不管怎么说，这是爸爸的心血，爸爸也肯定希望公司尽快步入正轨。所以，我们要尽快选出一个最适合的董事长，来确保广大股东的权益。"

他看起来恳切无比，话音刚落就有人说："司总，您别客气了，不管是按照继承顺序，还是能力，您都当之无愧啊。"

“是啊，司总的业绩是全公司最好的，老司总也最看好你，这个位子当然要给你做。”

有些和司一水达成协议的股东，立马跳出来表明决心，也把舆论拉到了对司一水有利的那一边。司一水心中得意，口中继续谦让着，目光一直在王老爷子等几个元老身上停留——他们身上都有百分之二到百分之五的不同股份，是司汝南出生入死的兄弟，实力也不容小觑。司一水知道，没有他们的支持很难做到董事长的位子，但只要他们不反对，他就能达到目的。他心中想着，嘴上谦逊地问：“王叔，不知道您怎么看？”

王老爷子咳嗽了一声，慢条斯理地说：“如果这是司家的家事，我当然不便说话，但现在涉及公司，我也只能讨嫌了。公司需要董事长，可是老司的遗嘱是把公司交给惠民，惠民只是身子不好，你们这样是不是太着急了？”

司一水早知会受到质问，胸有成竹地说：“王叔，我真没有那个意思。你知道，我以前管业务就忙死忙活了，如果可以的话，我真希望我爸长命百岁，大哥撑起公司。可是，大哥他做出了那种事……我不能对股东不负责。为了表明诚意，公司未来两年的盈利我不参与分红。”

司一水的话在公司里引起了轩然大波，没有人想到，他居然愿意放弃到口的肥肉，就算是反对派也因此动了心。司一水见状心中大喜，到了投票环节，他的票数果然不断上涨。司一水仿佛看到了整个公司都臣服于他的样子，饶是他心机再深沉，手段再狠辣，手掌也情不自禁颤抖了起来。

就因为他不是长子，也不是原配妻子所生，就算他做得再好，有再多人支持，也只能站在那个蠢货的身后。他曾经无数次幻想自己坐在这个位子上，现在终于等到这一天了……爸，你看到了吗？公司不是大哥的，是我的了！

司一水想着，突然有了一种做梦的感觉。就在他觉得胜券在握的时候，突然一个声音传来，“哟，你们在开会啊，怎么没人叫我来？”

众人没想到，居然还有人不请自来，下意识看向门口，却见一个小姑娘正笑盈盈地看着他们。她穿着粉色的大衣，头上戴着贝雷帽，过膝的靴子上缀着雪白的绒球，看起来就好像是误入公司的大学生。有人皱起了眉，有人觉得她看起来挺眼熟，只有王老爷子诧异地问：“丫头，你怎么来了？”

“来管理我家公司啊。”叶蓁蓁笑眯眯地说，就好像她中午想吃一顿蛋炒饭。

叶蓁蓁的话引起了轩然大波，所有人的目光都集中在这个口出狂言的女孩身上，也有人暗暗猜测她身后的那个男人是什么身份。如果说叶蓁蓁看起来年轻单纯的话，她后面的男人低调内敛，喜怒不形于色，就算出席这样的场合也丝毫不见怯懦之色，很可能是一个狠角色。他们暗自揣测，都等着王老爷子公布答案，王老爷子果然不负众望地揭晓："她叫叶蓁蓁，是惠民唯一的女儿啊。"

这下，连司一水也变了脸色。

因为叶如梅和司惠民在离婚后很少来往，司汝南对这个孙女不算关心的缘故，司一水虽然知道叶蓁蓁的存在，却从来没想到她会来。从法律上来说，司惠民没有配偶，叶蓁蓁是他唯一的继承人，也可以继承他的股份。现在司惠民处于精神有问题状态，如果监护人变成叶蓁蓁的话……

司一水看着叶蓁蓁年轻的面容，脑中飞速旋转，最后温和地说："你就是蓁蓁？你妈带着你离开司家以后，我从来没有见过你，没想到你都那么大了。你爸的事情，你不要太难过，毕竟你爸是你爸，你是你。既然来了就玩几天再走吧，等二叔处理好事情就陪你。"

叶蓁蓁当然听得出司一水语言里的陷阱，就算她不喜欢口舌之争，还是笑着说："二叔真是说笑了。虽然我爸妈离婚，但是我和我爸每年都会见面吃饭，只是二叔你贵人事忙，每次都没见到罢了。至于我爸的事情，不管外面怎么说，警察一天没有结案，一天都不能说他有罪。何况，爷爷去世了，我爸得了精神病，这也太巧了点吧。你说对吗，二叔？"

叶蓁蓁不是商人，不会商场上的圆滑和"做人留一线，日后好见面"的处事原则，就这样指着司一水的鼻子说她在怀疑他，气氛很快就变得微妙了起来。司一水没想到这个丫头口无遮拦，强忍住怒气说："蓁蓁，这就是你对长辈说话的态度吗？"

"我只是说点事实罢了，二叔你不是这么小气吧。如果你介意，我道歉。"叶蓁蓁笑嘻嘻地说。

如果司一水说介意，显得他和小姑娘计较，有失身份；如果司一水不介意，又显得他好像做贼心虚不能对峙一样，他的脸色一下子就阴沉了下来。他不想和叶蓁蓁纠缠下去，淡淡地说："蓁蓁，我理解你的心情，但现在不是闹事的时候，也不是闹事的地方。你爸爸的事情给公司造成了很不好的影响，现在股价下跌，人心惶惶，你想闹的话也请在事情稳定之后。现在，我们要进行选举了，请你离开。"

司一水说着，示意保安来把叶蓁蓁赶走。眼见几个保安虎视眈眈冲来，叶蓁蓁还没来得及说什么，这时程诺站到了叶蓁蓁的面前，用他的身躯为叶蓁蓁构建了一个安全的区域，从口袋里掏出了证件，神色寡淡，“我是都市快报的副主编，这是我的记者证，我的采访权利任何人都不能侵犯。至于叶蓁蓁小姐，她已经办理了监护人的手续，可以处理司惠民先生的股份。”

司峻岭没想到事情会有这样的发展，忍不住插嘴：“就算我大哥的股份都给她打理，她也只有百分之十五，根本没有过三分之一，来了有什么用。”

“不好意思，爷爷的百分之二十也在我手里哦。”叶蓁蓁笑嘻嘻地说，享受地看着众人惊讶的表情，“爷爷在一个月前就把股份转手给了我爸，看来你们都不知道这件事啊。现在，我的手里有百分之三十五的股份，和你们势均力敌。二叔，你说这个位子，我有没有能力和你一起竞争？”

司一水没想到老头子为了保证司惠民的地位，居然还有这一手，脸色瞬间变得难看了起来。他很不喜欢这样的变数，安慰自己就算叶蓁蓁有股份，就凭她一个乳臭未干的小丫头也不可能是他的对手，他平静下来。他找律师验过叶蓁蓁手中股份的真伪后，大度地说：“既然叶小姐也对这个位子有兴趣，我们可以公平竞争。不知道叶小姐都准备了什么提案，会怎么管理公司？”

“我只是个小姑娘，不懂经营管理，也没有那么大的雄心壮志。我的想法很简单——一切照旧，无论是员工、高管，还是领导层，一切都照旧。因为我对管理公司不感兴趣，我会委托几位叔叔帮我一起把关，只要你们共同签字的我都认。”

叶蓁蓁到底是一个年轻的女孩，怎么可能会有司一水的老辣，她知道，无论自己说什么都会被司一水挑出毛病，所以她干脆铤而走险。

既然司一水可以让出利益，那么她可以让出更多！她不会提拔自己的团队，不会干涉公司的运营，她愿意把最大的权力下放，她要的只是董事长这个位子！呵呵，司一水能给的，她统统能给，而且更多！是要找一个正值壮年、手段老辣的司一水做董事长，还是要找一个什么事情都不懂，随时可以取而代之的小姑娘？她相信这帮老狐狸，心里自然有决断。

众人的表情再次风云变幻，程诺安静地站在叶蓁蓁身边，他想起叶蓁蓁一大早顶着巨大的黑眼圈，提出这个想法时的自信，微微笑了起来。

是啊，叶蓁蓁她不把肥肉藏着掖着，而是放到众人的嘴边，告诉大家最强的那个可以吃到，谁能不动心？就算聪明人明知道这是叶蓁蓁让他们彼此牵绊的方法，但是谁能拒绝这致命的诱惑？

蓁蓁，你果然够狠。我的小姑娘，真的长大了。

程诺想着，神色复杂地看着叶蓁蓁，更加倨傲地抬着头，不让任何人敢小觑他们。会议室里引起了一阵骚乱后，投票重新开始，情况和刚才截然相反。在王老爷子等人的带领下，有不少人投票给叶蓁蓁，到后来竟然和司一水势均力敌。司一水的表情不受控制地变得僵硬了起来，咬牙切齿地看着叶蓁蓁，“叶小姐，你非要来捣乱吗？”

“二叔，你觉得竞选董事长是捣乱，我可不敢这么认为。”叶蓁蓁笑着说，“如果我当选了董事长，一定会好好向二叔学习，希望二叔多多关照。”

司一水有多受某些人的欢迎，就有多让某些人讨厌。那些人在没有选择的基础上，只能投票给司一水，但是现在出现了叶蓁蓁，一切都不一样了。他们各怀心思，有的是为了跟风王老爷子等元老，有的是想看以后能不能找机会上位，也有的单纯是为了恶心司一水，所以叶蓁蓁的票数节节高升。最后，他们每个人的支持率居然一模一样，局势就这样僵持了起来。

没有人会想到这样的结果，所有人的表情都有些微妙，叶蓁蓁也没想到她居然没有输，长长舒了一口气。她感激地看着王老爷子，知道没有他的帮忙，自己根本不可能站在这里。王老爷子对她微微点头，也让她的心平静了下来。

真是意外之喜，叶蓁蓁疲惫地想。

和司一水的僵持，能让她争取到起码一个月的时间，在这一个月里她能做很多事，她要查明爸爸杀爷爷的真相，要尽量争取其他人手中的股份，还要保住爷爷的心血……欧浔，我真的好累，你在哪里？我什么时候可以见到你？

我，真的好想你……

叶蓁蓁想着，眼睛酸涩了起来，努力让自己不要哭泣，也不能露出任何怯懦的神色来。她看到秘书走进来对司一水说了些什么，司一水的脸上顿时露出了喜悦的色彩，心中暗知不妙。

她急忙示意王老爷子宣布散会，王老爷子的话音刚落，门再次开了，一个高大的男人走了进来。冬日的阳光洒在他的身上，在他烟灰色的大衣上留下令人炫目的光芒，他的脸上带着漫不经心的笑容，照亮了整个房间。他把资料递给司一水，声音好听得就好像大提琴划过琴弦的声音，“司总，这是您要的资料。”

“多谢，欧先生。”司一水的脸上露出了释然的微笑。

第十七章　针锋相对

叶蓁蓁没想到，她会在这里看到欧浔。在看到欧浔的瞬间，她觉得好像听见了花开的声音。

欧浔，你是来帮我的吗？那么多天不见，你还好吗？

叶蓁蓁狂喜地看着欧浔，要不是周围都是人，她早就扑到了欧浔的怀里，向他诉说这么多天来她的思念。不知道为什么，欧浔一直没有和她对视，当欧浔的目光终于落在叶蓁蓁的身上时，她愣住了——这样冷漠又犀利的眼神，就好像在看着最难缠的客户和对手，可现在他这样看着她。

1

"欧浔？"

就算明知道在这里和欧浔谈私事不适合，但叶蓁蓁还是试探地叫出了欧浔的名字。欧浔眯起眼睛看着面前这个姑娘，脸上露出了优雅又客套的笑容，"听起来，叶小姐似乎认识我。"

"叶小姐……"

叶蓁蓁喃喃重复着欧浔对他的称呼，茫然地看着欧浔。她知道，事情的最大可能性是欧浔接了对方的案子，所以必须装作和她不认识的样子，可是他看她的眼神，真的好像在看一个陌生人……欧浔他为什么会突然回国？为什么会成为她的对手？他到底有什么打算？他想做什么？

叶蓁蓁脑中乱成了一团，这时王老爷子已经宣布这一次的投票一样，一个月后再进行第二轮投票。在未选出董事长这段时间里，将由董事会的五个大股东共同担负起董事长的职责，处理公司的日常事务。对于这个结果，司一水不满到了极点，看叶蓁蓁的眼神几乎要把她生吞活剥。叶蓁蓁下意识打了个冷战，瞥了一眼欧浔，对程诺轻声说："我们走吧。"

"好。"

程诺护着叶蓁蓁一起离开，到了公司楼下，叶蓁蓁没有离去，而是站在门口等着什么人。他看着叶蓁蓁满怀期待的面容，容光焕发的表情，知道她的心已经飞到了欧浔的身上，心里苦涩了起来。他好笑地想，叶蓁蓁满心都只有欧浔一个人，根本没有他的位置。可是，为什么他还是忍不住靠近她，想唤起她的回忆？现在，王子和公主再次相遇了，终于到了放手的时候了吧……

"欧浔！"

当欧浔熟悉的身影出现在电梯口时，叶蓁蓁急忙飞扑了过去，一下子搂住了欧浔的腰。她闻着欧浔身上熟悉的气息，把头埋在了他的胸前，只觉得烦躁的心情一下子就安静了，也忍不住勾起了嘴角。

其实，在见到他之前，她曾经幻想过无数次他们再次相见的场景。她想过要怎么指责他失联那么久，要怎么痛骂他对她置之不理的态度，但在看到他的瞬间，一切愤怒都变成了彻骨的思念。她是那么想念欧浔，想念到明天就和他结婚，永远不要分离的地步。

欧浔，太好了，你终于到我的身边了。我真的好想你啊。叶蓁蓁抱着欧浔，幸福地想着。

"欧浔……"

"看来叶小姐对我势在必得啊。"

当耳边传来欧浔戏谑又冷漠的话语时，叶蓁蓁整个人都愣住了。她觉得有一股巨大的力气来袭，呆呆地看到欧浔低下头，坚定地把她的手指一根根掰开。欧浔的掌心一向温暖，此时却冷得可怕，叶蓁蓁觉得浑身的血液好像都凝固了，她看着欧浔，声音颤抖了起来，"欧浔，你在和我开玩笑吗？你怎么了？"

欧浔看着叶蓁蓁，淡淡一笑，"叶小姐，我知道你对我一往情深，毕竟像我这样帅气又优秀的男人，在你的人生里可以说是绝无仅有。不过，感情的事情讲究你情我愿，就算你家世不凡，可是我对你没有感觉，我不可能和你在一起。"

"欧浔，你……你在和我开玩笑吗？这个玩笑一点也不好笑。"

叶蓁蓁的身体都在颤抖，她强迫自己微笑，尴尬的笑容却让程诺心酸了起来。旁观者清，叶蓁蓁固执地认为欧浔在开玩笑，但是程诺已经敏锐地发现，欧浔看叶蓁蓁的眼神淡漠无比，就好像他们从不认识一样。

到底发生什么事了？欧浔他在做什么？程诺疑惑地想。

“欧浔，你不要开玩笑了。你这样，我很怕。”

叶蓁蓁的手企图抓住欧浔的衣袖，却听到啪的一声脆响，她没想到欧浔居然会打她，呆呆看着自己发红的掌心，欧浔只顾着拿纸巾擦手，不耐烦地说：“叶小姐，我们不熟，请你不要对我直呼其名。我知道，你一直以我的未婚妻自居，可我不是那种要听家里话的乖宝宝。就算家里再喜欢你，我也不会娶你，也希望你要点脸，别那么没有自尊。还有，听说你为了接近我，都去做了我的助理？叶小姐，你让我怎么说你好呢……”

欧浔的脸上满是恶意的嘲讽，叶蓁蓁愣愣看着他，不知道该怎么回答。她的沉默被理解成心虚，欧浔微微摇头，居高临下地说：“以前的事情，我就不计较了，但是从现在开始，如果你再纠缠我，我就报警。还有，你站在司惠民这一边，我是司一水的危机公关，请你和我保持距离。再次警告你，不要再纠缠我。”

欧浔的手指几乎就要戳到叶蓁蓁的鼻尖，冷漠的话语好像利剑一样刺在她的心头。叶蓁蓁觉得意识飘忽了起来，眼睁睁看着欧浔离开，反应过来后急忙冲了出去，但是欧浔已经不见了踪影。叶蓁蓁好像疯了一样就往马路上跑，一辆汽车呼啸而过，险些撞到她，幸好程诺眼明手快地把她拉到了身边，程诺紧紧地抓着她的手，声音第一次带了愤怒，“叶蓁蓁，你找死吗？”

“程诺，刚才欧浔说那些话，是为了和我们撇清关系，好暗中帮我对吗？他刚才是不是说过晚点和我联系或者和我在哪里见面，但是我没有听到？我见到他太高兴了，连这个都忘记了，还真是蠢啊。”

叶蓁蓁说着，自顾自笑了起来，强颜欢笑的样子让程诺心里非常难受。他摆正叶蓁蓁的身体，一字一顿地说：“叶蓁蓁，你清醒点。虽然不知道欧浔和你到底发生了什么事，但是他没有约你再次见面。我知道你不会甘心，现在我送你回去，好好洗个澡，然后约他出来说清楚，好吗？”

“程诺……”

叶蓁蓁的眼中已经满是泪水，好像锤子一样重重砸在程诺的心中，他上前一步，遏制住把她搂在怀里的冲动，声音低沉又有说服力，“蓁蓁，先跟我一起回宾馆。你现在的样子很难看，你也不想欧浔看到，对吗？”

“我，真的难看吗？”

叶蓁蓁下意识摸摸脸颊，突然想通了什么，露出了坚定的神色来，她轻声说：“程诺，他不会不要我，他肯定是有事情暂时不能让我知道。程诺，他不会不要我的，对不对？”

“当然。”程诺用最温柔的声音说。

当程诺和叶蓁蓁一起回宾馆，程诺亲手照顾叶蓁蓁睡下，给她盖好被子后，一脸阴沉地拨通了季琼的电话。季琼过了很久才接听，声音轻快，“程主编，你这么晚找我，是稿件有什么问题吗？”

“季总，我刚才见到欧浔了。”

电话那头，季琼的声音稍微停顿了一会儿，就平和地问：“哦，你见到欧浔了？你现在在哪里？”

“难道你会不知道欧浔在哪里吗？”程诺反问。

“程诺，你不要试探我，有什么问题你直接问就是。”

“欧浔他怎么回事，他怎么一夜之间会这样对叶蓁蓁？”

季琼惊讶地问：“他们已经见面了？呵呵，叶蓁蓁应该是去处理他爸的事情了，欧浔也去了那里……想不到他们两个就这样对立了，还真是有意思。”

“季总，究竟发生了什么事？”程诺忍住心中的慌乱问。

季琼轻轻一笑，好像是很高兴，又好像是在自嘲，“你知道欧浔得了短暂失忆症吧。他去美国，就是因为病情恶化了，他必须做手术。原来他联系好了医生，手术安排在一周后，可是没想到他会突然发作，还是我托了美国的同学，帮他走了绿色通道，才避免他成为白痴。手术很成功，除了他有一段记忆缺失外，一切都和正常人一样了。”

程诺只觉得心越来越冷，“丢掉的记忆，就是关于叶蓁蓁的？”

“是啊。真的很好笑，他那么爱那个姑娘，都到了要结婚的地步，可是他还是把她忘记了。我太了解欧浔，在他的行李箱里果然发现了他写的关于叶蓁蓁的日记，还发现几个保险箱里都有他留下的照片和记号。所以，我把它们都毁了，一张不剩。我真的很想看看没有那些回忆，他是不是还会爱着她。”

“你到底对他说了什么？”程诺低沉地问。

“呵呵，语气那么差，你是生气了吗？我只是告诉他，叶蓁蓁家世和他门当户对，所以是他的未婚妻，其他的都是他自己想象出来的。他啊，从小就是一个叛逆又刚愎自用的人，最讨厌的就是别人强迫他做什么事。他喜欢叶蓁蓁，是因为觉得她为人普通又出身贫寒，可以和家里抗争，但现在的叶蓁蓁和他常见的有钱小姐一模一样，根本不是他会喜欢的类型。他估计已经想象了叶蓁蓁是怎么缠着他，怎么摆平了他的所有家人，对她厌恶得不得了吧。叶蓁蓁越是纠缠他，他就越是反感。程诺，你说等叶蓁蓁尝到了其他女人在他身上尝到的痛苦，她会怎么办？”

“季琼，你非要这样做吗？”程诺问。

季琼笑了起来，“程诺，我承认我说了谎，但我只是推波助澜了一下，很多事情是欧浔自己的想象。他实在太骄傲自大又没有朋友，他家人说他喜欢叶蓁蓁他不信，就算周围所有人说他们是情侣他也不会信，他只相信他自己。你也别光为那个丫头心疼，你想想你自己，现在是你介入他们感情的最好时机。你当然可以告诉叶蓁蓁，这一切都是我做的，然后眼睁睁看着她向一个不爱自己的男人摇尾乞怜。程诺，你舍得吗？你又甘心吗？”

季琼的话就好像大海上的海妖一样，勾引着程诺心中最深的欲望。他不想看到叶蓁蓁难过的样子，但他也不想承受永远失去她的痛苦。他当然可以告诉叶蓁蓁，这一切都是季琼的算计，但是然后呢？看到她因为欧浔记不起她而痛苦，还是看着她陪伴欧浔找回记忆，最后永远失去她？

“反正你早晚能查到，我早点告诉你也无妨——现在，选择的权利在你手上。程诺，想好到底要怎么做吧。”

季琼说着，就挂断了电话，程诺独自握着手机，陷入了两难。在这一瞬间，他有些憎恨季琼把她的算计明明白白展示在他的面前，他明知道其中的阴暗，却因为他的私心陷入了纠结。

蓁蓁，我到底该怎么办？我的，蓁蓁……

程诺不知道在门口站了多久，才回到房间。他看着皮夹深层里他和叶蓁蓁大学时期在一起的合照，手指轻轻摩挲着照片上叶蓁蓁的笑靥，终于下定了决心，轻轻一叹。

2

程诺对季琼的事情绝口不提。他以为叶蓁蓁经历了那么多事情后，第二天会没有精神，于是问宾馆要了早餐，亲自送到了叶蓁蓁的房间。他做好了劝叶蓁蓁吃早餐的准备，却没想到叶蓁蓁已经起来了。

当程诺进门的时候，叶蓁蓁正在给自己上粉底。程诺觉得女人的化妆品真是神奇，细腻的粉底掩饰了她憔悴的面容，皮肤看起来晶莹剔透了很多。他看到叶蓁蓁张大嘴画睫毛膏的样子，忍不住笑了起来，又见她把腮红往眼圈那涂抹，他暗想难道又出什么流行妆容了，忍不住问：“蓁蓁，你这是在做什么？”

“画一个楚楚可怜妆。”叶蓁蓁专心致志地看着镜子，“我想过了，虽然我现在暂时和司一水势均力敌，不过我那些都是场面话，只能让他们稍微犹豫下罢了。在这一个月的时间里，司一水肯定会用各种方法让大家投票给他，我能争取的只有他仇人的票数。”

“那和你打扮成这样，有什么关系吗？”

“你们男人啊，都是视觉动物，如果长得丑别说合作了，恐怕见都不想见吧。我要显得很娇弱，才能激起他们的大男子主义，又不能显得难看，你看我现在怎么样？”

叶蓁蓁说着，回头看着程诺，对他微微一笑，程诺觉得自己的呼吸都慢了一拍。当总是穿着明艳衣服的女孩，换上了纯白的衣服，眼圈还微微发红时，他好像看到了一头迷茫的小鹿，尤其叶蓁蓁还用崇拜又依赖的眼神看着他，他只觉得自己喉咙一紧，生硬地问：“是谁教你这些的？”

“欧浔啊。他以前总是嫌弃我没有女人味，让我用姿色搞定客户，后来……”

后来，她宁死不屈，欧浔也没有强迫她，只是嘲笑她这辈子只能做个“实力派”。再后来，他们一起经历了很多事情，约好一辈子不要分开……可为什么会变成现在这样？

程诺见叶蓁蓁不再说下去，露出了唏嘘又怀念的神色，默不作声地把早饭放在她的桌前。叶蓁蓁强迫自己不去想这些事，欢快地说：“谢谢，那我就不客气啦。”

“慢点吃。”程诺宠溺地看着她。

程诺陪伴着叶蓁蓁，一家家地拜访司氏企业的股东。叶蓁蓁辛苦地和他们谈判周旋，他也发动一切人脉和资源帮助她，总算稳住了那些反对司一水的股东的心。当一切结束的时候，已经是一周后了，叶蓁蓁和程诺都疲惫到不行，程诺看着叶蓁蓁一边吃饭一边打哈欠的模样，轻声说：“蓁蓁，公司的事情暂时告一段落了，接下来你有什么打算？”

“接下来，就是要替我爸洗刷冤屈了。”

叶蓁蓁说着，心情沉重了起来，她也知道，连警察都查不出来的事情，要她一个人去查有多难，但是她只能硬着头皮面对。程诺点头，淡淡地说："我去查了当事人，他们都说事发时不在现场，房间也没有监控设备。从现场来看，司老先生摔下楼梯的时候，你的爸爸跪在他旁边大喊'我要杀了你'，这一幕也被几个闻讯赶来的用人看到，要翻案的难度非常大。司老先生已经去世，你父亲也神志不清，只有从那些用人身上下手了。我拿到了他们的资料，你可以看一下。"

程诺说着，拿出了一叠资料递给叶蓁蓁。叶蓁蓁没想到，他在这么忙碌的状况下还能做如此细致的工作，赞赏地给了他一个笑脸。她翻看着资料，发现上面写着每个人的经历、家庭关系、爱好等信息，信息量巨大，一时之间也看不出什么来。程诺看着她皱眉的样子，放缓了声音，"明天是周末，你也别太拼了，好好休息一下吧。这里的水族馆很有名，还有白鲸表演，要不要去看看？"

"哪有时间去什么水族馆啊，我现在一分钟都恨不得掰成两半花。"叶蓁蓁苦笑，"如果可以的话，我简直想分身出两个人来，一个保住公司，一个去查我爸的案子。程诺，我现在真是忙晕了，谢谢你陪伴在我身边。"

面对叶蓁蓁的道谢，程诺没有说话，只是微微一笑，如果可以的话，他不想要叶蓁蓁的感激，他只想要一个拥抱。他拿过了叶蓁蓁手中的资料，"这个晚上再说，现在你的任务是吃饭。"

"知道啦。"

叶蓁蓁整整一天都没怎么吃东西，生怕程诺生气，急忙吃了好几口意大利面，觉得身体也温暖了起来。就在这时，她的手机响了，她一见来电人是阿威，顿时放下了手中的刀叉，接通电话后，紧张地等着宣判，"喂？"

"喂，蓁蓁啊，告诉你一个不太好的消息，我对欧浔说过你们在交往，还拿出了偷拍你们在一起的照片给他看，但是他不信——咳咳，其实也不算什么偷拍啦，你也知道我有职业病，看你们上次吃饭的样子还蛮登对的，就拍了下来。蓁蓁，你怎么了，在听吗？"

"我在听。"叶蓁蓁紧紧咬着嘴唇，"他不信就算了，你也尽力了，你继续说。"

"你也知道欧浔那小子有多小心，我和他开口以后，他就不相信我了，我费了好大工夫才找到他的定位。他现在的地址我发你微信，你记一下。"

“好，真是麻烦你了。”

叶蓁蓁说着就要挂断电话，但是阿威突然叫住了她的名字，他明显犹豫了一下，但还是说：“蓁蓁，虽然我和欧浔认识的时间比较久，但这件事我是站在你这边的。欧浔那小子得了病，我看他开刀以后脑子更坏了，你不要和他计较。他的家里人也和他说过你的事儿，但那小子太坏了，装作一想起你就要晕倒的样子，其他人就不敢说，还对别人也下了封口令。蓁蓁，你不要难过，等他想起来，他一定会来找你。”

“谢谢你，阿威。”叶蓁蓁轻声说。

叶蓁蓁和阿威是通过欧浔的关系认识的，叶蓁蓁和他的关系不算很熟，没想到阿威会站在她的身边，顿觉心里一片温暖。她知道阿威是好心，也相信欧浔想起她会后悔，但是他要多久才会恢复记忆？十天，一个月，一年，还是一辈子？

她不知道未来会发生什么，也不想坐以待毙，她决定主动出击，就算过程再艰难，只要奖品是欧浔，她做什么都可以。

叶蓁蓁想着，看到阿威发来的地址，居然是本市最奢华的夜总会，额前的青筋一跳。她匆忙收拾东西就要离开，程诺诧异地问：“蓁蓁，你去哪里？”

“收拾贱人。”叶蓁蓁咬牙切齿地说。

“我送你。”

虽然明知道程诺这样来不太适合，但叶蓁蓁满脑子都是“欧浔这贱人居然背着我去夜总会”，杀气腾腾地坐着程诺的车子冲了过去。她怀疑自己脸上写着“捣乱”两个字，不然为什么会一到门口就被人拦下了？保安彬彬有礼地对她说：“这位小姐，请您把邀请函出示一下好吗？”

“邀请函？”

叶蓁蓁疑惑地重复这三个字，保安顿时明白，这位是个没被邀请的主儿。就算这个姑娘看起来很有来头，他也只能硬抗，“对，这里今天被包场了，需要持有邀请函才能入场。小姐，真不好意思，您下次再来吧。”

“我有朋友在里面，真的……”

“小姐，请吧。”

叶蓁蓁还想挣扎，但是保安已经不客气地让她离开。叶蓁蓁眯起眼睛，看着门口的六个保安，开始思考她一个人把他们都打倒的可能性。程诺怎么可能不知道她在想什么，轻轻一叹，打了个电话，很快就有一个人出来。他看到程诺非常热情，把程诺拉到了一边，“程记者，我的好兄弟，是什么风把你吹到这里来了？走走走，我们吃消夜去！”

男人说着就要去拉程诺的手，程诺后退一步，不动声色闪开了。程诺看着远处，貌似不经意地说：“我想带我女朋友唱歌，怎么这里还不让进了？”

男人凑近了程诺，为难地说：“程记者，如果是以前，我肯定就让你进了，但今天真的是特殊情况。刘总的小情人今天过生日，包下了这个场子让小姐妹们来玩，大家都玩得很高兴，就怕记者什么的去采访。如果让你进去了，我也真的别想混了……”

“如果不让我进去，我手上的资料会在明天就登出来，你才是真的不用混。我可以承诺，我以客人的身份进去，绝对不会报道，也不会拍照。你也知道，女孩子就是有虚荣心，别人都去了就她没有去，她难受。”

叶蓁蓁见程诺提到了自己，急忙配合做出骄纵的样子来，倒是让那个男人相信她也是某个网红，因为和里面的人不对付想找回面子。他知道这帮小姑娘们就喜欢比排场、比男人，倒也不可能闹出什么大风大浪来，但看叶蓁蓁普通的装扮又有点不信，“程记者，你的女朋友是……”

“直播玩游戏的。”

程诺轻描淡写地给叶蓁蓁编了一个身份，那个男人心知玩游戏的都是宅女，像叶蓁蓁这样已经算非常新潮，更加信了一些。眼见他犹豫，程诺下了猛药，“我本来也是可去可不去，你既然难办，那就算了。只是明天登报了，你别怪我就好。”

程诺说着转身就要离开，那个男人终于着急了，他一把抓住程诺的衣袖，“不闹事，不见报，把资料删除，一笔勾销？”

“好。”程诺微微一笑。

3

叶蓁蓁原以为程诺找到熟人，解决好进门的问题以后，就能顺利进去找欧浔，却没想到遇到了另外一个难题，而且这个难题还附带了一丝微妙和尴尬。

说起始作俑者，那当然是在这里包场的刘先生。刘先生是一个土豪，每个土豪都有着奇怪的癖好和追求刺激的心理，他也不例外，所以他把这次派对的主题定义为“我亲爱的主人”，大家也平静接受了，还觉得这样很有深意。

出席这样场合的男宾们，带来的大多是小情人或者嫩模。他们把她们打扮成日剧女佣的样子或者扮成小兔子和猫女，满足自己不能见人的爱好和虚荣心。眼下，叶蓁蓁目瞪口呆地看着她面前的女仆装，程诺更是皱起了眉，“他们还真是会玩……这样吧，你不要穿女仆装了，我给你弄一套服务员的衣服，也可以进去。”

叶蓁蓁简直想表扬程诺的纯情了，“女伴都穿成这样，你觉得服务员的衣服会尺度小吗？我刚才在洗手间的时候，看到有个姑娘胸口有名牌，她穿的是兔女郎衣服。”

叶蓁蓁没好意思告诉程诺，服务员制服上唯一能遮挡的就是胸口的蕾丝抹胸，和内裤后面毛茸茸的尾巴，这样一比，女仆装真是保守健康多了。她拿过衣服进了更衣室，认命地换上了女仆装，突然想起那时候为了潜入游戏公司，也穿女仆装的事情来，扣扣子的手不由停住了。叶蓁蓁想起那时候她和欧浔打打闹闹的样子，自顾自发着呆，屋外的程诺看看手表，有些心急，敲了一下门后推门进来，没想到正好看到叶蓁蓁后背裸露的样子。

程诺愣住了。

就算曾经和叶蓁蓁牵手、拥抱、接吻过，但是这样洁白一片的视觉冲击，他还是第一次看到。粉色的女仆装上有层层叠叠的花边和蕾丝，只要气质稍逊色穿上去就会显得很傻，却意外适合叶蓁蓁。她正惊慌地看着他，乌黑的长发披散在雪白的肩膀，粉色的衣服让后背的皮肤显得更加白皙，乌黑的眼眸比夜色还要引人沉沦……

“对……对不起。”

程诺愣了半晌后，终于说出了最无聊的道歉，然后猛地关上门。叶蓁蓁被吓了一跳后也反应了过来，急忙穿上了衣服。她可以肯定，程诺刚才根本没看到什么，但是看到程诺脸上的红晕一直从脸颊蔓延到耳根的样子，也觉得这件事好像有些尴尬。她走出门口，轻轻咳嗽了一声，主动向程诺开口，“程诺，谢谢你帮我。”

“嗯。”

刚才的冲击太过深刻，程诺也不知道这时应该说什么，只能胡乱点头，甚至都不敢看叶蓁蓁一眼。叶蓁蓁难得看到他那么慌乱的样子，觉得他现在的表情真是可爱极了，如果不是眼下还有更重要的事情要做，她简直想留下来逗逗程诺。她抓住程诺的手，轻柔地说：“走吧，主人。”

一起去找，那个她最爱的男人。

“好。”

程诺面色僵硬地任由叶蓁蓁挽着他的手臂，和她一起通过层层关卡，最后把叶蓁蓁带到了三楼的包房，现在他们距离欧浔只有一步之遥了。程诺原打算陪着叶蓁蓁进去，可这时有人突然认出他来，走上前对他打招呼。程诺生怕出了什么事端，反应迅速地把叶蓁蓁推入包房，和那人寒暄起来。他的余光看着紧闭的包厢门，心里苦笑了起来。

程诺，你真是一个懦夫，就这样眼睁睁看着自己喜欢的姑娘，去找另外一个男人。

欧浔，这是我给你的最后一次机会。如果你可以想起叶蓁蓁，我会退出；如果你还是想不起来，那就抱歉了。

叶蓁蓁并不知道程诺心里下了一个决定，一进门就被面前的纸醉金迷给晃了眼睛。这个豪华的包间里，有人在唱歌，有人在打桌球，有人在玩骰子，还有人在玩一些小游戏，逗得女仆时不时娇笑。满屋子的喧嚣中，欧浔独自一人坐在窗边，手里拿着一本书，正是叶蓁蓁最熟悉的模样。她觉得她的眼泪都要流下来了，用力吸吸鼻子，混在人群中朝欧浔走了过去。

这个房间里有那么多人，但是叶蓁蓁的眼前只有欧浔一个。当她距离欧浔还有几步远的时候，欧浔突然合上了书本，朝她看去。他的目光是那么犀利，在看到叶蓁蓁的时候带了一丝疑惑，然后转为慵懒的笑意。他伸出手，朝叶蓁蓁招手，叶蓁蓁愣了一下还是走了过去。她从口袋里拿出U盘，期待地看着欧浔，“欧浔，我知道你失去了记忆，没关系，你看到这些照片就会记得我了。我叫叶蓁蓁，我们准备结婚了……”

“嘘。”欧浔的手指抵住了叶蓁蓁的嘴唇，“不要说这些扫兴的话了，不要管过去和未来，只要管现在就好。”

欧浔说着，一把抓住叶蓁蓁的手腕，把毫无防备的她拽到了自己的身边。叶蓁蓁近距离看着欧浔，发现酒意让他的面颊呈现出淡淡的红色，平日清冷的眸子变得妖娆了起来，唇角的微笑，更是让他看起来多了几分令人窒息的美丽。可能是觉得室内太热的关系，他把衬衫的扣子解开了两个，露出了精巧的锁骨，也让叶蓁蓁的目光忍不住停留。欧浔注意到叶蓁蓁看自己的眼神，微微一笑，把叶蓁蓁按在自己的膝盖上，食指挑起她的下颚，然后吻了下去。

欧浔的吻带着酒气和薄荷糖的味道，就好像暴风骤雨那样富有侵略性，也带着极深的欲望。叶蓁蓁的狂喜，在欧浔的手企图伸到她衣服里的时候愣住了，她觉得全身的血液都在瞬间凝固了。她用力推开欧浔，但是欧浔怎么也不肯放手，情急之下她咬了欧浔一口。叶蓁蓁觉得口中一片咸腥，而欧浔果然在瞬间松手，轻舔嘴唇沉默不语。叶蓁蓁没想到会把他咬伤，又是着急又是心疼，急忙道歉："欧浔，对不起……"

"你们女人真是奇怪，刚才明明很享受，却非要装出三贞九烈的样子来。"欧浔凑近叶蓁蓁，呼吸近在咫尺，"就有那么喜欢我，无论怎么样都想得到我吗？"

"欧浔……"

叶蓁蓁的伶牙俐齿在遇到欧浔的时候从来发挥不了任何作用，现在更是如此。她不知道该怎么解释，就好像被调戏了的中学生一样手足无措，委屈到想哭，她强忍住泪水，拿出了U盘说："欧浔，我不知道你是怎么想我的，但我们真的很相爱，而且就要结婚了。这是我们决定结婚时的戒指，我手里的是男戒，把女戒留给了你，因为那时候你要出国了，我想一直陪着你。我们还约定在大溪地举行好婚礼后，就去环游世界。欧浔，你真的不记得了吗？"

叶蓁蓁说着，急忙向欧浔展示他当时一直戴在无名指的戒指，欧浔怔住了。他抓住叶蓁蓁的手，轻轻摘下戒指在眼前端详，然后突然笑了起来。叶蓁蓁以为他想起了什么，紧张地看着他，却看到他把戒指往窗外一丢。几乎是下意识地，叶蓁蓁急忙扑了过去，手指擦过冰冷的戒指，眼睁睁看着它掉出了窗外。

戒指，丢了……

叶蓁蓁的脑中一片空白，呆呆看着欧浔，眼泪终于滚落了下来。欧浔轻轻擦拭她眼角的泪痕，温柔却残忍地说："哭泣，对我是没有用的。叶小姐，我很怀疑你是不是看多了小说，脑子才会坏掉。你觉得我欧浔，会戴那么廉价的戒指吗？更何况，你拿着男戒，我拿着女戒，这根本不符合逻辑。叶小姐，我告诉你，我从没见过这样的戒指，更不会去戴它。你的谎话，适可而止吧。"

欧浔的居高临下，欧浔的咄咄逼人，欧浔的毫不留情，终于让叶蓁蓁崩溃了。她绝望地发现，以前欧浔对其他女人的狠辣，终于尽数用在了她的身上——在欧浔恢复记忆之前，她只是一个陌生的、居心叵测的女人罢了。叶蓁蓁紧紧咬住嘴唇，艰涩地问："欧浔，你不信我，对吗？"

"你说的每个标点符号，我都不信。如果你想约的话，也许我会考虑下……”

欧浔的话没有说完，因为叶蓁蓁干脆利落地给了他一个巴掌。欧浔捂住了面颊，诧异地看着叶蓁蓁涨得通红的脸，看到她冲出了包间，一直跑到了楼下的花园。寒风中，只穿着单薄裙子的叶蓁蓁，已经冻得瑟瑟发抖，但她还是执着地在花园找那个戒指的踪迹，当她发现戒指在喷水池中央时，眼前一亮，居然跳了进去。

“天啊，那个姑娘真的跳下去了。”

“天这么冷，为了搏出位也不用那么拼吧。”

叶蓁蓁刚才和欧浔的争执已经吸引了一些人的目光，他们怀着看好戏的心情，看欧浔怎么处理和那个姑娘的关系，没想到欧浔被打了一巴掌，更没想到那个姑娘居然会跳到喷水池。光是想象，他们就能感觉出那会有多冷，有的人情不自禁打了个寒战，欧浔也愣住了。

虽然觉得这一切和自己没有关系，但欧浔的心猛地一颤，一种说不清的滋味涌上心头，他意识到，这个叶蓁蓁是真的很在乎那个戒指。他飞快跑到了楼下，看到叶蓁蓁浑身湿漉漉地从喷泉里走了出来，小心翼翼地把银戒指重新戴在了项链里。他真的不知道，一个千金小姐为什么会珍惜这么廉价的东西，不禁皱起了眉，他忍不住想，也许这个姑娘真的疯了，才会幻想他们在一起，还想出了这一幕大戏。

他有那么好吗？让她爱到了这个地步，至于吗？

欧浔看到叶蓁蓁一步步朝自己走来，突然期望她说点什么或者继续求他和她在一起。叶蓁蓁在他面前停下了脚步，他看着她清亮的眼睛，不知道为什么觉得有些熟悉。他还没来得及细想，就看到一个男人走到了叶蓁蓁身边，他脱下了大衣披在叶蓁蓁身上，一脸阴沉地走到欧浔身边，扬起手就要给他一拳。欧浔反应迅速，一把抓住了他的手腕，认出他是上次打自己的男人。他的脑中闪过他的资料库，冷笑着说：“程副主编，你来做什么？还想打我吗？你真的不怕进警局？”

“程诺，你放手。”叶蓁蓁披着程诺的衣服，虽然狼狈，眼睛却亮晶晶的，“欧浔他不认识我，我对他而言只是陌生人罢了……真的不怪他。”

“蓁蓁……”

“好了，我们走吧。欧浔，我不会放弃的。”

如果一般的女孩子遇到这样的事情，早就羞愧到哭泣了，可是叶蓁蓁居然说她不会放弃，而且居然在笑。看着她狼狈又明媚的笑容，欧浔只觉得他的心好像悄悄裂开了一道口子，第一次怀疑他们是不是真的有过什么关系，但是，他很快就自我解嘲地否定了——他对那么多名模演员都没有兴趣，怎么会喜欢上这个充其量只是清秀可人的丫头。

虽然，看着她哭泣的时候，他的心里有些奇怪的感觉……

“蓁蓁，我们走。欧浔，你会后悔的。”

程诺说着，拉着叶蓁蓁的手离开，围观的人见没有劲爆的事情可以看，也慢慢散了。欧浔看着叶蓁蓁和程诺一起离去的身影，忽然觉得有什么重要的东西不见了，不觉捂住了胸口。

叶蓁蓁，这是她的名字……原来，她叫这个名字。

欧浔无心再继续派对。这时程诺把叶蓁蓁送回酒店，逼着她去洗了热水澡，又看着她捏着鼻子喝了一大杯姜汤，才稍微放下心来。他看着叶蓁蓁许久，终于问：“蓁蓁，值得吗？”

“什么？”

“这样挽回一个不爱你的人，值得吗？”

因为太过心疼的关系，程诺没有了以往的温柔，带了一丝咄咄逼人的质问。叶蓁蓁知道程诺是为自己打算，没有生气，轻声说：“值得。因为，他是欧浔啊。”

女孩清亮的嗓音，坚定的表情，构成了最锋利的匕首，插在了程诺的心口。呵呵，他怎么会忘记，叶蓁蓁从来就是一个固执到极点，从不听任何人劝阻，也不怕任何困难的姑娘。她用浑身的力气爱过他，在他离开后用尽一切力气挽留他，现在她当然也一样会这样对欧浔。

蓁蓁，你当时也是这样难过吗？对不起，真的对不起……

程诺想着，摸摸叶蓁蓁的头发，轻声说：“蓁蓁，我们不要喜欢他了好不好？”

“程诺，我做不到。”叶蓁蓁喃喃地说。

程诺笑了，“我知道，我也只是随口一问罢了。蓁蓁，我有话要对你说。”

“什么？”

“欧浔他……可能这辈子也想不起来你了。”

4

看到叶蓁蓁诧异的表情时，程诺觉得他真是一个卑鄙小人。

他明明可以告诉叶蓁蓁，欧浔是因为季琼的算计才会想不起她来，但是他没有这样做，他听到自己对她说："刚才我查到，他去国外做了一个手术，有一部分的记忆缺失，你就是那部分。所以，他想不起你，你也不可能唤醒他的记忆。"

"程诺，你说什么？"

"蓁蓁，他不会再记住你。无论你做什么都没有用。"

程诺冷静地告诉叶蓁蓁，他所了解到的医学上的相关理论知识，他比谁都清楚他心底的罪恶——他想乘虚而入，他想要叶蓁蓁。

从理智上来说，欧浔和叶蓁蓁的感情到底只有一年，并不是多么深厚；从情感上说，欧浔对叶蓁蓁越过分，他对叶蓁蓁越好，叶蓁蓁心中的天秤早晚会偏向他一方。都是会变的，感情也是如此。欧浔，既然你不懂珍惜，那么，就在以后和我一样，陷入痛苦的深渊吧。

程诺想着，看着叶蓁蓁泣不成声的样子，抱住了她颤抖的肩膀。叶蓁蓁还是不可置信，"他，他忘记我了……他明明说过，只要我不走，他就永远不会离开我，他怎么可以忘记我！"

程诺没有回答，只是温柔又坚定地抱住了她，"蓁蓁，你还有我。"

叶蓁蓁并不知道程诺心中的百转千回，只想第二天找欧浔问个清楚，却没想到又有新的打击再次来袭。一夜之间，许多大V都开始转发那篇名为"我的个神，有个富二代弑父，装精神病脱罪啦"的帖子，帖子的作者以八卦的口吻，讲述了司家的丑闻，还有许多细节，越发让这个事件显得真实可靠。

叶蓁蓁研究过心理学，深知许多人会因为细节可靠，得出整件事都真实的结论，知道这件事变得棘手了起来。再加上，"富二代""超跑""睡女明星"等关键词，又激起了底层群众对有钱人的仇恨，舆论果然一面倒地对司惠民很不利，有不少人叫着"判司惠民死刑"，话题还进了热搜榜，这件事闹得越来越大。

"蓁蓁，你看网上了吗？"

程诺看到消息后，一大早就来找叶蓁蓁，只见叶蓁蓁正拿着手机疯狂按着什么，根本没空搭理他。程诺控制不住好奇心，瞥了一眼她的手机，只见她正用小号发帖，“伦家真的很好奇，为什么司惠民家出了什么事情楼主会那么清楚，甚至连司惠民不爱吃香菜也知道？难道你是司惠民家的厨子？可是你明明说你只是一个细心的网友罢了呀。别当网友都被你牵着鼻子走，收钱发帖死全家，你敢不敢战？”

程诺没想到叶蓁蓁会那么彪悍，嘴角抽了抽。叶蓁蓁此时才发现程诺来了，心不在焉地和他打个招呼，忙着在网上用各个马甲和楼主争论，顺便号召水军们去帮她顶帖。她处理好事情后，见网上多了一些不同的声音，终于长舒了一口气，“居然买了热搜榜，我二叔可真是够大手笔的。”

“这是你二叔做的？”

“是啊，抹黑我爸让他无法翻身，顺便让我的精力不能放在公司上，可真是一举两得。呵呵，营销号怎么可能关心哪个妹子是国民校花？一切都看在钱的面子上罢了。这一轮黑子找了不少大V转发，投入起码几百万，除了我的好二叔，谁会做那么无聊的事情？不过，我二叔估计只会把电脑开关机，这件事可能是欧浔的手笔……”

作为欧浔的助理，叶蓁蓁知道欧浔最喜欢在网上造势，这件事十有八九出自他的授意。她想起欧浔的绝情和程诺对她说的他的病情，心里真是苦涩难言。她回忆起欧浔那段时间的不对劲，他在病房里对她说的那些类似遗言的话，恨不得给自己一巴掌——为什么欧浔都表现得那么明显了，她还什么都不知道？欧浔一个人承受了那么多，她只会在他的背后，做一个不谙世事的小公主……

对不起，欧浔。真的，对不起！

叶蓁蓁想着，心里酸涩难言，强打起精神说：“这只是开始，他们手里肯定还会有别的证据，会一次次把我们逼入绝境。我们不能坐以待毙，公司的事情麻烦你先撑着，我要去查爸爸的案子。”

“蓁蓁？”

“虽然下意识不想面对……但是好像不行呢。欧浔，他已经步步紧逼了，如果现在稍微往后退一步，他就会把人往绝路上逼。这就是，欧浔啊……”

叶蓁蓁说着，脸上居然带了一丝笑意，好像有些唏嘘，又好像有点骄傲。程诺突然发现，他根本不知道叶蓁蓁在想什么，也无法进入她的世界，这样的想法让他心里突然很不舒服。他看叶蓁蓁的桌子上满是司汝南家的资料，转移了话题，“有什么发现吗？”

“这些资料只能了解一下他们的大概情况，要想知道有价值的还是要深入敌营。”叶蓁蓁耸耸肩说，“程诺，其他事情，真的就拜托你了。”

叶蓁蓁把公司的事情拜托程诺暂时管理，自己则亲自去会司汝南家的用人们。托和欧浔共事那么久的福，叶蓁蓁发现这个世界上，没有什么是钱解决不了的问题——如果有，那就是钱还不够多。她花重金，约那些用人一个个出来见面，了解当时发生的情况。一开始，大家都避而不谈，但是在叶蓁蓁温柔抓住他们最注重的那一点时，他们纷纷改了口。

“王奶奶是吧？听说你的孙子最近要上幼儿园，但是不在学区里。我正好认识园长，要不我给你问问看？”

“李叔你好，我爸经常提起你，说你是他从小玩到大的兄弟。那个，听说咱家阿城考上大学了，这是做姐姐的一点小意思，你一定要收下来。”

“南溪姐，你这戒指是蒂凡尼新款吧？哇，真是好漂亮！”

司汝南是军人出身，最反对的就是阶级剥削，所以都让用人们叫他大哥、叔叔或者爷爷。这个传统虽然留了下来，但他的三个儿子对这都不太感冒——开玩笑，他们都是人中龙凤，谁有兴趣和用人称兄道弟。他们平时能不和用人交流，就不和用人交流，这个突破口却被叶蓁蓁敏锐地发现了。她深知，就算欧浔给他们钱，也肯定是居高临下的态度，他们收了也不一定高兴。比起钱来，她还能附加别的服务，把他们的心拉向自己。

果然，嘴甜的孩子有糖吃，他们的冷淡在叶蓁蓁一口一个“哥哥姐姐”后逐渐消失，在叶蓁蓁一下子解决他们的问题后，看叶蓁蓁的眼神更是带了点感激的色彩。他们知道叶蓁蓁想要了解什么，暗想反正同样的话也对警察说过，让她知道也没什么大不了。

“那一天，惠民先生和爷爷吵了一架，我依稀听到他说什么‘我就是喜欢女明星’之类的，后来我没敢听，正好王婶叫我干活，就出去给花浇水了。”

“虽然警察说这事儿人证物证俱在，我倒觉得惠民先生不会做这种事。惠民先生平时性格那么好，对我们都是客客气气的，怎么会对他的爸爸……叶小姐，我也很想知道真相，可那时候王婶叫我去擦瓷器了。”

“呜呜呜，我真的什么都不知道，我真的不知道啊……当时王婶叫我去叠衣服，我真的一直在房间……”

每个人都有事情在做，没有人目击这出惨剧，反而是最大的问题。叶蓁蓁发现，他们的证词里都有一个叫王婶的女人出现，忍不住皱起了眉。她回忆资料上，王婶的名字叫王若萱，长相温柔优雅，看起来就让人觉得很舒服，她重点大学毕业后，在美国居住了一阵子就来做这里的管家，已经在这里工作了十几年。她为人严厉又不失公平，虽然不乏追求者却从没有恋爱，在家里也深得大家信赖。就是这个王若萱，在老爷子出事后不久因为难过住了院，到现在还没有重新上班……

她一定有问题。叶蓁蓁默默想着。

“王若萱有问题。”在司家的豪宅里，欧浔把资料丢在了桌子上，“不说她当时支走了所有人，就说她事后辞职消失不见，她的身上就有很大的疑点。司先生，你要对我说实话。她真不是你的人？”

“真不是。”司一水的表情看起来有些不耐烦，“你和我一条船，我没有必要瞒你。她是我爸最信任的管家，怎么可能被我买通。”

“那么，为什么她会给你提供那么好的机会？真的是巧合吗？”欧浔皱眉，“你知道，她和谁的关系比较好吗？”

“她到底有什么好在意的……我怎么知道这些，我去帮你问问。”

5

虽然这样说自己的雇主不太合适，但是欧浔很遗憾地发现，他这次的雇主又是一个智障。

他对他们的豪门恩怨没有兴趣，就算是司一水陷害了司惠民，又把自己的老爸杀死了，和他也毫无关系，他只关心这次的丰厚佣金是买豪车还是买游艇。他总是不胜其烦地告诉雇主，他们才是一家，他只有掌控所有信息才能应对局面，可雇主们偏偏把他当成了警察，就好像英雄一样誓死不开口。于是，他一半时间用来公关，另一半时间则用来收拾因为他们隐瞒而产生的烂摊子，这一次很可能会如此。

他有预感，这个王若萱是关键人物，他一定要见到她才放心。不过，看起来这么严肃的女人，会和酒吧老板是好友？还真是奇怪……

欧浔看着资料上的结果，对王若萱非常好奇。他暗想，就算在酒吧里打探不出什么消息，放松一下也不错，于是心情愉快地去了那家日式居酒屋。欧浔意外发现，这家隐藏在巷子里的居酒屋居然人气不错，老板娘做的食物也很好吃，他品尝着生鱼片的新鲜爽口，突然看到一个熟悉的人也走了进来，忍不住眯起了眼睛。

叶蓁蓁穿着大红色的外套，满脸通红地走了进来，还不住地跺脚来驱赶寒冷。欧浔想起，第一次看到她时，她是身穿职业装咄咄逼人又很奇怪的大小姐；第二次见到她时，她穿着可笑的女仆装，还跳进了喷水池，倔强得让人好笑。这一次，她穿着简单的大衣和长靴，不施粉黛，脸因为寒冷泛出鲜嫩的粉红色，反而让他想起了夏天吃的水蜜桃。他也不知道为什么，目光一直在她身上停留，在她朝自己方向看过来的时候，甚至不知道为什么紧张了起来。几乎是下意识，欧浔把头埋在菜单里，不让叶蓁蓁看到他的存在，见叶蓁蓁没有发现才松了一口气。他很快就意识到他的反应有多无聊，心想他要上前让叶蓁蓁知难而退才好，这时又看到程诺走了进来。

虽然和程诺的交集不多，但是这不妨碍欧浔特别不喜欢这个家伙。他继续用菜单遮面，用余光看到程诺坐在了叶蓁蓁面前。他注意到，叶蓁蓁在看到程诺的瞬间，满脸都有了神采，忍不住冷哼，这个姑娘真是脑子有问题，居然会对那样的伪君子露出那么可爱的笑容。

等等，可爱……这个形容词真是不太合适。他们在谈什么他不关心，不过，他们到底在谈什么？真是突然好想知道啊……

叶蓁蓁和程诺不知道欧浔正在不远处痛苦纠结，点餐后开始说起悄悄话来。因为不想让老板娘看出他们的来意，他们把自己伪装成一对小情侣，说的也都是没有营养的话题。叶蓁蓁看着不远处风情万种的老板娘，很奇怪她这样的女人居然和王若萱会是好友。看着她陷入了沉思，程诺给她的盘子里夹了一些沙拉，轻声说："不要那么直接地盯着看，她会注意到你。"

"我看得很直接吗？"叶蓁蓁压低了声音说。

"扑哧。"

不动声色把椅子移到叶蓁蓁身后的欧浔忍不住笑了起来，然后急忙捂住了嘴巴，把身体隐藏到绿植里。程诺听到了笑声，疑惑地抬起头，但是没找到隐藏技术可以和忍者媲美的欧浔，又把注意力放在叶蓁蓁身上。他见叶蓁蓁在短短几天时间里又瘦了一些，给她切了些牛排，淡淡地说："蓁蓁，就算我们的目的是为了查王若萱的事情，你也没必要有这么大的压力。现在我们表现得越自然，越放松，老板娘也会越安心。"

叶蓁蓁嘟着嘴轻轻一叹，“我也知道，可是我真的没心情吃东西……程诺，你说欧浔这家伙是不是智商有问题？他怎么可能忘记我？”

“蓁蓁，能不能不要说他？”程诺笑着转移了话题。

“好吧，抱歉。我答应过你，不管他是不是能想起我来，都不再提这个话题。”

叶蓁蓁说着，果然埋头吃了起来，欧浔见状在心里怒骂她一句嘴馋。他忍不住暗想，她怎么不继续聊下去了，所有话题都在他身上那才好啊。遗憾的是，叶蓁蓁把心思都放在了牛排上，她一边吃，一边看着老板娘，疑惑地问：“大家都说物以类聚，可她们看起来就是两个世界的女人，关系怎么会那么好？”

“也许她们比较谈得来。”程诺没把这件事放在心上。

“不，你不懂女人之间的友谊。当然会有愿意找比自己逊色的朋友，好让自己显得更漂亮、更优秀的那种类型，但更多的是物以类聚，家庭妇女喜欢和家庭妇女玩在一起，网红的朋友大多很美丽，白领的好友也都是各个领域的精英……她们一个是严厉的管家，一个是那么让人心动的老板娘，根本就不是一个类型。”

“蓁蓁，你是不是想太多？”程诺笑着说，“这种事情谁也说不清楚啊。”

“也许吧。”

叶蓁蓁不再在这个问题上纠结，欧浔却挑起了眉毛，暗暗心惊——不知道是不是巧合，这个叫叶蓁蓁的姑娘居然和他有一样的想法。只是，他只是觉得这件事有些不对劲，而叶蓁蓁却把其中的不对劲说得头头是道。他按捺住心中异样的想法，听到叶蓁蓁又说：“如果爷爷的事情不是意外……那肯定是他三个儿子中的一个做的。唉，爷爷是一个那么好强的老人，真的没想到会有这样的下场，我的心里真难受。”

“蓁蓁……”

程诺想安慰叶蓁蓁，但叶蓁蓁语气轻快地说：“不用安慰我，现在不是哭泣流泪的时候，我很清楚这一点。如果这件事不是我爸做的，最大的可能就是我的好二叔，可我最近却觉得这件事可能不是他做的。”

“为什么？”程诺坐直了身体，欧浔也竖起了耳朵。

“我查到二叔的记录一直很清白，但是就在一个月前，他挪用了一笔资金。我费了点工夫，才知道他是在澳门赌博输了一大笔钱。”

“那他这样更有杀人动机，有什么不对吗？”程诺反问。

叶蓁蓁轻轻叹息，“他的股票大涨，完全可以弥补亏空，可是就在这时爷爷发生了意外。如果他真的想要杀死爷爷，也会在他把亏空填满，历史清清白白之后，实在犯不着在这个时机动手。”

“蓁蓁，这只是你的猜测罢了。也许，他就是不想出这笔钱，等他做了董事长之后可以为所欲为？”

“也许吧……二叔是社会精英，比较顾及脸面，我还是觉得他不太会做出这种事来。没有人注意我的三叔，可是他能那么多年在公司屹立不倒，就算我爷爷再讨厌他，也没有取消他的继承权，可以说有点本事。希望我们调查二叔的方向不要错误才好。”

叶蓁蓁说着，喝了一口柠檬水，却因为喝得急被呛到，控制不住咳嗽了起来。程诺拿出纸巾为她擦拭嘴角的水渍，突然看到不远处有个身影是那么眼熟，定睛一看，然后冷笑了起来。他心思一动，放下纸巾，用食指擦拭叶蓁蓁的嘴唇，温柔地说：“蓁蓁，你总是那么不小心。”

“什么啊……”

程诺突如其来的亲密让叶蓁蓁有点不自在，而程诺的手指已经轻轻按住了她的嘴唇，他用极低的声音说：“不要回头，欧浔就在你身后。我们也让他不爽一下，怎么样？”

叶蓁蓁知道，欧浔正常状态下，最讨厌的人就是程诺，程诺的提议让她心里突然充满了报复的快感。虽然她理智上可以理解欧浔的遗忘，但情感上怎么可以接受，更别提他还一而再，再而三地算计她……她微微勾起唇角，“好啊。”

欧浔发现，刚才还好像小姑娘一样可爱的叶蓁蓁，在一瞬间好像变了一个人。她用一种极其热烈、极其痴迷的表情看着程诺，一把抓住了程诺的手，声音是那么娇嫩，又恰好被他听到：“程诺，我们一会儿去看电影，看完电影泡吧好不好？好久没喝酒了，真是好怀念啊。”

程诺捏捏她的鼻子，“你一喝醉就会乱亲人，我可不带你去。”

叶蓁蓁晃动他的衣袖，撒娇地说：“没有啦，上次只是意外，你就带我去嘛。你担心我喝酒，我还担心你被其他小姑娘拐走呢。你长得那么帅，气质那么好，她们看到你就会激动。”

叶蓁蓁撒起娇来的时候，乌黑的眼睛亮晶晶的，仿若天上最璀璨的星光。她的眼睛里满满都是程诺，这个认知让欧浔的心里很不爽，他摸着胸口，只觉得一股无法抑制的怒气就这样涌了出来，他几乎控制不住想把程诺揍一顿的心情。他疑惑地看着自己的手掌，这时叶蓁蓁凑近程诺，“啊，张嘴。”

叶蓁蓁喂程诺吃牛排，还特别亲密地替程诺擦嘴角，欧浔真想把那只白嫩的手抓住，让她为自己擦嘴。他们越亲密，他就靠得越近，当他发现自己居然站在程诺身边，还抓住叶蓁蓁的手腕时已经晚了。他不受控制地吃掉了叶蓁蓁叉子上的牛肉，另外两个人都用看鬼的眼神看着他，程诺的声音更是充满愤怒，“欧先生，你抓住蓁蓁的手做什么？放开！”

程诺毫不客气地打掉欧浔的手，欧浔失神地看着自己的手心，不明白他为什么突然会这样做。叶蓁蓁狠狠瞪了欧浔一眼，急忙看着程诺，“程诺，你有没有事？你的手疼吗？”

欧浔觉得胸口简直堵得发慌，没好气地说：“大小姐，是他打了我，你是不是该关心下我的手疼不疼？”

叶蓁蓁轻蔑地说：“你不知道力的作用是相互的嘛，你的手疼，我家阿诺的手也疼啊。阿诺，你要不要紧？”

就算明知道程诺没有受伤，叶蓁蓁还是抓住程诺的手，细细检查了起来。程诺心知他们是在演戏，心却因为和叶蓁蓁的亲密接触而紧张。他如此留恋叶蓁蓁掌心的温暖，反过来抓住了叶蓁蓁的手，久久没有松手，叶蓁蓁突然觉得气氛好像有点不太对劲。欧浔皱着眉看着他们紧握的手掌，突然想给程诺一拳，就在这时，程诺的手机突然响了起来。

“抱歉。”

程诺的沉默好像有一个世纪，他如梦初醒般接听了电话，在他接电话期间，叶蓁蓁则扭过头不看欧浔。叶蓁蓁没有说话，甚至不知道她现在是什么表情，欧浔偏偏看出了赌气的味道，他的唇角不自觉地勾起，这时程诺为难地看着叶蓁蓁，“蓁蓁，报社有点事情需要我回去处理。我们一起回去好吗？”

“不了，我继续玩一会儿。”叶蓁蓁不愿意放弃向老板娘打探消息的机会，“你去忙吧，我一个人没关系。”

程诺没有回答，目光冷峻地看了欧浔一眼。叶蓁蓁知道他在担心什么，踮起脚在他耳边轻声说：“你放心，我没那么不知道轻重。反正他什么也想不起来，我爸的事情才是第一位，我不会和上次一样傻。跟头摔一次很正常，摔两次是傻子，摔三次就是智障了。我那么聪明，怎么可能是智障。”

“知道了。”

程诺终于微微一笑，拍拍叶蓁蓁的头离开，走之前不忘记给欧浔一个恶狠狠的眼神，似乎在警告他不许乱来。欧浔被程诺这个眼神看得火气上涌，好笑地想，程诺居然担心他会对叶蓁蓁下手，实在太没道理——他没看到是叶蓁蓁发了疯一样爱他，还以他的未婚妻自居吗？不过，她现在好像没有以前那样疯狂，真是有些不适应……

欧浔想起叶蓁蓁对程诺的亲密，心情不愉快了起来。他忍不住暗想，现在程诺走了，给了叶蓁蓁一个重新接近他的机会，到时候，他一定要冷酷无情地让她离远一点，嗯，她实在想和他喝酒的话，他反正现在无聊，也会给她个面子……不过，她到底为什么跑到了吧台，居然不对他说一句话？难道她……真的移情别恋了？

欧浔诧异地看着叶蓁蓁从他身边经过，居然没有对他说一句话，就径直走到了吧台处，突然有了一种被背叛的愤怒。老板娘正在调制鸡尾酒，见叶蓁蓁过来非常热情，“美女，想喝点什么？”

“我想要甜一点的鸡尾酒。”

“好，没问题。”

老板娘不是那种妩媚娇柔的女人，眉眼十分分明，声音沙哑，带了一丝异域风情，让叶蓁蓁也有些脸红心跳。她接过老板娘的酒，喝了一口发现果然很好喝，笑着说：“哇，这酒的味道还真是好。这个地方很难找，没想到会有这么多人来。”

老板娘得意地说：“是啊，我们这里就好像是一个沙龙，来的都是熟客，也希望你们常来。”

“这样啊。你的耳环真漂亮，是在哪里买的？”

叶蓁蓁和老板娘闲扯了几句，见她心情不错，最后终于步入正题，“老板娘，是不是有个叫王若萱的也经常来你这？你知道她现在去哪里了吗？”

听到这话，老板娘的神色微微一僵，她皱眉看着叶蓁蓁，嘴角勾起，“你来这里是为了打探她的消息？你觉得，我会出卖我的朋友吗？”

叶蓁蓁没想到老板娘会拒绝得那么彻底，一下子就愣住了。她迅速想该如何应对，这时有人悠悠开口：“不好意思，我可以打扰下吗？我知道这样很唐突，但我真的想调杯鸡尾酒给最漂亮的姑娘。”

6

叶蓁蓁目瞪口呆地看着欧浔就这样坐在了她的身边，当感受到欧浔身上熟悉的味道时，叶蓁蓁握着酒杯的手紧了一些，她得靠着冰冷的液体才能维持平静的心情。她借着喝酒来转移注意力，没想到喝起来冰凉爽口的鸡尾酒，到了胃里居然灼热了起来，一股暖流一下子冲到了脑子。红晕在叶蓁蓁的脸上蔓延，她发现自己变得亢奋了，她沉默着等待欧浔会做什么，却见他居然开始调酒。

欧浔拿起酒杯，骨节分明的手摇晃着酒杯中的冰块，往其中倒入了琥珀色的液体。他的神态是那么专注，就好像他面对的不是酒杯，而是世界上最珍贵的瓷器一样。他依次把柠檬汁、石榴汁等倒入伏特加里，快速晃动调酒器，到后来杯中的液体自然分成三层，呈现出宛如彩虹的色彩来。他把柠檬片放在酒杯上，笑容勾魂摄魄，“美丽的姑娘，希望你喜欢。”

天啊，这妖孽失忆以后，简直就是行走的荷尔蒙！叶蓁蓁表情淡漠，内心的小人已经开始捂脸。

她知道欧浔是一个极其嚣张、极其聪明的男人，虽然他对恋爱没什么兴趣，但是对于怎么讨女人喜欢有着天然的本能。以往的他先爱上了叶蓁蓁，就好像看到了心爱女生的初中生一样，闹出了不少笑话，也让叶蓁蓁占据了主导地位。但是现在，他完全展现了自己妖孽的一面，也让叶蓁蓁的心怦怦跳了起来。

喧闹的居酒屋里，叶蓁蓁顺着欧浔的手指，看向他的手腕，然后一直看到他微微上扬的下颚。她看着他的嘴唇，想起这张嘴曾经让许多人愤怒地想和他拼命，也曾经说出让她快乐的甜言蜜语。她已经尽量控制自己，不要在他的面前自讨没趣，可是他何苦又来引诱她？还说什么美丽的姑娘……真是……

叶蓁蓁也不知道她在期盼什么，又在恐惧什么，而就在这时，欧浔已经把酒递给了老板娘。老板娘惊喜地给他一个飞吻，欧浔也微微一笑，“可以有幸知道你的名字吗？”

自作多情的叶蓁蓁内心一阵冷笑。

叶蓁蓁觉得她的脸被打得有点疼，又生气了起来——欧浔他的眼睛是瞎的嘛，世界上最好看的姑娘明明是她，是她！好吧，她承认老板娘的身材比她前凸后翘，眼睛也比她勾人，该死的说话声音也是那么动听……可欧浔到底为什么在她面前讨别的女人的欢心！这个混蛋！

叶蓁蓁皱起了眉，越想越生气，虽然她很不想听他们在说什么，但他们距离太近，谈话声还是不绝于耳。她听到欧浔问老板娘的姓名星座，抓住她的手掌给她看手相，牙齿都开始发痒。她恨恨地把杯中的酒水一饮而尽，这时听到欧浔问："我是外地人，一来这里就有人和我说司家的事情，简直比电视剧还要精彩。真是不明白，司惠民为什么要杀他的爸爸？安心做太子爷不好吗？"

老板娘有了些醉意，再加上被欧浔勾魂的眸子看着，下意识说："豪门家的事情，我们小老百姓怎么会明白啦。我倒是有个姐妹在那里做管家，我听她说过司惠民人不错，也许事情不是我们想的那样。"

"做管家？她怎么会去做管家？"

欧浔一副为了讨女孩子欢心拼命找话题的样子，老板娘在酒意的作用下，说了许多没告诉叶蓁蓁的内幕，让叶蓁蓁心里既恼火又舍不得离开。从老板娘细碎的信息里，她知道王若萱和她在美国酒吧打工的时候认识，两个人的感情一直不错。王若萱回国有许多工作机会，但是她选择去司家做了管家，和以前相比也有了很大的变化。老板娘说，这些年来，王若萱越发沉默寡言，一个人买了套房子但是从不去住，还是住在司家。老板娘也曾经劝过她，还是该过好自己的日子，不要一心扑在司家，但是每一次她们都不欢而散，后来她慢慢也就不再去劝。这次司汝南出事以后，王若萱因为难过和肠胃炎住了医院，最后突然辞职不知所踪。

"她啊，真是傻，明明有更好的机会，为什么要做管家？来我店里帮忙也好啊。"老板娘说着，瞥了欧浔一眼，抓住了他的领带，"帅哥，你不要老问她了，你多问问我啊，比如，我喜欢吃什么，我喜欢去什么酒店……"

叶蓁蓁看到老板娘的手开始抚摩上欧浔的脸颊，怒火中烧，她猛地站起身，用力踹了欧浔一脚，欧浔吃痛地弯下腰，老板娘的手也诧异地僵硬在了半空。欧浔觉得他的小腿骨就要断了，可是又有一种熟悉的感觉突然涌现在了心头，他依稀记得，有个女孩也曾经这样踢过他，还骂他是……

"欧浔，臭流氓！你去死吧！"

叶蓁蓁猛地推了欧浔一把就往外跑，欧浔愣了一下后居然下意识地追了上去。叶蓁蓁跑到门口才发现自己忘记拿外套，冰冷的风吹在面颊上，让她整个人都清醒了。她想起自己答应过程诺，不会再在欧浔面前丢脸，再想起她刚才做了什么，捂住了面颊。她轻轻一叹，想往前走，可是手臂却被人抓住了。

“欧浔？”

叶蓁蓁诧异地看着欧浔，不知道他追上来有什么事。欧浔怔怔看着叶蓁蓁，脑中就好像有一层迷雾，怎么也看不分明，他低下头看着叶蓁蓁，在她耳边说：“你……”

叶蓁蓁的心怦怦跳了起来，她明知道希望越大，失望越大，但还是希望欧浔会说出她最想听的话。她想听欧浔说，他想起了她，他知道自己错了，他再也不会离开她。她瞪大眼睛等着欧浔的答案，却见欧浔轻不可闻地叹息了一声，露出了公事公办的表情，“你真的要和我作对吗，叶蓁蓁？”

叶蓁蓁看着他，自嘲地一笑，“欧浔，你只是想赚佣金，可我想要我爸的清白，想把这个公司交给该交给的人，是你和我作对才是。你那么聪明，应该知道我爸是冤枉的，可是你又变成了那种为了钱什么都会做的人。欧浔，我说过我会超越你，但是我真的没想到，我们会以这样的方式成为对手。”

昏暗的灯光下，喧嚣的居酒屋门口，叶蓁蓁的笑容是那么轻柔，让欧浔的心也微微不舒服了起来。他不去想心里奇怪的感觉，抓住了重点，“你说，你要超越我？是什么给了你这样的自信？”

“欧浔，我一定会堂堂正正地赢你，因为，我是你亲手教出来的啊。”

借着酒意，叶蓁蓁的手指抚摩上欧浔的面颊。欧浔觉得她的指尖发凉，明明有一股寒意扑面来袭，但是他的心偏偏热了起来。他看着叶蓁蓁璀璨的眼眸，一句话没有思考就这样说出了口：“你就这样喜欢我？”

又一阵冷风吹过，叶蓁蓁下意识打了个喷嚏。欧浔看到她瑟瑟发抖的样子，居然不受控制地脱下大衣披在她的身上，突如其来的温暖让叶蓁蓁诧异地睁大了眼睛，她看着欧浔许久，微微一笑，“是啊，就这么喜欢你。如果我赢了，答应我一个条件，好吗？”

天空不知道什么时候开始飘雪，雪花飘落到叶蓁蓁身上，欧浔看到她的发丝、睫毛都变成了白色，整个人也带了一丝晶莹剔透的味道。他看着自己烟灰色大衣包裹起她身体的样子，不知道为什么觉得好像是自己在拥抱她，脸颊有些发红。他当然经历过女人对他的死缠烂打，但是没有哪个女人像她这样，用那么认真的语气说着喜欢，无论怎样都不退缩。

她……到底为什么那么喜欢他？难道他们，真的有过什么吗？

“我不会对你手下留情的。”

虽然心已经开始乱了起来，但欧浔鬼使神差下居然说了这句话。叶蓁蓁特别平静地看着他，“我知道。”

“你……知道？”

“欧浔，我也不会对你手下留情的。我等着你想起我，然后跪在我面前唱《征服》的那一天。”

叶蓁蓁说着，踮起脚亲了下欧浔的面颊，然后把欧浔的大衣脱下来还给她，自己在雪中离开。欧浔看着她单薄的身影，不明白她明明可以趁机来勾引他，为什么会这样离开——她不知道，他把大衣给她披上，已经暗示了她可以继续追求他，就等她继续表现了吗？如果说她想放弃，她为什么还要亲吻他？如果说她想继续，为什么要把大衣还给他，还和那个叫程诺的小子那么亲密？

这个女人，心里到底在想什么？

欧浔只觉得脑子越来越乱，接到季琼电话的时候，脑子里还是浮现出叶蓁蓁那个冰凉的吻。他满怀心事地到机场接机，都没注意季琼什么时候到了他的面前。季琼把行李箱放在一边，嗔怪地说：“欧浔，见到我你就这样反应？”

“那我要怎么做，惊喜地说‘你怎么来了’，还是尖叫昏倒？都快四十岁的人了，拜托你成熟点。”

欧浔的话让季琼的微笑变得僵硬了起来，“我今年三十二岁，距离四十岁还有八年，欧浔你的数学真是不太好。”

“反正差不多，你那么介意这个做什么。走吧。”

欧浔说着扭头往回走，期待欧浔帮她拿行李的季琼愣住了，她把行李放在欧浔面前，用娇弱的语气说：“欧浔，我拿不动。”

“我也拿不动，自己拿。”

欧浔霸气地说着，看都不看季琼一眼就往停车场走，让路人都忍不住好奇地朝他们看去，季琼觉得自己几辈子的脸都被他丢尽了。多年来的良好教养，让她忍住没有当众和欧浔争吵，一个人费力地拿着箱子跟在欧浔身后，到达停车场的时候已经气喘吁吁。她好不容易才坐到副驾驶的位子上，发现她精心化的妆容都被汗水打湿了，发型也变了样，好好的“惊喜”倒带了几分“逃难”的味道。季琼拿出粉扑补妆，见欧浔专心开车一句话都不说，眼珠一转，“听说叶蓁蓁也在这里，你们应该见过面了。怎么，有没有被她感动？”

季琼以为欧浔会不耐烦地反驳她，或是嚣张地说他永远不会为了一个女人感动，可是他居然沉默了。过了很久，他才淡淡地问："季琼，你说她一直以我的未婚妻自居，我家里也希望我们在一起？"

季琼心里突然紧张了起来，神色却是淡淡的，"是啊。怎么，你发现自己爱上她了？"

"怎么可能。"欧浔嗤之以鼻，"我最厌恶的就是别人来管我的事情，她越是这样我只会越觉得她讨厌。我只是觉得，她看起来不像是那么没有理智的女人，为什么会做出这样的事情？"

季琼微微一叹，"女人啊，在爱情面前有谁能保持理智呢？其实叶小姐的追求者也很多，我家副主编就一直很喜欢她，我也不明白她为什么就是对你势在必得，还放出话来一定会嫁给你。"

"这确实像她会说出的话。"

欧浔想起她一脸坚毅地说一定会打败他的场景，心情不知道为什么变得好了起来。季琼敏感地觉得他们之间有什么东西不对劲了，试探地问："欧浔，你不会是被她感动了吧？也是，她长得还不错，也有钱，会是很多男人梦寐以求的对象。如果你们在一起，你的父母肯定很高兴。"

"季琼，你不必说这些话试探我，我要怎么做心里自然有数。不说她了，为什么交代你全国发的稿子还没有见报？"

季琼无辜地眨着眼睛，"我没记错的话，我们还没有谈好怎么分成，怎么可能现在就帮你见报。我的要求很简单，我要吃下司家百分之五的股份。"

"这是报社的立场？"欧浔冷笑。

"季家掌权人的立场。"季琼说。

欧浔没有说话，车里突然变得异常安静，但季琼一点都没有不自在的样子，甚至好心情地哼起了歌。她用巧妙的方法让司一水找到了欧浔，又答应帮助欧浔一起对付叶蓁蓁，一方面当然出自私心，另一方面则是出自商业上的考虑。她并不在乎欧浔考虑多久，因为他的答案一定是肯定，果然，欧浔深思后终于说："你要赚钱我没有意见，但要看司一水是什么态度。"

"我当然会让他答应。"季琼笑着说。

第十八章　装疯卖傻

欧浔没有阻止季琼和司一水见面，对于他们到底说了些什么也没有兴趣，只知道第二天开始各大报纸都开始报道“司惠民杀父，叶蓁蓁企图夺权”的新闻。

如果说网络上的传播，暴露了司惠民的私生活，满足了底层民众对于“豪门恩怨”的猎奇心，那么报纸上的新闻则给上流社会一个定论：司惠民道德败坏，不堪为人。新闻稿里貌似公平地描述了事件的起因和发展，却把叶蓁蓁努力为父亲脱罪形容成利欲熏心，让那些持观望态度的人也有了一个担心——支持叶蓁蓁，会不会被人认为收了她的好处，影响自己的声望？一时之间，许多人不愿意见叶蓁蓁，她陷入了孤立无援的境地。

1

“程诺，我终于明白季琼这样的女人为什么会要拿下报社。新闻，真的是比什么都好用的刀子。”

当叶蓁蓁再次被毁约，独自坐在咖啡馆时，她一边看着报纸，一边发出了无奈的感慨。其实，早在新闻见报的时候，她就有了不好的预感，却没想到一切会比她预想的还要糟糕。

新闻的力量，让那些持观望态度的人对她避而不见，之前支持她的人中也有一些反水，司一水在公司的声望却越来越高。可能是经过欧浔指导的关系，司一水一改以前狠辣的作风，给每个员工和股东都发了一封暖人心的邮件，坦诚了之前的不足和今后的努力方向。除此之外，他还自掏腰包给患病员工捐款，好感度一时之间节节攀升。

就算叶蓁蓁再不甘心，但是她在公司没有任何职位，也没有任何基础。大家对她一开始的新鲜感和好感褪去后，很有可能选择更为稳妥和熟悉，而且最近行事作风越来越稳重的司一水。叶蓁蓁想着，头痛欲裂，程诺的脸色也很不好看，“这是季琼的手笔，光欧浔一个人不可能有这么大的力量。”

“是啊，他们合作了。”叶蓁蓁苦笑，“也许，还和我的好二叔有了什么协议。程诺，季琼早晚会让你回到报社……”

“报社只是工作罢了，你觉得我会为了一份工作抛弃你吗？”

程诺语气平淡，就好像在谈论第二天的天气，叶蓁蓁的眼睛不禁发酸。程诺出身贫寒，他得到如今的地位有多难她都看在眼里，也知道他有多喜爱这份工作，但是他居然会为了她放弃……叶蓁蓁勉强一笑，“哪里就到那种地步了，我也是乱说罢了。”

“蓁蓁，你看看这个。”

程诺把一叠文件递给叶蓁蓁，叶蓁蓁随意一看，然后呼吸急促了起来。她不知道程诺通过什么样的关系，居然挖出了被欧浔掩藏起来的司一水的黑料，只是粗粗一看就觉得特别劲爆。

与司惠民的来者不拒、司峻岭的混日子不同，司一水是一个对自己极其严苛的人，可谁能想到他在上大学期间，居然和自己的师母有过不正当的关系？叶蓁蓁可以理解，一个血气方刚的少年，遇到一个成熟有韵味的少妇，会擦出什么样的火花，美国人也可以理解，所以这件事当时只是以教授夫妇离婚作为结局。可是，他们能理解，不代表中国人能理解，更不代表企业家们能理解！

有人说，美国的电视剧里只有未来社会，因为他们根本没有历史。与美国比起来，拥有上下五千年历史的中国可谓是底蕴丰厚，虽然时代一直在进步，但是老祖宗的东西可没有人敢丢，越是高端、大气、上档次的门户，越是喜欢彰显自己的传统，所以司一水这件事绝对挑战了他们的道德观——要知道，师父如同父亲，和师母在一起那简直是大逆不道！这件事一出，他的名声简直可以和司惠民一样臭，两个人就又到了同一起跑线，甚至可以解除叶蓁蓁如今的困境。

“程诺，你是怎么查到的？”叶蓁蓁屏住了呼吸问，“这样的黑料，又是在美国，你到底怎么发现的？”

“你们有你们的方法，我也有我的圈子。”程诺淡淡一笑，“这件事当时的知情人不多，教授夫妇后来离开了美国，欧浔花钱摆平了当时知情的同学，但他们忘记了小人物也有他们的本事。我以前打工的时候认识一个菲律宾大叔，拜托他找到了当年在教授家工作的女用，终于知道了这个消息。蓁蓁，是时候反击了。”

反击吗？当然要反击！

司惠民的私生活、叶蓁蓁的照片都已经在网上疯狂传播，还有人把她P到了钱堆里嘲笑她“只认钱不要脸”，给她的生活带来了极大的困扰。欧浔有他的手段，她也有她的水军，只要把这个料爆出去，相信他们很长一段时间都会疲于奔命。

真的要曝光吗？以这样的形式，打败对手吗？

“蓁蓁，你在想什么？”

程诺见叶蓁蓁久久没有说话，提醒了她一句，叶蓁蓁终于从思绪中清醒过来。她犹豫了很久，艰难地把资料递给程诺，“拿走吧，我不能用这个。”

“蓁蓁？”

程诺是真的愣住了，这个爆料有多重要，他们都心知肚明，可是叶蓁蓁居然不要用，为什么？

“你有更好的爆点吗？”程诺试探地问。

叶蓁蓁苦笑，“司一水除了手段狠一点之外，就和苦行僧一样，我哪里有他的其他黑料。”

“那你为什么不想用这个扳倒他？”

面对程诺的疑问，叶蓁蓁轻声说：“程诺，我想为我爸正名，想报复司一水，想打败欧浔……我比谁都想。还记得，刚从报社出来，做危机公关这行的时候，我对欧浔说，我要打败他。就在几天前，我还是这样对他说。我一定要赢。”

“那你为什么……”

“程诺，你知道吗？我最瞧不上的，就是欧浔的不择手段，为了达到目的，他可以威逼利诱，可以陷害，可以私下交易……我最讨厌他这一点，努力把他改造好了，我又怎么可以成为他那样的人？我要赢，要用我的方式，堂堂正正地赢。我知道这样很傻，但如果我变得和他们一样，我的努力又有什么意义？”

连叶蓁蓁自己都不知道，她谈起梦想的时候有多么坚定，又有多么动人。程诺深深看着她，突然笑了起来，“蓁蓁，你真是长大了。”

“程诺……”

“这样的你，比以前还要耀眼动人。”

程诺说着，把资料收了回去，再看着叶蓁蓁一脸舍不得的样子，突然觉得心情很好，他作势要把资料丢到垃圾桶，“真的决定放弃了吗？不再看看吗？”

“你拿走，离我越远越好，不搞勾引我了。快拿走！”

叶蓁蓁痛苦纠结地下了这个决定后，没有其他的动作，倒是让欧浔觉得有些看不透了。早就有人告诉他，程诺已经拿到了当时司一水的黑料，他也做好了危机公关的准备，可是那黑料居然久久没有放出来，让他有一种一拳打空的失落。他真的不明白，叶蓁蓁为什么不趁机把司一水拉下马，她的脑子里到底在想什么？她说过要堂堂正正地赢他，难道这就是所谓的堂堂正正？她是傻瓜吗？

这样的行事作风，为什么会有一种熟悉的感觉……

欧浔觉得他最近有点不对劲，叶蓁蓁明明只是处心积虑接近他的女人罢了，他生平最讨厌的就是这个类型，可是不知道从什么时候开始，他经常想起她来。他想着她微笑的样子，她生气的模样，她酒醉后红润的脸颊，她睫毛上的雪珠……一幕幕画面，深深刻在他的脑海，甚至刻到了他的灵魂里。

如果，只是如果，真的如叶蓁蓁所说的那样，他确实也爱着她，那会是什么样的情景？他居然会迷恋着一个女人，甚至不惜改变了自己的原则？他会那样吗？

欧浔想着，突然很想听叶蓁蓁解释，看看她用生命保护的那个U盘里到底有什么东西。他定定地看着文件，在司一水的办公室发呆，司一水叫了他几声他才听到。欧浔的思绪不再游离，合上资料，“抱歉，在想一些事情。司先生，您放心，叶小姐那里既然这段时间都没有动静，估计不会拿您以前的事情出来混淆视听。”

“真的？”司一水不可置信地问。

“我可以保证。”

欧浔的肯定让司一水终于放下心来，他疲惫地坐在椅子上，“当时我真是年轻……年轻人犯错，都可以被原谅的，是吗？”

“当然是这样。”欧浔格外真诚地看着他，透过他看着即将到手的人民币。

“欧先生，谢谢你一直帮我，有你陪我说话，我也舒服多了。我想，我应该和叶蓁蓁谈判。”

“什么？距离一个月还有一段时间，你为什么要私下找叶蓁蓁见面？”欧浔诧异地问。

司一水皱眉说：“虽然很不想这样……但是我们的争斗，已经给公司带来了太大损失。大家确实是在看叶蓁蓁的笑话，可这对公司的声誉也有很大影响，有几个大客户都说等我们处理好家务事再谈明年的合作。这丫头，不管怎么说都是司家的人，给她点钱把她打发走也就是了。”

欧浔眼皮一跳，试图劝阻司一水，“司先生，你和叶小姐已经是不死不休的状态了，如果你现在低头，她肯定会趁机提出很多不合理的要求。这件事，我希望你慎重考虑。”

“我知道，但是这家公司，是我爸的心血，也是我的心血，我不能看着它就这么毁了。拜托你了，欧先生。”

如果可以选择的话，欧浔真的不想刚和叶蓁蓁宣战后，就要主动向她求和，他几乎可以料想到叶蓁蓁会提出多少非分的要求来。他在房间里踱着步，怎么样都下不了决心打电话给她，突然有一种他要给冷战女朋友低头的羞耻感。他深呼吸数次，才拨打了叶蓁蓁的号码，想象着叶蓁蓁接到他电话的欣喜，嘴角微微勾了起来。他没想到，他一连打了几个电话才拨通，叶蓁蓁的声音听起来气喘吁吁的，“欧浔，你找我？有什么事吗？”

“叶小姐，下午有空的话，我们可以在咖啡馆见面。”

欧浔以为叶蓁蓁会惊喜地尖叫，然后感恩戴德地赴约，可是电话那头却传来一阵阵奇怪的声音。他听到了叶蓁蓁的惊叫，和一个男人无奈的声音，“蓁蓁，我说了让我来煎牛排，你就不要为难自己了。你再这样下去，消防队都该来了。”

“程诺你别胡说，我只是偶尔失手，至少保证牛排是熟的啊。”

“都焦了会不熟吗……放下，我来。”

虽然看不到叶蓁蓁在做什么，但是“程诺”两个字深深刺激到了欧浔，他几乎可以想象他们在一起的亲密场景。他的心堵得发慌，不耐烦地说：“叶蓁蓁，下午两点，水岸咖啡店见，有重要的事情找你。”

欧浔说着，没有等叶蓁蓁回答就挂断了电话，好像这样可以扳回一丝颜面一样。他在咖啡店等待着叶蓁蓁，叶蓁蓁如约而至。欧浔下意识给她点了一杯焦糖玛奇朵，然后有些怔然——他怎么知道她喜欢的咖啡口味？叶蓁蓁接过咖啡，没有问欧浔为什么会知道她的爱好，而是好奇地问："欧浔，你找我有什么事？不会是来认输的吧？"

被戳中心事的欧浔无语。

"叶小姐，我真是欣赏你这样盲目自信的个性。"欧浔冷哼，"现在除了你父亲是众矢之的，你也是自身难保，是什么让你觉得我会认输？"

"不然你怎么可能找我？别告诉我，你发现你爱上我啦。"

叶蓁蓁自我解嘲地一笑，突然后悔说出这个话题，也因此错过了欧浔面颊上的那一抹嫣红。欧浔极力掩饰内心的慌乱，冷峻地看着她，"叶小姐，这个玩笑不好笑。"

"抱歉啦，我不该调戏你的。说吧，找我出来到底有什么事？"

面对叶蓁蓁的疑问，欧浔的手指有节奏地敲击桌面，尽量让目光真诚，"前几天，精神病医院那里传来消息，说是司惠民先生目前的病情越来越恶化，可能需要在医院里住很长一段时间，对此，我和司一水先生都非常遗憾。我想，司惠民先生肯定希望不被追究杀人的事情，可以回家颐养天年。叶小姐，你说是吗？"

什么，爸的病情越来越恶化？为什么我没有收到这样的消息？

叶蓁蓁前两天刚从精神病医院回来，没想到短短两天时间里，事情会有这样的变化，一下子坐不住了。眼见她站起身就要往精神院跑，欧浔无奈地阻止她，"司一水先生想他到底是自己的大哥，给他安排了最好的医生和病房。他还让我告诉你，如果你可以签署这份文件的话，他可以做主不起诉你的父亲。"

"不起诉？"叶蓁蓁诧异地问。

叶蓁蓁承认，这对她而言是一个极大的诱惑，她至少可以不用担心爸爸会被关进冰冷的监狱。她很快意识到，上天绝对不会平白无故掉馅饼，看了文件后，发现这是让她代替父亲签署放弃股权，只拿一些固定资产和现金的文件。欧浔见她没有说话，自顾自解释："这些固定资产和现金是司一水先生给你们的，无论在哪个城市甚至国外，你们都能过上富裕的生活。司一水先生实在不希望兄弟争斗，闹得这样的下场。"

如果不是对欧浔知根知底，叶蓁蓁简直要感动得哭出来，她合上了文件，突然笑了，"真是谢谢我的好二叔，都闹成这样了还对我们这样关心。说吧，你们遇到什么麻烦了？"

“叶小姐，司一水先生只是好心给你们机会，既然这样，就没必要谈下去了。”

“好啊，不谈就不谈。那我走啦。”

叶蓁蓁说着，轻快地起身，在心里默数，在她数到五的时候，欧浔果然叫住了她的名字，声音带了一丝咬牙切齿，“那你要什么条件才肯罢手？”

“那就看你们的诚意了。”叶蓁蓁说。

其实，叶蓁蓁也对这样的争斗厌烦到了极点，希望找一个大家都能接受的条件，暂时缓解局面。叶蓁蓁对欧浔提出了公司让她管理、把爸爸带出精神病医院的条件，欧浔当然不会同意，两个人就这样僵持了下去。最后，他们终于达成由司一水管理公司，司惠民让百分之五的股权给他，司惠民仍享有股权的初步协议，欧浔也答应在情况好转的时候，把司惠民接出精神病医院。这个结果让他们都松了一口气，欧浔轻挑眉毛，居然开起了玩笑，“叶小姐，你说过会赢我，那这样算谁赢？”

“一起赢，好吗？你还真是一点亏都不肯吃……”叶蓁蓁嘟囔。

“要知道，我可是……”

“从无败绩的危机公关专家。”

叶蓁蓁和欧浔同时说出了这句话，欧浔诧异地看着叶蓁蓁，而叶蓁蓁只是对着他淡淡微笑。她露出了怀念和伤感的表情，但这样的表情只维持了一瞬间，她站起身，笑着说：“那么，我走了。”

“你说过，如果你赢了就答应你一个条件，现在虽然不能算你赢了，但你也不算输，我还是可以给你这个机会。说吧，你想要什么？”鬼使神差般，欧浔突然开口。

叶蓁蓁没想到欧浔还记得她酒后的戏言，突然有了一种被金块砸中的感觉，脑子里迅速浮现出一个想法，微微勾起嘴角，“当然是……”

2

欧浔看着面前的游戏机厅，觉得脑子从来没那么疼过，他想，他已经暗示得非常明显，叶蓁蓁完全可以提出交往或者是去他家里过夜，但是她居然……居然带他来打游戏？她知道她错过了多么珍贵的东西吗？

欧浔一看到满游戏机厅的年轻情侣、吵吵闹闹的小孩子、不断尖叫的非主流们就觉得心烦意乱，暗想有谁敢惹到他一定让他们好看。虽然他相貌英俊，在游戏机厅引起大家的注视，但是他生人勿近的气场实在太足，一时之间没有人敢上来搭讪。欧浔高冷地站在抓娃娃机面前，看着叶蓁蓁认真抓娃娃的样子，藐视地问："你能告诉我，玩这样幼稚游戏的兴趣点在哪里？你不会以为真的花两块钱，就能抓到价值几十块钱的娃娃吧？"

"耶，抓住了！欧浔，你说什么？"

说话间，叶蓁蓁已经抓到了一个小兔子娃娃，捧着娃娃对欧浔灿烂地微笑。欧浔看着她的笑靥，觉得自己的脸被打得很疼，控制不住上前抓住了娃娃，一副世界观已经崩塌的模样。他皱眉，语气平和地说："抓娃娃机是有一定概率的，比如你之前有人抓了二十次都没有抓住，轮到你的时候就会比较好抓。商家绝对不会做亏本的生意，如果你再抓……"

"呀，又中了！今天真是运气超级好呢！"

叶蓁蓁又抓了一个不一样颜色的小兔子娃娃，欧浔终于面色大变，他觉得这一切简直太超越他的认知，阴暗地想，也许这个抓娃娃机坏了，才会给叶蓁蓁带来好运气。叶蓁蓁看出了他的跃跃欲试，笑眯眯地问："想试试吗？"

"不了。"

"我投币了哦。"

"我说了我不喜欢这个！"

"可是你的手已经开始握住把杆了……左一点，再左一点……过去太多了啦！你这一把肯定抓不住。"

爪子松松地没有抓住任何娃娃，已经让欧浔心里很不高兴了，再看到叶蓁蓁一副看弱智的表情，他更觉得身为男人的自尊心受到了很大的伤害。他欧浔从来不会认输，在抓娃娃这件事上也是如此。

"我现在开始认真了。"欧浔自信地说。

欧浔脑中迅速闪过一切和物理力学有关的知识，一次次自信满满地投币，却没想到一连投了一百块连个娃娃皮都没有抓到，气得他愤怒地敲了一下抓娃娃机，巨大的声响引来了围观人群好奇的眼神。叶蓁蓁知道欧浔这是恼羞成怒了，在心里暗笑，嘴上假惺惺地安慰他："第一次抓不到很正常，呃，第五十次抓不到也很正常……不要按，还要往右边一点！"

叶蓁蓁见欧浔又要错误地按下抓取键，情急之下一把抓住了欧浔的手，教他应该怎么抓娃娃。欧浔只觉得掌心被一个温热的小手抓住，那股热流很快传递到了心里，让他每一个细胞都沉浸其中。他的脑子一片空白，任由叶蓁蓁抓住他的手，似乎听到了她在说抓娃娃的诀窍，又似乎什么都没听到。他近距离看着叶蓁蓁白嫩的面颊，红润的嘴唇，想起了那个雪夜里清淡的吻，突然很想再次感受下当时的味道。他的手不自觉地伸出来，想抚摩叶蓁蓁的发丝，这时叶蓁蓁猛地一拍抓娃娃机，“哇，抓住了！好可爱的娃娃！欧浔，我是不是很棒！”

叶蓁蓁把兔子抱在怀里，笑吟吟地看着欧浔，欧浔觉得她比她手里的娃娃还要可爱。他的目光深邃了起来，有千言万语却不知道该如何表达，最后终于说：“真棒。接下来，看我的了！”

虽然欧浔丧失了记忆，但是他讨人厌的性格没有变，他在事业上不肯认输，在抓娃娃上同样如此。叶蓁蓁看到他疯狂砸硬币，发誓要把娃娃抓出来，到后来气急败坏怒砸抓娃娃机的样子就觉得冷汗直流，急忙转移他的注意力，故作惊喜地说：“呀，那里有投篮机！我们比赛投篮吧！”

“谁会玩那么幼稚的游戏。”欧浔冷哼，人却走到了篮球机前，“这个怎么玩？”

在叶蓁蓁的带领下，欧浔很快就玩遍了游戏机厅里的每一台游戏机，意外发现这些看起来很贫民不上档次的东西居然还挺有趣。一场游戏的价格一般在两元左右，开销并不大，但是时长很短，一个小时不停歇地玩，花费也很可观。欧浔并不知道，他的大手笔已经吸引了一些有心人的注意，只觉得在这里玩得畅快淋漓，暗想等哪天再来通个关才好，当然身边最好还有叶蓁蓁继续陪着尖叫加油。如果，如果她不在的话……

欧浔想象着叶蓁蓁不在这里的场景，只觉得喧闹的游戏机厅都变成了灰色，一时之间愣住了。结束游戏走出游戏机厅后，他突然不舍得离去，内心那么希望叶蓁蓁还有别的安排。他忍不住想，如果叶蓁蓁再亲吻他的时候，他要怎么反应，是欲拒还迎一下还是全身心享受……

“欧浔！”

就在欧浔浮想联翩的时候，叶蓁蓁突然叫了他的名字。欧浔只觉得心猛地一跳，血液也一下子涌到了脑子里，身体突然变得僵硬，想装作云淡风轻的样子，但是怦怦乱跳的心到底骗不了人。他懊恼自己居然会像一个刚上初二的少年一样不知所措，轻轻咳嗽一样，威严地问：“找朕有何事？”

叶蓁蓁顿时用一种“天啊，快来看智障”的眼神看着他，欧浔也觉得自己这个回答实在有些不讲究——呵呵，什么初二少年，明明是一个中二少年！他也不知道他为什么会那么回答，可是答案就是在心中呼之欲出，好像他在很久之前，也是和叶蓁蓁一起打游戏，一起说笑，甚至一起无聊斗嘴。

真的，可能吗？那些事，真的可能发生过吗？

欧浔用挑剔的眼神看着叶蓁蓁，暗想如果他真的曾经喜欢她，他那时候一定是瞎了眼。叶蓁蓁并不知道欧浔在短短的时间里已经想了那么多，站在欧浔的面前，拉起他的手。就在欧浔觉得心潮澎湃时，她浇了他一头冷水，“小心，有人在跟踪我们。”

欧浔的旖旎心思一下子消失不见了，警觉地看着叶蓁蓁，暗想是不是她那边的打手来找他算账。叶蓁蓁怎么看不出他在想什么，苦笑说：“我没那么无聊，我相信你也没那么无聊。你慢慢回头看看是谁，然后告诉我，好吗？”

欧浔微微点头，配合地慢慢回头，用余光在街道的橱窗里看到不远处果然有几个身影。他的声音极低，只有叶蓁蓁能听到，“四个男孩，看起来都是十七八岁年纪，一个穿运动服，一个染着红发，一个手里拿着木棍，还有一个看起来唯唯诺诺的没出息。”

“到现在还没动手，看来他们还没打定主意。我们继续走吧。”

叶蓁蓁说着继续往前走，但是欧浔没有跟上来。她心中暗叫不妙，果然看见欧浔以极其帅气的姿势转身，居高临下地对他们说：“如果你们想抢劫，我建议你们打消这个念头。这里有三个摄像头，分别在便利店门口、垃圾桶旁和红绿灯上，可以把你们的样子拍得清清楚楚。还有，我可是练过的，知道吗？”

欧浔说着脱下了外衣，露出了强健有力的肌肉，成年人特有的威慑力让男孩们害怕了，他们纠结着要不要走人，这时红发男孩大声说：“拍下来又怎么样，我们都没成年啊，最多被骂几句也就算了。今天抢不到钱的话，怎么充点卡打游戏啊！到时候小美都跟别人跑了，你也不能和人比了，全服就你们最丢人！”

这个年纪的少年本来就血气方刚，根本不在乎后果，最在乎的就是自己有没有面子。红发男孩的话让大家本来偃旗息鼓的心再一次燃烧了起来，他们面色不善地把叶蓁蓁和欧浔包围了起来，还有个人负责踢掉欧浔刚才说的摄像头。叶蓁蓁狠狠瞪了欧浔一眼，无奈地说：“谢谢你告诉他们摄像头的位置。”

“呵呵，最近很久没活动了，正好可以大展身手。叶小姐，站在我后面。”

欧浔也不知道怎么突然有了英雄救美的魄力，站到了叶蓁蓁的面前，高大的身影在月光下显得格外伟岸。叶蓁蓁一向战斗力惊人，没想到自己还有被欧浔保护的那一天，诧异地看着他。欧浔误解了她的眼神，以为她拜倒在自己的魅力下，一种英雄救美的悲壮感弥漫全身，摆出了最帅气的姿势，“有本事，就来吧。小子们，我要把你们一个个打趴。”

“我天，他看不起我们！兄弟们，给他点颜色看！”

欧浔原意只是想讨女孩子欢心，但他嚣张的态度引发了众怒，所有人都朝欧浔冲了过去。这情景和欧浔设想的一个个单挑，然后他英勇打败他们的样子很不一样，他愣了一下后急忙开始抵抗，却见一个身影冲了上去，出拳、抬腿、手刀，他看着叶蓁蓁动作漂亮地和四个人缠打了起来，虽然吃力却也没有落下风。欧浔没想到一个看似娇弱的小姑娘，居然会有这样的武力值，下意识瞪大了眼睛，头部突然一阵剧痛，觉得这样的场景似曾相识。他觉得自己真是疯了，为什么叶蓁蓁的一举一动都会让他觉得如此熟悉，到底是真的经历过，还是一切只是他的臆想？也许，他该看看那个U盘……

“蓁蓁……”

“欧浔小心！”

就在欧浔失神看着叶蓁蓁的时候，突然听到叶蓁蓁焦急喊着他的名字，然后看到木棒朝着自己的太阳穴打来。他知道，太阳穴是人体最脆弱的器官之一，如果被砸中了，幸运的话只是脑震荡，但是不幸的话很可能成为植物人……他下意识闭上了眼睛，可是疼痛久久没有来袭，睁开眼睛的时候见到了一幅他此生难忘的场景。

叶蓁蓁扑在他身上，生生为他阻挡了这一击。欧浔知道，这一棒子打下来会有多疼，但是她只是发出了闷闷的哼声，然后反手抓住了木棒。叶蓁蓁倔强的眼神、可怕的气势终于让少年们觉得害怕，他们骂了几句后找个借口离开，欧浔急忙扶住了叶蓁蓁，“你要不要紧？”

“没事。”叶蓁蓁忍痛说。

叶家和司家都是巨富之家，叶如梅生怕叶蓁蓁被绑架，从小就送她去学习武术，练武的第一课就是学会怎么挨打。这一棍子看起来很厉害，但叶蓁蓁刻意避开了柔软的关节和内脏，只是受了点外伤，过一段时间就好了。欧浔并不知道这些，以为她已经到弥留之际了，心中慌乱到不行，他搂住叶蓁蓁，焦急地说："蓁蓁，坚持住，我送你到医院。你不要睡觉，我唱歌给你听好不好？"

"欧浔……"叶蓁蓁的表演欲上来，伸手抚摩他的脸颊，装出弥留的样子，"咳咳，我可能再也见不到你了……你为什么不喜欢我了，我真的好难过……"

"喜欢，我喜欢你！"

欧浔用力搂住叶蓁蓁，简直要把她嵌入自己的身体里。叶蓁蓁听到他说喜欢自己，以为自己会高兴，但是她发现她只比以前更加难过。欧浔急忙拨打了120，见叶蓁蓁没有说话，以为她意识开始不清醒了，忙给她打强心剂，"蓁蓁，120在来的路上了，你不会有事的。以后，你说什么我就去做什么，你不是要和我在一起嘛，我也可以答应你。"

"谢谢你啊，你还真是好心。"

欧浔的态度，让叶蓁蓁没有一点喜悦之情，她觉得这一切都索然无味了起来。她挣扎着离开欧浔的怀抱，在欧浔诧异的眼神中站直了身子，"刚才和你开玩笑的，我只是受了点皮外伤，我没事。"

"你在开玩笑？"

"嗯，看到你很急，忍不住就……真的很抱歉。"

看着叶蓁蓁认真道歉的模样，想起她刚才奋不顾身的那一幕，欧浔根本不可能责怪她，反而庆幸叶蓁蓁没有事，下意识想脱掉她的衣服，"真的没事吗？给我看看。"

"你这是要脱我的衣服吗？在这里？"

欧浔看到叶蓁蓁诧异的表情，才反应过来他在做什么事，脸一下子就红了。和欧浔重逢以来，叶蓁蓁还是第一次看到他露出了孩子气的模样，心变得柔软了起来。她是那么想扑到欧浔的怀里，撒着娇说她受了好大委屈，要亲亲才能起来，但是她抑制住了——她和欧浔，已经不是从前的关系了，如今她终于清醒了。她不想看欧浔尴尬的神色，笑着说："好啦，不和你开玩笑了。我真的没事，休息几天就好了，就那帮小孩子还不至于让我受伤。你没必要愧疚，这一切都是我自愿的。"

"为什么？你就……那么喜欢我吗？"

这一次，欧浔没有高高在上，也没有不耐烦，有的只是迷茫与不解。叶蓁蓁微微笑了起来，轻声说："喜欢，比喜欢任何人都要喜欢你，但是那都是以前的事情了。欧浔，是我错了，当我知道你有失忆症的时候，我想过就算你忘记我，只要你一切安好就好……但当一切真的如愿的时候，我又开始不甘心了。又要你健康，又要我快乐，这个世界上的好事情怎么可能都降临在我的身上？对你而言，我只是一个陌生人罢了，你的反应都很正常，是我太咄咄逼人了。换位思考，如果大街上突然有个男人说他是我的未婚夫，我也会觉得他在发神经病吧。"

"蓁蓁……"

"欧浔，你没必要这样叫我，你和以前一样叫我叶小姐就好。其实，这一切是我错了。知道吗？我抓娃娃的技巧都是你教给我的，但是你什么都忘记了……我们的爱情也是一样。欧浔，我知道，你已经不是当初那个爱着我，也让我爱的男人了。谢谢你容忍这么多天来我对你的死缠烂打，真的谢谢你。刚才我替你挡了一下，也算是我们扯平了，你千万不要内疚。"

欧浔没想到事情会有这样的变化，一时之间不知道该怎么开口。叶蓁蓁淡淡一笑，"好啦，别说不开心的事情了。谢谢你今天陪我，希望这件事结束之后，我们还是朋友。"

"朋友？"

欧浔低声重复这句话，觉得心里突然空了一块。叶蓁蓁耸耸肩，轻松地说："对，朋友——不是朋友也没关系，至少也不是仇人。我回家了，你路上小心。"

叶蓁蓁说着，对欧浔点点头就走了，欧浔看着她远去的背影，一时之间不知道该如何反应。他的理智告诉他，这样也许是不错的结局，可是内心深处的渴望又是为了什么？

叶蓁蓁，蓁蓁……他想得到她，他想她只看他一个人，他想和她交往！

"叶蓁蓁……"

欧浔口中轻轻呼唤着她的名字，心头好像被温水浸泡一样，他是那么恐惧，又是那么向往这样柔软的感觉。他想，也许他真的可以给叶蓁蓁一个机会，让她得到自己。

"叶小姐，恭喜你，你确实引起了我的注意，准备好接受惊喜了吗？"欧浔说着，突然很想看到叶蓁蓁的笑靥。

3

欧浔本想第二天告诉叶蓁蓁，他决定接受她，却没想到事情有了新的变化。司一水和叶蓁蓁和解的决定，不知道怎么被司老太太知道，她极其反对，甚至以死相逼。司老太太从自己嫁给司汝南做填房受到的委屈，说到司汝南的偏心，再说到司一水受到的压制，最后含泪说："一水，妈这辈子最大的骄傲就是生了你，不然，不然妈就是司家的一个老妈子！虽然我是填房，但我也是堂堂正正进门的，谁想到，谁想到你爸不让我管家，还说我和那个死鬼根本没法比……他这样对我也就算了，现在都是新社会了，他还说什么必须长子才能继承家业，硬生生逼你出去留学，还不给你三弟好职位！妈的心里苦，心里苦啊！"

看着司老太太泪流满脸的样子，司一水的心里也很不好受，他疲惫地解释了一下公司目前面临的困局，没说几句，司峻岭就嚷嚷说："二哥，知道的是以为你为了公司，那不知道的还以为你怕了叶蓁蓁或者做了亏心事呢！说真的，爸真的不是你……"

"不是！"司汝南简直想掐死这个弟弟，"司峻岭，我警告你不要胡说！我怎么可能会做出那种事！"

司峻岭缩缩脖子，"我就是随口一提，你反应那么大做什么。"

司一水冷笑，"现在是开玩笑的时候吗？别告诉我，你不知道叶蓁蓁闹成了什么样子，有多少双眼睛看着我！你倒是怀疑我，我还怀疑你呢！你是不是把公司文件给了竞争对手，从中赚了不少钱？"

"二哥你说什么，你不能往我身上泼脏水啊！妈，你管管二哥！"

司老太太见两兄弟闹得不像话，狠狠瞪了司峻岭一眼，然后放柔了语气，"一水，是妈不好，一直把希望寄托在你身上，没怎么管你这个不成器的弟弟……不管怎么说，你们都是亲兄弟，只有兄弟齐心，才能其利断金。妈也没求过你什么事儿，但是让那个死鬼的孙女踩在我头上，让那个死鬼的儿子出精神病医院，我绝对不答应！"

"妈……"

"一水，你还记得吗？你五岁那年发烧，妈让你爸把你送医院，可是当时你大哥要去考初中，你爸情愿送他去考试也不送你去医院！是妈一个人把你抱到了医院，医生说再晚点来就把脑子烧坏了！你爸他真是狠心啊。”

司一水艰难地说：“小孩子发烧很正常，我爸他也不知道我发烧会那么危险……他本来想回来就送我去医院的。”

司老太太冷哼，“你这么想是你厚道，可我这辈子都不会忘记！大家都是自家人，我说句不该说的话——这样的结果，真再好不过了。公司本来就该你来管理，不管你爸的事是意外还是什么，你大哥去精神病医院也是报应。现在，我们只要搞定那个小姑娘，就能得到我们应得的！等你大哥出来，那帮老家伙不知道会怎么反水，你千万不能上当啊！一水，算妈求你了！不然妈死了都不瞑目！”

“妈……”

在司老太太的泪水攻势和司峻岭的助攻下，司一水到底妥协了，他告诉欧浔不用再和叶蓁蓁和谈，而是要把叶蓁蓁打败，让一贯敬业的欧浔也来了脾气。欧浔坐在柔软的真皮沙发上，冷笑着说：“司先生，你昨天让我和谈，今天让我搞死叶小姐，不知道你明天会怎么样？早在接单子的时候，我就告诉你最忌朝令夕改，你现在在做什么？”

欧浔的嚣张态度，让司一水也不愉快了起来，他强势地说：“欧先生，我承认给你带来了麻烦，但是我是甲方，请你搞清楚这一点。如果你不做，会有别人来做，毕竟我给的待遇也很丰厚，不是吗？”

司一水的态度让欧浔心里很不爽，他简直想翻脸走人，但是想到叶蓁蓁，生生咽下这口气来——行业里的其他精英可都是要钱不要命的狠角色，如果让他们对上叶蓁蓁，只会让叶蓁蓁的处境越发艰难。欧浔深呼吸调节情绪，淡淡地说：“那你希望怎么做？”

“就让她……早点远离是非之地吧。”司一水的神色看不出喜怒。

只要欧浔一想到他原来答应的条件现在全部都要推翻，就觉得有些头疼，更不知道该如何面对叶蓁蓁。他忍不住做了预案，心想如果叶蓁蓁生气该怎么办，发火该怎么办，揍人又该怎么办——不过，她怎么可能揍他，她明明深深地迷恋他啊，现在，还迷恋……应该吧……

一旦涉及感情，就算是自信骄傲的欧浔也有些手足无措了，他的满腹心思都被叶蓁蓁占据，季琼一连问了他几遍中午要去哪里吃饭，他都没有听到。季琼伸出手在他眼前晃动，欧浔才反应过来，“你有什么事？”

欧浔不耐烦的神色、厌恶的语气，饶是季琼已经听惯了，心里还是一酸，她笑着坐在欧浔身边，“欧浔，你看我今天有什么变化？”

“和以前一样。”欧浔敷衍地说。

“欧浔！”

季琼不甘心地拿掉了欧浔手里的书，强迫他看着自己。欧浔一向喜欢美丽的事物，选的钟点工也都是长得好看的，季琼的完美身材和优雅气质让他觉得赏心悦目，但也仅仅是赏心悦目而已。他的目光从她精致的眼影看到她红润的嘴巴上，想起叶蓁蓁总是清汤挂面的样子；他看着季琼玲珑有致的身材，想起叶蓁蓁一身的宽松卫衣和牛仔裤，简直不像是女孩子。他不明白同样是女人，为什么会有那么大的差异，终于开口：“你去整容了？”

季琼的表情僵住了，她是多么想把欧浔的头按到咖啡里，良好的教养让她抚顺了头发，“换了个造型，新发色好看吗？”

“好看。”欧浔敷衍地说。

“欧浔，你最近有些不对劲。可以告诉我，你有什么心事吗？”

男人无法抵抗女人的温柔，欧浔也是如此。季琼的声音好像带着某种魔咒，让他想一诉衷肠，他犹豫下还是开口说：“那个，我有个朋友，他最近遇到了点麻烦。有个女孩一直对他猛追不止，现在突然不追了，还对他说她放弃了，你说那个女孩在想什么？”

“要么，是彻底不喜欢了；要么，就是欲擒故纵。”季琼似笑非笑地看着欧浔，“可以告诉我，是你的哪个朋友吗？”

“这个不重要。我觉得，她不可能彻底不喜欢，应该是欲擒故纵——对，一定是觉得她配不上我，所以故意先说离开，她在欲擒故纵！唉，她这么喜欢我，我可真是很苦恼啊。”

欧浔已经忘记掩饰这是“朋友”的事情，笑容张狂又自信，让季琼悄悄握紧了茶杯，她放缓了神色，微笑着说：“欧浔，你在说谁？”

“和你没关系，我只是想通了一些事情。”

“是吗？”季琼看着欧浔的笑容，只觉得是那么刺眼，“如果你说的是叶小姐的话，我建议你还是小心点为好。毕竟，她曾经说谎和你在一起，现在又突然放手，谁知道是不是想吸引你，然后让你手下留情。据我所知，她和我的副主编都已经谈婚论嫁了，难道你不知道？”

“有我在，叶蓁蓁怎么可能喜欢上别的男人。谢谢你告诉我，她在欲擒故纵，改天请你吃饭。”

欧浔说着，和季琼握了一下手后就毫不留恋地离开了，让季琼觉得她过来找欧浔简直是傻瓜一个，不过……她都做了那么多傻事了，也不差这一件吧。

“欧浔，很高兴你又爱上了叶蓁蓁。不过，她很快就不爱你了呢。”季琼怜悯地说着，把有些泛凉的咖啡一饮而尽。

此时的欧浔不再迷茫，也不再胆怯，他突然很想看到叶蓁蓁，对她的渴求到达了顶点。他想告诉叶蓁蓁，无论他们以前真的相爱，还只是一场谎言，他都不在乎，只要他现在喜欢她就够了。听到他的决定，她会怎么样？飞奔到他的怀抱，还是亲吻他的嘴唇？

欧浔的心情是那么愉悦，一边开车一边打叶蓁蓁的电话，没想到叶蓁蓁始终没有接听。他只觉得满腔激情被叶蓁蓁的不解风情破坏了，心想等她成为他女朋友后一定要狠狠惩罚她才能出气，在等红灯的时候突然看到叶蓁蓁的车子从他身边经过。

欧浔没想到会在路上撞见她，下意识跟着她开到了一家酒店的门口。他想向叶蓁蓁打招呼，但叶蓁蓁头也不回地朝电梯冲去，看起来有些焦急。欧浔满腹疑虑地跟在叶蓁蓁身后，只见她到了十八楼，按了房间的门铃。门开了，程诺从里面走了出来，身上还穿着洗澡后的浴衣，“蓁蓁，你来了，快进来吧。”

“嗯。”

叶蓁蓁对程诺点头，想走进去，没想到就在这时脚突然崴了一下，身体不受控制往前冲，程诺下意识搂住了叶蓁蓁的腰。欧浔看着他们，心好像被刀子一样划过，一开始，只觉得麻木，但是疼痛很快就蔓延到全身，骨节被他捏得咔咔作响。他茫然地捂住了胸口，不明白自己几近窒息的感觉从何而来，难过与羞耻感交缠着。

蓁蓁，叶蓁蓁……你所谓的喜欢我，都是为了拿到你想要的东西吗？你把所有人当成棋子，包括我，是吗？

欧浔阴冷地看着紧闭上的房门，猛地扭头离开。这时叶蓁蓁也走进了房间，程诺抱歉地说：“对不起，刚才不小心把咖啡弄了一身，只能洗了个澡。蓁蓁，我找机会去了王若萱的住所。”

“真是太好了。”叶蓁蓁来了兴趣，“真是搞不懂，为什么连阿威都找不到她的护照和身份信息，不知道她去了哪里。你有什么发现吗？”

“在她家，我发现了一件很不可思议的事情，你自己来看就知道了。”程诺的语气听起来很奇怪。

4

叶蓁蓁并不知道欧浔误会她和程诺开房，并且在脑中幻想不堪入目的内容，气得一晚上没睡着的事情，她在心里暗暗下了一个决定。第二天，她看手机的时候才发现欧浔居然打了好几个电话给她，再次回拨过去的时候，欧浔却始终没有接听。她知道欧浔平白无故不会打电话给他，暗想他是不是有什么急事，找阿威帮忙查到了欧浔的地址，发现他在美术馆附近。叶蓁蓁疑惑欧浔什么时候变得那么文艺了，直接开车去美术馆找他，在一幅画前见到了欧浔。

作为暴发户家的孩子，叶蓁蓁从小就头疼学习，对艺术也没多少鉴赏力。她继承了叶如梅简单粗暴的作风，认为贵的就是好的，所以她左看右看也不知道，欧浔看的那张画作有什么值得欣赏。她站在欧浔身后，看着他认真专注看画的眼神，发现他的侧颜还真是好看。她定睛欣赏了一会儿，见欧浔起身走向别的地方，才凑上前装作邂逅的样子，“欧浔，好巧啊。”

“是啊，很巧啊，叶小姐。”欧浔冷淡地说。

只是一晚上没见罢了，叶蓁蓁发现欧浔看她的眼神有些不对劲——有愤怒，有不屑，还有点……委屈？他到底为什么委屈？她想起那几个未接电话，好心好意地解释：“对不起，我的手机没电了，今天才看到你打电话给我。欧浔，你找我有什么事？我爸什么时候能出来？”

“叶小姐，你今天来得正好，我也正想和你谈这个问题。前几天司先生联系了医院，听说你父亲的状况不太好，出来的话担心他会伤害别人也伤害自己，所以还是让他暂时住院比较合适。至于股份的事情……司先生依旧希望你能转让给他，他会给你一定的补偿。”

“欧浔，这和我们之前谈得很不一样。”叶蓁蓁的笑容一下子就消失了。

“很抱歉，但这是我们的决定。”

叶蓁蓁犀利地看着欧浔波澜不惊的脸，一下子就进入了战斗模式。她根本没有心情看什么画，似笑非笑地说：“一夜之间就改了主意，这是我二叔的意思，还是你起了什么作用？我二叔不是朝令夕改的人，除非是有人和他说了什么……他冷心冷肺，就对他妈比较尊敬，看来我的后奶奶对没有把我们踩死，不太满意啊。欧浔，是这样吗？”

欧浔早就发现叶蓁蓁这个丫头聪慧，但是聪明到这个程度还是有些出乎他的意料。他站在原地淡淡地说：“现在追究这个，有意义吗？”

“确实没有意义，只是有点难过罢了。”

对司家人没太多感情，可叶蓁蓁从没想过，他们之间的关系会变得像现在这样你死我活，儿子谋杀父亲、把亲哥哥送到精神病医院、要把侄女赶出家门……这个司家，还真是笑话一场。她按捺住心中奇怪的想法，突然听到欧浔问：“你，你昨天……”

“昨天，怎么了？”

叶蓁蓁迷茫地看着欧浔，不知道他又提这件事做什么，可欧浔只觉得他的问题完全没办法问出口——他们根本不是男女朋友，他有什么资格约束她的行为？他猛地转移了话题：“我来这里看展览，没有向任何人说起，你是怎么知道的？别告诉我是凑巧，你连这个画家是男是女都不知道。上次在酒吧也是这样，还有再上次在会所……叶蓁蓁，你是不是在跟踪我？”

“什么啊。”

叶蓁蓁心虚地不敢直视欧浔的眼睛，她所有的微表情都说明欧浔真相了。欧浔轻挑眉毛，“为什么跟踪我？想知道我下一步要做什么，还是你……喜欢我到那种地步？”

“欧浔，你真是自恋。”叶蓁蓁强撑着说。

“也许是我误会了，但我真的搞不懂你。你说过你爱我，就要和我结婚了，没追求多久又说你放弃了我，还和那个家伙……叶蓁蓁，爱不爱的可以那么轻易说出口吗？还是我在你心里，是呼之即来挥之即去的角色？”

“欧浔，你在说什么啊？”

叶蓁蓁不知道欧浔突如其来发什么脾气，就连欧浔也不知道他为什么那么恼火，他深吸一口气，不再理会叶蓁蓁，叶蓁蓁也没注意到有几个人突然悄悄靠近了她。当她发现不对劲的时候，已经有人悄无声息地来到她身边，一支针剂打进了她的胳膊里。叶蓁蓁又惊又怕，一拳狠狠揍上去，挺直了胸膛，“你们要做什么？”

“别理她，快点把她抓走！她再伤人就不好了！”

“我们是青山精神病医院的，这是我们跑出去的病人。你们快让开，精神病人什么事情都做得出来！让开！”

来的人显然训练有素，把叶蓁蓁团团包围。他们的针剂也很快起了效果，叶蓁蓁只觉得行动缓慢，身体越来越不听使唤，只好紧咬住嘴唇来控制意识，可还是没什么作用。蒙眬中，她似乎听到欧浔在质问他们是什么人，为什么要带走叶蓁蓁，又好像看到欧浔看了她一眼，到底没有跟上来。

欧浔……你到底，还是选择袖手旁观吗？

叶蓁蓁想着，疲惫地闭上了眼睛。

5

当叶蓁蓁再次清醒过来的时候，她发现自己的四肢都被固定住，满眼都是白色。她试图活动身体，可丝毫动弹不得，这时头顶上的灯突然开了，强烈的灯光让她睁不开眼睛，过了很久才适应这亮度，看到一个老太太和一个高大男人正站在不远处。她眯起了眼睛，见司老太太慢慢走近她，坐在了她的床边。司老太太看着叶蓁蓁努力挣扎的样子，嘲讽地说："不要白费力气了，这可是精神病医院，你只要进来了就别想出去。叶小姐，你是不是有很多话想问我？"

"你……你到底为什么要这么做？"

麻药的后劲还没有完全过去，叶蓁蓁说话极其费力，咬字也不清楚。司老太太并不介意，满是皱纹的脸绽放了一个笑容，"我是谁？我是司家的夫人，是你的奶奶，可你出生到现在连一声奶奶都没叫过！不过没关系，我也不想要你这样的孽种做孙女。你长得真像你的死鬼奶奶啊，你的眼睛简直和她一模一样。我真是搞不懂，明明我才是陪伴汝南最久的人，为什么他只念着你们家的好？就因为他是正室，我只是填房吗？你凭什么看不起我，还跟我争！"

司老太太的手几乎要戳到叶蓁蓁的眼珠，叶蓁蓁急忙闭上了眼睛，额头有汗水悄悄流下。看到叶蓁蓁惊慌的样子，司老太太觉得胸口的浊气都减轻了不少，冷哼着说："我给过你机会，想你见好就收，可是你非要和我们对着来，我也只有把你弄到这里来了。还记得你骂我神经病吗？现在，你是神经病了，这滋味不好受吧？！"

"我，我什么时候骂过你神经病？"叶蓁蓁愣住了。

"是你妈骂我的。她当时多厉害啊，就算嫁进来也不把我当正经婆婆看，还好后来和你爸离婚了……我只是说，你是我们司家的，不许她带走，她就骂我神经病，谁给她的胆子！这样也好，你总算不在我面前晃悠了。老大也走了，家里终于清静了，终于是我的家了。”

如果不是怕激怒司老太太，叶蓁蓁真的要怒骂她一句神经病——搞什么啊！就因为她是爷爷第二个老婆，就那么妒忌他们一家人，甚至因为她妈妈骂了她，就把仇记到她身上了？叶蓁蓁只觉得喉咙一阵干痒，忍不住咳嗽了起来，不甘心地说：“现在是法治社会，你以为你能一手遮天吗？我失踪后警察一定会来找，他们也一定会找到我的！”

“他们？你还真是和你妈一样，离不了男人啊……呵呵，你说的那个人是欧浔，还是那个记者？欧浔的话，他收了我们家的钱，当然不会为了你得罪我们；至于那个记者，你觉得他在这里人生地不熟的有什么本事？哦，忘记告诉你了，这个医院有个姑娘和你长得很像，昨天刚死，以后你就是她了。至于你，警察会发现你的尸体，你会得到一个盛大的葬礼，永远都不会有人知道你在精神病医院，你就在这里和你爸过一辈子吧。”

“你不要做梦，我才不会让你如愿！我是叶蓁蓁，我是叶蓁蓁，放我出去！”叶蓁蓁忽然觉得身体彻骨冰冷。

“看你，又说胡话了。”司老太太笑了，“再见了，冯小宝。我现在要去警察局指认叶蓁蓁的尸体。”

就算叶蓁蓁想跳起来给这个老太婆一拳，可是她的手腕被紧紧束缚住，她只能眼睁睁看着他们离开。她不知道司老太太和医生说了什么，很快又有护士给她打针，她再次意识不清。她在半梦半醒的状态里不知道过了多久，惊恐地发现自己的意识越来越涣散，清醒的时间也越来越短。每当她恢复意识的时候，她就会想起爸爸，想起妈妈，想起欧浔，想起程诺，想起一切经历过的事情，提醒自己她叫叶蓁蓁，她不是冯小宝。

“冯小宝，吃药了。”

当护士再次来的时候，发现叶蓁蓁正坐在窗前，对她露出了一个奇怪的笑容，看得护士心里发毛。护士收了司家的钱，就算明知道叶蓁蓁没有病，对她仍十分警惕，“冯小宝，你怎么了？不吃药的话没有午饭吃哦。”

“我不要吃药。”叶蓁蓁对她神秘一笑。

“你……”

“我已经练了三层气，我要辟谷，少吃凡人的食物。你肉眼凡胎，不会懂的。”

叶蓁蓁说着，再次闭上了眼睛，感受起“灵气”，飘然欲仙的样子让护士一头雾水。她第一反应就是叶蓁蓁傻了，然后怀疑她是不是装病不吃药，眼珠一转说：“既然你要成仙了，总要吃点丹药啊。”

“这是仙丹？”叶蓁蓁惊喜地问，一把抢了过来，“给我，我要突破！”

护士眼睁睁看着叶蓁蓁把所有药丸都吞了下去，又等了几分钟看到她依旧在练习，稍微放了点心。她把这件事告诉了医生，医生若有所思地说：“按照剂量，她现在是应该产生幻觉了。她这可能是药效发作，也可能是在演戏。再观察一段时间吧。”

“是，医生。”护士说。

接下来的日子里，叶蓁蓁每天都打坐，看到药丸就抢着吃，终于让医生和护士相信她是真的疯了，他们立马把这个消息报告给了司老太太。虽然司老太太让他们继续严加看管，但人都是有惰性的，更何况认真点也没有加班工资，他们还是对叶蓁蓁放松了许多。VIP病房花销不小，他们为了私吞中间的费用，就把叶蓁蓁私自挪到了普通病房，她吃住都和其他病人在一起，这一切正如了叶蓁蓁的意。

就连欧浔都不知道，叶蓁蓁受过多少奇葩的训练，幼年时期险些被绑架的经历，让叶如梅逼着她去学武，还请了专门的医生锻炼她的心理素质，更教会她如果被灌了毒药要如何处理。这一切的努力，才能让她以强大的意志力，至今保持着清醒，借着去洗手间的时候把药物统统呕吐出去。叶蓁蓁克服着羞耻心，越发装疯卖傻起来，希望趁他们不注意的时候可以找到爸爸，却没想到吸引了一帮迷弟。

“喂，那丫头又在坐台了，你说她到底在干吗？”

“她那叫打坐，不叫坐台，没文化真可怕！”

“我看她在修仙。”有人意味深长地说，“吸取日月精华，逆天而行，想不到如今社会还有如此厉害的修士！”

“老王，你说真的吗？”

老王是精神病医院里的灵魂人物，以丰富的知识深得大家尊敬，眼见他认出来叶蓁蓁是在修仙，大家对他更为敬佩。老王很喜欢被人崇拜的感觉，侃侃而谈：“修仙从古至今都有，古代的灵气充裕，所以他们可以修行成功，现在灵气越来越少，做这一行的也越来越少了。想不到，这小姑娘会修仙，真是令人佩服！”

“为什么灵气越来越少？”张猛问。

李睿白了他一眼，“傻，因为空气污染了啊！还有雾霾！”

老王摸摸不存在的胡须，“正是。修仙的法则也丢得差不多了，这姑娘一定是修仙世家出身，才会懂这些。不如，我们问问她愿不愿意教我们？大不了我们做她小弟嘛。”

“我才不做她的小弟，她比我年纪还小！”张猛嘟囔。

李睿又白了他一眼，“傻，你不要做神仙我还要做，我要去做她小弟。”

“呜呜呜，我要跟着你！我也要去做小弟！”

叶蓁蓁并不知道，三个年纪加起来都有一百岁的男人，就这样决定做她的小弟，只是发现每次她“练功”的时候，都有人居心叵测站在一边，一开始，他们只是默默看着，后来学她的样子练习了起来，最后干脆厚着脸皮来索要心诀。叶蓁蓁哪里想招惹这些神经病，但是想到医生和护士都在监视着他们，只好故作严肃地说：“我只教有缘的人。”

“我是有缘人！”

“我也是，我也是！”

“师父，你要什么考验就来吧，千万不要因为我长得帅就怜惜我！”

老王、张猛、李睿就这样成为叶蓁蓁的小弟，为她打饭捶背，空闲时间就和叶蓁蓁一起盘坐吸收日月精华。一开始，医生对他们非常警惕，后来发现他们专心修炼反而不再闹事，倒也冷笑一声放下心来。于是，三个男人和一个女孩每天都坐在窗台前，吸收日月精华争取成仙，成为精神病院的一大奇观。当护士不再检查他们是否把药吃完时，叶蓁蓁知道机会终于来了。

“小弟们，大哥有问题有你们。你们知道，其他病房都有哪些大哥吗？”一个午后，叶蓁蓁一边晒太阳一边问。

“我知道，我知道！”

“我也知道！”

为了表忠心，他们纷纷把知道的信息都告诉了叶蓁蓁。叶蓁蓁经过仔细筛选，知道了司惠民每天下午两点到三点之间都会到花园里晒太阳，这也是他们唯一的接触机会。叶蓁蓁找了借口，要去花园里吸收阳光，正大光明地撞见了司惠民。

叶蓁蓁没想到，只是一个月不见，司惠民会有那么大的变化。她发现曾经意气风发的父亲，不知道是因为受到的打击太大还是吃了太多药物的关系，两鬓生了银丝，看起来比以前苍老了十岁。她想起在她小时候过生日的时候，爸爸把她高举过头顶抛高高的样子，紧紧咬着嘴唇，不让别人看出她表情的异样。

到底怎样才能在不引起注意的情况下，救出爸爸？到底要怎么办？

叶蓁蓁看着不远处的父亲，极力控制住上前拥抱他的冲动，只觉得心急如焚。她看着司惠民的护士，坐在长椅上给他认真念书，司惠民则一副听得入迷的样子。叶蓁蓁心酸地叹了一口气，然后，她想到了什么，猛地瞪大了眼睛。

6

“妈，你怎么把叶蓁蓁弄去精神病医院了！谁让你这么做的！”

当司一水知道妈妈和三弟的计划，怒气冲冲地回了家，遣散走了所有用人，无法抑制住恼火的心情。司老太太慢悠悠地喝茶，还没有说话，司峻岭忙说：“二哥，你工作那么忙，说好把叶蓁蓁弄走，到现在都没做，我和妈只能亲自动手。你放心，我们做得绝对小心，不会有人发现的。”

“小心你个鬼！”司一水猛地一拍桌子，“先不说你当时把她弄走还有别的目击者，叶如梅她就不是好惹的！叶家的势力虽然在国外，但也是有头有脸的人家，怎么可能让唯一的继承人生死不明！”

“怕什么啊，叶蓁蓁现在都疯了，就算是被发现她没死，她也不会指认是我们做的。”司峻岭轻飘飘地说。

“你怎么知道她疯了，如果她是装疯卖傻就为了逃走呢？到时候，我们一个个都没好果子吃！你下半辈子就等着吃牢饭吧！”

司一水简直不想再管自己的“猪队友”三弟，但诡计多端的司老太太把茶杯重重放在桌子上，“一水，你这是给你三弟脸色看，还是给我脸色看？把叶蓁蓁搞到精神病医院的主意是我的，你别为难峻岭！”

司一水头痛万分，“妈，我说过不和解，会把她弄走，但都是通过商业的手段，让外人也找不出错处来！你这样，会让我们很被动，有理也说不清了！”

司老太太冷哼一声，“这里是B市，我们家不敢说只手遮天，遮住她脑袋上的那片天还是可以的。只要你快点把她弄走，我也不会下手。可我都等了多久，你就眼睁睁看着她一个小丫头这么欺负你妈？总之，她现在已经在精神病医院了，她腐烂的‘尸体’过几天就会被找到，这件事就这么着吧。”

司一水原来只想让叶蓁蓁失败，现在被妈妈和弟弟弄成这样的局面，他也只能为他们收拾残局。他思考了一会儿后，阴冷地说：“既然已经成了事实，注定要得罪叶家，那就一不做，二不休。这个丫头，就没必要活着了吧。”

“那不是太便宜她。”司峻岭反对，“依我看，还是好好收拾她，别让她那么痛快。”

“闭嘴，你那么有主意，要不要你来收拾这个烂摊子！”司一水怒道，然后悠悠地说，“虽然很可惜，但是她真的不能再活下去了。”

司一水花了大价钱买通了精神病医院的医生和护士，他们终于答应在叶蓁蓁的针剂里下毒，彻底解决掉这个麻烦。叶蓁蓁并不知道他们的算计，一心要救出司惠民。她发现，司惠民和她不在一个病区，他身边的护士和保镖也是形影不离，就算可以打倒护士和保镖，医院的电网也不是闹着玩的，她更没有信心和人数庞大的保安对上。到底怎么才可以救出爸爸？第一步，要先和爸爸说上话……

“嘿，你看那个傻子又出来晒太阳了，真是傻，他又不会修仙，晒了也没用啊。”

“是啊，真是可怜啊，啧啧。”

就在叶蓁蓁冥思苦想要怎么和爸爸搭话的时候，张猛和李睿一唱一和地开始鄙视司惠民。叶蓁蓁心一动，还没来得及说什么，张猛就朝司惠民招手，“兄弟，你不跟着我们师父练是没有前途的！过来啊，兄弟，一起修仙啊！”

于是，叶蓁蓁冥思苦想的巧遇计划就这样被通盘打乱，她眼睁睁看着司惠民朝她的方向看了一眼，然后朝她走去。叶蓁蓁心怦怦跳了起来，紧张地看着司惠民，担心有人把他们分开，幸好那个护士去上洗手间没注意到这一幕，他们的周围也没有其他医护人员和保安。司惠民迟疑地走到他们面前，疑惑地问：“修仙？那是什么？”

当听到司惠民沙哑的声音时，叶蓁蓁简直要落下泪来，她目不转睛地看着司惠民，真想现在就扑到他的怀里痛哭一场，拉着他的手，把他带离这个噩梦一样的地方。她发现，司惠民的目光只是空洞地看着她，就好像她是一个陌生人一样，她快步上前，低声说：“爸，我是蓁蓁啊。你，你不认识我了吗？”

司惠民呆滞地看着叶蓁蓁，似乎在回想什么，又似乎什么都没有想到。叶蓁蓁紧紧咬住嘴唇，“爸，你再忍忍，我一定会带你出去。”

“你……”

司惠民伸出手，下意识想抚摩上叶蓁蓁的脸颊，又不明白自己为什么会这么做，一时茫然了起来。他一把抓住叶蓁蓁的手，急切地说：“仙姑，有人要害我！他，他杀了我爸，还要把我关起来！他好可怕，他一直跟着我！我好怕，救救我啊，我要修仙！”

“爸你说什么，谁杀了爷爷？谁在跟着你？”

叶蓁蓁还想继续问下去，突然看到有几个保安和一个医生悄无声息地到了他们旁边。她发现有个保安似乎想上来，但是其他人把他拉住了，她只觉得脑子转得从来没有现在这么快过，认真地说：“你天资有限，还想修仙，必须要吃得苦中苦才好！从现在开始，他们都是你的师兄了。”

“是啊，小师弟，快跟着我们一起修仙吧，你可要好好孝顺师父啊。”

张猛和李睿一听自己能做师兄，都亢奋了起来，大大咧咧地拍着司惠民的肩膀，根本不知道他就是B市曾经的首富。他们的情绪感染了司惠民，司惠民也露出了狂热的神情，“师兄好，师父好！你们一定要帮我！”

“来来来，师父教你心诀，你可要好好记住。”

叶蓁蓁强忍住内心的悲愤，做出认真又虔诚的样子，开始编功法心诀。一旁的医生忍不住笑了起来，他不耐烦地想，那么多剂量，就算是天才也会变成白痴，更何况叶蓁蓁只是个小丫头，不过，上头又要让她杀了这丫头……算了，就在最近动手吧，拿了钱好回家过年。最好，她能按照计划来，毕竟亲手杀人不是一件轻松的事。

医生用看死人的眼神看着叶蓁蓁，目光中带了一丝怜悯的味道。叶蓁蓁没有看到医生的视线，只觉得背后好像被狼盯住了一样，等她再次回头的时候，却什么都没有发现，内心警惕到了极点。这时，那个护士匆忙走了过来，她恶狠狠瞪了叶蓁蓁和其他人一眼，看向司惠民的眼神却是那么温柔，“惠民，我们回去好吗？”

“不要。”司惠民摇头。

护士没想到司惠民会摇头，脸色在瞬间扭曲了，看叶蓁蓁的眼神就好像刀子一样，也让叶蓁蓁的心猛地一颤。她觉得这个医院简直是危机四伏，这时司惠民耿直地说：“师父会带我修仙。”

“什么修仙啊，都多大人了还信这个。走吧，我去做百合汤给你吃。”

护士嘴上嗔怪着司惠民，但是脸色到底好看了起来，推着轮椅上的司惠民就离开了。叶蓁蓁一直看着他们离去的方向，眉头微微皱了起来，小手一挥，“别管他们，我们继续。”

“是，师父！”小弟们恭敬地说。

叶蓁蓁不知道，是司一水那边觉得她和司惠民都疯到不值得注意的地步，还是他们又在算计什么，总之，医院对他们的监管松懈了很多，她和司惠民说话聊天也没有人阻止。虽然没有了沟通障碍，但司惠民始终没有认出她来，认真地叫着她师父，想和她一起修仙，让叶蓁蓁心酸无比。

在这一个月的时间里，她终于掌握了保安们的换班规律，知道她可以用来逃跑的时间只有在深夜两点。她想不出带着司惠民逃脱的方法，抑郁、无聊、茫然的感觉交织在她的心头，她用极大的意志力控制，才让自己没有变成一个疯子。在药物和环境的双重影响下，就算再努力适应，叶蓁蓁的注意力还是越来越溃散，也越来越接受精神病人的交流方式和思维方法，她怀疑自己再待下去，早晚会和他们一样，到底怎么样才能离开呢？

叶蓁蓁想着，在床上翻了个身，突然听到门外传来了脚步声，平时这个时候不会有医生来查房，她警觉地竖起了耳朵，听到脚步声在她房间面前停住了。她下意识屏住了呼吸，听到一声轻微的声音，好奇地下床一看，见到了一张叠得整整齐齐的纸条。叶蓁蓁打开一看，呼吸都要停滞了，纸条上是她熟悉的字迹：两点保安换班可逃出。

这张署名“长腿叔叔”的纸条，让叶蓁蓁的眼睛一酸，因为“长腿叔叔”是只有她和司惠民知道的秘密。小时候，司惠民并不太顾家，但心情好的时候经常会送给叶蓁蓁礼物，还假装这是“长腿叔叔”送的，让叶蓁蓁有很长一段时间一直盼望知道“长腿叔叔”的真实身份。等叶蓁蓁长大后，司惠民送礼物给她的时候，也会故意署名“长腿叔叔”，这算是父女俩的一个小玩笑，就连叶如梅也不知道这件事，外人更不可能知道，再加上纸条上的字迹确实是司惠民的，这纸条是他写的可能性很高。也许，他也在装傻，现在他可以带着她一起离开这个地方……这到底是胜利在呼唤，还是一个可怕的陷阱？她当然可以置之不理，但是司惠民遇到危险怎么办？她真的放心他吗？

叶蓁蓁想着，默默把纸条撕碎，犹豫了一会儿后，往外走了出去。她一路小心，畅通无阻地到了花园，没有看到司惠民，却发现巡逻的保安比以前少了好几个。她静静站在原地，终于等到保安换岗。新来的保安本应该继续守着，但是他打个哈欠说：“哥们儿，这天那么冷，我们在这里傻站着干吗，还不如去门卫室喝酒。”

另外一个保安有点犹豫，“被头儿看到不好吧，而且万一那些病人发疯……”

“得了吧，他们就和小绵羊一样，什么时候发疯过。你不去我去了啊，喝两口就走，那酒可是我老家带来的米酒。”

“那我就去喝两口吧。”

两个保安说说笑笑去了门卫室，拿起酒杯喝起酒来。叶蓁蓁清楚知道，除了这个机会之外，她再没有别的机会可以离开了，心猛烈跳动了起来。她当然可以等待程诺来救她，但是如果程诺也相信了那个谣言呢？她真的可以把希望全部寄托在程诺的身上吗？

叶蓁蓁脑中飞速旋转，鬼使神差般朝着门口的方向迈了一步，就在她鼓足勇气想跑出去的时候，突然听到一个低沉的声音：“师父，你是出来吸收月亮精华了吗？”

叶蓁蓁回头，看着老王、张猛和李睿正目光炯炯地看着她，一口老血就要喷了出来，她气得浑身发抖，压低了声音问：“你们，你们怎么出来了！”

“我看到师父出来了，就叫他们一起出来。师父，是不是夜深了，才能传给我们内功心法？”张猛兴致勃勃地问。

“傻子，我们是修仙，又不是武功，哪有什么心法！”李睿白了他一眼，“师父，你该教我们御剑飞行了吧！就是今天教吗？天啊，我好幸福啊。”

叶蓁蓁看着他们，艰难地问：“张猛，你怎么知道我出来了？”

“我每天都会看着师父睡觉啊。”张猛嘿嘿一笑，“师父，如果你不是女的，我恨不得你上厕所的时候也跟着你。”

“你倒是敢！”叶蓁蓁瞪了他一眼，“老王，快把他们带回去，我还有事儿呢。”

“师父，跟你修炼那么久，徒儿觉得身子好了许多，这都是师父的功劳。师父，求你把秘诀告诉我们，不然等你飞升了，徒儿们怎么办啊。”

看着老王一脸期待的表情，叶蓁蓁简直想破口大骂。是啊，他们每天跟着她打坐，不捣蛋了，也不被惩罚了，吃饭都能多吃一碗，身体当然好啦！御剑飞行，打坐飞升……谁能告诉她，他们一天到晚在看什么玄幻小说！

叶蓁蓁生怕他们被保安发现，压低了声音说：“好，等我回去就教你们，现在快点回去！为师还有事情！”

“师父，你是不是发现这里有魔道出现？我们要来斩妖除魔啦！”张猛兴奋地说。

无论叶蓁蓁说什么，他们都不肯离开，叶蓁蓁到后来气得简直想踹他们的屁股。争执间，她无意中往门卫室看了一眼，只见一个保安正看着他们的方向，和她视线对视后迅速离开，倒让她怀疑刚才只是一场幻觉。叶蓁蓁的心一下子揪了起来。

如果保安看到他们在这里，却没有通知其他人来抓人，只有两种可能：第一，是被买通；第二，故意放她走！如果是被买通，为什么会那么鬼鬼祟祟，甚至没有一个接应的人？如果故意放她走，那么会……

叶蓁蓁往远处看去，只觉得乌黑的夜晚就好像会吞噬人的野兽一样，她下意识打了个寒战，轻轻咬着嘴唇，很快就下了决心，“事到如今，也到了教你们吸取月光精华的时候了。来，这里是月光最为充沛之地，我们一起来打坐。”

叶蓁蓁说着，神情严肃地盘坐了起来，小脸在月光的照射下，多了一丝神圣的味道。其他三人受到感染，纷纷在冷风中打坐了起来，这时门口的保安终于露出了失望的神色来，他低声咒骂了一句，同伴好奇地看着他：“怎么了，不喝酒了吗？”

“喝酒，喝酒！”他勉强笑着说。

他收了一笔钱，打算解决叶蓁蓁的性命，为了不给医院添麻烦，他决定在外面杀了她。他早就听说她身手不错，就算是得了精神病也不能小觑，所以在医院外安排了五个人，只要叶蓁蓁一踏出医院，就能让她死得无声无息。可是，她为什么不出来，反而做起那么奇怪的动作？精神病人真是无法理喻啊！还是说，真的可以修仙？呸呸呸，在想什么呢！还是不要接单了，回去好好过年吧。

保安想着，轻轻耸耸肩，决定不去再想这件事。叶蓁蓁只觉得今天的决定没有错，却不知道她已经从鬼门关走了一遭，她抬头看着璀璨的天空，想起自己和欧浔一起看烟花的那个夜晚，轻轻一叹。

欧浔……如果知道上次见面就是诀别，我一定不会对你那样冷漠。对不起，我都是骗你的，就算你已经不是当初那个你，但我还是喜欢你。欧浔，我真的好想你。知道我去世的消息，你会觉得如释重负，还是会难过？如果，如果再也见不到你……你会想我吗？

叶蓁蓁想着，望着星空，捂住了胸口，突然觉得无比寂寞。

第十九章　知道真相

司一水一连等了几天，都没有等到叶蓁蓁死亡的消息，终于坐不住了。他用新换的手机号给杜医生打电话，语气很不高兴，“杜医生，你能不能告诉我，她为什么到现在还没有死？”

杜医生有点心虚，“司先生，我已经安排好了，只要她一出医院就让她有去无回。谁知道她走到半路居然练起了什么武功来，根本没有走啊。”

司一水疑惑地问：“你的意思是，她真的疯了？”

“肯定疯了。”杜医生自信地说，“别说她一个小姑娘，就是一个大男人在这样的环境里都要疯。不瞒你说，我们的员工都要定期接受心理辅导……”

“我没兴趣听这个。”司一水不耐烦了，“我只关心她到底什么时候死？这周，这周我一定要看到结果。”

1

司一水下了命令后，电话那头沉默了。杜医生的沉默让司一水心烦气躁起来，他的回答让他更是心情不好，“司先生，我这里是医院，不是菜市场。我答应你母亲换人，已经冒了很大风险。最近又面临着检查，如果这时候有人死在医院，会给我们带来很大的麻烦。你之前说的希望司先生自然死亡的事情，现在肯定不可能实现，那个小姑娘也不可能在近期去世。如果你不能接受，还是换一家医院吧。”

换医院？又不是离职后换公司，医院是那么好换的吗？

司一水简直要被气笑了，知道这是杜医生的脾气上来了，只好放柔了声音，“我也知道你们的难处，大家都是一条船上的人，现在关键是怎么把事情做好，不是吗？这样吧，这周你解决掉叶蓁蓁，我给你的钱再翻倍，怎么样？”

“知道了。”

杜医生沉默许久后挂断了电话，司一水知道他这是答应了，终于松了一口气。欧浔在车里也关闭了监听器，眼睛注视前方，轻声说：“要杀了，她吗……”

他的眼中闪过一道犀利的光芒，然后又转为最深的黑暗。

叶蓁蓁并不知道，她如今的处境已经命悬一线，还有心情享受着医院的下午茶。每天的休息时间里，三大活宝都会把他们的零食“进贡”给她，如果忽略掉越来越多的“信徒”的话，每天晒晒太阳吃吃瓜子还是挺高兴的。叶蓁蓁随口编了点修仙的故事，听得大家啧啧称奇，这时有人说：“仙姑，如果修仙成功了，还能谈恋爱吗？”

“你满脑子都是什么啊，神仙当然要清心寡欲啊！”

“敢侮辱咱家仙姑，揍他！”

大家七嘴八舌地骂了起来，还有人要去打那个出言不逊的家伙，叶蓁蓁见他可怜，忙说：“神仙当然不可以恋爱啊，你没看到七仙女谈恋爱了，都被王母娘娘弄了条银河吗？”

那人捂着被痛打的脸，含糊不清地说：“就算神仙法力无边，长生不老，不能和自己喜欢的人在一起有什么意思啊。仙姑，你有喜欢的人吗？你真的舍得飞升啊？”

喜欢的，人吗……

这一瞬间，叶蓁蓁想起了欧浔漆黑的眼眸、温暖的怀抱、好听的嗓音，嘴角不由带了她自己都不知道的温柔。她看着远方，下意识地说：“是啊。如果，真的有喜欢的人，也会留恋人间的吧……”

“你们都在那里干什么，打针的时间到了！”

就在叶蓁蓁思绪纷飞的时候，护士招呼他们去打针，他们只好结束闲聊，一个个排队等待注射。叶蓁蓁一边排队，一边疑惑地想，他们从没集体打过针，为什么会突然这样安排？就在这时，突然有人问：“护士，我们为什么要打针？有谁生病了吗？”

护士没好气地说：“现在是流感高发期，给你们打防疫针，省得被感染。”

护士的说法让很多人都接受了，他们乖乖排队打针，但叶蓁蓁总觉得不太对劲，一种说不清的感觉逐渐弥漫全身。叶蓁蓁一副呆滞的表情，任由护士在她胳膊上消毒，那凉气让她情不自禁打了个哆嗦。她不敢看针头，下意识别过头，却看到护士的手有些颤抖。

为什么会颤抖？她又不是第一次打针了，现在还紧张也说不过去吧。她到底为什么看起来那么不对劲？

叶蓁蓁警惕地看着护士，下意识把胳膊挪开，这时张猛突然一把抢过了针剂。叶蓁蓁并不知道，张猛一直在观察她，还没有反应过来，就听到张猛愤怒地说："我一直在看着你们！为什么师父的药比我们的都白！你们偏心！师父还没飞升你们就这样势利，等师父飞升了，我们还不是被欺负死！"

经过张猛的提醒，叶蓁蓁看着药剂，只觉得浑身的血液似乎一下子凝固了。她发现她的针剂确实要比其他的针剂白上一些，正常人不仔细对比根本看不出来，但精神病人张猛眼尖地发现了不对劲。护士没想到被戳穿，脸一下子变得雪白，厉声说："瞎说什么，都是一样的，你们是不是想被电击！打完针的都回房间，现在，马上！"

电击室对精神病人来说，是噩梦一样的存在，所有人都露出了惊恐的神色来，张猛也不敢再说话。叶蓁蓁心猛地一跳，知道这件事实在太有问题了，她绝对不能被打针，不然可能会死在这里！她想着，往后退了几步，毅然说："有福同享，有难同当，我不会抛下弟子们，自己用好的丹药！今天我不打了，我不能抛弃他们！"

"师父说得好！"

精神病人们啪啪啪鼓起掌来，护士没想到事情会有这样的变化，真是又气又急。她脸色一沉，给保安们使了眼色，十几个保安迅速把他们包围。在保安的逼近下，病人们不断后退，他们的圈子越来越小，叶蓁蓁的后背已经贴在了墙壁上，深知今晚的恶战在所难免了。

她只有一个人，对方有十几个人；她赤手空拳，保安的手里都是电击棒……这场战斗，很可能以她的失败告终，到时候，不再是监禁，而是……死吧。

欧浔，对不起！我以为可以一个人找到真相，但还是到了如今的局面，如果你知道了，一定会骂我蠢吧。不过，就算明知道前面是悬崖峭壁，我也要前进，因为，那是我的爸爸啊。

叶蓁蓁想着，紧紧咬住了嘴唇，做好了和他们拼个你死我活的准备。她没想到，危急关头，老王突然大喊一声“保护师父”，然后局势突然变了。

平时最害怕保安的精神病人，好像被赋予了力量一样，一个个不要命地冲向了他们，还把刚才企图给叶蓁蓁打针的护士撞倒在地。场面一下子混乱了起来，护士的咒骂声、保安的怒吼声、病人们誓死保护师父的叫喊声，让精神病院喧闹无比。叶蓁蓁看到本该胆小如鼠的他们毫不畏惧地冲向保安，用身体筑成了一道墙壁，保护叶蓁蓁不受到伤害。棍子敲击肉体的声音、哭喊声不绝于耳，叶蓁蓁呆呆看着他们，鼻子酸涩了起来，脑中也是一片空白。

为什么，为什么要保护我……明明，我只是骗子，只是一个骗子罢了啊！我根本不是你们的师父，我只是个骗子！

“师父小心！”

就在叶蓁蓁愣神的时候，她突然被重重推到了一边，看到平日里总是夸自己聪明的李睿，这次突然不聪明了，生生为她挡住了一棒子。保安狰狞的面孔好像定格住了，四周的声音她也全都听不到了，满眼都是李睿挡在她身前的样子。李睿用瘦弱的身体，为她支撑起一个安全的港湾，疼得眼泪都要流下来了，偏偏还笑着，“师父，快走，这里有我们！”

“谢谢。”

叶蓁蓁此时此刻只能说这个，眼泪一下子就掉落下来。她找到了一个防守的死角，猛地突破了重围，拼命往外跑，保安们急忙追了上去。她知道被他们追到就死定了，跑到肺部都快要爆炸了，这时突然有个护士拉了她一把，把她拉进了一个病房里。叶蓁蓁认出这是她爸爸的护士琼姐，下意识想问她想做什么，只见琼姐对她比画了安静的手势，然后把她塞到了衣柜里。当保安追来问有没有看到叶蓁蓁的时候，琼姐奇怪地问：“谁是叶蓁蓁？”

“就是那个每天修仙的神经病！”保安不耐烦地说。

“哦，你说她啊，刚才我看到她往前跑了。”

“快去追！”

没人想到，会有一个护士帮助精神病人，叶蓁蓁听着保安们远去的脚步声，长长舒了一口气。她从衣柜里走了出来，感激地看着琼姐，天真无邪地问：“姐姐，你是来帮我的仙女吗？”

琼姐笑了，“什么仙女啊，就是一个老阿姨罢了。叶小姐，你放心，我是司先生的护士，我肯定会帮你离开这里。快换上护士服，我认识一条小路，我会送你出去。”

"姐姐……"

"你也不想再留在这里吧。走，我会帮你。"琼姐温柔又坚定地说。

琼姐给叶蓁蓁找了一身护士服，叶蓁蓁急忙换上了。琼姐拿出化妆包，让叶蓁蓁的脸色变得蜡黄一点，嘴唇变得苍白一点，再拿她的一些头发遮住了脸颊。叶蓁蓁发现，如果不仔细看镜子里面的人，根本看不出是她，她暗暗感叹琼姐的化妆技术，听到琼姐问："准备好了吗？"

"好了。"叶蓁蓁不再装傻，认真点头。

"走。"

琼姐深吸一口气，推开门往外走，叶蓁蓁就紧紧跟在她的身后。她跟着琼姐，惊险地从保安身边走过，所幸没有人盘问，最后成功地走到了后山一条小路上。琼姐把她带到满是爬山虎的墙壁前，语速很快，"这里有个门可以离开，你沿着大路一直往前走，你穿着护士的衣服不会有人把你拦下来。如果真的运气不好，你就说去市里买东西，是王姐新来的徒弟。听明白了吗？"

"听明白了。"叶蓁蓁点头。

"走吧，我也要回去了。"

2

琼姐说着，却没有帮叶蓁蓁开门，而是示意她自己去打开。叶蓁蓁抓住琼姐的手，不断说着感谢的话，在琼姐露出不耐烦的神色，暗示她再不走就来不及的时候，才不甘心地闭了嘴。她往爬山虎的方向伸手找门把手，在低头的瞬间，突然感觉到有什么东西靠近。

早就做好准备的叶蓁蓁猛地转身，余光看到了琼姐拿着一支针管戳了过来，一把抓住了她的手腕。琼姐没想到叶蓁蓁反应会那么迅速，惊吓之余还要反抗，但是叶蓁蓁已经夺过了针管，对准她的颈动脉。叶蓁蓁看着她，语气平和，"我没猜错的话，这里面才是真正的毒药吧。"

"叶小姐，你在说什么？"琼姐惊慌地问，"我是在帮你，这都是误会！"

"要把我弄死的误会吗？"叶蓁蓁微微一笑，心中凄凉，"说，到底是谁让你这么做的？你为什么要为他们办事？为什么要害我爸？"

"我真的不知道你在说什么。"

最初的惊慌过去后，琼姐恢复了惯有的平静，美艳的眉眼看起来带了一丝嘲讽的味道。叶蓁蓁也不再说废话，拿着针就往她的动脉扎，刺痛的感觉让她尖叫了起来。琼姐又是愤怒，又是害怕，“叶蓁蓁，你到底要做什么？你把我杀了，你自己也跑不掉！”

“我不装傻，你也别装无辜，大家敞开窗子说亮话怎么样？王若萱管家，你能告诉我，你为什么要到这里来做一个护士，而且是我爸的护士？”

叶蓁蓁的话就好像晴天霹雳，让琼姐的脸色一下子变了。她犹豫了很久，终于冷笑了一声，“你是怎么知道的？”

“我爸出事后你就不见了，大家都觉得你要么是知情人，要么畏罪潜逃，有谁能想到你根本不是在外地，而是躲在了精神病医院里呢？平时是王若萱，休息日在上班就是琼姐，那么多年来，每天都忙于工作也是辛苦你了。你的化妆技术真是不错，居然都没有人认出你来。或者说，司家和精神病人这两个群体根本不可能有碰面的机会，才会给你可乘之机。”

叶蓁蓁的分析让王若萱的脸色越来越阴沉，她嘲讽地说：“叶蓁蓁，你也一直在装傻保命，大家半斤八两，又有什么可说的呢？我劝你快放了我，不然你的爸爸可就性命难保了。”

“你说什么？”叶蓁蓁眸色一沉。

“你该知道，在这个医院里有多少人在算计他，都是因为我，他才一次次逃了过去。没有我护着，他能活多久呢？”

“那你给他的回报，就是杀了他的女儿吗？王若萱，你说你爱我爸，不如说你爱你自己！”叶蓁蓁嘲讽地说。

“什么爱他，我不知道你在说什么。”王若萱低垂眼眸，不再和叶蓁蓁对视。

“王若萱……不，也许叫你王丹丹更好。”叶蓁蓁说。

当听到王丹丹三个字时，王若萱的表情终于变化了，被揭穿的惶恐、不可置信的恐惧、那些被刻意遗忘的卑微，在她的脸上交织着，她的牙关紧紧咬起，喉咙干涩地咳嗽了几声。叶蓁蓁没有理会她复杂的心情，继续说：“你家都是女孩子，你又是最小的女孩，你的父母从来没有关心过你。因为你家境贫寒的关系，上学的时候遭受了不少嘲笑，也就是那时候，你喜欢上了你的师兄，我的爸爸，司惠民。”

叶蓁蓁说到后来越来越艰难，王若萱的脸色反而平静了，好像这件事和她一点关系都没有一样。叶蓁蓁轻轻摇头，按捺住内心奇怪的感觉，“你一直喜欢我爸，可是和我爸的距离实在太大，我爸只是把你当成普通同学。我爸去美国留学的时候，你想尽办法跟了过去，可是我爸还是没有注意到你。为了吸引他的注意，你开始整容，和以前相比判若两人。你以为，这样会让我爸喜欢上你，可我爸回国后，就和我妈结婚了。他结婚的事情让你伤心欲绝，你一度想过要放弃，他后来离婚让你重燃希望。你放弃了本能得到的更好的职位，以新的身份去司家面试，开始了你长达二十年的工作。你辛辛苦苦伺候我的爷爷，给我爸爸展现出你有魅力的一面，但我爸始终没有爱上你，而是和一个个小明星谈恋爱。最近，我爸有了和我妈复婚的念头，你终于按捺不住了。你没有对我妈下手，而是算计了我爸。”

叶蓁蓁说着，用愤怒又悲悯的眼神看着王若萱，“你知道爷爷习惯每天去花园喝下午茶，故意在那个时间段叫走了其他用人，算好了我爸过来的时间，把我爷爷推了下去。可是，你没想到我爸提早来了，正好目睹了这一幕，所以，他才会说有人害死了爷爷，但我当时没想到那个‘他’不是我二叔，而是指一个女人——你。看到爷爷身亡，爸爸的第一反应当然是惊慌失措打电话叫救护车，这时候二叔也来了，接下来的事情，二叔都帮你完成了。你悄悄给我爸注射了迷幻的药物，和二叔一起把我爸送到了精神病医院。然后，你就能以护士的身份，一直陪在我爸身边。呵呵，你就这么喜欢我爸，喜欢到变态的地步？”

“是啊，就是这么喜欢。”

时间不知道过了多久，王若萱终于微笑着承认，那笑容温柔到刺痛了叶蓁蓁的眼睛。王若萱看着远方，轻声说：“王丹丹……呵，真是令人恶心的、已经被我抛弃的名字啊。如果你没提起，我已经完全忘记了，我还有这样的过去。你没说错，我上初中的时候就暗恋他，为了跟他去美国读书，我拼命努力学习，终于可以陪在他的身边。我总以为，他对我会日久生情，可是他只喜欢长得好看的女孩，从来看不到我这个丑小鸭。为了让他喜欢，我只能一次次整容，努力想成为他喜欢的样子。我还记得，当我和他在酒吧遇到的时候，他的目光终于停留在我身上——你知道我当时有多快乐吗？我对自己说，不管他是想留在美国，还是想回家，我都会跟着他，没想到他回国探亲一次后都变了。他告诉大家，他要和一个自己不爱的女人结婚了，那人就是你妈。呵呵，我真是不甘心啊，只是因为她的出身好，她的父辈和惠民的父母认识，她就能做司家的儿媳妇吗？除了长得漂亮，又有点钱之外，她什么都不懂，不会是一个好妻子！我知道惠民的好脾气不会忍多久，他果然和一个小贱人在一起了。我故意把消息透露给叶如梅，他们果然离婚了。”

“是吗？”叶蓁蓁冷冷地反问。

“我没想到，惠民离婚后开始喜欢年轻漂亮的小姑娘，他的目光一直不在我身上。他没有请用人的习惯，也不常去公司，为了能经常看到他，我只能去司家应聘。我在他面前展现出我温柔贤淑的一面，让他意识到我多有用，和叶如梅有多大不同。可我真的不明白，为什么他总是不看我一眼，对我总是客客气气的，我要的不是这些啊。”王若萱说着，目光是那么迷茫，“我真的不想害他，我只是想和他在一起！我不要他和叶如梅复婚！在这里，我把他照顾得特别好，他的眼里也只有我一个人，我真的好喜欢这样的感觉。如果，如果你一直没有来，我们一定会继续幸福下去！都是因为你！”

王若萱看叶蓁蓁的眼神里满是怨恨，叶蓁蓁觉得啼笑皆非，她万万没想到，这一场悲剧竟是因为一个女人对父亲长达二十年的爱恋，低声说：“你知道，你给我爸带来了多大的灾难吗？他被大家责骂白眼狼，遭遇众叛亲离，可能一辈子都洗不掉这个污名！这是你要的吗？”

“我会补偿他。”王若萱狼狈地说，“我一定会补偿的。叶小姐，你可以告诉我，你是怎么发现我的身份的吗？”

“我必须承认，你实在太厉害了，就算是对这件事有怀疑的人，总以为这是司一水或者司峻岭做的，有谁想到这会是一个管家的手笔。你突然辞职让我开始怀疑你，但当时我只是觉得你知道点什么或者为了明哲保身。后来，我找到了你家，在你相册里面发现了我爸年轻时候的照片。如果你只是管家，怎么会有他上大学的照片，这只能证明你们早就认识。我顺着这个线索查了下去，找到了你的真实身份，知道你对我爸别有用心。我的好奶奶想算计我，我顺势被抓进精神病医院，我原来只是想把我爸救走，倒是没想到你会胆子大到以护士的身份陪伴在我爸身边。我想，你在司家的时候故意不打扮，在医院里倒是化烟熏妆，就是为了让大家认不出你来，可是，你忘记了你身上的味道。”

“味道？”王若萱皱眉问。

“你不习惯用香水，因为在医院时间久的关系，都不知道自己身上一直有消毒水的味道，这让司家的员工议论纷纷。请问，一个管家，又不用亲自洗衣服，身上怎么会有消毒水的味道？我必须承认，你的化妆技术真的很厉害，在精神病医院，我第一眼看到你的时候，只是觉得眼熟罢了，并没有认出来。可是，一个女人看喜欢的人的表情，和看普通病人的表情是不一样的，你对我爸的好让我注意到了你。王若萱，你才是真正的凶手。”

叶蓁蓁说到后来，身体因为气愤微微颤抖了起来，王若萱却笑了起来，笑容是那么灿烂，声音是那么柔和，“你没说错，这一切都是我做的。就算被你发现了，我能和惠民相处那么久，我并不后悔。我早就看出来你是在装疯卖傻，因为眼神不会骗人——我看惠民的眼神是看恋人的，你看他的眼神是看父亲的。我一直都在提防你，害怕你毁掉我所拥有的一切，所以在知道司一水找杜医生对你下手的时候，我帮助他们把你骗了出来——呵呵，你还不知道吧，惠民和我说了很多以前的事情，包括你和他的事情。很可惜，那一次你没有上当，不然只要你踏出这个医院，就一辈子睁不开眼睛了。后来，杜医生要给你注射毒剂，我一听到他的计划，就知道这里面有很大的漏洞。你果然起了疑心逃跑，我想趁你不注意的时候解决你，就好像……现在这样。”

王若萱说着，猛地朝叶蓁蓁撞了过去，在她踉跄后退的瞬间，把针剂夺了过来，对准叶蓁蓁的胳膊就扎了进去。随着针剂进入身体，叶蓁蓁的脸色一下子变得苍白，呼吸越来越艰难，她剧烈咳嗽了起来。王若萱怜悯地看着她，轻轻摇头，“叶小姐，我知道你很想知道真相，但你真的太浪费时间了。只要你把我杀了，我就不会得手，所谓的真相又有什么意思呢？”

“可以给我爸洗刷冤屈……你会接受法律的惩罚……”叶蓁蓁艰难地说。

“是啊，我可以让惠民清白。等他回去后，他会坐上不喜欢的位子，做他不喜欢做的事情，这样就是幸福吗？叶小姐，你们真的太自私了。在我这里，他很快乐，他以后还会继续快乐下去。你放心，我给你的药不是那种致命的毒药，只是麻醉剂，到时候你会‘失足’跌下山崖，再见了。”

王若萱看着叶蓁蓁和司惠民极为相似的面容，其实也不忍心她这样年纪轻轻就离开人世，但是她已经别无选择了。她眸色一暗，正要把叶蓁蓁推下去，突然听到一个声音传来：“父女俩一起离开人世，确实不会寂寞。你说，你先放手还是我先？他们哪个先死比较好呢？”

是谁？

叶蓁蓁努力睁开眼睛，依稀看到了司惠民坐在轮椅上出现在她面前，他身后的男人因为背光看不清面容。她的身体因为麻醉剂变得不能动弹，想大喊不要动他的爸爸，但是连眼珠子都无法转动。她清晰听到了王若萱尖叫了一声，然后她被抱入了一个熟悉又温暖的怀抱。警笛声响起，她努力想看清楚那个人是谁，却终究昏睡了过去。

3

当叶蓁蓁再次醒来的时候，发现自己依旧在医院里，忍不住打了个哆嗦。她只觉得今天发生的一切很不真实，越想越觉得这可能只是一场梦——难道想逃出精神病医院，已经到了疯狂的地步吗？她心里苦笑一声，挣扎着想起来，这时听到了一阵脚步声。她没有回头，轻哼了一声，“快给为师倒一杯水来。”

“蓁蓁，你要喝水？”

耳边突然响起一个熟悉又带有笑意的声音，叶蓁蓁诧异地睁大了眼睛，看到了程诺微笑的面容。叶蓁蓁简直不敢相信程诺就在自己面前，揉揉眼睛，生怕他又是她想象中的美好幻影，她扑到他的怀里，感受他温度的同时，几乎要落下泪来，“程诺！”

“蓁蓁，不要怕，对不起，我来晚了。”程诺轻轻拍叶蓁蓁的后背。

程诺至今仍然记得，看到叶蓁蓁昏迷不醒的瞬间，他恨不得毁灭一切的心情。其实，当叶蓁蓁提出要将计就计去精神病医院查探消息的时候他就极其反对，可他到底拗不过她的固执。他再三让她保证，一定会见机行事，有任何不对劲就求助，才默许她被抓了进去，心也一直因为她的安危而始终揪着。

为了迷惑敌人，他装出臣服季琼的样子，回到外地处理工作，但他无时无刻不在关心叶蓁蓁的状况。通过监控设备，他看到叶蓁蓁被欺负，被拥戴，在修仙……要不是情况危急，他简直会笑出声来。

他安排在精神病院的人手给叶蓁蓁提供了很多方便，帮助她一次次逃避了吃药检查，也有利于她一直保持清醒。当叶蓁蓁发现有人故意引她出去的时候，他就逼着她回来，没想到她反而和自己断了联系。当他查到精神病医院屏蔽对外信号就知道不好，急忙赶了过去，却还是晚了一步。他眼睁睁看着欧浔把叶蓁蓁抱在怀里，浑身的血液都要凝固了，他猛地冲了上去，欧浔却不让他碰叶蓁蓁，目光一直在叶蓁蓁的身上停留，“你放心，她没事，只是中了麻醉剂昏迷罢了。”

“她是怎么回事？”程诺看着倒在地上的护士。

“她应该是这次案件的关键人物。我已经报警了，警察和救护车一会儿就来。”

“还有这个……”程诺看着轮椅上的男人。

“你说他啊，群众演员。”欧浔不耐烦地说。

“群众演员”听到欧浔这话，都要哭了，“欧先生，你说陪你演一出戏就好了，你要把我推下去做什么！你不能因为我长得帅就妒忌我啊！”

欧浔轻蔑地冷哼一声，“你还是快点去看看眼科医生，你那样子怎么可能比我帅！快走吧，演得不错，给你加工资！”

“谢谢老板！”

男人兴高采烈地离开，欧浔见程诺还是一脸迷茫，云淡风轻地说：“这个女人想杀叶蓁蓁，我让人伪装成她喜欢的男人，她情急之下没有认出来，当然任由我摆布。”

“你怎么知道蓁蓁在这里？”程诺不甘心地问。

“哦，你是说她那个漏洞百出的死讯，还是说我眼看她被人带走？叶蓁蓁，绝对不会是那么轻易就被人弄死的女人。如果是这样……”

如果是这样，他也不会为她心动，更不会被她玩弄于股掌之间。欧浔想着，自嘲地笑了起来。

当他看到叶蓁蓁被人带走的时候，他敏锐地发现这个丫头是故意放弃了抵抗，所以选择静观其变。后来，他查到司惠民也在这家精神病医院，就知道叶蓁蓁在算计什么。他好像不受控制一样，关心起叶蓁蓁在医院里的一举一动，很快就知道了她在故意演戏。她的一举一动，都让他觉得好笑又有趣，他发现他的整颗心都被这个小丫头占据。

当司一水想对叶蓁蓁下手的时候，他开始不冷静了，理智告诉他，作为危机公关，这一切他只要静观其变就可以，但他怎么可以眼睁睁看着那个微笑时会露出可爱酒窝的姑娘，真的在精神病医院里丢了性命？当他知道她遇到危险的时候，更是第一时间赶了过来，狠狠报复了那个护士。他不敢想象，如果叶蓁蓁倒在他面前，他会做出什么样的事情。

什么工作，什么步步为营，都算了吧。他不在乎输赢，也不在乎她出院后会不会战胜他……他只要她。

“欧浔，我不知道你想做什么，今天谢谢你能赶来。”程诺淡淡开口，“如果你为了她好的话，你现在可以离开了。”

“你知道你在说什么吗？”欧浔的眼睛眯起。

“你也知道，你给她带来了多大的伤害。怎么，你现在又要给她希望，让她欠你人情，甚至让她对你、对司一水手下留情吗？别告诉我这件事结束后，你会和她化敌为友，站在她这边，你做得到吗？”

欧浔的沉默仿佛持续了一个世纪，程诺以为他不会回答了，转身就朝叶蓁蓁走去。在他的手指就要触碰到叶蓁蓁时，欧浔终于开口，“做不到。”

程诺的眼神里满是嘲讽，“是啊，你的原则、你的事业，都比她重要，所以，我请求你不要再伤害她。”

“然后，给你接近她的机会吗？”

欧浔的眸色里满是嘲讽，程诺并没有生气，“我知道，我这样做很无耻，比你好不到哪里去，可我能给她我所有的帮助和我的真心。放手吧，欧浔。从你接了司一水的单子开始，你和叶蓁蓁就注定不可能在一起。容我多嘴，这个单子是怎么找上你的，你想过吗？难道你的骄傲和任性，比曾经的记忆和事情的真相更重要吗？”

程诺说着，如愿看到了欧浔瞬间变得苍白的脸色。

程诺转过头，看着精神萎靡的叶蓁蓁，轻轻一叹，给叶蓁蓁倒了一杯水，看着她狼吞虎咽的样子，轻柔地拍拍她的背部，低声说：“蓁蓁，王若萱已经被抓进了警局，虽然到现在还没有开口，但这只是早晚的事情。”

“我爸呢？”叶蓁蓁紧张地问。

“司先生已经被接出医院，在疗养院里接受治疗，再也不会有人拿药物控制他。他的罪名迟早会被洗清，这一切都是因为你。”

程诺的眼神满是赞赏，叶蓁蓁却苦笑说：“他是我爸，我怎么做都是应该的。对了，老王他们怎么样了？”

“你放心，他们不会受到惩罚，我把他们转到了最好的医院接受治疗。”

叶蓁蓁舒了一口气，轻轻咬着嘴唇，“现在王若萱到底没有认罪，我爸也没有恢复，这段时间足够我二叔转移财产……”

“蓁蓁，如果叶家加入，你觉得会怎么样？”

房门突然被推开，叶如梅风风火火地走了进来，一把把叶蓁蓁搂在了怀里。叶蓁蓁发现，总是明艳照人的叶如梅这次没有化妆，头发就好像枯草一样，衣服也没有搭配，一看就是没心情打扮。她看着叶如梅眼角的细纹，鼻子一酸，发现叶如梅是真的老了。叶蓁蓁哽咽着叫了一声“妈”，叶如梅用力搂着叶蓁蓁，轻声说："蓁蓁，对不起，让你一个人承受了那么多。从现在开始，你不是一个人在战斗，剩下来的事情交给我就好。"

"妈，你为什么那么久不见踪影？你去哪里了？"

"我和查尔斯发生了一点事，现在已经解决了，婚约也取消了。你放心，不管怎么说，我也是叶家的人。"叶如梅的笑容很冷，"我不会让人欺负你。"

叶蓁蓁闻着叶如梅身上熟悉的味道，看着她狠戾的神色，没有往下问下去。其实，她隐约猜到了查尔斯的出现以及查尔斯带着她妈妈"失踪"的时机都太巧，看来叶如梅也发现了其中的不对劲，她相信妈妈一定可以解决好。细细想来，无论是叶如梅陷入爱河的时间，还是司汝南发生意外的时间，甚至司家人的反应，都在王若萱的计算里，她唯一没有算到的，可能就是叶蓁蓁为了爸爸愿意深入精神病医院。

就算再不甘心，叶蓁蓁必须承认，王若萱很爱她的爸爸。可是，爱不等于占有，她从一开始就错了。

"妈，我想见王若萱。"叶蓁蓁说。

"蓁蓁，你好好休息。我有一千种办法，让她开口。"叶如梅自信地说。

4

在叶如梅的强势要求下，叶蓁蓁不再管这些烦心事，安心在医院里养病。在这段时间，局面有了翻天覆地的变化。

叶家宣布介入力保司惠民董事长的地位后，司惠民终于告别了药物的控制。他清醒后，第一时间指认司一水贪污受贿和诬陷，确凿的证据让人怀疑司一水的别有用心。当所有媒体都跑断了腿、为热点新闻争得头破血流时，王若萱突然开口，承认自己陷害司惠民的事实，还指出这一切都是受司一水和欧浔指使。

确凿的证据，让司惠民彻底翻身，与其相反，司一水一下子成为众矢之的，欧浔的日子也不好过。不知道是谁人肉出了他们的电话号码，他们现在一打开手机就会受到铺天盖地的怒骂，走到路上也会被人羞辱。以前，大家有多疯狂地谩骂司惠民，现在就有多疯狂地找他们发泄着心里的怒气。

在这样恶劣的环境下，董事会如约举行。董事会上，大病初愈的司惠民得到了叶家的强势支持，当选了董事长。司惠民一改以前优柔寡断的作风，找出司一水和司峻岭的污点，将他们赶出了公司，却也按照父亲的遗嘱，把他们应得的财产如数分给了他们。虽然已经是一笔很大的数目，但是他们怎么可能满足，和司老太太一起来闹了几次，最后司惠民去法院起诉他们蓄意伤害，才让他们得以消停。

于是，司家三兄弟争权一事，最后以司惠民的胜利而告终，从无败绩的危机公关专家欧浔，终于尝到了失败的味道。这对于欧浔来说，是一场噩梦，也是他人生重大打击的一个开端。

有人在网上挖出了欧浔上高中时肇事逃逸的新闻，“官二代”“豪车”“逃逸”等关键词刺激了大众的神经，新闻被许多大V疯狂转发。随着深度挖掘，欧浔做事不择手段、平时居高临下的态度，都被一一揭露，他被刻画成一个为了达到目的，可以出卖灵魂的恶魔。他的住所、手机号码、亲友信息都被传到了网上，每天都有人去他门外谩骂，挑衅回来后还上传视频，被其他反对欧浔的人视为“英雄”般表彰。一时之间，“判欧浔死刑”队伍的人越来越壮大，甚至连公安机关都对欧浔展开了调查。

叶蓁蓁没想到事情会有这样的发展，她想去找欧浔，却被叶如梅阻止了。叶如梅一边为她剥橘子，一边说：“蓁蓁，忘了他吧。”

“妈……”

“我知道你要说什么。你要说，他失忆，不记得你了，他不是故意的，但那又怎么样？无论是什么原因，他确实给你造成了无法弥补的伤害，你最困难的时候他没有在你身边。蓁蓁，妈是反对过你和程诺，但是如果非要选择的话，还是程诺更加适合你，至少，他永远不会伤害你。”

“可是，我喜欢的人是欧浔。”叶蓁蓁轻声说。

叶如梅笑了，“喜欢……喜欢可以持续多久呢？蓁蓁，你还年轻，喜欢一个人的时候就会想着永远。和程诺在一起的时候，你想和他结婚，和欧浔在一起的时候，你也是这样，你怎么知道，你不会遇到另外一个你深爱的男人？你年轻、漂亮、聪明，实在没有必要爱一个人爱得那么卑微。妈情愿你伤害别人，也不要你受伤，你懂吗？”

叶如梅轻轻触碰叶蓁蓁的面颊，明明是带着微笑，笑容却是那样苍凉。叶蓁蓁不知道为什么，突然问：“妈，你爱过我爸，对吗？”

“爱吗……当然爱过。可是爱情，会被家庭琐事磨损，到后来只是一地鸡毛。从那时候起我告诉自己，我只为自己活，你才是我最重要的人。蓁蓁，你太执着，太认真，太容易受伤，妈真的不想看到你这样。你住院这么久，欧浔从来没有看过你，他早就忘记你了。蓁蓁，就算再难过，你也要走出来，和我一起回美国，好不好？如果你想和程诺在一起，他就和我们一起出去。”

叶如梅摸摸叶蓁蓁的头发，笑容带着温柔，叶蓁蓁只觉得眼睛酸涩得厉害，她哽咽地问：“妈，我真的不能和欧浔在一起了吗？”

“不能，因为他已经不爱你了。”叶如梅决绝地说，“留下来，只会让你连尊严都没有。走吧，蓁蓁，就让他成为你的一个回忆。这样，对谁都好。”

叶蓁蓁没有拒绝，也没有反对，更没有看到欧浔在门外停留的身影。欧浔觉得心好像被巨锤敲击，眼前变得模糊了起来，嘴角也浮现出一丝冷笑。他看着病房里那个身影，猛地转身，把鲜花丢到了垃圾桶，而叶如梅看到他离去的背影，唇角露出了一丝微笑。她给叶蓁蓁盖上被子，轻声说：“蓁蓁，睡会儿吧。等医生给你检查好，我们就出院。”

叶如梅看着叶蓁蓁睡下后，起身和医生商量出院事宜，这时欧浔快步走到了停车场，耳边浮现的还是刚才叶如梅对叶蓁蓁说的话。他一直是一个骄傲又任性的男人，从没想到会被人这样彻头彻尾地嫌弃过，可是，他偏偏没有任何理由和立场反驳，因为他确实没有帮助叶蓁蓁、保护叶蓁蓁。

“欧浔，你到底为什么要来这里，不是早就下定主意放弃了吗？”欧浔轻声质问自己，“而且，这样的局面……你又何必拉着她一起？”

“欧浔在这里！”

“他真的是欧浔，是他！”

欧浔正要上车，突然冲过来一帮人将他包围。欧浔神色一凛，用最快的速度开了车门，几乎在他关门的瞬间，那帮人已经冲了上来。

“欧浔，你怎么不去死！”

“黑心的资本家，人渣，你有种出来啊！”

欧浔坐在车里，面前都是黑压压的愤怒人群。他们有的朝他丢鸡蛋，有的拼命敲着车窗，大有一种把他拉下来打死的架势。欧浔看着他们情绪激动的面容，享受在车子里的安全，淡漠地说：“真是容易被鼓动的蠢货啊。”

如果说王若萱的突然开口可能是出自叶如梅手笔的话，那么针对他的人肉，分明是一场预谋已久的算计。当年的知情人早就不知所踪，要找到那么多清晰的证据，还要知道他那么多的隐私，能这样做的人全世界不超过五个。他曾经把他们当成朋友，但现实给了他狠狠一巴掌。

“友谊吗……真是可笑。明明做好了被背叛的准备，现在又在悲伤什么？欧浔，你真是越来越软弱了。”

欧浔淡淡说着，握紧了拳头，拨打电话报警。他知道，如果他在汽车里，这些人最多骂他罢了，对他没有任何影响，但如果他下了车就只有死路一条。他打开收音机，用音乐声过滤掉那些谩骂，脑中满是叶蓁蓁明媚的笑靥。

叶蓁蓁……他在心中叫着她的名字。

第一次见到她的时候，他坚信她是一个居心叵测的女人，对他爱到无法自拔，想借着家族的势力逼迫他就范。他最厌恶的就是这样的女人，对于她谎称他们是恋人的说法，更是嗤笑无比。

他知道，她一直在调查他的行踪，故意透露了他的所在地，果然把她吸引到了酒吧里。他看着她拿出银戒指，信誓旦旦说这是他们订婚戒指的样子就觉得好笑，把戒指丢到了窗外，却没想到她居然会跳进那么冰冷的池水里寻找。

这个戒指对你而言就那么重要吗，叶蓁蓁？你喜欢的到底是我，还是你心里的那个人？

叶蓁蓁的存在，让欧浔心烦意乱了起来。为了证明他还是和以前一样理智狠辣，他毫不留情地针对叶蓁蓁，一次次看着她失败，也一次次看着她不服输地反击。不知道从什么时候开始，她的一举一动深深留在了他的脑海，他甚至觉得给她一个机会，让她靠近自己也不错。

当他看到她和程诺那小子在一起的时候，他觉得受到了莫大的背叛和羞辱。对于叶蓁蓁被抓去精神病医院，他一方面是想看她到底有什么打算，另一方面也是带了赌气的味道。可是，在她不在的时间里，他发现自己是那么想她，救出叶蓁蓁后，他突然不敢面对她，简直是落荒而逃。他忍不住去调查他们的曾经，发现所有证据都表明他们真的在一起，而且已经到了谈婚论嫁的阶段。

所以说，一直以来，叶蓁蓁说的都是真的？他们真的是恋人，而且那么相爱过，是他彻底忘记了她？他都做了什么？

愤怒之下，他找到了季琼。季琼正在别墅里喝红酒，看到他愤怒的样子没有任何惊讶，他的质问也好像石头掉进了深渊，没有任何波澜。季琼看着他，淡淡地说：“对，我是骗了你，但是你为什么会相信我？你明知道我喜欢你，我想把你留在我的身边。欧浔，只要你稍微调查一下，就会知道我在说谎，可是你为什么不调查？你是太相信我吗？不，你只是太自负，太相信你自己。现在的局面，都是你自找的。你猜，她还会不会要你？”

季琼的话让欧浔如遭雷击，他茫然到不知所措。在叶蓁蓁受伤的日子里，他每天都想去看望，但是他始终不知道到底应该怎么面对她。司一水案件失败后，网上汹涌的舆论压力更是让他无力抽身。

如果见面了，到底应该说什么？

对不起，我忘记了你。

对不起，我还是想不起来。

又或者是，对不起，我又爱上了你？

欧浔从来没有这样迷茫过。

当他终于去看望叶蓁蓁的时候，却听到了叶如梅对他的嫌弃，骄傲和自尊让他扭头就走，但是他的眼前一直浮现出那张苍白的小脸。他想，他是真的沦陷了。

其实，又何必计较真相到底是什么？就算记忆一辈子不能恢复，他现在喜欢着她，就够了。

叶蓁蓁，叶蓁蓁……他的，叶蓁蓁……

5

“蓁蓁……”

欧浔呢喃着这个名字，眼神满是他想象不到的柔和。他沉浸在美好的回忆里，没想到突然在人群中看到了那个熟悉的身影，呼吸瞬间都快了一拍。透过车窗，他清楚看到穿着病号服的叶蓁蓁打着哈欠到了车库，瞪大眼睛看着面前的人群，然后看到了在车里的他。

目光交错间，他看到了她的担心、她的疑惑和她的不解。欧浔不知道她怎么会突然到车库，这些眼下并不重要，他不想让她看到他那么丢人的样子，更高傲地抬起了头，却见叶蓁蓁朝车这边走了过来。

该死的，她想做什么？

欧浔紧张地盯着她，发现她努力和人群说着什么，然后有些人退缩了，也有些人激烈地和她争吵了起来。混乱中，有人推了叶蓁蓁一把，她踉跄了一步摔倒在地。欧浔呼吸急促了起来，还没反应过来，就打开车门朝她冲了过去，在她惊讶的眼神中拉住了她的手。

“欧浔……”叶蓁蓁呆呆看着他，抓住了他的手臂。

“他出来了，快打啊！”

“打死这个杀人凶手！”

逃离了车子的保护后，大家都好像疯了一样朝他们涌了过来。数不清的手朝他们抓去，还险些抓到叶蓁蓁，欧浔一个反手把叶蓁蓁抱在了怀里。欧浔的怀抱传来令人安心的心跳声，好像可以绝缘一切危险和伤害。叶蓁蓁看着他弓起身体，努力保护她不受伤的样子，明明很想笑，鼻子却开始发酸。

“傻瓜。”叶蓁蓁轻声说。

傻瓜，明明你不会打架，我的武力值比你高那么多。

傻瓜，明知道下车会有危险，你为什么还是会出现？

傻瓜，明明不记得我了，说你永远不会喜欢我，为什么要保护我？

可我，就是喜欢你这样的傻瓜。

“快跑，这些人我来负责。”

叶蓁蓁突然说，猛地推了欧浔一把，然后摆出了进攻的架势。欧浔觉得一根弦在脑中紧绷，微微犹豫后决定相信叶蓁蓁，飞快朝车的方向跑去，然后猛地发动了车子。汽车的轰鸣声吓跑了一些乌合之众，他在经过叶蓁蓁身边的时候朝她伸出手，只见叶蓁蓁在同一时间抓住了他的掌心。叶蓁蓁猛地关上了车门，目视着追赶的人慢慢远离视野，终于松了一口气。此时，她才发现心脏跳得厉害，捂住了胸口，欧浔从后视镜里看着她难看的脸色，终于开口问：“身体好点了吗？”

“没什么问题。”叶蓁蓁强撑着说。

欧浔明知道在精神病医院里的压力会给她的健康带来很大的影响，却也没有揭穿她的谎言。不知道为什么，他总觉得刚才的默契好像并不是第一次发生，再想起叶蓁蓁说过他们是恋人，心里说不清是什么感觉。他沉默了许久，终于突兀地说：“对不起。”

他发现叶蓁蓁诧异地看着他，然后目光从惊讶转为了平静。她看着窗外，平淡地说：“于公，我们有不同立场；于私，我们并没有什么关系，所以，你没有任何对不起我。”

“可你说过，我们以前是情侣。”

不知道为什么，欧浔下意识脱口而出，叶蓁蓁果然神色晦暗地看了他一眼。她想起妈妈的告诫，耸耸肩，声音轻快，“以前是情侣……确实是这样，但那也只是以前罢了。这些问题，我想我们早就说清楚了。”

“如果我说……呵，算了。现在送你回病房的话，可能会被其他人发现，如果不介意的话，跟我去一个地方好吗？”

欧浔不再说下去，征求叶蓁蓁的意见，叶蓁蓁微微犹豫后还是答应了。欧浔把车子一直开到一处商场的停车场里，却始终没有下车，在叶蓁蓁想下车前拉住了她的手。叶蓁蓁疑惑地问：“怎么了？不去喝杯咖啡吗？”

“现在是购物高峰期，如果我现在下车，就会被人拍下照片上传到网上，到时候连这道门都别想出去。”欧浔淡淡地说。

欧浔的表情是那么平静，叶蓁蓁心却猛地一抽，她记忆里的欧浔一直是意气风发、骄傲自负的，她情愿忍受他的毒舌，也不想看到他这个模样。她极力不让自己露出异样的神色，欧浔笑了起来，“是在可怜我吗？我只是在陈述一个事实罢了。”

“欧浔，事情到底为什么会这样？”叶蓁蓁终于问。

“这一切和你毫无关系，无论是我接了司一水的单子，还是司一水失败，甚至我以前的事情曝光，这都是有人设下的圈套，我现在的处境也正合了那些人的心意。呵呵，蓁蓁，你知道吗？人心是很奇怪的东西，他们会和网上从不认识的人生气，会替自己永远见不到的明星过生日，却会对自己的亲生父母视而不见，只要给他们键盘，他们就会成为英雄。就算今天还怒骂你是个人渣，只要明天有更值得让人关注的东西，他们的热情很快就会转移。可是，他们已经持续一个月了，你说这是为了什么？”

欧浔的身上传来须后水的味道，让叶蓁蓁沉迷，也让她的脑子分外清醒。她注视着欧浔的眼睛，一字一顿地说：“你的意思是有人故意针对你？”

“显然是这样。”欧浔耸肩，“是谁做的，其实也很清晰——或者说，他根本没有想掩饰的必要。”

“这样的局面会持续到什么时候？你不会就这样忍耐下去吧？”叶蓁蓁心里隐约有了猜测，皱眉问。

“持续到他丧失兴趣为止。”

欧浔的漠然，就好像这件事和他毫无关系一样，叶蓁蓁不由得轻轻叹了一口气。她看着欧浔受伤的嘴角，想起他刚才保护自己的样子，忍不住拿出纸巾，轻轻为他擦拭嘴角的伤口。欧浔忍不住“嘶”了一声，叶蓁蓁下意识下手更轻了点，嘴上却说："你是傻瓜吗？明知道有那么多人想揍你，还是下车？"

"蓁蓁。"

欧浔没有回答，只是温柔地看着叶蓁蓁，伸手摸了摸她的头发。叶蓁蓁柔软的发丝给了他似曾相识的感觉，他看着她红润的嘴唇，忍不住想象着他亲吻上去的味道。他用最大的意志克服拥抱她的冲动，终于说："蓁蓁，如果你以为我喜欢你才这样做，请你不要这样自恋。我只是想告诉你，虽然上个案子你胜利了，以后再见面的时候我一定会赢你。还有，如果你稍微有点自尊的话，请你不要继续对我抱有幻想了，可以吗？"

欧浔的拒人千里让叶蓁蓁的笑容凝固在脸上，她紧紧握住了拳头，拼命对自己说不许哭，但泪水还是忍不住在她的眼眶里打转。她的牙齿几乎把嘴唇咬出血来，惨白着脸说："欧浔，我对你没有任何幻想，我们甚至连朋友都不是。"

"这样最好。这家商场里有衣服和化妆品，你换身衣服然后打车回医院，不会被人发现你就是刚才那个人。走吧，叶蓁蓁，如果可以的话，希望我们不要再见面了。"

"那你为什么会来医院？"叶蓁蓁下意识问。

欧浔的唇角弯出了嘲讽的弧度，"去医院当然是去看病的，难道我去郊游？叶蓁蓁，你不会以为我特意去看你吧？"

"当然不会。"

叶蓁蓁冷漠地说出这句话后，车子里的气氛突然变得奇怪了起来。叶蓁蓁一边解开安全带，一边说："不管怎么样，今天谢谢你救了我。我……就要去美国了，可能大家也没什么见面的机会了。虽然我们不是朋友，但也不算是敌人。离开之前，握个手就算暂时和好，好吗？"

叶蓁蓁说着，微笑着对欧浔伸出了手，欧浔微微犹豫后也伸出手来。他的手刚要触碰到叶蓁蓁的手掌，就觉得脑袋一疼，叶蓁蓁用了最大的力气在他脑门上弹了一下，白了他一眼，"欧浔，你别做梦了。你真是好笑，就因为被人泼脏水，就想一个人自生自灭，还想让我去国外不再管你？你什么时候变得那么圣父了？"

欧浔怒气冲冲地说："圣父，你是在羞辱我吗？"

"是啊，我就是在羞辱你！当初那个指鹿为马，睁着眼睛说瞎话的欧浔去哪里了？如果是你的客户遇到了这些事，你一定会帮他解决，为什么发生在自己身上你就认输了？我知道，你是想赎罪，可是你从来没做过，你赎的哪门子的罪！”

“叶蓁蓁，你在说什么？”欧浔呼吸急促了起来。

“你绝对，绝对没有肇事逃逸。”叶蓁蓁坚定地说，“在你失忆以前，一直在找杜希羽的踪迹，我相信你已经找到了一些关键的证据。欧浔，我相信你会肇事，但是我不信你会逃逸！如果你还喜欢我，就拿出你的本事来。这件事，我们一起面对，我来做你的危机公关专家，好吗？你信我吗，欧浔？”

叶蓁蓁握住了欧浔的手，目光充满坚定，给了他无尽的勇气。欧浔沉默半晌，终于说：“我，信你。”

“我真高兴，听到这个。”叶蓁蓁的手指轻轻擦过欧浔的嘴唇，“恭喜你，做了最正确的决定。”

第二十章　永远幸福

叶蓁蓁和欧浔结成同盟后，开始雷厉风行地进行了反击。叶蓁蓁没有按照以往的方式找水军混淆视听，而是陪着欧浔一起去警局报警，希望警察查明当年的真相。

欧浔的坦然，让一些持观望态度的群众开始怀疑这个案件会不会反转，也有声音表示要相信警方。此时，叶蓁蓁拜托阿威查到了杜希羽将在大溪地举行婚礼，火速买了机票飞向大溪地。

1

“好热好热，真是要热死了。”

从踏出机场的那一刻起，叶蓁蓁热得快要中暑了。她坐在沙滩上的躺椅上，拼命拿手扇风，觉得自己张大嘴巴伸舌头散热的样子，像极了一条狗。和她截然不同的是欧浔看起来非常享受阳光，他穿着泳裤，赤裸着上身，趴在沙滩上晒太阳，精壮的身体让不少女游客侧目。叶蓁蓁看他享受其中的样子，心里很不爽，偏偏欧浔还懒懒地说：“蓁蓁，帮我涂一下防晒霜好吗？我涂不到背部。”

叶蓁蓁，不能生气，不能不能！不就是顺着杆子往上爬嘛，他从来都是这样的人啊！千万忍住！

叶蓁蓁深呼吸数次，终于调节好心情，拿起防晒霜走了过去，用力在欧浔后背上涂抹。欧浔遗憾地发现，类似调情的场景并没有发生，叶蓁蓁简直好像和他有仇，都要把他的骨头揉散了。他压低了声音，轻佻地问：“蓁蓁，我们现在的身份是热恋情侣，有这么对男朋友的吗？”

“啊呀，老公对不起啊。老公，你看这样行不行？”

叶蓁蓁冷笑，突然放柔了力度，声音也带了一丝娇媚，她不再给欧浔涂防晒霜，而是轻柔地在他后背上画圈。欧浔觉得身体一下子紧绷了起来，有一股电流顺着叶蓁蓁的手指蔓延到他身体里的每一个角落，每一个细胞都在渴求叶蓁蓁的抚摩。他舍不得这令人窒息的亲密，声音沙哑了起来，“蓁蓁……”

“欧浔，闭嘴，他来了。”

叶蓁蓁猛地把欧浔的头往沙子里按，要不是欧浔及时反应，他就生生吃一嘴沙子。欧浔反应迅速地屏住了呼吸，这时叶蓁蓁的脸上露出了令人沉醉的笑容来，她站起身，用诧异的语气说：“夏洛特，你怎么在这里？”

“你是……蓁蓁？”

杜希羽的未婚夫夏洛特是美国的名流，和叶蓁蓁虽然不算熟识，却也有过几面之缘。叶蓁蓁装作和夏洛特偶遇的样子，提及自己是和男友来这里度假，夏洛特也谈起他将在这里举行婚礼，当然顺便邀请叶蓁蓁一起参加。叶蓁蓁答应后，不好意思地说：“夏洛特，我的手机忘在了房间，这里离前台又很远……不知道你的手机能不能给我打个电话，我想预约下晚上的SPA，真是麻烦你啦。”

“当然可以。”

夏洛特知道叶蓁蓁家里的实力，当然不会拒绝，把手机解锁后递给叶蓁蓁。叶蓁蓁记住了他复杂的解锁方式，打电话预约了SPA后还给夏洛特，笑吟吟地说：“谢谢你。我还不知道你未来的妻子是个什么样的女人呢。”

“她叫杜希羽，和你一样是中国人，我们是在一次聚会上认识的。她非常聪明漂亮，对我也很温柔，我非常非常爱她。对了，她还怀了孩子，比以前更加美丽。蓁蓁，你一定会喜欢她。不好意思，我现在要去安排一下婚礼，希望你不要介意。”

“当然了。”叶蓁蓁微笑着说，“婚礼见，夏洛特。”

“婚礼见，蓁蓁。”

夏洛特微笑着离开，欧浔此时才从沙子里把头冒了出来。他喝了一口橙汁，脸上看不出任何情绪，“这就是你的计划？”

“婚礼的宾客都有名单，很难混进去，作为服务人员进去也有难度，所以，还不如大大方方受邀参加，也能增加和杜希羽的见面机会。”叶蓁蓁冷淡地说。

“然后你打算怎么做？绑架她，让她说出真相？”

叶蓁蓁叹气，“其实，我真的很想这么做……不过，她怀孕了，就算不顾及她，也必须要顾及她肚子里的孩子。欧浔，对不起，我还是做不到，就算是为了你，也一样如此。”

傻瓜，这才是你。如果你真的会冷血到对付一个孕妇，我又怎么会喜欢你？

欧浔心里想着，不动声色地说：“你刚才借故要了他的手机，记下了他的密码，我没猜错的话，你是想制造和杜希羽见面的机会，然后你想怎么做？”

“欧先生，我是你的危机公关专家，请不要质疑我的专业，也请你不要干扰我的计划。你只要相信我，就可以了，能做到吗？”

叶蓁蓁用纤细的手指捂住了欧浔的嘴巴，眸色里满是势在必得的自信。欧浔看着她神采飞扬的样子，长长舒了一口气，他微微一笑，用温柔的声音说：“当然。”

晚餐时间，叶蓁蓁趁着夏洛特用餐时巧妙拿走了他的手机，编好了微信发给杜希羽，然后抹去了一切痕迹。她故意拿出一个收购案委托公司高管和夏洛特详谈，确保杜希羽外出的时间里夏洛特不会发现，然后静等杜希羽到来。欧浔对于叶蓁蓁把地点选在一个偏僻的角落，还布置了烛光晚餐非常不解，但出于信任什么都没有问。当杜希羽终于到来的时候，欧浔觉得呼吸都要停滞了。

杜希羽……她来了。

丧失了记忆的欧浔，对杜希羽的回忆还停留在高中时那个美丽的女生，看着她大着肚子一脸幸福的模样，心里的感觉非常异样。他还记得，杜希羽说过她是单身主义者，只恋爱不结婚，更不会生孩子，简直无法想象她对待小生命的温柔。杜希羽下了车后，看着面前的烛光晚餐笑了起来，轻声说：“夏洛特，这就是你给我的惊喜吗？你在哪里，还有什么惊喜等着我？”

“杜小姐，很遗憾，约你的人是我们。请问，可以和我们共进晚餐吗？”叶蓁蓁从暗处走了出来。

2

看到叶蓁蓁和欧浔的瞬间，杜希羽的脸色飞速变幻，惊讶、慌张、恐惧等神色在她脸上交织，最后转为漠然。叶蓁蓁心里暗叫不好，知道和她一边吃饭一边交谈的方案不可能实现了，急忙走上前说：“很抱歉，以这样的方式把你叫出来。杜小姐，恭喜你就要结婚了。”

“你就是叶蓁蓁吧？你没必要和我废话那么多，大家直接说正题好了。如果是问当年的事情的话，我已经告诉过欧浔——倪伟就是他开车撞死的。怎么，你们是不信我吗？你问一百遍，我也会这样回答。”

叶蓁蓁看到杜希羽一脸决然的样子，轻轻咬住了嘴唇，她再次道歉：“杜小姐，欺骗了你真的很抱歉。你不在国内，可能不知道现在这件事已经闹得沸沸扬扬，当年的事情都被挖了出来，欧浔他被人肉谩骂……”

“这和我有什么关系？”杜希羽尖厉地说，“我不想听你们废话，也不想再看到你们，走开！”

杜希羽说着，转身就要走，叶蓁蓁拦住了她的去路，杜希羽愤怒地问：“你想做什么，你要对我动手吗？”

“我没必要对一个杀人凶手动手。”叶蓁蓁正色看着她，“是你撞了倪伟，不是吗？”

听到叶蓁蓁说话的瞬间，杜希羽的瞳孔紧缩了起来，呼吸一下子就沉重了，她用食指指着叶蓁蓁的鼻尖，强忍住慌乱说：“我不知道你在说什么，你这样我告你诽谤！”

叶蓁蓁原来只是想诈她一下，杜希羽的反应完全超乎了她的预料，也让叶蓁蓁的心随之一沉。她看着欧浔痛苦的眼神，硬着心肠不管杜希羽的疯狂，继续说：“易冰、李铎、倪伟……这些名字，都在你的记忆深处吧。那时候，你们是最好的朋友，你也是他们唯一的女神。你喜欢欧浔，可是欧浔的心思从来不在你身上，倪伟决心为你出头，他约欧浔单挑赛车，如果欧浔输了就要答应他一个条件。你坐在了欧浔的副驾驶上，希望欧浔可以一如既往赢下去，谁知欧浔和倪伟起了冲突。欧浔上车要走，却因为过于气愤眩晕了，你提出帮他开车，没想到倪伟站在了你们面前……你撞了倪伟，惊慌失措下猛打方向盘，坐在副驾驶的欧浔就受了重伤。你把他拉下车子，答应他一定会回来解决这件事，一定会救他，但你跑了，再也没有回来。对于你而言，幸运的是欧浔丧失了记忆，他默认了自己是凶手的事实。这么多年来，他只能靠录像设备维持记忆，你却有着幸福的生活。杜希羽，你不会觉得亏心吗？”

“你在说什么，我听不懂。”

杜希羽慌乱地转身，叶蓁蓁一把抓住了她的手臂。叶蓁蓁的眼眸里，全是愤怒的火焰，“杜希羽，当年你们都没有满十八岁，那也只是意外，如果你自首了也不会重刑，你到底为什么要这样伤害欧浔？这么多年来，倪伟的冤魂就没有来找过你吗？”

“你胡说什么，你根本没有证据！”杜希羽声嘶力竭地说。

“证据吗？当然有。欧浔早就知道了真相，不是吗？”

叶蓁蓁说着，静静地看着欧浔，灿若繁星的眼眸一下子照射到了欧浔的心里。欧浔知道她在暗示什么，过了许久才说：“就在前不久，我找到了当年发生事故时的目击者，他告诉我，他看到有个女人把我扶下了车。杜希羽，那人是你吗？”

“欧浔……你非要这样逼着我吗？”

杜希羽惨笑着摸着肚子，脸色就好像雪一样白，欧浔觉得心猛地一抽，杜希羽笑着说：“欧浔，我现在很幸福，我根本不愿想起当年的事情来。也许你是找到了目击者，但是目击者说的话就一定对吗？就算这件事是我做的，求你让我平静生活下去，可以吗？我求你了。”

杜希羽的身形在夜色中显得格外可怜，叶蓁蓁看着欧浔阴沉的脸色，知道欧浔在心软，着急了起来。她刚想说什么，欧浔阻止了她，疲惫地说：“杜希羽，抱歉。不管，当时的真相是什么……我总有责任，我的刚愎自用，才会让倪伟和我打赌，我有不可推卸的责任。你说得对，我都承受了那么久，还有什么不能承受的呢？”

“欧浔！”叶蓁蓁急忙阻止。

“走吧，蓁蓁！这是我的决定。”

欧浔说着，拉起了叶蓁蓁的手心，发现她的手掌一片冰凉。叶蓁蓁看着杜希羽走向车子的身影，甩掉欧浔的掌心，难过地问：“欧浔，你对别人都是那么狠辣，为什么对于伤害你的人这么善良？你疯了吧！”

“她怀孕了。”欧浔淡淡地说，“我不能让孩子……没有母亲。”

“欧浔！”

“不要说了，我已经决定了。”

欧浔决绝地说，然后看到叶蓁蓁的脸上浮现出一个奇异的笑容，听到她轻声说：“欧浔，为什么你就是喜欢瞎好心？你可以看着自己受委屈，我可忍受不了。你决定了，我也决定了。”

“叶蓁蓁！”

欧浔察觉到不对劲，急忙向叶蓁蓁冲了过去，但叶蓁蓁已经飞奔到杜希羽的汽车前。杜希羽本想开车回酒店，见叶蓁蓁冲上来，猛地踩了刹车，虽然她反应迅速，叶蓁蓁还是摔倒在地。血液从叶蓁蓁的小腿蔓延，鲜红的颜色唤醒了欧浔尘封的记忆，也刺激了杜希羽，她捂住了脸，激动地说："不是我撞的，不是我！"

叶蓁蓁强忍住疼痛，大声说："杜希羽，你撞死了倪伟，现在还要撞死我吗？都是你干的！"

"不是我，不是我！我，我只是，我只是想让他闭嘴……他说，欧浔永远不会喜欢我，让我放弃欧浔，我真的只是想让他闭嘴，我没有想撞死他！这么多年来，我没有一天不在半夜里醒来，你为什么非要逼着我想起他？为什么！为什么都要逼我……"

"希羽，你在做什么？"

夏洛特不知道为什么会出现，一把抱住了濒临崩溃的杜希羽，欧浔则用力搂着叶蓁蓁。欧浔看起来是那么愤怒，叶蓁蓁不管他在生气什么，继续说："杜希羽，你清醒点吧，逃避只会让事情变得更糟！"

"希羽，你们到底在说什么？"夏洛特疑惑地问。

"没什么，没什么，我们快点走！"

杜希羽慌乱地去拉夏洛特的手臂，却没有拉动。叶蓁蓁不顾身上的疼痛，大声说："当时倪伟说，如果他赢了，就要欧浔答应一件事，你就没想过他想让欧浔答应什么吗？如果想揍欧浔，他早就上去揍人了，他提出那要求都是为了你！你说，他会不会要求欧浔和你在一起？没想到，你撞死了他！杜希羽，你真的安心吗？"

叶蓁蓁的话重重敲击在杜希羽的心上，她的眼前浮现出那个男孩爽朗又羞涩的笑容来，一下子愣住了。夏洛特抱住了杜希羽，目光是那么深邃，那么温柔，"我听到你们说起倪伟……希羽，是你在睡梦里说，对不起他的男人吗？"

"夏洛特……你……你听到了？别说了，别说了！"

杜希羽捂住耳朵不想再听下去，夏洛特温柔地亲吻她的手背，身上好像带有某种让人安静的气息，他轻轻擦去杜希羽的泪水，"希羽，你做噩梦的时候，会叫他的名字，然后你会哭泣。希羽，等婚礼结束后，我陪你去处理这件事。比起面对现实来，每天晚上不能睡觉，会让你更痛苦，不是吗？谁都会犯错，勇敢承认错误，宝宝都会因为你骄傲。希羽，我真的不想看你痛苦下去。

你放心，我永远在你身边。”

“夏洛特……对不起，真的对不起！”

杜希羽失声痛哭，把这么多年的痛苦和自责统统发泄了出来，叶蓁蓁知道这件事终于有了圆满的结果，长长舒了一口气。那么多天的谋算，只为了今天晚上给杜希羽致命一击，现在看来没有失败。她简直想和欧浔击掌庆祝，却看到欧浔的脸色是那么阴沉，莫名心虚了起来。

“欧浔……”

“我送你去医务室。”欧浔一把抱起了她。

3

欧浔把叶蓁蓁抱去了医务室，又把她抱回了房间。叶蓁蓁真的很想告诉他，她没有那么虚弱，还可以走路，在看到他好像就要下雨的脸时，明智地选择了闭嘴。为了试探欧浔有多生气，她故意说：“欧浔，我口渴，能不能给我倒一杯水？”

欧浔恶狠狠瞪着叶蓁蓁，最后轻轻一叹，还是给她倒了一杯水。他看着叶蓁蓁咕嘟咕嘟喝水的样子，语气听不出是在赞美还是在嘲讽，“叶蓁蓁，你说你是勇敢，还是不要命？你到底为什么要让杜希羽撞你！”

叶蓁蓁忙说：“我和她只有几米的距离，她的车子只是刚发动，我最多受点皮外伤，绝对不会有生命危险的！你看，真的只是擦破点皮，什么事情都没有嘛。”

为了显示自己身体强壮，叶蓁蓁简直想表演一段武术。欧浔觉得头从没有那么痛过，一把捂住了叶蓁蓁的嘴，掌心留下了奇怪的触感，他的目光是那么深邃，“叶蓁蓁，你以前也是那么胡闹吗？我怎么可能喜欢上你这样的女人？”

“你眼瞎了吧。”叶蓁蓁耸肩。

欧浔被噎住了，冷笑一声，“自己撞到杜希羽的车子上，这就是你的计划？”

叶蓁蓁尴尬地说：“我原计划骗她出来后，和她共进晚餐时劝说她说出真相，没想到她一看到你就那么激动，也没想到我当时脑子短路了……幸好夏洛特赶到并劝说了她，不然她死不承认，我也拿她没有办法。”

“你哪会没有办法，我看你很有办法。”欧浔哼了一声，“你都往她汽车轮子下躺了，还不每天缠着她，在她面前一哭二闹三上吊？”

叶蓁蓁的心思被欧浔戳穿了，她心虚地摸摸鼻子，悄悄吐了下舌头，轻声说：“还不是为了你。”

“我知道，你是为了我。”欧浔的语气突然软了，“如果喜欢你是眼瞎，我情愿一直眼瞎下去。”

欧浔突如其来的表白让叶蓁蓁愣住了，她还没来得及反应，欧浔已经亲吻上她的嘴唇。这个亲吻极其温柔和小心，带着浓浓的眷恋和爱意，叶蓁蓁瞪大眼睛看着他近在咫尺的脸庞，在海边满天的繁星下，闭上了眼睛，耳边只有海浪声和欧浔的呼吸声。不知道过了多久，欧浔才结束了这个吻，轻声说：“不管我以前有没有爱上你……现在我爱上你了。叶蓁蓁，恭喜你，你将有一个世界上最棒的男朋友。”

“我更羡慕你，有了一个无与伦比的追求对象。”叶蓁蓁不愿意让欧浔轻易得逞，毫不示弱地一笑。

叶蓁蓁和欧浔都没有再提及杜希羽，因为他们知道，杜希羽一定会在婚礼后去澄清真相。他们在大溪地继续逗留，欧浔带着叶蓁蓁一起去潜水、玩降落伞、开四驱车，笑声和尖叫声留在了度假村的每一个角落。叶蓁蓁最喜欢和欧浔一起出海，在清澈的海水里和魔鬼鱼一起游泳，这会让她觉得自己好像在天堂一样。当夜幕降临，他们海钓归来重新回度假村的时候，杜希羽和夏洛特正在不远处举行婚礼。叶蓁蓁和欧浔没有去参加婚礼，远远看着那里辉煌的灯火，也依稀看到了杜希羽穿着婚纱时的美丽模样。叶蓁蓁看着杜希羽，轻声说：“她穿婚纱的样子，真美。”

“是啊，很美。”欧浔也看着那个方向。

当记忆里骄纵的姑娘长成了温柔优雅的女子时，欧浔只觉得岁月飞逝。他看着叶蓁蓁眸色里的羡慕，突然问：“那时候，我们说好在哪里举行婚礼？”

叶蓁蓁没想到欧浔会问这个问题，一下子愣住了，不知道过了多久，她才轻声说：“大溪地。”

欧浔觉得不妙，“哪个度假村？”

“这个度假村。不过，都是以前的事情了，没什么好说的。”

欧浔没想到他们原计划在这里举行婚礼，想起叶蓁蓁刚踏上海岛茫然又难过的神色，终于明白为什么她会露出这样的表情，一种无法言喻的悲伤和内疚蔓延在他的心脏，他突然说："如果，如果你愿意的话……我们在这里结婚，好吗？"

"欧浔，你在说什么？"

叶蓁蓁简直不敢相信自己的耳朵，目瞪口呆地看着欧浔，暗想他的脑子是不是出了什么问题。欧浔的脸色一黑，"叶蓁蓁，我的脑子没有任何问题，病情也没有恶化。我想，既然我以前那么爱你，我现在也爱着你，我们为什么不继续那些没完成的事情？比如说，吻你。"

欧浔说着，轻轻吻上了叶蓁蓁的嘴唇，感受着花露一般的芬芳，觉得自己就要沉醉在这诱人的味道里。他几乎不能想象别的男人和她这样亲密接触的场景，只想把她快点娶回家，让她只属于他一个人。叶蓁蓁同样沉醉在这个吻里，用仅存的理智强迫自己冷静，最后她轻声说："抱歉，欧浔，我不想你以后后悔。"

"下了决定的事，我什么时候后悔过？叶蓁蓁，如果你不答应，我就跳下去，你一定会心疼，然后答应我的求婚。既然结局是一样，为什么不省略掉无聊的步骤？"

欧浔认真自信的态度让叶蓁蓁心里不爽，她站起身冷笑说："是吗？可我真的不会心疼。你要跳海就去跳啊，快快快，我不拦着你，不跳不是中国人。"

"蓁蓁，你不要口硬心软了，我舍不得看到你难过的样子。"欧浔温柔地说。

"嘿，我还真不信邪了！快跳，不跳我推你了啊。"

叶蓁蓁说着，用力去推欧浔，欧浔嘻嘻哈哈和她打闹了一阵子后，居然真的跌落下去。一开始，叶蓁蓁高兴地叫好，但是过了很久，欧浔都没有浮出水面，她有点慌了，心想欧浔绝对不会那么没用，又想这海水很黑很深，他万一脚抽筋了怎么办，又担心他失忆后不会游泳了……

"欧浔，你在哪里？欧浔！"

远处传来轻柔的音乐声，但叶蓁蓁无心欣赏，她已经心急如焚，看着乌黑的海面，后悔她这个玩笑开过了头，更无法想象欧浔没有输给阴谋和算计，居然会输给了她的玩笑！她四处寻找欧浔，大声说："欧浔，你别闹了！我错了，我错了还不行吗？欧浔，你在哪里？你不要吓我！你说什么，我都答应……"

叶蓁蓁站在水屋的台阶上，就要哭出来了，突然听到了水声，眼睁睁看到欧浔从海里冒出头来。欧浔摘掉了口中的呼吸管，抹去脸上的水珠，笑容得意非凡，“蓁蓁，这可是你说的。”

“欧浔，你神经病啊！”

叶蓁蓁没想到欧浔会那么无聊，简直想把欧浔再踹到海里，却忍不住紧紧搂住了他。她半跪在木质的台阶上，吻住了还在水中的欧浔，月光照射在他们身上，将他们定格成最美的风景。这时，远处传来牧师的声音，“你愿意娶她为妻，无论贫困还是富有，一辈子不离不弃吗？”

“我愿意。”欧浔认真地说。

“你愿意嫁给他，无论前面有什么危险，永远和他结伴同行吗？”

“我愿意。”叶蓁蓁看着欧浔，轻声说。

“现在，请交换戒指。”

叶蓁蓁以为欧浔拿不出戒指来，可是他居然拿出来一个蓝丝绒盒子，里面是他们那时候在夜市里买的银戒指。叶蓁蓁捂住了嘴巴，直到欧浔把戒指戴到她的无名指，才发现戒指只是和银戒指一样的款式，上面镶嵌的钻石简直比天上的星星还要耀眼。欧浔握着她的手，艰涩地说：“对不起，我一直不相信你，其实，我只要稍微调查下，就有那么多线索等着我……蓁蓁，对不起。当我看到我定做的钻戒时，我多想把它戴在你的手上，可又觉得像我这样的罪人没有资格得到幸福。蓁蓁，是你解开我身上的枷锁，让我终于可以抱着你。无论是过去的欧浔，还是现在的欧浔，都那么爱你，蓁蓁，我爱你。”

“现在，新郎可以亲吻新娘了。”

就在欧浔终于说出心底隐藏已久的话时，牧师宣布他们可以接吻了。欧浔把叶蓁蓁猛地拉进了水里，把她抱在了胸前，温热的海水瞬间包裹着叶蓁蓁的身体，她的手臂紧紧环住欧浔的脖子，轻轻抵住了欧浔的额头。

“我真幸福。”叶蓁蓁说。

“我也是。”欧浔笑着亲吻她的额头。

“欧浔，回去以后，你有什么打算？”

“是时候让一切结束了，然后，我要陪着我的妻子去环游世界。”欧浔的眼眸中闪烁着奇异的光彩。

4

婚礼结束后，杜希羽和夏洛特一起回国，和叶蓁蓁等人住在一个酒店，等待第二天一早去警察局自首。夜深人静的时候，杜希羽睡不着，一个人去花园的房间里坐着，听到了身后传来高跟鞋的声音。她没有回头，一个熟悉的声音传了过来，“杜小姐，我给你打了那么多电话，你都没有接，看来你是铁了心要说出当年的真相。你突然违约，让我说什么好呢？”

杜希羽低着头没有说话，这时女人走到了她的面前，她的声音是那么冰冷，带着一丝不易被察觉的愤怒，“杜小姐，你真的让我很难办。我们已经商量好了，让他永远担负起责任和罪孽，你可以开始你的新生活，你到底为什么要反悔？他是不是找你说了什么？呵呵，不要听他的，他只是想让你一个人痛苦，自己好脱身罢了。杜小姐，你不会这么傻吧。”

“她当然不会这么傻。”

叶蓁蓁抬起头来，笑吟吟地看着季琼，果然看到了季琼震惊的表情。季琼反应过来后，没有恋战，迅速走到了门口，可是欧浔挡住了她的去路。季琼看着欧浔冷若冰霜的表情，知道他什么都听到了，淡淡笑着说：“你们既然设局来害我，应该做好了录音和录像的准备，对吗？我很好奇，你们怎么知道是我做的，又怎么知道我今晚会来？”

“知道我那些事情的，除了高中时期的好友和心理医生外，只有你一个人，季琼。”欧浔的声音没有任何起伏，“从我失忆后见到的第一个人是你，到你抹掉我和叶蓁蓁在一起的证据，然后到你介绍司一水的单子给我，你根本没有隐瞒你想要算计我的心。季琼，你早就等待我什么时候可以发现你。你到底为什么要这么做？”

虽然欧浔的语气平静，但叶蓁蓁可以看出他眼底浓浓的悲哀。与欧浔相比，季琼显得平淡多了，她勾起唇角，一点都没有被揭穿的心虚，“欧浔，你没说错，这一切都是我做的。就算你不发病，我也会让你忘记叶蓁蓁，然后看着你想起后痛苦疯狂的样子，这是对于你羞辱我的报复。”

“羞辱你？我什么时候羞辱你了？”欧浔诧异地问。

“你真的不记得了吗？”季琼咄咄逼人地说，“在我五岁那年，你说我是黄毛丫头，你看我现在的头发比谁都要漂亮！我八岁那年，你笑话我胖，害得我再也不吃喜欢吃的蛋糕，现在的身材简直和模特一样！我十五岁那年长了痘痘，你笑话我难看，我到现在都不吃油腻的食品！你是那么讨厌，从小我就决心要报复你！我故意和你一起创业，在你茫然的时候给你鼓励，想让你爱上我的时候甩了你，谁知道你根本不爱我，还喜欢上这个除了年轻一无是处的丫头！我哪里不如这个小姑娘！欧浔，我在你心里就是个傻瓜吧，你为什么总是看不起我？我真想看到你从高处跌落后痛苦的样子！”

季琼说着，突然哈哈大笑了起来，笑容绝望凄厉，也让叶蓁蓁情不自禁地哆嗦了一下。欧浔站在叶蓁蓁的面前，为她挡住季琼，平静地说：“如果我让你难过了……对不起。”

“你说什么，对不起？天啊，我没有听错吧，一向不可一世的欧浔会说对不起。”季琼冷笑，“欧浔，你现在已经赢了，你可以把录音公开，我到时将会身败名裂。这件事是我输了，你还不赶紧嘲笑我吗？”

“季琼，不管你信不信，我一直把你当朋友。这么多年来，谢谢你和王皓一直陪在我的身边，我知道我的脾气不好，如果让你难受了，我真的很抱歉。”

季琼没想到欧浔会道歉，他的反应实在超出她的预计，整个人都愣住了。欧浔对她鞠了一躬，语气中难掩悲伤，“季琼，虽然你一直不把我当朋友，可我在遇到叶蓁蓁之前，身边唯一的朋友只有你和王皓。呵呵，你会对我的事情那么清楚，又能第一时间赶到我的身边，王皓应该把什么事情都告诉你了。如果蓁蓁没有原谅我，我失去了妻子、所有的朋友，乃至身败名裂，这是我最后的结局，你真的想看我这样吗？”

眼见季琼没有说话，欧浔再次开口，“你说我从不接受你的心意，你对我何尝不是这样？爱一个人是没办法假装的，不爱一个人也是没办法假装的。你的表白从来没有带着真心，我又怎么可以当真？”

“你的意思是，责任都在我身上了”季琼心中大震，还是强撑着问。

欧浔没有正面回答，“季琼，杜希羽确实冤枉了我，让我这么多年都不好过，但是这些年来她也不快乐。比起良心的谴责而言，法律的制裁对她而言已经不算什么，我想你应该能理解她的感受。我很抱歉让你这么憎恨我，如果你回头看看，你会看到有人一直在帮你。”

“你在说谁？”

“王皓。你和他也认识多年，应该知道他一直没有女朋友，心理医生的职业操守，为什么就为了你而破？他真的缺你那么点钱吗？”

欧浔的质问，让季琼的脸色大变。她想起王皓对她的关心，后知后觉地发现，他真的可能在喜欢着她，而她却屡次伤害着王皓，她正做着和欧浔一模一样的事情，她咬牙问：“欧浔，你到底想做什么？”

“只是不想让你和我犯一样的错误，失去不该失去的人。季琼，我不会把你怎么样，就算你不把我当朋友，我还是把你当成我的伙伴，我们的婚礼希望你能参加。”

季琼沉默很久，最后失魂落魄地离开，叶蓁蓁担心地看着欧浔，久久没有开口。虽然他们都猜出了这件事可能是季琼做的，但猜测远没有她亲口承认来得伤人，她怀疑欧浔会从此一蹶不振。一片静谧中，欧浔终于开口，声音低沉动人，“想好了，一会儿就去吃烧烤吧。”

“欧浔，你在说什么啊？”

叶蓁蓁无法想象，本该痛苦难过的欧浔居然会那么淡定地说一会儿去吃烧烤——他不该难过吗？不该一个人痛苦蜷缩在墙角哭泣吗？那么晚了，怎么胃口还那么好？欧浔看着叶蓁蓁不同意的眼神，摸摸下巴，“看来你不喜欢烧烤啊，那么火锅怎么样？附近有个不错的馆子。”

“欧浔，你怎么有胃口？”叶蓁蓁小心翼翼地问。

“如果你说的是季琼的事情……我承认一开始是有点诧异，但我不难过——我又没把她当朋友，她背叛不背叛对我而言都毫无关系。至于那个被美人计收买的王皓，很可惜，从此以后他也没有机会再接近我。我会告诉他，季琼内心深爱的人其实是他，让他也尝尝求而不得的痛苦。”

“什么？欧浔，你到底在说什么？”

欧浔看着一脸懵的叶蓁蓁，邪魅一笑，“刚才的难过和伤感都是装出来的，因为只有这样才会让他们内疚，说不定会让他们这辈子都觉得对不起我。蓁蓁，你看到季琼离开时失魂落魄的表情了吗，真是太棒了，令人回味无穷！走吧，我们去吃烧烤！”

欧浔说着，硬是拉着叶蓁蓁的手来到车库。叶蓁蓁觉得她的脑子真是不够用了，她看到欧浔心情很好的样子，疑惑地问：“那她，那她到底喜不喜欢你？”

“当然喜欢，不然她会对一个陌生人布局那么久吗？只是，到后来，她已经不愿意承认自己的初心罢了。”

叶蓁蓁只觉得心中一沉，“哦，原来她喜欢你啊。”

欧浔捏捏叶蓁蓁的脸蛋，“喜欢我的人那么多，她算老几？她喜欢我是她的事情，我不喜欢她是我的事情。如果因为她爱我，要求我也必须爱她，那也太霸道了。”

“欧浔，那你喜欢谁？”叶蓁蓁打掉欧浔的手。

“叶蓁蓁。”

“再说一遍。”

“叶蓁蓁、叶蓁蓁、叶蓁蓁！”

“很有眼光，这一次就放过你啦。”叶蓁蓁满意地抛了一个媚眼，“一会儿我要吃烤鸡翅，还要吃烤茄子……欧浔！”

叶蓁蓁的尖叫声划破夜空，但已经晚了，她眼睁睁看到一辆汽车疯狂地朝他们撞了过来。她只觉得一双手捂住了她的眼睛，然后就失去了知觉。

精神病医院里的经历，让叶蓁蓁非常痛恨医院，但是她现在每天都会到医院来，看望那个昏迷不醒的男人。就算明知道他看不见、听不到，她还是每天都会带着精心做好的饭菜和一束鲜花来。这天，她打开窗帘，让屋子里更加明亮，又拿新鲜的玫瑰替换了花瓶里的百合，坐到欧浔的床边，看着他紧闭双眼的样子，很想对他微笑，但是眼泪一下子就落了下来。

“欧浔……”叶蓁蓁看着他，只觉得心如刀割。

虽然事情已经过去了一周，但是那天晚上发生的事情依然历历在目。叶蓁蓁清晰地记得那辆车的样子、那辆车的车牌、司机肇事逃逸的轨迹以及在最关键时刻，欧浔任由自己撞到树上，护她安全的场景。她知道，在遇到危险时，司机的本能是猛打方向盘让自己躲避，所以在交通事故里副驾驶往往是受伤最重的，欧浔十七岁那年，就是因为这样才会让脑部受到重创。

可是，当副驾驶是叶蓁蓁的时候，他选择了主动撞上去，自己一个人承担那么重的冲击。看到欧浔被送往手术室的样子，叶蓁蓁几近崩溃，与此同时，她又比谁都清醒，知道自己绝对不能倒下。她绝对不会让欧浔白白受伤，伤害他的人，她一个都不会放过！

看着欧浔紧闭的眼眸，叶蓁蓁握着他冰冷的掌心，把他的手贴在自己的面颊上。她听到门再次被开启的声音，还以为是欧浔的妈妈来了，急忙站起身，没想到来的人会是程诺。程诺看到叶蓁蓁消瘦的身影，皱眉问：“蓁蓁，你是几点过来的？”

“我也不记得了，大概是六点？”

“你昨天晚上十二点才回去，今天六点就来，你一共睡了四个小时？”

“可能吧。”

叶蓁蓁没有把这个问题放在心上，暗想如果不是他们逼着她回去睡觉的话，她希望能二十四小时待在这里。程诺看着她疲惫的样子，心里无比难过，继续问：“早饭吃了什么？”

“牛奶、面包和白粥，你放心，我会对自己很好，绝对不会让自己垮掉，给那些人可乘之机。”

“你看看今天的微博吧。”

程诺把手机递给叶蓁蓁，叶蓁蓁看到杜希羽发表了公开的道歉信，并且说自己将接受法律的宣判，下意识勾了勾嘴角。杜希羽的坦白，让欧浔从一场最大的危机中脱身，如果他还醒着一定很高兴，但是现在……叶蓁蓁看着欧浔，漫不经心地翻着微博上的评论，嘲讽地说：“现在都说欧浔是什么忍辱负重的英雄，当时攻击他，让他去死的那些人就这样失踪了吗？在他被怀疑的时候，又有谁帮他说过一句话？”

“蓁蓁……”

“对不起，我不该发脾气。”叶蓁蓁努力克制自己，“欧浔的冤屈被洗刷干净，我真的应该高兴。抱歉，我的情绪不太好！医生说，他的脑子之前就受过重创，现在再来一次，可能醒不过来了……程诺，我真的没办法接受，为什么我们都说好结婚了，他会出这样的事情？我的存在对他而言，会不会只是一场灾难呢？”

“叶蓁蓁。”程诺严肃地叫着她的名字，“这件事的凶手是谁，你我都心知肚明，现在需要做的是把这个凶手绳之以法。蓁蓁，无论你想做什么，我都帮你。”

“程诺……”

程诺坚定的眼神，给了叶蓁蓁莫名的安全感，她也知道现在根本没有时间自怨自艾，她还有很多事情要做。她留恋地看了一眼欧浔，在他额头上轻轻一吻，然后看着程诺，“我想，我需要我妈、欧浔妈，还有你，大家一起商量下接下来该怎么做。伤害欧浔的人，我们一个都不能放过。”

5

当司一水从报纸上看到，欧浔出车祸被送往医院的消息时，第六感告诉他，事情可能会朝最坏的方向发展。在见到司峻岭的时候，他装作漫不经心的样子对欧浔受伤这件事表示了喜悦，司峻岭果然憋不住了，他一半遮掩、一半骄傲地告诉司一水，这件事从头到尾都是由他策划的，司一水气得一个耳光用力抽了过去。司峻岭简直不敢相信，他二哥居然会动手打他，捂着脸大叫："哥你疯了吗？你为了一个外人打我！"

"司峻岭，我和你说了多少次了，你什么事都不要做！你到底为什么要去撞欧浔？"

司峻岭不管不顾地说："我原来想撞死叶蓁蓁那个丫头，没想到那小子非要挡灾，把他撞死也不错——他们根本就是一伙的，装作不认识的样子，从头到尾就是为了骗我们！这样的人，就该把他宰了，以消我们心头之气！那丫头我也不会放过！"

虽然司惠民给他们留下了足够生活的钱，但到底和以前纸醉金迷的日子不能比，司峻岭对叶蓁蓁和欧浔充满了怨气。他实在无法忍受二哥居然和没事人一样，开了新的公司，做起以前他们从来都看不上的生意，更无法忍受如今不能大手大脚花钱的生活。司一水也不敢相信，他的弟弟居然会做出这种事，身体颤抖着坐在椅子上，过了很久才说："峻岭，识时务者为俊杰，我们现在已经输了，只能从头再来。说到底，叶蓁蓁对我们也不算那么绝情……"

"哥，就靠着爸遗嘱上的钱，我们能做什么啊！你原来都要做董事长了，现在手底下只有二十个人，你不会觉得不甘心吗？当初在医院里，搞死那个丫头，现在就没这事了？还不是你当时手软……"

"司峻岭，不要再说了！"

司一水不想再听下去，怒气冲冲地一拍桌子，没有吓到司峻岭，倒是把自己的掌心拍得生疼。司老太太闻讯赶来，见司一水发火的样子心里就来气，护住了司峻岭，"老二，我还没死呢，你就欺负你弟弟！"

"妈，你不知道他做了什么事！他找人去撞叶蓁蓁，结果把欧浔撞得昏迷！"

"撞得好，这就是背叛我们的下场！"司老太太冷冷地说，"老三，你没留下什么把柄吧？"

"没有没有，那车子都是套牌的，找的也是小流氓，绝对不会怀疑到我身上。"司峻岭自信地说。

司一水叹息一声，"保险起见，你出门还是带着保安，躲过了这阵子再说吧。我再次警告你，你什么事情都不许做，她现在已经不是当初那个我们随便欺负的叶蓁蓁了。"

没有把司一水的严厉警告当真，他们的噩梦便开始了。司老太太有逛超市的习惯，虽然她经济富裕，却很喜欢拿东西不付钱的刺激感。以前她每次都能顺利通过，没想到这一次居然被收银员拦了下来，司老太太一下子紧张了起来，嘴上却不依不饶，"你们知道我是谁吗，要对我检查？"

"我知道啊，您是前任董事长夫人。夫人，您的包可以给我看下吗？"

"敢这样对我说话，你是不是想被开除？"司老太太怒骂。

"我是这里的店长，这里我说了算。检查！"

随着店长的到来，司老太太包里藏着的洗洁精一下子就暴露了。众人嘲讽的目光让她老脸通红，她只想快点离开这个是非之地，没想到电视台的人不知道什么时候来了，把她蛮横的样子都拍了进去。司老太太回到家，没好意思告诉儿子她今天出了什么事，没想到晚上的新闻里居然有她的报道，标题正是"前董事长夫人盗取自家超市洗洁精被抓"。

"董事长夫人""偷盗""洗洁精"这几个关键词，一下子引起了本地市民的好奇，还有人把它上传到了网络，司老太太死不认账的样子被无聊的人做成了表情包。司老太太哪里受过这样的羞辱，气得一病不起，这边司峻岭也出事了。

司峻岭一向喜欢玩女人，就算没钱了还是喜欢带她们出去兜风，意乱情迷的时候当然做了爱做的事情，却不想因为付不起钱被人起诉强奸。那个女人拿出了留有司峻岭精子的内裤，还拿出了视频报了警，司峻岭一下子懵了。他没想到，当初那个说"哥哥我不要钱，我只是喜欢你"的妹子，为什么会那么心狠手辣，而他必须在警察局一次次交代他们是怎么上床，妹子手上的痕迹是因为情趣绝不是因为强奸。连夜审讯让司峻岭的身体越来越差，就算司一水再三走动，他还是在确凿的证据下，被判入狱两年。司峻岭终于知道怕了，哭着喊着向司一水保证他以后不会再玩女人，但是已经晚了。

司一水看着妈妈病重，弟弟进了监狱，虽然没有证据，但已隐约猜到了是谁的手笔，所以，当他的公司遇到了严重的危机，所有合作方都拒绝再次合作时，他打电话约叶蓁蓁见面。没想到，叶蓁蓁居然来了，而且是一个人来的。她坐在沙发的另一边，看看手表，神情倨傲又有些不耐烦，“司先生，我一会儿还有事，你只有二十分钟的时间。”

司一水看着她，发现当时那个强装镇定的丫头，已经完全蜕变成一个优雅睿智的女人，她的目光好像可以看透他的内心。他苦笑一声，没有再和她打太极，“叶小姐，我想我们对于这次见面的目的都心知肚明。对不起，这一次是我没有约束好我三弟，现在他也受到教训了，我妈也一直久病不起，最后可能会偏瘫……这样的结果，你可以罢手了吗？”

“司先生，你觉得我可以罢手吗？他们只是一个生了病，一个受到了应有的惩罚，可是我爸的身体到现在还没有好，我在精神病医院住了一个月，我的丈夫至今昏迷不醒！你觉得，我对你们所做的报复，算得上报复吗？”

司一水苦笑了起来，“我妈那么爱面子，现在不敢出门，只能一个人在床上回忆她风光的前半辈子；我弟是个混球，唯一的爱好就是女人，听说他现在那方面都不行了……你确实没有要他们的命，你只是让他们失去最重要的东西罢了。至于我，唯一的希望就是做好新公司，现在也没戏了。叶小姐，你真的很厉害，知道怎么才会让人生不如死。”

叶蓁蓁连眼皮都没抬一下，淡淡地说：“就算再生不如死，你们还活着不是吗？可是欧浔呢，他到现在还没有醒过来！忘记告诉你，司峻岭谋杀欧浔的关键证据我已经找到，司峻岭这辈子都别想从监狱里出来了。”

司一水看着叶蓁蓁年轻却坚定的面容，轻轻一叹，遗憾地发现自己真的老了，“叶小姐……我确实没有资格劝你放手，只能希望欧先生平安无事。”

“他当然会平安无事。”

叶蓁蓁说着，站起身想离开，突然听到司一水叫了她一声“蓁蓁”。她的身体微微颤了一下，愕然看着司一水，听到他说：“蓁蓁，在你小时候，我还抱过你。如果，我没有那么大的野心，也许我会带你去游乐场，看着你长大，最后笑着祝福你结婚……蓁蓁，对不起。”

叶蓁蓁没有回答，忍住眼睛里的酸涩，离开了咖啡馆，心里明白这可能是她和司一水最后一次见面了。她没有猜错，司一水不顾司老太太的咒骂和司峻岭的苦苦哀求，没有找律师帮司峻岭脱罪，而是带着司老太太出国开始了新的生活。叶蓁蓁得知他们离开国内的消息，久久没有言语，程诺给她倒了一杯咖啡，语气平静，“司一水真是个聪明人，他知道你可以原谅他想杀你，却不会原谅伤害你爸和欧浔的人，所以这一次他袖手旁观。”

“我二叔一直是聪明人。”叶蓁蓁不喜不悲地说。

程诺不再继续这个话题，“你要去医院吗？我和你一起去。欧浔已经昏迷两周了，他怎么还没有醒过来？”

叶蓁蓁郁闷地说：“医生说他需要很大的刺激才能清醒。我一会儿骗他说我们的公司上市了，一会儿说他当选了世界最帅男星，他妈妈也说出他小时候的丑事希望把他叫醒，但他就是一直在沉睡。你说他怎么那么喜欢睡觉，又不是睡美人！到底怎么样才能刺激他？”

程诺若有所思，“这样啊。”

6

叶蓁蓁和程诺一起到了医院，正好看到欧母在给花瓶换水。短短两周的时间，欧母保养得宜的脸上都出现了细纹，整个人看起来异常憔悴。她看到叶蓁蓁过来，淡淡地说：“蓁蓁，你来了？”

“我来了，你早点回去休息吧，妈。”叶蓁蓁急忙说。

欧浔出事的前因后果欧家都知道了，叶蓁蓁以为他们会责怪她，没想到他们却说“欧浔想保护你，我们要尊重他的意愿”，对叶蓁蓁越发好了起来。凭他们的财力完全可以请十个护工来伺候欧浔，可是他们不约而同地亲力亲为。欧母刚给欧浔擦拭好身体，又给花换了水，确实感觉到有些力不从心，所以也没有拒绝叶蓁蓁的提议。她收拾好皮包，看了一眼程诺，突然说：“蓁蓁，等欧浔醒来，你们就结婚吧。上次的事情很抱歉，虽然我一直解释说你们真的在恋爱，但是这臭小子就是不信……让你受委屈了。”

“妈，欧浔已经向我道歉了，你就不要帮他解释了。”叶蓁蓁笑着说，“你放心，等他醒过来，我再好好收拾他。”

“其实，第一次看到你的时候，我并不喜欢你，我觉得季琼那丫头更适合欧浔，现在看来，是我错了。我觉得你太年轻，没有定性，没想到你会撑起整个司家……看到你，我好像看到了欧浔爸年轻时的模样。爸身体不好，不能过来，他让我告诉你，我们都等你回来。”

"知道了，妈。"

叶蓁蓁笑吟吟地送走了欧母，正好和程诺探究的眼神撞了个正着。程诺看着她无名指上的戒指，终于说："蓁蓁，如果欧浔一辈子不醒过来，你就这样一辈子等下去吗？"

叶蓁蓁正在帮欧浔暖手，程诺的话让她的手顿住了，她没想到程诺会提起这个大家都刻意回避的话题，沉默许久才说："我会。"

"蓁蓁……你现在只有二十多岁，你的未来还那么长，你根本不知道以后会发生什么。"程诺的话，好像带着致命的诱惑，"他的年纪本来就比你大那么多，又只能靠营养液维系生命，日复一日，他会苍老无比。你想象一下，有一天，他的头发掉光，身体瘦到皮包骨，满身散发着恶臭，这样你还会爱他吗？"

"程诺你到底想说什么？"叶蓁蓁诧异地问，没有发现欧浔的脑电波监控图正在发生变化。

"你知道的，我一直对你没有死心。虽然因为人为的关系，我们曾经分开了一段时间，可再次见到你，又让我重入爱河，你对我也不是完全没有动心。我知道，你现在喜欢欧浔，但是只要我不放弃，追求你一年、两年、十年，你早晚会妥协。蓁蓁，感情再好的异地恋也比不上近在咫尺的温暖，更何况，我们才是最早认识的，不是吗？"

程诺说着，突然凑近叶蓁蓁，一把搂住了她的腰，满意地发现欧浔的脑电波正在剧烈起伏。叶蓁蓁大惊失色要推开他，程诺继续说："我不反对你等他，不过也不妨碍我们在一起。蓁蓁，他只是一个老头子，我还年轻……"

"禽兽。"

当脑电波达到顶点时，病房里突然传来了一声低微的咒骂声，如果不是精神高度紧张，叶蓁蓁险些没有听清。她不可置信地望着病床的方向，只见那个沉睡了两周的男人突然睁开了眼睛，她的泪水一下子弥漫了眼眶。叶蓁蓁急忙按铃叫医生，自己扑倒在欧浔的怀抱里，用最大的力气拥抱他。欧浔艰难地抚摩她的长发，虽然虚弱，目光却还是那么锐利，"程诺，你下辈子都别想。"

"是吗？那么，这辈子你们好好过吧。"

程诺说着，不再看他们恩爱的场面，离开了病房。当他知道欧浔需要刺激后，就想出了这个招数，看来还挺有用——叶蓁蓁真是蠢得可以，她为什么不知道自己才是最好的刺激?

“那么，希望你们幸福吧。”

程诺说着，离开了医院。他抬头看着天空，发现今天的天特别蓝。

半年后，欧浔和叶蓁蓁的“世纪婚礼”占据了娱乐版的头条，有人羡慕地说他们男才女貌，也有人阴暗地说这只是家族联姻，根本没有真爱，但区区流言蜚语怎么能影响这一对新婚夫妻。

此时，叶蓁蓁坐在办公椅上，神情严肃地看着欧浔，企图用眼神让他屈服，但欧浔更加彪悍地回瞪她，反而让她心虚起来。她迅速改变策略，打起了感情牌，“欧浔，小星她天天被老公家暴却死活不肯离婚，她的弟弟看不下去拜托我们帮她改主意，没有我们的话，她这辈子就毁了。如果她真的被打死了，我一定会良心不安。”

欧浔看着叶蓁蓁亮晶晶的眼眸，心中一软，但还是强硬地说：“蓁蓁，我和你说了很多次，你现在不要接任何单子，在家里好好休养就好。况且，她自己都不愿意离婚，你何必惹这个麻烦。”

叶蓁蓁郁闷地说：“我真的不理解，那些被家暴的女人为什么明明是受害者，还要死守着那样的人不放，难道真的要被打死才甘心吗？”

欧浔嘲讽地说：“觉得离婚丢人、担心今后的生活比现在还惨、为了孩子……她们有各种各样的理由，最大的原因就是她们已经被奴化和刻入骨头的自卑。这样的人你很难改变，乖，不要接了，更何况，我不想让我的乖女儿看到社会的阴暗面。”

欧浔说着，看着叶蓁蓁的肚子，让叶蓁蓁一下子败下阵来，她又是害羞又是恼火，“你还好意思说！我们不是说好结婚三年不要孩子嘛，怎么我一下子就怀上了！”

“当然是因为我太强了。”欧浔摸着下巴骄傲地说。

“欧浔！”

叶蓁蓁气得就要踹欧浔，欧浔本来可以躲开，但是他担心叶蓁蓁扑空会摔倒，所以生生忍耐了一下，他骄傲地摸摸叶蓁蓁的头发，“蓁蓁，你的老公那么厉害，你应该自豪。早点生孩子也好，你会比较容易恢复，来，把今天的营养粥喝了。”

欧浔生怕叶蓁蓁像其他小姑娘那样，为了保持身材，在怀孕期间不吃不喝，于是把监督她吃饭作为人生中最重要的事情。幸好，叶蓁蓁从来都不是矫情的性子，知道这样对孩子好，捏着鼻子也会把粥喝完，喝完后，继续拽欧浔的袖子，“老公，我的好老公，你就让我跟了吧。现在孩子才三个月了，医生都说我的身体非常好，我哪里就那么娇弱了，老公，老公……”

叶蓁蓁一连串的“老公”，让欧浔的心情好到了极点，他依然强撑着说：“不行，万一那个男的打到你怎么办，他的命都不够赔。”

就在他们说话期间，叶蓁蓁的手机突然响了，叶蓁蓁一见是叶如梅发来视频邀请，顿觉头皮发麻，和欧浔对视一眼后，长叹一声打开了视频。手机那头，叶如梅穿得鼓鼓囊囊的，在风声中大声说：“蓁蓁，我现在在挪威，这里真是要冻死我了。你怎么样，有没有呕吐，欧浔照顾得你好吗？”

欧浔凑上来说：“妈你放心，我看着蓁蓁吃饭，不会让她营养跟不上。妈，几天不见，你怎么又美了？”

叶如梅捋捋头发，笑弯了眼睛，“你这小子，就是喜欢说实话！威尔，快和他们打个招呼啊。”

“Hi！”

当看到一个金灿灿的脑袋凑过来的时候，饶是习惯了妈妈作风的叶蓁蓁，嘴角还是不自觉抽搐了一下。她看着那个明显只有二十岁出头的男模，心里有点别扭，但很快就释然了——不管怎么样，妈妈高兴就好。

直到今天，叶蓁蓁还记得叶如梅力挽狂澜时的飒爽英姿以及司惠民看叶如梅那惊艳的眼神。从精神病院出来后，司惠民还是不记得叶蓁蓁，也不知道自己是谁，但是他居然记得叶如梅，他看着她，眼睛放出了异样的光彩，“你很漂亮。”

叶蓁蓁还没有什么反应，却见叶如梅的眼眶红了。在司惠民养病期间，叶如梅一直陪伴在他身边。叶蓁蓁事后才知道，“你很漂亮”是他们第一次见面时说的话，时隔那么多年，他们早就不是昔日的爱侣，却能再次说出同样的话来，真不知道是缘分还是讽刺。

叶如梅一直陪着司惠民养病，却在司惠民恢复后执意要走。叶蓁蓁见他们相处不错，总以为他们会复合，这样的结果让她不能接受。她埋怨司惠民居然不挽留叶如梅，可司惠民只是淡淡地说：“蓁蓁，这个世界上只有两样东西不能回头——一是流水，二是已经逝去的感情。她以前爱过我，但是现在不爱了。我只希望她过得幸福，不一定非要留她在我的身边。”

“爸……”

“而我，会一辈子想着她，这就是我的惩罚。”

叶蓁蓁忘不了司惠民微笑的面容，再看着叶如梅幸福和小情人一起出游的样子，不得不接受过去的就是过去了，他们可能这辈子都不会在一起的现实。叶蓁蓁心里的些许伤感，在听到欧浔甜言蜜语恭维自己老妈的时候消失殆尽，她白了欧浔一眼，“够了啊，你怎么不对我说那么多好听的。”

“蓁蓁，你别拦着欧浔说实话。”叶如梅笑吟吟地说，“你乖乖养胎，我回来给你带礼物……哇，极光！”

叶如梅一声尖叫，不再和叶蓁蓁视频，而是给她看天上的极光。叶蓁蓁看到，在皑皑白雪中，碧绿色的极光就好像精灵一样跳跃，点燃着漆黑的夜空，在这一瞬间，她好像听到了天籁，看到了天使的痕迹。欧浔抓住了她的手心，对她微笑着说：“蓁蓁，传说恋人一起看到极光会天长地久，我们一定会永远在一起，永远幸福下去。”

“欧浔……”

叶蓁蓁看着欧浔的面容，想起她即将迎来崭新的生命，微微笑了起来，眼前浮现出他们认识以来发生的一幕幕，庆幸他们终于在一起了。她想起当欧浔从病床上醒来，虚弱地说“蓁蓁，我都想起来了”的场景，眼睛就酸涩了起来，把头依偎在欧浔的胸口，轻声说：“欧浔，你既然不想让我接单子，那我就乖乖养胎，生了孩子再复出。”

“嗯。”欧浔满意地点头。

“可是她真的好可怜，我都答应她弟弟了，反悔的话好丢脸，以后再也没有人相信我了。我以后还想做家庭处理方面的专家，这可怎么办啊？”

叶蓁蓁用一种可怜兮兮的目光看着欧浔，欧浔仿若着了魔，“要不，我帮你接？”

“只能这样了。”叶蓁蓁心里乐开了花，却装作为难的样子，“那么，辛苦你了啊，老公。”

“傻瓜！”

欧浔捏捏叶蓁蓁的面颊，心里隐约知道自己再一次被算计了，可被喜欢的人算计，那也是一种甜蜜。叶蓁蓁依偎在欧浔胸膛，突然想到了什么，跳了起来，“看到极光的人会永远在一起，那么我妈不是要和那个小白脸在一起了？我才不接受他做我的后爸！”

“蓁蓁……”欧浔抚上了额头。

从认识叶蓁蓁、爱上她的那刻起，欧浔就知道他的生活会有天翻地覆的变化。

不过，他喜欢。

并且，他要始终喜欢下去。

程诺番外：你的诺言，我的名字

作为从山沟里飞出来的金凤凰，“程诺”这个名字是很多家长教育孩子时使用频率最高的一个，他们会揪着孩子的耳朵说，你看人家程诺成绩有多好，现在有多出息，让爸爸妈妈多么享福。一众孩子在羡慕程诺的同时，对程诺也非常妒忌。大人们会羡慕程诺每年都会给家里寄那么多东西，也有人试探着提起希望儿子去程诺的报社实习。这时候，程诺的妈妈就会有些尴尬地说：“那个，程诺已经不在报社了。”

“什么，你儿子不是副主编吗？他怎么不做了？”

“你可要劝劝程诺，报社可是金饭碗，他不在报社去哪里呢？”

程诺并不知道自己成了乡亲们谈论的对象，他正坐在办公桌前，看着窗外的车水马龙。午后的阳光让他看起来分外温柔，再加上他儒雅的气质和出色的外貌，他简直成了整个公司的“男神”。如果他知道大家私下聊起他来的时候，都猜他可能是豪门出身，为了理想才会放弃报社的金饭碗，开起这个律师事务所，一定会觉得好笑——哪里有人相信，他的父母连大字都不认识一个。

在这个难得悠闲的午后，程诺享受着午后的阳光，想起他以前在乡下插秧的事情来。

他出生在一个穷苦的村子里，那里的人每天都乐呵呵的，没有什么烦恼，也没有什么上进心。从小到大，别人都夸他聪明，没有人知道他在背后付出了什么努力。他比谁都清楚，如果他成绩不好的话，他的父母一定逼着他退学，到时候他就只能插秧了。

程诺最讨厌的事情就是插秧。火辣的太阳、因为弯曲而直不起来的腰根本不算什么，他最恶心的是田里的水蛭，那种恶心的生物会吸饱他的血，死死不松口，滑腻的触感让他一整晚都做噩梦。他还记得，当他因为恐惧水蛭不肯下田的时候，爸爸把一水桶水蛭都丢到了他的怀里，他因为恐惧而号啕大哭，爸爸则轻蔑地说：“你又不是城里的孩子，矫情什么劲儿？你看，现在不就好了吗？”

永远，永远不要暴露自己的弱点！爸爸的残忍教育，让程诺学到了这一点。

如愿考上心仪大学，得到了奖学金后，他终于松了一口气，知道自己终于可以摆脱插秧的日子。他的父母敲锣打鼓地把他送去车站，以为他回来的时候就会飞黄腾达，当时的他也是天真无比。

他没想到，城里的大学会有那么多聪明的孩子，他根本不是最聪明的，所以他只能做最努力的那个。为了不花钱，他每天都泡在图书馆看书，从没想到会有女生悄悄送纸条给他，包括那个叫叶蓁蓁的丫头。

一开始看到她的时候，他觉得只是凑巧，当他第十五次看到她的时候，他发现一切似乎有些不对劲——她也许，在喜欢他？喜欢他这样一无所有的人吗？他突然不敢想下去。

他没想到，她会对他表白，他怎么可能拒绝一个那么可爱的姑娘？就算心里再不安，他还是和她在一起度过了人生中最美好的时光，他们一起在图书馆看书，一起在操场跑步，一起看着星星，也会一起分享一份阳春面。他是那么爱她，想永远和她在一起。

当他结束了两个月的假期打工，给叶蓁蓁买了一对纯银耳环，想象着她收到礼物的高兴样子时，他见到了叶如梅。他从没见过那么美丽的女人，但她说的话把他打入地狱：“程诺，是吧？你的背景我已经调查清楚了，你一个孩子勤工俭学的可真不容易。不知道，你有多了解我家蓁蓁？”

通过叶如梅，程诺知道自己看起来有些普通的小女朋友其实有着惊人的身价，觉得这一切简直就好像是梦境。他想起他给叶蓁蓁买地摊货时，叶蓁蓁脸上切切实实的惊喜就觉得是那么讽刺，纯银耳环也被他牢牢抓在了手里。叶如梅好像看出了他的心思，轻声说：“程诺，我没什么别的意思，我只是提醒你们，你们并不相配。现在，你们确实相爱，但是几年后呢？你也不想到时候你们变成仇人吧。请你离开我的女儿，我会给你补偿，我和学校谈好了一个公费去美国留学的名额，你感兴趣吗？”

“我的儿子可厉害了，他以后是要去美国的！”

“程诺啊，妈就靠你啦。”

父母的叮嘱声在他耳边响起，他看着叶如梅眼底的鄙夷，终于说：“好。”

程诺没有告诉叶蓁蓁他离开的真正原因，狠心和她说了再见，在美国开始了一个人的生活。学业压力、言语不通、打工的辛苦，让他根本没有空闲时间伤感。每当夜深人静的时候，他就会想起叶蓁蓁，幻想着自己衣锦还乡后可以名正言顺地告诉她，他一直爱着她，然后名正言顺地和她在一起，这是他坚持下去的勇气。他不知道赵云佳是通过什么方式到了美国，他对她的屡屡示好视而不见，到后来赵云佳哭了，“程诺哥，你到现在还在想着她吗？”

“是。”他说。

他已经不愿意回忆，为了生存，他有多么拼搏努力，他比谁都清楚，这是他能抓住的唯一机会。回国后，他依靠国外的留学经历找到在报社的工作，没想到见到了来实习的叶蓁蓁。他多想把叶蓁蓁拥入怀中，可是叶蓁蓁看他的眼神就好像陌生人，她不再对他微笑撒娇，而是叫他：“程记者。”

不要急，程诺，她早晚会原谅你。

程诺想着，一步步有计划地接近她，却没想到她会成为那个男人的助理，更没想到她会爱上他。他眼睁睁看着她为那个男人高兴、悲伤、快乐，愤怒地想，那些原来只属于他一个人！他被心里的恶魔逼得几近疯狂，季琼允诺给他升职的机会，要他和她一起破坏叶蓁蓁和欧浔，他毫不犹豫地答应。

蓁蓁……等我和你站在一样的高度，你会再次爱上我吗？

程诺没想到，叶蓁蓁坚定地选择和欧浔在一起，从来没有怀疑——是啊，他怎么会忘记，叶蓁蓁从来都是一个认准了绝对不会放弃的女人！欧浔的失忆给她很大的打击，他以为她会死心，但她还是执着地等着欧浔。他本有机会让他们一辈子错过，但是他到底没有那样做。

蓁蓁，我希望你幸福，如果这是你希望的，那也是我希望的。我们不再是恋人，但我会永远保护你，祝福你。

“程总，李小姐来面试了。”

就在程诺陷入沉思的时候，秘书告诉他应聘总经理助理的人到了，他收回了思绪，只见一个穿着毛衣和牛仔裤的年轻姑娘走了进来，她一见程诺就说：“程总，我好想来这里工作！别的律师事务所都给有钱人打官司，只有你这里帮助了那么多需要帮助的人，我也想尽力！程总，我一定会努力的，请给我机会。”

程诺看着她亮晶晶的眼眸，突然想起上大学时的叶蓁蓁，他的唇角微微勾起，“你会单手劈砖吗？”

“啊？”

“就从这个做起。”

叶如梅番外：如果，可以从没遇见你

叶如梅总是想，如果中国还是封建社会的话，她一定会是个公主，最不济也是个郡主。爸爸总是对她说，她有漂亮的容貌、优雅的举止、聪明的脑子，还有不错的家庭，一定可以嫁给一个世界上最棒的男人，她也是这样认为的。

然后，她真的遇到了那个世界上最好的男人。

作为一个娇小姐，她每天都会去水房打水，只因为那里会经过琴房。她知道，每到晚上六点，那个叫司惠民的男孩就会在那里弹琴，她喜欢他修长的手指，潺潺的音符，也喜欢他温柔的侧颜。她还记得，当她第一天上学，不小心在雨天摔倒，气得直跺脚的时候，他曾经递给她一张手帕。

“你很漂亮。”他对她说。

从那时候开始，她就开始留意了司惠民。爸爸总是说“相由心生”，她想，司惠民一定会是一个温柔至极的人，会是最棒的丈夫。

“爸，我喜欢上一个人。”她终于对爸爸说。

“是谁？”爸爸来了兴趣。

“司惠民。”

“和你一个学校的司惠民吗？他现在好像在美国留学，倒和我们家是世交……既然你喜欢，我就帮你去问问吧。我的丫头，长大了啊。”

爸爸感慨地摸摸叶如梅的脑袋，不知道和司汝南说了些什么，然后她和司惠民就相亲了。相亲前，她兴奋得睡不着觉，一连换了十几身衣服才选定最喜欢的。和司惠民面对面坐着的时候，她觉得自己的心紧张得就要跳出来了，僵硬地对司惠民微笑，却听到他说：“你就是叶如梅吧。为了你，我特意从美国回来相亲，你就那么喜欢我吗？”

她的笑容僵住了。

她发现，司惠民和她想象的不一样，他再也没有那么温柔地对她笑过，总是冷漠地嫌她麻烦，只有在司汝南的管束下才会稍微对她好一点，那时候的她，怎么会理解一个叛逆期的男孩，对于包办婚姻的厌恶。她满怀希望地和他结了婚，可他依旧对她视而不见，她毫不气馁，厚着脸皮在他面前刷存在感，为他洗手做羹汤，还怀上了他的孩子。后来，司惠民终于对她微笑，女儿叶蓁蓁更是为家里带来了不少快乐。她以为，她终于收获了幸福，可是那个叫王若萱的女人告诉她，司惠民出轨了。

就算所有证据都摆在了眼前，叶如梅还是无法相信自己被背叛——她年轻、漂亮、有钱，还有个可爱的女儿，司惠民到底为什么会找那个什么都不如她的女人？气愤之余，她砸了那个小三的家，然后被司惠民打了一巴掌，司惠民冷漠地告诉她，他和她结婚只是因为爸爸的命令，她笑着摇头，眼泪流了出来。

原来，她一直是一个傻瓜。她可以被伤害，但是不能被侮辱，绝对不会！

无论外界的压力多大，叶如梅仍坚持离婚。因为离婚的事情，父母对她很失望，她就一个人带着叶蓁蓁生活。每当有好事的人问起叶如梅，叶蓁蓁怎么没有爸爸的时候，她真的很想掐死那些长舌妇。这个时候，她就特别恨司惠民——如果不爱她，为什么不拒绝她？为什么要逼她陷入这样悲惨的境地？

幸好，她的父母到底是爱她的，把她和女儿都带去了美国。叶如梅对管理公司没兴趣，但经过司惠民的事情后，对判断一个人好坏有着近乎敏锐的直觉，找来的高管各个都很有本事，公司的业务蒸蒸日上。叶如梅喜欢上了谈恋爱，享受一个个男友把她宠成公主的感觉，只有这样，她才不会在夜深人静的时候独自哭泣。

她并不后悔拆散了叶蓁蓁和程诺，她不是嫌贫爱富的人，她只是比谁都清楚看到了他们之间的差距。她也不喜欢欧浔，但是欧浔就好像牛皮糖一样甩也甩不掉，看叶蓁蓁的眼神更是温柔至极，到底让她心软了。

算了，她想结婚就结婚吧，只可惜，宝贝女儿不能谈恋爱谈到一百岁了。叶如梅遗憾地想。

当查尔斯狠狠给了她一巴掌，禁止她和外界接触时，她知道她再次狠狠栽了一个跟头。她装出全身心爱着他的样子，趁着他外出，巧妙地报警，冷眼看着查尔斯被关进警察局，好笑地想，他居然会相信她真的愿意跟着他流浪——她早就没有什么爱情。回国的时候，她发现司惠民居然被关进了精神病医院，叶蓁蓁也受了很多苦，对查尔斯越发恨得不行。她没想到，司惠民居然还记得她。

“你真漂亮。”他说。

叶如梅的眼泪终于流了下来。

她留在司惠民身边，为他撑起公司，陪伴他恢复身体，也看得出司惠民对她越来越留恋。司惠民终于对当年的事说了抱歉，告诉她，他那时候只是不甘心被人操纵人生。他问她能不能重新开始，她笑着摇头。

“我爱你，但也只是爱过。”她说。

现在，她爱的只有她的女儿，还有自由。

她也曾经想做一个好妻子，但是没有机会了。

所以，再见了，司惠民。

季琼番外：也许，我真的爱过你

“季琼，你提议的这个项目，董事会觉得太冒险，所以否决了。”

“董事长……”

眼见季琼要争辩，董事长不让她继续往下说：“我知道你要说什么，这个已经投票表决了，你没必要再争论下去。”

“你不觉得有人在针对我吗？”季琼笑了。

“针对你？也许吧。谁让你和司一水合作，险些让公司陷入危机！”

董事长说着，重重一拍桌子，季琼愕然看着他，然后沉默了。董事长也不想把她逼得太紧，长舒一口气说：“我知道你和欧浔的关系，也知道你想给他点颜色看，但是你总得分清轻重缓急。司家没有和我们计较，是他们大度，你以后可不能这样不理智了，明白吗？”

“关系……我和欧浔有什么关系？”季琼反问。

董事长的脸色有些尴尬，“不说这个了……”

“有什么不能说的，说啊，到底说我什么？”

“你喜欢那小子，不是吗？”

季琼愣住了。

她一边算计欧浔，一边说着喜欢他，但她比谁都清楚，那只是为了报复罢了。是啊，这个世界上怎么会有她季琼得不到的东西呢？她那么聪明，那么漂亮，又有生意头脑，追求者如过江之鲫，怎么会有人不喜欢她？

除了……那个家伙吧。

季琼真的不知道欧浔的脑子是怎么长的。他们从小就认识，双方父母都希望他们朝着青梅竹马的方向发展，可是他们的关系却一直不怎么好。季琼喜欢被众星捧月，欧浔同样如此，他们都受不了对方成为自己的学习榜样，总是在各方面明争暗斗。这一次考试欧浔第一，下一次季琼一定会超越他；这一次季琼得了八百米第一名，当天夜里欧浔就会苦练跑步……他们从没说过任何暧昧的话，可季琼也不知道为什么，在欧浔执意放弃家业自己创业的时候，会第一次旗帜鲜明地支持他。

“季琼，你做了非常正确的选择。我们的公司，一定会成为行业内的第一名。”

欧浔的誓言也点燃了季琼的激情，她配合欧浔一起工作，为他的坏脾气收拾烂摊子，公司也越来越好。一切本应该就这样平静地发展下去，但是在情人节那天，她的老同学炫耀玫瑰花，把什么都破坏了。季琼也不知道怎么了，突然很想得到欧浔送的玫瑰花，她以为欧浔会答应，可是他竟然诧异地问：“你不会自己买吗？”

从那刻起，季琼彻底恨上了欧浔！

她以为她撤资离开，会让他意识到自己的重要性，可是他居然另外招聘了助理，而且是叶蓁蓁那个小丫头。她非常讨厌这个除了年轻热血外一无是处的丫头，也眼睁睁地看着他们越走越近。她知道欧浔有找心理医生的习惯，也去找王皓诉说她内心的郁闷，有一天，她终于对王皓说：“王医生，欧浔也没有把你当朋友吧，有没有兴趣算计他一把？”

她没想到王皓会答应，也没想到上天会让欧浔失忆，她的前途简直一片光明。她骗欧浔，说自己是他深爱的女人，叶蓁蓁只是家里给他安排的结婚对象。没想到，谎话说久了，她自己都当了真，她希望欧浔把她当作恋人一样对待，想和他一起看电影、逛街、约会。越是得不到，她心里的恶魔越是骚动。在司家落难的时候，她一举数得地得到了想要的东西，却没想到欧浔的心再次留在了叶蓁蓁身上。

叶蓁蓁……你还真是幸运的女人啊！

我和欧浔都是为了目的不择手段的人，所以他看到那么干净的你，才会喜欢吧。呵呵，全世界都知道我喜欢欧浔，只有我自己不知道吗？

“不，我从没有喜欢过他。”季琼平静地说，“以后不要再提这个话题了，董事长……爸。”